Petra Hammesfahr
Die Freundin

Petra Hammesfahr

Die Freundin

Erzählungen

Wunderlich

1. Auflage Juli 2004
Copyright © 2004 by Rowohlt Verlag GmbH,
Reinbek bei Hamburg
Alle Rechte vorbehalten
Satz Aldus PostScript, PageMaker
bei Pinkuin Satz und Datentechnik, Berlin
Druck und Bindung Clausen & Bosse, Leck
Printed in Germany
ISBN 3 8052 0726 3

Inhalt

Die Freundin 7 ♦ An Heinrichs Stelle 51
Maddy 64 ♦ Frostiger Boden 83 ♦ Karo-As 89
Drachenweibchen 114 ♦ Der Hausmeister 131
Sallys Engel 152 ♦ Eis und Feuer 163 ♦ Der Blinde 181
Jesse James oder Billy the Kid 204
Die Neue 227 ♦ Für Elise 234 ♦ Der Ausbruch 256
Rosies liebste Stellung 279
Gefährliche Begegnung 300 ♦ In aller
Freundschaft 314 ♦ Der Mäzen 327 ♦ Der Russe 347
Es kann der Frömmste nicht in Frieden ... 365
O mein Papa 376

Die Freundin

So ein zugiges und halbdunkles Kellergewölbe im November ist wahrhaftig kein Ort, an dem man sich längere Zeit aufhalten möchte, um in rosigen Zukunftsperspektiven zu schwelgen. Aber ich sehe auch nur schwarz, und hier habe ich wenigstens meine Ruhe. Die brauche ich jetzt dringend, um erst mal meine Gefühle zu sortieren. Ich weiß nicht, ob ich traurig bin, verzweifelt oder wütend. Wahrscheinlich von allem etwas. Ich fühle mich beschissen, weil ich auch beim besten Willen nicht weiß, wie ich einem Menschen den Wahnsinn erklären soll, der sich zwischen Silvie, Marieclaire und mir abgespielt hat.

Es war Wahnsinn, vom ersten Tag an. In den letzten Tagen war es sogar Größenwahnsinn. Ich habe wirklich gedacht, es sei einen Versuch wert. Und jetzt ist Silvie tot – seit ungefähr einer halben Stunde, schätze ich. Auf die Uhr habe ich nicht geschaut, ich hatte etwas anderes zu tun.

Im Geist höre ich den Staatsanwalt schon reden. «Paul Schmalbach hatte mehr Schulden als Haare auf dem Kopf.» Und ich habe noch ziemlich dichtes Haar. «Paul Schmalbach brachte eine reiche Erbin dazu, ihn zu heiraten, in der Absicht, sie schnellstmöglich wieder loszuwerden und sich zu sanieren. Und damit hat er sich nicht viel Zeit gelassen.»

Was soll ich dagegenhalten? «Hohes Gericht, so war es nicht.»

Bei allem, was mir heilig ist, so war es wirklich nicht. Das wird mir nur niemand glauben, fürchte ich. Die werden mich dermaßen verknacken, ich komme mein Lebtag nicht wieder raus. Das ist so sicher wie das Amen in der Kirche.

Ich war ja tatsächlich pleite und wusste nicht mehr ein noch aus, als ich Silvie und Marieclaire kennen lernte. Und ich konnte gut mit den oberen Zehntausend umgehen, solche Leute – wenn man es gemein ausdrücken will – nach Strich und Faden einseifen, ihnen auch Dinge schmackhaft machen, die sie eigentlich nicht wollten. Ich bin gelernter Koch, und zwar ein sehr guter.

Als vor fünf Jahren meine Eltern starben, war ich siebenundzwanzig, erbte ein bisschen und eröffnete damit mein eigenes Restaurant – nicht irgendeins, eine ganz exquisite Sache war das. Dafür reichte die kleine Erbschaft nicht. Zusätzlich musste ich für Umbauten, Einrichtung, Lohnkosten und zur Überbrückung der ersten Zeit einen hohen Kredit aufnehmen. Das war aber bald kein Problem mehr.

Mein Restaurant lief schon nach einem Jahr hervorragend, ich bekam sogar einen Stern. Danach waren wir immer auf Wochen im Voraus ausgebucht. Und wenn es einem gut geht, glaubt man, es ginge immer so weiter, dann übernimmt man sich leicht. Ich übernahm mich tüchtig mit einem zweiten Kredit für eine schicke Eigentumswohnung.

Dann – in diesem Frühjahr war das – machte ein Kellner lange Finger bei einem Gast. Auch noch kein Problem. Der Gast bekam sein Geld von mir zurück, wurde zur Entschädigung zusammen mit seiner Frau eingeladen und verwöhnt mit allen Köstlichkeiten, die meine Küche bieten konnte. Den Kellner warf ich selbstverständlich fristlos raus. Und nachdem er seine Papiere abgeholt hatte, hatte ich Kakerlaken in der Küche. So was ist tödlich für ein Restaurant. Der Schweinehund machte den «Ungezieferbefall» auch noch persönlich in der Presse publik und behauptete dreist, ich hätte ihn fristlos entlassen, weil er in Eigeninitiative einen Kammerjäger anfordern wollte.

Die Gäste blieben weg. Im Juli musste ich aufgeben, hatte von einem Tag auf den anderen gar kein Einkommen mehr, aber zwei Banken im Nacken, die ihr Geld zurückhaben wollten. In der zweiten Augustwoche sollte meine Wohnung unter den Hammer kommen. Ich hätte mir dringend eine Arbeit suchen müssen, damit sie eine Lohnpfändung in die Wege leiten konnten. Dass ich die nächsten Jahre nur das Nötigste zum Leben hätte, war mir sehr wohl bewusst. Und als mir dann der Brief mit dem Termin für die Versteigerung zugestellt wurde, dachte ich: Scheiß drauf, Paul. Hier rettest du nichts mehr. Ehe du jetzt Bewerbungen schreibst und dich den Wölfen zum Fraß vorwirfst, gönn dir erst mal was.

Das hatte ich in den letzten fünf Jahren nicht getan, nur geschuftet von morgens bis in die Nacht. Manchmal nur vier Stunden Schlaf, weil ich frühmorgens persönlich zum Großmarkt fuhr, um frische Ware auszusuchen. Keine Zeit für Freunde, für Frauen erst recht nicht, keinen Urlaub, keinen einzigen freien Tag. Und alles umsonst.

Da kratzte ich eben mein letztes Geld zusammen, brachte den Wohnungsschlüssel zu meinem ehemaligen Oberkellner, damit jemand die Mahnungen aus dem Briefkasten fischte, kaufte mir eine Fahrkarte und fuhr nach Paris, weil es für Venedig nicht reichte. In einem Anflug von Schwermut wäre ich lieber dahin gefahren. Es heißt ja so schön: Venedig sehen und sterben. Aber diese Anwandlung verging wieder, im Grunde hängt doch jeder an seinem Leben.

Ich nahm mir ein bescheidenes Zimmer in einem billigen Hotel, in einer kleinen Nebenstraße nahe dem Arc de Triomphe. Am ersten Tag klapperte ich ein paar gute Restaurants ab, weil ich dachte, in der Hauptstadt der lukullischen Genüsse hätte man vielleicht Verwendung für mich. Und wenn ich hier Arbeit fände, könnte ich mir die Lohnpfändungen ersparen. Aber ich sprach nicht gut genug Französisch. Und was das angeht, sind die Franzosen unerbittlich, fast schon arrogant.

Am zweiten Tag versuchte ich mein Glück in kleineren Lokalen. Da war aber auch nichts zu machen. Ich war schon halbwegs entschlossen, als Nächstes ein paar Kirchen zu besichtigen und um ein Wunder zu beten, setzte mich mit meinem Stadtplan in ein kleines Bistro, bestellte mir einen Kaffee. Und da geschah das Wunder – ganz ohne Gebet.

Aus heutiger Sicht möchte ich sagen, der Teufel hatte seine Finger im Spiel. Satan macht das ja immer so raffiniert, zeigt einem armen Sünder die Herrlichkeit der Welt und sagt: «Guck mal, das kannst du alles haben, du musst mir im Gegenzug nur deine Seele überlassen. Die brauchst du doch eigentlich nicht.»

Obwohl ich in den letzten Wochen einiges mitbekommen habe, wenn Marieclaire diverse Transaktionen am Telefon besprach, habe ich noch keine konkrete Vorstellung von Silvies Vermögen. Drei Dutzend Hotels, ach was, Nobelherbergen sind das, weltweit über größere Städte verteilt. Etliche Firmen und Firmenanteile. Sogar eine Bohrinsel und zwei Öltanker, die unter libanesischer Flagge laufen oder fahren, glaube ich jedenfalls, kann aber auch die nigerianische oder sonst eine Flagge sein. So genau habe ich nicht hingehört, als Marieclaire über die finanziellen Verstrickungen sprach, die ein normaler Mensch gar nicht durchschauen könne, aber auch nicht müsse, weil sich ein Heer von Experten um alles kümmere.

Silvies Vater hatte vor zehn Jahren einen Herzinfarkt bekommen, einen von der Art, die einen Mann auf der Stelle umhaut. Und bis zu seinem Tod hatte sich alles, was er anpackte, in bare Münze verwandelt. Im Gegensatz zu anderen Finanzgrößen, die immerzu in Kameras grinsen, wenn sie Ministern die Hände schütteln, zog er es jedoch vor, sich der Öffentlichkeit gegenüber bedeckt und seiner Familie aus Sicherheitsgründen die Medien vom Leib zu halten. Aber so viel Familie hatte er auch nicht, nur Frau und Tochter. Seine Frau war schon unter der Erde, als er starb, Silvie somit Alleinerbin.

Aber selbst wenn sie sich mir sofort mit ihrem Familiennamen vorgestellt hätte, was sie nicht tat, hätte mir der Name nichts gesagt. Und in so einem kleinen Bistro hätte ich auch nicht erwartet, eine Multimillionärin anzutreffen. Es sei denn, sie hat nicht den Schimmer einer Ahnung von Esskultur.

Als Gourmet konnte man Silvie wahrhaftig nicht bezeichnen. Anfang Oktober hat mich in Hongkong der Ekel fast erwürgt, als sie bei einer Garküche auf der Straße Halt machen ließ und einen undefinierbaren Fraß hinunterschlang, den ich keinem Hund vorgesetzt hätte. Und ich hatte immer gedacht, in diesen Kreisen sei es üblich, stets nur das Beste vom Besten zu speisen.

Auf den ersten Blick sah man ihr allerdings nicht an, was mit ihr los war. Die letzte Bilanz ihres Firmenkonsortiums hatte sie auch nicht auf ihre Brust geklebt. – Gut, sie trug etwas Schmuck, zwei Ringe und eine Armbanduhr, die in etwa so viel gekostet haben dürfte, wie ich gebraucht hätte, um wenigstens meine Wohnung zu behalten. Das sah ich natürlich. Teure Uhren hatte ich schon mehr als eine an meinen früheren Gästen gesehen. Aber ich habe nicht an Geld gedacht, nur an ein amouröses Abenteuer, an genau das eben, weshalb ein Mann normalerweise alleine nach Paris fährt.

Das Erste, was mir auffiel, war Silvies Lachen. Eine Mischung aus Trillern und Glucksen, glockenhell und gleichzeitig verheißungsvoll dunkel. Ich drehte mich unwillkürlich danach um, und nicht nur ich. Sie standen etwa zwei Meter von meinem Tisch entfernt. Beide Ende zwanzig und bildhübsch, Silvie blond, Marieclaire brünett. Bekleidet mit knapper Sommergarderobe, braun gebrannt von der Sonne, als kämen sie geradewegs aus der Karibik, was wohl auch der Fall war. Und im ersten Moment hielt ich sie für – na ja, leichte Damen auf Kundenfang.

Sie steckten die Köpfe zusammen und tuschelten miteinander. Silvie schaute mich an und lachte wieder. Ich möchte nicht wissen, was der kleine Dicke am Nebentisch in dem Moment gedacht hat. Der überschlug wohl im Geist seine Barschaft und rechnete aus, ob er sich beide leisten könnte.

Ich musste keinen Kassensturz machen. Obwohl es noch andere freie Plätze gab und ich nicht unbedingt das bin, was man einen attraktiven Mann nennt – ich bin halt ein guter Koch, und Anfang August sah man mir das noch an –, kamen sie zu mir an den Tisch. Silvie beugte sich vor, sodass ich ihr Dekolleté gut im Blick hatte. «Gestatten Sie, dass wir uns zu Ihnen setzen, Monsieur?»

Hätte ich nein sagen sollen?

Kaum saßen sie, brachte Silvie ihr Gesicht nahe an das meine heran, legte eine Hand auf Marieclaires Arm und lachte erneut: eine Verheißung, die mir wohlige Schauer den Rücken hinuntertrieb. «Monsieur, ich habe mit meiner Freundin eine kleine Wette abgeschlossen», sagte sie und drückte Marieclaires Arm. «Sie sind alleine, wir sind alleine. Wir könnten uns zusammentun und viel Spaß miteinander haben. Aber meine Freundin glaubt nicht, dass Sie dazu bereit sind.»

Ich betrachtete Marieclaire, ihre Miene machte deutlich, dass sie die Wette unbedingt gewinnen wollte. Und ich dachte, schade, ich würde dich gerne verlieren lassen. Ich kann es mir nur nicht leisten. Ungefähr so sagte ich das auch.

Und Silvie lachte noch einmal. «Monsieur, was denken Sie? Sie müssen nicht zahlen.»

Sie sprachen beide ein ausgezeichnetes Deutsch, auch sehr gut Englisch und Spanisch, waren in der Schweiz erzogen worden. Ganz exklusives Internat, Marieclaire erzählte in den letzten Wochen mehrfach davon. Sie war auch nicht mit dem goldenen Löffel im Mund geboren worden. Ihr Vater hatte als Finanzberater für Silvies Vater gearbeitet – jetzt arbeitete er für Silvie. Aufgewachsen waren sie fast wie Schwestern, seit frühester Jugend unzertrennlich. Und inzwischen war Marieclaire für Silvie entschieden mehr als eine Freundin. Sie war ein Mutterersatz, ohne den Silvie nicht mehr existieren konnte. Marieclaire regelte alles, kümmerte sich von morgens bis abends und die Nacht hindurch, räumte die Steine für Silvie aus dem Weg und zog den Karren aus dem Dreck, wenn Silvie ihn reingefahren hatte.

In solch engen Beziehungen gibt es immer Geheimnisse, die zusammenschweißen und es der einen unmöglich machen, die andere zu verlassen. Dass es auch ein dunkles Geheimnis gab, oder um das mal ganz klar auszudrücken: dass ein Mann unter Umständen mit seinem Leben spielte, wenn er sich mit Silvie einließ, habe ich schon wenige Tage später erfahren.

Und da wird sich nun jeder vernünftige Mensch fragen, warum ich zu dem Zeitpunkt nicht abgehauen bin. Die Antwort ist einfach: Ich habe es nicht geglaubt. Weil Marieclaire es erzählte und ich ihr in den ersten Tagen ein Dorn im Auge war. Was auf Gegenseitigkeit beruhte. Manchmal hätte ich sie gerne auf den Mond geschossen. Silvie war lustig, charmant, großzügig, liebenswert. Neben ihr wirkte Marieclaire wie ein Trauerkloß oder eine Spaßbremse – jedenfalls zu Anfang.

Sie tranken ebenfalls einen Kaffee. Silvie stellte einige Fragen. Dass ich kein Einheimischer war, hatten mein Stadtplan und meine Aussprache bereits verraten. Sie wollte wissen, wo ich herkam, was ich in Paris zu tun hätte, wie lange ich blieb und ob daheim jemand auf mich warte. Ich erzählte, ich sei ein freier Mann und nur hier, um ein bisschen auszuspannen. Morgen müsse ich zurück, ich hätte einen wichtigen Termin.

Hatte ich tatsächlich. Ich musste vor der Versteigerung noch meine persönliche Habe aus der Wohnung holen. Kleidung, Fotoalben und andere Erinnerungen, damit das nicht auf einer Müllkippe landete oder auch noch unter den Hammer kam. Banken sind ja unerbittlich, die pfänden einem notfalls das letzte Hemd aus dem Schrank. Danach wollte ich bei meinem Oberkellner unterkriechen. Er hatte rasch einen neuen Job gefunden und mir seine Couch angeboten, wenigstens so lange, bis ich mir wieder eine eigene Wohnung leisten konnte.

Nach einer halben Stunde zahlte Silvie – auch meinen Kaffee, um eventuell noch vorhandene Zweifel auszuräumen, sie hätte es doch auf meine klägliche Barschaft abgesehen. Als wir das Bistro verließen, schaute der kleine Dicke uns mit einem neidischen Blick nach, den ich heute noch vor mir sehe. Der hielt mich in dem Moment garantiert für einen Glückspilz.

Was der wohl denken würde, wenn er wüsste, in welchem Schlamassel ich nun stecke? Ich laufe herum wie ein Tier im Käfig, weil Bewegung warm halten soll. Tut sie aber nicht, wenn man ein feuchtes Hemd anhat. Vor einer halben Stunde – na, jetzt werden das schon vierzig Minuten oder eine Dreiviertelstunde sein –, brach mir der Schweiß aus allen Poren, und jetzt ist mir kalt.

Flitterwochen im Schnee! Eine idiotische Idee war das. Aber in ein Hotel wollte ich auf keinen Fall. Und wir konnten zwischen ein paar privaten Domizilen wählen. Eine hübsche Villa in Spanien, da waren wir auch noch kurz, um unseren Aufenthalt hier vorzubereiten; ein geräumiges Landhaus in der Provence, das habe ich Ende September besichtigt; eine luxuriöse Penthousewohnung in Monaco, die ich noch nicht kenne, und ein Schloss in den Bergen, in dem wir gestern Nachmittag eingetroffen sind.

Jetzt übertreib nicht, Paul, Neuschwanstein ist es nicht. Sag, es ist ein Schlösschen und ein ziemlich vergammeltes. Zurzeit gibt's nicht mal elektrischen Strom. Es sind zwar überall Kabel verlegt, gut sichtbar – auf die Wände genagelt, das muss in den fünfziger Jahren des letzten Jahrhunderts passiert sein. Die antiquierten Drehschalter stammen jedenfalls aus der Zeit. In etlichen Räumen baumeln nackte Glühbirnen von der Decke, in der Küche stehen gleich zwei Elektroherde.

Vergangenes Jahr im Sommer hätte es noch funktioniert, sagte Marieclaire. Danach hat dann wohl ein Sturm die Leitungen gekappt. Und wer soll das reparieren, wenn es nicht gemeldet wird? Marieclaire ärgerte sich, weil wir keine Taschenlampen haben, nur Kerzen für romantische Abende am Kaminfeuer. Ein Telefon, um einen Reparaturtrupp in Gang zu setzen, gibt's natürlich auch nicht. Und unsere Handys haben hier keinen Empfang.

Ich weiß nicht genau, wie hoch wir hier sind. Etwa zweitausend Meter, schätze ich. Heute Morgen hatten wir vom Schlafzimmerfenster aus eine phantastische Aussicht. Strahlend blauer Himmel über uns und rund fünfhundert Meter unter uns diese grauweißen Türme, das waren die Wolken. Im Laufe des Vormittags sind sie höher gestiegen, da hatten wir draußen eine richtige Milchsuppe. Um die Mittagszeit hätte man dann wieder das Panorama genießen können. Aber da stand ich in der Küche, und von da schaut man nur auf eine schroffe Felswand.

Silvies Vater hat sich den Kasten kurz vor seinem Tod zugelegt, wollte sich hier zur Ruhe setzen. Vorher sollte natürlich von Grund auf saniert, renoviert und modernisiert werden. Doch ehe es dazu kam, ist er leider gestorben. Und Silvie war nicht auf die Idee gekommen, eine Horde Handwerker hierher zu schicken.

Das könnte ich jetzt tun, weil jetzt alles mir gehört, theoretisch. Silvie hat vor unserer Hochzeit darauf verzichtet, einen Ehevertrag aufsetzen zu lassen, bei dem der Partner im Fall des Falles leer ausgeht oder mit einem Almosen abgespeist wird, wie das in diesen Kreisen üblich ist. Ob sie das in den nächsten Wochen noch nachholen wollte, weiß ich nicht. Davon gesprochen hat sie nicht.

Klingt der Begriff «gesetzliche Erbfolge» in solch einem Fall nicht wie Musik, die Englein auf ihren Himmelsharfen spielen? Da möchte man doch jubilieren, oder? Wahrscheinlich bin ich zurzeit der einzige Multimillionär weltweit, der in einem halbdunklen Gewölbekeller Selbstgespräche führt und mit den Zähnen klappert. Mir ist – verdammt nochmal! – nicht nach einem Halleluja.

Wir sind erst vor fünf Tagen in Reno getraut worden. Eine formlose Zeremonie, die nur ein paar Minuten dauerte. Wir mussten bloß unsere Pässe vorlegen, nicht mal das Hotel verlassen. Marieclaire hatte einen Friedensrichter aufgetrieben, der bereit war, uns in der Suite zu trauen. Und kaum hatte ich ja gesagt – oder yes –, hing Silvie an meinem Hals und jubelte. «Jetzt darfst du mich nie mehr verlassen, Chéri. Und niemand wird es wagen, uns zu trennen.»

Sie war so glücklich. – Oh, verflucht. – Jetzt fang nicht an zu flennen, Paul, damit machst du sie nicht wieder lebendig.

Wenn ich geahnt hätte, worauf ich mich einließ, hätte ich in Paris die Flucht ergriffen. Vielleicht nicht gleich in den ersten Stunden, aber nach ein paar Tagen. Die Chance hatte ich, sogar ein – für meine Verhältnisse – beträchtliches Vermögen in der Tasche.

Wir bummelten nicht lange durch die Stadt. Es ging schnurstracks zu einem Protzbau von Hotel. Dass es Silvie gehörte, stand nicht über dem Eingang, als wir im obersten Stockwerk ankamen, gab's einen ersten Hinweis. Privatsuite – mit Dachterrasse. Da fragte ich mich wohl flüchtig, wen ich, vielmehr wer mich da aufgegabelt hatte. Allzu viele Gedanken konnte ich mir aber nicht machen.

Silvie hatte schon unterwegs genügend Andeutungen gemacht, die mir Schweißausbrüche verursachten. Kaum hatte sie die Tür hinter uns geschlossen, hing sie an meinem Hals, nestelte an meinen Hemdknöpfen und am Reißverschluss der Hose gleichzeitig. Marieclaire setzte sich auf eine Couch, zupfte Trauben aus einer üppig bestückten Obstschale, führte sie zum

Mund und schaute uns mit einer Miene zu, als beobachte sie zwei kopulierende Insekten. Und so hatte ich mir das nicht vorgestellt.

Es dauerte ein paar Minuten, ehe Silvie begriff, dass mich die sezierenden Blicke ihrer Freundin nicht zusätzlich stimulierten. Und es brauchte nur einen kurzen Wink mit der Hand. Marieclaire verzog sich mit einem Bündel Trauben nach nebenan. An dem Abend bekam ich sie nicht mehr zu Gesicht. Und ich ging ja erst mal von einem Abend aus, sehnte mich aber schon bald danach, daraus eine Nacht werden zu lassen.

Silvie war unersättlich. Als sie endlich von mir abließ, fühlte ich mich wie ein ausgewrungener Lappen und war dankbar, dass ich liegen bleiben durfte und nicht noch das ganze Stück bis zu meiner bescheidenen Herberge traben musste.

Und beim Frühstück am nächsten Morgen fragte Silvie dann, ob ich meinen wichtigen Termin nicht verschieben und noch ein paar Tage länger bleiben könne. «Wir könnten noch viel Spaß miteinander haben, Chéri», das höre ich sie heute noch sagen. Einen anderen Ausdruck als «Spaß» kannte sie gar nicht dafür.

Aber mir hatte es ja auch gefallen, das will ich nicht leugnen. Und daheim wartete niemand auf mich. Nur mein Oberkellner, der aus schierem Mitleid seine Couch angeboten hatte. Der Mann hatte Familie, wie begeistert die von seinem großherzigen Angebot war, ließ sich denken. Also holte ich mein Gepäck und zog zu Silvie und Marieclaire in die Suite.

In den nächsten beiden Tagen und Nächten fühlte ich mich ein bisschen wie Gott in Frankreich. Silvie war bezaubernd und sehr großzügig. Sie warf mit Geld nur so um sich. Einmal sah ich, wie sie dem Zimmerservice für eine neu gefüllte Obstschale einen größeren Schein zusteckte. Und der war nicht für Trauben, Kiwi oder Orangen gedacht. Aber das wusste ich noch nicht.

Auf mich wirkte sie wie eine ganz normale Frau, ein bisschen exaltiert vielleicht, manchmal etwas überdreht und sehr verliebt. Tagsüber waren wir meist unterwegs, und überall entdeckte sie Dinge, die ich ihrer Meinung nach unbedingt brauchte. Eine sauteure Uhr, neue Geldbörse, zwei elegante Anzüge mit allem, was dazu gehörte. Ein Paar Halbschuhe für zweitausend Euro. – Darauf laufe ich jetzt rum, warm halten tun sie die Füße nicht.

Zu Mittag kehrten wir irgendwo ein, um zu essen. Und vorher gab sie mir Geld, damit ich bezahlte. Immer große Scheine, und nie verlangte sie etwas zurück. Ich ließ mich von ihr aushalten, das war mir durchaus bewusst, und manchmal war es mir peinlich. Aber – mein Gott – irgendwie dachte ich auch, dass ich mir nach fünf Jahren, in denen ich ihresgleichen bekocht und bedient hatte, vielleicht ein besseres Trinkgeld verdient hätte.

Marieclaire bekam ich in diesen beiden Tagen und Nächten kaum zu Gesicht. Die Suite hatte mehr als ein Schlafzimmer und sie wohl eine Menge zu tun. Beim Frühstück saßen wir einmal zusammen, da machte ihre Miene deutlich, was sie von mir hielt. Abends wechselte sie meist noch ein paar Worte mit Silvie und übersah mich dabei geflissentlich.

Dann wäre es höchste Zeit für mich gewesen, den Heimweg anzutreten und vor der Versteigerung meine bescheidene persönliche Habe zu retten. Marieclaire machte keinen Hehl aus ihrer Erleichterung, als ich mich verabschieden wollte. Silvie dagegen rastete völlig aus. «Warum, Chéri? Du hast gesagt, du bist ein freier Mann. Was muss ich tun, damit du bleibst? Gefällt dir etwas nicht? Sag mir, was dich stört oder was dir fehlt? Willst du mit Marieclaire Spaß haben? Du musst es nur sagen.»

Ich sagte, es sei alles wunderbar gewesen, aber ich hätte eben diesen Termin, der bereits einmal verschoben worden sei. Noch einmal könne ich mir das nicht leisten. Und «nicht leisten» war ein Begriff, den Silvie nicht kannte. Sie bezeichnete mich als Lügner und undankbaren Schuft, rannte heulend aus dem Zimmer, schloss sich im Bad ein, warf etliche Parfümflaschen an die Wand und zwei oder drei Pillen ein.

Dass im Bad ein ganzes Arsenal von bunten Trösterchen lag, war mir schon aufgefallen. Ich hatte auch einmal gesehen, dass Marieclaire nach dem Frühstück zwei Tabletten schluckte. Vielleicht ein Mittel gegen Kopfschmerzen. Dass Silvie abhängig war von dem Zeug, war mir noch nicht aufgefallen. Wenn Marieclaire nicht höllisch aufpasste, ließ sie sich noch ganz andere Sachen als Aufputschmittel, Tranquilizer oder sonst was besorgen. Die Lieferung erfolgte meist in der Obstschale, manchmal auch in frischen Handtüchern oder Bademänteln. Für Geld kann man den Zimmerservice um solch kleine Gefälligkeiten bitten und darf sicher sein, dass es prompt erledigt wird.

Nach einer Weile beruhigte sie sich soweit, dass sie nochmal nachfragen konnte. «Wenn du finanzielle Schwierigkeiten bekommst, Chéri, sag mir, wie viel du brauchst, um diesen Termin abzusagen und zu bleiben.»

Angesichts der großzügigen Geschenke, die ich bereits genommen hatte, muss es unglaubwürdig klingen, wenn ich sage: Ich wollte sie nicht ausnehmen, jedenfalls nicht mit einer großen Summe. Ich brauchte doch ein Vermögen. Um die Versteigerung meiner Wohnung in letzter Minute zu verhindern, die Banken zufrieden zu stellen und beruflich einen neuen Anfang zu machen. Und das hätte ich nie über die Lippen gebracht. Ich wollte doch nicht als Pleitier vor ihr stehen.

Sie bestand darauf, dass ich eine Zahl nannte. Hunderttausend, fünfhunderttausend oder eine Million? Ich dachte, ich hätte mich verhört. Fünfhundert hätte es wohl getroffen, ich wählte die goldene Mitte, immer noch eine Viertelmillion, weil ich annahm, sie damit zur Vernunft zu bringen. Doch kaum hatte ich die Zahl genannt, schrieb sie einen Scheck aus und gab nicht eher Ruhe, bis ich ihn eingesteckt hatte. Danach ließ sie sich von Marieclaire ins Bett bringen, an dem Abend war ausnahmsweise sie einmal völlig geschafft.

Nachdem sie eingeschlafen war, gab Marieclaire mir mit eisiger Miene zu verstehen, das Spielchen könne ich beliebig oft wiederholen. Jede Andeutung von Abschied würde Silvie veranlassen, zum Scheckbuch zu greifen. Aber weitere finanzielle Wünsche sollte ich besser mit ihr besprechen. Sie hatte entsprechende Vollmachten, konnte Schecks wieder sperren lassen und drohte damit, das beim nächsten zu tun.

«Ich habe Silvie nicht um den Scheck gebeten», versuchte ich mich zu rechtfertigen. «Sie hat ihn mir aufgedrängt, und ich habe nicht die Absicht, noch einen zu nehmen.»

Marieclaire lachte spöttisch, betrachtete mich von Kopf bis Fuß, zuletzt die Uhr an meinem Handgelenk. «Nicht? Dann wärst du aber die große Ausnahme, Paul. Bisher hat noch jeder Mann genommen, was sie anbot. Es war nur keiner bereit, sich mit Haut und Haaren kaufen zu lassen. Und das kann böse enden.»

Dann erzählte sie mir von meinen Vorgängern.

Ich war beileibe nicht der erste Mann, den Silvie irgendwo aufgegabelt und eine Weile mit Marieclaire geteilt hatte – fast so redlich wie einen Apfel, den man in der Mitte auseinander bricht. Heute bekommt die eine und morgen die andere das größere Stück.

Dass wir so weit noch nicht waren, hatte einen guten Grund. Nichts gegen guten Sex mit einem Mann, der nichts anderes im Sinn hatte. Aber für Schmarotzer wollte Marieclaire nicht die nette Zugabe sein, genau so drückte sie das aus.

Wie all meine Vorgänger hießen, weiß ich nicht. Die meisten waren wohl nicht der Rede wert und ohne nennenswerte Geschenke wieder abgezogen, weil sie nach ein paar amüsanten Tagen und anstrengenden Nächten eingesehen hatten, dass so ein kleiner Harem auf Dauer keine reine Freude ist.

Marieclaire erwähnte nur vier Herren, die sie mit Schecks zum Teufel geschickt hatte, ehe sie Silvie ausnehmen konnten wie eine Weihnachtsgans. Manuel, Pierre, José und den feurigen Koch Umberto, von dessen Spaghetti Milanese Silvie hellauf begeistert gewesen sei. Na ja, wenn man Pasta und Pesto für den Gipfel kulinarischer Genüsse hielt. Mir bot Marieclaire nochmal zweihundertfünfzigtausend. Ich hätte mich nur am Beispiel dieser Herren orientieren müssen. Meine Klamotten und ein Taxi zum Bahnhof nehmen, während Silvie schlief. Aber damit hätte ich doch bei Silvie genau den Eindruck hinterlassen, den Marieclaire von mir hatte. Und so ein Typ war ich nicht, wirklich nicht. Ich will jetzt nicht behaupten, ich wäre bis über beide Ohren in Silvie verliebt gewesen. Ich mochte sie sehr, nicht nur wegen der Geschenke und dem Scheck, aber genau deswegen hatte ich auch das Gefühl, ich wäre noch zu einer Menge Spaß verpflichtet.

Ich wäre besser ein Schmarotzer gewesen, Silvie würde noch leben. – Mein Gott, was habe ich angerichtet.

Als ich ablehnte, erzählte Marieclaire mir auch noch von Adam, dem dunklen Geheimnis. Vor sechs Jahren habe Silvie ihn in der Karibik entdeckt und zu einem Segeltörn eingeladen. Ein Rucksacktourist sei er gewesen und ein hübscher Junge. Nach zwei Wochen habe er leichtsinnigerweise auf hoher See verlauten lassen, er hätte keinen Bock mehr. Und dann sei er als Appetithäppchen für ein paar Haie über die Reling gegangen.

«Ich war in der Pantry, als es passierte», behauptete Marieclaire. «Vielleicht ist Adam nur gestolpert oder ausgerutscht, vielleicht hat Silvie ihm in ihrer Wut auch einen Stoß versetzt. Dass sie ihn umbringen wollte, glaube ich nicht. Aber sie erträgt es nicht, wenn ein Mann sie verlassen will. In solchen Momenten ist sie unberechenbar. Als ich Adam um Hilfe schreien hörte und an Deck rannte, war er für eine Leine schon zu weit vom Boot abgetrieben worden. Und ehe ich beigedreht hatte, waren die Haie da.»

Und ich dachte, klar, Haie, ist exotischer als ein Messer zwischen die Rippen. Wenn sie erklärt hätte, Silvie hätte Adam aus Wut oder Enttäuschung abgestochen, wäre das für mich glaubwürdiger gewesen. So hielt ich es für ein Schauermärchen. Einem Schmarotzer erzählt man eben eine Horrorgeschichte, macht ihm Angst und veranlasst ihn damit, schnellstmöglich das Weite zu suchen.

Wer hätte gedacht, was daraus wird? Wenn ich mir vorstelle, wie Marieclaire jetzt friedlich da oben im Bett liegt und ahnungslos schlummert, wird mir ganz warm ums Herz. Allerdings nur da. Mir ist saukalt. Für diesen Keller bin ich entschieden zu dünn angezogen; Hose, Hemd, die teuren Halbschuhe, natürlich auch Unterwäsche und Socken. Aber ich hätte meine Strickjacke überziehen sollen. Daran habe ich nicht gedacht, wollte mich ja nicht lange hier aufhalten, nur schnell eine Flasche Wein raufholen.

In der Eile habe ich den Keil nicht fest genug unter die Tür geschoben. Die ist aus massiven Eichenbalken und verdammt schwer. Sie hängt schief in den Angeln und hat die unangenehme Neigung, von alleine zuzufallen. Als ich wieder raufkam, war sie zu, und auf dieser Seite fehlt die Klinke – schon seit Jahren, sagte Marieclaire gestern.

Nach ihr zu rufen oder mich sonst wie bemerkbar zu machen, hat keinen Zweck. Sie hat auch ein Glas getrunken zu Mittag. Und als ich den Wein dekantierte, habe ich vier Schlaftabletten in die Karaffe gerührt. Abgesehen davon haben wir das Schlafzimmer mit dem großen Kamin am Ende des Korridors im zweiten Stock des Westflügels bezogen. Viel Auswahl hatten wir nicht.

Eingerichtet und mit Holz zu beheizen sind nur Küche und Kaminzimmer im Haupttrakt und drei Schlafzimmer im Westflügel. Da gibt es auch ein vorsintflutliches Bad mit einem Heizkessel fürs warme Wasser. Die Räume hat Silvies Vater noch notdürftig herrichten lassen, weil er Handwerker hier einquartieren wollte.

Der Tür da oben einen kräftigen Tritt zu verpassen oder sich mit geballtem Körpereinsatz dagegenzuwerfen, kann ich mir ersparen. Auf der Stiege ist kein Platz, um richtig auszuholen. Gegen die Eichenbalken würde ich ohnehin nichts ausrichten, mir höchstens die Schulter brechen. Die sind uralt und steinhart. Dagegen ist auch ein Schweizer Taschenmesser machtlos. Mit dem Messer habe ich mein Glück am Schloss versucht. Das ist so ein schweres Eisending. Keine Chance, es aufzubrechen, der Zapfen reicht zentimeterweit in den Stein, da kann man auch nichts drunterschieben, um ihn anzuheben. Ich dachte, ich könne mit der Messerspitze die Schrauben vom Beschlag lösen – bis die Klinge abbrach. Danach habe ich probiert, dieses fingerdicke Vierkanteisen zu packen, auf das die Außenklinke gesteckt war. Mit einer Zange hätte ich es vielleicht richtig fassen und drehen können. Mit den Fingern habe ich das blöde Ding nur weiter durchgeschoben. Jetzt liegt die Klinke auf den Steinplatten in der Halle. Ich konnte hören, wie sie aufschlug.

Das hat aber auch sein Gutes. Marieclaire wird nicht ewig schlafen, die Klinke sehen und sich denken können, wo ich stecke, wenn sie runter in die Halle kommt. Ihre leichten Schritte würde ich durch die Eichenbohlen vermutlich gar nicht hören. Und auf der Stiege ist es stockduster.

Nicht, dass ich Angst im Dunkeln hätte. Einige der Stufen sind schadhaft, da muss man aufpassen, wohin man tritt, sonst bricht man sich den Hals. Ich habe zwar auch ein Feuerzeug in der Hosentasche, aber so ein kleines Flämmchen bringt nicht viel. Und meine Kerze ist weg. Ich hatte sie mit etwas Wachs auf die Stiege geklebt, um Licht zu haben, während ich am Schloss herumfummelte. Dann bin ich mit einem Fuß angestoßen, sie kippte um, kullerte die Stufen runter und erlosch.

Scheiß drauf! Hier habe ich ja etwas Tageslicht. Der hintere Teil des Gewölbes ist an den Fels gebaut, teilweise sogar rausgehauen. Im vorderen Bereich gibt es einige Mauerschlitze, die nach draußen auf den Vorplatz führen. Um rauszuschauen, muss man sich den Hals verrenken und sieht nicht mehr als einen schmalen Streifen Grau. Ich glaube, wir kriegen noch mehr Schnee, das fehlt gerade noch.

Die Schlitze sind unverglast und so schmal, dass sich höchstens eine Maus hindurchzwängen könnte. Marieclaire behauptete kurz vor Mittag, hier gäbe es auch Ratten. Ich habe noch keine gesehen, auch keine Kakerlake, sonst wäre ich schon zum Berserker geworden. Ein paar Spinnen und Asseln stören mich nicht. Nur die Kälte macht mir zu schaffen, vielmehr der Wind. Der bläst tüchtig herein.

Vielleicht sollte ich mir eine Ecke suchen, in der es nicht gar so zieht. Weiter hinten ist es wahrscheinlich ein bisschen angenehmer, dafür aber zappenduster, und es liegt eine Menge Gerümpel herum. Gestern Nachmittag habe ich einen kurzen Blick reingeworfen. Ohne Kerze ist da kein Durchkommen. Und wenn ich hier weggehe, höre ich auch nicht, ob sich draußen etwas tut. Wenn Silvie es wider Erwarten ...

Jetzt mach dich doch nicht selbst froh, Paul. Nach menschlichem Ermessen kann sie das gar nicht geschafft haben. Eine gute Stunde Fahrt runter ins Tal, eine verschneite, stellenweise wohl auch vereiste Straße. Mit den Schneeketten ist das zwar nur halb so wild, wie es sich anhört. Aber die Straße ist verflucht schmal, zu einer Seite der Fels, zur anderen gähnende Abgründe, eine Serpentine nach der anderen. Und mit dem, was sie intus hatte, muss sie zwangsläufig jede Kurve dreimal gesehen haben. – Sieh den Tatsachen ins Auge. Du hast sie umgebracht.

Nein, verdammt! Habe ich nicht! Jedenfalls nicht mit Absicht.

Damals in Paris – ach, was sag ich denn, das ist gerade mal drei Monate her. Ich habe gar kein Zeitgefühl mehr. Das kommt davon, wenn man ständig in der Welt herumdüst, von einer Zeitzone in die nächste. Da weiß man irgendwann nicht mehr, ob man gerade in den Sonnenaufgang fliegt oder in den Untergang.

Am Morgen, nachdem sie mir die Viertelmillion geschenkt hatte, fragte Silvie, ob ich Lust hätte, Paris zu verlassen. Und ich stimmte zu. Marieclaire bot mit immer noch eisigem Blick an, mich rasch zu einer Bank zu fahren. Ich wolle doch bestimmt meinen Scheck schnellstmöglich einlösen, meinte sie.

Silvie protestierte. Sie wollte mich keine Minute von ihrer Seite lassen. Und ihre Argumente hatten durchaus etwas für sich. Auszahlen lassen könne ich mir das Geld nicht, sagte sie. Wollte ich etwa mit einer Viertelmillion in der Tasche auf Weltreise gehen? Marieclaire müsse ohnehin noch zur Bank, da könne sie das für mich erledigen. Ich müsse ihr nur meine Bankverbindung nennen, damit die Summe gutgeschrieben werden könne.

«Das eilt nicht», sagte ich und sah, wie Marieclaire für einen Moment irritiert die Stirn runzelte. Immerhin räumte ich ihr damit mehr Zeit ein, den Scheck sperren zu lassen. Aber sie hätte ihn auch unterwegs zerreißen können. Abgesehen davon hatte ich nur zwei Konten, privat und geschäftlich. Bei meinen Schulden hätten die Banken jede Gutschrift sofort einkassiert. Ich wollte mir bei Gelegenheit anderswo ein neues Konto einrichten. Doch dazu kam es nie.

Der Scheck liegt immer noch oben in meiner Reisetasche – nun zusammen mit unserem Trauschein. Auf den Staatsanwalt macht das garantiert Eindruck. «Warum hätte Paul Schmalbach sich mit Peanuts zufrieden geben sollen, wenn er alles haben konnte? Er hat rasch erkannt, welch armes reiches Mädchen er an der Angel hatte. Ein bedauernswertes Geschöpf, das seine Eltern früh verloren hatte und nichts weiter suchte als Liebe und Geborgenheit.» Ja, klar. Und den Spaß nicht zu vergessen.

Aber wir hatten eine wirklich tolle Zeit, blieben gerade noch lange genug, um ein paar Einkäufe zu machen. Etwas Garderobe für mich und einen zusätzlichen Koffer, weil ich natürlich nicht auf einen längeren Urlaub eingerichtet war. Silvie begleitete mich und zahlte. Marieclaire traf währenddessen die Reisevorbereitungen.

Ehe wir aufbrachen, rief ich noch meinen Oberkellner an. Er machte sich bereits Sorgen, wo ich abgeblieben war. «Ich hatte ein blödes Gefühl, als du mir den Wohnungsschlüssel gebracht hast», sagte er. «Da dachte ich, den Paul siehst du nicht wieder. Der hat alles verloren, jetzt macht er Schluss.»

Ich beruhigte ihn, es ginge mir großartig, ich hätte eine tolle Bekanntschaft geschlossen und wolle jetzt mal ausgiebig Urlaub machen. Wo ich war und mit wem ich mich amüsierte, erwähnte ich nicht. Ich bat ihn nur noch, meine persönliche Habe aus der Wohnung zu holen und aufzubewahren, bis ich zurückkäme.

Dann ging es zum Flughafen und im Privatjet über den großen Teich. Es folgten ein paar unbeschwerte Wochen. Bis Ende September waren wir in Mexiko, Kuba, Tahiti, Hawaii und Jamaika. Ich hätte mir nie träumen lassen, dass ich einmal die Chance bekäme, all diese sehenswerten Fleckchen Erde kennen zu lernen, noch dazu kostenfrei und in solch reizvoller Begleitung.

Schon in Mexiko kamen Marieclaire und ich uns näher, weil ich eben nicht mit meinem Scheck zur erstbesten Bank rannte und nicht immerzu neue Unterwäsche oder Socken brauchte. Oberbekleidung wurde dem Zimmerservice zur Reinigung übergeben. Alles andere warf Silvie entweder nach einmaligem Gebrauch weg, oder Marieclaire stand damit im Bad und wusch die Sachen mit der Hand, wie ich es mit meiner Wäsche auch tat. Und es machte mir nichts aus, ihr diese Arbeit abzunehmen, weil sie genug anderes zu tun hatte.

Auf Kuba entschuldigte sie sich bei mir für ihr bisheriges Verhalten: «Ich habe dich falsch eingeschätzt, Paul.»
Und auf Tahiti schliefen wir zum ersten Mal miteinander – nicht etwa heimlich. Silvie drängte darauf: «Du bist so gut für mich, Chéri. Zeig Marieclaire endlich, dass du auch gut für sie bist.»
Hätte ich ablehnen sollen? Den Mann möchte ich sehen, der Marieclaire von der Bettkante gestoßen hätte. Sie war – ist – erfahren und zärtlich, reif und verständnisvoll, erwachsen eben, durch und durch eine Frau, und zwar eine sehr attraktive. Und sie liebt wie eine Frau, aber mit der Bescheidenheit der zweiten Geige, notfalls zurücksteckend. Wenn Silvie so unersättlich war, sodass für Marieclaire – um beim Beispiel des geteilten Apfels zu bleiben – nur die Kerne blieben, dann verzichtete sie lieber.

Silvie liebte besitzergreifend und mit der Besessenheit eines verwöhnten Kindes, das nichts wieder hergeben konnte, was es einmal in seinen rot lackierten Krallen hielt. Ich entdeckte schon nach ein paar Tagen die ersten, kleinen Macken an ihr, wertete sie jedoch anfangs noch als Zeichen von Verliebtheit.

Sie naschte ständig von meinem Teller und nippte unentwegt an meinen Drinks, oder sie tauschte, weil sie fand, ihr Essen sei köstlicher als meins, ich müsse es unbedingt haben. Das sah so aus, als wolle sie mich verwöhnen. Dabei machte sie mir Vorschriften, was ich zu essen und zu trinken hatte. Wenn ich ihre «Empfehlungen» ignorierte, wurde auch mal mit einer Armbewegung mein Teller vom Tisch gewischt. Natürlich entschuldigte sie sich anschließend für das «Versehen».

Einmal riss sie mir eine halb geschälte Orange aus der Hand. «Nimm lieber Trauben, Chéri. Die Orangen sind bitter, ich habe schon eine probiert.»

Und einmal schnappte sie mir das Glas vom Mund weg und kippte mein Bier aus, weil angeblich ein Insekt reingeflogen war. Lappalien. Ich bestellte mir halt ein neues Bier, weil mir nicht nach Champagner war.

Ich war glücklich in den ersten Wochen. Manchmal dachte ich, ein gütiger Himmel wolle mich für die vergebliche Schufterei der letzten Jahre entschädigen. Genügend Geld für einen neuen Anfang im Rücken, vor mir die Freiheit, mir aussuchen zu können, wo ich mir wieder eine eigene Existenz aufbauen wollte. Und an jeder Seite eine bezaubernde Frau. Aufregende Nächte in Luxushotels. Eifersucht war kein Thema. Im Gegenteil, Silvie wachte mit Argusaugen darüber, dass Marieclaire nicht zu kurz kam. Wenn ich mal zu müde war, hieß es: «Du darfst Marieclaire nicht vernachlässigen, Chéri.»

Am nächsten Morgen sehnte ich mich oft nach ein paar erholsamen Stunden. Die traumhaften Strände lagen ja meist in erreichbarer Nähe. Aber sobald die Sprache aufs Wasser kam, überraschte Silvie uns mit dem nächsten Reiseziel. Und die folgende Nacht verbrachten wir meist schon woanders oder noch im Jet.

Man hätte annehmen können, Silvie sähe nur einen Sinn in ihrem Leben: Das Geld ihres Vaters möglichst schnell und weltweit unter die Leute zu bringen. Oder war es die Erinnerung an Adam und seinen Tod, der sie veranlasste, mich vom Wasser fern zu halten?

Marieclaire hatte die Horrorgeschichte nicht erfunden. Hin und wieder gab es deswegen kleine Auseinandersetzungen zwischen ihnen. Keinen Streit, nur eine Bemerkung, auf die eine unwillige Reaktion erfolgte. Diese kurzen Wortwechsel führten sie meist in ihrer Muttersprache und sehr schnell, sodass ich nicht alles verstand. Manchmal spielte Marieclaire auf mein Übergewicht an und meinte, ein wenig sportliche Betätigung könne mir nicht schaden. Sie schlug wohl mehrfach vor, mal ein Boot zu mieten, anstatt immer nur durch irgendwelche Straßen und Gassen zu bummeln. Und in dem Zusammenhang fiel dann immer der Name Adam.

Ein guter Strafverteidiger würde den Tod des Rucksacktouristen wahrscheinlich zu meinen Gunsten anführen, vielleicht auf eine Art Notwehr plädieren. Und exzellente Anwälte könnte ich mir jetzt im Dutzend leisten. Aber mit Adam würde ich nur Marieclaire in Schwierigkeiten bringen, weil sie die Sache damals vertuscht hat. Das war kein Problem, es hatte ja niemand mitbekommen, dass sie Adam mit an Bord nahmen.

Aber wenn Silvies Leiche geborgen wird – bei dem Geld, das hier im Spiel ist, wird man sie garantiert obduzieren, auf jeden Fall eine Blutprobe nehmen und feststellen, dass sie nicht nur einige Gläser Wein und höchstwahrscheinlich eine satte Dosis Ecstasy, Speed oder sonst ein Aufputschmittel im Leib hatte.

Da höre ich aber schon den Staatsanwalt: «Hohes Gericht, ein Mann, der sich gegen eine Frau verteidigt, betäubt diese Frau nicht mit Schlaftabletten. Und das muss Paul Schmalbach getan haben. Hätte seine Frau diese Tabletten aus eigenem Antrieb genommen, wäre sie kaum losgefahren. Das ist sie auch nicht. Er setzte sie in ein Auto, startete den Motor, stellte die Automatikschaltung in die Fahrstufe und löste die Handbremse. Vielleicht fuhr er auf dem Beifahrersitz noch ein Stück mit, um zu lenken, damit der Wagen nicht gleich in der ersten Kurve abstürzte. Dann lief er zurück und sperrte sich im Keller ein, um Marieclaire Meunier zu demonstrieren, dass er den Tod seiner Frau nicht hätte verhindern können.»

Blödsinn! Wenn es sich so abgespielt hätte, wäre ich garantiert wärmer angezogen. – Himmel, ist mir kalt. – In meinen Füßen sticht es, als wären sie mit Nadeln gespickt. Meine Hände fühlen sich bereits an wie Eis. Aber ich kenne eine Stelle, an der ich sie auftauen könnte. An der Stelle spürt Marieclaire meine Hände besonders gerne. Dazu hatten wir in den letzten Wochen nur keine Gelegenheit mehr.

Am liebsten würde ich sie, wenn sie herunterkommt, sofort wieder hinaufführen, mit ihr ins warme Bett kriechen und sie lieben, anders als sonst, bedächtiger, intensiver, mit all der Zeit, die wir nun für uns alleine hätten. Ich müsste nicht mehr mit einem Auge auf Silvie schielen.

Wie das jetzt klingen muss, kann ich mir lebhaft vorstellen: Wenn ein Mann die Wahl hat zwischen zwei aparten, jungen Frauen, von denen eine völlig durchgeknallt ist, aber so reich, dass es jede Vorstellungskraft übersteigt, und die andere nichts besitzt außer ihrer Schönheit, ihrer Sanftmut, ihrer Zärtlichkeit, ihrer Geduld und ihrem Verstand, dann heiratet der Mann die Verrückte, schleppt sie und ihre besorgte Freundin in die Berge und lässt seine frisch Angetraute dort über die Klinge springen – vielleicht sogar mit dem Einverständnis der besorgten Freundin.

Nein. Dass wir gemeinsame Sache gemacht hätten, kann eigentlich keiner annehmen. Ich bin mir ziemlich sicher, dass kein Mensch weiß, wie nahe Marieclaire und ich uns stehen. In den Hotelsuiten gab es immer zwei Schlafzimmer. Und Marieclaire sorgte jeden Morgen dafür, dass das zweite einen benutzten Eindruck machte. In den letzten Tagen in Spanien waren wir nicht zu dritt im Bett, um den Hausangestellten keinen Grund für Tuscheleien zu bieten. Dass Marieclaire mir diesen verlotterten Prachtbau empfohlen und dringend geraten hat, nicht mit Silvie darüber zu sprechen, weil wir sie sonst niemals hierher bekämen, hat niemand gehört.

Silvie hatte keine Ahnung, wo es hinging, und machte ein Riesentheater, als sie es merkte. Wir waren gestern noch nicht ganz hier angekommen, da stampfte sie mit einem Fuß auf wie ein trotziges Kind: «Ich bleibe nicht an diesem gottverlassenen Ort.»

Ich war überwältigt vom Anblick. Rundum ein paar monströse Gletscher, ein Wahnsinnspanorama und davor in dieser Mulde – Hochtal sagt man wohl oder Plateau – dieses imposante Gebäude. Von außen sieht man nicht, in welch herunterge-

kommenen Zustand es ist. «Es ist doch wunderschön», sagte ich.
Und sie meckerte: «Es hat nicht den geringsten Komfort.»
«Man braucht nicht viel Komfort, um glücklich zu sein», sagte ich. «Ein breites Bett, ein Herd, ein Tisch und ein Feuer im Kamin. Das ist romantisch. Es wird dir gefallen.»
«Nein!» Punkt und Schluss. Sie sah keine Romantik. Wir wären mitten in der Wildnis, zeterte sie, und völlig auf uns allein gestellt. Kein Dienstpersonal, das uns umsorgte. Keine Hotelpagen, die unser Gepäck schleppten. Keine Köche, die für unser leibliches Wohl sorgten, nicht einmal Restaurants in akzeptabler Entfernung.

In fehlenden Restaurants sah ich nun wirklich kein Problem. Ich war fest entschlossen, ihr in den nächsten Wochen zu zeigen, was ich mir unter gesunder Ernährung und ausgewogenen Mahlzeiten vorstellte, freute mich darauf, endlich mal wieder selbst an einem Herd zu stehen. Dass ich ihn mit Holz befeuern müsste, wusste ich ja noch nicht, als wir ankamen. Das hat aber gut geklappt heute Mittag. Und dass außer uns weit und breit keine Menschenseele wäre, das war ja der Zweck der Aktion. Keine Hotelpagen, kein Zimmerservice, kein Dienstpersonal, auch keine Taxifahrer, die sie losschicken könnte, um rasch ein paar Glücksbringer zu besorgen.

Sie muss noch welche gehabt haben, da bin ich absolut sicher. Ich habe gestern Abend ihr Gepäck kontrolliert, da war nichts drin. So dämlich war sie nicht. Sie wusste genau, dass ich ihr alles wegnehme, was ich finde. Vermutlich trug sie ihre Vorräte am Körper. Und während wir damit beschäftigt waren, Koffer, Taschen, Kisten und Kartons in die Halle zu schleppen, wird sie das Gift irgendwo versteckt haben. Hier gibt es abertausend Möglichkeiten. Wenn ich den Scheißkerl zu packen kriege, der ihr das zugesteckt hat …

Ich nehme an, während des Flugs hat sich der Kabinensteward gut bezahlen lassen für den kleinen Gefallen. Telefonieren konnte Silvie schließlich auch, und Bargeld hatte sie immer in ausreichender Menge dabei. Marieclaire meinte heute Mittag, sie könne es nur im Jet bekommen haben. Während des Flugs waren wir beide nicht in Habachtstellung. Wir waren ziemlich erledigt.

Die letzten Wochen waren eine einzige Strapaze. Wenn ich einen Fotoapparat dabeigehabt hätte wie ein Japaner, könnte ich vielleicht rekonstruieren, wo wir überall waren. New York, Rio, Tokio, Shanghai, London, Madrid, Sydney und nicht zu vergessen Hongkong, wo mich an dieser Garküche am Straßenrand der Ekel fast erwürgte. Daran erinnere ich mich natürlich. Marieclaire nannte es die Städtetour.

Damit begann Silvie, nachdem wir Ende September für einen Tag in der Provence gewesen waren. Es gab etwas zu bereden, was Marieclaires Vater nicht am Telefon mit ihr besprechen wollte. Da trafen wir ihn eben in dem Landhaus, das heißt, Marieclaire traf ihn, während Silvie mir die Gegend zeigte. Sie wollte ihrem Finanzberater nicht beggnen, wollte auch nicht, dass er mich zu Gesicht bekam. An dem Tag war sie schon ziemlich durch den Wind, hatte Angst, man könne sie wegen ihrer Eskapaden gegen ihren Willen in ein Sanatorium einweisen und entmündigen lassen.

Das wäre vermutlich die beste Lösung gewesen. Ende September wusste ich schon genau, dass sie tablettensüchtig war. Und sie sagte: «Ich bin nicht verrückt, Chéri. Ich bin auch keine Nymphomanin. Ich liebe dich. Ich brauche keine Ärzte, nur dich. Du darfst nicht zulassen, dass sie uns trennen.»

Ich versprach ihr zwar alles, was sie hören wollte. Aber im Ernstfall hätte ich nicht gewusst, wie ich so eine Einweisung verhindern sollte. Das wusste sie wohl auch. Und da ging es dann eben los. Die reinste Flucht war das. Nur ja nicht länger an einem Ort bleiben. Fast jede Nacht ein anderes Bett. Es lohnte praktisch nicht mehr, die Koffer auszupacken.

Und das war nicht mein Ding. In achtzig Tagen einmal um die Welt, das hätte mir vielleicht noch gefallen. Aber in der Zeit schafften wir das im Privatjet vierzigmal. Rein in den Flieger, raus aus dem Flieger, rein ins Auto. Marieclaire fuhr in einem zweiten Wagen meist voraus zum Hotel, um alles Mögliche und Unmögliche zu erledigen, während Silvie mit mir eine Stadtrundfahrt machte. Vorbei an etlichen Sehenswürdigkeiten, es ging nur noch vorbei, angehalten wurde höchstens, wenn sie Hunger bekam.

Schon ehe sie in Hongkong diesen undefinierbaren Fraß in sich hineinschlang, fühlte ich mich überfordert, sehnte mich nach Ruhe, Beständigkeit, einer sinnvollen Beschäftigung. Und einer Frau, die auch mal ein paar Wochen, Monate, vielleicht sogar Jahre an einem Ort bleiben konnte. Mit Silvie schien das utopisch.

Marieclaire litt ebenso unter dieser Hetzjagd wie ich. Sie beschwerte sich nicht, aber sie hatte schließlich die Arbeit damit. Musste dafür sorgen, dass der Jet bereitstand und ein oder zwei Wagen, dass die Suiten hergerichtet waren, wenn wir ankamen. Und dass zu diesem Zeitpunkt nirgendwo mehr kleine Glücksbringer für Silvie deponiert waren.

Mehr als einmal sprachen wir darüber, wenn Marieclaire es geschafft hatte, ihr zwei Schlaftabletten in einen Drink oder ins Essen zu mischen, damit wir wenigstens ein bisschen Ruhe hatten. Wenn Silvie dann endlich schlief, war ich meist zu müde, um noch mit Marieclaire zu schlafen. Ich bekam ja immer meinen Teil von den Schlafmitteln ab, konnte von Glück sagen, wenn Silvie sich aufs Naschen beschränkte und unsere Teller oder Gläser nicht tauschte.

«Mach dir darum keine Gedanken, Paul», sagte Marieclaire einmal. «Ich bin ebenso erschöpft wie du. Und für mich ist Sex nicht der höchste Ausdruck der Gefühle. Ich sitze gerne ein Weilchen nur so mit dir zusammen.»

Unsere Plauderstunde nannte sie das. Außer mir hatte sie

auch niemanden, mit dem sie über ihre Sorgen reden konnte. Ihr Vater war nur für die Finanzen des Firmenkonsortiums zuständig – und offenbar tatsächlich darauf aus, Silvie aus dem Verkehr zu ziehen, ehe sie eine Überdosis schluckte oder einen Zusammenbruch erlitt, weil sie sich völlig verausgabte.

«So ist es immer nach einigen Wochen», sagte Marieclaire in – ach, ich weiß nicht mehr, wo, ist ja auch gar nicht so wichtig. «Und es wird noch schlimmer werden, Paul. Ich kenne das. Silvie stirbt tausend Tode vor Furcht, einen Mann zu verlieren. Und bisher hat sie noch jeden verloren.»

«Kein Wunder», versuchte ich zu scherzen, «wenn du Schecks ausstellst, damit die Herren sich mitten in der Nacht davonschleichen.»

«Die meisten sind gegangen, weil sie Silvies Verhalten nicht mehr ertrugen», stellte Marieclaire richtig. «Und die anderen wollten nur ihr Geld. Da hielt ich es für schonender, ihr diese Erkenntnis zu ersparen.»

Es blieb nicht aus, dass wir uns bei solchen Gesprächen näher kamen, viel näher als mit Sex. Es blieb auch nicht aus, dass ich mir hin und wieder ausmalte, wie es wohl wäre ohne Silvie. Irgendwo eine neue Existenz aufbauen. Ich war nun mal daran gewöhnt, für mein Geld zu arbeiten. Klingt vielleicht blöd, bringt es aber auf den Punkt.

Darüber sprachen wir auch mehrfach. Und einmal sagte Marieclaire: «Wenn du nicht mehr willst oder kannst, Paul, sag es mir. Ich werde deine Abreise so arrangieren, dass sie dir keine Szene machen kann. Ich bin auch gerne bereit, dir noch einen Scheck auszustellen, damit du dir deinen Traum verwirklichen kannst. Du hast es verdient.»

Das war Ende Oktober, und da war es eben viel zu spät, um noch so einfach zu verschwinden. Zum einen fühlte ich mich für Silvie verantwortlich, zum anderen konnte ich mir nicht mehr vorstellen, ohne Marieclaire zu leben oder sie mit dem Elend allein zu lassen. Gefühle ändern sich eben, wenn man einen Menschen besser kennt, seine Beweggründe versteht, die Ablehnung der ersten Tage nachvollziehen kann. Und Marieclaire hätte Silvie niemals verlassen.

Wie ich ihr beibringen soll, dass Silvie nun uns verlassen hat, weiß ich noch gar nicht. Sie hat ja nichts mehr davon mitbekommen, war zu dem Zeitpunkt längst im Westflügel und schlief vermutlich fest.

Es ist genau das passiert, was wir beide verhindern wollten. Am Vormittag war Silvie völlig von der Rolle. Wir befürchteten, dass sie sich ins Auto setzt und abhaut, wenn wir mal für einen Moment nicht aufpassen. Kurz vor Mittag hat sie Marieclaire im Keller eingesperrt, um an einen Autoschlüssel zu kommen. Einen hatte ich bei mir, der zweite war in Marieclaires Handtasche – gewesen. Dann war er weg. Silvie bestritt, die Tasche angefasst und den Schlüssel genommen zu haben. Aber eine andere Möglichkeit gab es nicht, es war ja außer uns keiner hier.

Ich hab die vier Tabletten nur in den Wein gerührt, um Silvie ruhig zu stellen. Sie sollte schlafen, nicht sterben. Drei Gläser Wein kippte sie runter wie Wasser, dann sackte sie förmlich in sich zusammen und schlief mit dem Kopf auf dem Küchentisch ein. Marieclaire gönnte sich auch ein Glas, obwohl sie wusste, dass es nicht purer Rotwein war. Sie hatte mir die Kapseln ja gegeben, sonst bekam Silvie immer zwei für eine Nacht. Aber auf dreiviertel Liter und in Kombination mit dem, was sie am Vormittag an Aufputschmitteln geschluckt haben musste ...

«Mit etwas Glück schläft sie bis zum Abend, und du findest auch ein wenig Ruhe, Paul», sagte Marieclaire, ehe sie die Küche verließ. «Aber wahrscheinlich ist sie in ein oder zwei Stunden wieder fit. Kommst du allein zurecht? Oder soll ich mich im Kaminzimmer auf die Couch legen?»

«Nein, leg dich ruhig ins Bett und schlaf dich mal richtig aus», sagte ich. «Ich bleibe bei ihr.»

«Vielleicht solltest du zur Sicherheit noch eine Flasche Wein bereithalten», schlug Marieclaire vor. «Damit kannst du sie beschäftigen, wenn sie aufwacht.»

«Lieber nicht», sagte ich. «Ich mache einen Spaziergang mit ihr, das ist gesünder, sonst hat sie nachher eine Alkoholvergiftung.»

«Doch nicht von den paar Gläsern», meinte Marieclaire. «Davon bekommt sie höchstens einen tüchtigen Rausch, und das ist mir lieber, als eine böse Überraschung zu erleben. Geh nicht mir ihr ins Freie, Paul. Lass sie nicht in die Nähe des Wagens. Wir dürfen kein Risiko eingehen. Solange wir den Autoschlüssel nicht gefunden haben, kann sie jederzeit, auch in der Nacht ...»

«Schon gut», unterbrach ich sie. «Mach dir keine Sorgen. Ich werde sie nicht aus den Augen lassen.»

Das wollte ich auch nicht. Bei allem, was mir heilig ist. Und ich hab's auch nicht getan in der ersten halben Stunde. Ich bin in der Küche geblieben, habe das Geschirr und die Gläser vom Tisch geräumt, damit sie nicht etwas runterstieß. Sie schlief unruhig, ihre Hände zuckten unentwegt, als wolle sie etwas greifen.

Dann habe ich abgewaschen, das Wasser auf dem Herd war gerade heiß genug. Und ich mag es nicht, wenn schmutziges Geschirr herumsteht. Danach habe ich im Kaminzimmer Holz nachgelegt, weil ich es mir dort gemütlich machen wollte, da wäre ich in Hörweite gewesen.

Und bevor ich mich auf der Couch ausstreckte, wollte ich eben noch schnell eine Flasche raufholen. Nicht für Silvie. Der Wein war zwar als Ersatzdroge gedacht, um ihr den Entzug in den ersten Tagen zu erleichtern. Aber für mein Empfinden hatte sie mehr als genug. Ich dagegen hatte zum Essen nur Wasser getrunken. Ehe ich in die Halle ging, habe ich ihr noch ein Kissen unter den Kopf geschoben. Sie reagierte nicht. Und ich sah keine Gefahr darin, sie für ein paar Minuten alleine zu lassen.

Und dann stand ich vor der verdammten Kellertür, musste gegen die Eichenbalken hämmern und brüllen wie Marieclaire kurz vor Mittag. Damit habe ich Silvie natürlich geweckt, die Küche ist nicht weit entfernt. Aber sie hat in ihrem benebelten Hirn nicht begriffen, wo ich war und was ich von ihr wollte. Ich hörte sie rufen. «Paul, wo bist du, Chéri?» Dann brüllte sie nach Marieclaire. Anschließend wieder nach mir: «Chéri! Das kannst du nicht tun! Wir sind verheiratet!» Wahrscheinlich dachte sie, ich hätte sie trotz Trauschein sitzen lassen wie José, Manuel, Pierre und der feurige Umberto, dieser Mistkerl.

Ihre Stimme wurde leiser. Ich konnte mir denken, dass sie ins Freie gerannt war. So rasch wie möglich hetzte ich die Stiege hinunter zu den Mauerschlitzen und brüllte: «Komm zurück, Silvie! Ich bin hier unten! Komm zurück und mach mir die Kellertür auf.»

Dann hörte ich den Motor.

Was hätte ich denn tun sollen? – Ich konnte doch überhaupt nichts tun. – Marieclaire wird mir den Kopf abreißen.

Eine Stunde Fahrt, sagte sie. Ich habe gestern nur die letzten Minuten davon mitbekommen. Kaum saß ich hinten im Auto, fielen mir die Augen von alleine zu. Aufgewacht bin ich erst, da waren wir schon ziemlich hoch. Marieclaire saß am Steuer, Silvie neben ihr zeterte und hat mich damit geweckt. Sie sprach französisch und ziemlich schnell.

Ich habe nicht viel verstanden, aber es ging um den Spaghettikoch Umberto. Seinen Namen nannte sie mehrfach. – Ich kenne den Kerl nicht, aber ich kann ihn nicht ausstehen. Er wohnt wohl hier in der Gegend und hat seinen Teil dazu beigetragen, dass Silvie völlig neben der Schiene war.

Vergangenes Jahr im Sommer waren sie mit dem Italiener zusammen, auch für zwei Tage in diesem Schlösschen. Ich hoffe, er hat hier mal genauso gefroren wie ich. Ist aber nicht anzunehmen. Zu Fuß runter musste er auch nicht, Marieclaire hat ihn ins Tal gefahren – mit einem ziemlich großen Scheck.

Marieclaire. Ich werde hier zum Eiszapfen. Sei lieb und wach auf. Oder willst du bis zum Abend schlafen? Und was willst du in der Nacht tun? Ich kann es mir denken, mein Herz. Aber daraus wird leider nichts. Wir haben eine Menge zu reden – und diesmal wird es bestimmt keine Plauderstunde.

Eine Stunde – Fahrt wohlgemerkt. Und das Auto liegt jetzt seit gut anderthalb Stunden mit Silvie hinterm Steuer in irgendeinem Abgrund. Für Marieclaire und mich bedeutet das morgen einen Gewaltmarsch. Heute brauchen wir das gar nicht mehr zu versuchen. Aber das ist noch meine geringste Sorge. Wir werden uns warm anziehen, vor allem geeignetes Schuhwerk, und Proviant mitnehmen. Runter kommen wir, keine Frage. Eine Straße, die man mit einem Auto befahren kann, schafft man zu Fuß allemal.

Vielleicht haben unsere Handys auch schon auf halber Strecke wieder Empfang. Dann könnte Marieclaire den Hubschrauber anfordern, der unseren ganzen Kram hergebracht hat. Mit dem Auto war das nicht zu schaffen, so groß ist ein Kofferraum nicht. Man braucht eine ganze Menge, wenn man sich für ein paar Wochen in die Wildnis zurückziehen will. Und wenn so ein Firmenkonsortium über diverse eigene Verkehrsmittel verfügt, hat das schon gewisse Vorteile.

Wenn der Hubschrauber uns unten abholt, sind wir schnell wieder in der Zivilisation. Auch im Tal gibt es nämlich keine, nur ein Bauernkaff. Ich hab's nicht gesehen, hab ja den größten Teil der Strecke verpennt. Silvie sprach davon. Eine Hand voll Häuser, Hühner, Schafe und Ziegen auf der einzigen Straße. Menschen sieht man angeblich selten. Es gäbe nicht mal einen Arzt, sagte sie. Natürlich auch keine Polizei.

Ist mir lieber so. Wo genau wir sind, weiß ich gar nicht. So ist das, wenn man im Privatjet landet, auf dem Rollfeld in ein Auto umsteigt und sich dabei vor Müdigkeit kaum noch auf den Beinen halten kann. Da kriegt man nicht viel mit. Silvie wetterte nur gegen den gottverlassenen Ort, und Marieclaire sprach vom Schloss in den Bergen. Eine genaue Ortsbezeichnung hat sie nie gemacht.

Die Karpaten werden es nicht sein, auch nicht der Himalaja. Ich schätze, es sind die Alpen oder die Abruzzen, italienische Berge jedenfalls, wenn Umberto in der Gegend wohnt. Und ehe ich einem Carabinieri verklickert habe, dass meine Frau ...

Ich habe sie doch nicht geheiratet, um sie zu beerben. Was soll ich mit zwei Öltankern, einer Bohrinsel und einer Hotelkette? Ein kleines Hotel würde mir vollauf genügen. Etwas Überschaubares, etwas ganz Exklusives für gut betuchte Kunden, die nicht von Krethi und Plethi belästigt werden wollen, wenn sie mal ausspannen. Ausgezeichnete Küche und der Chef persönlich am Herd. Das wäre mein Traum. Und dafür wäre dieser Kasten hier genau richtig. Das dachte ich schon gestern.

Was das wohl kosten würde, alles zu sanieren, zu modernisieren und entsprechend einzurichten? Ein paar Millionen wahrscheinlich. Aber einen Kredit müsste ich dafür nicht aufnehmen. Ich würde die Öltanker und die Bohrinsel verkaufen, vom Ölgeschäft habe ich nun wirklich keine Ahnung.

Wie viele Zimmer es insgesamt gibt, weiß ich noch gar nicht. Gestern war nicht die Zeit für einen Rundgang. Ehe wir den ganzen Kram reingeschleppt, die Küche, das Bad und das große Schlafzimmer im Westflügel beheizt hatten, war es dunkel. Zum Glück lag stapelweise Holz im Vorratsraum neben der Küche.

Damit hat sich Umberto die beiden Tage hier vertrieben. Der Scheißkerl hat Silvie Hoffnungen auf ein immerwährendes Glück an seiner Seite gemacht. Dabei hatte er es nur auf ihr Geld abgesehen – und auf Marieclaire. Daraus hat er auch gar keinen

Hehl gemacht. Ihr gegenüber ganz offen ausgesprochen, dass er Silvie nur heiraten will, um sie schnellstmöglich in einer Anstalt unterzubringen. Die Rechnung hatte er aber ohne Marieclaire gemacht. Sie hat ihn rasch zur Räson gebracht. Holz hacken, bis er die Schnauze voll hatte und lieber einen Scheck von ihr nahm. Eine halbe Million, so viel hat sonst keiner bekommen.

Heute Vormittag wollte ich mir alles anschauen, bin aber nur bis in den Ostflügel gekommen. Da gibt es im Erdgeschoss große Säle mit herrlichen Stuckdecken und wundervollen Parkettböden, die unbedingt erhalten werden müssten. Natürlich ist alles total verdreckt, es hat ja seit Jahr und Tag kein Mensch mehr ausgefegt, geschweige denn aufgewischt.

Als ich hinauf in den ersten Stock wollte, kam Silvie, und ich musste meine Besichtigungstour abbrechen. Sie war ziemlich aufgekratzt und angezogen wie für eine Bergwanderung. «Lass uns gehen, Chéri», verlangte sie.

Ich dachte, sie wolle einen Spaziergang machen, und sagte: «Das tun wir nach dem Essen. Dann hat sich der Nebel bestimmt völlig verzogen.»

«Nein, sofort», beharrte sie und behauptete, Marieclaire sei schon gegangen.

«Wohin denn?», fragte ich verblüfft.

Großartig irgendwohin gehen kann man hier ja nicht. Und mir hatte Marieclaire versprochen, die Küche so weit auf Vordermann zu bringen, dass ich mich ums Essen kümmern könnte. Gestern Abend haben wir uns mit Brot und Käse begnügt. Ehe ich hier einen Topf oder eine Pfanne auf den Herd stellen konnte, musste das ja erst mal alles gescheuert und gespült werden. Ich hatte das übernehmen wollen, und Marieclaire hatte gesagt: «Nein, Paul. Das mache ich schon. Schau du dir nur alles an.»

«Zu Umberto», erklärte Silvie. «Marieclaire will sich hier nicht erholen. Sie will nur zu Umberto. Er wird sich freuen, wenn sie kommt. Er hat sie sehr geliebt, das weiß ich. Hat sie dir

nicht erzählt, dass er mich nur heiraten wollte, um bei ihr zu sein? Hat sie dir überhaupt von ihm erzählt?»
«Ja», sagte ich.
Silvie nickte versonnen und zeigte auf eine Tür, die auch ins Freie führte. «Dann komm, Chéri. Lass Marieclaire glücklich werden mit Umberto. Sie hat es verdient, und wenn sie es so will.»
Obwohl ich mir nicht vorstellen konnte, dass Marieclaire es so wollte, bekam ich einen ziemlichen Schreck. Wer weiß denn schon genau, was im Kopf einer Frau vorgeht, die zehn Jahre lang für etliche Männer nur eine nette Zugabe gewesen war? Sie war Umberto immerhin so wichtig gewesen, dass er versucht hatte, sie zu seiner Komplizin zu machen. Vielleicht hatte sie mich auf Besichtungstour geschickt, damit ich sie nicht aufhielt. Marieclaire mochte gedacht haben, jetzt hätte Silvie einen zuverlässigen Mann an ihrer Seite, da dürfe sie mal an sich selbst denken. Vielleicht hatte Umberto nur deshalb eine halbe Million bekommen, damit er irgendwo hier in der Gegend eine Existenz für sie beide aufbauen konnte.
Tu mir das nicht an, Liebste, dachte ich, lass mich nicht allein mit dem verrückten Huhn. Ich hetzte in den Haupttrakt. Natürlich hatte Marieclaire uns nicht klammheimlich verlassen. Noch ehe ich die Halle erreichte, hörte ich sie gegen die Kellertür trommeln und schreien.
Mein armes Herz, seit mindestens zwanzig Minuten war sie schon eingesperrt und in heller Panik. Zum Glück war sie wärmer angezogen als ich, Thermohose, dicker Pullover, Wollsocken und gefütterte Stiefel. Frieren musste sie nicht. Trotzdem hatte sie sich die Fäuste wund geklopft an den Eichenbalken und die Kehle heiser gebrüllt. Richtig hysterisch war sie, als ich sie befreite. Wahrscheinlich hatte sie befürchtet, ich hätte mich von Silvie bequatschen lassen.
«Wenn du mich liebst, Chéri, bring mich sofort hier weg.»
Nicht auszudenken, wenn ich dem nachgegeben und den Ge-

bäudekomplex durch den Ausgang im Ostflügel verlassen hätte, wie Silvie es wollte. Was hätte Marieclaire denn tun sollen, allein mit einer Batterie Weinflaschen und Ungeziefer in diesem Gewölbe? Im ersten Moment dachte ich, sie würde Silvie an die Kehle gehen. Sie führte sich auf, als wäre sie bei lebendigem Leib von einer Ratte angeknabbert worden. – Na ja, Frauen und Ungeziefer. Aber sie hatte Recht. Hier gibt es tatsächlich Ratten. Und was für fette Biester. Da sitzt eine zwischen den Weinkartons und belauert mich, als warte sie darauf, dass ich ihr den Finger zum Reinbeißen hinhalte. Was mag die gefressen haben? Seit letzten Sommer war doch kein Mensch hier. Aber wahrscheinlich sind Lebensmittel zurückgeblieben. Nachdem Umberto das Weite gesucht hatte, sind meine Frauen auch abgereist.

Marieclaire! Ich bitte dich, mein Herz, komm herunter, ehe ich erfriere. – Ich werde mir einen tüchtigen Schnupfen holen, mindestens einen Schnupfen. Wenn ich Fieber bekomme, sind wir aufgeschmissen. Dann muss sie sich morgen alleine an den Abstieg machen, zumindest so weit runter, bis sie nach einem Hubschrauber telefonieren kann.

Den brauchen wir auf jeden Fall – für die Suche nach Silvie. Wie weit mag sie gekommen sein? Aus der ersten Kurve ist sie nicht geflogen, das sind nur zweihundert Meter Luftlinie, mehr oder weniger. Da hätte ich noch was hören müssen. – Oder auch nicht. Ich war nach dem Frühstück kurz draußen und hab einen Blick vom Plateau geworfen. Es geht ziemlich steil runter, sah aus wie eine riesige Rutschbahn, fünf-, sechshundert Meter etwa in die Tiefe. Und alles reinweiß. Eine Menge Schnee auf der Flanke. Heißt das so, Bergflanke? Es wäre wahrscheinlich ein Paradies für waghalsige Geländeskifahrer und Snowboarder.

Könnte sein, dass der Schnee das Aufprallgeräusch geschluckt hat. Andererseits hätte der Wagen vermutlich eine Lawine ausgelöst, und das hätte ich gehört. Es ist bestimmt weiter unten passiert. Für den Hubschrauber ist die Suche jedenfalls kein Problem. Ein dunkelroter Jaguar im Schnee müsste aus der Luft wie ein Fanal wirken – wenn er nicht weiter unten eine Lawine ausgelöst hat und verschüttet wurde. Nein, das stelle ich mir lieber nicht vor, obwohl es für mich günstig wäre. Man würde so schnell nichts finden, was man untersuchen könnte. Vielleicht würde man sogar annehmen, Silvie sei wer weiß wohin gefahren. Aber wenn sie noch gelebt hätte – und dann jämmerlich unter Schneemassen erstickt – nein, das hat sie nicht verdient.

Wir können ja gleich mal schauen, ob wir Spuren entdecken, vorausgesetzt, es ist draußen noch hell genug, wenn Marieclaire aufwacht.

Marieclaire! Jetzt komm schon. Du hast doch nur ein Glas getrunken. Silvie war mit drei Gläsern nach einen knappen halben Stunde wieder fit genug, um abzuhauen.

Dieses verrückte Huhn, was hat sie sich nur dabei gedacht, uns zurückzulassen? Ich begreife nicht, was in ihrem Kopf vorgegangen ist. Diese verfluchten Pillen. Ich wollte ihr doch nur helfen, sie zurückverwandeln in die Frau, die mich in Paris angelacht hatte. Aber ohne Pillen wurde es noch schlimmer.

In Las Vegas – da waren wir in der Woche vor unserer Trauung. Die ganze Woche im selben Hotel. Das durchzusetzen war leichter als erwartet. Ich sagte Silvie klipp und klar, dass ich nicht gewillt sei, noch länger mit ihnen um die Welt zu fliegen, dass ich mal einige Nächte hintereinander im selben Bett schlafen wolle.

So hatte ich die Möglichkeit, Einfluss auf ihren Konsum zu nehmen. Zuerst inspizierte ich die Suite, jeden Winkel, jedes Schubfach, jede Ritze, jedes frische Handtuch, die Bademäntel und die Obstschale natürlich. Darin fand ich einige Trösterchen, schnappte mir einen vom Zimmerservice. Der beteuerte, er hätte damit überhaupt nichts zu tun. Ich drohte, ihm die nächste Lieferung in den Hals zu stopfen, ganz egal, wer sie gebracht hätte. Mit der Methode erreichte ich mehr als Marieclaire mit ihren Bitten und einem Geldschein. Silvie zahlte doch immer besser.

Sie nahm die Suite komplett auseinander, wütete wie eine Irre, riss Kissen und Laken vom Bett und drehte die Matratzen um. Ich ließ sie eine Weile gewähren, dann sagte ich: «Spar dir die Mühe. Es ist nichts mehr da. Und du wirst auch nichts mehr bekommen, dafür habe ich gesorgt.»

«Ich suche nichts, Chéri», erklärte sie. «Ich vergewissere mich nur, dass kein Ungeziefer da ist.»

«In diesem Hotel gibt es keine Wanzen oder Flöhe», sagte ich.

«Aber manchmal gibt es größere Tiere», belehrte sie mich. «In Bombay hatten wir einen Skorpion im Bett. Sag es, Marieclaire. José wurde gebissen und ist daran gestorben.»

Marieclaire verdrehte nur die Augen. Und ich sagte: «Wir sind hier nicht in Bombay, und Skorpione beißen nicht, sie stechen. Aber so ein Stich ist meines Wissens für einen Erwachsenen nicht tödlich.»

«Doch», behauptete Silvie. «Ich habe es gesehen. José bekam schreckliche Krämpfe. Marieclaire hat ihn noch in eine Klinik gebracht, aber das hat nichts geholfen. Sag es, Marieclaire.»

«Ja, ja», sagte Marieclaire.

Sie meinte, Silvie hätte nichts von den Schecks gewusst, mit denen sie José, Manuel, Pierre und Umberto den Abschied versüßt hatte. Aber ich bin ziemlich sicher, dass Silvie zumindest eine Ahnung hatte. Einmal bat sie: «Du darfst von Marieclaire kein Geld nehmen, Chéri. Was du brauchst, bekommst du von mir.»

Sie hing an mir wie eine Klette. Keinen Schritt konnte ich mehr ohne sie tun, war nicht mal in der Lage, alleine aufs Klo zu

gehen. Wenn ich für zwei Sekunden außer Sichtweite war, brüllte sie los. «Wo bist du, Chéri? Lass mich nicht allein. Komm zu mir.»
Sie weigerte sich, abends noch etwas zu essen oder zu trinken. Wahrscheinlich ahnte sie auch, dass Marieclaire ihr heimlich Schlaftabletten verabreichte. Und schlafen wollte sie nicht mehr.

Ja, und dann habe ich ihr eben die Hochzeit vorgeschlagen. Sie war sofort einverstanden, schon am nächsten Tag waren wir in Reno und einen Tag später in Spanien. Ich dachte, ich könnte drei Fliegen mit einer Klappe schlagen. Silvie die Angst nehmen, dass ich über Nacht verschwinde. Als Ehemann dafür sorgen, dass sie für einen Entzug unter ärztlicher Aufsicht in ein Sanatorium und auch wieder rauskam. Und mit Marieclaire zusammen sein – bis dass der Tod uns scheidet.

Wenn Marieclaire nicht bald runterkommt, werde ich wohl als Nächstes ich von meinen Zehen geschieden. Die spüre ich gar nicht mehr. Ich brauche dringend ein heißes Bad.
Wir wären besser doch in Spanien geblieben. Da war das Wetter zwar auch nicht berauschend, aber immer noch besser als dieses Eisloch hier. Leider waren da auch etliche dienstbare Geister. Die Gefahr, dass Silvie den Gärtner oder sonst wen becircte, war mir einfach zu groß. Abgesehen davon war ich auch gespannt auf dieses Gemäuer. Ein Schloss in den Bergen. Hat ja nicht jeder.
Und ich mache was draus! Ich kriege mein kleines Hotel. Ich nehme mir ein paar erstklassige Anwälte. Ich lasse mich nicht einbuchten für einen Moment der Unaufmerksamkeit oder Eile. Was habe ich denn getan? Den Keil nicht fest genug unter die verdammte Kellertür geschoben. Das ist kein Verbrechen. Dass ich es mir mit einem Gläschen Wein am Kamin gemütlich machen wollte, kann man mir auch nicht zum Vorwurf machen.

Sollen sie mir doch erst mal beweisen, dass ich vier Schlaftabletten in die Karaffe gerührt habe. Könnte ja auch sein, dass Silvie die ohne unser Wissen geschluckt hat. Bei einer Frau, die wild durcheinander alles einwarf, was nur nach Pille aussah, darf sich darüber eigentlich keiner wundern. Ich hab's nur gut gemeint. Marieclaire wird das bestätigen. Und es gibt ja noch mehr Zeugen. Der Typ vom Zimmerservice in Las Vegas. Oder der Arzt in Spanien, mit dem habe ich mich lange unterhalten. Er sprach sehr gut Deutsch, hatte in Heidelberg studiert. Die Köchin hatte ihn mir empfohlen.

Ich dachte, ehe wir mit Silvie für einige Wochen in die Berge fliegen, sollte ich sicherstellen, dass keine gesundheitlichen Probleme auftauchen. Man weiß doch als Laie nicht, was bei einem Entzug alles kommen kann. Marieclaire stellte sich das so einfach vor. Mir waren auch ihre Schlaftabletten nicht ganz geheuer. Davon wird man genauso abhängig wie von dem anderen Zeug.

Während Marieclaire alles für einen längeren Aufenthalt hier organisierte, habe ich Silvie gründlich untersuchen lassen – unter dem Vorwand, dass ich ein Kind mit ihr haben wolle. Das habe ich ihr erzählt. Der Arzt wusste, worum es mir tatsächlich ging, und er meinte, schwerwiegende Probleme stünden nicht zu befürchten. Viel Ruhe, viel frische Luft, ausreichend Bewegung, gesunde Ernährung, für die ersten Tage, vielmehr Nächte notfalls ein paar von Marieclaires Schlaftabletten, Rotwein sei auch erlaubt.

Wozu habe ich eigentlich einen Korkenzieher am Taschenmesser? Die Flasche, die ich raufholen wollte, ist leider zerbrochen, als ich zu den Schlitzen gehetzt bin. Aber hier gibt es genügend Nachschub. Jetzt gönne ich mir erst mal einen guten Tropfen, vielleicht wärmt der von innen. Ich muss es ja nicht übertreiben, einen kühlen Kopf bewahren. – Was haben wir denn Gutes?

Also, diese Ratte ist wirklich dreist. – Hau ab, du Biest! – Die geht einfach nicht. Kann sie auch nicht, die ist tot. Woran ist die denn so schnell gestorben? Eben hat sie mich doch noch belauert. Sie hat Blut an der Schnauze. Komisch, ich dachte, wenn ein Tier verletzt ist und merkt, dass es zu Ende geht, verkriecht es sich irgendwo. Egal, ihre Verwandtschaft wird ihr bald ins Jenseits folgen. Ich schicke hier als Erstes einen Kammerjäger durch. Und dann lasse ich diese herrlichen Parkettböden abschleifen und neu versiegeln und die Stuckdecken reinigen und restaurieren. Und … Na, so gut ist der Tropfen nicht, zu süß. Was hast du denn da liefern lassen, Marieclaire? Château … Kann ich so nicht lesen, da muss ich unter die Schlitze.

Sieh mal einer an, wen haben wir denn da? Meine Kerze. Du bist aber weit gerollt. Jetzt gibt es Festbeleuchtung. So. Und jetzt gehen wir rauf und machen tüchtig Lärm. Vielleicht schläft Marieclaire nicht mehr so fest, dass man eine Kanone abfeuern müsste.

Marieclaire! Marieclaire! Schwing endlich deinen Hintern aus den Federn. Sonst friere ich mir den meinen noch ab!

Scheiße, Mann. An den Balken haut man sich wirklich die Fäuste kaputt. Jetzt hab ich mir auch noch einen Holzsplitter eingefangen. Das hat keinen Zweck. Wahrscheinlich stecke ich noch etliche Stunden fest. Von diesen Tabletten reichen normalerweise zwei für eine Nacht – bei Silvie. Für Marieclaire wird eine reichen. Ich muss mir was zum Überziehen suchen. Vielleicht liegen in dem Gerümpel im hinteren Teil auch Lumpen. Mit der Kerze sehe ich ja, wohin ich trete.

Das ist die reinste Müllhalde. Als hätte man hier die komplette Einrichtung von einem Saal und ein paar Schlafzimmern reingeworfen. – Einen Öltanker für eine alte Decke. – Vergiss es, Paul, hier gibt's nur kaputte Möbel und schimmelige Matratzen. Trink noch einen Schluck und setz dich oben auf die Stiege. Nein, warte mal, da hinten in der Ecke liegt was. Das sieht brauchbar aus.

NEIN! – MARIECLAIRE!

Das ist nicht wahr. – Gott, ist mir schlecht.

Marieclaire! Ich bitte dich, mein Leben, komm herunter, mach die verdammte Kellertür auf und sag mir, dass das nicht wahr ist!

Ich glaube, ich habe Umberto gefunden. – Und eine leere Weinflasche.

Die Ratte. Oh, verflucht! Die hat sich die Schnauze an den Glassplittern der Flasche verletzt, die ich fallen gelassen habe. Sie war an der Weinpfütze. Ist das Zeug etwa vergiftet? Das kann doch nicht sein, die sind doch alle verkorkt.

Aber mit einer Injektionsnadel durch einen Korken zu stechen ist kein Problem, Marieclaire, oder? Davon sieht man nichts.

O nein, wie viel hab ich denn schon?

Das hast du mir nicht angetan, Marieclaire.

Doch, du hast. – Großer Gott, war ich blöd. Deshalb hat Silvie unentwegt von meinen Tellern genascht und an meinen Drinks genippt, weil sie es wusste. Deshalb verlor sie ihren Verstand, schluckte pfundweise Aufputschmittel und wollte nicht mehr schlafen. Deshalb hat sie kurz vor Mittag den Keil unter der Kellertür fortgezogen. «Lass Marieclaire doch glücklich werden mit Umberto. Sie hat es verdient.»

Sie wusste es. Hab ich Recht, Marieclaire? Sie konnte nur

nicht offen sprechen, weil du sie mit Adam in der Hand hast. Ist es so? So ist es doch, Marieclaire. Sag es.

Aber du hast doch auch ein Glas Wein getrunken zu Mittag. Nur habe ich keine Schlaftabletten reingerührt, oder? Der Wein hat Silvie umgehauen, drei Gläser schnell hintereinander auf fast leeren Magen, in dem nur etwas Speed oder Ecstasy schwamm. Gegessen hat sie ja kaum etwas.

Und dann, Marieclaire? Du bist in die Halle gegangen, aber nicht in den Westflügel. Du hast irgendwo gelauert. Was hättest du gemacht, wenn ich nicht in den Keller gegangen wäre? Ein Messer genommen? Nein, wozu, heute Abend hätte ich bestimmt ein Glas getrunken. Da hättest du nur verhindern müssen, dass Silvie etwas abbekommt.

So musstest du nur den Keil unter der Kellertür wegziehen, Silvie aus der Küche schleppen und ins Auto verfrachten. Sie hat gar nicht angenommen, ich hätte sie sitzen lassen. «Wir sind verheiratet!», schrie sie. Sie dachte, der Trauschein wäre meine Lebensversicherung. War der überhaupt echt? Den Friedensrichter in Reno hast du doch besorgt.

Und wenn schon. So ein Schein ist schnell zerrissen. Du bist gefahren, Marieclaire, nicht sie. Du bist auch heil unten angekommen. Hab ich Recht? Was willst du den Leuten erzählen? Aber wer wird mich denn vermissen? Mein Oberkellner war doch schon im August der Meinung, dass er mich nicht wieder sieht.

Warum, Marieclaire?

Frag doch nicht so blöd, Paul. Silvie darf Spaß haben, aber keinen Mann, der sich ehrlich um sie sorgt. Dann wäre ihre besorgte Freundin nämlich überflüssig. Und Marieclaires Vater hätte nicht mehr uneingeschränkt die Kontrolle über sämtliche Finanzen.

Sag, dass es so ist, Marieclaire. – Nein, sag es nicht. Sag mir, dass ich nur träume. Marieclaire! Du kannst mich doch hier nicht verrecken lassen. Was soll ich denn jetzt tun? Weiter saufen, damit es schneller geht, und mich in eine Ecke legen wie Umberto? Hier komme ich doch nie im Leben raus. Ich bitte dich, Liebes, mach diese verdammte Tür auf und lass mich frei. Auch Umberto wird sich freuen, wenn du kommst.

An Heinrichs Stelle

Seit einem halben Jahr kam das Mädchen zweimal im Monat zu Bechtermann an den Schalter. Jeweils zum oder kurz nach dem Ersten legte sie ihm einen Scheck vor. Die Summe schwankte zwischen vierhundert und sechshundert Euro, die sie ihrem Konto gutschreiben ließ. Unterzeichnet waren diese Schecks von einem gewissen Heinrich Siepen. Der Nachname ließ sich nur sehr schwer entziffern, einzig klar erkennbar war das S. Der Rest bestand mehr oder weniger aus einer durchgezogenen Linie.

Aber Bechtermann wusste natürlich, von wessen Konto diese Schecks eingezogen und dem Mädchen gutgeschrieben wurden. Persönlich bekannt war ihm Heinrich Siepen nicht, weil dessen Konto – vielleicht hatte er auch mehrere – bei einer anderen Bank geführt wurde. So blieb für Bechtermann nur die eigene Phantasie, sich diesen ominösen Gönner vorzustellen.

Anfangs tat er das in abschreckenden Bildern. Mindestens dreimal so alt wie das Mädchen, vorgewölbter Bauch, Doppelkinn, Glatze, Tränensäcke, kurze, dicke Wurstfinger, die Anzüge vom besten Schneider und genug Geld, um ein junges Mädchen einzufangen und flachzulegen. Wofür sonst hätte Heinrich ihr diese Schecks ausstellen sollen? Eine Verwandtschaft schloss Bechtermann aus, Väter oder Großväter überwiesen ihren Töchtern oder Enkelinnen den monatlichen Unterhalt und drückten ihnen nicht Schecks in die Finger, für die sie sich jedes Mal aufs Neue bedanken mussten.

Die schwankende Summe tat ein übriges, um Bechtermanns Vorstellungskraft anzuheizen. Vierhundert, da hatte sie wohl nicht ganz so gewollt wie Heinrich. Bei fünfhundert war sie schon etwas bereitwilliger, und bei sechshundert war sie ihm ganz und gar zu Willen gewesen. Hatte zugelassen, dass Heinrichs Stummelfinger ihr zartes, festes Fleisch begrabschten und mehr, viel mehr.

Dabei war sie rein vom Äußeren her gar nicht der Typ, den Männer wie Heinrich sich als Freizeitbeschäftigung hielten. Sie sah nicht dumm aus und war keine Schönheit im landläufigen Sinne. Zweifellos hatte sie ein apartes Gesicht, wenn man es mit Bechtermanns Augen betrachtete. Sie war mittelgroß und schlank, hatte dem Anschein nach eine vollkommene Figur, obwohl sie sich alle Mühe gab, diese Tatsache zu verschleiern. Ihr Mund war vielleicht eine Spur zu breit, die Unterlippe mehr als üppig geraten. Das gab ihr diesen sinnlich verruchten Zug. Die Nase war klein, gerade gewachsen und ohne Auffälligkeiten. Und ihr Blick, dieser Blick aus halb verhangenen Augen – man hätte es auch als Schlupflider bezeichnen können –, war eine einzige Herausforderung.

Es überlief Bechtermann jedes Mal kalt und heiß im Wechsel, wenn sie an seinen Schalter trat und für Sekunden diesen verheißungsvollen Blick auf ihn richtete. Darin standen sie förmlich abgezeichnet, die heißen Nächte auf kühlen Laken, der biegsame Körper, die lustvollen Seufzer.

Darüber hinaus war eigentlich nichts Besonderes an ihr. Sie kleidete sich eher nachlässig, trug meist Röcke aus einem weichen, schlabberigen und sehr bunten Stoff, die ihr weit über die Waden, oft genug bis zu den Fußknöcheln reichten. Dazu einfache, sackartige Blusen, die nur erahnen ließen, welche Wonnen sich darunter verbargen.

Ihr Haar war dunkelblond, schulterlang, ordentlich in der Mitte gescheitelt und hinter die Ohren zurückgeschoben. Manchmal war es auf der linken Seite mit einer kleinen Hornspange befestigt. Und das gab ihr das Aussehen eines Schulmädchens.

Keine Frage, Heinrich gehörte zu jener Sorte Männer, die sich junges Fleisch etwas kosten ließen. Nur kam dieser Schweinehund für Bechtermanns Empfinden viel zu billig davon.

Jeweils um den Fünfzehnten kam das Mädchen dann zum zweiten Mal in die Bank und hob einen winzigen Betrag von ihrem Konto ab. Es tat Bechtermann jedes Mal in tiefster Seele weh, wenn er ihr die paar Scheine unter dem Panzerglas durchschieben musste. Das hatte sie nicht verdient, das nicht.

Was ihre finanzielle Seite betraf, wusste Bechtermann alles, was man von ihr wissen konnte. Dass sie die Miete – einschließlich der Nebenkosten knapp zweihundert Euro – per Dauerauftrag überweisen ließ. Dass sie in der Allgemeinen Ortskrankenkasse versichert war. Dass sie kein Fahrzeug besaß – sich keins leisten konnte, wie denn auch, bei diesen Kleckerbeträgen, die Heinrich ihr zukommen ließ? Und dass sie nur einen geringen Verbrauch an elektrischem Strom hatte.

Außerdem kannte Bechtermann natürlich ihren Namen, ihre genaue Anschrift und ihr Geburtsdatum. Im April war sie einundzwanzig geworden. Entschieden zu jung für Heinrich. Bechtermann hätte eine Menge gegeben, um an dessen Stelle zu sein.

Es war Mitte Mai, als Bechtermann zum ersten Mal Gelegenheit bekam, einen kurzen Blick auf Heinrich zu werfen. Dabei stellte er fest, dass seine widerliche Vorstellung ihn nicht getäuscht hatte. Heinrich war ein glatzköpfiger, dicker, feister, alter – das Wort hämmerte in Bechtermanns Schädel – Lustmolch mit Tränensäcken und stummeligen Wurstfingern.

Auf kurzen, stämmigen Beinen betrat Heinrich die Schalterhalle, dicht gefolgt von ihr. Und sie war plötzlich so klein, so verletzlich, hielt den Kopf gesenkt und ihren hinreißenden Blick auf den Boden gerichtet.

Sie kamen nicht zu Bechtermann an den Schalter. Heinrich

steuerte zielsicher den Schreibtisch des Kreditsachbearbeiters an, nahm unaufgefordert auf einem der beiden davor stehenden Polsterstühle Platz. Sie blieb noch stehen, mit hängenden Schultern, als ob gleich ein fürchterliches Urteil über sie gesprochen würde.

Wie Bechtermann später erfuhr, wurde über einen Kleinkredit verhandelt. Bewilligt wurde der jedoch nicht, weil Heinrich die Bürgschaft verweigerte und sie kein festes Einkommen vorweisen konnte. Es war erbärmlich, es war grotesk, es war eine Schande. Vor allem, wenn man bedachte, dass Heinrich bei dieser Gelegenheit ein eigenes Konto bei der Bank einrichtete, auf das wenig später eine Summe transferiert wurde, die sogar Bechtermann den Atem raubte.

Anfang Juni begann Bechtermann dann mit seinen abendlichen Spaziergängen. In den ersten Tagen dachte er sich noch gar nichts dabei, wenn es ihn am frühen Abend hinauszog, obwohl es ihn bis dahin nicht gereizt hatte, sich nach Schalterschluss noch die Beine zu vertreten. Er stand schließlich den ganzen Tag auf seinen Füßen. Da war man im Grunde nur bestrebt, endlich die Schuhe ausziehen zu dürfen, in bequeme Pantoffel zu schlüpfen und die Beine hochzulegen. Die milde Abendluft genießen konnte er auch in einem gemütlichen Sessel auf seinem Balkon.

Aber es war niemand da, mit dem er über diese mysteriöse und urplötzlich erwachte Sehnsucht hätte reden können, nach Feierabend mal etwas anderes zu sehen als immer nur das Haus gegenüber. Er lebte allein, war ein unscheinbarer, stets korrekt gekleideter Mann in den Vierzigern. Er war niemandem Rechenschaft schuldig, wie und womit er seine Freizeit verbrachte.

Und selbst machte er sich – wie gesagt – in den ersten Tagen noch keine Gedanken darüber. Er brachte seine abendlichen Wanderungen nicht einmal sofort mit dem Mädchen in Verbindung, weil er zu Anfang nur eine Runde durch das Viertel schlenderte, in dem er selbst seit Jahr und Tag wohnte. Mitten in der Stadt, wo die lauen Juniabende nicht wirklich Erfrischung brachten, dafür herrschte zu viel Verkehr, sodass man statt frischer Luft eigentlich nur Abgase in die Lungen bekam. Und das, fand Bechtermann bald, sei nicht der Sinn von Erholung. So setzte er sich schon in der zweiten Woche in seinen Wagen und fuhr ein Stück. In die Außenbezirke, wo der Verkehr abends nicht mehr so dicht war, wo genau genommen ab dem frühen Abend so gut wie gar kein Verkehr mehr herrschte, jedenfalls nicht auf der Straße. Seinen Wagen stellte Bechtermann dann auf irgendeinem freien Parkplatz ab, schlenderte anschließend stundenlang durch die allmählich dunkler werdenden Straßen und genoss es.

Natürlich registrierte er, dass er jedes Mal unweigerlich in der Brodwigallee ankam. Aber wie die Straßenbezeichnung schon sagte, Allee, es gab dort zu beiden Seiten der Straße schöne, alte Bäume. Ob Buchen, Linden, Eichen, möglicherweise Kastanien oder sonst etwas, wusste Bechtermann nicht zu sagen. Er war schließlich Bankkassierer und kein Botaniker. Es interessierte ihn auch nicht, Hauptsache Grün.

Und genau gegenüber dem Haus Nummer siebzehn gab es eine winzige Grünanlage, ausgestattet mit zwei einfachen Holzbänken, die förmlich zum Verweilen einluden. Auf einer davon ruhte Bechtermann dann ein wenig aus, im Höchstfall zwei Stunden, bevor er den Rückweg zu seinem Wagen antrat.

Von der Parkbank aus hatte er einen ausgezeichneten Blick auf die beiden Fenster im Erdgeschoss des Hauses Nummer siebzehn, beobachtete, wie das Licht hinter den Fenstern wechselte. Manchmal erschien für Sekunden ihre Gestalt in einem der gelben Vierecke. Dass sie die Vorhänge nicht zuzog, verstand Bechtermann nicht. Sie musste doch wissen, dass man von der Grünanlage aus direkt in ihre Privatsphäre blicken konnte.

Doch dann begriff er ihr Verhalten, und es war sehr schmerzhaft für ihn. Es störte sie gar nicht, sich den neugierigen, vielleicht sogar wollüstigen Blicken irgendwelcher Fremder auszusetzen. Eine Schande, aber wenn man es genau bedachte, und Bechtermann bedachte es unentwegt und ganz genau, hatte Heinrich sie wohl so abgestumpft oder verdorben, dass sie ihr natürliches Schamgefühl eingebüßt hatte.

Verwunderlich war es nicht. Wer sich diesen Wurstfingern, von anderen Dingen ganz zu schweigen, regelmäßig überlassen musste, um sein kümmerliches Dasein zu fristen, der büßte mehr ein als nur das natürliche Schamgefühl.

Auch wenn Bechtermann es weder vor sich selbst noch vor anderen eingestanden hätte, der Platz auf der Parkbank war sein ganz persönlicher Folterstuhl. Gepeinigt von der Vorstellung eines schwitzenden, wabbeligen Körpers auf weichem, festem Fleisch, das Keuchen aus wulstigen Lippen direkt im Ohr, starben seine Moralbegriffe und Wertempfindungen Abend für Abend einen grausamen Tod.

An einem Abend Anfang Juli sah er zu allem Überfluss auch noch Heinrichs Wagen vorfahren. Sah den feisten, alten Widerling die drei Stufen zur Haustür erklimmen, glaubte, das asthmatische Schnaufen zu vernehmen, sah, wie die Haustür aufgerissen wurde, noch bevor Heinrich sich bemerkbar gemacht hatte, sah ... Sie schlang tatsächlich ihre Arme um diesen Stiernacken, hauchte kleine Küsse auf die Hängebacken, zog und zerrte an diesem Monstrum, bis sie es hinter der sich schließenden Tür verbergen konnte. Gleich darauf wurden die Vorhänge zugezogen.

Das war mehr, als Bechtermann ertragen konnte. Er blieb trotzdem auf der Bank sitzen, starrte wie gebannt auf die nun nur noch schwach erleuchteten Vierecke der Fenster und glaubte, einen tanzenden Schatten dahinter zu erkennen. Sein Atem ging schnell und schneller. Die Hände ballten sich zu Fäusten, ohne dass er es bemerkte. Er wünschte sich, jetzt, in diesem Augenblick, seine Hände um Heinrichs Kehle legen zu können.

Eine Stunde verging, die zweite brach an. Bechtermann fror und schwitzte zur gleichen Zeit. Hinter seiner Stirn zogen Bilder vorbei, so grausam deutlich, als stehe er direkt in ihrem Schlafzimmer. Dann endlich ging die Haustür wieder auf, und Heinrich trat hinaus ins Freie.

Obwohl er etliche Meter entfernt saß, erkannte Bechtermann, wie dieses Tier sich genießerisch die Lippen leckte. Sie kam nicht mit zur Tür. Doch gleich darauf wurden die Vorhänge zurückgezogen. Gelber Lichtschein fiel auf den Rasen vor dem Haus Nummer siebzehn. Sie stand in dem hellen Viereck. Und deutlich war zu erkennen, dass sie nichts trug, außer ihrer Haarspange.

In den folgenden Wochen ertrug Bechtermann dieses Martyrium insgesamt dreimal, ehe er das erste Mal bei ihr eindrang.

Nachdem Heinrichs Wagen um die Straßenbiegung verschwunden war, ließ er noch eine Weile verstreichen, ehe er sich von der Parkbank erhob, die Straße überquerte, zielsicher und ohne zu zögern den Rasen vor dem Haus Nummer siebzehn betrat.

Eines der Fenster im Erdgeschoss stand spaltbreit offen. Eine weiße Gardine bauschte sich leicht und bedächtig im Nachtwind. Bechtermann drückte den Fensterflügel weiter nach innen und schwang sich mit angehaltenem Atem hinein in dieses dunkle, sinnverwirrende Reich. Mit geschlossenen Augen verharrte er, sog den schwachen Duft von Kräutertee tief in seine Lungen. Dann schaute er sich vorsichtig um.

Ein winziger Raum, ohne jeden Zweifel die Küche. Auf dem Tisch stand benutztes Geschirr, zwei Tassen, eine Teekanne. Aus dem Nebenraum drangen noch schwache Geräusche. Ein sanftes, kaum wahrnehmbares Knarren der Bettfederung.

Bechtermann lauschte und verlor darüber jedes Zeitgefühl. Er hätte nicht sagen können, ob Stunden oder nur Minuten vergangen waren, ehe er endlich behutsam die Tür zum Nebenzimmer öffnete. Lautlos schwang sie ein wenig auf, ebenso lautlos betrat er den Raum. Vom langen Warten waren seine Augen bestens auf die Dunkelheit eingestellt. Sofort erkannte er die Einrichtungsgegenstände. Das Bett in einer Ecke, einen kleinen

Tisch beim Fenster, links von der Tür ein Schrank, in der Mitte des Zimmers noch ein Tisch mit Stühlen darum. Vorsichtig umrundete er das Hindernis. Darauf bedacht, jedes Geräusch zu vermeiden, setzte er einen Fuß vor den anderen.

Sie schlief. Ihre gleichmäßigen, leichten Atemzüge erfüllten die Luft um ihn herum. Unter dem dünnen Laken zeichnete sich ihr Körper deutlich ab. Das Gesicht hatte sie der Wand zugedreht. Bechtermann trat dicht an ihr Bett heran, schaute auf sie herab und fühlte in diesen Sekunden nur das sehnsüchtige Ziehen in der Magengrube. Wie ein unschuldiges Kind lag sie da. So abgerückt von aller Schlechtigkeit, so fern diesem erniedrigenden Daseinskampf.

Er brachte es nicht über sich, sie zu berühren, schaffte es nicht einmal, einen Zipfel des Lakens anzuheben, begnügte sich mit dem Versprechen ihrer sanften Linien. Dem Schwung der knabenhaften und doch runden Hüften, den langen, schlanken Beinen, von denen sie eines leicht angewinkelt hatte, und den Brüsten, die sich ihm herausfordernd entgegenzurecken schienen.

Der Anblick reichte aus, seinen Entschluss zu festigen. Es musste etwas geschehen. Beim nächsten Besuch würde er nicht neben ihrem Bett bleiben.

Bechtermann plante sein Vorgehen so sorgfältig, wie er bis dahin jede Einzelheit seines unauffälligen Lebens geplant hatte. An welchen Tagen Heinrich für gewöhnlich seine Gier auf junges Fleisch befriedigte, hatte er durch seine Stunden auf der Parkbank in Erfahrung gebracht. Auch Heinrichs Fahrtroute ließ sich problemlos auskundschaften. Er nahm immer den gleichen Weg aus der Stadt heraus, eine wenig befahrene Landstraße. Alter Baumbestand rechts und links neben der Fahrbahn, hinter den Bäumen ein zwar tiefer, aber um diese Jahreszeit trockener Graben, dahinter freies Feld.

Der Rest war ein Kinderspiel. Bechtermann steuerte seinen

Wagen so geschickt zwischen die Straßenbäume, dass sich jedem Vorbeikommenden das Bild eines Unfalls bieten musste. Dann legte er den Oberkörper auf das Lenkrad, verdrehte die Kopf. Beide Arme ließ er schlaff zu den Seiten herabhängen.
Wie berechnet kam Heinrich wenig später an der Stelle vorbei. Bechtermann hörte das Kreischen der Bremsen, dann das Aufröhren des Motors, als Heinrich seinen Wagen um etliche Meter zurücktrieb. Er hielt dicht hinter Bechtermanns Auto an. Das Motorgeräusch erstarb, eine Wagentür schlug. Dann stand Heinrich auch schon neben ihm und riss die Tür auf.
Bechtermann ließ sich effektvoll zur linken Seite kippen, hielt die Augen geschlossen und brachte ein paar mühsam gepresste Atemzüge zustande. Er fühlte Heinrichs Hände unter den Achseln, das Zerren an seinem Körper. Er hörte das Keuchen des anderen und lag gleich darauf neben seinem Wagen im trockenen Gras des Fahrbahnrandes. Heinrich beugte sich schnaufend über ihn, fühlte ihm den Puls, schlug ihm leicht mit einem Handrücken gegen die Wangen, murmelte etwas Unverständliches. Bechtermann stöhnte vernehmlich und begann zu blinzeln.
Was passiert sei, wollte Heinrich wissen. Dass Bechtermanns Auto nicht gegen einen Baum gefahren war, hatte er bereits festgestellt. Bechtermann behauptete mit schwacher Stimme, ihm sei plötzlich übel geworden. Er habe gerade noch mit letzter Kraft an den Straßenrand fahren können und so weiter. Augenblicklich erbot Heinrich sich, einen Krankenwagen für ihn herbeizutelefonieren.
«Das wird nicht nötig sein», wehrte Bechtermann ab. «In ein paar Minuten geht es mir wahrscheinlich wieder besser.»
Daraufhin bot Heinrich an, ihn zu einem Arzt zu bringen. Und für einen Moment wurde Bechtermann schwankend. Er hatte diesem feisten Ungeheuer keine menschliche Regung zugetraut. Aber das Schwanken verging gleich wieder, als er an das Mädchen dachte, an ihren atemberaubenden Körper unter dem

dünnen Laken, an Heinrichs Stummelfinger und den Stummel zwischen Heinrichs Beinen.

«Wenn es nicht zu viel Mühe macht», hauchte er. «Es könnte wohl nicht schaden, wenn ein Arzt mir mal den Blutdruck misst.»

Er ließ sich in eine sitzende Position und aus dieser weiter auf die Beine helfen. Schwer auf Heinrichs Schulter gestützt, tat er die paar Schritte zu dessen Wagen und ließ sich auf den Beifahrersitz schieben.

Während Heinrich zurückging, um Bechtermanns Wagen ordnungsgemäß zu verschließen, zog er den massiven Holzknüppel aus der eigens dafür aufgetrennten Hosentasche. Heinrich kam zurück, warf im Schein der Innenraumbeleuchtung einen sorgenvollen Blick in Bechtermanns Gesicht und erkundigte sich mitfühlend, ob er bequem sitze. Dann zog Heinrich die Wagentür ins Schloss. Und genau in dieser Sekunde schlug Bechtermann zu.

Zwar machte Heinrich noch eine überraschende Bewegung zu ihm hin, weshalb ihn der erste Schlag statt am Hinterkopf direkt über der Stirn traf, doch das änderte nichts mehr.

Fünfmal insgesamt ließ Bechtermann den Knüppel herabsausen. Und er wunderte sich ein wenig über die eiskalte Lust, mit der er Heinrichs Stöhnen endgültig zum Verstummen brachte. Mit der gleichen Eiseskälte tastete er nach Heinrichs Puls, erst am Handgelenk, dann sicherheitshalber noch an der Halsschlagader. Es blieb still und reglos unter seinen Fingern.

Bevor er ausstieg, suchte er Heinrichs Geldbörse, entnahm ihr die Scheine, die er achtlos einsteckte. Die Börse wischte er sorgfältig ab, bevor er sie zu Boden fallen ließ. Den Türgriff berührte er erst, nachdem er ein Tuch um seine Hand gewickelt hatte. Im Schein der wieder aufflammenden Innenraumbeleuchtung überprüfte er kurz seine Oberschenkel und den Jackenärmel, der Heinrich zugewandt war. Beides hatte einige

Blutspritzer abgekommen, aber da es sich um alte Kleidung handelte, war das nicht weiter tragisch.

Dann ging Bechtermann ohne besondere Hast zu seinem Wagen, fuhr ihn auf die Straße, stieg noch einmal aus und betrachtete mit Hilfe einer starken Taschenlampe das platt gedrückte Gras. Reifenabdrücke waren nicht feststellbar. Er nickte zufrieden und fuhr heim.

Gar so ruhig, wie er sich gab, war er dann doch nicht. An Schlaf war nicht zu denken. Auch an Heinrich dachte er kaum noch. Vielmehr beschäftigte ihn für den Rest der Nacht die Vorstellung einer Zukunft, die er sich in rosigen Farben ausmalte.

Er stand eine Weile vor dem Spiegel, betrachtete seinen hageren, sehnigen Körper von Kopf bis Fuß und war eigentlich zufrieden mit sich.

Was das Mädchen betraf, wollte er ganz behutsam vorgehen. Natürlich würde sie jetzt in Schwierigkeiten geraten. Kein Heinrich, kein Scheck. Das war eine simple Rechnung. Vielleicht würde sie ihn um einen Überziehungskredit bitten. Und wenn nicht, würde er ihr eine solche Hilfe anbieten. Unaufdringlich, versteht sich, ganz so wie man es seinem Äußeren nach von ihm erwarten konnte.

Noch drei Tage bis zum Fünfzehnten. Der fiel auf einen Montag, aber sie kam nicht. Auch Dienstag und Mittwoch wartete Bechtermann vergeblich und konnte sich das nicht erklären. Tag um Tag verging, er stand hinter dem Bankschalter und fragte sich verzweifelt, wo sie bleiben mochte, warum sie nicht die übliche kleine Summe für ihren persönlichen Bedarf abholte.

Ganz flüchtig kam ihm der Gedanke, das Heinrich ihr beim letzten Besuch möglicherweise ein wenig Bargeld ausgehändigt hatte, sodass sie auf die übliche Abhebung verzichten konnte. Und ebenso flüchtig tröstete ihn dieser Gedanke auch, bis ihm einfiel, dass er sie auch zum nächsten Ersten nicht sehen würde. Kein Heinrich, kein Scheck. Von dieser Seite hatte er es nicht bedacht.

Nächtelang grübelte er, ob er vielleicht zu ihr hingehen und seine Hilfe anbieten sollte. Aber das, so fand er, wäre ein großer und wahrscheinlich sein einzig schwerwiegender Fehler in dieser Angelegenheit gewesen. Bisher standen die Dinge günstig. Die Tageszeitung hatte kurz über Heinrichs Tod berichtet. Die Polizei vermutete einen Überfall durch einen oder mehrere Anhalter. Und genau so hatte Bechtermann es sich vorgestellt. Nein, er musste warten, einfach abwarten. Etwas anderes konnte er nicht tun.

Und dann kam sie endlich. Es war bereits Anfang September, und Bechtermann hätte sie fast nicht erkannt. Ihr Haar war kürzer und modisch aufgelockt. Sie trug ein schwarzes Kostüm, das ihre Figur vorteilhaft betonte. Sekundenlang nahm es ihm den Atem. Der Rock war so eng geschnitten, spannte sich um ihre knabenhaften und doch runden Hüften, umspannte ihr atemberaubendes Hinterteil wie eine zärtliche Hand, endete kurz über dem Knie und gab den Blick frei auf ihre wohlgeformten Beine. Die Jacke mit dem kleinen, eckigen Ausschnitt gab gerade den Ansatz ihrer Brüste frei.

Bechtermann schluckte trocken und riss den Blick gewaltsam von ihrer Haut. Sie schob ihm mit ihrer feingliedrigen, himmlische Zärtlichkeit verheißenden Hand irgendein Papier unter dem Panzerglas durch. Und sie lächelte. Sie lächelte, wie Bechtermann sie nie zuvor hatte lächeln sehen. So glücklich, so heiter, beschwingt, jung, frei – ach, ihm fiel der passende Ausdruck für ihr Lächeln einfach nicht ein. Dann sprach sie ihn an. «Dreitausend nehme ich sofort mit.»

Und Bechtermann schaffte es endlich, das Papier aufzunehmen, welches sie ihm zugeschoben hatte. Während er las, dass das Amtsgericht ihr die Verfügungsgewalt über das hier befindliche Konto des Herrn Heinrich Siepen zuerkannt hatte, drang ihre sanfte, kindliche Stimme durch das Rauschen in seinen Ohren.

«Mein Onkel ist ganz plötzlich verstorben. Eine schlimme Sache.» Sie beugte sich etwas näher an das Panzerglas heran und blinzelte, als trübe ihr eine Träne den Blick, auch ihre Stimme war mit einem Mal von Trauer umflort. «Vielleicht haben Sie es in der Zeitung gelesen. Es ist schon einige Wochen her. Ein Überfall, wegen ein bisschen Geld hat man ihn umgebracht. Er war so ein guter Mensch.»

Sie nickte wie in Gedanken an Heinrichs Güte versunken, sprach weiter, etwas energischer jetzt, fast mit einem Hauch von Schadenfreude. «Obwohl meine Mutter es ihm strikt untersagt hatte, sie meinte immer, ich könne ja arbeiten, hat er mich unterstützt und mir nun sein ganzes Vermögen hinterlassen. Jetzt brauche ich nie mehr zu arbeiten. Das waren vielleicht ein paar aufregende Wochen, sage ich Ihnen. Meine Mutter hat sein Testament angefochten, stellen Sie sich vor. Sie gönnt der eigenen Tochter nichts. Aber sie ist damit gescheitert. Jetzt brauche ich erst einmal ein bisschen Erholung. Morgen fliege ich mit meinem Freund auf die Malediven.»

Bechtermann rang sich ein Lächeln ab und zählte ihr die Geldscheine vor, die sie fast beiläufig in ihre Tasche steckte. Dann drehte sie sich um und ging. Bechtermann starrte ihr nach, sah, wie sie bei der Tür zum Vorraum eine Hand hob und winkte. Und er sah, wie im Vorraum ein junger, nichts sagender Bursche zu ihr trat, wie sie den Arm um die Hüften des Jünglings legte, sich an ihn schmiegte und mit ihm zusammen auf die Straße hinaustrat.

Maddy

Sie war eine von diesen Diskokatzen, die sich die Augen mit dicken grünen oder blauen Balken umrahmen und das Rouge auf den Wangen in der Form eines Dreiecks auftragen, damit es nur ja nicht natürlich aussieht. Vor langer Zeit war ihr Haar vielleicht einmal dunkelblond gewesen. Nun trug sie es mal lindgrün, mal pink und mal lila gefärbt.

Aber das Beste an ihr waren die Fingernägel. Davon besaß sie mehrere Garnituren zum Aufkleben. In Blau und Gold, Silber, Violett, Weiß, sogar in Schwarz. Die Nägel waren endlos lang, arbeiten konnte damit kein Mensch. Sie waren auch nicht einfach nur lackiert. Auf den blauen glitzerten goldene Sternchen, auf den schwarzen silbrige Ornamente, auf den goldenen gar winzige Strasssteinchen. Maddy hatte ein kleines Studio ausfindig gemacht, wo es die Dinger zu kaufen gab. Sie muss die Hälfte von ihrem Gehalt dorthin getragen haben.

Die andere Hälfte trug sie in Boutiquen. Und was an ihren Fingern zu lang war, war an den Beinen zu kurz. Ihre Röcke waren nicht viel mehr als Gürtel. Wenn sie tanzte, war immer der Slip zu sehen, und das ist schon sehr vornehm ausgedrückt, weil Maddy nur diese eine Sorte von Slips trug: Stringtangas, vorne ein Dreieck, nicht viel größer als der Rougeklecks auf ihren Wangen, hinten ein Faden und der Rest im Freien.

Eigentlich hieß sie Madeleine, war als Kind wohl auch so gerufen worden. Mit sechzehn oder siebzehn hatte sie ihren Namen in eine legere Form gebracht und das Ypsilon angehängt.

Sie passte nicht zu uns. Katzen mögen niedlich sein, doch ab einer gewissen Größe werden sie gefährlich. Das habe ich Rudi immer wieder gesagt. «Lass die Finger von ihr. Das geht nicht gut. Du machst dich nur unglücklich.» Aber auf dem Ohr war Rudi taub. Ist vielleicht verständlich, er war verliebt, zum ersten Mal in seinem Leben richtig verliebt, bis über beide Ohren, wie man so schön sagt. Rudi ging schon auf die Dreißig zu, als er sie kennen lernte. Er war immer ein armes Schwein gewesen. Ein bisschen zu klein, ein bisschen zu dick und viel zu sensibel, um es im Leben zu etwas zu bringen.

Ein Träumer war er, der voller Sehnsucht zuschaute, wie seine Freunde einer nach dem anderen zum Standesamt gingen. Jedes Mal bot er sich als Trauzeuge an, jedes Mal erklärte er anschließend, er sei der Nächste. Aber er schien einfach nicht zu begreifen, dass es dazu mehr brauchte, als ein Mädchen anzuhimmeln.

Als Helmut und ich heirateten, ließ Rudi kein Auge von meiner jüngeren Schwester. Aber statt sie einmal zum Tanz aufzufordern, statt sich mit ihr zu verabreden, erklärte er ihr lang und breit, wie er sich seine berufliche Zukunft vorstellte und dass seine Zukünftige sich überhaupt keine Gedanken ums Einkommen machen müsse. Sie bräuchte nicht mal mitzuarbeiten.

Dabei war seine berufliche Zukunft auch eine Sache für sich. Seine Eltern hatten eine kleine Metzgerei gehabt, und Rudi war der einzige Sohn. Aber er konnte kein Blut sehen, hatte Mitleid mit jedem Wurm, den er nach einem Regenschauer am Straßenrand liegen sah. Und dann wurde er, kaum dass er die Schulbank verlassen hatte, gezwungen, Kälber, Kühe und Schweine zu schlachten. Das machten die noch selbst, alles von Hand, nur ausgesuchte Tiere von ganz speziellen Bauernhöfen. Bio sozusagen.

Helmut hat mir oft erzählt, wie Rudi als Jugendlicher am Wochenende einen Klaren nach dem anderen kippte, um die Verzweiflung runterzuspülen und gleichzeitig ein bisschen männlicher zu wirken. Er konnte nicht sagen, was in ihm vorging und was er wirklich wollte. Mir hat er mal gezeigt, wo das Messer angesetzt werden muss, damit so ein Schwein bis auf den letzten Tropfen ausblutet. Und dabei tat er so, als ob ihn das überhaupt nicht berührt. Aber anschließend machte er sich über die Flasche mit dem Apfelkorn her.

Nachdem sein Vater gestorben war, ging Rudi ziemlich schnell mit der Metzgerei Pleite. Er fand aber genauso schnell eine Stelle im Supermarkt, natürlich als Metzger. Zufrieden war er damit nicht, obwohl er da nicht mehr selber schlachten musste, es kam alles fertig zerlegt aus dem Schlachthof.

Aber Rudi wollte es weiterbringen, gar nichts mehr mit Fleisch und Blut zu tun haben. Ohne einen Ton zu sagen, hat er das Abendgymnasium besucht, Abitur gemacht und sich dann an einer Fernuniversität eingeschrieben.

Wir haben uns wohl manchmal gewundert, dass wir ihn kaum noch zu Gesicht bekamen. Ab und zu schneite er am Sonntagabend mal für eine Viertelstunde rein, auf eine Flasche Bier. Und kaum war die leer, zog er wieder ab. «Keine Zeit, keine Zeit», sagte er immer und grinste so merkwürdig dabei.

Nicht mal zur Silvesterparty letztes Jahr kam er. Wir dachten schon, er wolle bei uns nicht immer das fünfte Rad am Wagen spielen. Doch damit hatte es nichts zu tun, er konzentrierte sich nur voll und ganz auf sein Studium, verbrachte jede freie Minute über den Büchern. Ingenieur wollte er werden.

Das habe ich erst vor ein paar Tagen erfahren. Da bat er mich, ihm ein bestimmtes Buch zu besorgen, als ich ihn im Gefängnis besuchte. Studieren könne er auch in Untersuchungshaft, meinte er, war überzeugt, dass er im Prozess freigesprochen würde. Er war davon genauso überzeugt, wie er damals auf dem Standesamt immer überzeugt war, er sei der Nächste. Und wie er später glaubte, dass Maddy ihn liebte. Ausgerechnet Maddy!

Helmut und ich, wir haben uns wochenlang gefragt, wie

Rudi an solch ein Krallentierchen geraten war. Er ging doch überhaupt nicht aus, in Diskotheken schon gar nicht. Im Oktober stand er plötzlich mit ihr vor der Tür. Das war an einem Sonntagabend, nie im Leben werde ich das vergessen. Bis dahin hatten wir ja keine Ahnung gehabt. Und dann klingelte es, ich ging hin und machte die Tür auf, und wer stand vor mir? Rudi und seine Traumfrau. Ich dachte, mich trifft der Schlag. Ein schwarzer Lederrock mit Nieten, ziemlich eng, wahnsinnig kurz natürlich. Im ersten Augenblick habe ich ihn tatsächlich für einen breiten Gürtel gehalten. Vielleicht war es auch einer. Der ganze Hintern lag jedenfalls im Freien, wurde allerdings von einer hautengen und lindgrünen Hose bedeckt, die ihr bis zu den Fußknöcheln reichte. Einen Slip hatte sie nicht drunter an, das war deutlich zu sehen. Da hätte sich was abzeichnen müssen, aber was sich unter der lindgrünen Hose abzeichnete, na ja, sah nur aus wie ein überdimensionales Sparschwein. Obenrum trug sie so ein Miederding, keine Jacke, und das im Oktober, wo es draußen seit Tagen regnete und nicht mehr über acht Grad kam. Ebenso gut hätte sie nackt kommen können, wäre wirklich kein Unterschied gewesen.

Rudi strahlte über sein ganzes rundes Gesicht wie ein Weihnachtsbaum mit brennenden Kerzen. «Darf ich vorstellen», und so weiter.

Er war auch noch stolz auf seine Eroberung, saß neben ihr auf der Couch, himmelte sie an, legte ihr auch mal verstohlen eine Hand aufs grüne Knie. Und sie klimperte währenddessen mit den aufgeklebten Wimpern zu Helmut hinüber. Wir haben die Hände über dem Kopf zusammengeschlagen, als die beiden wieder weg waren.

Dann kam Rudi nochmal mittwochs vorbei, das war schon Mitte November. Helmut war nicht da, mittwochs trainierte er immer den Fußballverein. Früher war er selbst aktiver Spieler gewesen. Aber wenn man auf die Dreißig zugeht und unzählige Siegesfeiern begossen oder Niederlagen ertränkt hat, die sich auf den Hüften niedergeschlagen haben, lässt der Ehrgeiz nach. Jetzt trainierte er die Jungs eben.

Rudi wusste das, aber er kam trotzdem. Bevor er mit dem Abendgymnasium angefangen hatte, lange bevor er Maddy kennen lernte, war er sogar regelmäßig mittwochabends gekommen. Da hatten wir immer zusammengesessen, bis Helmut zurückkam. Über alles Mögliche und Unmögliche hatten wir gequatscht, meist über Rudis Vorstellung von einer Traumfrau. Groß und schlank und blond sollte sie sein, üppiger Busen, schmale Taille, knackiger Hintern. Mir hatte er immer Leid getan, ich wusste doch genau, dass er nur so daherredete und letzten Endes dankbar für jede gewesen wäre, selbst für eine Kleine, Pummelige oder Glatzköpfige.

An dem Mittwochabend im November war er ein bisschen verlegen, weil er mich unter der Dusche hervorgeholt hatte. Ich war gerade erst aus dem Büro gekommen. Rudi setzte sich brav ins Wohnzimmer und wartete, bis ich mich angezogen hatte. Dann ging er mit mir in die Küche. Ein Bier wollte er nicht, nur einen Kaffee. Und während ich den aufbrühte, legte er los. Wie toll das wäre mit Maddy, ein ganz anderes Leben. Wie aktiv sie wäre, und dass sie ihn mitreißt, mal raus aus dem bürgerlichen Mief, ein bisschen Action am Wochenende.

Sie hatte ihn tatsächlich dazu gebracht, sich neue Klamotten zu kaufen, Diskolook, Seidenhemden mit großen Mustern, eine knallenge Lederhose und ein Paar Stiefeletten mit hohem Absatz. Er hatte die Sachen dabei und wollte, dass ich sie mir mal ansehe und ihm sage, was ich als Frau davon halte, ob er so was überhaupt tragen kann.

Er hat mir wieder so Leid getan, wie er dann in unserem Schlafzimmer verschwand, um sich umzuziehen, und anschließend bei der Küchentür auftauchte. Er sah nicht übel aus in den Sachen. Die Stiefeletten machten ihn ein bisschen größer. Und die Lederhose hatte fast den Effekt eines Korsetts. Das weit geschnittene Seidenhemd dazu kaschierte die Speckrollen um die

Taille. Aber so was Ausgeflipptes passte doch gar nicht zu ihm. Das habe ich ihm allerdings nicht gesagt. Ich habe es einfach nicht übers Herz gebracht.

Aber was ich von Maddy hielt, habe ich wenigstens vorsichtig angedeutet. Da lachte er nur. Und dann erzählte er mir, dass er sie auf der Straße kennen gelernt hatte. Sie wollte zur Disko und hatte den Bus verpasst. Er hatte sie hingefahren und sich von ihr noch auf einen Drink einladen lassen, als Revanche sozusagen. Und dann war er hängen geblieben, in der Disko und an Maddy.

Natürlich hatte er sie an dem Abend auch wieder heimgebracht. Sie lebte noch bei ihren Eltern, aber nicht mehr lange. Genau an dem Mittwoch, als Rudi mir seine private Modenschau vorführte, hatte sie eine kleine Wohnung gemietet, ein großes Zimmer, Küche, Flur, Bad, ein winziger Balkon. Die Wohnung lag über einer von den Boutiquen, in denen sie ständig kaufte, und im Nebenhaus war das Fingernagelstudio, besser konnte Maddy es kaum treffen.

«Und wer bezahlt ihr die Miete?», fragte ich.

Rudi lachte wieder und erzählte weiter. Maddy arbeitete schließlich – als Bürogehilfin bei einem Notar. Da verdiente sie zwar nicht die Welt, aber ihre Eltern wollten regelmäßig etwas zuschießen. Und wenn es nicht langte, er selbst wurde im Supermarkt schließlich auch nicht mit Knöpfen bezahlt.

Genauso hatte ich mir das gedacht. «Die nutzt dich doch nur aus», sagte ich.

Aber davon wollte er nichts hören. Ich könne mir kein Urteil erlauben, meinte er, weil ich Maddy erst einmal gesehen hätte. Außerdem sei sie nur am Wochenende so flippig. Ich solle sie mir mal ansehen, wenn sie aus dem Notarsbüro käme, ganz normal gekleidet, gar nicht geschminkt. Ein liebes Mädchen, unkompliziert und ganz natürlich. Und wenn sie am Wochenende ihren Spaß haben wollte, müsse man dafür Verständnis haben.

Dann kam er endlich auf den wahren Grund seines Besuchs

zu sprechen. Seidenhemden, Lederhose, Stiefeletten und meine Meinung als Frau dazu waren wohl nur ein Vorwand gewesen. Er hatte Maddy versprochen, am kommenden Wochenende die kleine Wohnung zu renovieren. Aber er hatte zwei linke Hände, wenn es darum ging, eine Tapetenbahn gerade an eine Wand zu kleben, das wusste er genau.

Am darauf folgenden Wochenende wollte er dann ihren Umzug organisieren. Das sei nicht viel, sagte er. Bett und Tisch und Schrank, das Übliche halt. Ich fand es bezeichnend, dass er seine Aufzählung mit dem Bett anfing. Dieses Weib hatte ihn wirklich völlig in den langen Klauen.

Ob Helmut ihm vielleicht einen kleinen Lkw besorgen könne, wollte er wissen. Außerdem wollte er lieber erst bei mir anfragen, ob ich etwas dagegen einzuwenden hätte, wenn Helmut ihm an den beiden Wochenenden ein bisschen zur Seite stand. Also, wenn es nur um Rudi gegangen wäre, hätte ich überhaupt nichts dagegen gehabt. Aber dieser Diskokatze die Tapeten ankleben! Was ging die uns an?

Helmut kam wenig später, vom Training war er immer kurz nach zehn daheim, und die beiden verhandelten alleine weiter. Als wir später zu Bett gingen, unterhielten wir uns noch eine Weile über Rudi. Helmut war ganz und gar einer Meinung mit mir. Dass es Rudi erwischt hatte, dass er gar nicht mehr objektiv sein konnte. Und dass Maddy zu Rudi ebenso gut passte wie eine Faust aufs Auge. Aber was das Renovieren und den Umzug anging, da ließ Helmut überhaupt nicht mit sich reden. Rudi sei schließlich sein Freund. Na ja, im Grunde hatte er Recht, und es war vielleicht nicht schlecht, wenn man gut auf Rudi aufpasste.

Ich erzählte Helmut von den Seidenhemden. Er schüttelte nur den Kopf und erzählte seinerseits, dass Rudi die Kosten für Renovierung und Umzug übernehmen wollte, wahrscheinlich in der stillen Hoffnung, irgendwann bei Maddy einziehen zu können. Er lebte ja auch noch bei seiner Mutter.

Das ist so eine Sache, wenn man einen Menschen mag und zusehen muss, wie er mit offenen Augen und auch noch freudestrahlend in sein Unglück rennt. An zwei Fingern konnten wir uns ausrechnen, wie es ausgehen würde. Wir wussten doch beide, wie sensibel Rudi war. Helmut wusste es noch besser als ich, immerhin waren sie ja schon ewig befreundet. Und Helmut meinte dann, man könne im Augenblick nicht mit Rudi reden, man könne nur abwarten und vielleicht im entsprechenden Moment zur Stelle sein, um den Sturz ein wenig zu dämpfen.

Am Wochenende half Helmut ihm beim Tapezieren und Streichen. Den ganzen Samstag und den Sonntag saß ich alleine in unserer Wohnung. Helmut meinte, ich hätte ja mitkommen können. Aber das wäre nun wirklich das Allerletzte gewesen, dass ich mich zwei Tage lang mit Maddy über aufgeklebte Fingernägel oder Boutiquen unterhalte. Da wusste ich Besseres mit meiner Zeit anzufangen.

Und am darauf folgenden Wochenende half Helmut, Maddys Bett in die kleine Wohnung zu schaffen. Ich blieb wieder daheim, so kam ich dazu, im Haushalt ein bisschen aufzuarbeiten. Es blieb doch immer eine Menge liegen, wenn man die ganze Woche über im Büro war und immer erst gegen sechs heimkam. Und Helmut mochte es nicht, wenn ich mich spätabends noch ans Bügelbrett stellte. Aber irgendwann mussten seine Hemden schließlich gebügelt und die Fenster geputzt werden.

Er kam an dem Wochenende sehr spät heim. Samstags habe ich es gar nicht mehr mitbekommen. Auch sonntags schlief ich schon. Es war nach Mitternacht, und er war ziemlich aufgekratzt, fummelte an mir rum, bis er mich geweckt hatte. Aber wenn ich mitten in der Nacht aus dem Schlaf gerissen wurde, war ich sauer. Das wusste Helmut eigentlich. Außerdem hatte ich nachts um halb eins keine Lust mehr, mit ihm zu schlafen, weil ich genau wusste, dass um halb sechs der Wecker klingelte. Wir hatten deshalb schon hin und wieder Streit gehabt. Da warf er mir dann immer vor, ich sei nicht spontan genug.

Spontan, du meine Güte. Ich saß die ganze Woche im Büro und machte den ganzen Haushalt alleine. Ich gehörte nun wahrhaftig nicht zu den Frauen, die verlangten, dass der Mann sich abends noch um den Abwasch kümmerte, damit sie selbst mit ein paar Emanzen zum Kegeln gehen konnten. Helmut hatte noch nie den Mülleimer runterbringen oder für sonst was einen Finger krumm machen müssen.

Ich hatte mich auch noch nie beschwert, wenn er mittwochs zum Training und freitags zum Stammtisch ging. Ich gönnte ihm seinen Frühschoppen am Sonntagmorgen und seine Siegesfeiern oder die ertränkten Niederlagen nach dem Spiel am Sonntagnachmittag. Ich bestand nicht mal darauf, mitgenommen zu werden, wie viele andere Frauen es taten. Ich tat wirklich für ihn, was ich nur konnte. Und da war ich eben manchmal müde.

Er hätte ja Samstagnacht etwas früher nach Hause kommen können. Samstagnacht hatte ich nichts dagegen, wenn es später wurde, da konnte ich am nächsten Morgen ausschlafen.

In der Nacht wurde er richtig ausfallend, da blieb es nicht bei «nicht spontan genug», es fielen noch ganz andere Ausdrücke. Spießige Zicke und so. Getrunken hatte er auch, ein oder zwei Bier mindestens. Ich habe mein Bettzeug genommen und bin ins Wohnzimmer gegangen. Und er tobte im Schlafzimmer weiter. Dass ich mich nicht wundern dürfe, wenn er es eines Tages so mache wie andere Männer, die statt einer Frau einen Stein im Bett hätten.

Montags kam er erst nach zehn von der Arbeit, ließ sich das Essen aufwärmen, setzte sich damit vor den Fernseher und schmollte wie ein Kind, dem man verboten hatte, bei strömendem Regen draußen zu spielen. Aber dienstags brachte er mir einen Blumenstrauß mit und entschuldigte sich für sein Verhalten. So lief das immer bei uns.

Von Rudi und seiner Flamme hörten wir erst mal nichts mehr. Das heißt, ich hörte nichts, Helmut traf sich wohl ein paar

Mal mit ihm. Das erzählte er mir auch. Worüber sie gesprochen hatten, sagte er nicht, das wollte ich auch gar nicht wissen.

Und dann erklärte er kurz vor Silvester, er hätte die beiden eingeladen. Das würde uns gut tun, meinte er, ein bisschen Leben in der Bude, nicht eine von den steifen Partys mit der Nachbarschaft, wo alle nur da saßen und die Uhr nicht aus den Augen ließen, um den Moment nicht zu verpassen, wo man rausmusste, um die Böller und ein paar Raketen abzuschießen.

Recht war mir das nicht. Ich hatte keine Lust, mir von Maddy ausgerechnet die Silvesternacht versauen zu lassen. Helmut hätte ja wenigstens vorher mal fragen können. Aber ich wollte auch nicht wieder einen Krach mit ihm anfangen. Mir zuliebe lud er noch ein paar Leute ein, zwei oder drei vom Fußballverein und ein paar von seinen Arbeitskollegen mit ihren Frauen. Da hätte ich Unterhaltung, meinte er, und bräuchte mich um Maddy gar nicht zu kümmern. Aber die ganzen Vorbereitungen blieben natürlich allein an mir hängen.

Tagelang war ich zwischen den Feiertagen nach Büroschluss unterwegs, um in überfüllten Läden Einkäufe zu machen. Silvester stand ich dann den ganzen Tag in der Küche. Man musste den Gästen ja schließlich was zu essen anbieten, ein kleines Büfett, kalt und warm. Bei den Partys mit den Nachbarn hielten wir das immer so.

Helmut ging mir zur Hand, was bedeutete, dass er ein paar Luftschlangen im Wohnzimmer verteilte und die Bowle ansetzte. Ich war schon am frühen Abend ziemlich geschafft. Und er hetzte die ganze Zeit, ich solle mich ein bisschen ranhalten, duschen, umziehen, Make-up und so weiter. Ich hätte mich am liebsten auf die Couch gelegt. Dann bestand er auch noch darauf, dass ich die Bluse anzog, die er mir zu Weihnachten geschenkt hatte. Ich fand sie sehr gewagt, und er machte die ganze Zeit so blödsinnige Andeutungen, von wegen heißer Nacht.

Ich war noch nicht ganz fertig, als die ersten Gäste erschienen, zwei vom Fußballverein mit ihren Frauen. Als ich endlich aus dem Bad kam, waren auch seine Arbeitskollegen eingetroffen und unser Wohnzimmer schon ziemlich überfüllt. Helmut hatte den Tisch und die Sessel zur Seite geschoben und die Musik voll aufgedreht. In der Mitte des Zimmers tanzten zwei Paare. Ich setzte mich erst einmal auf einen von den Campingstühlen. Und wenn die laute Musik nicht gewesen wäre, ich wäre vermutlich im Sitzen eingeschlafen.

Helmut wollte unentwegt tanzen, zweimal tat ich ihm den Gefallen. Aber er konnte die Hände nicht still halten, strich mir die ganze Zeit den Rücken rauf und runter und faselte wieder von der heißen Nacht. Er war richtig überdreht, und ich war froh, als er sich nach zwei Tänzen die Frau eines Arbeitskollegen holte.

Rudi und Maddy kamen erst nach zehn. Ich hatte schon gar nicht mehr damit gerechnet, dass sie überhaupt noch kamen. Ich hatte auch nicht mitbekommen, dass es an der Tür geklingelt hatte, weil ich mich gerade mit einem von Helmuts Arbeitskollegen unterhielt. Dem ging es so ähnlich wie mir, er war hundemüde, hätte sich am liebsten in eine Ecke gelegt und die Augen zugemacht. Er war dankbar, dass Helmut sich ein bisschen mit seiner Frau beschäftigte. Doch dann sperrte der müde Mann plötzlich Augen und Mund gleichzeitig auf.

Maddy stand bei der Tür, bekleidet mit einem weißen Spitzenfummel. Der Rock bestand nur aus ein paar durchsichtigen Zipfeln, von denen der längste etwa zehn Zentimeter über ihrem rechten Knie endete. Das Oberteil war bis zum Nabel geschlitzt. Dazu trug sie weiße Strumpfhosen mit Glitzereffekt und die goldenen Fingernägel mit den Strasssteinchen.

Rudi, dicht hinter ihr, grinste über dem Kragen des Seidenhemdes wie ein Honigkuchenpferd, hielt eine Flasche Champagner im Arm und winkte mit der freien Hand zu mir herüber, bevor er Maddy ins Zimmer schob.

Bis dahin war die Stimmung noch ganz gut gewesen. Es hatten immer zwei oder drei Paare getanzt, für mehr reichte der

Platz nicht. Die anderen hatten sich unterhalten, die älteren jedenfalls, einer der Jungs aus dem Fußballverein knutschte in einer Ecke mit seiner Freundin herum.

Maddy setzte sich erst gar nicht. Ich glaube, sie hat in der Nacht keine Sekunde lang gesessen. Zuerst tanzte sie mit Rudi, obwohl ich das nicht als Tanzen bezeichnen würde. Ein paar wilde Verrenkungen, die Rockzipfel flogen nach allen Seiten, und unter der Strumpfhose trug Maddy nichts weiter. Rudi hüpfte wie ein überdrehter Kreisel um sie herum. Der Junge aus dem Fußballverein bekam Stielaugen und fiel wieder über seine Freundin her. Die beiden verabschiedeten sich wenig später. Das Mädchen mit hochrotem Kopf, der Junge war so nervös, dass er kaum die Tür nach draußen fand.

Der Arbeitskollege von Helmut, mit dem ich mich die ganze Zeit so gut unterhalten hatte, brachte die Zähne nicht mehr auseinander und hatte Schweißtropfen auf der Stirn. Er muss um die vierzig gewesen sein, und man sah ihm an, dass seine Frau eine gute Köchin war. Sie brachte ihn dann auch mit Kartoffelgratin und einem halben Dutzend Hackfleischbällchen auf andere Gedanken. Ich meine, ich hätte da etwas gehört von: Appetit holen kannst du dir überall, aber gegessen wird zu Hause.

Die anderen ließen sich von Maddy mitreißen. Rudi hielt eine geschlagene halbe Stunde durch, ehe er sich völlig außer Puste auf den Campingstuhl neben mich fallen ließ. Von da an ging es reihum. Mit Ausnahme des einen Arbeitskollegen, der wohl keinen Ärger mit seiner Frau riskieren wollte und sich lieber mit einem weiteren Teller Kartoffelgratin beschäftigte, meinte jeder, er müsse es zumindest einmal mit Maddy versuchen.

Irgendwann war auch Helmut an der Reihe. Ich sehe das immer noch vor mir. Er legte ja auch die CDs ein, und bevor er sich als Hampelmann betätigte, hatte er lieber etwas Ruhiges gewählt. Dann legte er ihr beide Hände auf den Hintern, zog sie damit so dicht an sich heran, dass kein Blatt Papier mehr dazwischen gepasst hätte. Zwischen Maddys Ausschnitt und seinem Hemd war auch nicht mehr Platz. Jedes Mal, wenn Maddy mit dem Rücken zu mir tanzte, sah ich seine Finger unter den Rockzipfeln. Er hielt sie nicht einmal still. Es hätte mich überhaupt nicht gewundert, wenn er sie gleich durch die Glitzerstrumpfhose in Maddy hineingebohrt hätte.

Währenddessen erzählte Rudi mir, wie glücklich er jetzt sei, irgendwie befreit, jedes Wochenende mit ihr zusammen, meist in irgendeiner Disko, später dann in ihrer Wohnung. Sie sei einfach eine Wucht im Bett, habe es am liebsten französisch, aber auch sonst keinerlei Hemmungen. Sie gebe nicht eher Ruhe, bis sie den letzten Tropfen aus ihm herausgesaugt hätte.

Ehrlich, ich kannte Rudi gar nicht wieder. Dass ausgerechnet er, der sonst immer so getan hatte, als hätte er nur ein Schlüsselbund in der Hose, mir jetzt erzählte, was er am Wochenende mit diesem Luder trieb und dabei auch noch ins Detail ging, das wollte mir nicht in den Kopf. Aber andererseits machte es ziemlich deutlich, was Maddy aus dem armen Kerl gemacht hatte. Die Woche über sah er sie nicht.

«Keine Zeit, keine Zeit», grinste er.

Dass er die Zeit für sein Fernstudium brauchte, wusste ich ja noch nicht. Ich dachte, sie hätte ihn die Woche über nicht rangelassen. «So eine würde ich nicht fünf Minuten ohne Aufsicht lassen», sagte ich und war im Geist bereits bei der Szene, die ich Helmut machen wollte. Eine Unverschämtheit, was er da mit ihr trieb. Und das vor meinen Augen.

Rudi grinste weiter, blinzelte verschwörerisch und erklärte, wie sehr er uns mochte, mich und Helmut. Und dass es nicht schaden könne, wenn ich mal ein bisschen aus mir rausginge, nicht immer nur den Stockfisch spielte.

«So alt bist du doch noch nicht», sagte er. «Und du siehst doch, dass es Helmut gefällt. Ich möchte den Mann sehen, dem es nicht gefällt. Maddy hat Feuer, das macht munter, kannst du mir glauben. Manchmal denke ich, dass ich vorher nur gepennt habe.»

Ich hatte plötzlich das Gefühl, dass alles ein abgekartetes Spiel war. Aber da waren sie bei mir an der falschen Adresse. So was zog bei mir nicht. Zuerst war ich noch wütend, aber wenn Helmut sich einbildete, er könne mich mit diesem Früchtchen eifersüchtig machen, dann hatte er sich geirrt. Angestoßen habe ich noch mit ihnen, und um fünf nach zwölf habe ich die Schlafzimmertür hinter mir zugezogen.

Ich muss ziemlich schnell eingeschlafen sein, obwohl die Musik so laut war und Helmut mir am Neujahrstag sagte, sie hätten bis zum Morgen durchgemacht. Er sagte noch eine Menge mehr, zum Beispiel, dass seine Arbeitskollegen und deren Frauen sich kurz nach eins verabschiedet hatten, weil Maddy zu dem Zeitpunkt eine Solonummer aufs Parkett legte, bei der ihr so warm wurde, dass sie den Spitzenfummel ausziehen musste. Dass Rudi sie zur Abkühlung mit dem Champagner bespritzt und anschließend, damit das gute Zeug nicht verkam, die Tropfen direkt von Maddys Haut geschlürft hätte. Dass dann wenig später auch der zweite Fußballspieler von seiner Verlobten zum Gehen gedrängt worden sei, weil es Maddy in ihrer Glitzerstrumpfhose zu warm wurde.

Rechnen konnte ich auch. Da waren sie zuletzt also noch zu viert gewesen. Der Torwart, er war ohne Begleitung gekommen, Helmut, Rudi und dieses Miststück, das einfach nicht müde, das von einem Arm in den anderen gereicht wurde, sich von einer Hand nach der anderen den Hintern betatschen und auch den Torwart ein bisschen Champagner schlürfen ließ.

Während er mir das erzählte, wobei er sich bei den Intimitäten auf Andeutungen beschränkte, glitzerten Helmuts Augen ungefähr so wie Maddys Strumpfhose. Da konnte ich wohl die Hälfte gleich als Übertreibung abhaken. Ich kannte ihn doch. Aber trotzdem, auch die andere Hälfte reichte. Eifersüchtig war ich immer noch nicht, wenn er darauf hinauswollte, hatte er das Ziel verfehlt. Aber Rudi tat mir verdammt Leid.

Das sagte ich auch laut und deutlich, mehr laut als deutlich.

Helmut wurde immer kleiner dabei, und der Einwand, Rudi hätte nichts dagegen, wenn Maddy ihren Spaß hätte, der hätte sie doch dazu aufgefordert, mit seinen «Freunden» zu tanzen, klang nicht sehr überzeugend.

«Schöne Freunde», sagte ich nur.

Wie es in den Wochen nach der Silvesterparty mit den beiden weiterging, weiß ich nicht. Rudi hatte wohl wirklich keine Zeit mehr für Besuche bei uns. Wochentags die Arbeit in der Metzgerei des Supermarkts, abends das Fernstudium, das er ja Anfang des Jahres noch vor uns geheim hielt. Und am Wochenende Entspannung mit Maddy.

Erst Mitte Februar sah ich Rudi wieder, der Supermarkt hatte gemischtes Hackfleisch im Sonderangebot. Aber es war schon spät, sieben vorbei. Ich konnte das mit den Einkäufen nun mal nicht früher erledigen. Die Verkäuferin behauptete, das Sonderangebot sei bereits ausverkauft. In Wahrheit hatte sie nur den Fleischwolf oder wie das Ding hieß schon sauber gemacht. Rudi hörte mich reden, kam in den Verkaufsraum und sorgte dafür, dass ich trotzdem noch bedient wurde.

Während die Verkäuferin mit langem Gesicht nach hinten ging, beugte er sich so weit wie möglich über die Theke und flüsterte: «Ich muss unbedingt mal mit dir reden.» Dann bediente er noch eine andere Kundin.

Es dauerte ein paar Minuten, ehe ich mein Gehacktes bekam, in der Zeit habe ich ihn mir genau angesehen. Er sah schlimm aus in dem blutverschmierten Kittel. Ich meinte auch, er hätte abgenommen, und im Gesicht war er irgendwie grau. Als ich ging, machte er mit der Hand ein Zeichen, dass er in den nächsten Tagen mal vorbeikäme.

Mir war es recht. Seit Anfang Februar war ich mindestens an vier Abenden in der Woche allein. Mittwochs Training, freitags Stammtisch, montags und donnerstags machte Helmut neuerdings Überstunden. Da kam er oft erst nach Mitternacht heim.

Rudi kam mittwochs, und ohne den blutigen Kittel sah er tatsächlich um einige Kilo leichter aus. Ich wollte einen Witz darüber machen, aber er winkte gleich ab. Dann wollte er von mir wissen, was los sei. Ich hatte keine Ahnung, was er meinte. Er druckste ein bisschen herum und machte die Sache damit noch schleierhafter. Es ging nicht um ihn und Maddy. Da sei alles in bester Ordnung, versicherte er mehrfach, sie verstünden sich blendend. Aber Helmut ...

Er hatte das Gefühl, er hätte Helmut irgendwie beleidigt, wusste nur nicht, womit, und fand: Egal, was Helmut ihm krumm nähme, man müsse doch darüber reden können, wenn man sich schon so lange kenne. Dann wollte er wissen, ob ich dahinter stecke. Mit anderen Worten, ob ich meinem Mann den Umgang mit seinem besten Freund verboten hätte, weil ich Maddy nicht leiden könne.

«Hast du einen Knall?», fragte ich. «Wie kommst du denn auf die Idee? Helmut lässt sich doch von mir nichts verbieten!»

Er tat sich mächtig schwer, mir zu erklären, was ihn auf solche Gedanken gebracht hatte. «Letzte Woche und vorletzte Woche habe ich Helmut in der Stadt gesehen», begann er. «Eigentlich müsste er mich auch gesehen haben, zumindest mein Auto. Ich hab sogar noch gehupt, aber er hat nicht drauf reagiert. Und er wird ja wohl nicht plötzlich taub geworden sein.»

«Wann war das denn?», fragte ich.

«Letzten Montag», sagte Rudi «und vorletzten Montag.»

Das konnte ich mir nicht vorstellen. An den Tagen hatte Helmut Überstunden gemacht. Aber Rudi war nicht davon abzubringen. «Ich bin doch nicht blind. Ich erkenne einen Freund auch, wenn es dunkel ist, ganz bestimmt, wenn er unter einer Laterne durchgeht.»

«Wo willst du ihn denn gesehen haben?», fragte ich.

«Bei der Post», sagte Rudi. «Ich musste was in den Kasten werfen. Aber ehe ich einen Parkplatz gefunden hatte, war Helmut weg. Sein Auto hab ich auch nirgendwo gesehen.»

Ich dachte immer noch, er müsse sich irren. Andererseits bekam ich plötzlich so ein komisches Gefühl. Nur knappe fünfzig Meter vom Postamt entfernt war die Boutique, über der Maddy wohnte.

Als ich ihn darauf hinwies, sagte Rudi: «Zuerst hab ich auch gedacht, dass Helmut etwas für dich kaufen will. Die haben da wirklich schicke Sachen, und gar nicht mal so teuer. Aber es war ja schon nach acht, die Boutique war längst zu. Und Maddy war auch nicht da – weil – ich dachte ...»

Plötzlich fing er an zu stottern. «Na ja, ich dachte, vielleicht sagt Helmut ihr kurz guten Tag oder so.»

«Und du bist sicher, dass Maddy nicht da war?», fragte ich. «Warst du in ihrer Wohnung?»

Nein, war er nicht. Er hatte nur geklingelt und dann seine Schlüsse aus der Tatsache gezogen, dass ihm nicht geöffnet wurde. Einen Wohnungsschlüssel hatte Maddy ihm noch nicht überlassen. Oder so, dachte ich. Meine Güte, tat er mir Leid. Rudi, wie er leibte und lebte, durch und durch gutmütig, gutgläubig, durch und durch ein Trottel.

Und was mich anging, mit einem Mal hielt ich es gar nicht mehr für so unwahrscheinlich, dass er Helmut zweimal in der Nähe von Maddys Wohnung gesehen hatte. Neuerdings war Helmut nämlich mit dem Samstagabend zufrieden. Kein Theater mehr, wenn ich sonntags oder mitten in der Woche keine Lust hatte, mit ihm zu schlafen. Und ich hatte schon gedacht, er wäre wegen seiner *Überstunden* selbst zu müde.

Ich bin am nächsten Montag nach Büroschluss zu der Boutique. Um sieben machten sie dicht. Aber das Fingernagelstudio nebenan hatte bis um acht geöffnet. Es hat mir in der Seele wehgetan, mein sauer verdientes Geld für eine Garnitur Fingernägel hinzublättern. Dunkelrot, das schien mir nicht so lächerlich wie alles andere, was sie im Angebot hatten. Die Nägel wurden einzeln angefertigt, das dauerte seine Zeit, und ich hatte so einen tollen Blick hinaus auf die Straße dabei.

Ich sah Helmut vorbeigehen. Von wegen Überstunden! Später habe ich mich draußen nach seinem Wagen umgeschaut. Den entdeckte ich in einer Querstraße. So blöd, vor ihrer Tür zu parken, war mein Mann dann doch nicht. Und kurz vor Mitternacht kam er heim, der Schweinehund, meckerte über die Firma und kündigte an, mit den Überstunden ginge das wohl noch einige Zeit so weiter.

Als er mittwochs zum Training fuhr, habe ich Maddy besucht. Nur mal fragen, ob ihr meine Nägel gefielen. Und in dem Punkt muss ich Rudi Recht geben. Ohne Schminke und diese Fummel war überhaupt nichts Besonderes an ihr. Ein blasses, fast schon unscheinbares Ding war sie, mal abgesehen von der bescheuerten Haarfarbe. Und das Zimmer sah aus wie ein Schweinestall, überall Klamotten verteilt. Auf dem Stuhl, den sie mir anbot, lag eine von ihren Strumpfhosen.

Meine Fingernägel gefielen ihr. Sie selbst hatte noch keine in Dunkelrot. Sie hat sich auch keine mehr kaufen können. Eigentlich hatte ich es mir schwieriger vorgestellt. Ich war auf einiges gefasst gewesen. Dass sie viel wendiger ist durch ihre Tanzerei. Dass sie sich wehrt. Und dass das Ganze in einen Kampf ausartet. Aber vermutlich war sie viel zu überrascht, als sie plötzlich die Strumpfhose um die Kehle hatte. Anschließend habe ich sie quer auf ihr Bett gelegt, sodass sie mit dem Kopf nach unten hing. Wie das bei Schweinen ging, hatte Rudi mir ja einmal gezeigt. Es war bei Maddy auch nicht viel anders.

Zwei Tage später stand es groß in der Zeitung, und ich dachte, Helmut verliert den Verstand. Er ist sehr still geworden seitdem. Überstunden macht er keine mehr, auch den Stammtisch hat er aufgegeben, sitzt nur noch in der Wohnung herum und grübelt. Ich habe ihn schon mehrfach gebeten, mich zu begleiten, wenn ich Rudi im Gefängnis besuche.

Und besuchen werde ich ihn bestimmt noch oft. Ihm ein paar Bücher bringen, die er für sein Fernstudium braucht, auch mal ein Stück Kuchen oder ein bisschen Obst. Darüber freut er sich immer. Er hat schon wieder etwas zugenommen. Und er ist überzeugt, dass sich im Prozess seine Unschuld herausstellen wird. Das glaube ich weniger. Wenn die Polizei etwas gefunden hätte, was ihn entlastet, wäre er ja gar nicht erst inhaftiert worden. Von Maddys Nachbarn haben sie erfahren, bei ihr sei es zugegangen wie in einem Taubenschlag. Und dass Rudi ihr die Miete zahlte und selbst nur am Wochenende bei ihr war, hat er ganz freimütig zugegeben.

Er würde sich bestimmt freuen, wenn Helmut mal käme, immerhin sind sie seit ewigen Zeiten befreundet. Aber Helmut will nicht. Er könne Rudi nicht mehr sehen, hat er gesagt. Sie abzustechen wie ein Schwein, da müsste man wirklich bedauern, dass die Todesstrafe abgeschafft worden wäre. Na, er wird schon wieder zur Vernunft kommen und einsehen, dass es auch für ihn so am besten war.

Frostiger Boden

Wie wochentags üblich, zog Mutter Punkt halb sieben die Wohnungstür hinter sich ins Schloss. Man hörte das Klappern ihrer Absätze im Treppenhaus, nicht lange, nur sechs Schritte bis zum Aufzug. Danach hörte Melissa nichts mehr von ihr. Stattdessen den Regen, ein widerlich gleichmäßiges Platschen gegen die Fensterscheibe. Und die eindeutigen Laute von nebenan. Holger spielte wieder mit diesen kitschigen Figuren, die Vater ihm von der letzten Tour mitgebracht hatte.

Holger war acht, und Melissa mochte ihn nicht. Sie war dreizehn, praktisch schon erwachsen und sehr vernünftig. Mutter sagte das manchmal. Holger dagegen war dumm und faul, spielte frühmorgens wie ein Dreijähriger und lief nachmittags herum, als hätte man ihn gerade aus einer Lehmgrube gezogen. Man musste sich schämen, mit ihm verwandt zu sein. Mutter stöhnte oft über den Berg Schmutzwäsche, den er verursachte.

Viertel vor sieben. Noch ein paar Minuten, dann wurde es allerhöchste Zeit, aufzustehen. Das Bett war so gemütlich warm, die Temperatur im Zimmer merklich kühler. Manchmal wünschte Melissa sich, Mutter würde kurz zu ihr hereinschauen, bevor sie ging. Vielleicht nur, um guten Morgen zu sagen – und das Gebläse der Nachtspeicherheizung anzustellen. Doch Mutter war morgens immer in Eile und hatte den Kopf voll mit anderen Dingen, musste zusehen, dass sie zum Bahnhof kam, ohne unterwegs geblitzt zu werden, dass sie einen Parkplatz fand, für den es keinen Strafzettel gab, dass sie den Zug erwischte und so weiter und so weiter.

Fünf vor sieben. Der Radiowecker schaltete sich ein. Shakira sang ihr neues Lied. Es gefiel Melissa nicht so gut wie der erste große Hit. «Whenever Wherever» war entschieden besser gewesen. Trotzdem hätte sie gerne noch ein Weilchen der Musik zugehört und der umwerfenden Stimme, sich dabei in die Decke gekuschelt. Heute nicht. Es war eine Mathematikarbeit angekündigt, da sollte sie besser noch einen Blick in das Heft werfen, das Sabine ihr gestern geliehen hatte.

Während Melissa aufstand und zum Schrank ging, kam ihr Bruder ins Zimmer. Kam einfach herein, ohne anzuklopfen, und fragte: «Machst du jetzt Frühstück?»

Jeden Morgen das gleiche, dafür hasste sie ihn. Wie er da bei der Tür stand; ein aufgeblasener, dreister Zwerg mit einem Hundeblick. Im Schlafanzug, obwohl er seit mindestens einer halben Stunde mit seinen dämlichen Figuren spielte und Mutter ihm jeden Abend die Sachen bereitlegte, die er am nächsten Tag anziehen sollte. Ungekämmt, ungewaschen, tagealte Dreckränder unter den Fingernägeln. Abscheulich.

«Raus hier!», zischte Melissa. Und er verzog sich, trottete mit gleichgültiger Miene zurück in sein Zimmer, wo er sofort wieder zu spielen begann.

Währenddessen suchte Melissa minutenlang in ihrem Schrank nach der passenden Garderobe. Mutter fand, für ihr Alter habe sie bereits einen ausgezeichneten und sehr sicheren Geschmack. Immer nach der neusten Mode. In der Schule bewunderte man sie dafür. Und wenn sie beiläufig die Preise nannte, kam Neid auf.

Im Bad brauchte Melissa nur zehn Minuten, hantierte geschickt mit Kajal-Stift, Lidschatten, Rouge und Wimperntusche. Man hätte sie glatt für drei Jahre älter halten können, als sie schließlich in die Küche ging.

Halb acht. Mutters Frühstücksgeschirr stand noch auf dem

Tisch. Holger wollte Kakao, dafür war keine Zeit mehr. Melissa machte ihm ein Brot mit Nussnougatcreme, während er sich endlich anzog, gab ihm ein Glas Saft und drängte zur Eile.

Sabine wartete bereits vor dem Haus. Sie war Melissas beste Freundin, zurzeit jedenfalls, und kam jeden Morgen um halb acht. Sabine trug einen gelben Regenmantel mit Kapuze und Gummistiefel. Darin sah sie aus wie ein plumper, voll gefressener Kanarienvogel. Mutter sagte oft: «Die passt doch gar nicht zu dir. Wie die immer angezogen ist.»

Aber Sabine war zuverlässig, hilfsbereit, geduldig und ein As in Mathe, Chemie, Bio, Geographie, in Deutsch war sie auch nicht schlecht. Letzte Woche hatte sie für Melissa eine Interpretation von Kafkas «Schloss» verfasst, die sich nur geringfügig von ihrer eigenen unterschied. Und gestern hatte sie ihre Lösungen für die in der Mathearbeit zu erwartenden Aufgaben zur Verfügung gestellt. Da spielte es keine so große Rolle, dass sie nur billige Klamotten aus einem Versandhaus trug

Sabine bewunderte Melissas Hose und das farblich exakt darauf abgestimmte Shirt, gab auf dem Weg zur Schule noch einige Ratschläge, weil Melissa es nicht mehr geschafft hatte, sich die Notizen anzuschauen. Auch während der Mathestunde versuchte Sabine zu helfen. Als der Lehrer es bemerkte, wurde Melissa an einen abseits stehenden Tisch gesetzt. Es war nicht weiter tragisch, immerhin schaffte sie fast die Hälfte der gestellten Aufgaben. Und ihre Lösungen deckten sich mit denen von Sabine, wie sie auf dem Heimweg feststellten. Damit verlor der Tag etwas von seiner drückend grauen Farbe. Nur der Regen blieb lästig, durchnässte die teure Jacke und die Schuhe und ruinierte die morgens mit so viel Sorgfalt gestylte Frisur endgültig.

«Kommst du mit zu mir?», fragte Melissa aus Gewohnheit, als Sabine und sie das Haus erreichten, in dessen fünftem Stockwerk die Wohnung ihrer Eltern lag. Vielleicht fragte sie auch aus Sehnsucht nach einem Menschen, mit dem sie sich unterhalten konnte.

Aber wie immer schüttelte Sabine den Kopf und sagte: «Ich komme vielleicht später, jetzt wartet meine Mutter mit dem Essen.»

Dann ging Sabine zum nächsten Haus und drückte dort auf einen Klingelknopf, während Melissa den Schlüssel in die Haustür steckte. Holger war bereits in seinem Zimmer, lag auf dem Boden und spielte mit den blöden Figuren. Er hatte nur vier Unterrichtsstunden gehabt und seinen eigenen Schlüssel.

Flüchtig fragte Melissa sich, was es wohl bei Sabine zu Mittag gab. Vermutlich etwas, was gut schmeckte und dick machte. In der Küche stand immer noch Mutters Frühstücksgeschirr auf dem Tisch. Und das Glas, aus dem Holger morgens seinen Saft getrunken hatte. Das mit Nussnougatcreme beschmierte Messer und einige Brotkrümel lagen daneben.

«Machst du uns was zu essen?», rief Holger.

Im Vorratsschrank standen ein paar Konserven, Eintopfgerichte, die rasch aufzuwärmen waren. Aber mit der völlig ruinierten Frisur hatte Melissa andere Sorgen. Das Make-up, das sie mindestens drei Jahre älter machte, hatte auch unter dem Regen gelitten. Und im Schrank über dem Ausguss lag die Geldbörse.

Melissa nahm sie und rief in Richtung des Kinderzimmers: «Du kannst Fritten holen, wenn du willst!»

Natürlich wollte er, war sofort zur Stelle. «Kann ich auch eine Wurst haben?»

«Von mir aus», sagte sie. «Ich nehme einen Hamburger dazu. Aber beeil dich, ich habe Hunger.»

Während ihr Bruder das Mittagessen besorgte, wechselte sie die Kleidung, frottierte ihr Haar trocken, brachte die Frisur mit Gel wieder in Form und besserte das Make-up aus.

Nach dem Essen wollte Holger unbedingt raus. Es regnete immer noch, und eigentlich hätte er zuerst Schularbeiten machen müssen. Mutter wurde immer ärgerlich, wenn er das am Abend noch erledigen musste. Er bettelte so lange, bis Melissa sagte: «Von mir aus, aber erlaubt habe ich es dir nicht.»

Dann ging sie in ihr Zimmer, hörte Musik, stand am Fenster, hielt Ausschau nach Sabine und sah, wie ihr kleiner Bruder unten durch die Pfützen sprang. Er war ganz alleine draußen. Logisch, es war ein Wetter, bei dem man – wie Mutter manchmal sagte – keinen Hund vor die Tür jagte.

Nach einer Weile wurde ihm langweilig. Er kam zurück in die Wohnung, wollte nun einen von Vaters Videofilmen sehen. Melissa zuckte nur mit den Achseln.

Wie wochentags üblich kam Mutter erst nach sechs zurück. Sie hatte einen anstrengenden Tag gehabt und auf dem Heimweg noch Einkäufe gemacht. Für Melissa hatte sie ein neues Shirt und für Holger ein weiteres Spiel für seinen Game-Boy mitgebracht. Damit verzog er sich in sein Zimmer.

Mutter setzte sich ins Wohnzimmer und legte für ein Weilchen die Beine hoch. «Wie war es in der Schule?», fragte sie mit der Bitte-nur-gute-Nachrichten-Stimme.

«Wir haben eine Mathearbeit geschrieben», sagte Melissa.

Mutter nickte geistesabwesend und erhob sich wieder mit einem langen Seufzer. «Ich brauche einen Kaffee. Das war wieder ein Tag heute.»

Auf dem Weg in die Küche erzählte Mutter vom Stress im Büro und der Hetze bei den Einkäufen. Während sie einen Kaffee aufbrühte und den Tisch abräumte, kam Holger mit seinem Game-Boy dazu. Mutter erkundigte sich, ob das neue Spiel Spaß mache.

«Das hatte ich schon», sagte er und fügte ängstlich hinzu: «Ich soll dir einen Brief geben.»

«Von wem?», fragte Mutter misstrauisch.

«Von der Schule», sagte er.

Daraufhin verdrehte Mutter die Augen. «Gib ihn mir später, Schatz. Ich brauche zuerst einen Kaffee.»

«Sie haben aber gesagt, es ist wichtig», erklärte Holger.

«Ja, ja», winkte Mutter ab. «Bei denen ist immer alles wichtig.»

Den Brief las sie erst nach dem Abendbrot, während Holger in aller Eile unter ihrer Aufsicht seine Schularbeiten machte. Es wurde ihr mitgeteilt, dass ihr Sohn Konzentrationsschwierigkeiten habe und versetzungsgefährdet sei. Man bat Mutter um eine Unterredung, doch dafür fehlte ihr die Zeit.

Sie schüttelte verärgert den Kopf und beauftragte Melissa, mit Sabine zu reden. Sabine war doch gut in der Schule – und immer so ärmlich gekleidet. Kein Wunder bei zwei Geschwistern und einer Mutter, die nicht arbeitete. Vielleicht kam es Sabine ganz gelegen, wenn sie sich etwas Taschengeld verdienen konnte.

«Frag sie gleich morgen, Schatz», verlangte Mutter. «Sie bekommt fünf Euro die Stunde, wenn sie Holger Nachhilfe gibt und die Schulaufgaben mit ihm macht. Und wenn Holger versetzt wird – hörst du Schatz, wenn du in der Schule bessere Noten bekommst und es in die nächste Klasse schaffst, bekommst du ein tolles Spiel.»

Um halb neun schickte Mutter ihn zum Zähneputzen ins Bad. Melissa schaute sich im Fernseher noch eine Musiksendung an. Mutter telefonierte mit Vater. Er wurde erst morgen von seiner Tour zurück erwartet, vielleicht traf er aber auch schon im Laufe der Nacht ein. Und während Mutter für Holger die Sachen bereit legte, die er am nächsten Tag anziehen sollte, ermahnte sie ihn, nur ja keinen Lärm zu machen – morgen früh.

Karo-As

Es ist ein merkwürdiges Gefühl, hier zu sitzen und auf Caroline zu warten. Jeden Augenblick kann sie zur Tür hereinkommen. Sie war wieder einmal zu Besuch bei ihrer Tante Mary. Wie soll eine englische Tante auch sonst heißen? Wenn der Flieger aus London keine Verspätung hatte, müsste er vor etwa einer halben Stunde gelandet sein.

Und vor zwei Stunden erhielt ich einen Anruf, der mich – ich mag solche Sprüche nicht, doch dieser trifft es auf den Punkt – in den Grundfesten erschüttert hat. Seitdem habe ich die Stimme eines Freundes im Kopf. «Hast du es so nötig, eine Nutte bei dir aufzunehmen?»

Es war im März 2002, als Gassner das sagte und mich einen alten Bock nannte. Zu dem Zeitpunkt war Caroline erst wenige Tage bei mir. Später hatte ich manchmal das Gefühl, dass Gassner mich um sie beneidete. Was er niemals zugegeben hätte, weil Frauen für ihn das Übel schlechthin verkörpern. Und schöne Frauen sollte man, wenn es nach ihm ginge, besser auf den Mond schießen. Auf Scheiterhaufen darf man sie ja nicht mehr binden.

Gassner hatte zweimal Pech mit seinen Ehen, auch in anderen Beziehungen nie viel Glück. Und Nutten, wie er Prostituierte, Callgirls, Gesellschaftsdamen, Partygirls oder wie immer sie sich sonst nannten, aus Prinzip zu bezeichnen pflegte, waren für ihn allenfalls gut genug, um sich abzureagieren. Seit seiner Zeit beim Sittendezernat hielt er sie alle, wie sie da kamen, standen oder saßen, für selten dämlich. Und das konnte man auch vor zwei Jahren von Caroline nun wirklich nicht behaupten.

Sie ist keine Schönheit im landläufigen Sinne. Zu einem Ideal fehlen ihr etliche Zentimeter Körpergröße, ihre Formen sind eher barock als gertenschlank, was aber nicht heißt, dass sie zu dick wäre. Ich fand ihre Figur immer optimal. Ihr Gesicht ist unregelmäßig geschnitten, die Stirn etwas zu rund und zu hoch, die Augen im Verhältnis zu Mund und Nase viel zu groß. Wenn sie einen anschaut mit diesen Augen, müsste es eigentlich sogar einen Stein erweichen. Kindchenschema nennen die Psychologen diese Gesichtszüge. Hinzu kommt die natürliche Anmut, mit der Caroline ihre kleinen Mängel umgibt. Wenn sie ein Zimmer betritt, kommt mit ihr ein Hauch von Nostalgie herein.

Aber Gassner nannte mich nicht völlig zu Unrecht einen alten Bock. Als wir uns kennen lernten, war Caroline zweiundzwanzig, noch etwas jünger als meine eigene Tochter. Ich bin dreißig Jahre älter. Doch der Altersunterschied schien zwischen uns keine Rolle zu spielen. Bis zu dem Anruf vor zwei Stunden hätte ich geschworen, dass sie mich liebt und wir noch etliche glückliche Jahre vor uns haben.

Und nun ist es vorbei. Sie wird ihre Sachen nehmen und verschwinden. Es wäre sinnvoller, die Wohnung zu verlassen, statt hier zu sitzen, zu warten und zu hoffen, dass sie mir noch eine Chance gibt. Das wird sie nicht tun, ich weiß das so sicher, wie ich meinen Namen weiß und mein Alter. Ich könnte in die nächste Kneipe und mich sinnlos besaufen. Ich könnte auch einen Koffer packen und zu meiner Tochter flüchten oder noch besser zu Gassner. Aber ich kann nicht. Ich liebe Caroline mehr als – ja, mehr als mein Leben. Und ganz bestimmt mehr als meinen Job, der mich bereits eine Beziehung gekostet hat. Meine Ehe.

Ich bin Journalist, das heißt, inzwischen bin ich Redakteur bei einem Wochenmagazin. In jungen Jahren war ich von Ehrgeiz zerfressen, immer auf der Jagd nach einer guten Story, oft wochenlang unterwegs. Meine Frau hatte kein Verständnis dafür. Bald schon nutzte sie meine Abwesenheit, um sich mit einem anderen zu trösten, was ich lange Zeit nicht merkte. Als ich meinen festen Platz am Schreibtisch bekam, war unsere Ehe nicht mehr zu retten. Sie zog mit ihrem Liebhaber und unserer Tochter nach Hannover. Ich blieb allein in der viel zu großen Wohnung in Hamburg zurück, hatte hin und wieder eine kleine Affäre, nichts hielt länger als ein paar Wochenenden. Es war mir ganz recht so, binden wollte ich mich gar nicht mehr. Bis Caroline kam – im März 2002.

Acht Wochen zuvor, Mitte Januar, hatten wir einen jungen Kollegen beerdigt, Jens Bastian, der mich so sehr an meine Jahre als Jäger der brandheißen Story erinnert hatte und letztendlich der Auslöser dafür war, dass mich dieses Fieber noch einmal packte.

Einige Tage vor seinem Tod hatte Bastian einen anonymen, handschriftlichen Brief bekommen, den er mir vorlegte. Der Schrift und der Ausdrucksweise nach eine Frau in den Fünfzigern, die der besseren Gesellschaft angehörte.

Sie berichtete von einem geheimen Zirkel, die Mitglieder seien allesamt hoch gestellte Persönlichkeiten aus dem Rechtswesen, sogar ein Justizminister gehöre dazu. Diese Gruppe hätte es sich vor rund zwanzig Jahren zur Aufgabe gemacht, rücksichtslose und kaltblütige Mitmenschen beseitigen zu lassen, die ihrerseits über Leichen gingen, denen mit Recht und Gesetz jedoch nicht beizukommen sei. Die Urteilsvollstreckung werde durch einen Mann vorgenommen, der inzwischen Mitte fünfzig sein müsse und «das As» genannt wurde. Es seien mit den Jahren um die vierzig Todesurteile in ganz Europa vollstreckt worden.

Wie ich nahm auch Bastian das Schreiben in keiner Weise ernst. Es klang nach einer der Meldungen, die immer wieder mal durch die Medien geistern, ähnlich dem Yeti, Entführungen durch Außerirdische oder Aliens, die in streng geheimen Forschungslabors in ihre Einzelteile zerlegt worden seien.

An der Unglaubwürdigkeit änderte auch die Tatsache nichts, dass die Informantin sowohl den Namen als auch den voraussichtlichen Todestag des nächstes Delinquenten nannte. Alfred Berklen, der im vergangenen November für Schlagzeilen gesorgt hatte.

Berklen war ein Reeder, tagsüber residierte er in einem Bürogebäude nahe dem Hafen, das in jüngster Zeit einer Festung glich. Der Stolz der Reederei waren zwei luxuriöse Kreuzfahrtschiffe. Es gehörten aber auch ein paar Schrottkähne dazu, von denen einer im November irgendwo auf dem Atlantik binnen weniger Minuten abgesoffen war, mitsamt der zusammengewürfelten Mannschaft. Wir hatten darüber berichtet. Es ging das Gerücht, Berklen habe eine nicht existierende Ladung hoch versichert und auf das Leben der Männer an Bord gepfiffen. Zu beweisen war ihm das bislang nicht gewesen.

Die Informantin schrieb weiter, sie sei mit einem Mitglied dieses Zirkels verheiratet. Die Polizei zu informieren verböte sich aus diesem Grund von selbst, ebenso sei es ihr unmöglich, Herrn Berklen zu warnen. Wenn Jens Bastian das – bitte schön – übernehmen würde. Herr Berklen habe ja genügend Personal, das in der Lage sei, auch einen erfahrenen Mörder aufzuhalten.

Mit anderen Worten, die Dame erwartete, dass Bastian den Reeder über eine bevorstehende Gefahr informierte, er daraufhin seine Leibgarde in höchste Alarmbereitschaft versetzte, die ihrerseits dann jeden über den Haufen knallte, der Mitte fünfzig und ihnen nicht bekannt war. Fein ausgedacht. Bei einer Festnahme durch die Polizei hätte der Auftragskiller ja wohl einiges über die rechtschaffenen Mitglieder des geheimen Zirkels ausplaudern können. Aber, wie gesagt, Bastian glaubte ebenso wenig wie ich an eine im Verborgenen wirkende Organisation.

Die Dame ließ jedoch nicht locker. Zwei Tage nachdem Bastian ihren Brief erhalten hatte, rief sie ihn in der Redaktion an. Von einem Handy, dessen Nummer er notierte. Sie wollte wissen, ob Herr Berklen informiert worden sei. Es gelang Bastian, sie in ein längeres Gespräch zu verwickeln, das er aufzeichnete und mir später vorspielte.

Sie klang verzweifelt und gleichzeitig aufgebracht, weil ihrer Bitte nicht entsprochen worden war. Bastians Erklärung, ohne Beweise könne er gar nichts tun, da mache er sich nur lächerlich, entlockte ihr ein verblüffendes Geständnis. Sie wusste offenbar schon seit Jahren von den Aktivitäten ihres werten Herrn Gemahls und hatte diese bisher toleriert, weil ihrer Meinung nach nur Zeitgenossen verurteilt worden waren, die den Tod mehr als verdient hatten. Abgesehen davon seien die Vollstreckungen human, erklärte sie, ein Schuss, ein Treffer sozusagen.

Aber bei Alfred Berklen stünden möglicherweise rein persönliche Motive ihres Mannes im Vordergrund. Sie sei Herrn Berklen freundschaftlich verbunden, ihr Mann verdächtige sie der Untreue und nähme das Schiffsunglück vom November zum Vorwand, um einen vermeintlichen Rivalen beseitigen zu lassen.

«Ich habe noch nie etwas getan, was meinem Mann geschadet hätte», erklärte sie. «Ich will ihm auch jetzt nicht schaden. Ich kann nicht selbst mit Herrn Berklen sprechen. Wie soll ich ihm das denn erklären?»

«Und wie soll ich das tun, ohne Fakten?», fragte Bastian.

Daraufhin bot sie ihm Zeitungsartikel an, in denen über die bisherigen Opfer berichtet worden sei. Da nun die Zeit drängte, Alfred Berklen sollte nämlich bereits am nächsten Tag erschossen werden, schaffte Bastian es auch noch, sie zu überreden, ihm diese Artikel persönlich auszuhändigen. Ihre Anonymität bliebe selbstverständlich gewahrt. Den Treffpunkt schlug sie vor, etwas außerhalb von Hamburg.

Bastian fuhr sofort los, zurück kam er nicht. Autounfall auf einer Landstraße. Überhöhte Geschwindigkeit und ein geplatzter Reifen, vermutete die Polizei. Nach der Unfallursache befragen konnte man Bastian nicht mehr. Als man ihn fand, war er seinen schweren Verletzungen bereits erlegen. Zeitungsartikel wurden in seinem Wagen nicht gefunden – obwohl es bei der Rückfahrt passiert sein musste.

Berklen wurde am nächsten Tag nicht erschossen. Am Abend nach Bastians Beerdigung sprach ich bei einem Bier in unserer Stammkneipe mit meinem Freund Gassner über den Zweck seiner Fahrt. Und Gassner meinte, dass ein eifersüchtiger Ehemann seine möglicherweise untreue Gattin nur mit einer Todesdrohung gegen Berklen zur Räson habe bringen wollen. Den Rest, geheimer Zirkel und Profikiller, habe die Dame vielleicht nur dazugedichtet, um die Presse auf Trab zu bringen.

Gassners Theorie hatte einiges für sich. Berklen war dafür bekannt, dass er verheiratete Damen jedes Alters vernaschte, in der Hoffnung, dass sie bei ihren Männern im Bedarfsfall ein gutes Wort für ihn einlegten. Auf die Weise beschaffte er sich Kredite, Sondergenehmigungen und alles, was sonst noch von Nutzen war. Zum privaten Vergnügen zog er käufliche Damen vor, sie mussten allerdings Klasse haben.

Und zwei Monate später, im März, rief Gassner mich am frühen Nachmittag in der Redaktion an, sagte knapp: «Jetzt hat es Berklen doch erwischt.» Er gab die Adresse eines Hotels durch und verlangte, dass ich den Brief und den von Bastian angefertigten Telefonmitschnitt mitbrachte.

Ich fuhr hin, meine Freundschaft mit Gassner und die «Beweisstücke» brachten mich als einzigen Vertreter der Medien bis in die Etage, in der Alfred Berklen gestorben war. Vor der offenen Tür des Hotelzimmers wachte ein uniformierter Polizist, er rief nach Gassner, der sich im Bad aufhielt.

Es dauerte einige Sekunden, ehe Gassner herauskam. In der Zeit konnte ich mir das Zimmer anschauen. Auf einer Couch lag eine große Umhängetasche, ein elegantes Kostüm und ein Damenmantel hingen auf Bügeln an der Garderobe. Das Bett war aufgedeckt, aber unberührt. Vor der ebenfalls offenen Tür zum Bad, in dem sich mehrere Leute aufhielten, lag ein Paar hochhackiger Pumps. Auf dem Couchtisch stand ein leerer Champagnerkühler, daneben lagen ein Taschenspiegel und ein silbernes Röhrchen.

Und die ganze Zeit hörte ich aus dem Bad dieses Wimmern, es schwoll an und ab. Als Gassner endlich zu mir auf den Flur trat, fragte ich: «Weint da jemand?»

Er nickte grimmig. «Die Nutte, die Berklen abgestochen und kastriert hat. Er liegt in der Wanne, sie hockt hinter der Tür, hat alles voll gekotzt und lässt sich nicht anfassen. Man kriegt kein Wort aus ihr raus. Ich habe einen Arzt gerufen.»

Die Nutte war Caroline.

Der Arzt kam kurz darauf und verabreichte ihr ein starkes Beruhigungsmittel, stellte einige Fragen. Antwort gab sie nicht.

«Lassen Sie die erst mal in Ruhe!», rief Gassner. «Vielleicht versteht sie gar kein Deutsch.» Zu mir sagte er: «Ist eine Engländerin, steht jedenfalls in ihrem Pass. Ob der echt ist, wissen wir noch nicht.»

Ein paar Minuten später sah ich sie zum ersten Mal. Der Arzt führte sie aus dem Bad ins Zimmer und drückte sie in einen der Sessel beim Couchtisch. Splitterfasernackt war sie; man hatte ihr zwar einen Bademantel umgelegt, doch der rutschte ihr auf die Hüften, als sie saß. Sie kümmerte sich nicht darum. Als der Arzt den Bademantel hochziehen wollte, schlug sie mit fahrigen Bewegungen seine Hände zur Seite und gab noch ein paar wimmernde Laute von sich. Sie zitterte, ihr Haar war nass und hing ihr strähnig übers Gesicht. Auf ihrem Oberkörper hafteten Spuren von Erbrochenem. Insgesamt bot sie einen Anblick, der mir das Herz umdrehte.

Zweifellos stand sie unter Schock. Meines Erachtens hätte man sie in ein Krankenhaus schaffen müssen. Doch ich kannte Gassner und konnte mir lebhaft vorstellen, wie er mit ihr verfahren würde. Er hatte sie ja bereits verurteilt. Ab ins Präsidium mit ihr, stundenlanges Verhör. Und da rief ich eben in der Redaktion an und sorgte dafür, dass eine Rechtsanwältin auf den Weg gebracht wurde.

Gassner war sauer. «Dafür habe ich dich doch nicht hergerufen.»

Natürlich nicht, er verlangte mir die Bandkassette und den Brief ab, wollte auch die Handynummer haben, die Bastian notiert hatte, und wissen, ob er das noch richtig im Kopf hätte, dass dieser angebliche Auftragsmörder As genannt wurde. Als ich nickte, erklärte er, Berklen sei eine Spielkarte auf die Brust gespickt worden. Pik-As.

Meine geschiedene Frau hatte sich während unserer Ehe die Langeweile häufig mit Kartenlegen vertrieben. Daher wusste ich noch: Das Pik-As stand für das 25. Haus und dieses für den Beruf.

«Ja, ja», meinte Gassner missmutig. «Danach soll es wohl aussehen. Es hat ja genug Drohungen gegeben, dass man ihm wegen dem abgesoffenen Pott ans Leder will. Aber nicht mit mir.»

Bei ihrer ersten Vernehmung – Caroline sprach übrigens sehr gut Deutsch, auch Spanisch, Französisch, Griechisch, Italienisch und selbstverständlich Englisch – bestritt sie, Alfred Berklen getötet und verstümmelt zu haben. Sie habe auch niemanden ins Zimmer gelassen. Aber es sei plötzlich ein Fremder ins Bad gekommen, während sie und Berklen in der Wanne saßen – er mit dem Rücken zur Tür.

Der Fremde sei mittelgroß und stämmig gewesen, habe Handschuhe und eine schwarze Maske mit Augenschlitzen getragen, die Champagnerflasche genommen, die Berklen neben der Wanne abgestellt habe. Mit der Flasche habe er Berklen auf den Kopf geschlagen und ihn dann so lange unter Wasser gedrückt, bis er zu strampeln und zu atmen aufhörte. Erst danach habe der Maskierte das Messer gezogen. Und sie habe sich nicht rühren können, auch nicht schreien.

Obwohl einiges dafür sprach, dass sie die Wahrheit sagte, verbrachte sie zwei Tage in Untersuchungshaft, daran konnte auch die Rechtsanwältin nichts ändern. In der Zeit bestätigte Berklens Obduktion ihre Angaben. Es wurden auch keine Fingerabdrücke von ihr an der Flasche oder dem Messer nachgewiesen.

Natürlich hätte sie Handschuhe tragen können. Aber im Zimmer wurden keine gefunden. Und dass sie das Zimmer nach dem Mord verlassen hätte, um verräterische Gegenstände verschwinden zu lassen, setzte eine Kaltblütigkeit voraus, die sich nicht mit dem Zustand vereinbaren ließ, in dem man sie vorgefunden hatte. Abgesehen davon: Welches Motiv hätte sie haben sollen, einen Mann zu töten, den sie zum ersten Mal gesehen hatte?

Die Behauptungen der älteren Dame mussten unter diesen Voraussetzungen in einem anderen Licht erscheinen – vielleicht ein Eifersuchtsdrama. Unter der Handynummer, die Bastian notiert hatte, war sie nicht mehr zu erreichen. Das Gerät war mit einer Prepaidkarte betrieben worden, mit anderen Worten, die Nutzerin hatte nirgendwo ihren Namen angeben müssen und war nicht aufzuspüren.

Das fand Gassner schon kurz nach Carolines Festnahme heraus. Außerdem nahm er Kontakt zur Londoner Polizei auf. Dabei brachte er etwas höchst Aufschlussreiches in Erfahrung. Caroline arbeitete erst seit wenigen Wochen für eine in London ansässige Begleitagentur, die so genannte Gesellschaftsdamen vermittelte, weltweit, manchmal nur für einige Stunden, wobei es sich in der Regel um Partys handelte, bei denen die Mädchen für eine lockere Atmosphäre sorgen sollten. Manchmal für etliche Tage oder Wochen. In solchen Fällen agierten die jungen Damen vermutlich als Bordpersonal, weil sie die Zeit auf irgendeiner Luxusyacht verbrachten.

Caroline war nicht von Berklen persönlich angefordert worden, sondern von einem angeblichen Geschäftsfreund, der ausdrücklich auf einer Anfängerin als «Präsent» bestanden hatte. Mit dem Namen dieses Geschäftsfreundes konnte die Agentur nicht dienen. Sie hatten Caroline losgeschickt, nachdem die vereinbarte Summe eingetroffen war. Bar in einem Kuvert, und eine Angestellte meinte sich an einen Hamburger Poststempel zu erinnern.

Für Gassner stand damit fest, dass es sich um den Racheakt eines möglicherweise betrogenen Ehemannes handelte. Ein Herz-As auf Berklens Brust wäre passender gewesen, meinte er, als er mich informierte. Und ich sah es wie er.

Es stellte sich nur noch die Frage, ob der eifersüchtige Gatte persönlich aktiv geworden war oder jemanden für den Mord an Berklen angeheuert hatte. Gassner tippte auf den Ehemann, weil Caroline überlebt hatte. Ein gedungener Mörder hätte keine Zeugin zurückgelassen, meinte er.

In den nächsten Tagen wollte er sich das gesamte Hotelpersonal vornehmen. Wenn der Mörder, wie Caroline in jedem Verhör beteuert hatte, unvermittelt im Bad aufgetaucht war, musste ihm irgendwer Zugang zu Berklens Zimmer verschafft haben, vermutlich mit einer universellen Codekarte, wie sie dem Reinigungspersonal zur Verfügung standen.

Gassner hoffte, ein Zimmermädchen zu finden, das für seine Karte eine Leihgebühr kassiert und den Täter bei der Gelegenheit ohne Maske gesehen hatte. Mit der Beschreibung, die Caroline geboten hatte, ließ sich nicht viel anfangen. Sie hatte nicht mal sagen können, ob es ein junger oder älterer Mann gewesen war.

Kurz nach ihrer Freilassung kam sie zu mir. Ich saß noch in der Redaktion. Ihre Anwältin hatte ihr gesagt, wo sie mich finden könne. Sie wollte sich bei mir bedanken, weil ich ihr zu einem Rechtsbeistand verholfen hatte. Und nicht nur das.

Gassner hatte sie gebeten, sich vorerst noch zur Verfügung

zu halten. Hätte ja sein können, dass es bald zu einer Festnahme gekommen wäre. Dann hätte er sie nicht für eine Gegenüberstellung anreisen lassen müssen. Auch wenn sie kein Gesicht gesehen hatte, Statur und Bewegungen waren ebenso Anhaltspunkte. Sie wollte auch nicht zurück nach London, ebenso wenig in ein Hotel. Zum einen verfügte sie nicht über die Mittel, sich in Hamburg ein Hotelzimmer zu nehmen, zum anderen hatte sie panische Angst.

«Dieser Mann wird vielleicht bald denken, dass es ein Fehler war, mich am Leben zu lassen», sagte sie. «Er wird mich aufspüren und töten, wenn ich keinen sicheren Platz finde.»

Ich fühlte plötzlich mein Herz schlagen, einfach so, nicht übermäßig heftig, nur sehr intensiv. Sie war so jung, so zerbrechlich trotz der etwas barocken Formen, so wehrlos und unschuldig – obwohl sie mit Alfred Berklen das Badewasser geteilt hatte. Wie sie da in Kostüm und Mantel vor mir saß, konnte ich mir das gar nicht mehr vorstellen. Sie ansehen hatte etwas mit Glauben an Reinheit zu tun.

Sie sprach es nicht aus, und ich war halbwegs überzeugt, dass ich mich Wunschdenken hingab, in ihre Furcht eine Bitte um Asyl hineinzuinterpretieren. So ist das eben, wenn man plötzlich das Gefühl hat, etwas ganz Besonderes vor sich zu haben, das man so schnell nicht wieder entschwinden lassen will.

«Ich habe eine geräumige Wohnung», sagte ich. «Sie liegt im vierten Stock, man kommt nur mit einem Schlüssel ins Haus. Mir scheint sie sehr sicher.»

«Thank you», murmelte sie.

Nur eine knappe Stunde später saß Caroline bei einer Tasse Tee in meinem Wohnzimmer. Und ich war auf eine so unverschämte und unbegreifliche Art glücklich. Sie gab sich redlich Mühe, mir eine Gegenleistung für das frühere Zimmer meiner Tochter zu bieten. Vielleicht eine Exklusivstory über die letzten Minuten des Alfred Berklen?

Der Bericht über den Tod des Reeders war bereits für die

nächste Ausgabe geschrieben. Etwas Neues erzählte Caroline mir auch nicht. Es sei alles furchtbar schnell gegangen und natürlich grauenhaft gewesen. Das Wasser färbte sich rot von Berklens Blut, und sie konnte sich nicht bewegen, hatte das Gefühl, der Mörder lächele sie die ganze Zeit durch seine Maske an, war überzeugt, als Nächste an der Reihe zu sein, und so weiter.

«Hat der Täter nicht gesprochen?», fragte ich.

Sie schüttelte den Kopf. «Er hat mir nur diese Spielkarte gezeigt. Ich hatte das Gefühl, dass er damit etwas zum Ausdruck bringen wollte, aber ich weiß nicht, was.»

Sie meinte, ich wüsste es. Trotz ihrer Apathie hatte sie offenbar mitbekommen, dass Gassner vor der Tür über das Pik-As gesprochen und ich eine Erklärung dazu abgegeben hatte. Von der um Berklens Leben besorgten Dame und Bastians Unfalltod mochte ich ihr nichts erzählen, verlor nur ein paar Worte über meine geschiedene Frau und ihr Faible fürs Kartenlegen.

Den nächsten Tag nahm ich mir frei, um ein paar Einkäufe mit ihr zu machen. Alleine wollte sie nicht vor die Tür. Und sie besaß doch nur das, was sie auf dem Leib und in der Umhängetasche bei sich trug. Es war auch ein Handy dabei, aber das Bedürfnis, jemanden zu informieren, wo sie sich aufhielt, hatte sie nicht.

«Ich habe keine Angehörigen mehr», behauptete sie zuerst. Und erzählte dann frei nach dem Motto – *Ich hatte keine andere Wahl:* «An meine Mutter kann ich mich nicht einmal erinnern. Als sie starb, war ich erst drei Monate alt. Sie holte Geld von der Bank, wurde auf dem Heimweg überfallen und erschlagen. Meinen Daddy habe ich im Januar verloren.»

Ihr Vater sei beruflich viel unterwegs gewesen und habe sie erst einmal bei seiner Tante untergebracht, erzählte sie. Tante Mary, eine nicht unvermögende, ältere Dame, die ein hübsches Anwesen in einem Vorort von London besaß. Eine genaue Adresse nannte Caroline nicht, das tat sie auch später nie.

Aber Tante Mary konnte nicht mit einem kleinen Kind umgehen. So sah Daddy sich nach vier oder fünf Jahren gezwungen, Caroline wieder abzuholen und mit auf Reisen zu nehmen. An keinem Ort seien sie lange geblieben. Deshalb habe sie nie eine ordentliche Schulausbildung genossen und keinen Beruf erlernt.

Dafür hatte sie aber eine umfassende Allgemeinbildung und ausgezeichnete Sprachkenntnisse, die sie der Ruhelosigkeit ihres Vaters verdankte. Überall und nirgendwo seien sie gewesen, in ganz Europa herumgekommen. Und alles, was sie wusste, hatte sie von Daddy gelernt.

Hin und wieder hatten sie Tante Mary besucht. Die war inzwischen weit über siebzig, gebrechlich, pflegebedürftig und egoistisch. Alte Damen konnten ja sehr tyrannisch sein. Tante Mary zum Beispiel hatte die üble Angewohnheit, bei jedem Unwohlsein ihre Pflegerin aufs Telefon zu hetzen und behaupten zu lassen, nun stehe das letzte Stündlein unmittelbar bevor, um ihren Neffen auf den Weg zu bringen.

Daddy war im Januar während einer solchen Fahrt nach London verstorben, tot über dem Steuer seines Wagens zusammengebrochen. Caroline hatte Tante Mary danach um Hilfe gebeten. Doch die dachte nicht daran, ihre Großnichte zu unterstützen. Sie sei jung und könne arbeiten, ließ Tante Mary durch die Pflegerin ausrichten. Nicht mal die Kosten der Beerdigung wollte sie übernehmen. Und Ersparnisse gab es nicht. So ein Leben von einem Ort zum anderen war teuer. Manchmal waren sie ja nicht mal lange genug geblieben, dass es gelohnt hätte, eine Wohnung zu nehmen.

Caroline hatte sich gezwungen gesehen, ihren Daddy eigenhändig in einem Wald zu begraben. Anschließend hatte sie das Auto verkauft und sich mit dem Erlös über Wasser gehalten. Bis sie ganz zufällig in einem Gasthof mit einer jungen Frau ins Gespräch kam und von dieser Londoner Begleitagentur erfuhr, die angeblich junge Damen nur als Serviererinnen oder zur Unterhaltung auf Partys vermittelte.

«Von etwas anderem war nicht die Rede», betonte sie und schaute mich an mit ihren großen Kinderaugen. «Und ich musste doch irgendwie Geld verdienen. An zwei Partys habe ich teilgenommen, es aber nicht zum Äußersten kommen lassen. Herr Berklen war mein erster ...» Sie brach ab, schluchzte auf. «Ich kann das nicht noch einmal.»

Arme Caroline. Auch wenn ich ihr nicht einmal die Hälfte glaubte – Daddy eigenhändig im Wald verscharrt war wirklich ein starkes Stück. Aber dass Alfred Berklen ihr erster Kunde gewesen war, der das «Präsent» eines Geschäftsfreundes noch nicht einmal hatte genießen können, durfte ich nicht bezweifeln. Sie war noch Jungfrau, als ich nach drei Wochen zum ersten Mal mit ihr schlief.

Zu dem Zeitpunkt machte ich mir noch keine Illusionen, war mir durchaus der Tatsache bewusst, dass sie nicht in mich verliebt war und nur bei mir blieb, weil sie immer noch Angst hatte, woran mein Freund Gassner nicht völlig schuldlos war.

Er kam ein paar Mal am Abend zu mir, weil ich mich in unserer Stammkneipe nicht mehr blicken ließ. Meist zog Caroline sich mit einer Lektüre ins ehemalige Kinderzimmer zurück, wenn Gassner vor der Tür stand. Manchmal werkelte sie auch in der Küche herum. Da er sich nicht einmal in ihrer Gegenwart seine abfälligen Bemerkungen verkneifen konnte, ging sie ihm lieber aus dem Weg. So konnten wir im Wohnzimmer ungestört den Stand der Dinge besprechen, den man als Stillstand bezeichnen musste.

Wenn Gassner wieder weg war, fragte Caroline regelmäßig, ob es Neuigkeiten gäbe, irgendeinen Hinweis auf den Täter. Jedes Mal schüttelte ich den Kopf. Gassner war auch Ende Mai noch keinen Schritt weiter. Beim Hotelpersonal hatte er nichts erreicht und nicht den Schimmer einer Ahnung, wer die Dame sein könnte, die Bastian zu seiner Todesfahrt veranlasst hatte.

An einem Abend brachte er das Band mit. Und nachmittags

hatte Caroline stundenlang am Herd gestanden. Sie kochte und backte mit Leidenschaft, kümmerte sich auch sonst gewissenhaft um meinen Haushalt. An dem Abend brachte sie einem Teller voll köstlicher Pastetchen ins Wohnzimmer, hörte der Frauenstimme zu und sich Gassners Spekulationen an.

Er stopfte Pastetchen in sich hinein wie ein hungriger Wolf. Ein Kompliment an die eifrige Köchin wäre das Mindeste gewesen, aber das brachte er nicht über die Lippen, sprach stattdessen über Bastians Unfall, der vielleicht gar kein Unfall gewesen sei. Reifen platzten schließlich auch, wenn darauf geschossen wurde.

«Nehmen wir mal an», sagte Gassner, «die Dame wurde erwischt, ehe sie das Haus verlassen konnte. Ihr Gatte setzte sie unter Druck und erfuhr, dass sie einen Journalisten angerufen hatte. Dann begleitete er sie, um einen Mitwisser mundtot zu machen. Mit Berklen ließ er sich anschließend Zeit, um festzustellen, ob etwas durchgesickert war und er das überhaupt noch riskieren konnte. Was hältst du davon?»

Gar nichts hielt ich davon, weil Caroline mit schreckgeweiteten Augen auf das Bandgerät schaute.

Gassner beachtete sie nicht, brachte seine Spekulation zum Ende mit den Worten: «Und nach dem Desaster brauchen wir nicht darauf zu hoffen, dass die Frau sich nochmal von sich aus meldet. Es gibt ja auch keinen Grund mehr. Sie war nur um Berklen besorgt, und der ist nicht mehr. Aber ich kriege die Herrschaften, ich krieg sie, ich grab mich durch Berklens Beziehungen, und wenn ich bis zur Pensionierung nichts anderes mehr tue. Das muss eine sein, mit der er was hatte. Und die finde ich.»

Es war Gassner nicht vergönnt, die Frau zu finden. Für ihn gab es auch schon bald andere Fälle. An seiner Stelle beschäftigte ich mich mit Berklens Beziehungen, grub mich neben der täglich anfallenden Redaktionsarbeit durch die Klatschspalten diverser Illustrierten, vertiefte mich in jahrealte Kurznotizen der Tagespresse und kreiste ganz allmählich einige Damen der höheren Hamburger Gesellschaft ein.

Im Gegensatz zu meiner geschiedenen Frau beschwerte Caroline sich nie, wenn ich viel später als erhofft aus der Redaktion kam. Sie nahm regen Anteil an meiner Arbeit, erkundigte sich immer, wie mein Tag gewesen sei. Über ihre Tage gab es nicht viel zu sagen, putzen, waschen, bügeln, kochen und lesen. Alles, was an Büchern bei mir herumstand, verschlang sie regelrecht. Zusätzlich brachte sie aus dem nahe gelegenen Supermarkt, in dem sie für den täglichen Bedarf einkaufte, etliche Tageszeitungen mit, darunter auch den «Daily Mirror».

Darin entdeckte sie dann diese herzergreifende Suchmeldung einer Familie, deren Darling nach irgendwelchen Unstimmigkeiten ausgerissen war, nun sei alles vergeben, hieß es.

Das war im Juli 2002. Wir waren seit vier Monaten zusammen, und ich hatte vor lauter Berklen-Beziehungen fast vergessen, dass Caroline noch eine Angehörige hatte. Sie hatte nach unserem ersten Einkaufsbummel nie wieder ein Wort über Daddy oder Tante Mary verloren. Für mich kam es völlig überraschend, als sie verkündete, sie wolle für zwei Tage verreisen.

«Wohin denn?», fragte ich.

«Nach London», sagte sie, zeigte mir die Suchmeldung und behauptete: «Ich habe in den letzten Wochen schon mehrfach mit dem Gedanken gespielt. Und als ich das nun las, dachte ich, dass ich sehr egoistisch bin. Vielleicht sorgt Tante Mary sich ebenso um mich wie diese Eltern um ihr Kind. Außer mir hat sie doch keine Angehörigen mehr. Ich sollte sie zumindest wissen lassen, wo ich im Notfall zu erreichen bin. Und ich möchte auch einmal das Grab meines Vaters besuchen.»

Meinen Vorschlag, übers Wochenende gemeinsam nach London zu fahren oder zu fliegen, lehnte sie ab. «Später vielleicht», sagte sie. «Jetzt möchte ich alleine reisen.»

Und ich dachte, dass sie bei Tante Mary nicht mit einem Mann auftauchen wollte, der ihr Vater sein könnte.

Montags brachte ich sie am frühen Morgen zum Flughafen, am Mittwochabend holte ich sie wieder ab. Sie war ein bisschen deprimiert, weil sie nicht wusste, ob sie am Grab ihres Vaters ein paar Tränen vergossen und ein stilles Gebet gesprochen hatte oder bloß an einem mit Unkraut überwucherten Fleckchen Erde.

«Im Januar sah es dort ganz anders aus», jammerte sie. «Und ich konnte es doch nicht als Grabstelle kenntlich machen. Ich habe ein paar Steine zur Orientierung hingelegt, nun war alles zugewachsen.»

«Du hast ihn wirklich in einem Wald begraben?», fragte ich, konnte es immer noch nicht glauben.

«Ja», sagte sie schlicht und kam auf Tante Mary. Der Besuch bei der alten Dame war anscheinend nicht erbaulich gewesen. Tante Mary hatte unendlich viele Vorwürfe erhoben und wissen wollen, wo Caroline zu erreichen sei.

«Ich habe ihre Pflegerin inständig gebeten, mich wirklich nur im äußersten Notfall anzurufen», sagte sie.

Der äußerste Notfall trat schon knappe drei Wochen später ein. Zu dem Zeitpunkt hatte ich die in Sachen Berklen infrage kommenden Damen der besseren Gesellschaft auf drei reduziert. Insofern kam es mir nicht einmal ungelegen. Als Caroline mich in der Redaktion anrief, war sie bereits in einem Taxi auf dem Weg zum Flughafen und teilte hektisch mit: «Tante Mary ist in der Nacht in eine Klinik eingewiesen worden.»

Und genau das war, nicht in der vergangenen Nacht, sondern schon zu Jahresbeginn, auch mit einer der drei Damen geschehen, denen ich eine Affäre mit Berklen unterstellte. Margot Süder, ein nicht unbekannter Name in der Stadt, ihr Mann war Richter, beide entstammten sie alteingesessenen und angesehenen Familien.

Ich hatte mir längst bei Gassner eine Kopie des Telefonmitschnitts besorgt, das Original wollte er nicht herausrücken. Und ich wollte nicht mit der Tür ins Haus fallen. Aber als Journalist findet man rasch einen guten Vorwand. In dem Fall eine Umfrage zur Tagespolitik, da machen sich die Meinungen prominenter Mitbürger und -bürgerinnen immer gut.

Ich ließ ein Diktiergerät mitlaufen, um einen Stimmenvergleich vornehmen zu können, bekam aber nur zwei der Damen persönlich an den Apparat, weil Margot Süder – wie gesagt – im Januar an einer schweren Depression erkrankt war. Das hörte ich von einer Hausangestellten. Ein unbedarftes Geschöpf, das ohne zu zögern Auskunft gab. Die Dame des Hauses hatte sich – nur einen Tag nach Bastians Unfall – auf Wunsch ihres Mannes in stationäre Behandlung begeben müssen.

Ich hatte sie! Darauf hätte ich geschworen. Als Caroline sich am späten Abend noch einmal meldete, war ich sehr zufrieden und sah keinen Grund, ihr meinen Erfolg zu verheimlichen. Dass sie sich nicht überschwänglich darüber freute, war verständlich. Sie machte sich Sorgen, ich könne schlafende Hunde wecken. Wenn dieser Richter einen Mordauftrag erteilt hätte, meinte sie, schrecke er kaum vor dem zweiten zurück.

«Versprich mir, den Mann in Ruhe zu lassen. Ich will dich nicht auch noch verlieren.»

Ich konnte es reinen Gewissens versprechen, weil ich nicht vorhatte, den Richter zu behelligen. Caroline beruhigte sich wieder und schimpfte ein wenig auf Tante Mary. Es war ja alles nur halb so wild, natürlich kein Schlaganfall, nur eine Migräne. Und das hätte sie wissen müssen, meinte sie, genau so habe Tante Mary es doch auch mit Daddy getrieben.

Als sie nach zwei Tagen zurückkam, war sie guter Dinge, hatte sich mit Tante Mary ausgesöhnt und zeigte mit strahlendem Lächeln ein Bündel Geldscheine, fünftausend Pfund, ein kleiner Vorschuss aufs Erbe sozusagen. Sie war stolz, dank Tante Marys Großzügigkeit nun auch etwas zu unserem gemeinsamen Haushalt beisteuern zu können. Erst nachdem das gesagt war, erkundigte sie sich, ob ich mein Versprechen gehalten und den Richter unbehelligt gelassen hätte.

«Natürlich», sagte ich.

Ich hatte versucht, an Margot Süder heranzukommen. Aber in der Psychiatrie war da nichts zu machen. Es gab jedoch einen erwachsenen Sohn, Rolf Süder, hatte ich zwischenzeitlich in Erfahrung gebracht. Er lebte in München – und war, was ich von Bastians Freundin erfahren hatte, mit meinem Kollegen zur Schule gegangen. Da musste ich mich nicht mehr fragen, warum die verzweifelte Frau sich ausgerechnet an Bastian gewandt hatte. Ich wollte mit Rolf Süder über Bastians Unfall und die Gründe für die Einweisung seiner Mutter sprechen, sobald sich die Gelegenheit dazu bot.

Weil ich Caroline nicht beunruhigen wollte, erzählte ich ihr nichts davon und fuhr erst nach München, als Tante Mary sechs Wochen später an einer Lungenentzündung erkrankte, die sich als leichte Bronchitis entpuppte. Doch das hörte ich erst, als sie zurückkam. Sie entschuldigte sich, weil sie nicht die Zeit gefunden habe, mich anzurufen. War auch besser so, sie hätte mich nur auf dem Handy erreichen können und sich vielleicht Sorgen gemacht. Unnötige Sorgen, wie es schien.

Ich hatte in München auf Granit gebissen. Rolf Süder hatte vehement bestritten, dass ich ihm die Stimme seiner Mutter vorspielte. Ihre Einweisung in die Klinik hätte nicht das Geringste mit Berklens Tod zu tun. Ihr eine Affäre mit dem Reeder zu unterstellen, sei eine Unverschämtheit. Und damit basta.

Nur eine knappe Woche später erhielt ich jedoch einen sehr aufschlussreichen Anruf. Eine Telefonnummer wurde nicht übertragen, und die Stimme klang nach Blech, war elektronisch stark verfremdet. Ein junger Mann, der in einem Tonstudio arbeitet, weiß schließlich, welche technischen Möglichkeiten es gibt. Ich war mir schon bei diesem Anruf absolut sicher, dass es Rolf Süder war. Es wusste doch sonst niemand von meinem Interesse an den Hintergründen von Berklens Tod.

«Lassen Sie die Finger von dieser Sache», wurde ich gewarnt. «Sie haben keine Ahnung, mit wem Sie sich anlegen.»

Nein, diese Ahnung hatte ich wirklich nicht. Aber ich bekam sie mit der Zeit. Mit einer verschworenen Gemeinschaft, die seit zwei Jahrzehnten Menschen zum Tode verurteilte und hinrichten ließ. Die Blechstimme rief mich in unregelmäßigen Zeitabständen an. Manchmal hatte ich das Gefühl, der Junge wollte einfach nur reden. Erzählen konnte er mir jedoch nicht viel. Er besuchte wohl nur alle paar Wochen seine Mutter in der Psychiatrie und fragte sie aus.

So bekam ich nach und nach die Namen etlicher Opfer und konnte gezielt nach Nachrichten zu ihrem Tod suchen. Es handelte sich in der Regel um skrupellose Geschäftsleute, für die ein Menschenleben nicht gezählt hatte. Einige hatten ihr Vermögen mit Drogen, Waffen oder Menschenhandel verdient. Ein paar Kriminelle waren auch dabei, von denen etliche sogar vor Gericht gestanden hatten, es hatte nur nicht für eine Verurteilung gereicht. Aber es schien, als sei Alfred Berklen der Letzte gewesen.

Zum Jahresende spielten wir endlich mit offenen Karten, und ich erfuhr bei einem Telefongespräch, dass mein Freund Gassner Bastians «Unfall» richtig beurteilt hatte. Margot Süder war dabei gewesen.

«Vater hat sie an seinem Schreibtisch erwischt, zur Rede gestellt und gezwungen, mitzukommen», erklärte Rolf Süder. «Sie sollte sehen, was sie mit ihrem Verrat angerichtet hat. Zuerst hat er sich wohl noch selbst mit Jens unterhalten und versucht, Mutters Brief und ihren Anruf als Hirngespinst einer psychisch Kranken hinzustellen. Aber er durfte nicht sicher sein, dass Jens ihm glaubte. Er ließ ihn abfahren, folgte und schoss auf die Reifen.»

Jens, daran musste ich mich erst gewöhnen, für mich war mein Kollege immer nur Bastian gewesen.

«Das wird sich nur nicht beweisen lassen», fuhr sein ehemaliger Schulfreund fort. «Mutter behauptet zwar, Vater hätte von Beginn an das Wirken dieser Organisation dokumentiert, Zeitungsberichte oder Todesanzeigen gesammelt, aber wahrscheinlich hat er seine Sammlung anschließend vernichtet. Und Mutter ist nicht bereit, mit irgendwem außer mir über die Sache zu sprechen. Sie hat mich angefleht, um Gottes willen nichts zu unternehmen. Sie glaubt auch, es sei vorbei.»

Ob dem so war, wollte Rolf Süder nicht beurteilen. Seiner Frau hatte der ehrenwerte Richter erklärt, das As sei nach Berklens Ermordung abgetaucht. Man bemühe sich seitdem vergebens, den Henker aufzuspüren und eine Stellungnahme zu erhalten. Zufrieden mit der Durchführung waren die Auftraggeber anscheinend nicht gewesen. Immerhin hatte es eine Zeugin gegeben – und der Mörder hatte es sich nicht verkneifen können, mit der Spielkarte einen Hinweis auf seine Person zu hinterlassen.

Den Worten folgte ein vernehmlicher Seufzer. «Wenn Vater dahinter kommt, dass ich mit Ihnen rede, heuern die vermutlich einen anderen Killer an, der dann erst mal uns beide beseitigt. Skrupel haben die längst nicht mehr. Die fühlen sich als Kämpfer für eine gerechte Sache, auch wenn sie Menschen wie Jens umbringen.»

Danach hörte ich einige Wochen lang nichts. Als Rolf Süder mich das nächste Mal anrief, lebte er wieder im Elternhaus und sprach in einem ganz anderen Ton über seinen Vater. «Der Alte.»

«Ich hoffe, er hat geschluckt, dass ich aus Sorge um Mutter wieder zu Hause bin, und nicht, um zu schnüffeln. Versprechen kann ich Ihnen nichts, aber ich werde mir Mühe geben, die ganze Bande auffliegen zu lassen.»

Ich hatte von dem Tag an also einen zuverlässigen Informanten, nur waren die Informationen äußerst dürftig. Hin und wieder wurde Rolf Süder Zeuge, wenn sein Vater mit einem Gesinnungsgenossen telefonierte. Aus den aufgeschnappten Gesprächsfetzen zogen wir den Schluss, dass es innerhalb der Gruppe massive Unstimmigkeiten gab. Offenbar hatte das As sich zwischenzeitlich freiwillig gemeldet, man war jedoch im Zweifel, ob man dem Mörder noch einmal Vertrauen schenken durfte, weil er nicht mehr gewillt schien, Todesurteile auf humane Weise zu vollstrecken. Man müsse Gleiches mit Gleichem vergelten, war nun die Devise.

Im April 2003 verbrannte der Nächste bei lebendigem Leib in seinem Büro: Ein Speditionsunternehmer aus Antwerpen war an einen Stuhl gefesselt und mit Benzin übergossen worden. Die Spedition hatte wenige Wochen zuvor für Schlagzeilen gesorgt, weil ein wahrscheinlich übermüdeter Fahrer in Südfrankreich mit einem Gefahrguttransporter in ein Jugendheim gerast war und einen verheerenden Brand mit achtzehn Toten ausgelöst hatte.

Die Meldung vom entsetzlichen Ende des Unternehmers kam herein, als Tante Mary eine Zyste entfernt werden musste und Caroline für eine ganze Woche in London war. Sie flog regelmäßig alle acht Wochen hin. Nicht, dass Tante Mary jeden zweiten Monat erkrankte, man konnte eine alte Dame ja auch besuchen, ohne dass es einen besonderen Anlass gab, damit sie sich nicht so verlassen fühlte – und nicht vergaß, dass es eine Erbin gab.

Hin und wieder machte Caroline Anspielungen auf Tante Marys Vermögen, für das sich der kleine Zeitaufwand lohne. Meist blieb sie zwei oder drei Tage. Nur in Ausnahmefällen, wenn Tante Mary gesundheitliche Probleme wie eben eine Zyste hatte, blieb sie länger.

Hätte mich an diesen Besuchen etwas stutzig machen müssen? Was denn? Sie brachte ja nicht jedes Mal einen Packen Bargeld mit.

Der Gedanke, dass sie sich ein Konto eingerichtet haben könnte, kam mir nicht. Und um noch einen Gedanken an die Begleitagentur in London zu verschwenden, um mir bewusst zu machen, dass ich ein Mann Mitte fünfzig und Caroline eine blutjunge und attraktive Frau war, die aus ihrem Körper Kapital schlagen könnte, war schon zu viel Zeit vergangen. Eine Zeit, in der alles selbstverständlich geworden war.

Ich fühlte mich in jeder Hinsicht vollkommen sicher, in unserer Beziehung ebenso wie bei dieser Story. Es war Rolf Süder in den vergangenen Monaten gelungen, seinen Vater mit entsprechend radikalen Äußerungen zu überzeugen, er sei würdig, als neues Mitglied in den Zirkel aufgenommen zu werden. Man musste sich ja auch mal Gedanken um Nachwuchs machen. Die älteren Herrschaften waren nicht unsterblich.

Im Oktober 2003 durfte er erstmals an einer Mitgliederversammlung in Madrid teilnehmen. Er nahm ein Handy mit integrierter Kamera mit und spielte mir ein paar brisante Aufnahmen zu. Ein gewagtes Unterfangen. Er schwitzte Blut und Wasser, dass man ihn beim Fotografieren erwischen könnte. Aber er hatte Glück, und der Einsatz lohnte sich.

Sieben Mitglieder bekam er vor die Linse, hoch gestellte Persönlichkeiten aus ganz Europa, wie seine Mutter behauptet hatte. Vier Männer, drei Frauen, es führe auch eine Frau den Vorsitz, sie sei aber nicht in Madrid gewesen, erfuhr ich kurz darauf. Rolf Süder hoffte, sie bei der nächsten Zusammenkunft zu Gesicht zu bekommen und dabei auch in Erfahrung zu bringen, wer das As war. Den Auftragsmörder kannte nämlich nur die Vorsitzende. Und sie allein konnte den Kontakt herstellen.

Zu dem Zeitpunkt wusste Caroline noch nichts von meinem Informanten. Es gelang mir auch noch bis kurz vor meinem Geburtstag Ende Februar, vor ihr geheim zu halten, wem ich auf der Spur war. Rolf Süder rief mich nur in der Redaktion an, schickte auch das Beweismaterial dahin. Die heimlich in Madrid aufgenommenen Fotos mailte er.

Ich druckte sie umgehend aus und löschte die Nachricht anschließend sofort. In meinem Schreibtisch aufbewahren mochte ich das Material jedoch nicht, um nicht einen Kollegen aufmerksam und neugierig zu machen. Mir blieb gar nichts anderes übrig, als es zur Sicherheit mit heimzunehmen. Ich deponierte es im früheren Kinderzimmer, das längst nicht mehr genutzt wurde. Caroline putzte nur alle paar Wochen mal über das Fenster, wischte Staub und saugte den Boden ab.

Ende Februar suchte sie dann ein geeignetes Plätzchen, um das mir zugedachte Geschenk sicher zu verstecken. Bei der Gelegenheit fand sie die Mappe und wollte wissen, was es damit auf sich hatte. Als ich es ihr erklärte, war sie entsetzt.

«Bist du nicht bei Verstand? Du hast mir versprochen, diesen Richter nicht zu behelligen. Diese Leute werden dich töten lassen, wenn sie erfahren, dass du ihnen auf der Spur bist.»

Sie nahm an, ich hätte ihre Besuche bei Tante Mary genutzt, um den Richter zu observieren. Ich widersprach ihr nicht, wäre wohl auch kaum zu Wort gekommen. Sie war völlig außer sich, beschwor mich: «Du musst damit aufhören. Wenn du mich liebst, musst du sofort damit aufhören.»

Warum habe ich es nicht getan, solange noch Zeit war? Weil man das nicht kann als Journalist. So ist das eben bei einer heißen Story. Ich wollte wissen, wer diesen Haufen rechtsbesessener Fanatiker anführte und wer das As war.

Das weiß ich nun. Rolf Süder rief mich in der Redaktion an. Vor zwei Stunden, ach nein, jetzt sind es schon drei. Komisch, ob der Flieger aus London so viel Verspätung hatte?

«Hauen Sie ab», sagte er. «Das As ist auf dem Weg zu Ihnen.»

Er hatte es selbst eben erst erfahren – von seinem Vater, der seinerseits zur Vorsitzenden zitiert worden war – allein, um das As kennen zu lernen und in kleiner Runde meine Exekution zu beschließen. Auf welche Weise ich sterben soll, konnte Rolf Süder mir nicht sagen. Er nahm wohl an, dass ich alles stehen und liegen ließe, in mein Auto stiege und das Weite suche.

Aber wozu? Ohne Caroline sehe ich keinen Sinn in einer Flucht. Sie war mein Leben in den vergangenen beiden Jahren. In den letzten Monaten habe ich manchmal befürchtet, dass sie sich irgendwann nach einem jüngeren Mann umschauen könnte. Und jetzt wünsche ich mir fast, sie hätte das getan.

Aber für jüngere Männer hatte sie gar keine Zeit. Sie hat ja Tante Mary, bei der sie die ersten Jahre nach dem Tod ihrer Mutter verbracht hat. Es stimmt wohl, dass ihre Mutter einem Verbrechen zum Opfer fiel, als Caroline noch ein Baby war, und dass ihr Vater sie erst einmal – nicht bei seiner Tante, sondern bei der Ermittlungsrichterin unterbrachte, der es nicht gelang, den Mörder einer jungen Mutter zu überführen.

Ich nehme an, das gab den Anstoß. Daddy war in seiner Trauer doch prädestiniert für die Rolle des Henkers. Später nahm er Caroline dann mit auf seine Geschäftsreisen und brachte ihr all das bei, was sie wissen musste, meinte sie jedenfalls.

Als er im Januar 2002 plötzlich starb – auch das entsprach den Tatsachen, ebenso, dass sie ihn eigenhändig in einem Waldstück begraben hatte –, fühlte Caroline sich durchaus befähigt, seine Arbeit fortzuführen. Tante Mary war damit ganz und gar nicht einverstanden. Caroline tat trotzdem, was sie für richtig hielt, brachte damit die ganze Gruppe gegen sich auf und studierte anschließend fleißig etliche Tageszeitungen, bis man ihr zu verstehen gab, es sei alles vergeben.

«Erwarten Sie keinen Mann in Ihrem Alter», sagte Rolf Süder. «Und erwarten Sie keine Gnade.»

Nein, ich erwarte nur noch mein Ende.

Oh, da höre ich den Schlüssel in der Tür. Ich liebe sie wirklich mehr als mein eigenes Leben.

Drachenweibchen

Beim ersten Mal war es wirklich nur ein Versehen. In Gedanken versunken drückte Bernhard Wollweber auf einen Knopf im Aufzug, verließ wenige Sekunden später die enge Kabine, steuerte auf eine der vier Wohnungstüren zu, die in jedem Stockwerk alle gleich aussahen. Und erst, als er den Schlüssel einzustecken versuchte, bemerkte er, dass etwas nicht in Ordnung war.

Im ersten Augenblick dachte er, Marthe habe aus einem ihm unbekannten Grund während seiner Abwesenheit das Türschloss auswechseln lassen. Im Geist ging er die Liste seiner Sünden durch. Kleine Vergehen; ein feuchtes Handtuch auf dem Wannenrand oder ein paar Haare im Waschbecken. Möglicherweise hatte er auch am Morgen vergessen, seine Socken zur Schmutzwäsche zu legen oder – völlig in Gedanken versunken – am Vorabend ein wenig Zigarettenasche auf den Teppich fallen lassen.

Größere Vergehen hatte er sich in letzter Zeit nicht zuschulden kommen lassen, aber für Marthe genügten die kleinen vollauf. Sie war in jeder Hinsicht sehr penibel und konnte ihm stundenlange Vorträge halten. Marthes liebste Themen waren die Aufrechterhaltung von Ordnung in einem Zweipersonenhaushalt und die Aufgabenteilung zwischen körperlich schwer arbeitender Ehefrau und einem Ehemann, von dem nun weiß Gott kein Mensch behaupten konnte, dass er sich tot schuftete.

Tatsächlich war Bernhard Wollweber als Professor für Geschichte und Literatur mit dem Schwerpunkt «Die Nibelungensage» körperlich weit weniger ausgelastet als Marthe, die von morgens in der Frühe bis zum späten Abend dafür sorgen musste, dass der Zweipersonenhaushalt reibungslos funktionierte. Einfach war das nicht, vor allem deshalb, weil Bernhard zur Zerstreutheit neigte.

Es war nicht unbedingt Böswilligkeit, wenn er vergaß, die Zahncremetube nach Gebrauch wieder ordnungsgemäß zu verschrauben. Es waren eher die Gedanken, die ihm ständig abschweiften, um Siegfrieds Brautwerbung oder den Kampf mit dem Drachen kreisten. Von letzterem vermutete Bernhard stark, dass er weiblichen Geschlechts gewesen war. Diese Vermutung hatte zur Folge, dass sein Hirn sich vor allem in den Abendstunden häufig mit einem rötlichen Nebel füllte.

Und während Marthe keifte und eine neue Liste seiner Sünden erstellte, stand er wie Jung-Siegfried persönlich mitten in diesem feurigen und blutigen Nebel, schwang das Schwert hoch über dem Kopf, holte aus zum tödlichen Hieb und trieb es mit aller Kraft in die grüngeschuppte Haut. Der Drache fauchte, röchelte sterbend eine letzte Feuersbrunst. Und Bernhard vergaß über dieser Vision den Alltag, Zahncremetubenverschlüsse und vieles mehr. Mit Absicht hatte das nichts zu tun.

Allerdings unterstellte Marthe die Absicht bei jeder Gelegenheit und argwöhnte, Bernhard wolle sie auf diese Weise nur vor der Zeit unter die Erde bringen. Das wollte er wahrhaftig nicht, doch wenn er es bestritt, legte Marthe ihm seine Beteuerungen als Scheinheiligkeit aus. Wenn er sie dann noch zur Besänftigung oder als Geste demütiger Versöhnungsbereitschaft in den Arm nehmen wollte, vermutete Marthe gar, er spekuliere auf einen Herzanfall: Das habe er sich fein ausgedacht. Eine körperlich völlig erschöpfte Frau zuerst in einen Zustand der totalen Frustration zu versetzen, sie anschließend sexuell zu belästigen und ihr damit den Rest zu geben.

War Marthe mit ihren Vermutungen erst so weit gekommen, fehlte nicht viel zu der Feststellung, das sei nun der Dank für fünfzehn Jahre Treue und Fürsorge. Aber Bernhard solle sich nur nicht einbilden, dass er damit durchkäme. Sie, Marthe, würde ihm einen Strich durch die Rechnung machen. Irgendwann im Laufe des Vorabends war der Satz gefallen: «Also, jetzt reicht es mir wirklich! Entweder, du ...» Was Marthe sonst noch gesagt hatte, war Bernhard völlig entfallen.

Er entsann sich auch nicht, mit welcher Schlampigkeit oder Belästigung er Marthe am Vorabend wieder einmal das Leben zur Hölle gemacht und ihre Lebenserwartung um etliche Jahre verkürzt hatte. Er versuchte nur vergebens, einen der zahlreichen Schlüssel, die er bei sich trug, in das Schloss zu stecken, und keiner passte. Daraus schloss Bernhard, dass Marthe diesmal wirklich und endgültig die Konsequenzen gezogen hatte.

Doch die Sache klärte sich rasch und erfreulicherweise zu seinen Gunsten. Er hatte sich nur im Stockwerk geirrt. Urplötzlich wurde die Wohnungstür von innen aufgerissen. Eine bildhübsche Person von vielleicht fünfundzwanzig, höchstens siebenundzwanzig Jahren funkelte ihn wütend an und fauchte gleich los: «Was fummeln Sie denn da herum, Mann?»

Es war Bernhard furchtbar peinlich. Die junge Frau war pitschnass, kam offenbar aus der Badewanne und tropfte den Teppichboden voll. Mit dem linken Arm hielt sie sich ein schmales Frottiertuch vor die Brust und wedelte mit dem rechten Arm vor seinem Gesicht herum, als wolle sie Hühner verscheuchen.

Fast augenblicklich begann Bernhard Wollweber zu stottern, blinzelte wie ein um Freundschaft bettelnder Kater und bemühte sich, seinen Irrtum zu erklären. Gleichzeitig begann er zu zittern, weil er sich unweigerlich vorstellen musste, dass Marthe von dieser Szene erfuhr. Dass Marthe womöglich, ach was, hundertprozentig auf den Gedanken kam, er habe die junge Frau in voller Absicht unsittlich belästigt.

Erst ein paar Tage zuvor war Marthe auf einen ganz ähnlichen Gedanken gekommen. Und da hatte Bernhard sich nur in einer Illustrierten die Reklame für ein neues Sonnenschutzmittel durchgelesen, wobei sein Blick vielleicht ein bisschen zur Seite geirrt war. Denn unglücklicherweise befand sich neben dem Werbetext die Abbildung eines wohlgeformten, fast textilfreien und nahtlos gebräunten Frauenkörpers.

Für Marthe war das Anlass genug gewesen, ihm zuerst die Illustrierte aus den Händen zu reißen und anschließend eine halbe Stunde lang herumzuzetern, dass seine Triebhaftigkeit und die Schamlosigkeit, mit der er sie demonstrierte, kaum noch zu überbieten sei. Dass man sich nicht wundern dürfe, wenn eines Tages in einer Illustrierten etwas über ihn geschrieben stünde, weil er in seiner maßlosen Gier über irgendeine ahnungslose junge Frau hergefallen sei. Und dass sie, Marthe, dann nur noch sagen könne, das habe sie seit Jahren kommen sehen.

Bernhard spürte deutlich, dass ihm der Notschweiß auf die Stirn trat. Er schaffte es nicht einmal mehr, seine Erklärung zu vollenden, stammelte, senkte den Blick zu Boden und brachte ihn wieder bis in Höhe der Stelle, an der sich der durch Frottierstoff verdeckte Nabel der jungen Frau befinden musste. Als er sich in seiner Hilflosigkeit mit einem Handrücken über die Stirn wischte, um die ärgsten Schweißtropfen zu entfernen, deutete die junge Frau sein Verhalten völlig falsch.

«Das soll wohl ein neuer Trick sein», vermutete sie, von der Lautstärke her sogar Marthes Organ noch übertreffend. «Jetzt wollen Sie sicher ein Glas Wasser oder sich einen Moment hinsetzen, weil Ihnen übel ist, oder?»

Bernhard Wollweber brachte nicht einmal mehr ein Kopfschütteln zustande. Gerade, dass er sich noch mit einer Hand am Türrahmen abstützen konnte, um nicht vor Scham und Pein in den Boden zu sinken. Und was er insgeheim am meisten fürchtete, trat prompt ein. Alarmiert durch die energische junge Stimme, öffneten gleich zwei Nachbarn ihre Wohnungstüren, warfen einen misstrauisch neugierigen Blick auf ihn und einen missbilligenden oder angenehm überraschten auf sein Gegenüber. Bernhard seinerseits schaute um sich, dass es einen Stein erweicht hätte, wäre nur einer in der Nähe gewesen, hob kraftlos die Achseln, ließ sie ebenso kraftlos wieder sinken.

Endlich kam die junge Frau auf die Idee, dass ihre Verdächtigungen womöglich aus der Luft gegriffen waren. Die Hand, die eben noch vor Bernhards Gesicht gewedelt hatte, griff nun nach seinem Arm und zerrte ihn mit einem Ruck in die kleine Diele, der ihn fast von den Füßen riss.

«Jetzt kommen Sie schon rein», fuhr sie ihn an und deutete auf den Platz, an den sie ihn gezerrt hatte. «Hier bleiben Sie jetzt stehen», erklärte sie dabei. «Wenn Sie sich von der Stelle rühren, brülle ich das ganze Haus zusammen.» Eine Drohung, die Bernhard durchaus ernst nahm. «Ich ziehe mir nur schnell was an.»

Damit verschwand sie hinter einer der Türen. Erstaunlich rasch kam sie wieder zum Vorschein, diesmal umhüllt von einem Bademantel, den sie in Höhe der schmalen Taille mit einem Gürtel zusammengebunden hatte. Wieder griff sie nach Bernhards Arm, vielleicht ein wenig verwundert, in jedem Fall jedoch versöhnlicher gestimmt, da er sich tatsächlich nicht von der Stelle gerührt hatte.

Sie führte ihn ins Wohnzimmer. Dort herrschte ein heilloses Durcheinander. Unterwäsche, Oberbekleidung, Zeitschriften und vieles mehr verteilten sich auf Sessel, Tisch und Fußboden. Bernhard fragte sich schon, wer ihr das Leben so zur Hölle machte, als er erkannte, dass es sich ausschließlich um Damenwäsche, Damenoberbekleidung und Modezeitschriften handelte.

Die junge Frau räumte mit einem geschickten Handgriff einen Sessel für ihn frei, drückte ihn hinein. Und während sie sich vor ihm stehend genussvoll eine Zigarette anzündete, verlangte sie: «So, und nun erklären Sie mal, warum Sie unangemeldet vor meiner Tür auftauchen, was Sie da herumzufummeln hatten und wer Sie hergeschickt hat.»

Bernhard konnte nichts erklären. Weibliche Energie hatte ihn von frühster Jugend an eingeschüchtert, seine Stimmbänder, ihn zeitweise sogar von Kopf bis Fuß gelähmt, was möglicherweise auf seine Mutter zurückzuführen war. Die war mit Fug und Recht als Drache bezeichnet worden. Sie selbst hatte sich als Vorreiterin der Emanzipation gesehen und die Meinung vertreten, Männer seien der Untergang der Menschheit und genau genommen überflüssig. Es reiche vollkommen aus, ein paar Exemplare für die Zucht in Käfigen zu halten. So hatte Bernhard den überwiegenden Teil seiner Kindheit in einem spartanisch eingerichteten Zimmerchen verbracht – mit Bilderbüchern, jedes andere Spielzeug hätte ja Lärm verursacht.

Nur in Gedanken wagte er den Aufstand und griff zum Schwert, um das Geschlecht der feuerspeienden Drachen für immer und alle Zeit vom Angesicht der Erde zu tilgen. Keinen Ton brachte er über die Lippen, fühlte sich außerstande, einen Finger zu rühren. Er saß nur da, ein völlig in sich zusammengesunkenes Häufchen Elend, das sich ausmalte, was nun passieren würde.

Die Nachbarn! Selbstverständlich waren sie schon auf dem Weg zu Marthe, vielleicht gerade dabei, in allen Einzelheiten zu schildern, wie er die junge Frau bedrängt und genötigt hatte. Und Marthe saß jetzt da unten oder oben. Bernhard wusste nicht einmal genau, ob er ein Stockwerk zu hoch gefahren oder eins zu früh ausgestiegen war. Marthe saß jedenfalls da und schmiedete ihren Racheplan, ihre Strafaktionen waren immer fürchterlich: Tagelang keinen Nachtisch, eine Woche Rauchverbot, drei Abende hintereinander Blasmusik aus dem Radio oder Hemdkragen, die vor lauter Wäschestärke zum Reibeisen wurden. Marthe war da entschieden variabler, als seine Mutter es gewesen war. Die hatte ihm immer nur ein Abendessen komplett gestrichen, wenn er die Bilderbuchseiten zu laut umgeblättert hatte.

Mit einem sehnsüchtigen Blick auf die glimmende Zigarette

der jungen Frau tastete Bernhard in seiner Jackentasche herum und murmelte flehentlich: «Darf ich vielleicht auch rauchen?»

Statt einer Antwort wurde ihm ein Aschenbecher auf die Sessellehne gestellt. Die junge Frau schüttelte leicht konsterniert den Kopf, kniff die Augen zusammen, und stellte, während Bernhard mit steifen Fingern eine Zigarette aus seinem Etui nestelte, fest: «So einer wie Sie ist mir noch nicht untergekommen. Natürlich dürfen Sie, hier dürfen Sie so gut wie alles. Aber wenn Sie spezielle Wünsche haben, müssen Sie den Mund schon aufmachen. Hellsehen kann ich nicht. Sie sind vielleicht ein komischer Kauz.»

Bernhard, sich dieser Tatsache seit langen Jahren bewusst, nickte zustimmend, was die junge Frau zu einem erneuten Kopfschütteln veranlasste. Doch damit war die Sachlage immer noch nicht geklärt. Die junge Frau wiederholte deshalb ihre mehr als berechtigte Frage noch einmal, wesentlich sanfter und nachsichtiger: «Was wollen Sie denn nun von mir?»

Bernhard räusperte sich nachhaltig und brachte endlich die Antwort über die Lippen: «Nichts. Ich habe mich nur im Stockwerk geirrt.»

Daraufhin brach sein Gegenüber in schallendes Gelächter aus. Es stellte sich anschließend heraus, dass Bernhard sich in der vierten Etage befand, dass Marthe jetzt vermutlich genau unter ihm saß, voller Erwartung den Triumphmarsch auf die Tischplatte klopfte und sich über die Abschaffung der Prügelstrafe ärgerte, die eine geplagte Ehefrau zu diffizileren Maßnahmen zwang. Fernsehen gestrichen, Taschengeld gekürzt, bei schlimmeren Vergehen totaler Liebesentzug.

Letzteres war für Bernhard ein kleiner Weltuntergang, was nur bei oberflächlicher Betrachtung verwundern konnte. Seit frühster Kindheit an weibliche Dominanz gewöhnt und immer bereit, sich ihr unterzuordnen, schöpfte er aus den spärlich gewährten Stunden inniger Zweisamkeit seine Kraft, man könnte fast sagen, seine Lebensenergie. Da focht er dann seinen persönlichen Kampf mit dem Drachen aus, bohrte sein Schwert tief hinein und trug den Sieg davon.

Mindestens einmal, höchstens zweimal im Monat gab Marthe ungnädig und mit stets gleich bleibenden Handgriffen zu verstehen, dass sie bereit sei, ihre ehelichen Pflichten zu erfüllen und Bernhards Beweis seiner Männlichkeit für ein paar Minuten zu erdulden. Ihr Missfallen äußerte sich lediglich im Gesichtsausdruck, der in solchen Augenblicken in etwa dem der jungen Jeanne d'Arc beim Anblick ihrer Richter und Henker entsprach. Die Handgriffe bestanden im wesentlichen darin, dass Marthe seine Zigaretten und das Feuerzeug in den Schrank, Nagelbürste und Nagelfeile in seine Griffweite legte, weil sie die Tortur nur ertrug, wenn die vorbereitenden Handgriffe von klinisch sauberen Fingern ausgeführt wurden.

Während Bernhard dann seine Hände mit heißer Seifenlauge, der Nagelbürste und eventuell noch der Nagelfeile bearbeitete, während er sich fühlte wie Gunther, der die Ehe mit Prünhild auch nur unter gewissen Schwierigkeiten vollziehen konnte, legte Marthe sich schon einmal auf dem Bett zurecht, schloss gottergeben die Augen und duldete es sieben, im Höchstfall zehn Minuten lang, dass Bernhard seine diversen Gelüste an beziehungsweise auf ihr austobte.

Aber trotz der knapp bemessenen Zeit und des Seltenheitswertes solcher Vergünstigungen war er bis zu diesem denkwürdigen Abend noch nie in Versuchung geraten, Marthe zu betrügen. Dazu hatte sich ihm bisher auch keine Gelegenheit geboten. Zwar war er tagsüber meist von reizvollen, jugendlichen Geschöpfen umgeben. Doch den Studentinnen mit ihren übersteigerten Erwartungen und der Sehnsucht nach gemeinsam verbrachten romantischen Wochenenden ging Bernhard lieber aus dem Weg. Dann gab es da noch eine ältliche Kollegin, die von Zeit zu Zeit durchblicken ließ, dass sie nicht abgeneigt sei, einen Mann wie ihn stundenweise oder auch nächtelang zu verwöhnen. Doch daraus hätten sich im Hinblick auf Marthe Komplikationen ergeben können, denen Bernhard sich lieber nicht aussetzen wollte.

Auch wie er nun in dem Sessel saß, vor sich den Bademantel, der eine wohlgeformte Gestalt verhüllte, über dessen Kragen das erstaunte Gesicht der jungen Frau, die voller Unverständnis und mit leichter Enttäuschung auf ihn herabschaute, kam ihm nicht der Gedanke, die Situation zu nutzen. Ihn überfiel lediglich ein heftiger Schluckreflex, der von einem leichten Wärmegefühl in der Lendengegend begleitet wurde.

Es drängte ihn, diese Wohnung zu verlassen, sich ein Stockwerk tiefer zu begeben und Marthes inquisitorische Fragen über sich ergehen zu lassen, ehe alles noch schlimmer würde. Doch so einfach war das nicht. Die junge Frau stand immer noch direkt vor seinem Sessel. Er hätte sie zur Seite schieben müssen, was er natürlich nicht wagte.

Ihr enttäuschter Blick wandelte sich in ein sorgsames Taxieren, glitt vom Scheitel des dichten, dunkelbraunen Haares über den sauberen Hemdkragen, die exakten Bügelfalten entlang zu den blank polierten Schuhen und den ganzen Weg wieder hinauf bis zu Bernhards Augen. Dann stellte sie mit einem merkwürdigen Unterton fest: «Sie haben ja Angst.» Fragte gleich anschließend: «Doch nicht etwa vor mir?» Und fügte mit der Andeutung eines winzigen Lächelns hinzu: «Ich tu Ihnen nichts, was Sie nicht gerne haben.»

Bernhard begann erneut zu stammeln: «Ja ... Nein ... Es ist nur ... Meine Frau ...» Und nachdem er noch zweimal geschluckt hatte, vervollständigte er: «Wartet mit dem Essen auf mich.»

Daraufhin nickte sie verständnisvoll, intensivierte ihr Lächeln, begleitete ihn zurück zur Wohnungstür und verabschiedete ihn dort mit einem verheißungsvollen: «Bis demnächst mal wieder.»

Marthe wartete tatsächlich und stellte bei Bernhards Eintreten fest, dass er sich um eine geschlagene halbe Stunde verspätet hatte und die Koteletts in dieser Zeit, wie nicht anders zu erwarten, völlig verkohlt waren. Dass sie selbst einem Herzinfarkt näher war als allem anderen. Dieser ständige Ärger, die permanente Unzuverlässigkeit, Schlampigkeit und was da sonst noch an Unarten war.

Und während er sich das anhörte, saß Bernhard im Geist noch einmal in dem Sessel, vor sich den wohlgeformten Körper der jungen Frau, umhüllt von dem Bademantel, unter dem sie garantiert nur ihre Haut getragen hatte. Nicht ein Gedanke schweifte ab zu Drachenblut, Schwert und ähnlichen Dingen. Und ihr letzter Satz spukte ihm unentwegt im Kopf herum, übertönte sogar zeitweise Marthes Keifen.

«Bis demnächst mal wieder.»

Beim zweiten Mal war es genau das, was Marthe ihm bis dahin zu allen Gelegenheiten unterstellt hatte: Absicht! Bernhard benutzte auch keinen Schlüsselbund, um sich bemerkbar zu machen. Er drückte auf den Klingelknopf, sodass die Nachbarschaft von diesem zweiten Besuch nichts sah und nichts hörte, somit auch nicht die Gefahr bestand, dass Marthe etwas davon erfuhr.

Auch sonst war alles geregelt und geklärt. Bernhard hatte sich genau informiert, in Erfahrung gebracht, welchem Beruf die junge Frau nachging, dass man ihre Dienste gegen eine Gebühr und nach vorheriger Terminabsprache in Anspruch nehmen konnte. Er hatte sein Gewissen dahingehend beruhigt, dass ein Mann nun einmal Bedürfnisse hatte. Dass es Marthes Gesundheit in hohem Maße abträglich war, wenn diese Bedürfnisse mehr als zweimal monatlich im Ehebett befriedigt wurden. Dass er Marthe nicht länger nötigen, belästigen und der Gefahr eines vorzeitigen Herzversagens aussetzen müsse, wenn er seine Gier anderweitig stillen könnte. Dass er also genau genommen aus Liebe und Fürsorge ein Stockwerk höher fuhr.

Er hatte sich sogar ein Alibi für die fragliche Zeit beschafft, eine dringende Fakultätssitzung, was Marthe mit einem gönnerhaften Nicken zur Kenntnis genommen hatte. Nur die finanzielle Seite warf ein kleines Problem auf. Selbstverständlich verwaltete Marthe die Konten. Bernhard verfügte lediglich über ein kleines Taschengeld für private Bedürfnisse, das Marthe ihm jeweils zum Monatsersten mit einem Seufzer auf den Tisch legte. Und die junge Dame verlangte eine Gebühr, die ihm bei eiserner Sparsamkeit zwei Besuche jährlich erlaubt hätte.

Was diesen Punkt anging, hatte Bernhard sich schon bei der Terminabsprache zu absoluter Offenheit entschlossen. Und erfreulicherweise war die junge Dame – sie hieß übrigens Linda – bereit, ihm für den ersten Besuch eine Art Einführungspreis einzuräumen. So genoss er eine volle Stunde weiblicher Hingabe, erfuhr Zärtlichkeiten, von denen er bis dahin nur gehört oder gelesen hatte, erstmals am eigenen Leibe, schöpfte daraus ungeahnte Kräfte, neue Lebensenergie und sogar den Mut, anschließend noch ein wenig über seine häusliche Situation zu plaudern.

Und obwohl er sich mit keinem Wort direkt über Marthe beschwerte, strich ihm Linda mehrmals verständnisvoll durchs Haar, welches nicht nur auf dem Kopf überaus dicht wuchs. Sie murmelte Koseworte in sein Ohr, brachte ihr Mitgefühl auch auf andere Weise zum Ausdruck, verwöhnte ihn kostenlos noch eine weitere Viertelstunde lang und erkundigte sich abschließend, ob es ihm denn bei ihr gefallen habe. Und ob er gerne einmal wiederkommen möchte.

Was diesen Punkt betraf, da war Bernhard sich seiner Sache absolut sicher. Das brachte er auch deutlich zum Ausdruck. Er möchte nicht gerne einmal, er müsse unbedingt, nach Möglichkeit regelmäßig und in nicht zu kurzen Abständen. Aber leider, die finanzielle Seite, nicht wahr?

Es war ja nicht so, dass er unvermögend gewesen wäre. Seine verstorbene Mutter hatte ihm einiges hinterlassen. Auch wurden seine Leistungen als Professor für Geschichte und Literatur mit dem Spezialgebiet «Die Nibelungensage» gut honoriert. Ja, wenn Marthe nicht wäre, die ihren Daumen draufhielt ... Dazu nickte Linda voller Mitgefühl und Verständnis.

Es folgten drei weitere Besuche im Abstand von jeweils nur einer Woche, bei denen Linda ebenfalls Vorzugspreise – sogar noch auf Kredit – einräumte. Und in diesen drei Wochen ging eine seltsame Verwandlung mit Bernhard Wollweber vor. Nicht einmal tauchte sein Gehirn in den rötlichen Nebel. Mit Drachenblut und Schwertern beschäftigte er sich nur noch an der Universität.

Dann kam ein Abend, an dem Linda erstmals auch ein wenig über ihr Leben und ihre Sehnsüchte plauderte. Wie sehr sie Marthe beneide, wie gerne sie mit Marthe tauschen würde. Wie traurig ihr Dasein im Vergleich mit Marthes sei. Für das tägliche Brot und die monatliche Miete müsse sie schließlich jedem Wüstling zu Willen sein.

Bernhard war erschüttert, hatte er doch bis dahin geglaubt, Linda übe ihren Beruf mit Freude und Vergnügen aus. Das tat sie auch, wie sie ihm augenblicklich gestand, allerdings nur bei ihm. Nicht umsonst räumte sie ihm sogar Kredit ein. Und das war in dieser Branche nun wirklich nicht üblich.

Nach diesem Geständnis schwieg Linda minutenlang, schmiegte sich an ihn, ehe sie mit verklärter Miene begann, einen, wie sie selbst einräumte, unsinnigen Traum zu schildern. Ein Leben an seiner Seite, Glück und Zufriedenheit, ganze Abende und lange Nächte voller Zärtlichkeit und Leidenschaft, zweimal, dreimal, viermal die Woche, so oft er es nur wünschte. Doch, wie er selbst schon gesagt hatte: Wenn nur Marthe nicht wäre ...

Aber Marthe war! Und Marthe blühte sichtlich auf, als sie sich keinen Belästigungen mehr ausgesetzt sah. Marthe wurde nicht einmal misstrauisch, glaubte an die wöchentlich stattfindenden Fakultätssitzungen, glaubte vermutlich auch, Bernhard endgültig in die Resignation und den Verzicht getrieben zu haben. Mit ihrem vorzeitigen Herztod war keinesfalls mehr zu rechnen.

Natürlich sprach Bernhard mit Linda auch über diesen Aspekt. Er gab sich überaus gerne dem unsinnigen Traum vom gemeinsamen Glück hin, sann über Möglichkeiten zur Verwirklichung nach. Doch obwohl ihm die Geschichte, die er täglich lehrte, unzählige Beispiele von Intrigen und Mord bot, obwohl ihm die Phantasie in früheren Zeiten so manchen blutigen Kampf vorgegaukelt hatte, kam er nur auf den Gedanken, sich auf legalem Weg von Marthe zu trennen.

Und das war nun von allen Möglichkeiten die schlechteste, wie Linda ihm klar machte. Allein die finanzielle Seite, das vorhandene Vermögen, vielmehr das, was die Scheidungsanwälte davon übrig ließen, müsse geteilt werden. Wahrscheinlich bekäme Marthe auch noch einen lebenslangen Unterhalt zugesprochen, weil sie bisher keinem Beruf nachgegangen war und ohne jede Ausbildung in ihrem Alter keine Anstellung finden würde. Linda, die über wesentlich mehr praktische Lebenserfahrung verfügte, schüttelte zu einer legalen Trennung nur den Kopf.

Daraufhin erbot Bernhard sich, Marthe erneut und nun häufiger in die eheliche Pflicht zu nehmen, um auf diese Weise ein rasches Ende herbeizuführen. Gerührt von seiner Opferbereitschaft, warf Linda sich auf ihn, zeigte eine Leidenschaft und Hingabe, die alles Bisherige in den Schatten stellte, stammelte überfließend vor Glück: «Das würdest du für mich tun, obwohl dir die Alte so zuwider ist?» Und suchte augenblicklich nach einer anderen Lösung, die Bernhards Gewissen nicht belasten würde.

Es zeigte sich bei dieser Gelegenheit, dass Linda bereits sehr gründlich nachgedacht, verschiedene Todesarten erwogen und wieder verworfen hatte, um schließlich eine harmlose, alltägliche und jeden Verdacht ausschließende Methode zu wählen. Ein Unfall. Bernhard musste nichts weiter tun, als sein Einverständnis erklären. Er tat das nach einigen Minuten des sorgfältigen Abwägens aller Vor- und Nachteile. Die Vorteile überwogen.

Eine knappe Woche später war das Martyrium für ihn überstanden. Marthe starb unter den Rädern eines Lastkraftwagens, war vermutlich auf der Stelle tot, wie der Polizeibericht vermerkte. Und von Lindas zarten Händen, die Marthe einen kräftigen Stoß in den Rücken versetzt hatten, stand nichts im Bericht.

Bernhard und Linda ließen einige Monate verstreichen, in denen sie sich weiterhin in aller Heimlichkeit trafen, Pläne für ihre rosige, gemeinsame Zukunft schmiedeten und ihr Glück voller Leidenschaft und Zärtlichkeit genossen. Und nun war Bernhard es, der sichtlich aufblühte.

Sogar ein paar seiner jungen Studentinnen bemerkten die Verwandlung. Manchmal registrierte er während einer Vorlesung Blicke, bei denen ihm wohlig warme Schauer den Rücken hinauf- und hinunterliefen. Und die ältliche Kollegin erging sich in allmählich massiver werdenden Angeboten, verhieß mit glänzenden Augen Stunden der Erotik für einen einsamen, viel zu früh verwitweten Mann, auf die Bernhard nun wirklich keinen Wert legte. Wozu auch? Was immer er sich erträumt, ersehnt und erhofft hatte, stand ihm nun in ausreichendem Maße zur Verfügung. Allerdings schmeichelte ihm die Verehrung der Kollegin ebenso wie die Blicke der jungen Studentinnen.

Neun Monate nach Marthes Tod führte er Linda aufs Standesamt, verbrachte anschließend zwei himmlische Wochen mit ihr in einem romantischen Hotel an der Küste Spaniens und schaute dem bevorstehenden Alltag voller Tatkraft und Lebensenergie entgegen.

Leider zeigte sich bald, dass Linda bezüglich der Haushaltsführung nicht an Marthes Geschicklichkeit heranreichte. Das ließ sich noch mit ihrer Jugend entschuldigen. Und anfangs hoffte Bernhard tatsächlich, dass sie im Laufe der Zeit dazulernen würde. Doch letztlich blieb ihm nichts anderes übrig, als selbst für saubere Hemdkragen, exakte Bügelfalten, blank geputzte Schuhe und das Abendessen zu sorgen.

Auch in puncto Leidenschaft kam es bald zu kleineren Differenzen. Mehrfach erinnerte Linda daran, dass sie keinen Hehl aus ihrem Traum gemacht habe, ihren Beruf gegen die Ehe einzutauschen. Und dass man von einer sittsamen Ehefrau nun wirklich nicht das gleiche Entgegenkommen erwarten könne wie von einer Dame, die sich dafür bezahlen ließ.

Schon nach wenigen Monaten ertappte Bernhard sich dabei, dass er beim Heimkommen versehentlich ein Stockwerk höher fuhr. Lindas Wohnung war erneut an eine junge Dame vermietet worden, die ihre Dienste gegen eine Gebühr zur Verfügung stellte. Leider war diese Dame nicht bereit, Kredite oder sonstige Vergünstigungen einzuräumen. Und was das Taschengeld betraf, das hatte Linda, die nun seine Konten verwaltete, weil er davon nichts verstand, ein wenig gekürzt.

Zu allem Unglück fühlte sich die Dame aus dem vierten Stock auch noch verpflichtet, ihrer ehemaligen Kollegin reinen Wein einzuschenken. Die Folgen für Bernhard waren katastrophal. Hatte Marthe sich noch aufs Keifen oder – rückblickend betrachtet – harmlose Strafaktionen beschränkt, so brüllte Linda ihren Zorn heraus, schleuderte ihm nicht Gift und Galle, sondern pures Feuer entgegen. Und die ganze Nachbarschaft hörte mit.

Bernhard blieb nur die Flucht in Arbeit. Abend für Abend schrieb er seitenlange Abhandlungen über seine Vermutung bezüglich des Geschlechts der feuerspeienden Drachen, die er dann seiner ältlichen Kollegen zur Beurteilung überließ, weil er befürchtete, sich bei den jungen Studentinnen damit lächerlich zu machen.

Die ältliche Kollegin dagegen zeigte sich begeistert von seiner Vermutung, erklärte mehrfach, einen derartigen Verdacht hege sie seit langem. Sie habe auch eine Mutter gehabt, bei der niemand ein Bein auf die Erde bekommen hätte. Und so kamen sie sich durch die berufliche Übereinstimmung auch privat allmählich ein wenig näher.

Als Bernhard beim ersten heimlichen Rendezvous mit der ältlichen Kollegin in knappen Worten seine häusliche Situation umriss, strich ihm eine sanfte Hand über den rechten Oberschenkel. Und die Kollegin, sie hieß Brunhilde, erzählte ihrerseits, dass sie sich schon seit langen Jahren einem unsinnigen Traum hingab. Ein Leben an Bernhards Seite, Stunden vertrauter Zweisamkeit, Zärtlichkeit und Leidenschaft.

Wenn nur Linda nicht wäre ...

Es erstaunte Bernhard nicht weiter, dass Brunhilde bereits etliche Möglichkeiten erwogen hatte. Einen vorzeitigen Tod Lindas durch Unfall, ein ganz alltägliches Geschehen, bei dem weder auf Bernhard noch auf sonst jemanden ein Verdacht fallen konnte. Brunhilde war auch gerne bereit, ihm die Unannehmlichkeiten abzunehmen. Er musste nur zustimmen.

Das tat er jedoch nicht sofort. Wie sie da neben ihm auf dem Bett lag und mit zornbebender Stimme Lindas ehemaligen Beruf anprangerte, sich anschließend lang und breit über die Tatsache ausließ, dass Männer wie er gegenüber einer gewissen Sorte Frau absolut hilflos waren, den gerissenen Verführungskünsten nichts entgegensetzen konnten, wie sie dann mit den Worten schloss, dass solche Weiber ausgerottet werden müssten, damit der Frieden einkehren könne – da füllte sich Bernhards Hirn plötzlich wieder mit wallendem Nebel.

Er konnte auf Anhieb nicht unterscheiden, ob es die Farbe von Blut oder von Feuer war. Aber in dem rötlichen Dunst sah er sie heranschleichen: Drachen mit weit aufgerissenen Mäulern und klauenbewehrten Pranken, die sich auf Konten und Gemüter legten. Und Bernhard erhob sich.

Er hörte Brunhilde noch hinter sich herrufen, wo er denn so plötzlich hinwolle und ob er nun mit ihren Plänen einverstanden sei oder nicht. Er nickte versonnen vor sich hin, statt ihr zu antworten. Einen Augenblick lang drängte es ihn, in seine Hosen zu schlüpfen, die Drachenhöhle zu verlassen und heimzufahren. Doch dann sah er ein zähnestarrendes Maul vor sich, das eine Wolke aus Feuer herausschleuderte.

Als Bernhard aus der Küche zurück in das Schlafzimmer

kam, sah er Brunhilde im gnädigen Licht einer schwachen Wandlampe auf dem Bett liegen. Zuerst lächelte sie noch. Aber selbst dabei konnte sie ihre wahre Natur nicht verleugnen. Überdeutlich erkannte Bernhard Wollweber die Schuppen auf ihrer Haut und das rote Glühen zwischen ihren Zähnen.

Er holte aus und stieß das Messer, das ihm als Ersatz für das Schwert diente, genau an die richtige Stelle. Es war ein berauschendes Gefühl, ihm war zumute, wie Siegfried zumute gewesen sein musste, nachdem der Drache besiegt war. Er genoss es minutenlang, wischte das Messer sorgfältig ab und beseitigte auch gründlich alle anderen Spuren, die er in Brunhildes Wohnung hinterlassen haben konnte. Dann machte er sich auf den Heimweg.

Zwischen den Schulterblättern breitete sich ein nervöses Jucken aus. Er fühlte sich immer noch wie von einer schweren Last befreit. Doch im Gegensatz zu Siegfried gab er sich keinerlei Illusionen hin. Es gab mehr als nur einen Drachen. Und die Zeit der sorglos kühnen Helden und der mächtigen Schwerter war vorbei. Für Linda musste er eine andere Lösung suchen. Vielleicht: Ihre Rolle bei Marthes Ableben publik machen. Oder noch besser: Ein paar von ihren Haaren aus dem Waschbecken klauben und in Brunhildes Bett deponieren.

Der Hausmeister

Natürlich habe ich Vanessa geliebt. Und ich gehöre nicht zu den Menschen, denen solch eine Behauptung leicht über die Lippen kommt. Von der ersten Minute an habe ich sie geliebt bis zum Wahnsinn, das ist mir nur erst später bewusst geworden. Ob Vanessa für mich ebenso empfunden hat, weiß ich nicht. Darüber haben wir nie gesprochen. Man darf bei einem so jungen Mädchen wohl auch nicht zu viel erwarten. Aber was mich angeht, ich habe für sie getan, was ich nur tun konnte. Alles auf eine Karte gesetzt, meine Ehe, meinen Beruf, meinen guten Namen, alles habe ich für sie riskiert. Wenn das nicht Liebe ist, was ist es dann?

Vanessa hat mir vom ersten Augenblick an mehr bedeutet, als man mit Worten verständlich machen kann. Daran haben die letzten Tage nichts geändert. Sie war nicht unbedingt mein Leben oder die Luft, die ich zum Atmen brauchte. Sie war etwas mehr oder etwas anderes. Dieser gewisse Kick im Hirn, der plötzlich alles um hundertachtzig Grad dreht, genau in die entgegengesetzte Richtung abschwenkt, dieses Feuer im Herzen, das sich zuerst nur hinter den Rippen ausbreitet, dann in den Bauch absteigt und schließlich sogar Arme und Beine ausfüllt. Und den Kopf, den nicht zu vergessen.

Ich hatte gelegentlich schon von solchen Fällen gehört. Dass es einen Mann um den Verstand bringt, bis er an gar nichts anderes mehr denken kann, seine Pflichten vernachlässigt, seine Familie im Stich lässt, nur um mit dieser anderen Frau zu leben.

Weil die etwas hat, das der betreffende Mann sonst nirgendwo findet. Aber ich selbst kannte das nicht, und ich hielt solche Schilderungen immer für übertrieben.

Bis zu dem Tag, an dem ich Vanessa traf, war bei mir eigentlich alles normal, ein Durchschnittsleben ohne besondere Aufregungen. Mit vierundzwanzig hatte ich Gerti geheiratet. Es war immer eine ruhige Beziehung, friedlich und harmonisch. Wir verstanden uns gut in jeder Hinsicht. Kein Streit ums Geld und um Sex erst recht nicht.

In dem Punkt war Gerti immer ziemlich anspruchslos gewesen. In den ersten Jahren schlief ich regelmäßig mit ihr. Zweimal die Woche, es war ganz nett, nicht außergewöhnlich, aber Gerti war zufrieden damit. Und ich war es auch. Mir ist früher nie der Gedanke gekommen, dass ich meine besten Jahre verschleudere.

Dann kamen die Kinder, und es ließ nach. Damit muss man sich abfinden, dachte ich. Wir werden älter, kennen uns in und auswendig. Und abends sind wir eben müde. Natürlich habe ich mich manchmal gefragt, ob das alles sein soll. Aber ich war nie scharf auf Abenteuer.

Gut, ich weiß, was hier über mich erzählt wird. Dass ich den jungen Mädchen nachgestiegen bin, sie im Aufzug belästigt oder ihnen draußen in den Grünanlagen aufgelauert habe. Wir hatten da einen Fall, das ist jetzt zwei Jahre her, da behauptete so ein junges Ding, ich sei in ihre Wohnung eingedrungen und hätte sie unter der Dusche überfallen. Das ist purer Unsinn, einfach Wichtigtuerei, das hätte sie wohl gerne so gehabt.

In Wahrheit war es so, dass ich zufällig an der Wohnungstür vorbeikam und Wasserrauschen hörte. Da dachte ich natürlich gleich an einen Rohrbruch. Sollte ich da etwa abwarten, bis das Wasser im Stockwerk drunter durch die Decke kommt? Fürs Abwarten werde ich nicht bezahlt.

Ich habe geklingelt, nicht nur einmal, zweimal mindestens. Geklopft habe ich wahrscheinlich auch, weiß ich nicht mehr genau, ist ja auch unwichtig. Es machte keiner auf. Aber ich hatte zum Glück den passenden Türschlüssel dabei, also bin ich rein. Dass das Mädchen gerade unter der Dusche stand, konnte ich doch nicht ahnen. Ich meine, wenn ich wirklich was von ihr gewollt hätte, dann wäre ich da nicht tagsüber reingeplatzt, da hätten sich schon noch andere Möglichkeiten gefunden.

Und gerade die hatte es nötig, das Maul aufzureißen. Sie sah niedlich aus, richtig harmlos und naiv. Aber die hatte es faustdick hinter den Ohren. In dem Sommer vor zwei Jahren habe ich selbst beobachtet, wie sie mit zwei Männern im Hausflur verschwand. Das war zu der Zeit, als die Fassade einen neuen Anstrich bekam. Da bin ich so gegen zehn mal rauf aufs Gerüst und habe mich mit eigenen Augen davon überzeugen können.

Die trieb es mit zwei Männern gleichzeitig. Das ging da mit Juchei über Tisch und Bett. Danach habe ich sie ein bisschen im Auge behalten. Vor der war keiner sicher, der Hosen trug. Bei mir hat sie es auch versucht, hat sich dann wahrscheinlich rächen wollen, weil sie bei mir nicht landen konnte. Brüllte gleich los, als ich in ihrem Badezimmer auftauchte. Ich bin ganz ruhig geblieben. Über so was rege ich mich doch nicht auf. Und mich mit so einer einlassen, das war bei mir nie drin.

Ich meine, ich habe wohl mal der einen oder anderen Frau nachgeschaut, auch mal gedacht, dass sie eine tolle Figur hat, eine bessere Figur jedenfalls als Gerti. Nach den Kindern war Gerti ziemlich in die Breite gegangen. Rein körperlich reizte sie mich kaum noch. Ist ja kein Wunder nach fast zwanzig Ehejahren. Ich schlief schon noch mit ihr. Aber zwei-, wenn es hochkommt dreimal im Monat, das war in den letzten beiden Jahren schon oft. Aber es ist nicht so, dass ich etwas vermisst hätte, jedenfalls habe ich nie bemerkt, dass mir was fehlt.

Bis ich Vanessa begegnete. Ich sehe es noch so deutlich vor mir, als wäre es keine Stunde her. Sie war gerade eingezogen in eine kleine Wohnung im dritten Stock, und am Briefkasten musste noch das Namensschild ausgetauscht werden. Wir haben da so kleine Messingschilder, die ich selbst graviere. Deshalb haben sie mich vor Jahren ja für den Hausmeisterposten genommen, weil ich fast alles selbst machen kann, all die kleinen Reparaturen, die in solch einer Wohnanlage täglich anfallen.

Das kann sich vermutlich kaum einer richtig vorstellen, aber ich bin tatsächlich von morgens um sechs bis abends um acht im Einsatz. Dass ich bei so viel Arbeit gar keine Zeit habe, mich auch noch an jungen Mädchen zu vergreifen, ist doch klar, oder? Und ich habe ja um acht nicht Feierabend. Oft genug klingelt mich nach zehn noch einer raus, weil der Aufzug irgendwo festhängt oder weil er den Wohnungsschlüssel verloren hat. Das sind noch Kleinigkeiten. Den Aufzug bringe ich meist in wenigen Minuten wieder auf Touren, und wir haben Ersatzschlüssel für jede einzelne Wohnung.

Das sehen manche Mieter zwar nicht so gerne. Die denken vermutlich, ich würde während ihrer Abwesenheit herumschnüffeln. Aber so einer bin ich nicht. Ich sage immer zu Gerti: «Was die Leute privat machen, geht uns nichts an. Solange sie ihre Miete pünktlich überweisen und andere sich nicht belästigt fühlen, können sie von mir aus bis zum nächsten Morgen feiern.» Und wenn mal einer verreist ist, und es platzt ein Wasserrohr, ist alles schon vorgekommen, dann sind sie doch ganz dankbar, dass ich mir Zutritt verschaffen und den Schaden gering halten konnte.

Das fällt alles in meine Zuständigkeit, spart Zeit und die Handwerker. Wasser, Strom, klemmende Türen und Heizkörperventile oder eben die kleinen Messingschilder für die Briefkästen, mache ich alles selbst.

Da stand ich also gerade im Hausflur und wollte das Schild anschrauben, als Vanessa hereinkam. Ich hatte wie üblich vom Vornamen nur den ersten Buchstaben genommen. Das mache ich immer so, damit allein lebende Frauen nicht belästigt werden. Ist alles schon vorgekommen. Es gibt so Schweine, die suchen sich die Namen aus dem Telefonbuch und quälen die armen Frauen mit obszönen Anrufen. Mit unseren Briefkastenschildern kann das nicht passieren.

Da kam Vanessa also ins Haus, sah, was ich machte, und blieb natürlich bei mir stehen. Sie trug Schuhe ohne Absätze, so ganz flache, deshalb war sie sogar noch etwas kleiner als ich. Sie fragte, ob ich der Hausmeister sei, und als ich nickte, lächelte sie.

Guter Gott, solch ein Lächeln hatte ich noch nie gesehen, es ging mir durch und durch. Wenn ich sage: «Vanessa war eine Schönheit», dann ist das in keiner Weise übertrieben. Es hat wohl jeder seine eigene Vorstellung von schön. Aber ich kann mir nicht denken, dass ein anderer an ihr irgendeinen Makel gefunden hätte. Und wenn sie lächelte, war das fast so, als ob ein Engel vor einem steht. Langes Haar, hellblond und so weich wie Seide, die Augen von einem Blau, um das der Himmel sie beneiden musste, ein kleiner Mund. Er schimmerte immer ein bisschen feucht, nur ein bisschen, gerade so viel, dass man sich nicht satt daran sehen konnte. Dann der Hals, die Figur, Arme, Beine, es war wirklich alles perfekt an ihr.

Sie schaute sich das Schild mit ihrem Namen an und fragte, warum denn der Vorname abgekürzt sei. Ich erklärte es ihr, und sie lächelte wieder, vielleicht nur, weil meine Stimme ein bisschen belegt klang und ich mich zweimal räuspern musste, ehe ich ihr überhaupt eine Antwort geben konnte. Wahrscheinlich kannte sie ihre Wirkung auf Männer genau. Und sie wusste wohl auch, dass sie von Männern so ziemlich alles haben konnte, wenn sie nur lächelte. Wenn sie einen Mann dann noch berührte, bekam sie das letzte Hemd von ihm. Und die Hose gleich dazu.

Sie legte mir die Hand auf den Arm, nicht aufs Hemd, ich hatte die Ärmel aufgerollt, es war ziemlich warm an dem Tag. Da brach mir der Schweiß aus, und ich merkte auch genau, dass sich da bei mir etwas rührte. War mir richtig peinlich, sie musste schließlich auch sehen, dass sich meine Hose plötzlich ausbeulte. Und sie lächelte immer noch, strich mit der Hand ganz leicht meinen Arm hinauf und wieder hinunter.

Sie hätte lieber ihren Vornamen ganz auf dem Schild, sagte sie. Es sei doch ein schöner Name, ob ich nicht auch fände, dass Vanessa ein schöner Name sei.

Da hätte ich sie beinahe gefragt, ob es denn irgendetwas an ihr gäbe, was nicht schön sei. Ich habe mir die Frage gerade noch verkneifen können. Und dann habe ich für sie ein neues Schild graviert. Bei der Abrechnung mit der Hausverwaltung habe ich einfach angegeben, mir sei bei der ersten Gravur ein kleiner Fehler unterlaufen. Das war mir zwar bis dahin noch nie passiert, sie haben es aber anstandslos geglaubt und nicht weiter nachgefragt. Normalerweise sind sie ja ein bisschen kleinlich, und die Messingschilder sind nicht billig.

Ich kam erst abends dazu, das Schild anzuschrauben. Es war bestimmt keine Absicht, dass ich damit beschäftigt war, als Vanessa heimkam. Zu der Zeit wusste ich doch noch gar nicht, wo und was sie arbeitet und wann sie Feierabend hat. Jedenfalls stand ich gerade wieder im Hausflur, als sie zur Tür hereinkam. Sie bewunderte die Arbeit. Und als ich sagte, dass ich die Namen selbst eingraviere, sagte sie ein paar nette Worte, von wegen Geschicklichkeit und künstlerischer Arbeit.

Dann fragte sie, ob ich auch die Wohnungen abnehme, wenn ein Mieter auszieht. Ich hätte natürlich einfach ja sagen können, aber meine Stimme war wieder so belegt, also nickte ich nur. Und da fragte sie, ob mir denn nicht aufgefallen sei, dass das Waschbecken in ihrem Bad einen kleinen Sprung hat. Das sehe so hässlich aus, sagte sie.

Ich konnte mich nicht an einen Sprung erinnern. Und ich bin immer noch sicher, er wäre mir aufgefallen. Wenn nicht mir, dann Gerti. Wir nehmen die Wohnungen immer gemeinsam ab, weil vier Augen mehr sehen als zwei. Und manche Mieter sind ja so gerissen, die stellen sich so hin, dass sie die Flecken im Teppich oder die Kratzer an den Türen verdecken. Einer wollte uns mal einen zerbrochenen Klodeckel unterjubeln, gab sich großzügig, hatte einen Frotteebezug drübergespannt, den wollte er uns dalassen. Aber Gerti durchschaut die Leute immer schnell und kam ihm auf die Schliche.

Ich weiß noch, ich stand da mit Vanessa im Hausflur und fragte mich, was Gerti ihr wohl antworten würde. Dass sie selbst etwas in das Becken hat fallen lassen, vermutlich. Gerti ist manchmal sehr hart, vor allem bei jungen Mädchen. Da hat sie immer ein bisschen Angst, wenn die mich anhimmeln. Und dann wird sie eben manchmal grob. Ist vielleicht verständlich.

Ich konnte mir nicht vorstellen, dass Vanessa so gerissen war. Hätte höchstens ein Versehen sein können, wenn ihr selbst was ins Becken gefallen war. Kann ja jedem mal passieren. Sie machte einen so unschuldigen Eindruck, allein ihr Lächeln. Ich wollte gleich mit ihr hinaufgehen und mir das Waschbecken anschauen. Aber das hätte Zeit, meinte sie, sie bekäme noch Besuch und wollte es mir eben nur gesagt haben, damit es später nicht hieße, sie selbst hätte den Schaden verursacht.

Danach habe ich die halbe Nacht wach gelegen. Es war entsetzlich heiß und stickig in unserem Schlafzimmer. Gerti schnarchte. Und ich kam einfach nicht zur Ruhe, wälzte mich von einer Seite auf die andere, schwitzte wie ein Bauarbeiter im Hochsommer. Jedes Mal, wenn ich gerade eingenickt war, sah ich Vanessa vor mir stehen. Wieder auf ganz flachen Schuhen, sodass sie noch kleiner war als ich. In einem dünnen Hemdchen, unter dem sich ganz deutlich ihre Brüste abzeichneten. Wie kleine rosige Knöpfe standen die Warzen vor, und dann die schmale Taille, die langen, schlanken Beine. Und immer, wenn ich gerade eindöste, sagte sie, dass sie noch Besuch bekäme.

Besuch! Und das Waschbecken hatte einen Sprung. Wenn da nun ihr Vater oder ihre Mutter oder ein anderer älterer Verwandter gekommen war und mal ins Bad musste. Was mochte der von uns gedacht haben? Dass wir unschuldigen Kindern eine horrende Miete aus der Tasche ziehen und als Gegenleistung gesprungene Waschbecken bieten?

Gleich am nächsten Morgen ging ich in Vanessas Wohnung. Ich musste. Das war so, als ob mich eine Faust im Rücken dorthin schob. Ich ging natürlich ohne Gerti, der hätte ich diesen inneren Zwang nicht erklären können. Ich kam mir auch ein bisschen wie ein Verbrecher dabei vor, weil ich mich heimlich einschlich. Aber das verging, als ich die Tür hinter mir schließen konnte und sicher war, dass mich kein Mensch gesehen hatte.

Man sah noch deutlich, dass Vanessa gerade erst eingezogen war. Im Schlafzimmer standen Kartons. Das Bett war nicht gemacht, und davor lag das dünne Hemdchen auf dem Boden, das sie am Vortag getragen hatte. Es roch intensiv nach einem leichten, süßlichen Parfüm und ein ganz kleines bisschen nach Schweiß. Und daneben lag ein winziger Slip. Der hat mich schon ein bisschen kribbelig gemacht.

Auch im Wohnzimmer herrschte ein ziemliches Durcheinander. Auf dem Tisch standen ein voller Aschenbecher und zwei Biergläser, an einem davon waren deutliche Spuren von Lippenstift. Das gleiche Rosa, das Vanessa am Vortag auf den Lippen gehabt hatte. Und auf dem Boden lagen ein paar leere Flaschen. Eine davon war wohl nicht ganz leer gewesen, als sie dahin gelegt wurde, unter der Öffnung war ein Fleck auf dem Teppich. Er war sogar noch feucht.

Zuerst stellte ich die leeren Flaschen auf den Tisch, dann ging ich in die Küche, fand eine angebrochene Flasche mit Spülmittel, eine Schüssel und ein Tuch. Ich machte eine warme Lauge und rieb so lange, bis der Fleck verschwunden war.

Vielleicht hätte ich das nicht tun sollen, aber der Teppich war neu, erstklassige Qualität, darauf achtet die Hausverwaltung. Und solange ein Fleck frisch ist, kann man ihn meist noch leicht entfernen. Vanessa hatte den Fleck vermutlich nicht bemerkt. Es war anzunehmen, dass ihr Besuch die Flasche umgeworfen hatte. Denn nach einer Schlampe sah sie nun wirklich nicht aus.

Danach ging ich ins Bad. Das Waschbecken hatte tatsächlich einen Sprung, einen ganz frischen. Er war noch nicht dunkel gefärbt und so winzig, dass man schon sehr genau hinschauen musste. Aber das Becken war ohnehin von einer älteren Sorte, ziemlich unmodern von der Form her. Ich bin dann ins Lager und hab ein anderes geholt, ganz neue Lieferung, modische Form. Das habe ich auch gleich angebracht.

Und dann habe ich abends gewartet, eigentlich nur, um Vanessa zu sagen, dass der Schaden bereits behoben sei. Damit sie keinen Schrecken bekommt und keine falsche Meinung. Sie sollte doch nicht denken, ich hätte während ihrer Abwesenheit geschnüffelt und das neue Waschbecken nur als Vorwand benutzt. Aber sie kam nicht zur gewohnten Zeit.

Um acht musste ich zum Essen in unsere Wohnung. Danach habe ich mich noch eine Weile in den Grünanlagen beschäftigt. Wenn es so heiß ist, kann man den Rasen ja erst spätabends sprengen. Es ging schon auf zehn Uhr zu, das weiß ich genau, als Vanessa endlich kam. Nicht allein, da war so ein junger, schlaksiger Bursche bei ihr.

Sie haben mich gar nicht bemerkt. Ich stand halb hinter der Fichte links vom Hauseingang. So hatte ich Gelegenheit, mir den Burschen genau anzuschauen. Auf mich machte er nicht den besten Eindruck. Er hatte einen Arm um Vanessas Taille gelegt, sah aus, als wolle er sie jeden Augenblick vom Boden heben. Und den Kopf hielt er so vorgebeugt, weil sie mehr als einen Kopf kleiner war als er. Er redete ununterbrochen auf sie ein. Was er sagte, konnte ich nicht verstehen. Ich sah nur, dass sie nickte. Dann suchte sie in ihrer Tasche nach dem Schlüssel. Ich wollte schon rufen, aber dann dachte ich, dass es auch Zeit hätte bis morgen.

Und dann lag ich wieder die halbe Nacht wach, fragte mich, ob Vanessa das neue Waschbecken wohl bemerkt hatte und was sie jetzt von mir dachte. Und wie ich ihr am besten erklären könnte, dass ich keinerlei böse Absichten gehabt hatte.

Ich hatte den Slip und das Hemdchen wieder genau so auf den Boden gelegt, wie sie vorher gelegen hatten, da war ich ziemlich sicher. Aber ich hätte die Bierflaschen nicht auf den Tisch stellen dürfen. Vielleicht hielt Vanessa mich jetzt für einen Pedanten, vielleicht befürchtete sie, dass ich sie wegen des Teppichs zur Rede stellte, falls sie den Fleck doch selbst verursacht oder ihn zumindest schon bemerkt hatte.

Es ging auf drei zu, als ich es nicht länger aushielt. Ich schlich in die Küche, rauchte eine Zigarette und versuchte dabei, mit mir selbst ins Reine zu kommen. Ich weiß nicht, was mit mir los war. Mir ging dieser Bursche nicht aus dem Kopf. Vielleicht ihr Bruder, dachte ich die ganze Zeit und glaubte es selbst nicht. Aber wenn es nicht ihr Bruder gewesen war, dann vielleicht einer, der sich bei ihr einnisten wollte.

Solche Fälle haben wir hier schon zuhauf gehabt, wirklich. Man soll nicht glauben, wie naiv manche Mädchen sind. Die nehmen jedes Wort für bare Münze, fallen auf jeden Tagedieb rein, der ihnen nur Honig um den Mund schmiert. Bis sie dann eines Tages aus allen Wolken fallen.

Um halb vier konnte ich die Ungewissheit nicht mehr ertragen. Wenn sie diesen Kerl nun mit in ihre Wohnung genommen hatte? Wenn der dort zudringlich geworden war, am Ende noch handgreiflich. So ein junges Mädchen traut sich doch kaum, laut um Hilfe zu rufen, vor allem dann nicht, wenn es gerade erst eingezogen ist. Was macht denn das für einen Eindruck auf die Nachbarn, nicht wahr? Dann lag sie jetzt vielleicht hilflos da.

Ich nahm die Treppen, der Aufzug macht nachts zu viel Lärm. Licht habe ich auch nicht gemacht im Treppenhaus. Da finde ich meinen Weg auch im Dunkeln. Und die Tür öffnen, das geht bei mir völlig geräuschlos. In der Wohnung war es auch nicht dunkler als im Treppenhaus. Außerdem weiß ich ja genau, wie die Wohnungen geschnitten sind. Erste Tür rechts das Bad, zweite Tür rechts das Schlafzimmer.

Vanessa war allein, und sie schlief. Es war sehr heiß im Zimmer, obwohl das Fenster weit offen stand. Sie hatte sich wohl ursprünglich mit einem dünnen Laken zugedeckt. Das lag jetzt am Fußende. Und Vanessa wirkte so rührend grazil, so zerbrechlich. Sie lag auf der Seite, trug nur einen von diesen winzigen Slips. Ihre Haut schimmerte dunkel wie brauner Samt.

Ich blieb zuerst bei der Tür, mir wurden die Knie ganz weich. Als ich dann langsam zum Bett ging, drehte sie sich auf den Rücken. Ich werde das nie vergessen, mein Lebtag nicht. Die Beine leicht angewinkelt und zur Seite gekippt, lag sie da. Dieses Stückchen Stoff zwischen den Schenkeln, das war wie ein Versprechen. Und die Fäden waren an den Seiten nur mit einer Schleife gebunden. Ich musste bloß einmal ziehen, da gaben sie schon nach. Zuerst hatte ich natürlich Angst, dass sie aufwacht. Wahnsinnige Angst, wirklich, dass sie schreit und die ganze Nachbarschaft rebellisch macht.

Da sind ja doch ein paar darunter, die mir alle Schlechtigkeit zutrauen. Gerade im dritten Stock, da ist eine, Anfang vierzig, schätze ich, ein richtiger Donnerbrocken. Die bringt gut und gerne ihre zweieinhalb Zentner auf die Waage. Und dann läuft sie den ganzen Sommer über in Shorts rum. Im letzten Jahr hat sie sich bei Gerti über mich beschwert. Ich hätte sie im Aufzug belästigt. Als ob ich meine Finger nach so einem Stück Speck ausstrecken würde!

Das habe ich nicht nötig, das nicht. Ich meine, hier laufen speziell im Sommer genug junge Dinger herum, bei denen es noch ein Genuss ist, genauer hinzusehen. Gerade wenn sie dann auf den Balkonen liegen. Da wird Gerti auch schon mal misstrauisch, wenn ich etwas an der Hausfassade zu reparieren habe, weil doch dieses junge Ding vor zwei Jahren diesen Blödsinn behauptet hat. Aber bei der alten Vettel, da hat Gerti nur gelacht. Nur würde ihr bei Vanessa wohl das Lachen vergehen.

Ich wollte keine Schererei. Deshalb habe ich auch nur die beiden Schleifen vom Slip aufgezogen. Angerührt habe ich Vanessa nicht. Angeschaut, das ja, vielleicht eine Viertelstunde lang, war nur im Dunkeln nicht viel zu erkennen. Dann bin ich wieder raus aus dem Schlafzimmer. Es wird sich jeder vorstellen können, was es mich an Überwindung und Selbstbeherrschung gekostet hat, aber die habe ich aufgebracht. Ich bin doch kein Wüstling, der nachts über ein unschuldig schlafendes Mädchen herfällt.

Im Wohnzimmer war ich noch kurz, das liegt genau gegenüber dem Schlafzimmer. Und die Tür stand offen. Ich wollte nur rasch nach dem Teppich sehen, ob der Fleck auch ganz rausgegangen war. Dazu musste ich natürlich Licht machen. Ich habe extra die Tür hinter mir zugemacht, damit Vanessa nicht von dem Lichtschein aufgeweckt wird und am Ende noch denkt, es wäre ein Einbrecher in der Wohnung.

Die Kartons standen jetzt hier, das sah ich auf den ersten Blick. Aber wenn ein Mensch den ganzen Tag seinem Beruf nachgeht, und das tat sie ja wohl, sonst hätte sie sich die Miete hier nicht leisten können, dann war dieser Mensch abends froh, wenn er Feierabend hatte. Dann noch Kartons ausräumen und Ordnung machen, dazu fehlt vielleicht die Energie. Für so etwas muss man Verständnis haben, gerade bei jungen Leuten. Ich gehe als Hausmeister ja viel mit jungen Leuten um, und ich habe immer Verständnis für sie.

Ich weiß auch nicht, wie es kam. Ich meine, ich war hellwach, ziemlich nervös, aufgeregt, und die Beule in meiner Hose machte mir schwer zu schaffen, da beschäftigt man sich eben, um sich abzulenken. Ich dachte, ach nein, ich hab eigentlich nicht darüber nachgedacht, es ging ganz automatisch.

Ich habe aufgeräumt. Nochmal zwei umgekippte Bierflaschen vom Boden genommen und auf den Tisch gestellt. Auf der Couch lagen ein paar Kleidungsstücke herum. Ein blaues T-Shirt, mit einem Hauch von Parfüm und Schweiß. Das habe ich ins Badezimmer getragen. Da stand ein Korb für schmutzige Wäsche, den hatte ich schon gesehen, als ich das neue Waschbecken anbrachte.

Dann habe ich die Bierflaschen in die Küche gebracht und einen Aschenbecher ausgeleert. Und mir ist überhaupt nicht bewusst geworden, dass ja das Licht aus dem Wohnzimmer ins gegenüberliegende Schlafzimmer fiel. Als Vanessa plötzlich vor mir stand, bin ich zu Tode erschrocken. Ich hatte gerade die leeren Flaschen von der Küche raus auf den Balkon gestellt. Kam wieder rein, zog die Balkontür zu. Da stand sie bei der Küchentür, vom Hals bis zu den Füßen in das dünne Laken gewickelt.

Aber sie nahm die Sache mit Humor. Na, sie kannte mich ja inzwischen schon gut genug. Und wahrscheinlich hat sie auch vom ersten Augenblick an gespürt, dass zwischen uns beiden etwas Besonderes ist. Sie hätte zuerst geglaubt, sie träume nur, sagte sie. Und ob ich hier überall nachts den Heinzelmann spiele, da hätte ich aber sehr viel zu tun.

Ich wusste gar nicht, was ich ihr darauf antworten sollte. Dann ließ sie auch noch das Laken runter, drehte sich ein bisschen hin und her und wollte wissen, ob sie mir gefällt und ob ich vielleicht nur deswegen gekommen bin. Da konnte ich nur nicken und gleich darauf den Kopf schütteln, wirklich, keinen Ton habe ich rausgebracht.

Ob ich sie anfassen möchte, wollte sie wissen. Was hätte ich darauf antworten sollen? In die Arme habe ich sie genommen und gehalten, damit sie begreift, dass ich ihr nichts Böses will. Sie war so weich, die Haut so glatt und warm. Und ich konnte deutlich fühlen, wie sehr sie das vermisst hat. Einfach nur so gehalten werden, ein bisschen den Rücken gestreichelt und den Po.

Für solche Zärtlichkeiten nehmen sich die jungen Burschen heutzutage ja gar keine Zeit mehr, nicht wahr? Die haben es immer so eilig, denen fehlt noch die Erfahrung und die Geduld, die man im Laufe der Jahre gewinnt.

Ja, und dann hat Vanessa mir gezeigt, was in den Kartons war, die noch im Wohnzimmer standen. Sie hat mir gesagt, wo ich die Sachen einräumen könnte. Es waren in der Hauptsache Bücher, sie studierte nämlich noch. Arbeitete aber nebenher, weil ihre Eltern nur einen kleinen Beitrag zu ihrem Unterhalt leisten konnten. Sie hat sich dann wieder ins Bett gelegt, während ich einen Karton ausräumte. Daran sieht man, wie sehr sie mir vertraut hat.

Vom Bett aus hat sie mir noch ein paar Minuten lang zugeschaut und mich gebeten, die Bücher schön übersichtlich hinzustellen, damit sie nicht so lange suchen muss, wenn sie ein bestimmtes Buch braucht. Deshalb konnte ich auch den zweiten Karton nicht gleich ausräumen. Für den Inhalt war einfach kein Platz mehr. Sie hatte nur so ein kleines Regal an der Wand. Da hätte ich die Bücher doppelt und dreifach stapeln müssen, und sie hätte im Leben keines wieder gefunden.

Als ich ging, schlief sie schon wieder. Sie lag auf dem Bauch. Ich habe sie nur ganz leicht auf den Nacken geküsst und noch einmal den Rücken hinuntergestreichelt und über den Po. Den leeren Karton habe ich mitgenommen, damit er ihr nicht im Weg steht.

Am nächsten Tag habe ich dann im Baumarkt ein schönes Regal gekauft und auch gleich angebracht. Das musste ich tagsüber tun, da mussten ja Löcher gebohrt werden. Aber bis auf die Dübel und die Regalbretter habe ich nichts angerührt, nur den Teppich noch schnell abgesaugt. Das hätte nachts auch zu viel Lärm gemacht. Den Rest habe ich mir aufgehoben.

Gut, wir kannten uns zu dem Zeitpunkt noch nicht lange. Aber das war fast schon wie eine stille Vereinbarung zwischen uns. Wir hätten ja nichts voneinander gehabt, wenn ich tagsüber aufgeräumt hätte. Nachts bin ich wieder hinauf zu Vanessa. Hab nur gewartet, bis Gerti fest eingeschlafen war.

Vanessa schlief noch nicht. Sie stand unter der Dusche, als ich in die Wohnung kam. Während sie duschte, habe ich schnell für Ordnung in der Küche gesorgt. Da stapelte sich das schmutzige Geschirr von mindestens drei Tagen. Aber wann hätte Vanessa denn auch spülen sollen? Studium und Arbeit! Etwas Erholung brauchte sie schließlich auch. Im Wohnzimmer war nicht so viel zu tun, nur ein paar Sachen wegzuräumen.

Als sie aus dem Bad kam, tat sie ein bisschen erschrocken. Sie spiele anderen gerne etwas vor, hat sie mir nachher erzählt, damit eine Beziehung nicht so eintönig und langweilig wird. Dann haben wir es uns auf der Couch gemütlich gemacht. Sie hatte sich nur ein Handtuch umgewickelt. Auf den Schultern, den Armen und den Beinen perlten noch die Wassertröpfchen. Die durfte ich abküssen, eins nach dem anderen. Danach war sie müde und ging ins Bett. Von da aus hat sie mir noch ein paar Minuten lang zugeschaut, wie ich die Bücher ins neue Regal räumte.

Die ganze erste Woche ging es so, zu tun gab es immer etwas. Und ich habe es gern getan. Ich habe jede Minute genossen, die ich in Vanessas Nähe verbringen durfte.

Gerti hat nichts davon mitbekommen, dass ich jede Nacht aus der Wohnung schlich. Auch sonst hat keiner was davon bemerkt. Zuerst hatte ich ja noch Angst, dass mir mal im Treppenhaus einer über den Weg läuft. Aber andererseits hätte ich da wohl schnell eine Ausrede gefunden, schließlich bin ich hier der Hausmeister. Da kann ich zu jeder Zeit in jedem Stockwerk sein, um irgendwas zu kontrollieren oder zu reparieren.

Es war eine herrliche Zeit. Da war so viel Spannung zwischen uns. Immer wenn ich kam, spielte Vanessa mir was vor. Zuerst tat sie jedes Mal so, als ob sie mich gar nicht bemerkt, obwohl sie genau wusste, dass ich bereits hinter der Tür stand oder hinter der Couch hockte. Dann gab sie sich erschreckt oder sogar entsetzt, stammelte irgendwas und machte Anstalten, aus dem Zimmer zu laufen. Ich musste sie dann immer jagen, dreimal um den Tisch herum, bis ich sie packen und auf die Couch werfen konnte.

Anschließend haben wir uns dann lange darüber unterhalten, dass sie gerne zum Theater gegangen wäre. Wenn ich ihr sagte, sie sei eine gute Schauspielerin, fühlte sie sich immer sehr geschmeichelt. Und wenn ich sie anfasste, mehr habe ich ja in der ersten Woche wirklich nicht getan, dann war das wie elektrischer Strom unter den Fingerspitzen.

Ich hatte schon geglaubt, dass es immer so weitergehen würde mit uns, natürlich noch weiter. Auf Dauer wollte ich schon etwas mehr. Aber das braucht Zeit, gerade bei einem Mädchen wie Vanessa. Ich hatte mir das so richtig schön vorgestellt. Wie ich mich an einem Abend der zweiten Woche mit dem Abwasch beeile. Wie ich sie in ihr Bett trage, wenn sie aus der Dusche kommt. Die Wassertröpfchen nicht nur von den Schultern und den Beinen küsse.

Aber in der zweiten Woche hatte Vanessa Nachtschicht. Sie arbeitete in einem Schnellimbiss und nahm die Schichten immer so, wie sie sich am besten mit den Vorlesungen an der Universität vereinbarten, hat sie mir erzählt. Tagsüber war es problematisch. Vormittags konnte sie gar nicht arbeiten, nachmittags traf sie sich oft noch mit Kommilitonen, um zu lernen. Sie hat mir sogar erklärt, dass das ebenfalls Studenten sind, weil ich mit dem Ausdruck nichts anfangen konnte und ein kleines bisschen eifersüchtig wurde, weil sie plötzlich keine Zeit mehr für mich hatte.

Aber dann hatte ich natürlich Verständnis, dass wir uns in der zweiten Woche nicht sehen könnten. Um ehrlich zu sein, es kam mir nicht mal völlig ungelegen. Ein paar Nächte wieder richtig durchschlafen, nicht nur die paar Stunden gegen Morgen, das konnte ich schon gebrauchen. Ich war doch etwas erschöpft.

In den ersten fünf Nächten hätte mich wahrscheinlich nicht mal eine Kanone aufwecken können. Gerti wunderte sich und meinte, das käme von der Hitze. Ich hab gegrinst, aber vielleicht hatte sie sogar Recht. Es war sehr heiß, und obwohl ich mich nicht für Vanessa verausgabte, war es eine harte Woche.

Drei Auszüge von langjährigen Mietern. Da musste ich gleich in drei Wohnungen die alten Teppiche komplett entfernen und neue verlegen. Und in zwei Bädern waren die Wandkacheln beschädigt, die mussten auch erneuert werden. Abends war ich so müde, dass ich wie ein Stein ins Bett fiel und an gar nichts mehr denken konnte, auch nicht an Vanessa.

Aber dann traf ich sie zufällig. Das war donnerstags. Ich kam gerade mit einem Karton neuer Kacheln aus dem Lager, da kam sie aus dem Aufzug. Sonst war niemand in der Nähe. Wir hatten zwei Minuten für uns. Vanessa beherrschte sich meisterhaft. Sie warf nur einen Blick auf die Kacheln und meinte, die würden sich bestimmt auch in ihrem Bad gut machen. Ich nahm sie noch kurz mit hinauf in eine der Wohnungen, damit sie sah, wie die Kacheln an der Wand wirkten. Vanessa war hellauf begeistert.

Dann habe ich mir überlegt, dass ich für das kleine Bad in ihrer Wohnung ja nur ein paar Kartons brauche, dass sich da bestimmt etwas machen ließe. Ich wollte sie damit überraschen. Noch am gleichen Nachmittag habe ich nachgemessen, sie war ja nicht daheim. Gegen sieben, als es im Treppenhaus ruhig wurde, habe ich die Kartons in ihre Wohnung geschafft und hinter einen der Sessel im Wohnzimmer gestellt, damit sie nicht gleich so ins Auge fielen. Am nächsten Tag wollte ich anfangen.

An dem Abend war ich völlig erledigt. Gleich nach dem Essen hab ich mich auf die Couch gelegt. Aber später, neben Gerti im Bett, kam ich dann einfach nicht mehr zur Ruhe. Die ganze Zeit geisterten mir die neuen Kacheln durch den Kopf, und wie Vanessa sich darüber freuen, wie sie sich bei mir bedanken würde. Dass sie es vielleicht zum Anlass nehmen würde, mir zum ersten Mal wirklich alles zu geben, mir einmal richtig zu zeigen, wie sehr sie mich liebt. Das ließ mich nicht mehr los, ich konnte nicht liegen bleiben.

Ich hatte vor, die alten Kacheln einfach zu überkleben, macht nicht so viel Arbeit. Aber dafür mussten sie sauber sein. Und ich dachte, ich könnte sie ja schon mal abwaschen. Macht keinen Lärm, nicht wahr? Und dann wäre morgen früh schon die Vorarbeit geleistet. Also bin ich rauf in ihre Wohnung.

Mir hatte sie gesagt, sie hätte Nachtschicht und wäre auch tagsüber nicht da. Aber schon als ich die Wohnung betrat, hörte ich sie reden. Die Tür zum Schlafzimmer war angelehnt, sehen konnte ich sie nicht, aber deutlich verstehen, was sie sagte.

Von wegen, Überraschung. So gut kannte sie mich inzwischen. Sie wusste genau, dass ich alles für sie tun würde. Sie sprach über die neuen Kacheln für ihr Bad, die Kartons hatte sie natürlich schon gesehen, und dass sie alle Hebel in Bewegung setzen wollte, auch noch einen neuen Teppich für das Schlafzimmer herauszuschinden. Und dass sie sich das nicht selbst erzählt, war mir klar. Dieser schlaksige Typ war bei ihr. Dem habe ich ja gleich nicht über den Weg getraut.

Wenn ich jetzt so in Ruhe darüber nachdenke, dann weiß ich natürlich, warum Vanessa mich in der zweiten Woche nicht treffen wollte. Sie musste wohl erst mal für klare Verhältnisse sorgen und diesen Jüngling loswerden. Ich weiß auch, warum sie diesem Burschen gegenüber ein paar abfällige Bemerkungen über mich und unsere Gefühle füreinander machte.

Von wegen: Anfangs hätte sie panische Angst gehabt, weil doch die Nachbarn ein paar üble Geschichten über mich verbreitet hätten. Speziell die Dicke von nebenan hätte sie gewarnt. Sie solle sich ein anderes Schloss einbauen lassen oder eine Sperrkette montieren. Sonst könnte es passieren, dass ich plötzlich nachts in ihrem Schlafzimmer stehe. Und als ich dann tatsächlich aufgetaucht sei, wäre sie vor Angst fast gestorben.

Aber sie würde nicht umsonst Psychologie studieren. Sie hätte die Situation genau richtig bewältigt. Und irgendwie würde es sie reizen, mit einen Psychopathen umzugehen. Sie hätte mich jetzt ganz gut im Griff, weil ich einen Hang zur Pedanterie hätte. Natürlich sei ein gewisses Risiko für sie dabei, doch damit käme sie klar. Für den Notfall hätte sie ein Messer unter dem Kopfkissen.

Der Typ wollte, dass sie ihm das Messer zeigt. Natürlich hatte sie keines. Sie sagte, sie holt es gleich, wenn er geht. Vorher sei mit mir ja kaum zu rechnen. Ich käme bestimmt nicht, solange noch jemand bei ihr wäre.

Es war bitter, sich das alles ruhig anhören zu müssen. Aber sie konnte diesem Blödmann schließlich nicht die Wahrheit über unser Verhältnis sagen. Der drängte ohnehin darauf, dass sie die Wohnung wieder kündigte. Sie sei hier ihres Lebens nicht mehr sicher, behauptete er.

Der Bursche hätte ja glatt für einen Skandal gesorgt. Am Ende hätte ich meinen Posten verloren. Vanessa wusste das. Aber im ersten Moment kam mir der Gedanken nicht, dass sie nur überaus klug taktierte, um den lästigen Bengel abzuwimmeln. Da war ich nur wütend, wie vor den Kopf gestoßen, weil sie mich mit der Nachtschicht belogen hatte und solche Sachen über mich sagte. Psychopath!

Ich hab mich ins dunkle Wohnzimmer gesetzt und gewartet, bis der Typ ging. Das tat er erst kurz vor sechs. Wirklich ein aufdringlicher Mensch. Es war ja längst hell draußen, da musste ich mich noch hinter einen Sessel hocken, damit er mich nicht entdeckte. Bevor er endgültig die Tür hinter sich zuzog, musste Vanessa ihm noch dreimal versprechen, dass sie gut auf sich aufpasst in den nächsten Wochen, weil er nicht da wäre. Er musste wohl verreisen. Und dass sie bei jeder Art von Handgreiflichkeit die gesamte Nachbarschaft zusammenbrüllt. Als ob ich ihr jemals ein Haar gekrümmt hätte.

Sie ging ins Bad, nachdem der Bursche endlich verschwunden war. Ich bin ihr gefolgt. Sie war so schön, so grazil und unschuldig, wie sie da vor dem Spiegel stand. Ein wenig erschrocken war sie auch, als ich plötzlich in der Tür auftauchte. Aber ich wollte ihr doch nur sagen, wie sehr ich sie liebe und dass ich wirklich alles für sie tue. Aber dass sie nie wieder solche Dinge über mich sagen darf. Und dass sie mir jetzt einmal zeigen muss, was sie für mich empfindet, dass sie bereit ist, mir das Letzte zu geben.

Das hat sie getan. Sie konnte wohl selbst nicht mehr länger

warten, war so leidenschaftlich, wie ich es mir nie zu träumen gewagt hätte. Wir liebten uns gleich auf dem Fußboden im Bad. Vanessa krallte ihre Finger in meinen Nacken, trommelte mit den Fäusten in meinen Rücken, stemmte die Fußsohlen gegen den Boden und sich mir entgegen, dass ich Schwierigkeiten hatte, mich auf ihr zu halten.

Sie schlug in ihrer Erregung sogar immer wieder mit dem Kopf auf den Boden. Und dabei gab sie Töne von sich, also wirklich. Gerti hat das ja nie gemacht, nicht mal ein bisschen gestöhnt. Dabei hätte ich das gerne gehört. Es zeigt doch, dass die Frau auch ihren Spaß an der Sache hat. Vanessa hatte jedenfalls Spaß. Ich dachte schon, sie wolle das ganze Haus aufwecken und habe ihr vorsichtshalber den Mund zugehalten. Musste ja nicht gleich alle Welt erfahren, dass wir uns liebten.

Danach war sie so erschöpft, dass sie alleine gar nicht aufstehen konnte. Ich trug sie hinüber in ihr Schlafzimmer. So wie ich es mir immer vorgestellt hatte, legte ich sie auf ihr Bett und liebte sie gleich noch einmal – bis zur völligen Erschöpfung. Vanessa schlief danach gleich ein. Sie erwachte auch nicht, als ich die Wohnung verließ. Und als ich am nächsten Tag kurz nach ihr schaute, schlief sie immer noch.

An dem Freitag wollte ich eigentlich mit ihrem Bad anfangen. Aber ich wollte sie natürlich nicht stören. Nach einer so leidenschaftlichen Nacht brauchte sie ihren Schlaf. Deshalb habe ich mich auch nicht zu ihr gelegt, obwohl es mich gereizt hat. Und was das Bad anging, aufgeschoben ist ja nicht aufgehoben.

In der Nacht zum Samstag wollte ich mich dann endlich um die Kacheln kümmern. Aber ausgerechnet in der Nacht hat Gerti was gemerkt. Ich war noch nicht aus dem Schlafzimmer, als sie sich im Bett aufrichtete und ein richtiges Kreuzverhör anfing. Wo ich denn um die Zeit hin will? Ich soll mir nur nicht einbilden, sie hätte bisher nichts bemerkt. Wo ich mich immer herumtreibe, ob ich denn gar nicht merke, wie die Leute hinter meinem Rücken über mich herziehen, weil ich hinter den jungen Mädchen her sei wie der Teufel hinter der armen Seele. Und ob mir die Sache mit dem jungen Ding vor zwei Jahren denn nicht reiche. Ob es erst wieder heißen müsse, ich hätte eine unter der Dusche überfallen. Und immer so weiter.

Das ist jetzt schon ein paar Tage her. Und ich musste natürlich ein bisschen vorsichtig sein. Obwohl mir das wahrhaftig nicht leicht gefallen ist und ich zeitweise das Gefühl hatte, die Sehnsucht nach Vanessa bringt mich noch völlig um den Verstand, habe ich ein paar Nächte lang treu und brav neben Gerti gelegen. Auch mit dem Bad in Vanessas Wohnung habe ich leider noch nicht anfangen können. Aber es wird allerhöchste Zeit.

In der vergangenen Nacht war ich kurz bei ihr. Da habe ich gesehen, dass die Kacheln ziemlich dreckig sind. Alles voll dunkler Spritzer, sieht fast schwarz aus. Nun, ich werde sie abschrubben, überkleben und neu verfugen, dann sieht kein Mensch mehr etwas davon. Den Fußboden muss ich auch gründlich reinigen. Wo sie mit dem Kopf aufgeschlagen ist, sind ein paar sehr hässliche dunkle Flecken und drum herum Spritzer verteilt, manche reichen bis zur Tür. Nach all der Zeit sind die auch längst getrocknet, die größten werde ich wohl mit einem Messer abkratzen müssen, ehe ich aufwischen kann.

Und allmählich wird es auch Zeit, dass ich Vanessa zudecke. In der vergangenen Nacht fiel mir auf, dass es im Schlafzimmer doch schon sehr übel riecht.

Sallys Engel

Vor der Hochzeit fand Sam die Sache noch ganz amüsant. Da bezeichnete er Sally nur gelegentlich und in zärtlichem Ton als seine süße, kleine Schlafmütze. Er fand es reizend und überaus anregend, nach getaner Arbeit am Abend ihr Apartment zu betreten und sie auf der Couch liegend vorzufinden. Manchmal saß sie auch am Tisch, beide Arme auf der Platte verschränkt, den Kopf darauf gebettet, verloren für Gott und die Welt, versunken in dem, womit sie einen Großteil ihrer Zeit verbrachte, Schlaf.

Lag sie auf der Couch, streifte Sam in sehnsuchtsvoller Aufwallung jede Hemmung mit der Jeans ab, vergaß fürs Erste den knurrenden Magen und die vom Betonstaub träge Zunge. Er legte sich einfach dazu. Wie gesagt, zu dieser Zeit fand er die Sache noch amüsant. Doch das änderte sich kurz nach der Trauung.

Für die Hochzeitsreise hatte er sich etwas Besonderes einfallen lassen. Gleich nach der kleinen Feier machten sie sich auf den Weg nach Mountains Croft; berühmt wegen seiner Abgeschiedenheit, gerühmt wegen der herrlichen Umgebung, beliebt wegen der Ruhe und einigem mehr.

An Weakers Tankstelle, wo sie noch einmal Rast machten, einen Kaffee tranken und ein paar Kleinigkeit einkauften, erfuhr Sam, dass es da oben einen Bach gab, in dem mehrpfündige Forellen nur auf einen geduldigen Mann warteten. Und geduldig war Sam ohne jeden Zweifel – noch.

Es geschah nach Einbruch der Dunkelheit auf der schmalen Passstraße. Heftige Regenfälle an den Vortagen hatten für einen Erdrutsch gesorgt. Unvermittelt sah Sam sich im diffusen Licht der Scheinwerfer einer Geröll- und Schlammlawine gegenüber. Sally, die sich in Vorfreude auf die Nacht dösend auf dem Nebensitz rekelte, fuhr bei seinem Fluch erschrocken auf. Wortlos deutete Sam hinaus, presste im Zorn Lippen und Zähne aufeinander. «Endstation», sagte er, als Sally verständnislos das schwarz-braune Hindernis betrachtete.

Wenden war auf der schmalen Straße unmöglich, an den Rückweg also nicht zu denken, weiter hinauf ging es auch nicht. Und Sam hatte sich bereits darauf eingestellt, die nächsten Stunden in einem urigen Blockhaus zu verbringen.

«Darling», erkundigte sich Sally träge, «warum räumst du den Dreck nicht beiseite? Du musst ja nicht alles wegschaufeln, nur so viel, dass wir durchfahren können.»

Sam antwortete ihr nicht gleich. Ihre Frage zeugte von einer Dummheit, die ihm die Sprache verschlug. Den Dreck beiseite räumen, lächerlich! Da schob sich ein solider, massiver Keil vom oberen Hang quer über die Straße zum unteren Hang. Und Schlamm, das wusste er aus Erfahrung, hatte die üble Angewohnheit, nachzurutschen. Dieser hier war mit größeren und kleineren Felsbrocken durchsetzt. Ihm stand wahrhaftig nicht der Sinn danach, seine Hochzeitsnacht unter Geröllmassen zu verbringen und Sally so kurz nach der Trauung zur Witwe zu machen.

«Aber, Darling», hauchte Sally und schmiegte sich an ihn. «Es wird dir nichts geschehen, verlass dich darauf.»

Und dann erzählte sie ihm diese haarsträubende Geschichte von ihrem Schutzengel, dem sie sich, ihr Leben und ihre Gesundheit seit frühster Jugend anvertraue.

«Ich mochte es dir bisher nicht sagen, Darling», erklärte sie. «Ich weiß ja, dass du nicht an überirdische Mächte glaubst. Und ich wollte nicht, dass du mich auslachst. Aber ich habe ihm schon vor einiger Zeit den Auftrag gegeben, auch dich zu beschützen.»

Natürlich hielt Sam sie in diesem Moment für übergeschnappt, auch wenn er in der Situation nicht darüber lachen konnte. Aber da sie nicht lockerließ, bettelte und schmollte, schließlich damit begann, ihm die Nacht in der Blockhütte, eventuell auf einem Bärenfell vor dem flackernden Kamin, zu beschreiben, stieg er zähneknirschend aus, holte die Schaufel aus dem Kofferraum, die eigentlich nur dafür gedacht war, nach Würmern zu graben, und machte sich an die Arbeit.

Er ging davon aus, dass Sally nach spätestens fünf Minuten die Vergeblichkeit seiner Bemühungen ganz von alleine erkennen würde. Während er Schippe für Schippe über die Kante den Hang hinunterbeförderte, ließ er das drohend über ihm hängende Lehm- und Felsgemisch nicht aus den Augen. Doch da rutschte und rollte nichts. Kein einziges Mal musste er sich mit einem raschen Sprung in Sicherheit bringen. Nach zweistündiger, schweißtreibender Arbeit war er so weit, dass er glaubte, mit der notwendigen Vorsicht das Risiko des Vorbeifahrens eingehen zu können.

Sally hatte die Aktion im kalten, klammen Wagen total verpennt. Sie wachte nicht einmal auf, als er wieder einstieg. Darüber geriet Sam erneut in Zorn, rüttelte sie unsanft an der Schulter und meinte: «Du hättest nicht mal bemerkt, wenn ich verschüttet worden wäre.»

Aber Sally lächelte nur. «Darling», belehrte sie ihn und rieb sich dabei die Augen, «du konntest nicht verschüttet werden. Mein Engel hat seine Hand über dich gehalten.»

«Er macht sich wohl nicht gerne die Finger schmutzig», brummte Sam übel gelaunt. «Statt die Hand über mich zu halten, hätte er damit besser den Dreck von der Straße gewischt. Sag ihm, er soll jetzt schieben, damit wir nicht mittendrin stecken bleiben.»

Sally lächelte zärtlich, und es ging dann wirklich sehr viel besser, als Sam erwartet hatte. Ohne Schwierigkeiten passierten sie die gefährliche Stelle. Und den Rest des Weges legten sie ohne weitere Vorkommnisse zurück.

Die beiden Wochen in Mountains Croft versöhnten Sam wieder. Tag um Tag, Stunde um Stunde waren sie beisammen. Und wenn sich nachts der Sturm der Gefühle zwischen ihnen gelegt hatte, schliefen sie Haut an Haut ein. Doch dann waren die Flitterwochen vorbei, und es kam der Alltag.

Früh um sechs war Sam der Erste auf der Baustelle, die so manche Gefahr barg, nicht nur für ihn, auch, sogar mehr noch für die Männer in seinem Trupp. Er höchstpersönlich inspizierte jedes Gerüst, bevor er seine Männer hinaufschickte. Er und sonst niemand stieg in Gruben und Schächte, um Verschalungen und Stützen zu überprüfen. Sally hatte das vom ersten Tag ihrer Bekanntschaft an gewusst und nie ein Wort darüber verloren. Und nun schob sie ihre zunehmende Trägheit ausgerechnet seiner Fürsorge und Gewissenhaftigkeit zu.

Wenn er morgens das Haus verließ – mit der Hochzeit hatte Sally ihr kleines Apartment natürlich aufgegeben und war bei ihm eingezogen –, lag sie noch im Bett. Kam er abends müde, schmutzig und hungrig nach Hause, lag sie auf der Couch oder mit dem Kopf auf irgendeiner Tischplatte.

Dass er sich sein Frühstück selbst zubereiten musste, nahm er noch hin. Dass er jedoch jeden Abend losgeschickt wurde, um etwas Essbares zu besorgen, weil sie nicht mal eingekauft hatte, dass auf jedem Möbelstück zentimeterdick der Staub lag, dass er seine Hosen und Hemden grundsätzlich in der Schmutzwäsche vorfand, das konnte Sam nicht hinnehmen. Mehr als einmal machte er ihr deswegen heftige Szenen.

«Was soll ich denn tun, Darling?», jammerte Sally jedes Mal. «Ich komme gegen diese Müdigkeit nicht an. Bevor wir geheiratet haben, war es nicht so schlimm. Ich glaube, da hat mein Engel dich nur auf dem Weg zur und von der Arbeit begleitet, dazwischen war er bei mir.»

Vor der Hochzeit hatte sie ja auch gearbeitet.

«Nun hat er gesehen, wie gefährlich deine Arbeit ist», greinte sie weiter. «Nun lässt er dich eben nicht mehr aus den Augen. Er weiß doch genau, wie sehr ich dich liebe und dass ich ohne dich nicht mehr leben könnte. Mich lässt er so lange schlafen, damit mir nichts zustößt.»

So konnte man Faulheit natürlich auch entschuldigen, aber nicht bei Sam, der an überirdische Mächte und ähnlichen Quatsch nicht glaubte, weil er mit beiden Beinen im Leben stand.

Es mag einleuchten, dass er schon nach wenigen Ehemonaten gar nichts mehr reizend und aufregend fand, was mit Sally zu tun hatte. Ungewaschen, unfrisiert, im Morgenrock zwischen dem Frühstücksgeschirr der letzten drei Tage am Tisch oder zwischen einigen Illustrierten auf der Couch, war sie gewiss nicht das, was Sam sich unter einer liebevollen Ehefrau vorstellte.

In dieser Situation war er nur zu empfänglich für die Avancen der niedlichen, stets fröhlichen, vor allem aber immer hellwachen Bedienung in «Miller's Steakhouse». Dort stärkte er sich, als ihm die Sache nach ein paar Monaten zu dumm wurde, regelmäßig für den Heimweg. Für Sally nahm er dann eine Portion Baked Potatoes mit, sonst wäre sie noch elend verhungert.

Anfangs beließ er es bei einer kräftigen Mahlzeit. Dann blieb er zum ersten Mal ein Viertelstündchen länger, trank noch ein kühles Bier und schäkerte mit der Kleinen, Christel hieß sie. Und als er erfuhr, dass Christel nur wenig später ebenfalls Feierabend machte, lud er sie zum ersten Mal zu einer kleinen Spazierfahrt ein. Dabei blieb es natürlich nicht.

Es war eine glückliche und unbeschwerte Zeit für Sam. Sally bekam überhaupt nichts mit, glaubte ihm unbesehen, dass auf der Baustelle neuerdings viele Überstunden gemacht werden mussten, weil das Projekt vor dem Winter fertig gestellt sein sollte. Und Christel bewunderte ihn. In gewisser Weise glich sie Sally. Allerdings war diese Ähnlichkeit rein äußerlich und betraf auch nur die Sally, die Sam vor der Hochzeit gekannt hatte. Mit dem ungepflegten, kleinäugigen Trampel, der jetzt in seinem Haus die Tage verpennte, hatte Christel absolut nichts gemein.

Den Entschluss, sich endgültig von Sally zu trennen und fortan mit Christel zu leben, fasste Sam unmittelbar nach dem Unfall. Stundenlang hielt er, um Atem ringend, nur geschützt durch ein paar läppische Bretter, am Boden der Baugrube aus, bis man ihn endlich befreit hatte. Mehr als einmal schloss er in dieser Zeit mit seinem Leben ab, rechnete im Geist durch, wie viele Kubikmeter Sand und Lehm wohl über ihm lagen.

Die Beine unter Schutt begraben, nur eine Hand frei, gepeinigt von mörderischem Durst, hockte er da, während über ihm, am Rand der Unfallstelle, die Reporter mit sich überschlagenden Stimmen vom Fortgang der Rettungsaktion und von den immensen Schwierigkeiten dabei berichteten. Verletzt war Sam nicht, aber fest entschlossen.

Denn während er in der Grube sein Ende vor sich gesehen hatte, umgeben von Tonnen an Schutt und Erde, während sich nach und nach sämtliche Einwohner der Stadt am Unglücksort einfanden, um zu hoffen, zu beten und zu debattieren, während Christel sich die Seele aus dem Leib weinte und die Lokalsender viertelstündlich berichteten, saß Sally am Küchentisch und schlief. Und sie schlief auch noch, als Sam kurz nach Mitternacht schmutzig und erschöpft die Küche betrat.

Lange Zeit stand er neben ihr und schaute zu, wie sie allmählich erwachte. Dann berichtete er ihr knapp von den Ereignissen. Und Sally jubelte, klammerte sich tränenüberströmt an ihn, lobte und pries ihren Schutzengel, der in all den Stunden seine schützende Hand über seinen Kopf gehalten hätte.

«Da waren ein paar Bretter über meinem Kopf», sagte Sam kalt. «Von einer Hand hab ich nichts gesehen. Ich hab auch keine Hand gesehen, als ich den Erdrutsch von der Straße nach Mountains Croft geschaufelt habe.»

«Das verstehst du nicht, Darling», schluchzte Sally. «Natürlich hast du seine Hand nicht gesehen. In all den Jahren habe ich auch nie etwas von ihm gesehen. Nicht mal einen Zipfel seines Gewandes oder eine Flügelspitze. Er ist ein Geistwesen und zeigt seine Gegenwart auf andere Art. Du hättest erschlagen werden oder ersticken können, weißt du das nicht?»

«Und ob ich das weiß», knurrte Sam und ging ins Bad, um den Schmutz loszuwerden. Anschließend verließ er das Haus. Die Nacht verbrachte er in einem gemütlichen, sauberen Apartment. Christels liebevolle Hand sorgte rasch noch für eine warme Mahlzeit. Dann lagen sie nebeneinander in einem frisch bezogenen Bett und träumten von der gemeinsamen Zukunft.

Sam plante jede Einzelheit gründlich und ging ganz systematisch vor. Er kündigte seine Arbeit und erzählte von dem Job an der Ostküste, den man ihm angeboten hätte, der entschieden besser bezahlt würde. Bei den Nachbarn erwähnte er das nette, kleine Häuschen, das er bereits angemietet habe. Beiläufig sprach er auch davon, dass Sally wohl vorausfahren würde, um das Häuschen einzurichten. Er packte Koffer, verkaufte Teile des Hausrats. Und hob im Keller eine Grube von einem halben Meter Breite, einem Meter Tiefe und entsprechender Länge aus, in der Sally zu gegebener Zeit verschwinden sollte.

Sally verschlief auch diese Vorbereitungen. Christel dagegen war eingeweiht und nach anfänglichem Gruseln einverstanden. Immerhin wollte Sam nur aus Liebe zu ihr zum Mörder werden.

Dann kam der Augenblick, in dem Sam mit einem Hammer zu einem kräftigen Schlag ausholte und dabei die letzte Gewissheit erhielt, dass Sally die ganze Zeit nur mit horrendem Schwachsinn ihre Faulheit verschleiert hatte. Anderenfalls hätte doch ihr Geistwesen in irgendeiner Art seine Gegenwart zeigen müssen, um ihr Ableben zu verhindern.

Trotz des kräftig geführten Schlages war es für Sally ein sanfter Tod. Sie wurde praktisch nur von einem Schlaf in den anderen befördert. Sam trug sie hinab in den Keller, empfand weder Reue noch Schuldgefühl, eher eine Art tiefer Genugtuung. Die Grube wurde zugeschüttet, der Boden festgestampft und mit Steinplatten ordentlich abgedeckt.

Dann packte Sam die letzten Sachen, wischte die wenigen Spuren weg und ließ seine neue Zukunft bei Anbruch der Dunkelheit in Sallys Kleidern, mit Sallys Pass und Sallys Frisur in seinen Wagen steigen. Offiziell hatte die niedliche Bedienung aus Miller's Steakhouse schon zwei Wochen vorher die Stadt verlassen, um ihr Glück an der Westküste zu suchen.

Die erste Hälfte der Nacht fuhr Sam ohne Unterbrechung. Den Rest der Nacht verbrachten sie in einem Motelzimmer. Gleich nach dem Frühstück brachen sie wieder auf. Sie konnten ihr Glück kaum in Worte fassen. Leider war dieses Glück nur noch von sehr kurzer Dauer.

Es war ein sonniger, klarer Tag. Sam empfand ihn als Symbol für einen Neubeginn – bis es passierte. Er hatte später kaum eine Erinnerung an den Ablauf des Geschehens. Wusste nur noch, dass da plötzlich eine Wolke über ihnen gewesen sein musste, denn sie fuhren eine Weile im Schatten, während rings umher das Land in strahlendem Sonnenschein lag.

Dass er versucht hatte, durch die Windschutzscheibe etwas Genaues zu erkennen, wusste Sam auch noch. Die Wolke hatte eine merkwürdige Form, fast als flöge ein riesiger Vogel unentwegt genau über dem Wagen. Was aber nicht sein konnte, weil es keine so riesigen Vögel gab. Und an etwas anderes glaubte Sam ja nicht. Und in seinem Bemühen, festzustellen, was da über ihnen war, musste er dann wohl auf die andere Fahrbahn hinübergeraten sein. Und da war dann plötzlich dieser Truck genau vor ihm gewesen.

Die Ärzte sagten, es sei ein Wunder, dass er mit fast heiler Haut aus dem Wrack geborgen werden konnte. Dass seine Frau – mit Sallys Pass hielten sie Christel natürlich dafür – den Unfall leider nicht überlebt hatte, brachten sie ihm sehr schonend bei.

Als Sam nach wenigen Tagen aus der Klinik entlassen wurde, war er ein gebrochener Mann. Er marterte sich mit Vorwürfen und Zweifeln, gab sich alleine die Schuld daran, dass Christels junges, hoffnungsvolles Leben ausgelöscht worden war.

Einen Job fand er schnell wieder. Und von den Ersparnissen, die für eine Zukunft mit Christel gedacht gewesen waren, kaufte er sich ein kleines Haus. Dort lebte er einsam und verbittert, ein vom Schicksal geschlagener Mann, der sich Nacht für Nacht fragte, was es mit dieser mysteriösen Wolke auf sich gehabt hatte. Ob Sally ihm am Ende aus dem Jenseits einen Streich gespielt hatte.

Als Jane ihm begegnete, hatte Sam sich bereits damit abgefunden, den Rest seiner Tage alleine zu verbringen. Doch mit Jane kehrte noch einmal der alte, energische Sam zurück. Sie war eine hinreißende Frau, lebenslustig, überaus aktiv und bildschön.

Bei der Trauung in der Amtsstube des Friedensrichters dachte Sam, dass er noch nie zuvor so glücklich gewesen war. Um sein Glück zu ertragen, trank er an diesem besonderen Tag erheblich mehr als sonst. Nicht mehr ganz Herr seiner Sinne, erzählte er Jane dann spätabends die verrückte Geschichte, die er niemals hatte preisgeben wollen.

Er schloss mit den Worten: «Weißt du was? Ich schenke dir den Engel. Von jetzt an soll er seine schützende Hand über dich halten.» Danach schlief Sam beruhigt ein.

Am nächsten Morgen genierte er sich ein wenig. Doch Jane hatte die Geschichte bereits wieder vergessen. Das behauptete sie jedenfalls.

Als es zum ersten Mal geschah, stand Sam hoch oben auf der Plattform und winkte den Schwenkarm des Krans in die richtige Position. Er musste sich hinsetzen, weil ihm plötzlich in einem

Anfall von Müdigkeit der Kopf förmlich dröhnte. Es ging glimpflich ab. Sam bekam lediglich ein paar derbe Scherzworte zu hören, von wegen anstrengender Nächte und so weiter. Und abends erzählte Jane ihm, sie sei mit dem Wagen unterwegs gewesen, um Vorhänge für das Schlafzimmer zu besorgen. Leider hatte sie nichts Passendes gefunden und wollte es am nächsten Tag noch einmal versuchen. Sosehr Sam sich auch bemühte, es gelang ihm nicht, ihr dieses Vorhaben auszureden.

An dem Tag musste Sam den Kran selbst steuern. Zuerst lief auch alles reibungslos. Er begann schon, sich über die eigene Furcht zu amüsieren, da setzte ein zwanghaftes Gähnen ein. Die Augäpfel waren ihm plötzlich wie eingetrocknet. Wieder und wieder musste er die Lider darüber schließen. Der Kopf dröhnte ihm. Der Schlaf sprang ihn an wie ein wildes Tier und riss ihn nieder.

Es gab einen Toten und zwei Schwerverletzte, als der Schwenkarm mitsamt der Steinlast gegen das Gerüst prallte.

Nach einem weiteren Vorfall dieser Art verlor Sam seinen Job. Und neue Arbeit fand er so schnell nicht. Jane tröstete ihn nach Kräften. Sie hatte ein heiteres Gemüt und nahm die Dinge, wie sie eben kamen. Und sie fand gar nichts dabei, für eine Weile an Sams Stelle für ein geregeltes Einkommen zu sorgen.

Die ersten Wochen tat sie das in einem Büro, da ging es noch, Sam konnte wenigstens im Haushalt für Ordnung und Sauberkeit sorgen. Doch dann bekam Jane das Angebot, als Vertreterin für einen Kosmetikkonzern zu arbeiten. Sie war begeistert, freute sich darauf, Land und Leute kennen zu lernen.

Und Sam blieb daheim. Meist saß er am Küchentisch, weil ihn der Schlaf übermannte, noch bevor er das Geschirr abräumen konnte. Jane beschwerte sich niemals, wenn sie müde und hungrig von einer anstrengenden Tour über Land zurückkam und noch einmal losgeschickt wurde, etwas Essbares zu besorgen. Doch sie ging rasch dazu über, das Abendessen mit einem jungen Kollegen in einem Steakhouse einzunehmen.

Als Sam im Büro des Sheriffs seine Aussage machte, hatte man Mühe, die einzelnen Worte in einen sinnvollen Zusammenhang zu bringen. Von diesem entsetzlichen Gähnen geschüttelt, schaffte er es nicht, auch nur einen Satz vollständig zu Protokoll zu geben. Zu allem Überfluss klang seine Geschichte ziemlich haarsträubend. Klar wurde nur, dass er seine Frau über alles liebte, dass er ihr alles Glück der Welt wünschte und sich nach einem Plätzchen sehnte, an dem er ungestört schlafen könne.

Da er sich jedoch auch eines Mordes bezichtigte, nahm man ihn vorübergehend fest. Er verbrachte zwei Tage und Nächte in einer Zelle. Die Zeit verschlief er einfach, während man bezüglich des Mordes an seiner ersten Frau gegen ihn ermittelte.

Doch diese Ermittlungen ergaben zweifelsfrei, dass Sally bei einem tragischen Verkehrsunfall ums Leben gekommen war. So sah man sich gezwungen, Sam wieder auf freien Fuß zu setzen. Er bettelte zwar inständig darum, in der kleinen Zelle bleiben zu dürfen. Aber schlafen, erklärte man ihm lachend, schlafen könne er auch daheim.

Eis und Feuer

In der Clique haben wir sie immer nur Cassie genannt. Ihren richtigen Namen haben wir erst später erfahren. Cassie, das war kein richtiger Spitzname, nur die Abkürzung für irgendwas. Wir haben damals alles abgekürzt. Bea statt Beate, Tom statt Thomas, Charly statt Karl-Josef. Ging halt schneller so und klang nicht nach Spießbürger. Damit wollten wir nichts zu tun haben. Wir wollten ganz anders sein, waren wir auch – zeitweise. Offen und frei, war die Devise. Wir wollten einfach leben, wie es uns gefiel. Und auf alles Herkömmliche haben wir gespuckt.

Cassie trieb es besonders toll. Wenn ich an sie denke, sehe ich immer noch diese spezielle Eissorte vor mir, die zu der Zeit angeboten wurde. Die gab es in drei Geschmacksrichtungen; Vanille, Schoko und Erdbeere. Cassie war von allem etwas. Das Eis wurde in Literdosen verkauft. Oben auf dem Deckel stand groß gedruckt:

«CASSIE – DAS GANZ BESONDERE EISVERGNÜGEN! HERRLICH CREMIG, DER ZARTE SCHMELZ ZERGEHT AUF DER ZUNGE! CASSIE – MIT DER EXTRAPORTION FRISCHER SAHNE! PROBIEREN SIE EIN UNVERGLEICHLICHES ERLEBNIS!»

Solch einen Deckel hätte man Cassie um den Hals hängen können.

Wir haben die Dosen gleich stapelweise gekauft. Wer mit dem Einkaufen an der Reihe war, brachte neben Würstchen, Stangenbrot und Bier auch immer drei oder vier Liter Eis mit.

Die Wochenenden verbrachten wir regelmäßig in der Hütte. Mitten im Wald lag die, gute dreihundert Meter einen Hügel hinauf. Es gab einen kleinen Parkplatz unten bei der Straße. Dort ließen wir die Autos stehen. Da standen sie dann zwei Tage lang einträchtig nebeneinander. Charlys alter, still vor sich hin rostender Käfer, der mittelalte Mittelklassewagen, den Tom sich immer bei seinem Großvater auslieh, und Cassies funkelnagelneues Cabrio. Es war offensichtlich, wer von uns das Geld und das Sagen hatte.

Aber genauso einträchtig wie unsere Autos nebeneinander auf dem Parkplatz standen, liefen wir hintereinander den schmalen Trampelpfad zur Hütte hinauf. Immer bergauf, eine elende Schlepperei, bepackt mit Bierdosen, Kühltaschen, Rucksäcken und was wir sonst noch alles dabei hatten.

Jedes Mal kamen wir keuchend und völlig erledigt bei der Hütte an, warfen erst mal die Sachen ins Gras und uns gleich daneben. War richtig romantisch, die kleine Lichtung, rundum Wald, meterhohe Tannen, Fichten und weiß Gott was noch für Zeug, von Botanik hatte ich nie viel Ahnung.

Es gab kein elektrisches Licht in der Hütte, die im Grunde recht primitiv war. Aber das Ganze hatte etwas von Freiheit und Abenteuer. Abends wurden Kerzen angezündet und Petroleumlampen. Zum Kochen gab es einen Gasherd, doch den haben wir nie benutzt. Sonst hätten wir ja auch noch Gasflaschen hinaufschleppen müssen. Wir brieten unsere Würstchen auf dem Kaminrost, schmeckte immer nach Rauch. Fließendes Wasser gab es auch nicht. Direkt bei der Hütte war ein Brunnen, aus dem wir eiskaltes Wasser mit einem Eimer hochzogen.

Wenn wir ankamen, das heißt, nach der ersten Verschnaufpause, holten wir unsere Eisdosen aus den Kühltaschen, legten sie in den Eimer und ließen sie hinunter. War besser als ein Kühlschrank. Selbst im Hochsommer war das Brunnenwasser eisig. Bis Sonntagmittag blieb das Eis meist einigermaßen fest. Und wenn nicht, haben wir die Suppe eben gelöffelt. Man bekam einen merkwürdig klebrigen Geschmack davon im Mund. Und wenn man zu viel gegessen hatte, wurde es sogar bitter. Vielleicht bringe ich es auch deshalb immer noch mit Cassie in Verbindung.

Mit dem Brunnenwasser gab es oft ein Heidenspektakel. Wenn wir stundenlang vor der Hütte in der Sonne gelegen hatten, so richtig schön aufgeheizt waren, dass man auf dem nackten Rücken ein Spiegelei hätte braten können, dann kam einer von den Jungs angeschlichen und kippte einer von uns eine Kanne Wasser ins Kreuz. Umgekehrt haben wir es natürlich auch gemacht. Daraus entwickelte sich jedes Mal eine herrliche Balgerei. Und wenig später lagen wir dann einträchtig nebeneinander, und man hörte nur noch verhaltenes Stöhnen.

Wir haben uns oft im Freien geliebt. Keiner fand was dabei. Es hatte garantiert nichts mit Gruppensex zu tun. Auf die Idee wäre keiner von uns gekommen. Bei aller Freiheit gab es gewisse Regeln, an die sich jeder und jede zu halten hatte. Auch wenn wir manchmal den ganzen Tag lang nichts weiter anhatten als die Sonnenbrille und eine Zigarette, da gab's nicht mal komische Blicke. Sechs Leute, drei Paare, die gehörten zusammen und begafften sich nicht gegenseitig. Das war fast wie ein Gesetz, jedenfalls zu Anfang. Bea und Tom, Charly und ich, Cassie und … Na ja, mit ihr war das so eine Sache.

Im ersten Sommer hatte sie einen festen Freund, Ricky. Er war ziemlich vernarrt in sie. Den Winter über ging die Beziehung trotzdem in die Brüche, weil Cassie plötzlich meinte, Ricky hätte es nur auf ihr Geld abgesehen. Er hatte offenbar zu Weihnachten einen kostspieligen Wunsch geäußert. Und danach hielt Cassie es nie mehr lange mit einem Typen aus. Kaum hatte man sich an einen gewöhnt, verschwand er in der Versenkung, und ein neuer tauchte auf. Prüde war sie bestimmt nicht. Sie brauchte selten länger als zwei Stunden, vom ersten Blick bis zur ersten Kostprobe. Wenn ihr einer gefiel, setzte sie alle Hebel in Bewegung. Und sie bekam jeden, den sie haben wollte.

Wir haben das so oft erlebt, Bea und ich, die Woche über, an der Uni. Cassie sah einen Jungen, machte uns auf ihn aufmerksam, lächelte spitzbübisch und sagte: «Den bringe ich am Samstag mit, wollt ihr wetten?»

Die Wette hätten wir jedes Mal verloren. Manchmal hat es mächtig gestört, dass sie ständig andere Typen anschleppte. Es war nicht mehr so ungezwungen. Manche Kerle glotzen einem regelrecht das Fleisch von den Rippen. Aber sagen konnten wir nichts. Die Hütte gehörte Cassies Vater, also praktisch ihr. Wir waren nur Gäste.

Bea und ich, wir haben uns im zweiten Jahr oft darüber aufgeregt. In erster Linie natürlich über die Blödmänner, die Cassie mitbrachte. Aber auch über sie. Vielleicht hatten wir einfach nur Angst, Bea um Tom und ich um Charly.

Cassie hatte noch nie Anstalten gemacht, einen von beiden anzubaggern. Aber was nicht ist, konnte ja jederzeit werden. Und wenn sie es darauf angelegt hätte, wer weiß ... Sie hätte es geschafft, davon waren Bea und ich überzeugt. Cassie hatte so eine aufreizende Art an sich, richtig provozierend. Sie gab auch ständig an mit ihren besonderen Fähigkeiten. Da blieb es doch nicht aus, dass wir misstrauisch wurden und anfingen, sie ganz genau zu beobachten.

Ja, und dann kam dieses Wochenende im Juli. Cassie lag draußen vor der Hütte, trug nur den Bikinislip und machte mit ihrem Typen rum. Der war ganz neu, ich weiß nicht mehr, wie er hieß, ist ja auch unwichtig. Ein kleiner, grüner Junge war er, vielleicht gerade mal neunzehn. Ein mageres Bürschchen, ziemlich blass, mit weißblonden Stoppelhaaren. Der war noch richtig feucht hinter den Ohren.

An dem Samstag war ich für die Würstchen zuständig. Charly brachte mir einen Arm voll Holz rein und heizte den Kamin an. Ich sehe das noch, wie er davor auf dem Boden hockte. So braungebrannt, richtig verwegen sah er aus, wie ein Pirat. Ist vielleicht ein blöder Vergleich, aber irgendwie musste ich an so einen alten Film denken. Ein Pirat, stark und wild und ... Na ja, Charly heizte nicht nur den Kamin an.

Das passierte mir oft, er brauchte gar nichts zu tun, ich musste ihn einfach nur ansehen, das machte mich schon ganz verrückt. Während ich die Würstchen bereitlegte, hoffte ich, dass er in der Hütte bliebe, wenigstens für die nächste Viertelstunde. Aber Charly war nicht besonders gut drauf an dem Wochenende. Er tat so, als hätte er nicht bemerkt, was mit mir los war, und verzog sich wieder nach draußen.

Im ersten Augenblick war ich natürlich ein bisschen sauer. Aber ich konnte ihn auch verstehen. Drinnen fing der Kamin zu qualmen an, draußen war die Luft herrlich klar. Vor der Hütte war es schattig. Die schlimmste Mittagshitze war schon vorüber. Charly legte sich wieder bäuchlings auf unsere Decke und schlug sein Buch auf. Das war übrigens das erste Wochenende, an dem er sich Bücher mitgebracht hatte.

Cassies Decke lag knappe drei Meter von der unseren weg. Vom Fenster aus konnte ich gut beobachten, was dort vorging. Sie zog eine unwahrscheinliche Nummer ab, benahm sich wie kurz vor der Explosion. Dabei war der Jüngling alles andere als geschickt. Mir hätte der mit seiner nervösen Fummelei nicht mal ein müdes Lächeln abgerungen. Und Cassie stöhnte, wälzte sich hin und her, stieß kleine, spitze Schreie aus und behauptete: «Du bist so gut. – Mach weiter. O ja, das ist irre.»

Jedes Wort von ihr konnte ich deutlich verstehen. Zuerst habe ich noch darüber gelacht. Weil der Typ doch nichts weiter tat, als ihren Hals abzuknutschen. Und dabei drehte er an ihren Brustwarzen herum, als ob er einen anderen Sender einstellen wollte. Es war einfach nur lächerlich – bis mir Charlys Blick auffiel.

Ich meine, er hatte doch nun oft genug erlebt, wie Cassie sich aufführen konnte, und er hatte nie einen Blick dafür übrig gehabt. Und jetzt las er nicht mehr in seinem Buch, sondern hing wie gebannt an dieser Szene. Irgendwie schien er verärgert. Sein

Gesichtsausdruck machte mir richtig Angst. Es ging ihn doch nichts an, was Cassie trieb. Er hatte nichts mit ihr zu tun. Und plötzlich wusste ich, dass sie dieses Schmierentheater nur für ihn inszenierte. Es ging einzig und allein darum, ihm zu zeigen, was für eine heiße Nummer sie war.

Bea stimmte mir zu, als ich ein paar Tage später mit ihr darüber sprach. Und Bea meinte, dass ich gut aufpassen müsste. «Sie ist ein gerissenes Luder», sagte Bea. «Und wenn wir ehrlich sind, sie hat eine Menge zu bieten. Denk nur mal an das Geld von ihrem Alten. Damit können wir nicht konkurrieren. Ich könnte mir schon vorstellen, dass auch einer wie Charly mal anfängt zu rechnen. Wer weiß, wie lange sein alter Käfer noch durchhält, ehe er auseinander fällt. Kannst du ihm ein neues Auto kaufen, wenn er eins braucht?»

Konnte ich natürlich nicht. Ich war ja froh, dass ich die Miete für meine Studentenbude zusammenbekam. Ist wohl verständlich, dass ich mir Sorgen machte. Charly gehörte zu mir, wir waren seit fast zwei Jahren zusammen. Und bisher hatten wir uns sehr gut verstanden, in jeder Beziehung. Ich konnte mir gar nicht mehr vorstellen, wie es ohne ihn gewesen war. Und ich wollte mir nicht vorstellen, wie es ohne ihn sein würde.

Ausgerechnet Cassie! Aber Bea hatte Recht, und wenn sie es darauf anlegte, würde sie auch Charly herumbekommen, nicht nur mit ihrem Geld. Mochte er mir tausendmal schwören, dass er nur mich liebte. Und mochte er hundertmal betonen, dass so ein lockerer Vogel wie Cassie nichts für ihn sei. Vielleicht sagte er das nur, um mich in Sicherheit zu wiegen.

Ich will nicht behaupten, dass ich gleich an ein festes Verhältnis zwischen Charly und Cassie dachte, weil er es darauf anlegte, sich von ihr ein neues Auto kaufen zu lassen. Berechnend war er nicht. Aber mal so eine Probenummer zwischendurch, nur mal feststellen, wie es mit ihr war ... Schon der Gedanke machte mich wahnsinnig. Charly war auch nur ein Mann, und er war bestimmt nicht aus Stein, das wusste ich aus eigener Erfahrung. Ich stellte mir bereits vor, wie er anschließend käme, um zu beichten. So auf die «Tut mir wirklich sehr Leid»-Tour. «Soll nicht wieder vorkommen, sie hat mich so verrückt gemacht, da ist es eben passiert.»

Bea meinte auch, dass ich das nicht einfach hinnehmen dürfe. Ich mochte Cassie, doch, wirklich, ich mochte sie. Wir waren seit Jahren befreundet und eigentlich immer gut miteinander ausgekommen. Was mit ihr passiert ist, tut mir wahnsinnig Leid. Ich meine, Bea und ich, wir sprachen zwar darüber, dass man ihr eine Lektion erteilen müsse, wenn sie jetzt ihre Finger nach Charly oder nach Tom ausstreckte, aber wir haben dabei bestimmt nicht an etwas Schlimmes gedacht.

Am nächsten Wochenende hatte Bea Küchendienst. Ich ging kurz zu ihr rein, um zu fragen, wie lange es noch dauere. Bea stand vor dem Kamin. Die Würstchen brutzelten auf dem Rost. Ab und zu spritzte Fett auf die brennenden Holzscheite. Das gab so kleine blaue Flammen. Und als ich hereinkam, starrte Bea fasziniert ins Feuer. Sie schaute kurz auf, schaute mich auch an, aber irgendwie ging ihr Blick zuerst durch mich durch. Erst nach etlichen Sekunden schien sie zu registrieren, dass sie nicht allein war. «Geh lieber wieder raus», bat sie. «Und pass auf, was die da draußen treiben.»

Dabei war Cassie an dem Tag eigentlich ganz zahm. Nicht mal ihr T-Shirt hatte sie ausgezogen. Sie saß auf ihrer Decke, Beine angezogen, Knie unter dem Kinn, die Arme fest um beide Beine geschlungen. Vom Fenster aus konnte ich erkennen, dass sie die Augen geschlossen hielt. Toms Transistorradio lief, und Cassie wiegte sich zu der Musik hin und her.

Der schmächtige Typ – jetzt fällt mir wieder ein, wie er hieß, Freddy – lag ausgestreckt neben ihr und strich ihr immerzu mit einer Hand unter dem T-Shirt über den Rücken. Als er die Hand nach vorne bringen wollte, wehrte Cassie ihn ab. Er schaute so verdutzt drein wie die Kuh vor dem geschlossenen Scheunentor.

«Sie hat den Kleinen schon über», sagte Bea hinter mir. «Den sehn wir heute zum letzten Mal, darauf kannst du Gift nehmen.» Sie lachte so komisch und starrte in die kleinen, blauen Flammen. «Ich bin gespannt, wen sie nächste Woche anschleppt. Aber vielleicht kommt sie nächste Woche auch solo. Sie wird sich ausrechnen können, dass sie ihre Chancen damit verdoppelt.»

«Wie meinst du das?», fragte ich.

Und Bea lachte wieder. «Lass dich überraschen.» Sie zeigte kurz aus dem Fenster und sagte noch: «Einer von beiden ist fällig. Und wenn mich nicht alles täuscht, ist es schon passiert. Ich hab zufällig gehört, wie sie letzte Nacht darüber sprach. Der Kleine konnte es ihr nicht recht machen. Sie hat ihm was erzählt von richtigen Männern. Alles hab ich nicht verstanden. Aber ich müsste mich schwer irren, wenn sie sich in der vergangenen Woche nicht zweimal von einem richtigen Mann hat besteigen lassen. Und der soll ganz hingerissen gewesen sein.»

Seit ich am Fenster stand, hatte Charly in seinem Buch nicht mehr umgeblättert. Er lag wieder bäuchlings da und las – wie am Wochenende davor. Den Kopf hatte er mit einem Arm abgestützt. Musste ein Wahnsinnsstoff sein, nur konnte ich leider nicht erkennen, ob er in sein Buch schaute oder zu Cassie hinüber.

Irgendwas war mit ihm nicht in Ordnung. Schon als wir am vergangenen Morgen bei der Hütte angekommen waren, hatte er mir einen Stapel Bücher unter die Nase gehalten. Ich solle mir keine allzu großen Hoffnungen machen, hatte er gesagt. Angeblich musste er sich auf die Zwischenprüfung vorbereiten. Deshalb hatte er in der vergangenen Woche auch keine Zeit für mich gehabt.

Natürlich war die Zwischenprüfung wichtig, aber dass Charly so ein Drama daraus machte und eine volle Woche auf die Liebe verzichtete ... Wir sahen uns sonst fast jeden Tag. Charly brauchte das, hatte er mir selbst einmal erklärt.

Bisher war mir kein Verdacht gekommen. Nun hätte ich losheulen mögen, wie ich ihn da auf der Decke liegen sah. Mein Charly! Und dieses kleine, dreckige Miststück, das sich einbildete, mit Papis Geld jeden kaufen zu können.

Bea muss bemerkt haben, was in mir vorging. Ich hörte sie neben mir zischen: «Man müsste diesem Biest wirklich mal einen saftigen Denkzettel verpassen.»

Dann ging sie zurück zum Kamin und drehte die Würstchen noch einmal um. Anschließend deckte sie den Tisch, öffnete auch gleich ein paar Bierdosen.

Ich war so verzweifelt, dass ich nicht mehr klar denken konnte. Immer sah ich sie vor mir, in Charlys möbliertem Zimmer oder in Cassies Wohnung. Im Gegensatz zu Bea und mir hatte sie eine richtige und eine schicke Wohnung. Aber vielleicht hatten sie es auch in ihrem Cabrio getrieben, vielleicht waren sie sogar hierher gekommen, war ja niemand da während der Woche.

Ich kam mir plötzlich vor wie ein Bettelweib, das sich mit einem Bankier anlegen wollte. Ich konnte mit Cassie nicht konkurrieren, das wusste ich. Es war nicht allein das Geld von ihrem Alten. Sie sah einfach unverschämt gut aus, hatte so ein richtiges Engelsgesicht, dazu das lange blonde Haar und eine atemberaubende Figur. Bea und ich, wir waren bestimmt nicht hässlich, nur waren wir eben nicht so perfekt gebaut.

Bea kam wieder zu mir herüber, nahm ihre Tasche vom Fenstergriff und irgendwas aus der Tasche, schürzte die Lippen und hob flüchtig die Achseln. «Zwei oder drei», murmelte sie. «Was meinst du?»

Ich wusste gar nicht, was sie meinte. Sie forderte mich auf, die anderen hereinzuholen. Kurz darauf saßen wir alle um den Tisch herum. Die Stimmung war mies. Charly saß neben mir – wie immer. Aber mir kam es vor, als sei er meilenweit weg. Bea bearbeitete ihr Würstchen, als hätte sie ihren schlimmsten Feind vor sich auf dem Pappteller liegen. Tom bemühte sich verzweifelt um gute Laune, drehte wie wild am Transistor herum. Aber in der Hütte war der Empfang immer sehr schlecht. Das Knarren und Rauschen ging mir entsetzlich auf die Nerven.

Cassie nuckelte verträumt an ihrer Bierdose. Der kleine Freddy wollte sie ständig von seinem Würstchen abbeißen lassen.

Und plötzlich prustete Bea los: «Scheint nicht dein Tag zu sein, Kleiner. Ist auch nicht ganz nach Cassies Geschmack, was du ihr da bietest, Bratwürstchen. Cassie steht mehr auf die ungebratenen, deftigen Sachen, musst du wissen.»

Bea konnte sich gar nicht beruhigen. Cassie sprang auf, lief zur Tür und funkelte Bea von dort aus wütend an. Ich rechnete fest mit einer patzigen Bemerkung. Doch Cassie sagte nur: «Ich hole uns den Nachtisch.»

Sie lief hinaus, kam aber gleich wieder zurück und behauptete, der Eimer habe sich im Brunnen verklemmt. Mein Gott, so sehe ich sie heute noch vor mir. Wie sie da in der Tür stand, jung und lässig, bildschön, mit dieser Traumfigur nur in T-Shirt und Bikinislip, ein entwaffnendes Lächeln auf dem Engelsgesicht. Sie himmelte Charly an: «Hilfst du mir mal?»

Mir setzte der Atem aus. Mein Kopf fühlte sich unvermittelt an, als hätte mir jemand hindurchgeblasen. Ich konnte nur noch einen Satz denken: Bea hat Recht! Bea hat Recht! Und Cassie gab sich gar keine Mühe mehr, es zu verheimlichen.

Charly wollte wohl sofort zu ihr, doch er saß neben mir auf der Bank und kam nicht so schnell hoch. An seiner Stelle sprang Tom von seinem Klappstuhl auf und ging mit Cassie hinaus zum Brunnen. Bea presste die Lippen aufeinander. Und dieser verdammte Transistor knisterte und prasselte uns die Ohren voll.

Zuerst war von draußen nichts zu hören. Dann juchzte Cassie plötzlich los: «Nicht! Tom, du altes Ferkel. Lass das! Igitt, na warte, das bekommst du zurück.»

Toms Schritte polterten über die Holzbohlen auf die Tür zu.

Er kam hereingestürmt, warf sich förmlich wieder auf den Klappstuhl neben Bea und schaute ganz unschuldig drein. Cassie war dicht hinter ihm – und pitschnass. Das T-Shirt klebte an ihr. Die Eisdose hielt sie weit von sich gestreckt.

«Haltet euch ran, Leute», sagte sie. «Das Zeug muss weg, es ist noch 'ne Menge da.»

Ich konnte den Blick nicht von Charly lassen. Er hatte sie doch nun wirklich schon ganz anders gesehen, und da hatte er sie auch nicht so angestarrt. Ganz hungrige Augen hatte er. Damit es nicht so auffiel, fragte er scheinheilig: «Was hast du denn da?»

«Schoko», sagte Cassie. «Du kannst auch gerne was anderes haben. Ist noch alles auf Lager.» Dann stellte sie die Eisdose mitten auf den Tisch und ging hinauf.

Ursprünglich hatte die Hütte nur so eine Art offenen Dachboden besessen, zu dem eine einfach Holzstiege, mehr Leiter als Treppe, hinaufführte. Wir hatten schon im vergangenen Jahr dort oben gründlich saubergemacht und uns mit Brettern und Vorhängen kleine Kammern abgeteilt. Sah wenigstens ein bisschen nach Diskretion aus, falls Cassies Vater mal unerwartet aufgetaucht wäre. Betten hatten wir natürlich nicht. Wir schliefen auf Luftmatratzen, und unsere Sachen hängten wir einfach an die Nägel, die Tom eigens dafür in die alten Dachbalken geschlagen hatte.

Cassie kam nach zwei, drei Minuten wieder zurück. Sie hatte sich umgezogen, trug jetzt ein Kleid. Und was für eins. In dem T-Shirt war sie mir nicht halb so nackt vorgekommen. Der ganze Rücken war frei, vorne gab es nur ein Fetzelchen Stoff, das mit einem Band im Nacken oben gehalten wurde. Der Rock schwang weit und luftig um ihre Beine. Mit ihrer Aufmachung verscheuchte sie auch den allerletzten Rest an Stimmung.

Nachdem wir das Eis gegessen hatten, saßen wir nur noch herum. Charly küsste mich flüchtig auf die Schulter, murmelte eine lasche Entschuldigung und verzog sich mit seinem Buch und einer brennenden Kerze zu einem Sessel in die Ecke. Cassie gähnte mehrfach, so betont herausfordernd. Tom zündete zwei Petroleumlampen an und stellte endlich den Transistor ab. Dann beschwerte er sich über die miese Laune und schlug vor, etwas zu spielen. Aber Charly war beschäftigt, Cassie behauptete, sie sei zu müde. Der kleine Freddy erkundigte sich hoffnungsvoll, was wir denn spielen könnten. Vermutlich dachte er an Strip-Poker oder sonst was in der Art. Als Tom ihm grinsend erklärte: «Scrabble, was anderes haben wir nicht hier», hatte er dazu keine Lust.

Cassie ging zur Couch hinüber und legte sich hin. Freddy folgte ihr wie ein kleines Hündchen, setzte sich vor der Couch auf den Boden und legte seinen Kopf auf ihren Bauch.

Mir war so elend. Es war fast eine Erleichterung, als Tom aufstand und das Spiel holte. Zu dritt begannen wir. Doch sosehr ich mich auch bemühte, ich konnte mich nicht darauf konzentrieren, bekam auch nie die richtigen Buchstaben, um ein vernünftiges Wort zu legen. Aber vielleicht lag es auch an den Begriffen, die Bea auf dem Brett verteilte.

BETRUG
WUT
RACHE

Von Charly sah und hörte ich nichts. Cassie hatte ganz selbstvergessen damit begonnen, die weißblonden Stoppelhaare von ihrem Kleinen zu kraulen. Der arme Freddy verstand das wohl als Aufforderung. Er schob eine Hand unter den weiten Rock, die andere unter das Oberteil ihres Kleides.

Ich weiß nicht, warum, aber irgendwie tat Charly mir in diesem Augenblick sogar Leid. Mir wurde schon allein bei der Vorstellung, dass er es mit ihr getrieben hatte, so elend. Und er musste sich in Natura ansehen, wie sie sich von einem anderen betatschen ließ. Vielleicht wünschte er sich, den Kleinen hinauswerfen zu können und sich an dessen Stelle zu Cassie zu legen. Mir brannten die Augen.

Bea legte ein paar Spielsteine aufs Brett, quer an «RACHE». Als Tom das Brett zu mir drehte, las ich: «FEUER».

Im ersten Augenblick dachte ich nur, verrückt. Aber dann fraß sich der Gedanke fest. Die Hütte war aus Holz, aus uraltem, knochentrockenem Holz. Wir hantierten ständig mit offenem Feuer. Man musste immer auf der Hut sein, Kamin, Petroleumlampen und Kerzen im Auge behalten.

Charly, mein lieber, lieber Charly. Ob er wusste, wie sehr ich ihn liebte? Und was ich alles für ihn getan hätte?

Bea tat ganz unbeteiligt. Aber ich wurde das Gefühl nicht los, dass sie mir etwas vorsagen wollte. Und mir entgingen auch die Blicke nicht, die sie ständig zur Couch hinüberwarf.

Es war lange nach zehn, als Tom mit einem vernehmlichen Seufzer sein X loswurde. Jetzt ging da «AXT» von «RACHE» aus. Auch eine Lösung, dachte ich. Draußen beim Brunnen stand ein Hauklotz, auf dem wir das Holz für den Kamin spalteten, und in dem Klotz steckte immer die Axt.

Bea zählte die Punkte zusammen, schaute mich mit einem ganz merkwürdigen Blick an und sagte: «Du hast verloren.»

Deutlicher konnte sie nicht werden. Sie hatte von ihrem Platz aus Charly die ganze Zeit über im Blick gehabt. Mir schlug das Herz bis zum Hals. Bea kannte Charly fast ebenso lange wie ich. Und garantiert kannte sie auch die Blicke. Diese leicht verträumten, abwesenden Blicke, mit denen Charly mich früher fast aufgefressen hatte.

Tom packte das Spiel zurück in den Karton und löschte eine der Lampen. Die zweite nahm er mit, als er zur Stiege ging. Bea schloss sich ihm an. Es war plötzlich ziemlich dunkel in der Hütte. Ich ging zu Charly und fragte, ob wir nicht auch ins Bett gehen sollten. Er schaute nur ganz kurz auf.

«Geh schon vor, wenn du müde bist. Ich komm gleich nach, muss mir nur diesen Abschnitt noch einmal durchlesen.»

Obwohl Freddy immer noch vor der Couch saß, wurde mir richtig übel. Aber ich ging ebenfalls zur Stiege. In der Dunkelheit stolperte ich und stieß mir das Knie an einer der Stufen. Und obwohl ich laut und vernehmlich «Au» schrie, fragte Charly nicht einmal, ob ich mich verletzt hätte.

Dann lag ich auf unserer Luftmatratze. Nebenan stritten Bea und Tom im Flüsterton miteinander. Worum es ging, konnte ich nicht verstehen. Ich hörte Bea nur zweimal Cassies Namen zischen. Tom gab etwas zurück, es klang sehr wütend und ungehalten.

Es war mir egal, es war mir alles so egal. Ich lag nur da und wartete, horchte in die Dunkelheit, bis mir die Ohren dröhnten. Unten war alles still. Dann kamen Schritte die Stiege hoch. Ich dachte schon, es sei Charly, aber es war nur Freddy. Die Schritte gingen vorbei zur letzten Kammer.

Irgendwie hatte Charly es also geschafft, den Jungen ins Bett zu schicken. Und jetzt waren sie allein dort unten. Es war immer noch so still. Nach einer Weile hörte ich Charlys Stimme. «Cassie?» Er sprach leise, ich verstand trotzdem jedes Wort. Die Federung der Couch knackte. Charly sagte: «Komm schon, stell dich doch nicht so an.»

Es dauerte und dauerte, aber vielleicht kam es mir auch nur so vor. Endlich hörte ich schwere Schritte auf der Stiege. Ein Ächzen und Keuchen. Wieder gingen die Schritte vorbei zur letzten Kammer. Dann hörte ich Charly mit Freddy sprechen. Er flüsterte nur, aber Freddy antwortete ziemlich laut: «Ach, leck mich doch.»

Charly war offensichtlich wütend, als er endlich kam. Zuerst hatte er noch die Kerze von unten geholt. Er ließ ein bisschen Wachs auf die Dielenbretter tropfen und klebte sie darauf fest.

«Cassie war eingeschlafen», erklärte er beiläufig. «Ich hab sie nicht wach bekommen. Und dieser Volltrottel verzieht sich einfach nach oben. Er hätte mir wenigstens leuchten können. Ich musste sie rauftragen.»

Wieso musste, dachte ich. Er hätte sie ja auch auf der Couch liegen lassen können. Er streifte sein Hemd ab. Die Kerze flackerte. In dem schwachen, unruhigen Licht sah ich seinen Rücken. Er wirkte fast schwarz und breiter als sonst. Charly hakte die Finger in den Bund der Badehose, zog sie aus. Ich habe ihn nie so sehr geliebt wie in diesem Augenblick. Alles hätte ich getan für ihn, wirklich alles.

Er kroch neben mich auf die Matratze, zog sich die Decke über die Schulter und blies die Kerze aus. «Ist ziemlich kühl geworden», sagte er noch und fügte hinzu: «Bist du böse, wenn ich gleich schlafe? Ich bin ziemlich geschafft.»

Antworten konnte ich ihm nicht. Cassies Parfüm stieg mir in die Nase. Ich schüttelte nur den Kopf, und Charly drehte sich auf die Seite, drehte mir einfach den Rücken zu und schlief ein. Da konnte ich die Tränen nicht länger zurückhalten. Und die ganze Zeit sah ich dieses verdammte Spielbrett vor mir. BETRUG! WUT! RACHE! FEUER! AXT! Ach, Charly, mein Charly.

Als das Schluchzen stärker wurde, stand ich auf und ging wieder hinunter. Ich wollte ihn nicht aufwecken, die anderen auch nicht; das hätte nur zu einer endlosen Debatte und wahrscheinlich zu Unschuldsbeteuerungen geführt. Es war wirklich ziemlich kühl unten. Wir ließen das Feuer im Kamin zur Nacht hin immer ausgehen, sicherheitshalber. Bei der Tür hing eine Jacke. Wem sie gehörte, weiß ich gar nicht mehr, ist ja auch nicht wichtig. Ich zog sie über und ging ins Freie. In der Hütte wollte ich nicht bleiben. Da war eben diese Couch, die hätte ich nicht ertragen.

Es war ein paar Tage nach Vollmond, und draußen war es heller als drinnen. Alles konnte ich deutlich erkennen. Die Einfassung des Brunnens, die Decken, die wir einfach auf dem Gras liegen gelassen hatten. Ich nahm mir eine und wickelte sie mir um die Schultern. Dann setzte ich mich neben den Brunnen auf die Erde. Jetzt hatte ich den Holzklotz genau im Blick, die schwere Axt steckte mit der Schneide darin fest. Charlys Werk, er war zuständig für das Kaminholz.

Nach einer Weile wurde mir trotz der Decke empfindlich kalt. Schließlich wusste ich gar nicht mehr, ob ich vom Weinen oder von der Kälte so zitterte. Ich saß auch nicht mehr, ich lag neben dem Brunnen und heulte mir das Herz aus dem Leib. Ein letzter Funken Verstand sagte mir, dass vielleicht gar nichts passiert sei. Jedenfalls nicht an diesem Abend. So lange war Charly ja nicht alleine mit Cassie unten gewesen. Und er mochte es nicht, wenn er sich bei der Liebe abhetzen sollte. Vielleicht hatte er wirklich nur für die Zwischenprüfung gebüffelt. Vielleicht hatte er das auch in der vergangenen Woche getan. Vielleicht war er nur deshalb zu müde gewesen, um noch mit mir zu schlafen. Vielleicht!

Aber dieser Rest Verstand kam gegen das Elend nicht an. Ich habe mich schon als Kind in jeden Kummer regelrecht hineingesteigert und zuletzt keinen Ausweg mehr gesehen. Und schon als Kind habe ich dann geheult, bis ich vor Erschöpfung einschlief. So war es auch in der Nacht.

Obwohl mir so entsetzlich kalt war, obwohl das Gras um mich herum feucht wurde und mir die Brunneneinfassung mit ihren scharfkantigen Steinen in den Rücken schnitt, muss ich fest eingeschlafen sein. Ich weiß sogar noch, was ich träumte.

Charly kniete vor der Couch und schob Cassies Rock in die Höhe. Ein Höschen trug sie nicht. Dann löste er das blöde Band in Cassies Nacken und streifte das Oberteil auf ihre Taille herunter. Und Bea stieß mich in die Seite und sagte: «Du hast verloren.»

Ich kann nicht sehr lange geschlafen haben. Aufgewacht bin ich von diesem komischen Geräusch. Zuerst wusste ich nicht, was es war. Ich dachte, da sei ein Tier, weil es knackte, als ob Holz bricht. So richtig gemerkt, was los ist, habe ich erst, als die Flammen durch das Dach nach draußen schlugen. Dann hörte ich sie auch schreien.

Es ging alles so wahnsinnig schnell. Noch bevor ich richtig auf den Beinen war, kamen zuerst Tom und Bea, dann Charly hinaus ins Freie gestürmt. Tom kam direkt auf mich zu. Er hatte so einen irren Ausdruck im Gesicht. Ich dachte schon, er bringt mich um. Aber er hatte es gar nicht auf mich abgesehen, nur auf den Brunnen. Ich saß oder stand ja immer noch direkt daneben.

Tom löste die Kette, ich hörte den Eimer tief unten aufplatschen. Zusammen mit Charly zerrte er die Kette zurück. Der Eimer tauchte in der Einfassung auf. Sie waren so ungeschickt in der Hektik, dass der Eimer gegen die Kante stieß und umkippte. Das eiskalte Wasser ergoss sich über meine nackten Beine, und ich glaube, da wurde ich erst richtig wach.

Tom raste mit dem Wasserrest zurück zur Hütte. Noch bevor er sie ganz erreichte, holte er aus und kippte mit Schwung zwei Eisdosen durch die offene Tür. Es hatte niemand mehr an das Eis im Brunnen gedacht.

Charly war neben mir, das Gesicht ganz schmierig von Ruß und Rauch. Er riss mich an sich und stammelte: «Wo warst du denn? Ich hab dich da oben gesucht. Mein Gott, ich hatte solche Angst um dich.»

Bea stand stocksteif mitten auf der Wiese, starrte die brennende Hütte an. Und Tom stand mit dem leeren Eimer bei der offenen Tür und schrie sich die Lunge aus dem Leib: «Cassie! Cassie!»

Es war ein Höllenlärm, dieses Prasseln, Knacken, Bersten und dazu der Qualm. Durch all den Rauch konnte ich sehen, wie eine Gestalt durch die Tür ins Freie taumelte, sich hustend und würgend ins Gras fallen ließ. Aber es war nur der kleine Freddy. Und Tom brüllte immer noch wie ein angeschossener Tiger. Immer wieder ihren Namen: «Cassie! Cassie!»

Es war die Abkürzung von Kassandra, so haben wir es ein paar Tage später auf ihrem Grabstein gelesen. Hat ihr nicht viel geholfen, der Name. Ihren eigenen Untergang hat sie nicht vorausgesehen. Ich habe mich oft gefragt, warum sie nicht ebenfalls herausgekommen ist. Die anderen haben es doch alle geschafft, sogar der kleine Freddy, der mit ihr in der gleichen Kammer lag.

Sie muss wirklich sehr fest geschlafen haben. Und wenn ich darüber nachdenke, fällt mir immer Beas nachdenkliche Frage ein. «Zwei oder drei?» – Schlaftabletten wahrscheinlich.

Bei der Polizei hat Freddy ausgesagt, er hätte Cassie nicht wach bekommen, aber er hätte sie mitgeschleift, so lange es ging, bis zur Stiege. Das glaube ich nicht so ganz. Der hat bestimmt nur an seine eigene Haut gedacht. Und die Hütte ist ganz in sich zusammengebrochen. Da ließ sich nicht mehr feststellen, wo Cassie vorher gelegen hatte. Spielte ja auch keine Rolle mehr.

Bea und Tom haben sich kurz darauf getrennt. Ihn haben wir schon bald völlig aus den Augen verloren, er hat sein Studium geschmissen und ist ins Ausland gegangen. Bea traf ich noch regelmäßig, solange wir an der Uni waren. Wir sprachen nie über die Nacht, das Feuer und Cassie. Bei der Polizei hatten wir so viel darüber reden müssen, das reichte.

Bea hat ganz freimütig zugegeben, dass das Feuer durch ihre Schuld entstanden ist. Sie sei mit dem Fuß gegen die Petroleumlampe gestoßen, hat sie gesagt, als sie und Tom sich liebten. Die Lampe sei umgekippt. Das glaube ich auch nicht. Geliebt haben die beiden sich in der Nacht so wenig wie Charly und ich.

Aber wir sind zusammengeblieben und inzwischen seit fünfzehn Jahren verheiratet. Obwohl er kurz nach der Beerdigung zugegeben hat, dass er in der Woche vor dem Brand zweimal mit Cassie zusammen war. Aber er hätte nicht mit ihr geschlafen, sie nur um einen Kredit für ein neues, beziehungsweise gebrauchtes Auto gebeten. Beim ersten Mal hätte sie rundweg abgelehnt, beim zweiten Mal gesagt, sie würde nochmal darüber nachdenken. Das schwor er. Sein alter Käfer hat es auch nicht mehr lange gemacht, nur zwei Wochen nach der Beerdigung gab der Motor den Geist auf.

Der Blinde

Drei Tage nachdem ich Nadine als vermisst gemeldet hatte, kam die Polizei zu mir. Und noch bevor sie irgendetwas gesagt hatten, wusste ich, dass sie Nadine gefunden hatten. Ich hatte mich in den drei Tagen immer wieder gefragt, wie ich mich verhalten würde, wenn die Polizei käme. Ob ich wohl meine Beherrschung bewahren könnte. Ich wollte doch nicht vor ihnen stehen wie ein Jammerlappen. Und was sie mir sagen würden, war mir klar.

Ich hatte versucht, mich darauf einzustellen, auf ihre Fragen und meine Antworten. Tausendmal hatte ich es in Gedanken durchgespielt. Was soll man auch sonst tun, wenn man nichts anderes tun kann als warten? Aber als sie dann tatsächlich vor der Tür standen, kam es mir so vor, als hätte ich in den vergangenen drei Tagen überhaupt nicht gelebt. Diese Leere im Innern, der eigene Tod kann nicht schlimmer sein.

Sie kamen zu zweit. Ein noch recht junger Beamter und ein älterer. Die Stimme des Jüngeren verriet Unsicherheit, auch seine Bewegungen machten deutlich, dass er sich nicht wohl fühlte in seiner Haut. Der Sessel, in dem er Platz nahm, knarrte unentwegt, weil er nicht still sitzen konnte. Es war ein kaum wahrnehmbares Geräusch. Ich bin mir fast sicher, dass der Ältere es nicht registriert hat. Aber mir entgeht derartiges nicht. Das heißt nicht, dass ich aufmerksamer bin als andere. Ich habe einfach ein feineres Gehör. Das brauche ich auch.

Ich war sechs Jahre alt, als das Unglück geschah. Damals

spielte ich zusammen mit ein paar Dorfkindern draußen beim Tannenwäldchen. Es war im Spätherbst, ich sehe das alles noch deutlich vor mir. Das Laub an den Bäumen und den Büschen am Waldsaum hatte sich bereits verfärbt. Die abgeernteten Felder waren ein Gemisch aus Braun und dem Gelb der übrig gebliebenen Stoppeln. Zwei größere Jungen und ein kleines Mädchen liefen über einen Kartoffelacker und sammelten die wenigen, noch verstreut liegenden Knollen auf. Der Bach, der dicht am Waldsaum vorbeifloss, führte nach ein paar Regentagen Hochwasser. Das Rauschen höre ich auch heute noch. Und Karl, der jüngste Sohn vom alten Schneider, schichtete an der Böschung Holz auf für ein Feuer.

Es war verboten, strikt verboten sogar und gerade deshalb von besonderem Reiz. Und es gab nichts Köstlicheres als die im offenen Feuer gerösteten und nur notdürftig von Erde und Ruß befreiten Kartoffeln. So etwas bekam ich daheim nicht geboten. Da wurde mir selbst ein kleiner Imbiss adrett auf einem Teller angerichtet serviert. Vielleicht war ich nur deshalb meist ohne Appetit. Doch wenn ich mit den Dorfkindern spielte, dann lief mir allein bei dem Gedanken an die rußigen Kartoffeln und an die Sandkörner, die zwischen den Zähnen knirschen würden, das Wasser im Mund zusammen. Kinder brauchen das wohl, ihre Portion Dreck.

Das Feuer wollte nicht brennen, vermutlich war das Holz zu feucht. Und Karl Schneider, er war damals doppelt so alt wie ich, goss irgendeine Flüssigkeit darüber. Benzin oder Spiritus, ich weiß es nicht mehr. Es war eine Sache von Sekunden. Ich stand zu dicht an dem Holzstapel, es gab eine Stichflamme, sie schoss mir direkt ins Gesicht.

Seitdem bin ich darauf angewiesen, zu hören, zu fühlen und zu zählen. Das Zählen ist dabei fast wichtiger als alles andere. Es hilft mir, völlig sicher umherzugehen, jedenfalls dort, wo mir die Umgebung vertraut ist. Ich zähle die Schritte – seit mehr als dreißig Jahren schon. Anfangs musste ich die Summe noch häufig berichtigen. Sieben Schritte vom Tisch bis zur Tür des Speisezimmers, später waren es nur noch fünf. Fünfundsechzig Schritte von der letzten Stufe der Freitreppe bis zur Einfahrt, heute sind es nur noch zweiundfünfzig.

Aber ich zähle nicht nur die Schritte. Wenn Nadine mich durchs Dorf fuhr, zählte ich ebenfalls. Und wie gerne hätte ich einmal selbst ein Auto durchs Dorf gesteuert. Im Geist sah ich die Hauptstraße noch deutlich vor mir. Aber ich wusste, sie war nicht mehr so, wie ich sie in Erinnerung hatte.

Ich ließ mir von Nadine beschreiben, was sie sah und was sie tat. All diese abstrakten Begriffe, verbunden mit Gefühlen und Geräuschen. «Jetzt nehme ich das Gas weg.» Dann spürte ich, dass die Geschwindigkeit sich verringerte. «Jetzt bremse ich.» Und etwas zog mich mit sanfter Gewalt nach vorne.

Nadine wusste, wie sehr mich das faszinierte. Ein paar Mal forderte sie mich auf, hinter dem Lenkrad Platz zu nehmen, während der Wagen noch vor der Freitreppe stand. Nadine war kleiner als ich, ein gutes Stück kleiner. Ich wusste nicht, wohin mit meinen Beinen, und sie lachte.

«Greif mit der linken Hand nach unten an den Sitz, Liebling», sagte sie. «Da ist ein Hebel, fühlst du ihn?» Natürlich fühlte ich ihn. Und Nadine sagte: «Zieh ihn hoch und drücke dich vorne mit den Füßen ab. So kannst du den Sitz nach hinten verschieben.»

Dann ließ ich die Finger wandern. Und bei so vielen Dingen sagte sie: «Das nutzt dir nicht viel, Fred, das sind die Anzeigeinstrumente. Während der Fahrt sind sie alle in Betrieb, aber du kannst sie ja nicht ablesen. Das zum Beispiel ist der Tachometer, er zeigt an, wie schnell der Wagen fährt.»

Wir fuhren nie sehr schnell. Ich brauchte keinen Tachometer, konnte die Geschwindigkeit fühlen, ließ die Scheibe hinunter, legte die Fingerspitzen meiner linken Hand an das Lenkrad und hielt die rechte ins Freie. Zuerst lachte Nadine noch darüber, später fragte sie einmal: «Willst du es einmal selbst versuchen, Liebling? Ich bin neben dir und kann dir helfen.»

Aber das hätte ich nie riskiert. Es lebten ja noch Leute im Dorf, der alte Schneider mit seiner Familie. Zwei oder drei andere Häuser waren ebenfalls noch bewohnt. Ich hatte keine Angst davor, alleine ein Auto zu fahren. Ich fürchtete nur, einem Menschen damit zu schaden. Und Nadine sagte: «Vielleicht später einmal.»

Sie war so geduldig, so liebevoll und zärtlich, niemals wurde es ihr zu viel, mir jeden Handgriff zum zehnten Mal zu erläutern. Und jeden Tag die gleiche Strecke abzufahren. Sie selbst fuhr gar nicht so gerne, war immer ein wenig verkrampft, wie aus den zittrigen und stoßweise gehenden Atemzügen ersichtlich war.

Ich sage mit Absicht ersichtlich, weil mir solche Wahrnehmungen die Sicht ersetzen. Und ich möchte fast behaupten, auf meine Weise sehe ich mehr als jeder, der mit zwei gesunden Augen seine Umgebung und seine Mitmenschen betrachtet. Ich sehe mit meinem gesamten Körper, mit den übrig gebliebenen Sinnen, mit dem Gedächtnis.

Und wer kann schon von sich behaupten, dass er den Winkel einer Kurve nur aus dem Gefühl des Körpers heraus abschätzen kann? Ich kann es. Ich war stolz darauf, und Nadine war begeistert. Vielleicht konnte ich es nur deshalb. Ich wollte ihr zeigen, dass ich ein Mann war, ein ganzer, ein vollwertiger Mann und kein hilfloser Krüppel. Ein Mann, der sein Leben trotz allem liebt. Und mehr noch die Frau, die es mit ihm teilt.

Nadine war die erste Frau, die dazu bereit war. Wie habe ich sie geliebt! Mehr als ich je einem Menschen begreiflich machen kann. Jetzt ist sie tot.

Seit vier Tagen schon.

Die beiden Polizisten brauchten Minuten, ehe sie es aussprachen. Zuerst war nur von Nadines Wagen die Rede, den man beim Tannenwäldchen entdeckt hatte. Dann erst von einer Frau. Es klang nach irgendeiner, es klang fast, als ob ich mir noch

Hoffnung machen dürfe. Und es machte mich unvermittelt wütend, dieses Herumgerede, die bedächtige Ausdrucksweise des Älteren, das Knarren des Sessels, in dem der Jüngere unbehaglich herumrutschte. Es fehlte nicht viel, und ich hätte sie angeschrien, mir dieses widerliche Theater zu ersparen. Ich musste alle Kraft zusammennehmen, um mich zu beherrschen.

Ich fragte, ob es irgendwelche Zweifel an der Identität der Frau gäbe, und ob ich Nadine identifizieren solle. Und ich fühlte, wie sie mich anstarrten. Der Ältere musste sich räuspern, meine Frage beantwortete er vorerst nicht.

Ich hätte Nadine identifizieren können, mit meinen Fingerspitzen hätte ich es gekonnt. Und ich hätte sie so gerne noch einmal berührt, wenn sie mich nur gelassen hätten. Aber sie lehnten das ab. Begannen mit ihren Fragen. In welchem Verhältnis ich zu Nadine gestanden hätte.

Es klang nüchtern und sachlich, und irgendwie half mir das, Haltung zu bewahren. Ich wollte die Beherrschung nicht verlieren, nicht vor zwei Polizisten, die sich keine Vorstellung von meinem Leben machen konnten. Von dem täglichen Kampf gegen Kleinigkeiten, von der Sehnsucht nach einer Frau, nach Liebe.

Offiziell galt Nadine als meine Wirtschafterin. Offiziell hatte sie sogar ein eigenes Zimmer im Haus bewohnt, aber dort waren nur ihre persönlichen Dinge untergebracht. Von der ersten Nacht an hat sie neben mir gelegen. Ich hätte sie aus tausenden von Frauen herausgefühlt. Es gab ein paar unverwechselbare Merkmale. Eine winzige Erhebung neben ihrem linken Nasenflügel, wahrscheinlich ein Muttermal. Die eigenwillige Form ihrer Augenbrauen, ich hatte sie mehr als einmal mit meinen Fingerkuppen nachgezeichnet und jedes einzelne Härchen gespürt. Dann war da eine kleine, sternförmige Narbe auf ihrem rechten Oberschenkel, drei Fingerbreit unter der Leistenbeuge. Und nicht zuletzt die Narbe an ihrem Hals, noch ziemlich frisch und wulstig.

Ich beschrieb ihnen diese Kennzeichen und bat noch einmal darum, dass sie mich zu ihr ließen, ein allerletztes Mal. Sie mussten doch verstehen, was es für mich bedeutet hätte. Jedem Mann wird das Recht zugestanden, Abschied zu nehmen von der Frau, mit der er sein Leben geteilt hat, wenn auch nur für kurze Zeit. Nur war ich in ihren Augen kein Mann, sondern ein Krüppel.

Der Jüngere rutschte heftiger im Sessel herum. Der Ältere hatte sich nicht hingesetzt, er war beim Fenster stehen geblieben, schaute vermutlich hinaus, seine Stimme klang danach, dass er sich von mir abgewendet hatte. Er erklärte, er würde meiner Bitte gerne entsprechen, aber es sei leider unmöglich. Die Frau, die der alte Schneider gestern Abend gefunden habe, habe tagelang im Bach gelegen.

Und es war ein regnerischer Spätherbst. Der Bach führte Hochwasser. Der Polizist erwähnte noch die milde Witterung. Ich begriff nicht auf Anhieb, was er damit ausdrücken wollte. Und er mochte nicht deutlicher werden.

Nach einer Weile wurde mir klar, was er gemeint hatte. Es war wohl so, dass ich Nadine gar nicht mehr hätte erkennen können. Von der Weichheit und Festigkeit ihrer Haut schien nicht mehr viel übrig nach einigen Tagen im Wasser. Ich hätte weinen mögen bei der Vorstellung, spürte auch, wie mir der Schmerz in die Kehle und die Nase aufstieg. Aber ich beherrschte mich.

Der ältere Polizist merkte wohl, dass ich um Fassung rang, und versuchte, mich abzulenken. Er fragte nach einer Fotografie. Danach hatte auch der Beamte gefragt, der die Vermisstenmeldung drei Tage zuvor entgegengenommen hatte. Ich besaß keine. Was hätte ich mit einer Fotografie anfangen sollen? Das Papier streicheln, die glatte Oberfläche betasten?

Der Polizist stellte weitere Fragen. Wann genau Nadine mein Haus verlassen habe, mit welchem Ziel und ob sie vielleicht irgendetwas Besonderes mitgenommen habe. Ich sagte ihm, Nadine habe vor vier Tagen in die Stadt fahren wollen, um ein paar Besorgungen zu machen. Sie habe mich noch gefragt, ob ich sie begleiten möchte, wo ich sie doch so gerne begleitete.

Aber an dem Nachmittag konnte ich das Haus nicht verlassen. Ich wartete auf einen Anruf meines Anwalts, der mir in einer fast aussichtslos erscheinenden Sache zur Seite stand. Seit zwei Jahren werde ich nun bedrängt, mein Land zu verkaufen, einschließlich des Stücks beim Bach, dem Tannenwäldchen, mit dem sich für mich so viele Erinnerungen verknüpfen. Sogar mit Enteignung hat man mir schon gedroht. Sie spekulieren auch auf mein Haus, ich weiß das.

Ich bin der Letzte im Dorf. Alle haben sie vor der Grube kapituliert, ihren Besitz aufgegeben, sich eine neue Heimat zuweisen lassen. Wie oft hat mich Nadine bei unseren Fahrten hinaus zum Tannenwäldchen auf die Möbelwagen aufmerksam gemacht. Ein Haus nach dem anderen wurde aufgegeben. Vor sechs Wochen zog auch der alte Schneider mit seiner Familie fort.

Da war ein wenig Unbehagen in Nadines Stimme gewesen, als sie sagte: «Jetzt sind wir ganz alleine hier, Fred.»

Ganz allein! Sie fürchtete sich, ich wusste das. Das sterbende Dorf war ihr unheimlich. Weit und breit kein Mensch mehr, der einen Hilfeschrei gehört hätte. Arme Nadine, es war ihre Vergangenheit, die wie ein Bleigewicht an ihrem Hals hing. Einmal fragte sie mich sogar, ob ich mit einer Waffe umgehen könne.

Es gab noch etliche Waffen im Haus, die Jagdgewehre meines Vaters, auch zwei Pistolen. Ich konnte sie reinigen, ich konnte sie laden. Ich konnte sie auch abschießen. Nur ein Ziel damit treffen konnte ich natürlich nicht. Aber einmal tat ich Nadine gegenüber so, als könne ich auch das. Es war ein simpler Trick. Ich hatte ihn oft mit Karl Schneider geübt. Und ich dachte, es würde Nadine ein wenig beruhigen, wenn ich ihn ihr vorführte.

Ich nahm eines der Gewehre, wir gingen in den Garten. Ich

wusste genau, wie weit ich zu gehen hatte, wie ich das Gewehr halten, in welche Richtung und welche Höhe ich den Lauf drehen musste. Es gab da eine Vogelscheuche, sie stand seit Jahr und Tag am gleichen Fleck, bekam in jedem Frühjahr einen neuen Hut aufgesetzt und eine neue Jacke umgehängt. Ich bat Nadine, an der Jacke zu rascheln und sich dann sofort auf den Boden zu werfen. Als ich hörte, dass sie sicher lag, schoss ich ein Loch in den Hut.

Der ältere Polizist sprach wieder. Ob es möglich sei, dass Nadine von ihren Besorgungen zurückgekommen wäre, ohne dass ich es bemerkt hätte. Ob sie das Haus erst am Abend wieder verlassen haben könnte, ohne dass mir ihre Anwesenheit und die erneute Abfahrt aufgefallen wäre.

Es gab nämlich einen Zeugen, der Nadines Wagen an dem bewussten Tag auf der Hauptstraße hatte an sich vorbeifahren sehen, am späten Abend. Und dieser Zeuge schwor Stein und Bein, Nadine sei nicht allein gewesen. Am Steuer habe ein Mann gesessen. Dafür spräche auch die Position des Fahrersitzes, sagte der Polizist. Es müsse ein großer Mann gewesen sein.

Ein großer Mann! Ich fühlte, wie mir das Blut in den Kopf stieg, konnte kaum noch atmen. Warum sprach er nicht weiter? Worauf wartete er? Mit dem Rauschen von Blut in meinen Ohren konnte ich nicht hören, ob er sich bewegte. Starrte er mich an? Wahrscheinlich tat er das. Ein paar Sekunden lang.

«Wer ist dieser Zeuge?», fragte ich.

«Karl Schneider», antwortete der Polizist.

Karl war an dem Tag noch spät auf seinem verlassenen Hof gewesen, um etwas aus der Scheune zu holen. Oder um etwas nachzusehen. Ich weiß es nicht. Der Polizist erklärte es, aber ich verstand nur noch, dass Karl wegen der Dunkelheit keine genaue Beschreibung des Mannes abgeben konnte.

Und ich dachte an Nadines Angst, an ihren erstaunten und erschreckten Ausruf, als ich ein Loch in den Hut der Vogelscheuche schoss. Wie sie dann an meinem Hals hing. «Fred,

Liebling, das ist ja phantastisch. Du könntest ihn erschießen, nicht wahr? Du könntest ihn töten, wenn er hierher käme?»

Ich hatte genickt, einen Arm um sie gelegt, ihr Zittern gespürt. Ich hatte gesagt: «Ja, das könnte ich. Ich müsste ihn nur hören, wenn er sich bewegt. Und ich würde es tun. Aber ich glaube nicht, dass er hierher kommt.»

ER! Ein Monstrum, ein Verbrecher, ein gewissenloses und grausames Subjekt. Er war gekommen, und ich hatte ihn nicht bemerkt.

Es war mir plötzlich alles zu viel. Ich wünschte, die Polizisten wären gegangen und hätten mich in Ruhe gelassen. Mir ging alles durcheinander im Kopf. In der einen Sekunde dachte ich an Nadine, hörte ihre Stimme, die Atemlosigkeit darin, in der nächsten dachte ich, dass ich Karl anrufen müsste, damit er seine Frau in der nächsten Zeit wieder zu mir schickte, so lange jedenfalls, bis ich wusste, wie es weiterging. Bevor ich Nadine bei mir aufnahm, war Karls Frau dreimal in der Woche gekommen, um die gröbsten Arbeiten und die Einkäufe für mich zu erledigen.

Der Polizist bedauerte, dass er mir die Einzelheiten nicht ersparen konnte. Die Frau im Bach sei erdrosselt worden, sagte er. Sie habe, als der alte Schneider sie fand, noch einen Seidenschal um den Hals gehabt. Dann wollte er wissen, ob Nadine einen solchen Schal besessen habe, einen blauen Schal.

Blau. An die Farben erinnere ich mich noch sehr gut, sie sind nicht einmal verblasst mit den Jahren. Der blaue Himmel in einem Bilderbuch, die sattgelbe Sonne, das Gras so grün, wie es in Wirklichkeit nirgendwo war; damals nicht, und daran wird sich kaum etwas geändert haben. Ein blauer Schal aus Seide. Ich hatte ihn nur drei Monate zuvor für Nadine gekauft. Er gefiel ihr, und er passe so gut zu ihren Augen, sagte sie.

Blaue Augen. Man kann die Farbe der Augen nicht ertasten, niemand kann das. Karl hat mir einmal gesagt, dass Nadines Augen blau waren. Ein sehr dunkles Blau, sagte er damals, als er sie mir beschrieb. Damals, so lange ist es noch gar nicht her, aber man gewöhnt sich so rasch an einen Menschen, an die Zärtlichkeit, an die Hingabe, an die Liebe, dass ein paar Monate wie eine Ewigkeit erscheinen.

Karl fuhr mich lange Jahre regelmäßig in die Stadt, einmal in der Woche, meist am Samstagabend. Er brachte mich in eine Bar, manchmal blieb er bei mir. Wir tranken ein oder zwei Gläser zusammen, unterhielten uns über vergangene Zeiten, über das sterbende Dorf und die Unbarmherzigkeit, mit der die Grube das Land vernichtete. Über meinen Widerstand, den Karl sehr gut verstand. Und während er sprach, schaute er sich um, suchte für mich aus.

In all den Jahren hat er sich schuldig gefühlt, weil er es war, der damals Benzin oder Spiritus ins Feuer goss. Wir haben nie darüber gesprochen, aber ich weiß es. Und Karl zahlte seine Schuld mit den Samstagabenden ab. Eine Frau für eine Nacht. Es war nie leicht, eine zu finden. Nicht, dass ich besonders hohe Ansprüche gestellt hätte. Aber die Stichflamme damals hat mir nicht nur das Augenlicht genommen. Sie hat auch schlimme Narben in meinem Gesicht hinterlassen.

Ich hatte mich damit abgefunden, dass ich nie eine Frau finden würde, die bereit wäre, bei mir zu bleiben. Dass ich mein Leben lang für Zärtlichkeiten zahlen müsste. Bei manchen Frauen spürte ich so überdeutlich die Scheu, mich zu berühren, dass ich sie gar nicht erst mit heimnahm.

Nadine war anders, vom ersten Augenblick an ganz anders. Sie sei wunderschön, sagte Karl. Und für mich ist Schönheit, speziell die Schönheit einer Frau, immer noch vergleichbar mit dieser Seite im Bilderbuch. Der blaue Himmel, die sattgelbe Sonne. Und im grünen Gras eine wunderschöne Fee, die einem kleinen Jungen drei Wünsche erfüllt.

So habe ich Nadine gesehen – als meine gute Fee. Manchmal nannte ich sie auch so. Ihr Haar war so lang und weich, wie ich es mir bei einer Fee vorstellte. Ich liebte es, ihr Haar durch meine Finger gleiten zu lassen. Und ihr Körper – sie sagte einmal, dass sie so viel Zartheit noch bei keinem Mann gefunden habe. Und ich erklärte ihr, dass ich mir nur durch dieses sanfte Tasten eine Vorstellung verschaffen könne.

Für die erste Nacht habe ich sie bezahlt. Es schockierte die Polizisten offenbar, das zu hören. Aber sie mussten es doch wissen. Nadines Vergangenheit war der Schlüssel zu ihrem Tod.

Sie mussten auch wissen, wie sehr ich Nadine geliebt hatte. Und ich ging davon aus, dass sie mich ebenfalls liebte, als sie nach der zweiten Nacht das Geld auf dem Tisch liegen ließ. Sie sagte mir nicht einmal, dass sie es nicht genommen hatte. Karls Frau machte mich darauf aufmerksam, als sie tags darauf zum Saubermachen erschien.

Es war ein Risiko für Nadine, ein sehr großes Risiko sogar, mein Geld nicht zu nehmen. Sie war nicht so frei in ihren Entscheidungen, wie sie es gerne gewesen wäre. Mehrfach wurde sie übel misshandelt, weil sie mit leeren Händen von mir zurückkam. Einmal setzte er ihr sogar ein Messer an die Kehle und zog die Klinge durch ihre Haut, daher stammte die Verletzung an ihrem Hals.

ER! Hätte ihr beinahe die Kehle durchgeschnitten. Dabei nannte er sich Beschützer. Das war er nie, er war nur ein mieser Zuhälter. Als ich diesen Ausdruck den beiden Polizisten gegenüber gebrauchte, konnte ich ihre Zustimmung fühlen. Ein mieser Zuhälter, ein Mann, der vor nichts zurückschreckte.

Nadine war ein Callgirl gewesen, bevor sie zu mir kam. Ich wusste das von der ersten Minute an, aber es änderte nichts an meinen Gefühlen. Und ich möchte nicht wissen, wie viele junge Frauen auf die Versprechungen dieser Sorte von Beschützer hereinfallen und in einen Sumpf geraten, aus dem sie sich aus eigener Kraft nicht mehr herausziehen können.

Aus eigener Kraft nicht, das war auch Nadine durchaus klar. «Ich bin nicht so stark wie du, Fred», sagte sie zu Anfang einmal. «Ich habe Angst vor Schmerzen. Ich weiß genau, wenn er mich wieder schlägt, tue ich auch wieder, was er von mir verlangt.»

Er! Einen Namen. Für die Polizei sind Namen immer so wichtig. Aber ich kenne seinen Namen nicht. Nadine hat ihn nie erwähnt. Sie sprach immer nur von ihm und von ihrer Angst vor ihm.

Ich kannte sie seit sechs Wochen, als ich ihr den Vorschlag machte, zu mir zu ziehen. Sie lag neben mir auf dem Bett, und sekundenlang vergaß sie, zu atmen. Dann warf sie sich herum, erstickte mich fast mit ihren Küssen.

Sie weinte dabei, schluchzte verhalten: «Du meinst das ganz ernst, nicht wahr? Es stört dich nicht, wie ich bisher gelebt habe. Du liebst mich trotzdem. Oh, Fred, ich würde so gerne für immer bei dir sein.»

Sie wollte mit ihm reden, gleich am nächsten Tag, sagte sie. Doch bei ihrem nächsten Besuch wirkte sie so bedrückt, sie hatte einfach den Mut nicht aufgebracht.

«Dann lass es», sagte ich. «Du bist diesem Mann gegenüber zu nichts verpflichtet.»

Aber Nadine erklärte mir, es sei in diesen Kreisen üblich, eine Frau wie eine Ware zu sehen. Waren verkauft man. Ob ich bereit wäre, eine Art Ablösesumme für sie zu zahlen, wollte sie wissen.

Gut, ich bin nicht arm. Ich habe von meinem Vater ein stattliches Vermögen geerbt. Und ich hatte zu dem Zeitpunkt, als von einer Ablösesumme die Rede war, bereits einen Großteil des Landes hinter dem Tannenwäldchen verkauft, Futter für die Bagger. Ich hätte es mir leisten können. Und vielleicht hätte ich zahlen sollen, allein schon, um Nadine die Furcht zu nehmen. Aber ich wollte doch keine Sklavin kaufen. Ich wollte eine Frau, die bei mir war, weil sie mich liebte.

Die beiden Polizisten verstanden meine Beweggründe. Der Jüngere murmelte etwas, der Ältere sprach offen aus, was er dachte: «Halten Sie es für möglich, dass Ihre Weigerung der Grund für einen Racheakt gewesen sein könnte?»

Ob ich es für möglich halte? Was für eine dumme Frage! Ich halte es nicht nur für möglich, ich weiß es mit Sicherheit. Heute weiß ich es, aber noch nicht lange. Ich hatte bis dahin nie mit solchen Leuten zu tun gehabt. Ich hatte keine Vorstellung, wie sie reagieren und wozu sie fähig sind. Wenn es um Geld geht, sind sie wie Wölfe, die ein Stück Fleisch riechen. Sie können keine Ruhe geben, bis sie das ganze Stück verschlungen haben.

Ich muss die Zeit mit Nadine unterteilen in die Stunden der Leidenschaft und die Stunden der Wölfe. Die Stunden der Leidenschaft – sie war eine hinreißende Geliebte, sanft und unersättlich, mit einem untrüglichen Gespür für meine Wünsche und Stimmungen. Mal war sie schüchtern zurückhaltend, ließ sich in endlos langem Spiel erobern und besiegen. Dann wieder war sie fordernd, wandte ohne falsche Scheu all die Tricks und Finessen an, die ihr Vorleben sie gelehrt hatte.

Sie liebte es, wenn ich ihr am Morgen nach solch einer Nacht das Frühstück ans Bett brachte, wunderte sich immer von neuem darüber, dass ich im normalen Alltag ohne jede Hilfe zurechtkam.

«Wenn man sieht, wie du dich bewegst», sagte sie mehr als einmal, «kann man kaum glauben, dass du blind bist.»

In den ersten Wochen erstaunte es sie immer wieder, dass ich mich auch außerhalb des Hauses nicht mit Hilfe eines Stockes vorwärts tasten musste, dass ich es sogar ablehnte, mich von einem Hund führen zu lassen.

Irgendwann erzählte ich ihr, wie ich mich von frühster Jugend an mit dem Boden vertraut gemacht hatte. Von der Haustür ab drei Schritte bis zur ersten Stufe der Freitreppe. Acht Stufen hinunter und die Schritte bis zur Einfahrt, dann ein wenig rechts halten, nur eine leichte Drehung, ein stumpfer Winkel von etwa dreißig Grad und achthundertzwanzig Schritte bis zu Schneiders Hof, immer geradeaus die Hauptstraße hinunter.

Oder meine Spaziergänge, die holperigen Wege unter den Schuhsohlen, das automatische Zählen jedes Schrittes. Wir gingen in den ersten Wochen oft gemeinsam die Wege ab. Und ich war es, der Nadine führte. Ich legte den Arm um ihre Schultern, beschwor die Erinnerung herauf. Immer beginnend mit dem Satz: «Ich weiß nicht, wie es heute aussieht, aber damals ...»

Und sie erklärte mir, was sich verändert hatte, viel war es in der näheren Umgebung noch nicht. Erst weit hinter dem Tannenwäldchen begann die Zerstörung. Wie eine Wüste aus Staub, sagte Nadine, ein riesiges Loch in der Erde. Dann war ich oft sogar dankbar, dass ich es nicht sehen konnte.

Wenn der Wind günstig stand, hörten wir nachts den Bagger, und jedes Mal sagte Nadine: «Ich kann verstehen, dass du nicht aufgibst.»

Jetzt werde ich wohl. Verkaufen und weggehen. Ich weiß noch nicht, wohin. Aber ich weiß, dass ich es nicht ertragen könnte, noch einmal die vertrauten Wege entlangzugehen und mich zu erinnern. Wie es war mit dem Arm um ihre Schultern. Und da draußen auf der Decke am Waldsaum, nicht zu dicht an der Böschung des Bachs und doch nahe an der Stelle, an der Karl vor langen Jahren eine Flüssigkeit auf ein Feuer goss, das nicht brennen wollte.

Da habe ich sie oft geliebt, und dann war ich es, der die Glut anfachte. Und Nadine war die Flamme, die mich versengte. Aber das konnte ich den beiden Polizisten nicht sagen.

Und die Stunden der Wölfe – ich hatte mich zu sicher gefühlt. Nadine war zu mir gekommen mit zwei Koffern und ihrem kleinen Wagen, und nichts geschah. Wochenlang geschah nichts. Wir machten unsere Spaziergänge, fuhren mit ihrem Wagen durch das schon fast völlig verlassene Dorf, zählten die letzten noch bewohnten Häuser. Wir fuhren in die Stadt, machten Einkäufe und Besuche in der Bank.

Bis dahin hatte Karl einmal im Monat etwas Bargeld für mich abgehoben. Nun tat Nadine es, meist allein, ich blieb im Wagen, weil ich nicht angestarrt werden wollte wie ein Frankenstein-Monster. Es machte Spaß, einen Scheck auszustellen und diesen Papierfetzen gegen Nadines Freudenseufzer einzutauschen. Kleider, Röcke, Hosen, Schuhe, Taschen. «Oh, Fred, dieses Kleid ist ein Gedicht, wenn du es nur einmal sehen könntest.»

Und immer wieder die kleinen Wermutstropfen in ihrem Jubel. Ich konnte es wenigstens spüren, das reichte mir. Ich konnte fühlen, wie sich der Stoff an ihren Körper schmiegte, wie ein Strumpf ihr Bein umschloss, die glatte Haut noch glatter und so seidig machte. Wie eine Hose oder ein Rock ihre Hüften betonte oder der Spitzeneinsatz einer Bluse ihre Brüste.

Und dann, am Freitag in der letzten Augustwoche, kamen wir von solch einem Einkaufsbummel zurück. Nadine schloss noch den Wagen ab, ich ging bereits mit einigen Päckchen und Tüten in der Hand die Freitreppe hinauf, öffnete die Haustür, trat ein. Zehn Schritte durch die Diele, geradeaus auf die Tür zum Wohnzimmer. Die Tür stand offen, sie stand immer offen. Und ich wusste noch, dass man, wenn man das Haus gerade betreten hatte, durch diese offene Tür hinaus auf die Terrasse sehen konnte und weiter über das Land.

Früher hatte ich oft die Traktoren auf den Feldern gehört. An dem Freitag hörte ich ganz kurz ein anderes Geräusch, das Knarren des Sessels. Es musste jemand im Wohnzimmer sein. Hätte er sich nicht gerade in dem Augenblick bewegt, als ich die offene Tür erreichte, wäre mir seine Anwesenheit vermutlich entgangen. Beunruhigt oder gar alarmiert war ich nicht sofort. Ich dachte an Karl oder seine Frau, sie hatten ja einen Schlüssel. Ich erwartete, angesprochen zu werden, aber es blieb still im Wohnzimmer.

Hinter mir kam Nadine ins Haus, schloss die Tür. Das Klappern ihrer Absätze auf dem Steinboden der Diele übertönte jeden verräterischen Atemzug. Und inzwischen spürte ich das Unbehagen deutlich. Karl oder seine Frau hätten längst etwas gesagt. Doch es kam kein Wort aus Richtung des Sessels.

Für einen Augenblick war ich wie gelähmt. Statt mich herumzuwerfen, Nadine mitzureißen und vor jeder Gefahr zu schützen, wartete ich auf einen erstaunten Ausruf von ihr, auf irgendetwas, mit dem sie mir verriet, wer auf uns wartete. Aber nichts dergleichen. Sie kam zu mir, ganz unbefangen, die Stimme ebenso leicht wie ihre Schritte. «Gib mir die Sachen, Fred, ich bringe sie nach oben.»

Ihre Hände griffen nach den Päckchen und Tüten, die ich hielt. Sie hauchte mir noch einen Kuss auf die Wange und bat: «Kümmerst du dich um das Essen?» Dann ging sie zur Treppe.

Das Klappern der Absätze auf dem Steinboden ging in ein dumpfes Pochen über, als sie die hölzernen Stufen hinaufschritt. Ich versuchte mir einzureden, dass ich mich getäuscht hätte, dass im Wohnzimmer gar nichts oder niemand gewesen sein könnte, und ging in die Küche. Aber das Gefühl im Rücken werde ich nie vergessen. Sämtliche Muskeln zogen sich zusammen, die Härchen im Nacken richteten sich auf, ich wartete förmlich auf einen Schlag oder einen Stoß.

Als Nadine wenig später in die Küche kam, hatte ich den Tisch gedeckt und zwischen den Geräuschen, die ich dabei zwangsläufig verursachte, unentwegt in die Diele gehorcht. Doch da war nichts, absolut nichts. Trotzdem, den ganzen Abend war ich unruhig. Das Geräusch war eine Tatsache gewesen, die ich nicht leugnen und mir nicht erklären konnte.

Erst als ich jetzt mit den Polizisten darüber sprach, als der Jüngere sich erneut im Sessel bewegte und ich gleich darauf das leichte Vorbeistreifen von Stoff an Mauerwerk hörte, begriff ich. Der Sessel stand dicht bei einem Wandvorsprung nahe der Terrassentür, neben der ein Vorhang hin.

Das Knarren musste entstanden sein, als der Mann im Sessel sich erhob. Dann war er wohl einen Schritt zur Seite hinter den

Mauervorsprung getreten und hinter dem schweren, blickdichten Vorhang in Deckung gegangen. Ich hatte mich nicht getäuscht. Wir waren an dem Abend, wahrscheinlich auch noch in der folgenden Nacht, nicht alleine im Haus gewesen.

In der Augustnacht war ich aufmerksamer als sonst. Ich schlief kaum, lauschte unentwegt in die Dunkelheit und hörte doch nichts weiter als Nadines gleichmäßige Atemzüge. Am nächsten Morgen beruhigte ich mich endgültig, war so fest von meinem Irrtum überzeugt, dass ich jede Vorsicht vergaß.

Aber es muss nach dieser ersten noch ein Dutzend weiterer Nächte gegeben haben, in denen sich ein ungebetener Gast in den Räumen herumtrieb. Spielt es noch eine Rolle, wie er hereingekommen ist? Manchmal stand wohl ein Fenster offen, aber diese Sorte Mensch wird auch von verschlossenen Türen nicht aufgehalten.

Er hat uns belauscht, vielleicht sogar beobachtet, wie ich Nadine liebte. Der Gedanke, dass er bei der offenen Tür stehen und zum Bett schauen konnte, ohne dass ich seine Anwesenheit auch nur ahnte, macht mich rasend.

Ich hatte mich geweigert, ihm die Frau abzukaufen, die ich liebte. Also holte er sich die Ablöse auf seine Weise. Wie hätte ich es bemerken sollen? Ich taste mich nicht an den Wänden entlang, wenn ich durch mein Haus gehe. Und es gibt so viele Zimmer, die seit dem Tod meiner Eltern nicht mehr genutzt wurden. Sie waren nicht verschlossen, das waren sie nie. Karls Frau hielt sie lange Jahre sauber. Hin und wieder musste doch Staub gewischt oder ein Teppich abgesaugt werden. Karls Frau hätte mich aufmerksam machen können, dass im Haus etwas nicht mehr mit rechten Dingen zuging. Aber sie kam ja nicht mehr, seit Nadine bei mir war.

Und wir beschränkten uns auf die Räume im Erdgeschoss, das Speisezimmer, das Wohnzimmer und die Küche. Im ersten Stock benutzten wir nur mein Schlafzimmer, das Bad und das

Zimmer, in dessen Schränken Nadine ihre Habseligkeiten eingeräumt hatte.

Und da war das Zimmer meiner Mutter am Ende des Ganges. Ein paar kostbare Teppiche auf dem Boden, ein paar wertvolle Bilder an den Wänden. Und die Schatulle nicht zu vergessen, in der meine Mutter ihren Schmuck aufbewahrt hatte.

Manchmal schreckte mich wohl nachts ein Knarren aus dem Schlaf. Und immer dachte ich, es ist das Holz, ein Balken in der Decke oder die Dielenbretter, Holz arbeitet doch ständig. Er muss auf Gummisohlen geschlichen sein. Vielleicht hat er auch die Zeit genutzt, in der wir Spaziergänge machten.

Ich möchte nicht wissen, wie oft er mit einem Wagen vorgefahren ist, vielleicht sogar mit einem Lieferwagen, mit dem er größere Stücke wegschaffen konnte, während wir in Nadines kleinem Auto umherfuhren. Während ich eine Hand ins Freie hielt und zählte.

Achtzehn, vom Anlassen des Motors bis zur Straße, langsames Rollen, kaum Luftwiderstand in der Handfläche. Dann ein Dreh nach rechts auf die Straße, achtunddreißig bis zur ersten Kurve, nur ein sanfter Bogen, und neunundsechzig bis zum Ortsrand. Das Dorf war nie sehr groß gewesen.

Der Bogen nach links auf der Landstraße etwas schärfer. Fünfundsiebzig bis zum Ticken des Blinkers. Außer uns war niemand unterwegs, aber Nadine setzte den Blinker aus Gewohnheit, ehe sie von der Landstraße in den holperigen Weg einbog, der zum Tannenwäldchen führte. Dort stellten wir das Auto ab und gingen am Waldsaum entlang bis zur Böschung des Bachs. Sie fällt steil ab, wie tief, das weiß ich nicht mehr. Im Sommer ist sie tiefer als im Herbst, wenn der Bach nach endlosen Regenfällen ansteigt.

Und während Nadine die Decke im Gras ausbreitete, nahm er vielleicht die Mäntel meiner Mutter aus dem Schrank. Teure Pelzmäntel, edel und zeitlos. Und während ich den leichten Stoff von Nadines Kleid hochschob, darunter das feste, warme Fleisch ihrer Schenkel fühlte, schleppte er vielleicht ein kostbares altes Möbelstück, ein Gemälde oder einen Teppich die Treppen hinunter.

Die beiden Polizisten blieben fast den ganzen Nachmittag. Sie schauten sich im Haus um, ließen sich erklären, wie die einzelnen Zimmer früher möbliert gewesen waren, welche Teppiche auf den Böden gelegen, welche Bilder an den Wänden gehangen hatten.

Bevor sie gingen, legte der Ältere mir eine Hand auf die Schulter. Er tat es nur zögernd, wie ein Mensch, der nicht sicher ist, ob sein Gegenüber derartige Berührungen mag. Dann sagte er, man habe in Nadines Wagen einige Gegenstände gefunden. Eine kleine Kassette mit Bargeld und ein paar Schmuckstücken, die Pistolen aus dem Waffenschrank meines Vaters, zwei orientalische Brücken und den chinesischen Seidenteppich, der über dem Bett meiner Mutter an der Wand gehangen hatte. Der Polizist vermutete, Nadine habe sich damit freikaufen wollen. Dass ihr Mörder jedoch nur noch seine persönliche Rache wollte.

Nadines Beweggründe kann ich nicht nachvollziehen. Doch was ihren Mörder betrifft, konnte ich nur zustimmen.

Seit die Polizisten fort sind, sitze ich hier, bin ganz hohl im Innern und randvoll mit Erinnerungen. Es ist alles noch so frisch. Unser letzter Tag, die letzten Stunden mit ihr, von denen ich nicht ahnte, dass es die letzten waren. Unser Frühstück am Morgen, so heiter und unbeschwert wie immer. Dann standen wir zusammen am Herd in der Küche, sie ging mir zur Hand.

Kurz nach Mittag machte ich einen Spaziergang. Den ganzen Vormittag über hatte es geregnet, doch gegen Mittag wurde die Luft klar. Nadine wollte mich nicht begleiten, sprach davon, noch ein wenig Ordnung im Haus zu schaffen, fragte mich, wie lange ich wegbleiben wollte, und versprach, bei meiner Rückkehr sei der Kaffee fertig.

Unser Kaffee am Nachmittag war auch eine feste Einrichtung. Diese Stunde mit ihr im Wohnzimmer, in der sie mir regelmäßig die Post vorlas. Zwei, drei Briefe bekam ich pro Tag, meist nur Werbesendungen, in denen eine besondere Weinsorte oder sonst etwas angeboten wurde. Hin und wieder war ein Schreiben meines Anwalts dabei, manchmal ein Brief von der Bank, Kontoauszüge und dergleichen.

Und dann kam ich zurück, früher als vereinbart, weil mir unvermittelt eingefallen war, dass mein Anwalt anrufen wollte. Ich kam nicht über die Straße, nicht die Einfahrt hinauf, nicht durch die Haustür, wo Nadine mich gehört hätte. Ich kam durch den Garten, über die Terrasse. Vor Mittag hatte ich selbst die Terrassentür geöffnet. Ich wusste nicht, ob Nadine sie inzwischen wieder geschlossen hatte, streckte die Hand danach aus – und hörte sie reden.

Antwort bekam sie nicht, daraus schloss ich, dass sie telefonierte. Ihre Stimme klang gehetzt. Sie sagte, dass sie gepackt habe und gleich losfahren wolle. Die Koffer seien bereits im Auto. Sie sprach von ihrer Furcht – und von ihrem Ekel. Dass sie es keinen Tag länger ertragen könne, wie ein Stück Vieh betastet zu werden und dabei in diese Fratze zu sehen. Natürlich sei noch eine Menge zu holen, aber gefahrlos nichts mehr.

Man dürfe mich nicht unterschätzen, meinte sie. Sie jedenfalls wolle nicht in der Nähe sein, wenn ich einen Anruf von der Bank bekäme. Und damit sei jetzt jeden Tag zu rechnen. Am Morgen sei wieder ein Brief von denen in der Post gewesen. Aber mit Briefen würden sie es nicht mehr lange bewenden lassen, wenn keiner je beantwortet wurde.

Meine Hand war nicht gegen Glas gestoßen, die Terrassentür immer noch offen. Ich ging langsam auf ihre Stimme zu. Fünf Schritte bis zum Tisch, der Bogen um einen Sessel, weiter zur Tür, die in die Diele führt. Das Telefon steht in der Diele. Ich wusste nicht, ob Nadine mit dem Rücken zum Wohnzimmer stand. Wenn nicht, würde sie mich sehen.

Ich weiß nicht genau, was in mir vorging, es war so unwirklich wie ein Albtraum. Allein ihre Stimme, so hart und gewöhnlich. Einmal lachte sie kurz auf, ein ordinärer Ton. Aber sie stand mit dem Rücken zu mir. Trug bereits ihren Mantel. Und den blauen Seidenschal um den Hals. Sie legte ihn immer nur lose um, sodass ich ihn an beiden Enden greifen und zuziehen konnte. Ich wartete damit noch, bis sie den Hörer auflegte.

Sie schrie, aber nicht sehr lange und nicht sehr laut. Und selbst wenn, wer hätte sie hören sollen? Dann kam ein Röcheln, und gleich darauf legte sich ihr gesamtes Körpergewicht in die Enden des Schals. Und als ich sie losließ, folgte ein Poltern. Es war in dem Augenblick, als wäre ich selbst gestorben. Ich sah diese Bilderbuchseite vor mir, die wunderschöne Fee mit ihrem langen, weichen Haar, die einem kleinen Jungen drei Wünsche erfüllte. Und die Erfüllung all meiner Wünsche lag nun zu meinen Füßen. Ich war so unendlich glücklich gewesen mit ihr.

Als kurz darauf mein Anwalt anrief, war ich nahe daran, ihn herzubitten und alles weitere ihm zu überlassen. Aber dann wurde mir bewusst, dass ich nicht noch mehr verlieren wollte. Nicht auch noch meine Freiheit. Dass ich über lange Monate getäuscht worden war, belogen, betrogen, ausgenommen. Ich fragte mich, wie oft sie ihm wohl zugeblinzelt hatte, wenn er bei der Tür stand und uns beobachtete. Ihre sonderbare Gewohnheit fiel mir ein, meinen Kopf so mit den Händen zu umfassen, dass meine Ohren bedeckt waren, während sie mich küsste.

Und dann dachte ich an meinen Traum, an diesen unerfüllbar scheinenden Wunsch, einmal, nur ein einziges Mal ihr kleines Auto zu steuern. Was mir danach noch durch den Kopf ging, war nur ein Bündel von Zahlen, der Fahrtwind in meiner Hand und die Bewegungen, die mein Körper bei jeder Fahrt registriert hatte. Wenn ich geahnt hätte, dass Karl Schneider im Dorf war – darüber darf ich nicht nachdenken. Wie leicht hätte ich ihn überfahren können!

Den Autoschlüssel fand ich in Nadines Manteltasche. Ich zog

mir den langen Ledermantel an, um keine Spuren zu hinterlassen. Faserspuren, ich hatte schon gehört, wie verräterisch die sein können. Das klingt vielleicht, als wäre ich ganz kalt, nüchtern und rational vorgegangen, aber so war es nicht. Es war eher so, dass ein Teil von mir gar nicht registrierte, was der andere tat.

Ich zog Handschuhe über und wischte den Schlüssel sorgfältig ab, ehe ich die Autotür öffnete. Von den Koffern, die sie am Telefon erwähnt hatte, lag einer auf dem Beifahrersitz und einer auf der Rückbank. Warum sie die beiden Gepäckstücke nicht in den Kofferraum geladen hatte, fragte ich mich nicht. Und das mag als Beweis gelten, dass ich weder nüchtern noch kalt und schon gar nicht rational denken konnte. Ich lud die Koffer aus, trug sie zurück ins Haus und setzte anschließend Nadine auf den Sitz, der immer mein Platz gewesen war. Den Kofferraum habe ich nicht kontrolliert.

Ein Fehler. Als der Polizist von den Gegenständen sprach, wurde mir ganz heiß. Aber sie hatten sich ihre Version bereits zurechtgelegt, und an meiner zweifelten sie nicht. Wie sollten sie auch? Selbst wenn Karl ihnen eine Beschreibung des Fahrers gegeben hätte, sie hätten ihm doch nicht glauben können. Wie sollte denn ein Blinder Auto fahren?

Ich wartete noch, bis ich sicher sein konnte, dass es dunkel genug war. Dann drehte ich den Zündschlüssel, ließ die Seitenscheibe herunter, streckte eine Hand ins Freie und begann zu zählen. Achtzehn, vom Anlassen des Motors bis zur Straße, langsames Rollen. Dann ein Dreh nach rechts auf die Straße. Achtunddreißig bis zur ersten Kurve, nur ein sanfter Bogen, und neunundsechzig bis zum Ortsrand. Der Bogen nach links auf der Landstraße etwas schärfer. Fünfundsiebzig, ehe das Holpern begann. Am Waldsaum brachte ich das Auto zum Stehen.

Ich will nicht behaupten, es sei ein Kinderspiel gewesen oder ein Spaziergang. Ich will auch die schweißfeuchten Hände in den Handschuhen nicht verschweigen. Es war ein elendes Gefühl, hinter dem Steuer zu sitzen, das Brummen des Motors zu hören, das Rollen des Wagens zu fühlen, Nadines Nähe, aber keinen Atem neben mir. Nur die Dunkelheit, in der ich lebe. Sie war an dem Abend dunkler als jemals zuvor. Und seitdem ist es so geblieben.

Jesse James oder Billy the Kid

Es passierte vor gut einem Monat. Ich war allein in dem großen Haus, dachte ich zumindest. Es ging mir ziemlich mies an dem Abend, wieder mal Beziehungsstress, die immer gleichen Probleme mit Matthias. Und eigentlich wollte ich die Zeit, vielmehr die Einsamkeit nutzen, um in Ruhe nachzudenken und nach einer Lösung zu suchen. Dabei wusste ich längst, dass es im Prinzip nur eine einzige Lösung gab: Trennung.

Matthias und ich, wir passten einfach nicht zusammen. Und wie das so ist, wenn man etwas genau weiß und die einzig richtige Lösung seit geraumer Zeit kennt. Wenn man sich nur nicht dazu aufraffen kann, den entscheidenden Schritt zu tun, weil man eben immer noch verliebt ist, vielleicht auch nur Angst vor dem Alleinsein hat. Man lässt sich bereitwillig von äußeren Empfindungen ablenken, um nur ja nicht an den inneren zu rühren. Und äußerlich war es die Kälte, die mich den ganzen Abend beschäftigte.

Es war gerade erst Anfang Oktober und tagsüber noch ganz angenehm gewesen. Nachmittags hatte ich sogar ein Stündchen auf der Terrasse gelegen. Gegen Abend sank die Temperatur dann rapide, auch drinnen. Jedenfalls kam es mir so vor, dass es im ganzen Haus kein einziges Zimmer mehr gab, in dem es noch einigermaßen behaglich war.

Natürlich gab es eine Zentralheizung, die war auch in Betrieb. Heißes Wasser hatte ich, aber die Heizkörper in den Zimmern wurden nicht richtig warm. Ich versuchte, das zu ändern, vergebens. Und ein Feuer im Kamin hätte mir in der Küche oder einem der Gästezimmer nicht geholfen.

Also ließ ich mir ein heißes Bad ein und suchte eine Weile in den Schränken nach etwas Kuscheligem zum Einmummeln. Ich fand ein uraltes Nachthemd, blau mit winzigen Streublümchen über den Stoff verteilt, sackartig geschnitten, außen glatter, glänzender Stoff, innen angeraut, Flanell. Ein denkbar unattraktives Gewand, also passend zu meiner Stimmung. Es lag hinter einem Stapel von Seiden- und Spitzenfummeln, mit denen man einen Mann wohl bei Laune halten konnte. Wenn man jedoch fror und zitterte wie ein junger Hund, sich mies, elend und unfähig fühlte, war so ein hässliches Stück entschieden besser.

Abgesehen davon war kein Mann in der Nähe, zu diesem Zeitpunkt bestimmt nicht, da bin ich mir sicher. Im Keller gab es zwar ein paar dunkle Winkel, in denen man Deckung fand. Aber wenn da jemand gewesen wäre, hätte er sich wohl bemerkbar gemacht, als ich mir eine Flasche Wein raufholte, einen von den schweren roten, die schnell müde machen und innerlich noch etwas besser wärmen als ein heißes Bad. Die lagen zu mindestens drei Dutzend in den Regalen.

Bei der Gelegenheit habe ich mich routinemäßig davon überzeugt, dass die Außentür des Kellers verriegelt war. Anschließend auch noch einmal die Haustür und die Terrassentüren kontrolliert und die Alarmanlage eingeschaltet. Die Fenster im Erdgeschoss waren längst alle geschlossen und außerdem vergittert. Da konnte niemand rein. Und im ersten Stock gab es zwar einen Balkon vor dem großen Schlafzimmer. Aber um den zu erreichen, hätte man eine Leiter gebraucht, den Rollladen hochstemmen und die Scheibe der Balkontür einschlagen müssen. Das hätte eine Menge Lärm gemacht, wenn es überhaupt funktioniert hätte. Die Rollläden wurden nämlich alle elektrisch betrieben, die stemmte niemand so einfach in die Höhe.

Mit der Weinflasche und einem Glas verzog ich mich dann in eins der beiden Gästezimmer und verschaffte mir die nötige

Bettschwere. Nach dem zweiten Glas fielen mir die Augen fast von alleine zu, Matthias und der Stress mit ihm schienen unendlich weit weg. Ich muss wohl ziemlich schnell eingeschlafen sein und weiß noch, dass ich von der Universität geträumt habe.

Ich habe einige Semester Soziologie und Psychologie studiert, ehe ich auf Betriebswirtschaft umgestiegen bin. Während meiner sozialen Phase, so nenne ich es immer, lernte ich Matthias kennen. Es war von Anfang an eine Beziehung, auf die niemand einen Deut gab. Niemand außer mir. Der Traum hatte irgendwas mit Matthias zu tun, das weiß ich noch, aber an Einzelheiten erinnere ich mich nicht, ist ja auch nicht so wichtig.

Und plötzlich bekam ich keine Luft mehr – weil mir jemand die Hand auf den Mund presste, mir gleichzeitig mit Daumen und Zeigefinger die Nase zusammendrückte. Natürlich war ich auf der Stelle wach, riss die Augen auf, sah aber nichts. Es war so fürchterlich hell, dass ich nichts erkennen konnte. Der Typ blendete mich mit einer starken Taschenlampe.

Ich versuchte, seine Hand von meinem Gesicht zu entfernen, bekam seinen Unterarm zu packen und zerrte daran, vergeblich. Er hatte Bärenkräfte.

«Kein Laut», zischte er. «Wenn du still bist, passiert dir nichts.»

Das konnte man glauben oder nicht. Komischerweise glaubte ich es zuerst. Vielleicht ist es immer so, dass man die akute Gefahr vor sich selbst bis zur allerletzten Sekunde leugnet. Ich versuchte zu nicken, schaffte es jedoch erst, als er die Hand wegnahm.

«Steh auf», verlangte er.

Vielleicht lag es an den beiden Gläsern Wein, dass ich nicht sofort in Panik geriet. Ich war wohl erschrocken, sogar zu Tode erschrocken. Aber im ersten Moment war ich nur unendlich dankbar für das Nachthemd. Bei diesem scheußlichen, alten

Fummel könnte kein einigermaßen normal veranlagter Mann auf dumme Gedanken kommen, dachte ich.

Sehen konnte ich immer noch nichts von ihm. Er hielt unverändert die Lampe auf mein Gesicht gerichtet, stand selbst im Dunkeln. Ich schlug die Decke zurück, richtete mich auf, schwang die Beine aus dem Bett. Und dann fragte ich mich endlich, wie er hereingekommen sein mochte. Es gab nur eine Möglichkeit. Er musste einen Schlüssel haben. Und der Schlüssel allein hätte noch nicht verhindert, dass die Alarmanlage losging.

In dem Moment kam die Angst. Mein Herz machte einen Satz, dass ich dachte, es würde mir zum Hals hinaushüpfen. Ich glaubte, noch einmal unter seiner Hand zu ersticken. Kein Einbrecher! Das war mir auf Anhieb klar. Einbrecher haben keine Schlüssel und kennen bestimmt nicht die Kombination einer Alarmanlage. Und wenn sie Schlüssel haben und den Zahlencode kennen, sind sie eben nicht einfach nur Einbrecher.

Er leuchtete mich ab, als ich vor ihm stand, von oben bis unten, langsam und irgendwie genüsslich. Als ob er sich davon überzeugen wolle, dass unter dem verwaschenen Stoff etwas durchaus Interessantes zu finden sei. Dann ließ er den Lichtstrahl durchs Zimmer wandern. Ihm wurde wohl klar, dass es sich um ein Gästezimmer handelte. Es war sparsam möbliert, Bett, Schrank, Nachttisch, ein Sessel und ein kleiner, runder Tisch, und das Bett war nur für eine Person gedacht.

Ob er sich darüber wunderte, weiß ich nicht. Er gab keinen Mucks von sich. Und ich wünschte mir, ich hätte meinen Koffer ebenfalls in dem Zimmer untergebracht, hatte ich leider nicht. Mein Koffer lag zwei Türen weiter in einem überaus luxuriösen Doppelschlafzimmer, das mir nur wegen der Kälte im Haus zu groß gewesen war.

Er richtete die Taschenlampe auf die Tür und befahl: «Los!»

«Hören Sie», sagte ich. «Ich weiß nicht, was Sie wollen. Aber wenn Sie nach Wertgegenständen suchen, ich helfe Ihnen gerne dabei.»

«Quatsch nicht!», fuhr er mich an. Einen Ton hatte er am Leib, so was von grob und unhöflich. Dann packte er auch noch meine Schulter und schob mich auf den Flur hinaus. Aber man muss mit den Leuten reden, ob sie wollen oder nicht. Das lernt man im Psychologiestudium. Während er mich den Flur entlangschob, zeigte ich auf die Schlafzimmertür und sagte: «In dem Zimmer liegen zwei Ringe, Ohrstecker und ein Armband. Ich habe es eben gesehen, die Sachen liegen ganz offen auf einem Tisch.»

«Quatsch nicht!» Er klang immer noch so grob.

Wir waren bereits an der Treppe nach unten, da fügte er hinzu: «Ich will keine Ringe, keine Ohrstecker und kein Armband. Ich will nur das, was im Tresor liegt.»

Tresor. Mein Gott, was hatte ich plötzlich für eine erbärmliche Angst. Mein Kopf war mit einem Mal wie vernagelt. Er schubste mich regelrecht die letzten Stufen hinunter. Ich hatte Mühe, zu verhindern, dass ich zu Fall kam. Und dabei konnte ich immer nur denken: Tresor! Und dass er mir wehtun würde. Dass er unter aller Garantie verlangte, ich solle den Tresor öffnen. Dass er mich schlagen würde, wenn ich erklärte, ich könne das nicht. Schlagen – oder, noch schlimmer, foltern.

Ich hätte gerne gewusst, ob er eine Waffe bei sich hatte. Wahrscheinlich hatte er eine. Und ich hoffte inständig, dass es nicht bloß ein Messer war.

«Hören Sie», sagte ich wieder. Wir hatten die Diele erreicht. Er schob mich mit der Hand an meiner Schulter vor sich her auf die Bibliothek zu, schien sich sehr gut auszukennen. Logisch! Wenn er einen Schlüssel hatte! Und die Kombination der Alarmanlage kannte. Er musste die Anlage ausgeschaltet haben, sonst wäre sie längst losgegangen.

Jemand hatte ihm die Schlüssel gegeben, den Code genannt, ihm beschrieben, wo der Tresor stand. Und ihm vermutlich auch erklärt, was er tun sollte, wenn er den Tresor ausgeräumt hätte.

Ich hatte Blei in den Beinen. Die Hand auf meiner Schulter

schien aus glühendem Eisen zu bestehen. «Hören Sie», sagte ich noch einmal. «Ich kann den Tresor nicht öffnen. Ich würde es sehr gerne tun, wenn ich es könnte, wirklich, ich täte es auf der Stelle. Aber es ist unmöglich. Ich bin nämlich ...»

Erstaunlich genug, dass er mich überhaupt einige Sätze hintereinander aussprechen ließ. Aber an der Stelle unterbrach er mich dann wieder mit seinem obligatorischen: «Quatsch nicht!»

Gleichzeitig gab er mir einen Stoß in den Rücken, dass ich vorwärts taumelte und beinahe gestürzt wäre. Im letzten Augenblick konnte ich mich am Türrahmen der Bibliothek abfangen und festhalten. Ich klammerte mich mit beiden Händen am Rahmen fest, stampfte mit dem Fuß auf und schrie ihn an: «Doch, verdammt! Jetzt quatsche ich, und Sie werden mir zuhören. Ich bin Studentin und verdiene meinen Lebensunterhalt damit, in fremden Häuser zu wohnen. Verstehen Sie? Homesitting nennt sich das. Ich wohne im Haus, wenn die Eigentümer nicht da sind. Ich kümmere mich um die Blumen, nehme die Post aus dem Kasten, hole morgens die Zeitung rein, schalte abends das Licht ein. Wenn Tiere im Haus sind, versorge ich die auch. Aber hier sind keine.»

Ich konnte nicht sehen, wie er mich anstarrte, weil er mir wieder ins Gesicht leuchtete und selbst im Dunkeln stand. Aber garantiert starrte er mich an, und garantiert grinste er auch dabei. Ich konnte mir auch denken, warum. Ich sah nicht mehr aus wie zwanzig, und Studentinnen sind ja normalerweise noch so jung. Ich war siebenundzwanzig, aber ich hatte schon immer etwas älter ausgesehen. Und in der Nacht sah ich bestimmt viel älter aus.

Da kam es auch schon. Er lachte, richtig laut und gemein. «Hältst du mich für blöd? Du, eine Studentin? Das sind doch meist ganz junge Dinger.»

«Es gibt auch ältere», sagte ich. «Ich habe gewechselt, nach etlichen Semestern ein anderes Fach gewählt. Da musste ich noch einmal von vorne anfangen. Deshalb bin ich ja auch darauf angewiesen, mir meinen Lebensunterhalt zu verdienen. Bafög gibt es nur, wenn man in der Regelstudienzeit fertig wird.»

Ich hörte, wie er in einer Tasche kramte, entweder eine Hosen- oder eine Jackentasche. Erkennen konnte ich nichts, obwohl ich die ganze Zeit gegen das grelle Licht anblinzelte. Dann streckte er mir eine Fotografie entgegen. «Bist du das?», fragte er. «Oder bist du das nicht?»

«Darf ich mal Licht machen?», fragte ich meinerseits. «Ihre Lampe blendet mich. Ich kann überhaupt nichts erkennen.»

Er gab sich großzügig. «Von mir aus.»

Als ich das Licht in der Bibliothek eingeschaltet hatte, steckte er seine Taschenlampe ein, zog stattdessen eine Pistole aus dem Hosenbund. Gott sei Dank kein Messer. Pistolen fand ich irgendwie gnädiger. Wenn man schon sterben soll und so ein Kerl richtig zielt, geht es wenigstens schnell. Viel mehr als einen Schlag soll man angeblich nicht spüren, habe ich mal gelesen. Und mit einem Messer, nein, das wollte ich mir lieber gar nicht vorstellen.

Es war eine ziemlich große Pistole. Er richtete sie sofort auf meinen Kopf, auch dabei grinste er. Aber so bei Licht betrachtet, sah er nicht übel aus. Er mochte Ende zwanzig, Anfang dreißig sein, hatte eine gute Figur, durchtrainiert wie ein Sportler, ein schmales Gesicht, Dreitagebart, dunkles, verwuscheltes Haar und schön geformte Lippen.

Ich schaute ihn mir ganz genau an – für eine eventuelle spätere Personenbeschreibung. Eigentlich sah er nicht gefährlich aus. Aber wem sieht man die schwarze Seele schon an? Er hatte eine gewisse Ähnlichkeit mit einem Schauspieler, kein richtiger Schauspieler, einer aus der Werbung. Man sah ihn meist in Illustrierten, aber in Fernsehwerbespots hatte ich ihn auch schon gesehen. Er warb für eine Pflegeserie. Ich kam nicht auf die Marke, deshalb nannte ich den nächtlichen und ungebetenen Besucher dann still für mich den Deo-Mann.

Nachdem ich ihn eingehend gemustert hatte, schaute ich mir

das Foto an, das er mir gegeben hatte. Eine gewisse Ähnlichkeit war nicht zu leugnen. Trotzdem sah das Gesicht auf der Fotografie ganz anders aus als meines. Es war perfekt, makellos, ebenmäßig durch ein ausgezeichnetes Make-up. Mein Gesicht dagegen wirkte fleckig und verquollen.

Die Frisur war auch völlig anders als meine. Auf dem Foto schulterlanges, sehr dichtes, lockiges und hellblondes Haar. Das auf meinem Kopf war kurz, glatt, entsetzlich dünn und rot. Kein schönes, warmes Rot, einer von diesen scheußlichen Rottönen, bei dem die Männer immer nur an Karotten denken. Matthias jedenfalls hatte schon mehr als einmal erklärt, beim Anblick meines Haares bekäme er regelmäßig Appetit auf ungarischen Möhreneintopf. Ich hatte es mal färben lassen, wollte mir auch eine leichte Dauerwelle legen lassen. Doch davon hatte der Friseur mir dringend abgeraten. So viel Chemie hätten die dünnen Strähnen nicht verkraftet.

Der Deo-Mann grinste immer noch. Aber die Unterschiede zwischen der Frau auf dem Foto und mir musste schließlich auch er bemerken.

«Das ist Frau Torwesten», sagte ich. «Ich weiß, dass ich ihr ein bisschen ähnlich sehe. Und ich gäbe eine Menge dafür, wenn es mehr wäre als nur ein bisschen. Aber ich kann es mir nicht leisten, regelmäßig zu einer guten Kosmetikerin zu gehen. Frau Torwesten geht zweimal in der Woche und genauso oft zum Friseur. Sie ist gestern früh verreist. Deshalb bin ich hier. Nicht zum ersten Mal übrigens, was aber nicht heißt, dass ich den Tresor öffnen kann.»

Was ich erzählte, beeindruckte ihn nicht. Sein Grinsen wurde noch ein bisschen breiter. «Verreist», meinte er gedehnt. «Womit denn? Mit dem Fahrrad? Damit du mit ihrem Schlitten durch die Gegend kutschieren kannst?»

Er machte eine winzige Pause, nickte versonnen. Wenn er dabei nur nicht so gemein gegrinst hätte. Dann sprach er weiter. «Ich sag dir was, Täubchen. Du kannst verkohlen, wen du willst, aber mich nicht. Mich verkohlt keiner. Ich bin seit gestern in der Gegend und hab dich zweimal gesehen. Einmal, wie du mit dem Schlitten vom Einkaufen zurückkamst, und einmal in so einem teuren Fummel auf der Terrasse. Und jetzt erzähl mir nicht, du kannst dir von dem Geld, was du mit deinem Sitting verdienst, solche Nobelklamotten leisten.»

Ich wollte ihm erklären, dass ich weder Frau Torwestens Auto fahren noch ihre Sachen anziehen durfte. Aber wenn so ein toller Wagen in der Garage stand und der Schlüssel auf dem Kaminsims lag, weil die Dame des Hauses ein Taxi zum Flughafen genommen hatte! Und warum sollte eine arme Studentin in einem Haus, in dem sich sonst niemand aufhielt, nicht mal ein paar von den Sachen anprobieren, die im Schrank hingen?

Nur ließ er mich nicht zu Wort kommen, zeigte mit der Pistole an mir vorbei in die Bibliothek. «Du machst jetzt den Tresor auf», verlangte er. «Danach gehen wir zwei nach oben und machen es uns dort gemütlich. Wenn du richtig nett zu mir bist, mache ich es dafür anschließend ganz kurz und schmerzlos.»

Ich fühlte, wie mir das Blut aus dem Kopf wich. Es versackte in den Beinen, machte sie so schwer, dass ich mich kaum noch darauf halten konnte. Und er sprach immer noch. «Dein Alter meinte zwar, ich soll nicht zu zimperlich mit dir umgehen. Damit das hier auch nach was aussieht. Aber man ist ja kein Unmensch. Eine Frau durch die Hölle schicken, ehe man ihr das Licht auspustet, ist nicht meine Art.»

Vielleicht war es ganz gut, dass ich ihm nicht gleich hatte antworten können. Als er endlich schwieg, hatte ich wenigstens wieder genug Luft, um ein paar Worte herauszuwürgen. «Wenn Sie mich umbringen, haben Sie nur einen Mord am Hals und sonst gar nichts. Ich glaube kaum, dass Herr Torwesten Sie dafür bezahlen wird, dass Sie eine Studentin umbringen. Er bezahlt Sie doch, nicht wahr? Er hat Sie hergeschickt, damit Sie seine Frau erschießen.»

Das Nicken konnte ich nicht verhindern, die Bitterkeit in der Stimme auch nicht. «Jetzt verstehe ich einiges», sagte ich. «Deshalb war die arme Frau gestern früh so hektisch und aufgelöst. Sie muss geahnt haben, dass ihr Mann sie beseitigen lassen will. Aber das funktioniert nicht, denken Sie doch mal nach. Ohne Schlüssel und den Code für die Alarmanlage kann hier niemand rein. Die Polizei wird also sehr schnell darauf kommen, dass Herr Torwesten dahinter steckt. Und Sie glauben hoffentlich nicht im Ernst, dass der feine Herr den Mund hält und Sie aus dem Spiel lässt. Bestimmt nicht, wenn Sie die Falsche erwischt haben.»

Er antwortete nicht, starrte mich nur an. Die Augen leicht zusammengekniffen, die Stirn in Denkfalten gelegt. Ich konnte förmlich sehen, wie es dahinter arbeitete.

«Wollen Sie es darauf ankommen lassen?», fragte ich. «Gut, dann drücken Sie ab. Ob Sie mich jetzt oder später erschießen, macht keinen Unterschied. Den Tresor kann ich nämlich wirklich nicht öffnen. Wenn Sie vorher noch mit mir schlafen wollen, bitte schön, gehen wir nach oben und tun es. Wir können uns auch vor den Kamin ins Wohnzimmer legen. Das wäre romantisch, finden Sie nicht? Wenn Sie den Kamin anzünden, wäre ich Ihnen auch noch dankbar. Dann könnte ich mich noch einmal aufwärmen, bevor ich sterbe. Ich friere nämlich schon den ganzen Abend, habe die Heizung nicht richtig in Gang gebracht. Und damit hätte Frau Torwesten bestimmt kein Problem, oder sehen Sie das anders?»

Was ich zuletzt gesagt hatte, schien ihn doch ein bisschen zu verunsichern. Er legte den Kopf etwas zur Seite, schaute mich misstrauisch und zweifelnd an. Aber dann wollte er nur wissen: «Du würdest freiwillig mit mir bumsen?»

«Bumsen nicht», sagte ich. «Ich mag so ordinäre Ausdrücke nicht. Aber freiwillig schon. Warum auch nicht? Sie sind doch ein attraktiver Mann. Im Vergleich mit Ihnen ist mein Freund nur ein mickriges Würstchen. Und er hat seit Wochen nicht mehr mit mir geschlafen. Wir hatten einen fürchterlichen Streit. Ich habe den ganzen Abend überlegt, ob ich endlich Schluss mit ihm machen soll.»

«Dein Freund», meinte er und strich sich mit einer Hand übers stoppelige Kinn. Anscheinend wusste er nicht mehr, was er glauben und denken sollte.

Ich nickte kurz und sprach weiter, nicht zu hastig, aber sehr bestimmt. «Die Sache mit dem Auto und dem Kleid von Frau Torwesten kann ich erklären. Sie müssen mir nur versprechen, es niemandem zu erzählen. Sonst bekomme ich Ärger und wahrscheinlich nie mehr so einen Job. Das ist mir natürlich nicht erlaubt. Aber mir ging es ziemlich mies in den letzten Tagen, da wollte ich mich auch mal toll fühlen.»

Jetzt nickte er, wie es schien, war er endlich bereit, mir zu glauben. Ich erzählte ihm auch noch, dass Frau Torwesten ein Taxi zum Flughafen genommen habe, weil sie zu aufgelöst gewesen sei, um selbst Auto zu fahren. Dass ich annahm, sie sei nach München geflogen, weil ihr Mann sich dort zurzeit aufhielt.

Das wusste er wahrscheinlich nicht. Ich nahm an, dass der feine Herr ihm nur gesagt hatte, er selbst sei in der Nacht nicht da, als er den Auftrag erteilte, die werte Gattin auf bestialische Weise aus der Welt zu schaffen. Als ob ein gut gezielter Schuss nicht gereicht hätte. Aber da war wohl eine Menge Hass im Spiel. Es verhielt sich nämlich so, dass Frau Torwesten das Geld hatte und er nur eine hübsche Fratze. Und in letzter Zeit hatte sie ihn wohl für seine Verhältnisse zu kurz gehalten.

Mein Mörder in spe hörte aufmerksam zu, als ich behauptete, die arme Frau sei ihrem Mann vermutlich nachgereist, um ihn in flagranti mit einer anderen zu ertappen. Und dazu hätte sie sich wohl sehr plötzlich entschlossen, weil sie mich nämlich gestern in aller Herrgottsfrühe aus meinem Bett geklingelt und gleich anschließend aus meiner Studentenbude abgeholt hätte.

Dass ich mir dann den Prachtschlitten aus der Garage für eine kleine Spritztour geborgt hatte, um mich fürs Wochenende mit ein paar Lebensmitteln einzudecken. Wann hatte eine arme Studentin denn sonst Gelegenheit, ein Mercedes-Coupé zu fahren?

Er nickte wieder, ein bisschen gedankenverloren. Und ich wusste nicht, was ich noch sagen könnte, um ihn endgültig davon zu überzeugen, dass er die falsche Frau vor sich hatte.

«Was ist nun?», fragte ich. «Gehen wir nach oben oder ins Wohnzimmer? Ein Bett ist natürlich bequemer. Aber vielleicht könnten Sie vorher versuchen, die Heizung einzuschalten. Männer haben doch mehr Ahnung von Technik. Wahrscheinlich muss man nur ein paar Knöpfe drücken, damit die Heizkörper warm werden. Ich habe es schon versucht, aber ich hatte Angst, dass mir der Kessel um die Ohren fliegt, wenn ich etwas falsch mache. Die Heizung wird mit Gas betrieben. Vor Gas hatte ich schon immer Angst.»

Blödsinn. Angst vor Gas! Früher hatte ich welche gehabt, aber heutzutage wusste doch jedes Kind, dass moderne Heizanlagen absolut sicher waren. Vor ihm hatte ich Angst, panische Angst inzwischen, trotz – oder gerade wegen – seiner nachdenklichen Miene. Wer wusste denn, was ihm durch den Kopf ging? Vielleicht wurde ihm gerade bewusst, dass er nicht einfach wieder verschwinden konnte. Ich hätte ihm doch augenblicklich die Polizei auf den Hals gehetzt.

Er musste mich umbringen. Und wenn er nicht Frau Torwesten, sondern eine Studentin erwischte, würde sich die Polizei vielleicht nicht so großartige Gedanken über die Frage machen, wie er ins Haus gekommen wäre. Die Studentin hätte ja ihren Freund zu einem netten Abend in eine schmucke Villa einladen können – vielleicht um eine Versöhnung herbeizuführen. Dass ich einen fürchterlichen Streit mit Matthias gehabt hatte, hatte ich ihm ja erzählt. Ich hatte zwar keinen Namen genannt, nur von meinem Freund gesprochen, aber das war nebensächlich. Es wäre also wieder zu einer Auseinandersetzung gekommen. Und diesmal hätte es tödlich für die Studentin geendet.

Aber wenn er so weit dachte, musste ihm auch klar sein, dass er mich nicht erschießen durfte. Freunde von Studentinnen schleppen normalerweise keine Schießeisen mit sich herum. Er müsste ein Messer nehmen – oder seine Hände. Mich erwürgen, erschlagen, erdrosseln. Mir wurde furchtbar übel bei meinen Gedanken.

Wenn ich nur gewusst hätte, was hinter seiner Stirn vorging. Ob er sich überlegte, dass ich ihn austricksen könnte, wenn er mit mir in den Keller ging. Ich hätte ihn im Heizraum einsperren können. Daran dachte ich flüchtig. Aber angesichts seiner Pistole war das wohl keine gute Idee. Er musste ja nur auf das Schloss schießen. Und ich hatte noch nie zuvor so gerne gelebt wie an dem Abend, vielmehr in der Nacht. Inzwischen war es nämlich weit nach Mitternacht und lausig kalt.

Meinen Vorschlag, nach der Heizung zu sehen, hatte er noch nicht aufgegriffen. Ich hakte noch einmal nach und überlegte, wie ich es anstellen könnte, am Leben zu bleiben. Irgendwie musste ich ihm klar machen, dass ich ihn nicht verpfeifen würde, dass ich auf seiner Seite war. So nach dem Motto: Wir wollen doch alle leben! Wie er da vor mir stand, so misstrauisch und nachdenklich.

Vordringlich musste ich ihm wohl begreiflich machen, dass ich keine Gefahr für ihn darstellte. Ich legte beide Hände auf den Rücken und sagte: «Sie können mir die Hände zusammenbinden, wenn Sie mir nicht trauen. In der Küche ist Paketschnur. Es macht mir nichts aus, wenn Sie dafür nur die Heizung in Gang bringen.»

Also gingen wir erst mal in die Küche. Ich zeigte ihm, wo die Schnur lag, und er band mir die Hände zusammen. Nicht auf dem Rücken und irgendwie behutsam. Er zog den Knoten nicht fest an. Wenn ich gewollt hätte, hätte ich mich wahrscheinlich schnell von der Fessel befreien können.

Dann dirigierte er mich die Kellertreppe hinunter. Wo der Heizungsraum lag, wusste er nicht, aber das wusste ich ja. Während er sich den Kessel anschaute und ein paar Knöpfe ausprobierte, fragte ich ihn, wie viel man ihm für die Ermordung von Frau Torwesten geboten hätte. Fünfzigtausend, sagte er. Die sollten im Tresor liegen.

«Und wie ist Herr Torwesten an Sie gekommen?», fragte ich weiter. «Ich meine, Sie geben ja bestimmt keine Inserate auf. Sind Sie in gewissen Kreisen bekannt als Mietkiller? Haben Sie so was schon öfter gemacht?»

Darauf bekam ich keine Antwort. Ansonsten erzählte er bereitwillig – und bewies damit, dass er sich absolut sicher fühlte und ich wohl anfangen sollte, meine letzten Stunden zu zählen. Getroffen hatte er seinen Auftraggeber nur einmal. Die Schlüssel und die Zahlenkombination für die Alarmanlage hatte er per Post zugeschickt bekommen. Und am Telefon genaue Anweisungen erhalten, wie er vorgehen sollte.

Ins Haus eindringen, Alarmanlage ausschalten, sich den Tresor öffnen lassen, seinen Lohn nehmen. Anschließend die Frau töten und sie dabei so übel wie möglich zurichten. Danach sollte er sämtliche Rollläden hochfahren und von außen eine der Terrassentüren einschlagen. Dann hätte es so ausgesehen, als wäre es tagsüber passiert. Kein schlechter Plan. Auf den Auftraggeber wäre kaum ein Verdacht gefallen.

«Und wer garantiert Ihnen, dass wirklich fünfzigtausend im Tresor liegen?», fragte ich. «Nehmen wir mal an, das Geld ist nicht da. Sie können Ihr Honorar doch nicht einklagen. Dann haben Sie die Arbeit geleistet, und Herr Torwesten lacht sich ins Fäustchen.»

Er grinste wieder, richtig lausbubenhaft. «Mich hat noch keiner aufs Kreuz gelegt», erklärte er. «Und der Erste, der es versuchen will, sollte vorher besser sein Testament machen.»

«Sie würden Ihren Auftraggeber umbringen?»

Endlich hatte er den richtigen Knopf gefunden, der Heizkessel sprang mit einem sanften Rauschen an. Mein Mörder in spe nickte zufrieden, einmal aus Freude über den Erfolg und dann zur Bestätigung meiner Frage. «Den mit Genuss», teilte er mit. «Gegen saubere Arbeit habe ich nichts. Kurz und schmerzlos ist meine Devise. Aber wer so was verlangt, eine Frau zu quälen, das ist eine Sauerei. Dass er sie nicht ausstehen kann und ihr irgendwas heimzahlen will, ist sein Problem, nicht meins.»

Kurz und schmerzlos, dachte ich, könnte vielleicht ein Trost sein in der allerletzten Sekunde. Aber verdammt, ich wollte auch nicht kurz und schmerzlos sterben.

«Es würde mich interessieren», sagte ich, während wir wieder die Treppe hinaufstiegen, «ob das Geld wirklich im Tresor ist. Nach dem zu urteilen, was Frau Torwesten mir bisher über ihren Mann und ihre Ehe erzählt hat, glaube ich das nämlich nicht. Der lässt überall anschreiben, beim Friseur, an der Tankstelle, beim Schneider. Sie bezahlt seine Rechnungen, hält ihn wohl ziemlich kurz.»

Wir waren wieder in der Diele. Ohne dass ich ihn besonders dazu auffordern musste, machte er sich an der Schnur zu schaffen, löste den Knoten. Dann griff er nach meinem linken Handgelenk und schaute es sich genau an. Obwohl die Schnur nicht sehr fest gebunden gewesen war, hatte sie sich auf der Haut abgezeichnet. Er rieb mit dem Daumen über den Striemen, führte mein Handgelenk zum Mund und drückte kurz die Lippen darauf. Anschließend machte er dasselbe mit dem rechten Arm, grinste mich dabei wieder an. Wahrscheinlich hielt er das für ein verheißungsvolles Lächeln.

«Ja», sagte er gedehnt, «die Heizung läuft, jetzt können wir zum gemütlichen Teil kommen.» Wenn er diese grässliche Pistole nicht gehalten hätte ...

«Interessiert es Sie denn gar nicht, ob das Geld im Tresor ist?», fragte ich.

Er zuckte mit den Achseln. «Im Moment weniger», sagte er.

«Die Frau ist nicht da, du kriegst das Ding nicht auf. Was soll ich mir da den Kopf zerbrechen?»

«Wir haben Zeit», sagte ich. «Das ganze Wochenende. Wir könnten es wenigstens mal versuchen. In Filmen sieht das immer so einfach aus. Die legen ihr Ohr an die Tresortür und drehen das Rad. Ich habe ein gutes Gehör.»

Auf seinem Gesicht machte sich Ungläubigkeit breit. «Das ist nicht dein Ernst.»

«Doch», sagte ich. «Mein voller Ernst. Wenn wir es jetzt nicht versuchen, kriegen Sie Ihr Geld nie. Ihren Auftrag können Sie ja nicht ausführen. Für meinen Tod bezahlt Herr Torwesten bestimmt nicht. Er kann es sich danach auch nicht mehr leisten, seine Frau beseitigen zu lassen, jedenfalls nicht in nächster Zeit.»

Vielleicht war es verrückt, ihn erneut mit der Nase darauf zu stoßen und auch noch weiter zu sprechen. «Wenn Sie mich nicht umbringen, kommen Sie bei Frau Torwesten aber auch nicht mehr zum Zuge, weil ich die Frau warnen werde. Das muss ich einfach tun. Ich hoffe, Sie verstehen das. So oder so, Sie gehen leer aus. Aber wenn wir den Tresor aufbekommen, können Sie sich ohne jedes Risiko bedienen. Ich werde Sie nicht verpfeifen. Frau Torwesten wird die Fünfzigtausend nicht vermissen, weil sie nichts davon weiß. Hier sieht ja auch nichts nach einem Einbruch aus. Und Herr Torwesten kann Sie kaum wegen Diebstahl anzeigen.»

Das leuchtete ihm ein. Er spähte über meine Schulter in die Bibliothek. Die Aussicht auf leicht verdientes Geld schien ihm eine erfreuliche. Er hob noch einmal die Achseln, ließ sie wieder sinken, nickte und erklärte dabei: «Na schön, probieren können wir es ja mal.»

Der Tresor befand sich in einem der raumhohen Regale, sehr einfallsreich getarnt durch drei dicke Wälzer, die rasch beiseite geräumt waren. Während er das besorgte – er war wirklich bestens instruiert, fand auf Anhieb die richtigen Bücher –, fragte ich ihn: «Wie heißen Sie eigentlich?»

Wenn man die Leute mit Namen ansprechen darf, wird es ja ein bisschen persönlich. Und wenn es persönlicher wird, schießt es sich vielleicht nicht mehr so schnell.

«Jesse James», sagte er. «Oder Billy the Kid, kannst du dir aussuchen.»

«Ich heiße Monika», sagte ich und streckte ihm die Hand entgegen. Er ergriff sie nicht, starrte die frei geräumte Tresortür an und zog die Stirn in Gewitterfalten. Es war ein sehr kritischer Moment. Da hatte ich ihm nun Appetit auf ein nettes Sümmchen leicht verdientes Geld gemacht, und er sah sich gleich wieder darum betrogen. Auf der Tresortür befand sich zwar so ein Rad zum Einstellen der Kombination, aber direkt daneben war auch ein Schlüsselloch.

«Scheiße», fluchte er. «Da kannst du horchen, bis du schwarz wirst. Das hast du doch garantiert gewusst. Du hast doch hier bestimmt schon überall rumgeschnüffelt. Du verarschst mich nur, erzählst mir, du willst freiwillig mit mir pennen, und kommst immer mit was anderem, damit ich mir das aus dem Kopf schlage.»

Zwei Sekunden lang war ich überzeugt, dass er jetzt schießt. Wie er die Tresortür anstierte. Und dann mich. Und dabei zog er die Pistole, die er zum Ausräumen der Bücher zurück in den Hosenbund gestopft hatte, erneut hervor, richtete sie auf mich. Als er sie langsam anhob, bis der Lauf genau auf meine Stirn zeigte, als er brummte: «Aber mich verarscht keiner, schon gar nicht ein Weib», da rannte ich los.

«Warten Sie!», rief ich. «Nicht schießen! Ich habe doch alle Schlüssel! Frau Torwesten hat mir gestern früh ihren Schlüsselbund hier gelassen. Sonst hätte ich ja ihr Auto nicht nehmen können. Ich glaube, da ist auch der Tresorschlüssel dran. Es ist jedenfalls einer dabei, der anders aussieht als normale Schlüssel.»

Ob er das noch verstand, weiß ich nicht. Weil ich schon bei den ersten Worten durch die Halle hetzte, beim Schlüsselbund bereits die Treppe hinaufstolperte. Der Bund war in meiner Handtasche. Und die lag zusammen mit dem Koffer im Schlafzimmer. Nicht im Gästezimmer, wo er mich aufgespürt hatte. Er mochte wer weiß was für Schlüsse daraus ziehen.

Ich stürmte die letzten Stufen hoch, flehte alle Heiligen im Himmel an, dass sie mich schneller sein ließen als ihn. Aber in dem verfluchten Nachthemd. Es reichte bis auf die Fußknöcheln. Und weit geschnitten war es nicht. Gerade auf der Treppe war es hinderlich. Er folgte mir natürlich. Bevor ich die Schlafzimmertür erreicht hatte, holte er mich ein, riss mich an der Schulter zurück, wirbelte mich zu sich herum, dass ich gegen ihn prallte und in einem Reflex beide Arme um seine Taille schlang.

«Moment, Täubchen», keuchte er. «Nicht so eilig.»

Für Sekunden standen wir da wie ein Liebespaar. Er mit dem Arm um meine Schultern, ich mit beiden Armen um seine Taille. Mir schlug das Herz bis zum Hals heraus. Und Jesse James oder Billy the Kid grinste diabolisch, deutete mit dem Kinn zur Schlafzimmertür. «Ist da ein Ballermann drin? Oder willst du mir jetzt erzählen, du kannst es nicht abwarten? So schnell hab ich ja noch keine flitzen sehen, die mit mir ins Bett steigen wollte.»

Mitten im Satz griff er mit der freien Hand in den Halsausschnitt des Nachthemdes und riss mit einem Ruck das Oberteil in zwei Stücke. Es wurde vorne geknöpft, sämtliche Knöpfe sprangen auf einmal ab, kullerten über den Boden, ein paar hörte ich unten in der Diele auf den Fliesen klimpern. Er griff auch gleich zu, nicht so fest wie erwartet, sondern beinahe zärtlich.

Büstenhalter trug ich nachts nie. Eigentlich hätte ich auch tagsüber keinen gebraucht, so viel ist es nicht. Aber auch ein bisschen kann durchaus empfindsam sein. Und was er da mit mir anstellte, er hatte sanfte Hände, hatte ich nicht erwartet. Mir wurde warm dabei, gleichzeitig bekam ich eine Gänsehaut. Und er ein verdächtiges Glitzern in die Augen. Sein Gesicht kam näher. Er küsste mich, war wirklich zärtlich. Bestimmt war er ein guter Liebhaber. Wäre da nicht die Hand in meinem Genick gewesen, die Pistole, deren Lauf ich deutlich auf der Kopfhaut fühlte, ich hätte es vielleicht genießen können.

Immer noch küssend und meine Brüste streichelnd, schob er mich rückwärts auf die Schlafzimmertür zu. Um sie zu öffnen, musste er die Hand aus meinem Genick nehmen. Er legte den Arm aber gleich wieder darum, als er die Tür geöffnet hatte. Schob mich weiter zum Bett. Die Kante stieß mir gegen die Waden. Er gab mir noch einen leichten Schubs, und ich lag da.

Aber da lag auch der Koffer, auf der anderen Hälfte des Bettes. Und gleich daneben meine Handtasche. Jesse James oder Billy the Kid machte sich daran, mit einer Hand seine Jeans zu öffnen. Mit der anderen fuchtelte er immer noch herum, samt Pistole natürlich. «Zieh den Sack aus», verlangte er.

Ich schäme mich nicht dafür. Warum auch? Er hatte eine Waffe, er hätte mich zwingen können. Ich habe darüber nachgedacht, ob ich es nicht einfach tun sollte. Das Nachthemd ausziehen, zärtlich sein, ihn richtig verwöhnen. Aber dann dachte ich, dass mir damit noch lange nicht geholfen wäre. Ich zeigte mit einer Hand nach hinten auf meine Handtasche.

«Ich wollte doch nur die Schlüssel holen», sagte ich. Es war wohl eher ein Stammeln. Mir war immer noch so warm, und das Herz brach mir fast die Rippen. «Ich habe meine Sachen hier hinein gestellt, weil ich eigentlich hier schlafen wollte. Das Zimmer ist so schön und groß. Und Frau Torwesten hätte bestimmt nichts dagegen gehabt. Aber die Bettwäsche war nicht frisch.»

Den Reißverschluss hatte er bereits heruntergezogen. Er hielt inne, zeigte mit der Pistole auf meine Tasche. «Dann nimm sie raus. Aber ganz vorsichtig. Keine Mätzchen. Ich bin sehr schnell mit dem Ding.»

Ich drehte mich auf den Bauch, bekam die Tasche zu fassen und zog sie zu mir herüber. Öffnete sie, nahm den Schlüsselbund heraus. Er zog den Reißverschluss seiner Jeans mit einem Ruck in die Höhe und stellte mit einem traurigen Unterton in der Stimme fest: «Du willst überhaupt nicht mit mir in die Kiste, gib es zu. Aber ich könnte es auch mit Gewalt tun. Und wenn ich das will, krieg ich dich so oder so. Denk mal drüber nach bei der Arbeit.»

«Mache ich», flüsterte ich und stand vom Bett auf.

Dann stand ich vor dem Tresor und presste mein Ohr gegen die Stahltür. Er hatte mir einen Stuhl aus der Küche geholt, weil ich sonst nicht herangereicht hätte. Ich stand da mit angewinkelten Knien, krummem Rücken und schweißnassen Händen, den Kopf ins Regal gezwängt, drehte am Einstellrad und – ja, was soll ich noch sagen.

Den Tresor zu öffnen war ein Kinderspiel. Dreiundzwanzig links, siebzehn rechts, vierundvierzig links, ich konnte wirklich hören, wie es bei den Ziffern klickte. Und natürlich passte einer von den Schlüsseln ins Schloss. Dann war die Tür auf. Es lagen eine Menge Umschläge im Tresor, auch einige Schmuckstücke. Aber in keinem Umschlag befanden sich fünfzigtausend. Es war überhaupt kein Geld da, nur Papierkram. Geschäftsunterlagen, Verträge und so weiter.

Jesse James oder Billy the Kid bekam einen Tobsuchtsanfall, führte mitten in der Bibliothek einen Veitstanz auf, fuchtelte mit seiner Pistole herum, dass ich nur noch die Augen schließen und beten konnte. Er heulte wie ein Wolf: «Den mach ich kalt. Den knall ich ab. Das elende Schwein. Der ist bereits tot. Er weiß es nur noch nicht. Dem jag ich eine Kugel direkt zwischen die Augen.»

Das hat er getan. Er dachte nicht mehr daran, mit mir ins Bett zu steigen. Er dachte nicht einmal mehr daran, eine Zeugin aus der Welt zu schaffen, die ihm gefährlich werden könnte. Er stürmte einfach aus dem Haus, sprang in sein Auto und raste los. Ich war noch einmal davongekommen. Aber mein Leben hatte an zwei seidenen Fäden gehangen.

Zufälle, pure Zufälle hatten es gerettet, das war mir nur zu bewusst. Dass ich morgens meine Perücke zum Friseur gebracht und sie nicht wie sonst am Nachmittag hatte wieder abholen können. Sie waren eben nicht dazu gekommen, meine Haare zu machen, hatten wohl viel Kundschaft gehabt. Wenn die Perücke wie üblich im Schlafzimmer gestanden hätte. Zum Glück stellte ich den leeren Kopf immer in den Kleiderschrank.

Und wenn ich nicht freitags den Tresor geöffnet hätte, um mir einen Vertrag noch einmal genauer anzuschauen. Wenn ich dabei nicht auf diesen Umschlag aufmerksam geworden wäre, von dem ich genau wusste, dass ich ihn nicht in den Tresor gelegt hatte. Dabei habe ich blöde Gans mir nicht einmal großartig Gedanken darüber gemacht, wo Matthias die Fünfzigtausend hergenommen hatte und welchem Zweck das Geld dienen sollte. Ich habe es nur zur Bank gebracht, weil ich es nicht mag, viel Bargeld im Haus zu haben. Alarmanlage, Sicherheitsschlösser und Tresor hin oder her. Hilft einem alles nichts, wenn plötzlich jemand mit einer Pistole herumfuchtelt.

Zwei seidene Fäden, wahrscheinlich waren es sogar vier oder fünf oder sechs. Wenn ich nicht einen Koffer gepackt hätte, um meinem werten Herrn Gemahl nachzureisen. Und dann hatte ich doch den Mut nicht aufgebracht, mir Gewissheit zu verschaffen, dass ich nach Strich und Faden betrogen wurde. Ich hatte ja auch meine Haare nicht rechtzeitig zurückbekommen und wollte nicht mit dünnen, karottenroten Strähnen nach München fliegen.

Wenn ich den Koffer nicht zugemacht, mich in meinem Elend nicht in eins der Gästezimmer verkrochen hätte. Im eigenen Bett hätte ich kaum eine Chance gehabt. Da hätte mir auch das Nachthemd meiner Mutter nicht geholfen, das ich vor Jahren in einem Anfall von Sentimentalität aus einem Beutel gefischt hatte, der zur Altkleidersammlung gehen sollte.

Wenn Jesse James oder Billy the Kid mir die Handtasche weggenommen hätte, um die Schlüssel selbst herauszunehmen. Dann wären ihm auch meine Ausweispapiere in die Finger gefallen. Wenn er nur halb so gutgläubig gewesen wäre oder nicht gar so versessen darauf, mit mir zu schlafen ...

Aber Illusionen machte ich mir nicht, als er losfuhr. Ich wusste, er würde zurückkommen. Er hatte ja immer noch die Schlüssel. Und ich wusste auch, dass ich ihn bei der Polizei nicht erwähnen durfte. Sie kamen am Sonntagnachmittag und teilten mir schonend mit, mein Mann sei Opfer eines Verbrechens geworden. Aus einem fahrenden Wagen heraus mitten in die Stirn geschossen, als er gerade das Hotel verließ.

Es gab zwar etliche Zeugen, doch keiner konnte das Auto genau beschreiben, vom Fahrer ganz zu schweigen. Die Polizei vermutete ein Eifersuchtsdrama, und da kamen einige gehörnte Ehemänner und betrogene Freunde in Frage. Matthias hatte es allein im letzten Jahr mit vier verschiedenen Frauen getrieben.

An einen bezahlten Killer dachte niemand. Aber bezahlt worden war Jesse James oder Billy the Kid ja auch noch nicht. Mit bürgerlichem Namen hieß es übrigens Markus Kaschnik. Und er vermutete, nicht völlig zu Unrecht, dass ich den Spieß umgedreht hatte.

Er kam dienstags, wieder in der Nacht. Aber es gelang ihm nicht, mich noch einmal im Schlaf zu überraschen. Ich hatte schon auf ihn gewartet. Und inzwischen hatte ich auch meine Perücke abgeholt, fühlte mich damit einigermaßen sicher, schön und stark. Stark nicht nur wegen der wallenden Mähne auf meinem Haupt. Meinem Vater war ich so lange um den Bart gegangen, bis er bereit war, mir vorübergehend seine Pistole zu borgen. Wo ich doch nach dem Tod meines geliebten Matthias eine so fürchterliche Angst hatte, allein in dem großen Haus.

Ich wollte Markus nicht erschießen, nur vernünftig mit ihm reden. Und mit der Waffe in der Hand erreichte ich immerhin, dass er mir noch einmal zuhörte. «Ich bin auch sehr schnell mit dem Ding», begann ich, als er ins Schlafzimmer kam. «Also versuch es erst gar nicht.» Er hatte seine Waffe noch nicht aus dem Hosenbund gezogen, ließ sie daraufhin auch stecken.

Auf dem Tisch lag das Geld für ihn bereit. Fünfzigtausend, ordentlich gestapelt, damit er es leichter nachzählen konnte. Insgeheim hoffte ich, dass er es nicht nehmen, sich stattdessen auf mein Angebot einlassen würde. Offiziell eine Anstellung als Hausmeister und Gärtner.

Zuerst war er skeptisch, nicht abgeneigt, nur misstrauisch. Das ist etwas, was ich nie verstehen werde. Obwohl er wirklich nicht übel aussieht, hat er fürchterliche Komplexe. Keinen Schulabschluss, nie was Richtiges gelernt, kein Glück bei Frauen, sagt er. Dass eine Frau freiwillig und mit Freuden bereit ist, dass sie es sogar genießt, mit ihm zu schlafen, das sei ihm vorher noch nie passiert, sagt er.

Dabei hätte ich ja fast schon in der ersten Nacht ... Wenn ich nicht ständig hätte denken müssen, dass er danach vielleicht kein Interesse mehr am Inhalt des Tresors hätte.

Er ist wirklich ein guter Liebhaber. Manchmal ein bisschen ungestüm, da geht leicht einer von diesen teuren Seidenfummeln in Fetzen. Auch sein Vokabular bei solchen Gelegenheiten ist nicht immer vom Feinsten. Aber Manieren bringe ich ihm schon noch bei. Und dass er ein Mörder ist ...

Einmal ist keinmal, sagte meine Mutter früher oft. Und Matthias war die erste Kerbe im Griff von Jesse James oder Billy the Kid. Das weiß ich inzwischen mit Sicherheit. Er ist kein guter Lügner, nur ein ziemlicher Angeber. Dabei hat er es gar nicht nötig, sein Selbstbewusstsein aus Prahlereien zu schöpfen. Das sage ich ihm jeden Tag dreimal. Irgendwann wird er mir das auch glauben, hoffe ich.

Die Neue

Das Unglück begann im Sommer vor zwei Jahren. Ein verdammt heißer Sommer, den einige von Ellies Pflanzen nicht verkrafteten. Ellie goss, was das Zeug hielt, aber auch der prächtige Philodendron, den wir für relativ anspruchslos und widerstandsfähig hielten, verlor seine Blätter eins nach dem anderen. Schließlich stand nur noch der verdorrte Stamm im Topf.

Es blieb Ellie nichts anderes übrig, als auch den Stamm zu entfernen. Den großen Topf mitsamt der Erde darin stellte sie nach draußen auf die Veranda. Man lässt ja einen Topf mit nackter Erde nicht im Wohnzimmer stehen. Aber ihn ins Freie zu setzen, war vermutlich unser größter Fehler, eine Einladung sozusagen.

Zuerst einmal war Ellie untröstlich und machte sich Vorwürfe, weil es neben kleineren Pflanzen auch den stattlichen Philodendron erwischt hatte und die Stelle im Wohnzimmer, wo der Topf gestanden hatte, nun so kahl wirkte. Ellie war seit jeher eine Pflanzennärrin. Es mussten nicht unbedingt blühende Gewächse sein, ein kräftiges Grün machte sie schon glücklich. Grün, so behauptete sie immer, sei lebenswichtig. Ohne Grün könne niemand lange existieren.

Und Anfang August, eine gute Woche nachdem Ellie den Topf mit Erde auf die Veranda gestellt hatte, stieß sie dann bei ihrer abendlichen Runde mit der Gießkanne diesen Überraschungsschrei aus. In der knochentrockenen Erde wuchs etwas. Zwei winzige, kaum stecknadelkopfgroße, zartgrüne Blättchen reckten sich dem Licht entgegen und ließen Ellie vor Verwunderung den Kopf schütteln.

Sie rief mich dazu. «Sieh dir das an. Was mag das sein?»

Woher hätte ich das wissen sollen, wenn sie es nicht wusste? Sie war schließlich diejenige, die sich mit allen Sorten von Grünzeug auskannte. Bei der Größe, beziehungsweise dem Gegenteil davon, ließ sich aus der Form der Blätter noch keine Art ableiten. Aber ich dachte mir, es könne sich nur um Unkraut handeln, weil alles andere, ich meine, alles, was in unseren Breiten wuchs und gedieh, in dieser Hitze und der Dürre keine Wurzeln hätte schlagen können.

Ich empfahl Ellie, sich nicht weiter darum zu kümmern. Oder besser noch, den Winzling mit Stumpf und Stiel auszureißen. Doch das hätte sie nie übers Herz gebracht. Für sie gab es kein Unkraut, nur unerwünschte Pflanzen. Natürlich bekam der Topf umgehend einen tüchtigen Schwall aus der Gießkanne. Und schon am nächsten Morgen waren die beiden Blättchen fingernagelgroß. Um die Mittagszeit, als man sich kaum auf der Veranda aufhalten konnte, es müssen über vierzig Grad gewesen sein, deshalb holte Ellie den großen Topf wieder ins Wohnzimmer. Und da erkannte man schon deutlich die fein gebogenen Ränder und eine merkwürdige Maserung – blaue Äderchen –, fast wie bei einem Menschen.

Im noch einigermaßen angenehm temperierten Wohnzimmer – ich ließ morgens immer die Läden runter, damit die Sonne nicht reinkam –, dauerte es nur drei Tage, da waren aus zwei winzigen Blättchen bereits ein rundes Dutzend Blätter geworden. Tagsüber, wenn es im Zimmer dunkel war, sahen sie irgendwie kraftlos aus. Wenn ich dann am frühen Abend die Läden hochzog und Ellie ihre Runde mit der Gießkanne drehte, richtete die Pflanze – Pflänzchen konnte man es schon zu dem Zeitpunkt nicht mehr nennen – sich auf. Und Ellie sagte jedes Mal, es sei eine Freude, sich das anzusehen.

Dann kam die erste Blüte, sternförmig, zartweiß in der Mitte, zum Rand hin wurde aus einem rosa Hauch ein flammendes Rot. Am nächsten Tag waren es schon fünf Sterne, dann zehn, dann zwanzig, fünfundzwanzig. Schließlich hörte Ellie auf, sie zu zählen, fragte nur noch regelmäßig: «Ist sie nicht wunderschön?»

Das war sie ohne jeden Zweifel. Sie gab unserem Wohnzimmer etwas Exotisches, wild und verwegen, als hätten wir uns ein Stück tropischen Urwald ins Haus geholt. Man wartete abends förmlich darauf, dass sich irgendwelche bunten Falter aus dem Dickicht erhoben und um die Lampe schwirrten. Die blau geäderten Blätter mit den gebogenen Rändern waren zu dem Zeitpunkt etwa handtellergroß, wuchsen sehr dicht und hatten an der Spitze einen purpurroten Fleck. Die Blüten hatten einen Durchmesser von gut fünf Zentimetern. Von der Größe her reichte die Pflanze schon fast an den eingegangenen Philodendron heran. Und wir wussten immer noch nicht, wo wir die Schönheit botanisch einordnen sollten.

Ellie wälzte etliche Fachbücher, die sie sich eigens auslieh. Schließlich fragte sie einen Gärtner um Rat, nicht weil sie sich von dem Mann eine Artbestimmung erhofft hätte. Es ging nur um die Frage, wohin mit unserer Schönheit. Dass der große Topf dem üppigen Gewächs bald zu klein oder zu eng sein würde, war abzusehen. Ellie erwog, einen größeren Topf, vielmehr einen Kübel anzuschaffen, dabei konnten wir an den Fingern einer Hand abzählen, wie lange etwa auch der größte am Markt erhältliche Kübel diese Üppigkeit beherbergen könnte. Der Gärtner sah das auch so. Und abgesehen davon stellt man sich auch ungern einen Kübel ins Wohnzimmer. Es blieb letztlich nur die Umpflanzung in den Garten. Und damit begann das Elend erst richtig.

Der Garten war immer mein Revier gewesen. Ich hatte ihn in drei Bereiche unterteilt. Vorne beim Haus die Blumen. Osterglocken und Narzissen im Frühjahr, Dahlien und Buschnelken für den Sommer, Astern und etwas Erika für den Herbst. So hatten wir praktisch das ganze Jahr über ein paar bunte Farbtupfer für die Augen, die Erika war nämlich winterfest.

In der Mitte das Gemüse, verschiedene Kohlsorten, Karotten, Salat, Stangenbohnen, Küchenkräuter und die Kartoffeln. Darauf folgte das Obst, vier Reihen Erdbeeren und unsere Beerensträucher. Die standen ganz hinten. Himbeeren, Stachelbeeren, Brombeeren, Schwarze und Rote Johannisbeeren, aus denen Ellie in jedem Jahr eine vorzügliche Marmelade kochte – nicht zu vergleichen mit dem, was unter dem Begriff Konfitüre im Handel angeboten wurde.

Ellies Marmelade war seit Jahr und Tag das Nonplusultra auf unserem Frühstückstisch, und nicht nur auf unserem. Man konnte den Leuten in unserer Straße gar keine größere Freude machen, als ein Glas zu verschenken. Nachbarskinder, bei Tisch für wählerische Nörgeleien oder Appetitlosigkeit bekannt, fielen darüber her. Und ein Schwager, der ansonsten zum Nachmittagskaffee ein Stück Schwarzwälder Kirschtorte bevorzugte, fragte bei uns nach einer Scheibe Weißbrot, Butter und Ellies Marmelade.

Die Logik hätte es geboten, die unbekannte Schönheit vorne bei den Blumen einzupflanzen. Aber wir befürchteten beide, dass sie den Winter im Freien nicht überstehen würde. Unbestreitbar war sie ein Geschöpf der Sommerhitze. Dürre ertrug sie, ohne Schaden zu nehmen. Aber mit dem ersten Frost wäre es wohl vorbei, dachte ich. Und das Elend anzuschauen, wollte ich Ellie so weit als möglich ersparen. Sie hätte uns ja auch den Blick auf alles andere versperrt.

Also hob ich ganz hinten bei den Johannisbeeren ein großes Loch aus. Und dort setzten wir Anfang September die Neue mit vereinten Kräften ein. Sie war vom ersten Tag an die Attraktion unserer Straße. Es kam sogar Leute von auswärts, nur um einen Blick in unseren Garten zu werfen, diese Blütenfülle zu bewundern, die blau geäderten Blätter zu bestaunen und sich die Köpfe zu zerbrechen, was für ein Gewächs das wohl sein mochte.

Irgendein Pflanzennarr empfahl uns, um die Neue herum ein Gewächshaus zu bauen, damit sie den Winter über nicht einging. Aber dafür hätte ich die Stachelbeeren und die Brombeeren opfern müssen. Und so weit ging die Liebe nun doch nicht. Und als ich dem Mann einen Ableger anbot, winkte er mit beiden Händen ab. Für so was hätte er keinen Platz, keine Zeit und kein Geld.

«Na, Zeit braucht man nicht dafür», sagte ich. «Sie wächst von allein. Und viel Geld verschlingt sie auch nicht, abends eine Kanne Wasser, kann man aus der Regentonne nehmen, da ist es umsonst. Gedüngt haben wir sie noch nicht.»

Daraufhin sagte der Mann, er hätte keine Regentonne, nur eine Etagenwohnung mit einem kleinen Balkon. Und da ginge eine Kanne Wasser pro Abend auf Dauer doch ins Geld. Man wüsste ja auch nicht genau, auf welche Weise man Ableger züchten könnte. Am Ende schade man ihr, wenn man Blätter oder sonst etwas entferne.

Ich muss schon sagen, dass mich das Verhalten dieses Mannes stutzig gemacht hat. Wenn ich heute so darüber nachdenke; ich schätze, er wusste genau, was uns bevorstand.

Nach ein paar Tagen im Garten hatte die Neue beträchtlich an Umfang zugelegt. Fast zwei Meter groß war sie, und von der Ausdehnung her stand sie den Johannisbeersträuchern nicht nach. Erst Mitte November, als vor der Veranda nur noch die Farbtupfer von Erika standen, verlor sie ihre prächtigen Blüten. Die blau geäderten Blätter blieben kraftstrotzend an den Zweigen stehen. Ich sagen mit Absicht «stehen», weil sie eben nicht hingen wie anderes Laub.

Der Winter kam mit heftigen Nachtfrösten. Sie trotzte ihnen, rollte die Blätter ein, stand steif und starr in der Kälte und überstand die eisige Jahreszeit, ohne den geringsten Schaden zu nehmen. Im Frühjahr war sie das erste Grün in unserem Garten. Die Schwarzen Johannisbeeren allerdings schlugen nicht mehr aus. Zum Ende des Frühjahres stand fest, dass sie eingegangen waren. Ich grub sie aus und verbrannte die kümmerlichen Reste.

Es dauerte nur eine knappe Woche, da hatte die Neue den Platz vollkommen ausgefüllt. Zum gleichen Zeitpunkt färbten sich die noch zarten Blätter der Stachelbeersträucher braun. Und so ging es weiter. Die Roten Johannisbeeren bildeten erst gar keine Fruchtstände mehr aus. Den Himbeeren wurde ebenso die Kraft entzogen wie den Brombeeren.

Das war der erste Herbst, in dem Ellie keine Marmelade einkochte. Wo unsere Beerensträucher gestanden hatten, wucherte eine üppige Blütenpracht von den Dimensionen einer ausgewachsenen Hecke. Zu Weihnachten gab es lange Gesichter in der Nachbarschaft, weil wir keine Gläser mehr verschenken konnten. Eine Familie war sogar gezwungen, mit ihrem appetitlosen Sohn zum Arzt zu gehen.

Ich will es kurz machen. In diesem Frühjahr bedeckte die Neue einen Großteil der Fläche, die in all den Jahren den Kartoffeln vorbehalten gewesen war. Das reichte ihr aber noch nicht. Die Blumenkohlstecklinge und den jungen Kopfsalat erstickte sie einfach. Eine Zeit lang standen wir sogar vor der Entscheidung, ob wir auf Karotten und Kohlrabi oder auf einen Teil der Stangenbohnen verzichten sollten.

Doch allein das Wort Verzicht legte mir den widerlich süßen Geschmack von so genannter Konfitüre auf die Zunge. Mir stand nicht der Sinn nach Konservenbohnen oder Tiefkühlkost. Schlimm genug, dass Ellie außer der Konfitüre auch noch Treibhaussalat kaufen musste.

Und so fiel letztlich die Entscheidung. Aber sie fiel meines Erachtens nicht gründlich genug. Mit Rücksicht auf die Pilgerströme, die bis in den Dezember hinein hinter unserem Garten vorbeizogen, um einen Blick auf die exotische Schönheit zu erhaschen, verzichteten wir darauf, alles mit Stumpf und Stiel auszureißen. Es hätte bestimmt nicht jeder verstanden, dass wir diese Pracht für Stangenbohnen, Kartoffeln und Blumenkohl vernichteten.

Einen kleinen Rest ließen wir stehen. Alles andere haben wir ausgerissen und verbrannt. Und mir war so, dass unsere gesamte Nachbarschaft aufatmete. Man fürchtete wohl allgemein um den Rasen oder die eigenen Gemüsebeete, auch wenn niemand das offen eingestanden hätte.

Jetzt haben wir das Problem einigermaßen unter Kontrolle. Wir beabsichtigen sogar, im nächsten Frühjahr neue Beerensträucher zu setzen. Jeden Morgen geht Ellie mit der elektrischen Heckenschere hinaus und entfernt alles, was über das zugestandene Maß hinausgewuchert ist. Aber ganz wohl ist mir nicht dabei. Man weiß ja nicht, was sich unten in der Erde ausbreitet. Gut möglich, dass uns eines Tages etwas durch den Fußboden ins Haus schießt, vielmehr sprießt, natürlich wollte ich sprießt sagen.

Für Elise

Sie waren seit langen Jahren eine verschworene Gemeinschaft, die Mieter im Haus Sombachstraße acht. Ihre Feste feierten sie meist im Hof. Bei unbeständiger Witterung legten sie zusammen und mieteten ein Zelt, falls erforderlich mit Heizgebläse. Auch sonst waren sie stets füreinander da. Ob nun die Frau des Chemikers zum Arzt musste und nur einen Termin für die Zeit bekommen hatte, wenn ihre kleinen Kinder vom Hort abgeholt werden sollten, oder ob die alte Frau Rupert einen starken Mann brauchte, der ihr einen Kasten Mineralwasser die Treppen hinaufschleppte: Sie halfen sich gegenseitig, wenn irgendwo Not am Mann – beziehungsweise an der Frau – war, und lebten in Ruhe und Frieden. Doch das war, weiß Gott, nicht immer so gewesen.

Und als sich herumsprach, dass man die längste Zeit einen Trockenboden gehabt hatte, weil der alte Begratzy das Dachgeschoss ausgerechnet für seine Tochter ausbauen ließ, entstand eine merkliche Unruhe im Haus. Dabei ging es niemandem um den verlorenen Platz, an dem feuchte Wäsche notfalls auch tagelang hängen bleiben konnte.

Aber die Älteren erinnerten sich nur zu gut an die Zeit, als die Familie Begratzy noch höchstpersönlich im vierten Stock gewohnt hatte. Vater, Mutter, Tochter, es lag zwölf Jahre zurück. Und damals hatte jeder, wirklich jeder, aufgeatmet, als draußen der Möbelwagen vorfuhr und das gesamte Hab und Gut des Hausbesitzers, einschließlich des Klaviers und der Geige, zu der neuen Villa am Stadtrand transportiert wurde.

Die Zeit vor diesem Umzug war für alle Mieter eine Quälerei gewesen. Der alte Begratzy war ein fanatischer Musikliebhaber. Nicht genug damit, dass er von frühmorgens bis spätabends in ohrenbetäubender Lautstärke die Schallplatten der wahrhaft großen Meister abspielte. Kaum war die Tochter imstande, alleine aufrecht zu sitzen, wurde sie auf den Klavierhocker gezwungen. Und der alte Begratzy stand hinter ihr, lockerte schon einmal vorsorglich den Hosengürtel. Da klangen dann nach jedem falschen Ton die Schmerzensschreie des Kindes auf. Wenn die kleine Elise – selbstverständlich hatte Begratzy seine Tochter nach einem seiner Lieblingsstücke benannt – nach solch einer Behandlung nicht mehr sitzen konnte, musste sie eben stehen, mit der Geige unterm Kinn.

Es war eine fürchterliche Zeit gewesen. Man konnte sich nicht einmal über das ständige Gejaule, Geklimper und Gejammer beschweren. Versucht hatten es anfangs einige. Denen legte Begratzy nahe, sich eine andere Bleibe zu suchen.

In Bezug auf Haustiere war er unerbittlich: Kein Hund, keine Katze. Kleintiere wie Hamster, Meerschweinchen, Schildkröten, Wellensittiche oder Kanarienvögel nur nach mehrmaligen Kniefällen. Bei Lärmbelästigungen dagegen zeigte er sich überaus großzügig. Es stand jedem Hausbewohner frei, nach Belieben zu musizieren. Selbst diese widerlichen kleinen Blechtrommeln für Kinder wurden lächelnd akzeptiert.

Es gab zu der Zeit allerdings nur eine junge Familie mit Kleinkind, die nach wenigen Monaten wieder auszog. Angeblich, weil die Wohnung zu eng oder zu teuer, weil möglicherweise ein weiteres Kind unterwegs war. In Wahrheit wohl eher, weil der kleine Sohn mit seiner winzigen Blechtrommel nie gegen den Lärm aus dem vierten Stock ankam. Das einzige Kind, das die Nerven seiner Mitmenschen auf das Äußerste strapazierte, war also Begratzys Tochter Elise, bis zu besagtem Auszug der Familie vor zwölf Jahren. Seitdem war Ruhe gewesen – und nun sollte es damit vorbei sein.

Einer der Handwerker, der mit dem Ausbau des Dachgeschosses beauftragt war, hatte eine diesbezügliche Frage von Frau Rupert, einer verwitweten, begüterten Dame Anfang siebzig, die damals die Wohnung der Begratzys übernommen hatte, mit dem lapidaren Satz «Na, wer soll hier schon einziehen, die Tochter zieht hier ein» beantwortet.

Frau Rupert schlug die Hände über dem Kopf zusammen und eilte gleich nach dieser Auskunft hinunter ins Erdgeschoss, dann wieder hinauf in den ersten Stock, um die Sache mit der Frau des Heizungsinstallateurs und der Frau des Chemikers zu besprechen. Der Chemiker und der Heizungsinstallateur wurden abends von ihren Frauen informiert. Das verhältnismäßig junge Paar aus dem zweiten Stock war mal wieder verreist. Der Mann war geschäftlich viel unterwegs, und da die Ehe kinderlos war, konnte seine Frau ihn problemlos begleiten.

Und zu Walter Freden, der nach dem Tod seines Vaters die elterliche Wohnung im dritten Stock übernommen hatte, ging Frau Rupert auch noch persönlich.

Walter Freden nahm innerhalb der Hausgemeinschaft eine Sonderstellung ein. Er war beliebt, wurde von allen geachtet, vielleicht sogar ein wenig in Watte gepackt. Aber es stand auch ohne Zweifel fest, dass Walter damals am meisten unter Begratzys Musikleidenschaft gelitten hatte.

Zu der Zeit, als sich Begratzys Villa am Stadtrand noch im Rohbau befand, stand Walter mitten in den Abiturprüfungen. Und sein Vater, ein vorzeitig pensionierter Kriminalrat, war für seine überaus strengen Erziehungsmethoden im Haus bestens bekannt. Wie oft hatten Walters Schmerzensschreie die von Elise oder das Klavier noch übertönt. Geschafft hatte Walter sein Abitur schließlich im zweiten Anlauf. Aber irgendwie war sein Leben da bereits verpfuscht gewesen. Nach seinem Wehrdienst hatte er sich für einen Beruf entschieden, in dem absolute Stille herrschte.

Es tat der alten Frau Rupert heute noch in der Seele weh,

wenn sie daran dachte, wie dieses Bild von einem jungen Mann ihr zum ersten Mal mit Lesebrille im Treppenhaus begegnet war. Walter Freden, dem, wäre Begratzys Tochter nicht gewesen, so viele Möglichkeiten offen gestanden hätten, war Bibliothekar geworden, umgab sich mit dicken Wälzern und war für nichts anderes mehr zu begeistern. Nicht einmal für hübsche junge Mädchen. Jetzt war er Anfang dreißig, allein stehend und so trocken und verstaubt wie die Umgebung, in der er sich von morgens bis abends aufhielt.

Frau Rupert gab ihr Bestes, ihm begreiflich zu machen, was auf ihn und die anderen Hausbewohner zukam, sollte tatsächlich Elise Begratzy ins ausgebaute Dachgeschoss einziehen. Aber Walter schaute nur mit durchgeistigtem Blick auf einen imaginären Punkt an der Wand. Vielleicht beabsichtigte er, dort noch ein Bücherregal anzubringen. Frau Rupert beschloss, ihm seinen Frieden zu lassen. Wie hätte sie auch ahnen können, dass sie ihm den gerade zerstört hatte?

Kaum war der Name Elise ausgesprochen, sah Walter sich im Geiste wieder in den hinteren Kellerräumen sitzen. Neben ihm hockte ein spindeldürres Geschöpf mit dünnen, rötlich blonden Zöpfen und Zahnspange auf den kalten Treppenstufen, die hinaus auf den Hof führten. Walter legte einen Arm um knochige Schultern, sodass die Fingerspitzen gerade eben das berührten, was später einmal ein Busen werden sollte. Er hauchte einen scheuen Kuss auf die ihm zugewandte hochrote Wange, flüsterte unsinnige Versprechungen in ein ebenfalls hochrotes Ohr.

Und Elise Begratzy klammerte sich in leidenschaftlicher Not an ihn, presste ihre Lippen auf seinen Mund. Nahm seine Hand von ihren Rippen und legte sie sich energisch aufs Knie, führte sie von dort aus weiter hinauf. Bis Walters Fingerspitzen den Saum des Höschens fanden und sich ohne weitere Unterstützung daranmachten, dessen Inhalt zu untersuchen.

Elise rührte sich nicht, hielt still, sogar den Atem an. Nach zwei oder drei Minuten stammelte sie: «Wenn er mich noch einmal haut, bringst du ihn um, ja? Das musst du mir versprechen. Du kriegst auch eine tolle Belohnung dafür. Wenn du ihn umbringst, ziehe ich das Höschen aus. Dann darfst du mit mir machen, was du willst.»

Walter flüsterte mit vor Erregung heiserer Stimme zurück: «Worauf du dich verlassen kannst.»

Fünfzehn war er gewesen damals und sie dreizehn. Sie trafen sich fast täglich im Keller. Da gab es so manchen dunklen Winkel, in dem sich vergessen ließ, wie grausam die Welt im Allgemeinen und ehrgeizige Väter im Besonderen sein konnten.

Der Auszug der Begratzys drei Jahre später hatte Walters Traum zerstört. Bis dahin hatte er es nicht geschafft, den alten Begratzy umzubringen und mit Elise zu tun, was er mit ihr tun wollte. Für einen Mord war er damals einfach noch zu jung – und viel zu schüchtern gewesen. Dass sein Traum sich nach all den Jahren noch erfüllen könnte, hielt er für unwahrscheinlich. Es war anzunehmen, dass Elise inzwischen sowohl das Klavier als auch die Geige beherrschte. Es war ebenso davon auszugehen, dass sie längst einen anderen Beschützer gefunden hatte, der ihr in Notfällen tatsächlich zur Seite stand.

Der Ausbau des Dachgeschosses wurde zügig vorangetrieben. Knappe vier Monate vergingen, bis ein Möbelwagen vor der Haustür stand. Zuallererst, Frau Rupert hatte es nicht anders erwartet, wurde ein Klavier mittels eines Lastkrans über die neu angelegte Dachterrasse hinaufgehievt. Es folgten durch das Treppenhaus diverse Möbelstücke, die auf einen erlesenen Geschmack hinwiesen. Zierliche Schränkchen aus Kirschbaumholz, das verschnörkelte Messinggestell eines recht breiten Bettes, Tische, Stühle, Sessel, Kisten und Kästen. Und ganz zuletzt, am späten Abend, traf sie persönlich ein, Elise Begratzy.

Walter Freden, der zum gleichen Zeitpunkt aus der Bibliothek kam, hatte diesem Augenblick in langen Nächten entgegenphantasiert, sich alles Mögliche und Unmögliche vorgestellt. Dass sie wider Erwarten ledig geblieben war, dass sie ihn und die damaligen Schwüre nie vergessen hatte. Dass sie sich vor Sehnsucht nach ihm verzehrte und nur zurück in dieses Haus kam, um in seiner Nähe zu sein. Dass sie schon bald mit einer Weinflasche in der Hand vor seiner Tür stünde, um an alte Zeiten anzuknüpfen. Und vielleicht das Höschen für ihn auszuziehen. Aber dann erkannte er sie nicht einmal.

Als er sich dem Haus näherte, sah er einen schnittigen Zweisitzer mit offenem Verdeck vorfahren. Im ersten Moment brachte er weder den Wagen noch das junge Paar, das ihm entstieg, mit seiner Jugendliebe in Verbindung. Selbst als beide zielstrebig auf den Hauseingang zusteuerten, wobei die Frau einen Schlüsselbund aus ihrer Handtasche nahm, dachte sich Walter noch nichts Schlimmes.

Bei der Haustür stießen sie zusammen. Und unvermittelt stand Walter einer ausnehmend hübschen, vollkommen gebauten und elegant gekleideten jungen Dame gegenüber. Der Mann in ihrer Begleitung dagegen wirkte vierschrötig und irgendwie deplaziert. Dabei war auch er sehr teuer gekleidet. Der Anzug war maßgeschneidert, das sah sogar Walter, obwohl er sich normalerweise nicht mit solchen Dingen beschäftigte. Ebenso erkannte er so einen Zug von Brutalität um den Mund des Mannes, der ihm schon bei einer Darstellung von Kaiser Nero in einem alten Geschichtsbuch Schauer des Entsetzens über den Rücken gerieben hatte.

Die junge Dame stutzte, lächelte strahlend und streckte eine feingliedrige, sehr gepflegte Hand aus. «Das nenne ich eine Überraschung. Walter Freden, mein alter Leidensgenosse.»

Es war schon ein wenig peinlich. Da hatte Walter nun an die hundertzwanzig Nächte damit verbracht, sich das Wiedersehen in rosigen Farben auszumalen. Und jetzt brauchte es eine solch massive Erinnerung. Nicht einmal das rötlich blonde Haar hatte seinem Gedächtnis sofort auf die Sprünge geholfen. Er rückte die randlose Brille zurecht, lächelte scheu, ergriff die dargebotene Hand und murmelte, wie sehr er sich freue, sie wieder zu sehen.

Elise Begratzy lachte melodisch, hob scherzhaft einen Finger und meinte: «Jetzt hast du aber geschwindelt, Walter. Ich weiß genau, dass sich hier keiner über meinen Einzug freut. Es haben sich bereits einige vorbeugend bei meinem Vater beschwert. Aber keine Sorge, so laut wie früher wird es nicht wieder.»

Es war wie eine kalte Dusche. Nein, es war schlimmer. Es war das Ende aller Träume und Hoffnungen. Kein Wort, nicht einmal eine Andeutung zur Kellertreppe oder dem Höschen, das sie mit vierzehn einmal für ihn ausgezogen hatte. Nur einmal, und nicht um ihn tun zu lassen, was er tun wollte, sondern nur um ihm die Striemen auf ihrem Hinterteil zu zeigen, die der Gürtel ihres Vaters hinterlassen hatte.

Walter hörte das Blut in den Ohren rauschen, erinnerte sich daran, wie er damals zaghaft die wunden Stellen geküsst und versucht hatte, mit den Fingerspitzen die nicht wunden zu erforschen. Er senkte verlegen den Kopf, konnte trotzdem nicht verhindern, dass er errötete.

Sie wechselten noch ein paar belanglose Sätze. Walter hoffte inständig, dass Elise ihm ihren Begleiter als einen entfernten Verwandten oder Kollegen vorstellte, der natürlich verheiratet wäre und schon drei oder vier Kinder hätte, die jetzt sehnsüchtig auf ihn warteten. Doch auch in diesem Punkt wurde er enttäuscht. Elise stellte den vierschrötigen und gelangweilt an Walter vorbeischauenden Herkules gar nicht vor. Mit dem Hinweis: «Wir sehen uns sicher noch», verabschiedete sie sich und stieg, gefolgt von dem Kraftpaket, hinauf ins nächste Stockwerk.

Es war seit langen Jahren der erste Abend, den Walter nicht mit einem dicken Buch verbrachte. Stundenlang stand er am offenen Küchenfenster und genoss die erfrischend kühle Nachtluft. Was allerdings den schnittigen Zweisitzer betraf, den er von seinem Fenster aus direkt vor Augen hatte, wurde er gleich noch einmal enttäuscht. Der stand nach zehn immer noch vor dem Hauseingang. Es kam auch kein Taxi, um jemanden abzuholen. Daraus schloss Walter, dass Elises Begleiter über Nacht blieb. Und so war es.

Gegen elf in der Nacht hörte Walter zuerst ein merkwürdiges Klatschen, auf das er sich keinen Reim machen konnte. Gleich anschließend hörte er ein paar wehmütige Klänge lang Chopin durchs Treppenhaus ziehen. Doch daran konnte nicht einmal Frau Rupert etwas aussetzen. Es war wundervolle Musik.

Walter ließ das Küchenfenster weit offen, setzte sich auf einen Stuhl davor und wartete bis nach zwölf auf ein da capo. Dann legte er sich endlich schlafen und träumte von der kalten Kellertreppe, von heißen Lippen, die sich auf seinen Mund pressten, von einer kleinen, feingliedrigen Hand, die sich sehr zielstrebig seinen Oberschenkel hinauftastete, den Reißverschluss seiner Hose zu fassen bekam. Und sich mit festem Griff um das schloss, was unter dem Reißverschluss gewachsen war. Er hörte Elises geflüsterte Versprechungen noch, als morgens sein Wecker klingelte.

Ansonsten hörte er jedoch kaum etwas von ihr, weder in der ersten Nacht noch in den nächsten Tagen. Und da war er nicht der Einzige. Jeder im Haus konnte sich rasch davon überzeugen, dass sämtliche Befürchtungen in puncto Lärmbelästigung umsonst gewesen waren. Elise war ein rücksichtsvoller und angenehmer Mensch. Wie es schien, hatte sie ihre Wohnung gut gegen den Schall isolieren lassen. Man hörte das Klavier nur sehr gedämpft. Die Geige hörte man praktisch gar nicht.

Und selbst mit den zarten Tönen hielt sich Elise strikt an die dafür vorgesehenen Zeiten. Vormittags übte sie nur in der Zeit von zehn bis zwölf, am Nachmittag beschränkte sie sich auf die Stunden zwischen drei und fünf. Walter bekam höchstens an den Sonntagen etwas davon mit. Die Woche über musste er ja tagsüber in der Bibliothek sein. Wenn er abends heimkam, war

Elise bereits außer Haus. Kam sie in der Nacht zurück, schlief Walter meist schon.

Es sprach sich rasch herum, dass Elise ein Engagement im städtischen Orchester hatte, Geige. Am Klavier gab sie sogar hin und wieder kleine Solokonzerte im Festsaal des Schlosses. Walter ließ es sich nicht nehmen, Dauerkarten für diese Veranstaltungen zu abonnieren. Frau Rupert ging ebenfalls regelmäßig hin, auch der Chemiker und der Heizungsinstallateur führten ihre Frauen häufig in Elises Konzerte, engagierten dafür eigens junge Mädchen zum Kinderhüten. Sogar das junge Paar aus dem zweiten Stock, das so oft auf Reisen war, ließ sich das nicht entgehen. Und sie waren alle einhellig der Meinung, dass Elise eine wahrhaft begnadete Künstlerin sei.

Einmal ließ Frau Rupert sich nach einem solchen Konzert zu der Bemerkung hinreißen, dass die Quälerei der ersten Jahre doch zu etwas nütze gewesen sei. Nicht, dass sie dem alten Begratzy noch im Nachhinein für seine strenge Hand und den Hosengürtel danken wolle, Prügel seien nicht gutzuheißen, meinte sie. Walter stimmte dem voller Überzeugung zu, ging sogar noch einen Schritt weiter. Es sei bedauerlich, meinte er zögernd, dass man im Haus nur so wenig von Elises Kunstfertigkeit mitbekäme. Das sahen alle anderen genauso.

Es war für Walter ein schwacher Trost, auf diese Weise zu erfahren, dass Elise bei allen Mitbewohnern gleichermaßen beliebt war. Darüber hinaus blieb ihm nicht viel. Hin und wieder traf er sie zufällig im Treppenhaus, doch nie allein, sodass sich Gelegenheit für ein privates Wort geboten hätte. Immer war sie in Begleitung dieses brutal dreinblickenden Menschen, der sich ganz offensichtlich bei ihr eingenistet hatte. Sie grüßte freundlich und lächelte, aber das war auch schon alles.

Insgeheim hoffte Walter auch drei Monate nach ihrem Einzug noch, dass sie einmal zu einem kurzen Besuch vorbeischauen möge, um gemeinsame Erinnerungen aufzufrischen. Aber Elise schien die kalten Treppenstufen völlig vergessen zu haben und mit diesem martialisch wirkenden Typ recht glücklich zu sein.

Abend für Abend brachte Walter ein paar Notenblätter aus der Bibliothek mit in seine Wohnung, kostbare Raritäten, die er ihr gerne gezeigt hätte. Außerdem hatte er eine Flasche Wein besorgt, um für den Fall eines Falles gerüstet zu sein. Doch Elise schien sogar vergessen zu haben, dass es ihn überhaupt gab.

Ein Wunder war das kaum. Von Frau Rupert hörte Walter einmal, dass Elises ständiger Begleiter wohl so eine Art Liebhaber sei. Frau Rupert hatte einen leichten Schlaf und schon mehrfach eindeutige Geräusche aus Elises Wohnung gehört. Die Schlafzimmer lagen direkt übereinander, und die Zwischendecke war offenbar nicht gegen Schall isoliert.

Frau Rupert genierte sich ein wenig, die belauschten Geräusche zur Sprache zu bringen. Es sollte ja nicht der Eindruck entstehen, sie läge nachts wach und horche. Aber sie wollte deutlich zum Ausdruck bringen, dass sie Elises Geschmack in puncto Männer nicht gutheißen konnte.

«Wenn es nur darum ginge, dass sie mit diesem Kerl ins Bett steigt», sagte Frau Rupert, «würde ich mir denken, das geht mich nichts an. Aber ich höre da auch oft so ein merkwürdiges Klatschen, das mich fatal an alte Zeiten erinnert. Und das will mir nicht in den Kopf. Wenn dieser Kerl sie verprügelt, warum lässt sie sich das bieten? Sie ist doch kein Kind mehr, macht einen so selbstbewussten Eindruck. Aber man schaut keinem hinter die Stirn, nicht wahr? Wer weiß, was für einen Schaden der alte Begratzy da früher angerichtet hat.»

Frau Rupert schüttelte bekümmert den Kopf und gestand auch noch, sie habe neulich etwas beobachtet, zufällig natürlich, rein zufällig. Sie sei gerade aus ihrer Wohnung gekommen, und da sei sie förmlich über Elise und dieses Kraftpaket gestolpert.

«Das muss man sich einmal vorstellen», sagte Frau Rupert. «Stehen die da mitten im Treppenhaus. Er hat ihr den Arm auf den Rücken gedreht. Ich dachte schon, er verrenkt ihr die Schulter. Den Autoschlüssel wollte er, ist ja ihr Wagen, das Cabrio da draußen. Er hat keinen, na, wovon auch, er arbeitet ja anscheinend nicht, lässt sich von ihr aushalten.»

Frau Rupert nickte noch einmal bekümmert und fuhr fort: «Als ich dazukam, gab sie ihm die Schlüssel auf der Stelle. Es muss ihr furchtbar peinlich gewesen sein. Dann tat sie so, als ob nichts gewesen wäre, das arme Ding. Geküsst hat sie ihn, hat ihm noch nachgerufen, dass er nur ja vorsichtig fährt. Sie musste mit einem Taxi ins Orchester. Ach, es ist ein Jammer.»

Frau Rupert seufzte zum Gotterbarmen, betrachtete Walter mit einem skeptisch abwägenden Blick und sprach bedächtig weiter: «Ich habe mir überlegt, ob man ihr nicht irgendwie helfen könnte. Mit den anderen habe ich schon gesprochen. Die sind auch der Meinung, es sei eine Schande, wenn wir da tatenlos zusehen.»

Der sonderbar forschende Blick, mit dem Frau Rupert ihn bei ihren letzten Sätzen betrachtete, fiel Walter sehr wohl auf. Er musste an die zurückliegenden Jahre denken, als der alte Begratzy seine Tochter noch höchstpersönlich verprügelt hatte, wenn sie Schumanns «Träumerei» nicht ganz so hinbekam, wie Schumann und der alte Begratzy sich das vorgestellt hatten. Und an seinen Schwur, den Alten umzubringen. War es das, worauf Frau Rupert hinauswollte?

Aber da war doch ein gewaltiger Unterschied. Der jugendliche Überschwang damals und die Leidenschaft auf den kalten Treppenstufen. Jetzt, als reifer Mensch sozusagen und mit nichts als den unsinnigen Phantasien in den Nächten, sah die Sache entschieden anders aus. Außerdem war der alte Begratzy ein verschrumpelter Wicht gewesen, und dieser Kerl, der Elise jetzt drangsalierte, sah aus, als betreibe er regelmäßig Kraftsport.

Sonderlich wohl fühlte Walter sich bei diesen Gedanken nicht in seiner Haut, schimpfte sich einen Feigling und gestand sich ein, dass Frau Rupert Recht hatte: Es war eine Schande, wenn ein Mann Anfang dreißig seelenruhig zuschaute, wie eine junge Frau, noch dazu eine, für die er seine Lesebrille eigenhändig zerbrochen hätte, zugrunde gerichtet wurde.

Und dann sah Walter das Elend mit eigenen Augen – an einem Sonntag Anfang September. Elise trug eine riesengroße, dunkle Brille, die ihr halbes Gesicht verdeckte. Es war am späten Abend, die Dämmerung hatte bereits eingesetzt, eine Sonnenbrille brauchte man bestimmt nicht mehr. Man brauchte auch nicht unbedingt eine langärmelige, hochgeschlossene Bluse, es war immer noch recht warm draußen.

Elise ging zu einem Taxi, wie so oft, wenn ihr das Cabrio nicht zur Verfügung stand. Walter sah sie ins Taxi einsteigen. Und er sah auch, dass sie Schwierigkeiten beim Sitzen hatte. Das Taxi fuhr nicht gleich los. Walter kämpfte mit sich, ob er hinlaufen und sie ansprechen sollte. Nicht unbedingt gleich an das alte Versprechen erinnern, aber wenigstens andeuten, dass sie auf ihn zählen könne, falls sie in Schwierigkeiten sei. Dass sie in Schwierigkeiten war, ließ sich nicht leugnen. Das bewies ihr Herumgerutsche auf dem Autositz und das schmerzhafte Zucken in ihrem Gesicht. Aber in Gegenwart des Taxifahrers ...

Walter lief nicht hinaus. Er kaufte sich stattdessen am nächsten Tag ein Fernglas. Etwa zweihundert Meter vom Haus Sombachstraße acht entfernt lag nämlich ein Schulzentrum mit einem ausgedehnten Biotop. Und in dem Biotop gab es einen Hügel. Nicht übermäßig hoch, aber ausreichend, um von dort aus mit einem guten Fernglas die Dachterrasse einsehen zu können. Mit ein bisschen Glück, gutem Licht und offenen Terrassentüren war es sogar möglich, in Elises Wohnzimmer zu schauen.

Es widerstrebte Walter aus tiefster Seele, hinter Elise herzuspionieren, aber es musste sein. Abends verließ er die Bibliothek eigens eine Stunde früher, bezog Posten auf dem Hügel und spähte durch das Fernglas, bis Elise das Haus zur Orchesterprobe verließ. Dann schlief Walter ein paar Stunden. Wenn Elise von der Probe zurückkam, hockte er bereits wieder zwischen dem Gesträuch. Nachts war allerdings nicht viel zu sehen.

Aber es gab für den Sohn eines inzwischen verstorbenen Kriminalrats noch andere Möglichkeiten. Walter knüpfte zusätzlich zu seinen eigenen Beobachtungen, die in den ersten Tagen keinerlei Erkenntnisse brachten, weil die Terrassentüren geschlossen blieben und die Vorhänge zugezogen waren, ein paar alte Kontakte neu. Auf diese Weise brachte er einen Namen in Erfahrung, der ihm persönlich nicht das Geringste sagte. Den Beamten auf dem Kommissariat jedoch schien er sehr vertraut zu sein.

Carlo Stegemann. Ein gewalttätiger Mensch, hieß es. Er habe eine Weile als Türsteher in einer Spelunke gearbeitet und sich die ebenfalls dort beschäftigten Gesellschaftsdamen gefügig gemacht. Es lagen allein aus den letzten drei Jahren fünf Anzeigen von jungen Frauen vor, an die Carlo Stegemann sich unter dem Mäntelchen des leidenschaftlichen, zärtlichen Liebhabers herangemacht hatte. Um sie, wenn sie ihm in die Falle gegangen waren und zugelassen hatten, dass er sich bei ihnen einnistete, regelmäßig auf das Übelste zu verprügeln. Erst im letzten Jahr war es still um Carlo Stegemann geworden. Das bedeutete, Elise litt bereits seit einem ganzen Jahr. Walter wurde übel allein von der Vorstellung.

Und dann wurde er Augenzeuge einer unvorstellbaren Brutalität. Es war im September, ein Sonntag, einer dieser typischen, milden Sommernachmittage, an denen man gerne ein Fenster oder die Terrassentüren weit offen lässt, um die frische Luft zu genießen. Walter genoss sie auf dem Hügel im Biotop, die Dachterrasse so groß vor Augen, als stehe er mitten darauf.

Die Türen zu Elises Wohnraum standen weit offen, das Licht war ausgezeichnet. Walters Blick fiel auf das Klavier und die Geige, die darauf lag, und auf einen Sessel, der gleich neben dem Klavier stand. Im Sessel flegelte sich Carlo Stegemann, Zigarette in der einen, Cognacschwenker in der anderen Hand. Als Elise das Zimmer betrat, stellte Carlo Stegemann das Glas beiseite, drückte die Zigarette aus und erhob sich.

Zuerst sah das noch normal aus. Elise war hinreißend. Sie trug ein schulterfreies Kleid mit einem weit schwingenden Rock, ging auf Stegemann zu, blieb direkt vor ihm stehen, legte ihm die Arme um den Hals und ließ sich küssen. Was dann geschah, war schlimmer als alles, was der alte Begratzy seiner Tochter vor Jahren angetan haben konnte.

Dieses Scheusal von ehemaligem Rausschmeißer stieß Elise plötzlich zurück, riss sie am Arm zum Klavier hinüber, drückte sie mit dem Kopf nach unten bäuchlings über die Klavierbank und hob gleichzeitig den weit schwingenden Rock in die Höhe. Darunter kam ein winziges, spitzenbesetztes Höschen zum Vorschein. Walter sah das alles ganz deutlich. Und dieser brutale Mensch riss Elise das Höschen herunter, zerrte mit der anderen Hand den Gürtel aus seiner Hose. Dann schlug er zu.

Walter glaubte förmlich das Klatschen zu hören, und die Schmerzensschreie. Obwohl in Wirklichkeit nur ein bisschen Vogelgezwitscher um ihn herum war. Alles in ihm drängte danach, zum Haus hinüberzurennen und dem Drama ein blutiges Ende zu bereiten. Aber er konnte sich nicht rühren, konnte gar nicht anders, musste hinsehen. Die Striemen auf ihrer zarten Haut, wie sie sich unter den Schlägen wand. Es war furchtbar, und es nahm gar kein Ende. Fünf, sechs, vielleicht auch sieben Schläge, ehe der Widerling den Arm mit dem Gürtel endlich sinken ließ und Elise beim Aufstehen behilflich war.

Sie konnte kaum aus eigener Kraft auf ihren Beinen stehen, klammerte sich an diesen Rohling, ließ sogar zu, dass er sie noch einmal küsste. Aber wenn sie es ihm verweigert hätte, über die Folgen mochte Walter nicht nachdenken. Das Drama endete damit, dass Stegemann Elise die Geige in die Hand drückte und sich selbst wieder in den Sessel pflanzte, wo er genüsslich den Rest seines Cognacs schlürfte und in aller Seelenruhe eine neue Zigarette dazu rauchte.

Als Walter Elise wenig später mit dem Geigenkasten in der Hand vor dem Haus in ein Taxi steigen sah, stand sein Entschluss fest. Er würde – nein, er musste sie von diesem Scheusal befreien. Nur über die Wahl der Mittel und den richtigen Zeitpunkt war er noch im Zweifel. Rein körperlich hatte er Carlo Stegemann nicht viel entgegenzusetzen. Auf die direkte Konfrontation oder gar einen Kampf konnte er es nicht ankommen lassen.

Es sei denn, er hätte Hilfe ...

Walter erinnerte sich an den merkwürdigen Blick der alten Frau Rupert, die ja ebenfalls bereits überlegt hatte, dass man Elise irgendwie helfen müsse. Und wenn er sich recht erinnerte, hatte Frau Rupert davon gesprochen, dass sich die anderen Hausbewohner an diesen Überlegungen beteiligt hatten und einer Meinung mit ihr gewesen waren.

Gleich am nächsten Tag sprach Walter mit der alten Dame, schilderte zuerst in groben Zügen, welch eine Abscheulichkeit er sich am vergangenen Abend hatte ansehen müssen. Frau Rupert war so erschüttert, dass sie vergaß, sich zu erkundigen, auf welche Weise Walter Zeuge dieser verdammenswürdigen Szene geworden war. Aber das war ja auch nicht so wichtig, jetzt, wo man es ganz genau wusste.

Walter tastete sich langsam vor, vergewisserte sich erst einmal, dass er die alte Dame richtig verstanden hatte und sie einer Gewaltaktion nicht abgeneigt war. Nachdem er in diesem Punkt sicher sein konnte, beschrieb Walter, wie er sich die Sache vorstellte.

«Wo kein Kläger, da kein Richter», hatte sein Vater früher oft gesagt. Mit anderen Worten, wo keine Leiche, da keine polizeilichen Ermittlungen. Kernpunkt der ganzen Angelegenheit war folglich, Carlo Stegemann musste spurlos verschwinden.

Viel weiter war Walter mit seinen Plänen noch nicht gekommen. Und was er sich zum Verschwinden einer Leiche vorstellte, war in einem Haus mit mehreren Mietparteien praktisch nicht durchführbar. Es sei denn ...

Die alte Frau Rupert war überzeugt, dass die Nachbarn gerne behilflich wären. Sie seien doch immer eine verschworene Gemeinschaft gewesen, in der einer für den anderen oder alle für einen einstanden. Es sei inzwischen, sagte Frau Rupert, im ganzen Haus bekannt, dass Elise in großen Schwierigkeiten stecke, aus denen sie sich aus eigener Kraft nicht befreien könne. Man befürchtete sogar, dass auf Dauer gesehen Elises begnadetes Talent unter der Tortur litt. Wie sollte sie denn die Klavierkonzerte im Festsaal des Schlosses mit einem derart malträtierten Hinterteil durchhalten können?

Die alte Frau Rupert war mit so großem Eifer bei der Sache, dass es Walter doch ein wenig erstaunte. Mit wahrer Hingabe beschrieb sie, welche Gedanken sich die Hausgemeinschaft bereits gemacht hatte. Der Chemiker zum Beispiel konnte problemlos eine Substanz besorgen, die einen Menschen innerhalb von Sekunden tötete. In einen Kartoffelsalat gerührt, wäre dieses Mittel praktisch geschmacklos. Der Chemiker wäre auch bereit, eine Prise zu beschaffen, vorausgesetzt, es gäbe anschließend keine Leiche, in der man das Zeug nachweisen könnte.

Der Heizungsinstallateur, der sich regelmäßig auch um die veraltete Anlage im Haus kümmerte, hatte verlauten lassen, dass er einem Typ wie Carlo Stegemann gerne mal ein wenig Feuer unter dem Hintern machen würde. Und wo es jetzt auf den Oktober zuging, musste die Heizungsanlage ohnehin wieder in Betrieb genommen werden. Da würde das nicht einmal großartig auffallen, höchstens ein wenig Geruch verbreiten, doch dagegen konnte der Chemiker ebenfalls ein hochkonzentriertes Mittel bieten.

Die Frau des Chemikers – sie hörte es so gerne, wenn Elise dieses eine Stück von Bach auf dem Klavier spielte – schlug vor, man könne innerhalb der Hausgemeinschaft doch wieder mal eine kleine Party veranstalten. Sie wollte zwei Schüsseln Kartoffelsalat anrichten. Der Heizungsinstallateur wollte ein Bierfässchen spendieren und auch etwas Brot besorgen. Die alte Frau

Rupert sollte die Würstchen beisteuern und Elise – samt Begleitung versteht sich – recht herzlich einladen, am besten auch anklingen lassen, man sei bitter enttäuscht, wenn sie gar nicht oder alleine käme.

Und wenn Elise dann ins Orchester führe, müsse man Carlo Stegemann mit vereinten Kräften dazu bringen, noch ein Stündchen zu bleiben, noch ein Gläschen Bier zu trinken und noch ein Häppchen Kartoffelsalat zu nehmen. Abschlagen könnte er eine so harmlose Bitte kaum. Walter hätte anschließend nichts weiter zu tun, als das Cabrio zum Bahnhof zu kutschieren. Die Koffer mit Stegemanns Sachen wollte die Frau des Heizungsinstallateurs packen und auch in den Keller schaffen.

Die alte Frau Rupert war so erleichtert, als Walter, wenn auch ein wenig zögernd, weil sehr überrascht, zu allem nickte. Gerade seinetwegen hatte man bisher davon Abstand genommen, diese Maßnahmen zu ergreifen. Der Vater ein Kriminalrat, Walter selbst machte den Eindruck, als könne er keiner Fliege etwas zuleide tun. Da war man skeptisch gewesen, hatte schon mit dem Gedanken gespielt, ihn an dem betreffenden Abend mit Elise ins Orchester zu schicken.

Die Party der Hausgemeinschaft wurde in der zweiten Oktoberwoche gefeiert. Da fuhr das reisefreudige Paar aus dem zweiten Stock für eine Woche in die Berge. Die unbedarften jungen Leute hatte man sicherheitshalber nicht in diese Aktion einweihen wollen.

Elise wunderte sich sehr über die Einladung, weil die ihren Wohnungsgenossen ausdrücklich einschloss. Da schaute Elise die alte Frau Rupert zuerst ein wenig misstrauisch an und erkundigte sich dann scherzhaft: «Was führt ihr denn im Schilde?»

Natürlich gelang es der alten Dame, ein paar überzeugende Argumente vorzubringen. «Ach, Kindchen, wir dachten uns, wo wir alle unter einem Dach leben, können wir den jungen Mann doch nicht ausschließen. Es ist vielleicht ganz gut, wenn man sich ein bisschen näher kennen lernt. Dann hört das Gerede im Haus auf.»

Das leuchtete Elise ein, sie nickte. Bis kurz vor sieben nahm sie ebenfalls an der Party teil. Als sie sich verabschiedete, hinauf in ihre Wohnung wollte, um sich auf die Orchesterprobe vorzubereiten, fürchtete man schon, der Plan sei gescheitert, denn Carlo Stegemann begleitete sie.

Aber man hatte Glück. Stegemann kam rasch zurück. Und da er sich in der lustigen Gesellschaft anscheinend sehr wohl fühlte, konnte Elise sogar mit ihrem Wagen zur Arbeit fahren, sodass Walter sich gar nicht bemühen musste, das Cabrio zum Bahnhof zu schaffen. Er half später nur dabei, Carlo Stegemann in den Keller zu tragen. Es war ein sonderbares Gefühl, eine Mischung aus Zufriedenheit und einem ersten Anflug von Hoffnung.

Elise kam kurz vor Mitternacht von der Probe zurück, da wurde auf dem Hof immer noch gefeiert. Ihre Frage nach Stegemann beantwortete die alte Frau Rupert, die sich das alles gut überlegt hatte. «So gegen zehn Uhr kam ein Mann, der behauptete, sie hätten mal zusammen in einer Bar gearbeitet, und da wäre etwas zu besprechen. Es ging um eine Frau und irgendeine Anzeige, wenn ich das richtig verstanden habe. Es war wohl sehr wichtig. Sie sind zusammen weggefahren.»

Die Frau des Heizungsinstallateurs bestätigte das auf der Stelle. Und die Frau des Chemikers bat darum, dieses besondere Stück von Bach hören zu dürfen, als krönenden Abschluss des Tages sozusagen. Elise war zwar erschöpft, aber durchaus bereit, sich für die Hausgemeinschaft ans Klavier zu setzen. Sie spielte wunderbar, vergriff sich nur zweimal, entschuldigte das mit ihrer Müdigkeit und der Sorge um Carlo Stegemann, dessen langes Ausbleiben sie sich nicht erklären konnte.

«Ach, Kindchen», sagte die alte Frau Rupert, «er ist erwachsen. Und man weiß doch, wie das ist, wenn ein Mann mit einem Freund zusammen ist.» Dann bat sie um eine kleine Zugabe.

Aber Elise lehnte ab, sie sei wirklich zu müde und könne sich nicht mehr richtig konzentrieren.

Am nächsten Tag sah Walter sie kurz und mit sehr bedrückter Miene im Treppenhaus. Es war weit nach Mittag. Sie schlich die Treppen hinunter zur Haustür, stand dort eine Weile und spähte die Straße hinauf und hinunter. Am späten Nachmittag sah er sie noch einmal von seinem Küchenfenster aus bei der Haustür stehen. Walter raffte in aller Eile ein bisschen Altpapier zusammen und machte sich damit auf den Weg in den Keller. Als er im Erdgeschoss ankam, stand Elise wie erhofft immer noch auf dem gleichen Fleck.

«Schönes Wetter heute», sagte Walter, «hoffentlich bleibt es noch ein paar Tage so.»

Elise drehte sich um, betrachtete ihn unschlüssig, zuckte andeutungsweise mit den Schultern. Das Wetter schien sie nicht im Geringsten zu interessieren.

«Carlo ist immer noch nicht zurück», erklärte sie und seufzte bedrückt. «Um sieben muss ich mich auf die Probe vorbereiten. Wenn er bis dahin nicht hier ist, brauche ich erst gar nicht loszufahren. Das hat überhaupt keinen Sinn, ich bin so nervös. Wo kann er nur sein? Ich verstehe das nicht. Er ist noch nie weggeblieben, ohne mir zu sagen, wohin und wann er zurückkommt.»

Walter war sehr unsicher, wusste nicht genau, was er erwidern sollte, erklärte nach ein paar Sekunden: «Das ging ziemlich schnell. Da hat er bestimmt nicht daran gedacht, dir eine Nachricht zu hinterlassen. Aber ich an deiner Stelle würde mir keine Sorgen machen. Wer weiß, wo er sich herumtreibt.» Nach weiteren zwei oder drei Sekunden fügte er hoffnungsvoll hinzu: «Und selbst wenn er gar nicht zurückkommt, viel verloren hast du an ihm nicht. Weißt du eigentlich, dass er wegen Körperverletzung mehrfach vorbestraft ist? Er hat immer wieder die Frauen verprügelt, mit denen er zusammenlebte.»

Elise betrachtete ihn nur misstrauisch. Eine Reaktion kam

von ihr nicht. Anscheinend wartete sie darauf, dass er weitersprach.

Walter war immer noch unsicher, lächelte scheu. «Sei ehrlich», verlangte er, «dich hat er auch verprügelt. Ich habe selbst gesehen, wie ...» Er brach ab, von dem Hügel konnte er ihr nun wirklich nicht erzählen. Dann fielen ihm zum Glück die Sonnenbrille und die langärmelige Bluse ein. «... du versucht hast, die blauen Flecken zu verstecken», beendete er den Satz.

Elise reagierte immer noch nicht. Gezwungenermaßen sprach Walter weiter: «Eigentlich solltest du froh sein, dass er freiwillig verschwunden ist.» Dann raffte er allen Mut zusammen. «Was hältst du von einem Glas Wein? Das bringt dich bestimmt auf andere Gedanken. Ich habe eine gute Flasche oben.»

Elise nickte einmal kurz und entschlossen. «Dann hol sie. Wir trinken sie in meiner Wohnung.»

Als Walter ihr wenig später die Treppen hinauffolgte, zitterten ihm die Hände ein wenig. Es war gar nicht so einfach, an vergangene Zeiten anzuknüpfen. Aber er versuchte es, als er dann neben ihr auf der Couch saß, stammelte ein verzweifeltes: «Weißt du noch, wie wir früher auf der Kellertreppe so nebeneinander gesessen haben?»

Elise nickte nur, trank ein Schlückchen Wein und beobachtete ihn über den Rand des Glases hinweg mit unbeweglicher Miene.

«Ich habe das nie vergessen», flüsterte Walter. «Als ich hörte, dass du wieder einziehst ...»

Er seufzte vernehmlich, und Elise stellte nüchtern fest: «Da hast du dir Hoffnungen gemacht.» Dann wollte sie beiläufig wissen: «War es deine Idee? Aber du hast es doch nicht allein gemacht. Ihr wart alle zusammen unten auf dem Hof. Wie habt ihr das angestellt? Wie habt ihr Carlo dazu gebracht, von hier zu verschwinden?»

Walter wusste beim besten Willen nicht, was er ihr darauf antworten sollte. Er spürte nur, dass ihm heiß wurde. Und ihm wurde noch heißer, als Elise ihm eine Hand aufs Bein legte, dabei lächelte. «Na komm schon, Walter. Monatelang grüßt ihr ihn nicht mal, wenn er euch im Treppenhaus begegnet. Jeder von euch verzieht das Gesicht, wenn er ihn sieht. Und plötzlich legt ihr so großen Wert auf seine Gesellschaft bei eurer kleinen Feier. Meinst du, ich wäre blöd? Ich habe mir schon gedacht, dass ihr etwas im Schilde führt. Und jetzt wüsste ich gerne, wie viel ihr ihm geboten habt, damit er das Feld räumt. Habt ihr zusammengelegt? Oder habt ihr euch etwas anderes einfallen lassen?»

Ihre Hand glitt langsam an seinem Bein in die Höhe. Walter wusste gar nicht, wohin er schauen sollte, auf ihre Fingerspitzen oder in ihr Gesicht, das dem seinen immer näher kam. Ihr Lächeln brachte ihn fast um den Verstand. «Sagst du es mir freiwillig, oder soll ich zur Polizei gehen, Walter? Am Ende stellt sich heraus, dass Carlo das Haus gar nicht verlassen hat. Du glaubst gar nicht, welche Möglichkeiten die Polizei heute bei der Spurensuche hat.»

«Wir haben es nur für dich getan», stammelte er. «Nur für dich, wirklich. Du bist so begabt. Das war doch kein Mann für dich. Du bist ein so sensibler Mensch, du brauchst …»

Weiter kam er nicht. Elise lächelte immer noch. Die Fingerspitzen auf seinem Bein glitten noch ein winziges Stückchen höher. In Erinnerung dessen, was diese Finger vor langen Jahren getan hatten, wenn sie noch weiter oben auf dem Bein lagen, hielt Walter den Atem an und schloss die Augen.

«Woher willst du so genau wissen, was ich brauche?», flüsterte Elise. Ihre Finger hatten den Reißverschluss seiner Hose erreicht, strichen darüber weg zur Gürtelschnalle. Walter wagte immer noch nicht zu atmen, als Elise den Gürtel öffnete.

«Es ist nicht gerade so», flüsterte sie heiser, «dass ich mich vor Sehnsucht nach Carlo verzehre oder ihm eine Träne nachweine. Er war nicht übel im Bett. Ich bezweifle fast, dass du ihn dort ersetzen kannst, Walter. Da müssen wir es wohl auf einen

Versuch ankommen lassen. Aber jetzt kümmern wir uns erst mal um meine Begabung.»

Statt nach dem Hosenknopf zu tasten, um ihn zu öffnen, zog Elise den Gürtel aus den Schlaufen. Dann erhob sie sich und ging mit einem erwartungsvollen Lächeln zur Klavierbank hinüber.

«Jetzt komm schon», lockte sie, schwenkte die Hand mit dem Gürtel ein wenig hin und her. «Es wird Zeit für mich. Ich muss zur Probe.»

Der Ausbruch

Es gab einen ganz bestimmten Augenblick in seinem Tagesablauf, den Harry mehr hasste als alles andere. Er hasste ihn nicht einfach nur, er fürchtete ihn gleichzeitig. Das war der Moment, in dem Nina aus der Küche ins Wohnzimmer kam, meist so kurz nach acht.

Harry saß dann regelmäßig vor dem Fernseher und versuchte, sich auf das aktuelle Weltgeschehen zu konzentrieren. Nina war mit dem letzten Abwasch fertig, hatte ihre Hände besonders gründlich abgetrocknet und cremte sie nun ein. Und Nina hatte eine entsetzlich aufreizende Art, sich die Hände einzucremen. Es war allabendlich ihre Demonstration von Tüchtigkeit, Schönheit, Perfektion und Macht.

Im Grunde war es eine lächerliche Angelegenheit. Sie hätten es sich ohne weiteres leisten können, eine Haushalthilfe einzustellen. Nina lehnte das kategorisch ab. Mehrfach hatte Harry zumindest die Anschaffung eines Geschirrspülers vorgeschlagen. Dazu lächelte Nina. «Aber ich bitte dich, Harry, das lohnt doch nicht für zwei Personen.»

Tatsache war, ihr machte es Spaß. Sie erzählte gerne von den Arbeiten, die sie tagsüber erledigt hatte. Ließ durchblicken, dass sie sich keine ruhige Minute gönnte, um das Leben für ihn so angenehm wie nur möglich zu gestalten. Dieser letzte Abwasch war für Nina der krönende Abschluss ihres Tages.

Eine Zeitlang hatte Harry sich eingebildet, er könne dem Drama dadurch entgehen, dass er aus der Küche floh und sich vor den Fernseher setzte. Sobald Nina das Geschirr vom Abendbrot zusammenstellte, es vom Tisch hinüber auf das Abtropfbrett des Ausgusses hob, stand Harry auf und verzog sich mit dem Hinweis «Ich schau mal kurz in die Nachrichten» von einem Raum in den anderen. Es half ihm nicht. Nina durchschaute die Absicht, wie sie alles durchschaute, was ihn betraf.

Dann saß er vor dem Fernseher, während in der Küche das heiße Wasser in den Ausguss plätscherte. Er betrachtete die Bilder von Krieg und anderen Katastrophen, während Nina sorgsam und vorsichtig Tasse um Tasse, Teller um Teller in den Schaumbergen versenkte. Und während er noch versuchte, wenigstens die Wetterkarte in sich aufzunehmen, war Nina bereits mit der Arbeit fertig.

Er hörte sie das Geschirr in den Schrank räumen. Er sah – statt des aufziehenden Hochs über Mittelschweden –, wie Nina nach der kleinen, grünen Cremedose griff, sie aufschraubte, den Finger hineinstippte. Er sah das alles, weil er es sich hundertmal, tausendmal hatte ansehen müssen.

Und dann cremte Nina eben ihre Hände ein, kam dabei ins Wohnzimmer, blieb bei der Tür stehen und erkundigte sich halbwegs interessiert, ob er an diesem Abend vielleicht ein spezielles Programm zu sehen wünschte. Sie lächelte freundlich, fast zärtlich, knetete und massierte ihre Hände, trieb mit kräftigem Daumen die Creme in die Zwischenräume der einzelnen Finger, presste die gesamte Handfläche jeweils einer Hand auf den Handrücken der anderen, wurde gar nicht fertig damit.

Harry hätte nicht sagen können, was ihn an diesen – an sich doch unschuldigen – Bewegungen derart in Panik versetzte. Es war eigentlich nichts Besonderes dabei. Nina legte eben großen Wert auf ein gepflegtes Aussehen, und das tat sie schließlich nur für ihn. Von Kollegen hörte er öfter, wie sehr man ihn um diese Frau beneide, wie glücklich er sich schätzen müsse.

Und er wurde von Tag zu Tag kleiner. Jedes Mal, wenn er dieses perfide Ritual über sich ergehen lassen musste, spürte er;

noch zehnmal, zwanzigmal vielleicht, und er würde ganz verschwinden. Sich auflösen und davonwirbeln, so wie die zarten Rauchwölkchen seiner Zigarette, wenn Nina das Fenster aufriss. Manchmal träumte Harry davon, Ninas Gesicht in eine riesige Cremedose zu drücken. Ihren Mund und die Nase mit der zähen, fettigen Masse zu beschmieren, Lage um Lage, bis Nina darunter erstickte. Denn Nina beließ es nicht bei den Händen. Sie fuhr mit dieser Prozedur fort, wenn sie kurz vor zehn ins Bad ging.

Wieder das Wasserplätschern, die Vision von Schaumbergen und einem langsam darin versinkenden Körper. Und diese reibenden, knetenden, streichelnden, massierenden Hände. Kein Zentimeter Haut blieb von ihnen verschont. Das ebenmäßige, fast noch faltenfreie Gesicht. Die ihm so oft als besonders empfindlich geschilderte Halspartie. Die schlanken, leicht sonnengebräunten Arme. Die langen Schenkel mit ihrem festen Fleisch. Der flache und für Ninas Alter erstaunlich straffe Bauch. Die kleinen und wahrscheinlich nur deshalb noch so festen Brüste. Der Rücken, makellos wie alles an Nina. Aufgereiht auf der Ablage unter dem Spiegel standen sie, all die Cremes und Lotionen, die Tiegelchen, Fläschchen und Tuben, die Nina unbedingt brauchte.

Sie ging auf die Vierzig zu. Harry war gut fünf Jahre älter, in den bestes Mannesjahren sozusagen. Nina war schlank und mittelgroß. Wenn Harry neben ihr stand, sah man immer noch, dass er gut einen Kopf größer war als sie. Ein stattlicher Mann mit straffem Körper, dichtem, leicht gelocktem Haar und diesem herb männlichen Gesicht, nach dem sich immer noch so manche Frau umdrehte. Davon war im privaten Rahmen kaum etwas übrig, obwohl Harry sich rein äußerlich nicht sehr verändert hatte in den letzten zwanzig Jahren. Er sah lediglich reifer aus, etwas ernster, bedächtiger, ruhiger und charakterfester.

Nina brauchte ungefähr eine halbe Stunde im Bad. Kam sie zurück, war sie meist mit einem knöchellangen, zartrosafarbenen Morgenrock bekleidet, den sie gar nicht erst zuknöpfte. Wie ein Vorhang fiel er an ihr herunter, klaffte gerade soweit auseinander, dass Harry einen Blick auf die schwarze Spitze ihres Slips werfen konnte. Nina schlief immer nur mit einem solchen Slip bekleidet.

Bei der Tür stehend fragte sie mit betörendem Lächeln: «Noch nicht müde?» Und wenn Harry sich mit einem schwerfälligen Nicken aus dem Sessel erhob, fragte sie: «Soll ich dir rasch noch einen Tee machen?»

Ob er nun wollte oder nicht, den Tee brühte sie auf. Kamille, in Ausnahmefällen auch Pfefferminze, leicht gezuckert und kochend heiß. Jedes Mal, wenn Harry das gemeinsame Schlafzimmer betrat, fiel sein erster Blick auf die dampfende Teetasse.

Nina rekelte sich bereits erwartungsvoll unter dem dünnen Laken, lächelte hoffnungsfroh zu ihm auf, schaute ihm zu, wie er sich der Socken entledigte, die Hose auszog und am Saum ergriff, um sie ordentlich in die Bügelfalte zu legen. Tat er das nicht, tat Nina es eben. Dann lag er neben ihr, angefüllt bis zum Hals mit einer undefinierbaren Mischung aus Furcht, Widerwillen, vielleicht sogar Abscheu.

Jetzt erkundigte Nina sich endlich, ob er einen anstrengenden Tag gehabt hätte. Erbot sich, seinen eventuell verspannten Nacken zu massieren, die verkrampfte Schultermuskulatur ein wenig aufzulockern. Es war ihr Startsignal und sein Alarmzeichen. Nina blieb ja nicht bei Nacken und Schultern, sondern verirrte sich regelmäßig in die unteren Regionen, bezeichnete, was sie dort vorfand, als ihren kleinen Freund. Und wenn sie mit ihren überaus geschickten Händen das Ziel nicht erreichte, half sie mit der Zunge nach.

Es war eine Tortur für ihn. Harry spürte jedes Mal, wie eine Art Lähmung seine Beine ergriff, höher stieg, das Becken erreichte und den Brustkorb, bis schließlich der ganze Körper taub und gefühllos auf dem Laken lag.

Dabei hatte es eine Zeit gegeben, in der er Ninas Liebkosungen genießen konnte. Völlig entspannt auf dem Rücken liegend, hatte er sie hantieren lassen, bis sein großer Augenblick kam. Und er hatte sich für einen glücklichen Mann gehalten. Warum und ab wann sich das geändert hatte, wusste er nicht genau. Grübelte er darüber, kamen ihm nur Kleinigkeiten in den Sinn. Alltägliche Details, Beweise von Ninas rührender Fürsorge.

Die dampfende Teetasse neben seinem Bett zum Beispiel, die Baldriantropfen, die Nina ihm zum Frühstück bereitstellte, damit er sich den Büroärger nicht so zu Herzen nahm. Das heiße Kräuterbad, das sie für ihn in die Wanne einließ, sobald er auch nur Anzeichen einer leichten Erkältung zeigte. Die Wadenwickel, falls seine Temperatur um ein oder zwei Zehntelgrade anstieg. Das Vollkornbrot für die regelmäßige und problemlose Verdauung. Die Diätmargarine gegen den Cholesterinspiegel. Das zarte, absolut magere Hähnchenbrustfilet und die Rohkostplatten mit ihren Ballaststoffen. Und all diese Kleinigkeiten hatten den alten Harry allmählich erstickt. Übrig geblieben war ein Waschlappen, der es nicht einmal mehr ertrug, wenn seine Frau sich nach getaner Hausarbeit die Hände eincremte.

Das war der Stand der Dinge, als die Einladung zur firmeninternen Weihnachtsfeier kam, die an einem Freitag Mitte Dezember stattfand. Beim Frühstück an dem Freitagmorgen wies Harry darauf hin, es könne spät werden.

Nina nahm es mit der ihr eigenen Gelassenheit zur Kenntnis. Sie gab lediglich fünf Baldriantropfen mehr als üblich in das Glas. Dann wünschte sie ihm viel Vergnügen. Und als Harry sich verabschiedete, ermahnte sie ihn noch zur Vorsicht bezüglich des zu erwartenden kalten Büfetts und der Getränke. «Denk an deinen Magen.»

Es störte Harry, dass Nina sich ausschließlich um seinen Magen sorgte. Von Kollegen hatte er verschiedentlich gehört, dass deren Frauen ganz andere Dinge argwöhnten. Vielleicht sprach es für Ninas Selbstbewusstsein, dass sie im Zusammenhang mit einer Betriebsfeier keinen Gedanken an Sekretärinnen, Stenotypistinnen und dergleichen verschwendete. Vielleicht hing es auch mit der Tatsache zusammen, dass er nur noch sehr selten fähig war, auf ihre zielsicher greifenden Hände und ihre flinke Zunge zu reagieren. Nina wäre niemals auf die Idee gekommen, dass die Ursache dieser beharrlichen Verweigerung eine Cremedose war.

Man traf sich wie schon im Vorjahr im Waldcafé. Einem außerhalb der Stadt gelegenen Restaurant, das wegen seiner ausgezeichneten Küche einen guten Ruf genoss. Das kalte Büfett war dementsprechend, die Stimmung unter der Belegschaft allgemein heiter und gelöst.

Harry fühlte sich ein wenig davon ausgeschlossen, obwohl er gleichzeitig eine gewisse Erleichterung, vielleicht einen Hauch von Freiheit verspürte. Fest entschlossen, den Abend ohne Nina zu genießen, stand er vor dem reichhaltigen Angebot erlesener Delikatessen, hielt den noch leeren Teller in der Hand und überlegte, ob er seinem Magen ein winziges Häppchen Krabbencocktail zumuten könne. Nina hatte ihn so oft darauf hingewiesen, dass er keine Mayonnaise vertrug, dass er inzwischen selbst davon überzeugt war.

Während er noch unschlüssig dastand, gerade zögernd die Hand ausstrecken wollte, stieß ihn etwas in die Seite. Eine junge, weibliche Stimme dicht neben ihm sagte salopp: «Hoppla!» Und ein Schwall eines klebrigen Getränkes ergoss sich über seine hellgraue Hose. Er schaute verblüfft an sich hinunter und begriff nicht so recht, was ihm widerfahren war.

«Och, das tut mir aber Leid», sagte die junge Stimme, klang jedoch eher nach dem Gegenteil, relativ unbekümmert und sorglos. Und ein ebensolches Gesicht bemühte sich nahe dem seinen um einen Ausdruck von Bedauern, der nicht überzeugend gelingen wollte.

Harry kannte die Frau nicht, wahrscheinlich war sie noch nicht lange in der Firma. Er schätzte sie auf Anfang bis Mitte zwanzig. Sie war rötlich-blond, durchaus hübsch, bekleidet mit einem Rock, der gerade eben ihre Knie erreichte und sich wie ein Ballon um ihre Hüften bauschte. Dazu trug sie eine sehr gewagte Bluse.

Doch augenblicklich war er nicht empfänglich für irgendwelche weiblichen Reize. Der klebrige Fleck auf seiner Hose breitete sich aus. Die Flüssigkeit hatte den Stoff durchtränkt, und der pappte nun auf seinem Oberschenkel. Es war ein unangenehmes Gefühl. Der Geruch von Pfefferminze stach ihm penetrant in die Nase und erinnerte ihn in aufdringlicher Weise an die abendliche Schlafzimmerzeremonie. Und irgendwie machte ihn das wütend.

«Jetzt sehen Sie sich das an», sagte er mit einer Stimme, die er selbst kaum kannte, so energisch und ungehalten.

Die junge Frau entschuldigte sich noch einmal, klang dabei entschieden kleinlauter, schien auch vor seinen Augen kleiner zu werden, als sie ohnehin war.

«Tut mir wirklich Leid. Ich hab Sie nicht gesehen. Vielleicht ...» Sie zögerte unsicher und wirkte rührend dabei. «... kann man es auswaschen.»

Gleich darauf wurde sie energisch, griff nach seinem Arm, nahm ihm den leeren Teller aus der Hand und zerrte ihn hinter sich her auf eine Tür zu. «Kommen Sie, ich helfe Ihnen schnell.»

Unwillkürlich ließ Harry sich mitziehen, sah noch flüchtig die stilisierte Figur im Reifrock auf der sich öffnenden Tür. Dann schloss sich die Tür auch bereits hinter ihm, und er sah sich mehreren Handwaschbecken gegenüber. Aus einem blank polierten Spiegel schaute ihm sein eigenes, verblüfftes Gesicht entgegen.

Die junge Frau ließ seinen Arm los, riss mehrere Papiertücher aus einem Spender und hielt sie unter einen Wasserhahn. Sie lächelte schüchtern zu ihm auf, als sie sich bückte und mit den nassen Papiertüchern über seine Hose zu reiben begann. Nach drei, vier Strichen war der hellgraue Stoff von einer Unmenge weißer Papierfusseln übersät.

«Mist», fluchte die Kleine, richtete sich auf und wischte eine Haarsträhne aus der Stirn. Sie wirkte ratlos, aber nicht lange. Harry konnte gar nicht anders, ihr Eifer zwang ihm das wohlwollende Lächeln förmlich auf.

Sie warf einen Blick auf die Tür, durch die sie hereingekommen waren, schaute dann zu den Einzelkabinen hinüber. «Gehen Sie da rein», verlangte sie, indem sie auf eine der Kabinen zeigte. «Ziehen Sie die Hose aus und schieben Sie mir die unter der Tür durch.»

Harry dachte erst einmal gar nicht daran, dieser Aufforderung nachzukommen, amüsierte sich nur. Es war schon merkwürdig. Frauen, egal, ob nun Anfang zwanzig oder Ende dreißig, schienen allesamt diese praktische Ader zu haben. Aber als er sich ihren Vorschlag so durch den Kopf gehen ließ, sprach doch einiges dafür. Immerhin standen sie mitten im Waschraum für Damen. Jeden Augenblick konnte sich die Tür öffnen. An das anschließende Gerede hinter vorgehaltener Hand mochte er gar nicht denken. Also betrat er eine der Kabinen, schloss sicherheitshalber die Tür hinter sich zu, zog die feucht-klebrige Hose aus und schob sie unter der Tür nach draußen.

Die Haut an seinem Oberschenkel klebte immer noch. «Geben Sie mir noch etwas Papier», verlangte er, «aber nass, bitte.»

Fast augenblicklich erschien ihre kleine Hand und hielt ihm drei zusammengeknüllte, tropfnasse Tücher hin. Damit entfernte Harry den Pfefferminzlikör von seiner Haut und setzte sich einigermaßen zufrieden auf den WC-Deckel.

Bei einem der Waschbecken lief Wasser. «Jetzt geht es raus», verkündete sie erleichtert. «Es wird vielleicht ein Fleck bleiben, aber es klebt nicht mehr. Ich gebe Ihnen natürlich das Geld für die Reinigung.»

Niedlich. Und so pflichtbewusst, traute man ihr gar nicht zu bei diesem sorglosen Gesicht. Harry stellte sich vor, wie sie an seiner Hose herumschrubbte, schmunzelte dabei, bis ihm einfiel: «Wenn Sie die Hose nass machen ...»

«Keine Sorge», unterbrach sie ihn fröhlich. «Die kriege ich auch wieder trocken. Hier ist so ein Heißluftgebläse für die Hände.»

Wenig später hörte er bereits das gleichmäßige Summen des Trockners. Es dauerte eine Weile, ehe er die Hose wieder in Empfang nehmen konnte. In der Zwischenzeit hatte sich die Eingangstür mehr als einmal geöffnet. Und er war glücklich über die verschlossene Kabine.

Für sein Empfinden war der Stoff noch reichlich feucht. Aber da sie entschieden hatte: «Ich glaube, so geht es», wollte er nicht kleinlich sein. Nina hätte vermutlich befürchtet, dass er sich erkältete, wenn er so bekleidet zurück in den Saal ging. Nina hätte wohl erwartet, dass er jetzt heimkam. Aber Nina war nicht da. Nina würde sich höchstens am späten Abend oder am nächsten Morgen über den Fleck wundern.

Nachdem sie den Saal gemeinsam wieder betreten hatten, blieb die Kleine an seiner Seite. Sie war rührend bemüht, ihn für den Zwischenfall zu entschädigen, stellte fest, dass er ja immer noch nichts gegessen hatte. Und das kalte Büfett wies bereits beträchtliche Lücken auf.

Mit kritischem Blick begutachtete sie die Reste und füllte einen Teller für ihn. Teufelssalat, der sei köstlich, behauptete sie, davon habe sie eben auch genommen. Mit zwiespältigem Gefühl sah Harry die Paprikastreifen und Zwiebelchen in einer roten Tunke. Sein Lächeln glitt eine Spur ins Wehmütige ab, als er sah, was sie sonst noch auf einen Teller häufte.

Ein Stückchen Aal und ein Forellenfilet, beides geräuchert, ein Schweinemedaillon, etwas bunten Bohnensalat und ein Roggenbrötchen mit einem Klecks Kräuterbutter, fraglich, ob sein Magen diese Zusammenstellung verkraftete. Doch dann begann er mit zunehmendem Appetit zu essen und vergaß seinen Magen darüber völlig.

«Ich heiße übrigens Helen», erklärte sie beiläufig.

«Harry Kastrich», erwiderte er zwischen zwei Bissen.

Helen starrte ihn an, als habe er sie soeben mit einem Orden ausgezeichnet. «Aus der Planungsabteilung?», fragte sie mit ungläubigem Unterton. Und als er kurz nickte, versicherte sie enthusiastisch: «Von Ihnen habe ich schon eine Menge gehört.»

«Ach», sagte Harry erstaunt, konnte sich gar nicht vorstellen, was man über ihn verbreiten könnte.

«Doch, ehrlich», versicherte Helen. «Erst kürzlich habe ich mit Baumann gesprochen. Den kennen Sie doch, Baumann vom Betriebsrat. Ich meine, ich habe nicht richtig mit ihm gesprochen. Ich habe nur zufällig gehört, wie er über Sie sprach. Er hat eine sehr hohe Meinung von Ihnen.»

Dann lachte sie kurz auf. «Mensch, wenn ich eben gewusst hätte, wem ich meinen Likör auf die Hose kippe ...»

Den Rest ließ sie offen. Sie blieb den ganzen Abend an seiner Seite. Und sie war so erfrischend unkonventionell, so offen und herzlich in ihrer Art. Als er einmal mit ihr tanzte, strahlte sie unentwegt zu ihm auf. Anschließend plauderte sie über sich. Dass sie gerade dabei sei, sich eine kleine Wohnung einzurichten. Dass sie bis vor kurzem mit einem Freund zusammengelebt und sich getrennt hätte, weil ihr Freund nicht begreifen wollte, dass sie ein freier Mensch sei.

«Ehrlich», sagte sie und schaute Harry treuherzig in die Augen. Sie tippte sich mit einem Finger gegen ein winziges Stückchen Haut oberhalb des Blusenausschnittes. «Ich bin doch nicht bloß gut, um seine Socken zu waschen oder seine Hemden zu bügeln. Wann hat er denn mal meine Blusen gebügelt? Oder hat er sich vielleicht mal an den Herd gestellt, wenn es bei mir später wurde? Fehlanzeige.»

Das war es! Harry bemerkte es nicht sofort, doch tief in seinem Innern geschah etwas Umwälzendes. Stundenlang hätte er Helen zuhören können, wie sie über Sinn und Unsinn eines Frauenlebens sprach.

«Ist doch alles Blödsinn mit der Emanzipation», meinte sie. «Das wurde nur eingeführt, um es uns Frauen doppelt und dreifach aufzubürden. Wir sollen unser Geld selbst verdienen, im Beruf unseren Mann stehen, tun wir ja auch. Aber nebenher sollen wir noch die Kinder bekommen und versorgen und die Herren der Schöpfung bedienen. Wozu brauchen wir dann überhaupt Männer? Die brauchen uns. Sind wir doch mal ehrlich, wenn es hart auf hart kommt, wer kommt denn besser alleine zurecht? Eine Frau! Und wenn ich ohnehin für alles zuständig bin, wozu soll ich mir denn einen Mann an den Hals hängen? Um seine Socken zu waschen und seine Hemden zu bügeln? Nein. Vielen Dank.»

Im Anschluss daran erkundigte sie sich, ob sie ihn auch nicht langweile mit ihrem Gerede. Sie kicherte, senkte den Blick. «Wenn ich was getrunken habe, rede ich immer so drauflos.»

«Faszinierend», murmelte Harry, und er meinte keineswegs nur ihr Geständnis. Bis in alle Ewigkeit hätte er neben ihr stehen und ihr zuhören können.

Als sich schon kurz nach zwölf ein allgemeiner Aufbruch bemerkbar machte, war er maßlos enttäuscht. Es war fast, als erwache er aus einem schönen Traum. Helen ging neben ihm her auf die Tür zu. Ihren Mantel hielt sie locker über dem Arm. Er überlegte fieberhaft, wie er es anstellen konnte, sie ganz unverfänglich wieder zu sehen. Da fragte sie, ob er sie vielleicht mit in die Stadt nehmen könnte. Anderenfalls müsste sie sich ein Taxi rufen.

Dann saß sie neben ihm, den Mantel zusammengeknüllt im Schoß. Obwohl es draußen empfindlich kalt war, wirkte sie überhitzt. Pustete gegen die Haarsträhnen an, die ihr immer wieder in die Stirn fielen, fächelte sich mit einem Bierfilz Luft zu. Sie war einfach hinreißend. Wieder und wieder streifte Harry sie mit einem kurzen Seitenblick, lächelte sie an. Und natürlich brachte er sie bis vor ihre Wohnungstür.

Dort wirkte sie plötzlich unsicher und hilflos. Bedankte sich für seine Mühe, stammelte und druckste herum, ob er vielleicht noch einen Kaffee trinken möchte – und senkte den Kopf, weil sich ihr hübsches Gesicht bei dieser Frage mit einem merklich roten Farbschimmer überzog. Harry fand sie süß und lächelte gönnerhaft. Kaffee um diese Zeit, da würde er ja die ganze Nacht kein Auge zubekommen. Aber das musste er ihr nicht unbedingt auf die Stupsnase binden.

So legte er nur einen Finger unter ihr Kinn, hob ihr Gesicht an und drückte ihr ganz leicht die Lippen auf die Stirn. «Ein andermal vielleicht», sagte er.

Und sie starrte ihn mit leicht geöffneten Lippen bewundernd an, fand seine Antwort wohl sehr männlich und charakterfest. Sie nickte, lächelte ebenfalls, seufzte erleichtert und wiederholte zufrieden: «Ein andermal vielleicht.»

Noch auf dem Heimweg fühlte Harry sich leicht und beschwingt. Etwas in seinem Kopf hatte sich selbständig gemacht. Helen also, nun, es würde eine Kleinigkeit sein, herauszufinden, in welcher Abteilung sie beschäftigt war. Und wenn er das erst einmal wusste, war der Rest ein Kinderspiel. Es kam ihm selbst so vor, als sei der alte Harry von den Toten auferstanden. Nun saß er neben ihm, stieß ihn in die Seite, grinste kumpelhaft und forderte: «Mach zu, alter Junge.»

Nina wartete noch auf ihn, begrüßte ihn mit einem Kuss, von dem Harry so gut wie nichts schmeckte. Er hatte immer noch diesen leicht salzigen Geschmack auf den Lippen, ein Hauch von Schweiß und den Resten eines Make-ups.

Es war wirklich eine Kleinigkeit, Helens Arbeitsplatz ausfindig zu machen, sie saß in der Lohnbuchhaltung. Doch dann zögerte Harry unschlüssig, war sich seiner selbst nicht mehr sicher. Wusste nicht genau, was und ob er überhaupt etwas von diesem Mädchen wollte. Ein Abenteuer? Nein, eher vielleicht eine Erlösung.

Zwei Wochen ließ er verstreichen, ging die Situation in allen Einzelheiten durch, ehe er ihr «zufällig» auf dem Korridor vor der Buchhaltung begegnete. Sie grüßte mit einem nichts sagenden Kopfnicken. Es schien fast, als sei ihr die Begegnung peinlich.

«Hallo», sagte Harry und zwang sie damit, stehen zu bleiben. Er hatte sich alles genau zurecht gelegt. Locker und lässig fragte er: «Wie wäre es denn jetzt mit dem Kaffee?»

Leicht machte sie es ihm gewiss nicht. Zuerst behauptete sie, jetzt keine Zeit zu haben. Dann suchte sie nach anderen Ausflüchten. Aber gerade ihr Widerstand reizte ihn. Schließlich rang er ihr eine Zustimmung für die Mittagspause ab. Sie verabredeten sich in einem kleinen Bistro gleich um die Ecke. Das war nicht so auffällig wie die Kantine, in der Harry sich ohnehin nur selten sehen ließ.

Nur eine knappe halbe Stunde saßen sie sich an einem der kleinen Tische gegenüber. Harry trank tatsächlich einen Kaffee, aß dazu ein frisch aufgebackenes, knuspriges Champignonbaguette und hätte ihr gerne einfach nur zugehört. Aber sie sprach kaum, saß da, hielt den Kopf die meiste Zeit gesenkt und fixierte den Inhalt ihrer Tasse. Es blieb Harry gar nichts anderes übrig, als die Initiative zu ergreifen.

«So habe ich mir das nicht vorgestellt», sagte er.

«Wie denn?» Helen hob nicht einmal den Kopf, und ihre Stimme klang eine Spur aggressiv. «Ich kann mir denken, wie Sie sich das vorgestellt haben. Tut mir Leid, wenn ich Sie enttäusche. Aber für so was bin ich einfach nicht die Richtige.»

Und ehe Harry sich versah, war sie mitten in einem Vortrag über Ehemänner, die gar nicht daran dachten, sich von ihren Frauen zu trennen, die aber dennoch das Blaue vom Himmel versprachen, um ans Ziel ihrer Wünsche zu kommen.

«Man sollte es nicht glauben», sagte sie und funkelte ihn böse an. «Aber die erzählen immer noch die alte Geschichte von der Frau, die sie nicht versteht. Die sich im Bett immer aufführt wie ein Eisklotz. Und eine Scheidung ist natürlich unmöglich. Man muss ja Rücksicht auf die Kinder nehmen.»

Nach dem letzten Satz stieß sie die Luft aus. Ihr war bitterernst, und das wollte so gar nicht zu ihr passen. Gegen seinen Willen lachte Harry laut auf. Eine Frau in Ninas Alter schaute vom Nebentisch tadelnd zu ihm herüber. Flüchtig dachte er, dumme Kuh, dann war seine gesamte Aufmerksamkeit wieder bei Helen.

«Trübe Erfahrungen gemacht?», fragte er scherzhaft.

Sie schüttelte den Kopf, wehrte heftig ab. «Ich nicht, weil ich um verheiratete Männer schon immer einen großen Bogen mache. Aber man hört solche Geschichten zu oft. Ich möchte gar nicht wissen, wie viele Frauen sich einbilden, sie säßen am längeren Hebel, weil sie jünger sind. Das ist natürlich verlockend, ein Mann in gehobener Position, mit dem entsprechenden Einkommen, großzügig und erfahren in jeder Hinsicht. Da glaubt man leicht, man hätte das große Los gezogen. Und vergisst dabei, dass da schon eine Frau ist.» Ihr Finger deutete neben der Kaffeetasse kaum merklich auf ihn. «Sie sind doch auch verheiratet.»

«Ja», erwiderte er. «Und meine Frau ist im Bett alles andere als ein Eisklotz.» Bei diesem Ausdruck musste er erneut gegen seinen Willen lachen, weil er sich plötzlich dieses niedliche Geschöpf in Ninas Reizwäsche vorstellte.

«Kinder haben wir auch nicht», fuhr er fort.

Helen starrte ihn an, hob zögernd die Tasse zum Mund. Setzte sie jedoch gleich wieder ab, ohne den Rest Kaffee daraus getrunken zu haben. «Warum sitzen wir dann hier?», fragte sie.

Harry hob unschlüssig die Schultern, lächelte sie an, als wolle er sich bei ihr entschuldigen. «Ich weiß es selbst noch nicht», gestand er, beugte sich über den Tisch. «Ich kann es nicht erklären, dir nicht und mir nicht. Ein innerer Zwang vielleicht. Ich habe noch nie daran gedacht, meine Frau zu verlassen oder sie zu betrügen. Aber ich behaupte auch nicht, meine Ehe sei glücklich.»

«Baumann sagte», erklärte Helen stockend, «Ihre Frau wäre einfach umwerfend, ein Glückstreffer, so tüchtig und attraktiv.»

Harry nickte versonnen. «Da hat Baumann ohne Zweifel Recht. Aber er ist nicht mit ihr verheiratet.»

Nach dieser denkwürdigen Unterhaltung dauerte es noch drei qualvolle Monate. Sie trafen sich mehrfach in dieser Zeit. Und es kostete Harry von Mal zu Mal mehr an Selbstbeherrschung, ihr zum Abschied nur die Hand zu geben. Nachts lag er wach und stellte sich vor, wie es wohl wäre mit ihr. Aber die Vorstellung war immer nur unvollkommen.

Dann hatte er sie endlich so weit. Die Situation war in gewisser Weise unwürdig. Vielleicht war sie deshalb für Harry ein ganz besonderer Genuss. Schon Tage vorher war er nervös, suchte krampfhaft nach einer Ausrede für das unvermeidliche «später heimkommen». Er beobachtete Nina mit Argusaugen, fand, dass sie ihm sein Vorhaben von der Stirn ablesen müsse. Später sagte er sich, er habe es geradezu darauf angelegt, von Nina ertappt zu werden. Und dass man dann vielleicht Schlimmeres hätte verhindern können. Aber Nina blieb liebevoll und arglos. Nina war wie immer, und irgendwie war Nina in dieser Zeit nebensächlich.

Es war ein Tag Anfang April, ein relativ milder Tag. In der Mittagspause traf er Helen im Bistro und überredete sie zu einem weiteren Treffen nach Büroschluss. Er fand selbst, dass er zu diesem Zweck andere Mittel hätte finden können. Alles, was er ihr sagte, um sie zu überreden, war billig und abgegriffen. Dass er verrückt nach ihr sei, es nicht mehr länger ertragen könne, sie immer nur zu sehen. Dass sie einfach ein wenig Mitleid mit ihm haben müsse, wenn sie auch nur ein bisschen für ihn empfinde.

Und das tat Helen ohne Zweifel. Als sie kurz nach fünf zu ihm in seinen Wagen stieg, war sie kleiner als sonst. Und stiller. Sie fragte nur: «Fahren wir zu mir?»

Harry schüttelte den Kopf. Natürlich wäre Helens Wohnung ideal gewesen. Er hätte auch ein Hotelzimmer nehmen können. Doch da gab es einen unerfüllten Jugendtraum. Damals wäre es das Himmelreich auf Erden gewesen: Ein Auto und ein stilles Fleckchen irgendwo. Leider hatte er damals noch keinen eigenen Wagen gehabt, und Nina hatte ein möbliertes Zimmer gemietet, in dem sie ungestört waren.

Harry fuhr zu einer alten, längst stillgelegten Kiesgrube, hielt zwischen mannshohen Büschen an und stellte den Motor ab. Immer noch so klein und still saß sie neben ihm, starrte geradeaus durch die Windschutzscheibe. «Warum ausgerechnet hier?», fragte sie.

«Das verstehst du nicht», sagte Harry.

Er bemerkte sehr wohl, dass sie zitterte. Aber nach dem Grund zu fragen, fehlte ihm die Zeit. Wie ein hungriger Wolf über das Lamm fiel er über sie her. Es war einfach übermächtig, hatte sich aufgestaut in den letzten Monaten. Er hatte sogar Mühe, seine Erregung so lange im Zaum zu halten, dass sie wenigstens noch ein bisschen von ihm spürte.

Doch alles änderte sich schlagartig, als sie einen winzigen Schmerzlaut ausstieß. Da war er wieder Harry, sanft und geduldig, ganz Herr seiner Sinne. Und langsam und bedächtig ließ er sich zusammen mit ihr davontreiben.

Erst später machte er sich mit ihrem Körper vertraut. Und es war ihm eine Genugtuung ganz besonderer Art, dass sie sich trotz ihrer Jugend nicht mit Nina messen konnte. Ihre Hüften waren mehr als nur rundlich. Auch die Schenkel zeigten einen leichten Fettansatz. Deshalb wohl trug sie mit Vorliebe diese bauschigen Röcke.

Ihre Haut war entschieden zu trocken und wies einige raue Stellen auf. Ein wenig scheu ließ sie zu, dass er jede einzelne davon mit den Fingern erkundete. Mit ängstlichem Blick hing sie an seinem Gesicht. Erst als er sich über sie beugte, sie mit inbrünstiger Zärtlichkeit zu küssen begann, entspannte sie sich, schlang die Arme um seinen Nacken und verlangte mit kindlicher Stimme: «Sag mir wenigstens einmal, dass du mich liebst.»

«Ja», sagte Harry nur, «das tu ich.»

Obwohl er an diesem Abend fast zwei Stunden später heimkam als üblich, erkundigte sich Nina weder nach dem Grund für sein Ausbleiben noch nach sonst etwas. Sie brachte das Abendbrot auf den Tisch, machte sich anschließend über den Abwasch her, kam ins Wohnzimmer und cremte sich dabei die Hände ein.

Wie gebannt starrte Harry auf den Bildschirm, um die Vision zu verscheuchen, die ihn unvermittelt überfiel. Sah er sich doch tatsächlich auf einem Friedhof stehen. Ein offenes Grab, ein äußerlich gebrochener Mann, der seiner verstorbenen Gattin ein Schäufelchen Erde hinterherwarf und innerlich jubelte.

Einen Augenblick lang machte ihn das so stark, dass er sich fragte, wie Nina jetzt wohl auf ein Geständnis reagieren würde. Ich habe dich betrogen. Jedes einzelne Wort genüsslich auf der Zunge zergehen lassen, bevor man es über die Lippen ließ. Aber wie sie da so bei der Tür stand, hörte er sofort wieder auf, darüber nachzudenken.

Einige Wochen zog sich seine Affäre mit Helen in aller Heimlichkeit hin. Jeweils dienstags und donnerstags fuhren sie hinaus zu der alten Kiesgrube. Und montags, mittwochs und freitags trafen sie sich während der Mittagspause im Heizungskeller. Es gab dort einen stillen Winkel, in dem Helen in aller Eile den Rock für ihn heben konnte. Und trotz der Eile war es für Harry jedes Mal ein Triumph. Hätte er in solchen Augenblicken nicht mit dem letzten Rest seines Verstandes bedacht, dass man sie zwar nicht sehen, wohl aber würde hören können, er hätte losgebrüllt. Der hungrige Wolf, das Tier schlechthin.

Abends verachtete er sich dafür, wusste ganz genau, was er Helen zumutete, wusste ebenso gut, dass sie ihn sehr lieben musste, wenn sie das Tag für Tag auf sich nahm oder über sich ergehen ließ. Immer die Eile, die Demütigung, die Harry gar nicht ihr zugedacht hatte. Nachts beschloss er, es gutzumachen, sie zu verwöhnen, ihr jeden Wunsch von den Augen abzulesen. Und am nächsten Vormittag überkam es ihn wieder.

Er hätte es niemandem erklären können, fühlte selbst nur instinktiv, es war wie eine Sucht. Es lag wohl daran, dass er in diesem vergessenen Winkel des Heizungskellers mehr Mann war als sonst irgendwo. Nicht einmal hinter seinem Schreibtisch im Planungsbüro, wo man immerhin gewichtige Entscheidungen von ihm erwartete – und bekam –, verfügte er über so viel Macht, wurde ihm so viel Unterwerfung zuteil.

Und daheim, in Ninas unmittelbarer Nähe, war er nur ein Waschlappen. Baldriantropfen und Hähnchenbrustfilets, schwarze Spitzenhöschen und erfahrene Hände. Und eine grüne Cremedose, die ihn Abend für Abend in seine Schranken verwies.

Es gab Augenblicke vor dem Fernseher, in denen er Nina mehr hasste, als er selbst glauben konnte. Momente, in denen er sich vorstellte, die Hände um ihren Hals zu legen, zuzudrücken, nur um sie einmal klein und hilflos zu sehen. In solchen Augenblicken war ihm durchaus bewusst, dass er endlich für klare Verhältnisse sorgen musste, sollte das Ganze nicht in einer Katastrophe enden.

Auf dem Heimweg legte er sich hundertmal die Worte zurecht, mit denen er Nina so schonend wie möglich beibringen könnte, dass er die Scheidung wollte. Und kaum stand sie vor ihm, so gepflegt und überlegen, so ruhig und gelassen, da brachte er kein einziges davon über die Lippen.

Es geschah an einem Abend im Juni. Das ewige schlechte Gewissen Helen gegenüber trieb Harry dazu, ihr ausnahmsweise einmal in ihre Wohnung zu folgen. Aber zu seiner Überraschung war es nicht viel anders als im Auto oder im Keller. Auch ausgestreckt auf dem Bett wirkte Helen klein, hilflos und verletzlich. Als er schließlich gehen musste, weinte sie ein bisschen.

Sie entschuldigte sich dafür. «Es tut mir Leid, Harry. Achte gar nicht auf mich. Ich bin eine dumme Gans. Es ist nur ... genau davor habe ich mich immer gefürchtet, weißt du. Ich liege hier, und du gehst heim.»

Er ging noch einmal zurück, setzte sich zu ihr auf die Bettkante, schaute sie eine Weile schweigend an. Eine große Welle von Zärtlichkeit überrollte ihn, und er versprach: «Es dauert nicht mehr lange. Ich werde mit meiner Frau reden. Und ich denke, sie wird vernünftig sein.»

Während der Heimfahrt war er tatsächlich fest entschlossen. Doch kaum betrat er die Wohnung, verglühten alle guten Vorsätze wie ein Strohfeuer. Nina stand in der Küche, war bereits mit dem Abwasch fertig und cremte sich gerade die Hände ein.

Ganz unerwartet kam sie ihm zu Hilfe. «Du kommst spät», stellte sie fest. Er glaubte, einen leicht ironischen Unterton zu hören. «Im Büro habe ich schon angerufen. Dort bist du nicht aufgehalten worden.»

Er stand einfach nur da und ließ es über sich ergehen.

«Du bist ja häufiger so spät gekommen in letzter Zeit», fuhr Nina fort. «Da habe ich mich natürlich gefragt, was du wohl treibst.»

Sie massierte lächelnd ihre Hände. «Ich habe auch eine Antwort gefunden. Sie ist Anfang zwanzig und recht hübsch.»

Harry konnte nichts weiter tun, als auf ihre Hände zu starren. Der knetende Anblick schnürte ihm die Kehle zu.

«Ich mache dir einen Vorschlag», sagte Nina. «Wir trennen uns für eine Weile. Dann kannst du in aller Ruhe deine Entscheidung treffen. Deinen Koffer habe ich bereits gepackt. Er steht im Schlafzimmer.»

Es klang nicht nach Wut, auch nicht nach verletztem Stolz. Es klang einfach nach Nina. Wie ein geprügelter Hund schlich Harry ins Schlafzimmer, nahm den Koffer vom Boden auf und trug ihn zur Tür.

Nina war ihm gefolgt. «Wenn du dich entschieden hast», sagte sie, «lass es mich wissen. Du weißt, ich bin kein nachtragender Mensch, Harry. Ich verstehe, dass so etwas in deinem Alter vorkommen kann. Vielleicht geht es wieder vorbei. Und wenn nicht, finden wir bestimmt eine Lösung.»

Wahrscheinlich hätte er ihr dankbar sein müssen. Doch in dem Augenblick war es einfach zu viel, wortlos zog er die Tür hinter sich ins Schloss und ging zurück zu seinem Wagen.

So kam es, dass er kurz darauf erneut vor Helens Wohnung stand. Sie weinte, als sie den Koffer in seiner Hand sah und er ihr nicht ganz den Tatsachen entsprechend erklärte: «Ich habe mit meiner Frau gesprochen. Sie war einverstanden, dass wir uns trennen.»

Helen schlang beide Arme um seinen Nacken, presste das Gesicht in seine Halsbeuge und murmelte erstickt: «Aber gedrängt habe ich dich nicht.»

«Nein», sagte Harry sanft. «Und das rechne ich dir ganz besonders hoch an.»

Sie war so bezaubernd in diesem Augenblick, mit den Tränenspuren auf den Wangen, der verschmierten Wimperntusche und dem zerzausten Haar. Harry konnte nicht anders. Er schob sie vor sich her in die Küche, öffnete noch im Gehen die Knöpfe ihrer Bluse, hob sie auf den Tisch und liebte sie. Minutenlang stand er vor ihr, schaute in ihr kleines Gesicht. Es war die Erlösung.

Später half er ihr, ein wenig Ordnung in der kleinen Wohnung zu schaffen. Das Bett war natürlich nicht gemacht. Helen entschuldigte sich dafür. «Ich wusste ja nicht, dass du nochmal zurückkommst.»

«Nein», erwiderte er, «das konntest du nicht wissen.» Und fröhlich pfeifend zog er die Laken glatt.

Im Wohnzimmer lagen ein paar Zeitschriften auf dem Fußboden. Harry stieg einfach darüber hinweg und ließ sich in einen urig bequemen Ledersessel fallen. Und als Helen sich nach den Zeitschriften bücken wollte, ergriff er ihren Arm und zog sie sich auf den Schoß.

«Lass sie liegen», flüsterte er, begann sie zu küssen, spürte, wie erneut die Erregung von ihm Besitz ergriff, und liebte sie gleich noch einmal in diesem Ledersessel.

Danach befreite sich Helen sanft, aber nachdrücklich aus seinen Armen. Rock und Bluse ließ sie neben dem Sessel zu Boden fallen. Harry lächelte, als es ihm bewusst wurde. Es war alles in Ordnung, in bester Ordnung sogar.

Mit etwas unsicheren Schritten ging Helen auf eine Tür zu, drehte sich noch einmal über die Schulter zu ihm um, lächelte verlegen. «Jetzt muss ich aber duschen.»

Und damit verschwand sie hinter der sich schließenden Tür. Harry blieb, wo er war, lehnte den Kopf zurück und schloss für eine Weile die Augen. Er begriff es noch nicht ganz, doch allmählich dämmerte ihm, dass es vorbei war. Aus und vorbei. Er war ein freier Mann, die Entscheidung war gefallen. Spielte es denn eine Rolle, wer sie getroffen hatte? Er konnte neu beginnen – ein ganz anderes Leben mit Helen.

Unbewusst tastete er nach dem Zigarettenetui in der Hosentasche, zündete sich eine Zigarette an, schaute den dünnen, grauen Schwaden hinterher und war zufrieden. Das Rauschen der Dusche drang zu ihm herein. Helen trällerte ein Lied, irgendeinen modernen Schlager, den er nicht kannte. Er horchte auf ihre Stimme, die so jung war, so fröhlich, so leicht. Er rauchte und genoss es. Gleich neben dem Sessel stand ein kleiner Tisch, darauf ein Aschenbecher. Praktisch und so ganz anders.

Mit jedem Zug an der Zigarette rückte Nina weiter von ihm ab, befreite er sich mehr aus diesem Albtraum. Er streifte die Asche ab, schaute sich im Zimmer um, lächelte wieder. Die Zeitschriften auf dem Boden, Helens Rock, die Bluse, der Aschenbecher auf dem Tisch, zwei Kippen darin. Ein benutztes Glas auf einem größeren Tisch, daneben Orangenschalen, schon angetrocknet.

Im Geist sah er Nina durch dieses Zimmer gehen, sah ihre flinken Finger für Ordnung sorgen, sah sie anschließend ihre Hände waschen, nach der Cremedose greifen. Das war vorbei.

Wo Helen nur blieb?

Das Rauschen der Dusche war verstummt, aber ihr Trällern

war noch zu hören. Harry dachte flüchtig daran, sie vielleicht noch einmal zu lieben an diesem Abend. Doch dann schalt er sich einen Narren. Irgendwo gab es Grenzen für einen Mann in seinem Alter. Es wunderte ihn ohnehin, dass er es bereits dreimal geschafft hatte an diesem Tag. Er schob diese Tatsache der ungeheuren Erregung zu, die sein Innerstes ausfüllte. Im Arm halten wollte er sie, einfach nur im Arm halten, zärtlich sein, ihre Haut spüren, die Finger über die rauen Stellen gleiten lassen und von der Zukunft mit ihr träumen.

Was trieb sie nur so lange?

Harry erhob sich, träge und satt, ging auf die Tür zu, hinter der sie verschwunden war. Seine Hand drückte die Klinke nieder, er lächelte. Helen stand neben der Duschkabine, mit dem Rücken zu ihm. Sie hielt etwas in einer Hand, strich mit der anderen über ihr linkes Bein. Harry erkannte nicht sogleich, was sie da hielt. Er wollte gerade fragen, warum sie so lange brauchte, da drehte sie sich zu ihm um.

«Ich bin gleich so weit», sagte sie, hielt ihm etwas entgegen. «Bist du so lieb und cremst mir den Rücken ein? Ich kann das selbst so schlecht.»

Er nickte nur, versuchte, die Melodie zu pfeifen, die sie eben geträllert hatte. Seine Augen registrierten die lindgrüne Flasche, die sie ihm entgegenhielt, saugten sich daran fest. Alles andere verschwamm plötzlich vor seinem Blick. Seine Hand fühlte Plastik, weiches Plastik, das sich mühelos zusammendrücken ließ. Er ließ etwas von der dünnflüssigen Milch in seine Handfläche laufen, stellte die Flasche auf den Rand des Waschbeckens, legte die Hand auf Helens Rücken. Immer noch lächelnd begann er, die klebrige, schmierige Lotion auf ihrer Haut zu verreiben.

Er kniff die Augen zusammen, um den Schleier loszuwerden, hörte einen eigentümlich dumpfen Laut, der fast wie das erstickte Weinen eines kleinen Kindes klang. Aber er begriff nicht, dass dieser Laut aus seiner Kehle kam. Seine Hände arbeiteten sich automatisch zu Helens Schultern hinauf, drückten das warme

Fleisch, rieben und massierten, glitten höher, schlossen sich um einen Hals.

Und immer noch war da dieser merkwürdige Ton, ein verzweifeltes Summen, nicht ganz von dieser Welt. Dicht vor sich sah Harry das makellose Gesicht Ninas, sah, wie sich die Gelassenheit darauf in Entsetzen wandelte. Er hörte ihr Röcheln, sah ihre schlanken, nach Creme duftenden Hände sich im Duschvorhang verkrallen. Direkt unter den Fingerspitzen fühlte er ein leichtes Hämmern. Es war nicht sehr beständig und hörte dann ganz auf.

Und dann war es, als hielte er ein Zentnergewicht in den Händen. Seine Arme wurden unerbittlich hinabgezogen. Ninas Röcheln erstarb, jetzt war er frei, wirklich frei. Nur seine Hände schienen noch verkrampft, er entschloss sich, sie zu lösen. Und als er sie mit einem tiefen Atemzug entspannte, fiel etwas schwer zu Boden, schlug hart gegen die Einfassung der Duschkabine, blieb zu seinen Füßen liegen und rührte sich nicht mehr.

Harry lächelte zufrieden und kümmerte sich nicht weiter darum. Er wischte sich das klebrige, fettige Zeug von den Händen, wischte es einfach an den Hosenbeinen ab. Dann ging er zurück ins Wohnzimmer. Mit einem Seufzer der Erleichterung ließ er sich wieder in den gemütlichen Sessel sinken, schloss für eine Weile die Augen und spürte Müdigkeit in sich aufsteigen.

Die Lider wurden ihm schwer. Wenn Helen sich nicht ein wenig beeilte, würde er noch im Sessel einschlafen. Was trieb sie nur so lange im Bad? Irgendwie waren die Frauen doch gleich, egal, ob sie nun Anfang zwanzig oder Ende dreißig waren.

Rosis liebste Stellung

Lebenslänglich haben sie mir gegeben. Weil ich aus niederen Beweggründen getötet hätte, sagte der Richter. Stimmt aber nicht. Mir ging's nicht in erster Linie darum, mich zu bereichern, wie der Staatsanwalt das ausdrückte, ehrlich nicht. Ich geb ja zu, dass ich mich bei der Alten bedient hab. Die Schmuckkassette aus ihrem Schlafzimmer hab ich mitgehen lassen und das Silberbesteck, das Rosi einmal die Woche polieren musste, obwohl es nie benutzt wurde, und noch 'n paar andere Kleinigkeiten, von denen Rosi mir immer vorgeschwärmt hatte.

Das hat sie tatsächlich immer getan, auch wenn sie es dann vor Gericht bestritten hat. Bei jeder Gelegenheit hat sie mir erzählt, was bei der Alten so alles rumstand oder -hing. Bilder an den Wänden, Teppiche auf den Fußböden und 'ne Menge Nippes auf oder in den Schränken. Hätte ich das stehen lassen sollen, nachdem feststand, dass Rosi mir 'nen Tritt geben wollte? Ich musste schließlich an meine Zukunft denken. Und außerdem hatte ich 'ne Scheißwut auf die Alte.

Dass ich ihr eins über den Schädel ziehe, war fest eingeplant. Genau genommen war mir das sogar wichtiger als ihr Schmuck oder das Silberbesteck. Umbringen wollte ich sie nicht unbedingt. Ich kann mich auch gar nicht erinnern, dass ich so feste zugehauen habe. Der Medizinmann, der sie untersucht hat, behauptete in der Verhandlung, ich hätte ihr den Schädel förmlich zu Brei geschlagen. Mit zwei Gegenständen, erklärte er, mit einem Knüppel, und das stimmt, den Knüppel hatte ich ja mitgebracht. Aber dass ich sie auch noch mit ihrem eigenen Stock verdroschen habe. Also ehrlich, da weiß ich gar nix von. Da muss was bei mir ausgesetzt haben. Soll's ja geben, dass man in so 'n regelrechten Blutrausch verfällt, wenn man erst mal angefangen hat.

Und in so 'ner Situation. Ich meine, wenn Rosi richtig fremdgegangen wäre, wenn sie mir ins Gesicht gesagt hätte, dass sie 'n anderen Kerl hat, einen mit 'nem tollen Job und 'ner Menge Kohle, hätte ich's ja noch irgendwie verstanden. Da hätte ich ihr wahrscheinlich eine geknallt in der ersten Wut und Enttäuschung. Aber dann hätte ich mir gesagt, so ist das nun mal im Leben, man kann noch so gut sein, es gibt immer welche, die besser sind.

Aber Rosi hatte keinen anderen Kerl. Rosi sagte plötzlich: «Wenn man alle Männer in einen Sack stopft und dann mit einem Knüppel draufhaut, trifft man immer den Richtigen.»

Zuerst habe ich gar nicht geschnallt, worauf das hinauslief. Erst als ich sie nicht mehr anfassen durfte, als sie mir ununterbrochen von der Frau Doktor vorschwärmte, da ist mir ein Licht aufgegangen, na, das war eher ein ganzer Kronleuchter. Da hab ich sie gefragt: «Sag mal, hast du was mit der Alten? Machst du jetzt mit dem Besen auf Lesbe? Das kann ja wohl nicht angehen.»

Als Antwort hab ich nur so 'n Grinsen gekriegt. Da wusste ich Bescheid. Und da dachte ich mir eben, ja, wenn das so ist, hau ich mal ein bisschen mit dem Knüppel auf die Frau Doktor. So nannte Rosi sie ja immer.

Dabei war die Alte gar keine Frau Doktor. Die hatte das Vermögen und den Titel von ihrem Mann übernommen, der vor ein paar Jahren abgekratzt ist. Freiwillig – muss man dazu sagen. Das sagt ja wohl alles. Kam auch alles zur Sprache vor Gericht, dass die Alte ein hundsgemeines Aas gewesen war, dass sie keinem Menschen das Schwarze unterm Fingernagel gegönnt hat.

Das sag ich jetzt nicht bloß, um mich reinzuwaschen. Andere mussten das auch einräumen. Da war zum Beispiel ein Nachbar, der sollte vor Gericht eigentlich nur aussagen, was er gesehen und gehört hat in der Nacht, als ich bei der Alten war. Gesehen hatte er nix, nur die Tochter von der Alten schreien hören. Dabei hatte Rosi mir erzählt, die Tochter wäre ausgezogen. Aber sie hat mich ja hinten und vorne belogen.

Der Nachbar sagte, er wäre dann rübergegangen und hätte die arme alte Frau in ihrem Blut liegen sehen. Hörte sich richtig dramatisch an, wie er das sagte: arme alte Frau. Und dass sie ihm in dem Moment furchtbar Leid getan hätte. Dass man so einen Tod keinem wünschen darf und so weiter.

Mein Anwalt, dem hatte ich ja alles erzählt, was ich von Rosi wusste, hat ihn gefragt: «Hatten Sie ein gutes nachbarschaftliches Verhältnis zu der Dame?»

Und da rückte er mit der Sprache raus. Nein, hatte er nicht gehabt. Die Alte hatte ihm den ganzen Sommer über die Bullen auf den Hals gehetzt. Jede Nacht, wegen ruhestörendem Lärm. Dabei hatte er nicht etwa eine Party nach der anderen gefeiert. Nein, er hatte nur mit seiner Frau im Bett gelegen. Seine Frau hatte wohl ein bisschen gestöhnt. Und das Fenster war offen gewesen, macht man ja im Sommer, vor allem, wenn es tagsüber so brütend heiß ist. Da will man wenigstens nachts etwas Abkühlung. Und wenn das nächste Haus gut fünfzig Meter weit weg steht, denkt doch kein Mensch dran, dass jemand hört, wenn er es mit seiner Frau treibt. Die Alte muss mit dem Richtmikrophon auf der Lauer gelegen haben, um den beiden den Spaß zu versauen.

Missgünstiges Aas. Aber dass mit der nicht gut Kirschen essen war, wusste ich schon, da hatte ich noch keine drei Worte mit ihr gewechselt. Ich hab sie nämlich angerufen. Das ist jetzt, Moment: drei Monate Untersuchungshaft und davor ein knappes halbes Jahr, also rund neun Monate ist das jetzt her.

Da stand die Anzeige in der Zeitung. «Zuverlässige Putzhilfe für gepflegten Zweipersonenhaushalt gesucht. Vier Stunden wöchentlich nach Vereinbarung.» Und die Telefonnummer.

Rosi hatte zu der Zeit nur drei Putzstellen. Eine bei 'nem Arzt, da machte sie die Praxis sauber. Das waren jeden Tag an die drei Stunden, samstags und sonntags natürlich frei. Da ging sie immer abends so gegen sieben, manchmal auch später, kam drauf an, ob er noch Patienten hatte. Für morgens hatte sie 'ne Kneipe, ein riesiger Schuppen war das, da war sie von sechs in der Früh bis um elf beschäftigt. Um elf musste sie fertig sein, dann wurde die Kneipe nämlich aufgemacht.

Und dann hatte sie noch 'nen älteren Herrn, ein feiner Mensch. Aber zu dem ging sie nur dreimal die Woche für jeweils zwei Stunden, musste in der Zeit allerdings auch die Bügelwäsche machen. Das hat ihr nicht geschmeckt, sie konnte es ihm wohl nie gut genug machen. Vor allem mit seinen Hemden war er sehr pingelig. Da meckerte er dann schon mal, dass Rosi sich mehr Mühe geben müsste. Aber alleine konnte er's halt auch nicht. Na ja, so 'n alter Mann, hätt ich auch nicht gekonnt, Hemden bügeln.

Ja, und dann las ich die Anzeige. Und da dachte ich mir, nur vier Stunden die Woche, das schafft Rosi doch locker. Und nach Vereinbarung, da kann sie es entweder samstags nachmittags machen, weil sie da ja abends nicht in die Praxis muss, oder mittwochs, da musste sie nämlich nicht in die Kneipe. Die hatten dienstags ihren Ruhetag, da war mittwochs nichts zu tun.

Ich hab dann gleich angerufen. Meldete sich die Frau Doktor. Klingt ja vornehm, wenn man's so hört. Aber die Stimme, die klang nach einem Weib, das Haare auf den Zähnen hatte. So was von unfreundlich, 'n richtiger Kommandoton, wie beim Bund, ehrlich.

Aber ich dacht mir, ich hab ja nichts mit ihr zu tun. Und Rosi war immer ein Schaf, die ließ sich von jedem kommandieren. Das brauchte sie sogar. War schon immer so. Ein bisschen doof war sie auch, hat nix gelernt.

Als ich sie damals kennen lernte, vor knapp zehn Jahren, da war sie siebzehn und schon 'ne ganze Weile bei 'ner Familie im Haushalt. Zwei kleine Kinder hatten die. Die Frau war irgend so 'n hohes Tier in 'ner großen Firma, war die halbe Zeit auf Geschäftsreisen. Er war selbständiger Kaufmann mit Büro im eigenen Haus. Da war er tagsüber immer da, abends versteht sich von selbst.

Und Rosi hatte da ein Zimmer, weil sie mit ihrer Familie nicht klarkam. Das war 'n Haufen für sich, Vater stets und ständig besoffen, Mutter verschliss einen Freund nach dem anderen. Vier Geschwister, bei denen kein Mensch wusste, von wem die waren. Da hatte Rosi gedacht, bei so einer vornehmen Familie, das wäre ein sozialer Aufstieg. Dabei war sie vom Regen in die Traufe gekommen. Die Frau schikanierte sie nach Strich und Faden, und der Kerl ging ihr regelmäßig an die Wäsche, ob sie wollte oder nicht.

Wir waren schon über 'n Jahr zusammen, und das hatte sie ihm auch gesagt, dass sie jetzt 'nen festen Freund hätte, hat er sich aber nicht dran gestört. Der rief sie trotzdem dreimal am Tag in sein Büro, wo die kleinen Kinder nicht reindurften. Da musste Rosi sich dann mal kurz über den Schreibtisch beugen.

Als sie mir das endlich erzählte, wär ich vor Wut beinahe geplatzt. Hab ich erst mal ihr eine gescheuert. «Du blödes Huhn», hab ich gesagt, «so was lässt man sich doch nicht gefallen als anständiges Mädchen. Und dann noch für lau.»

Der Typ hat sich doch nie erkenntlich gezeigt, es gab keine müde Mark nebenher. Die zahlten ihr gerade mal 'n Taschengeld, hundertfünfzig im Monat, weil sie Kost und Logis frei hatte.

Rosi fing an zu heulen, weil ich ihr eine geklatscht hatte. Und ich hab mich hingesetzt und 'nen feinen Brief an den Typ geschrieben. Dass er was springen lassen muss, wenn er nicht will, dass seine Alte Wind von der Sache kriegt.

Der hat auch brav gezahlt, fünfzehnhundert im Monat. Natürlich hab ich drauf bestanden, dass Rosi sofort da aufhört und bei mir einzieht. Ich hab ihr einen Heiratsantrag gemacht, damit sie mir nicht durch die Lappen geht. Sie sprach nämlich davon, dass sie volljährig wäre und sich was anderes suchen will.

Mit mir aufs Standesamt, davon war sie zuerst gar nicht erbaut, weil ich keine feste Arbeit hatte, nur mal hier und da auf dem Bau was machte. Konnte ich aber nie lange, wegen meinem Rücken. Und mit den fünfzehnhundert von ihrem früheren Chef war das ja überhaupt nicht mehr nötig.

Das mit dem Rücken hab ich von 'nem Unfall. Das ist jetzt gut zwölf Jahre her. Als das passierte, war ich gerade zwanzig. Ist 'ne scheußliche Sache, wenn man so jung zum Krüppel wird. Mein Kumpel und ich, wir waren um die Häuser gezogen, hatten auch was getankt und waren richtig gut drauf. Und da sahen wir plötzlich diesen Schlitten stehen. Ein Porsche, mutterseelenallein auf einem riesengroßen Parkplatz.

Mein Kumpel sagte: «Der muss ja fürchterliche Angst haben, so ganz allein auf dem großen Platz. Und dann ist er noch nicht mal abgeschlossen.»

Haben wir uns den mal ausgeliehen. Erst 'n bisschen durch die Stadt gekurvt, an 'ner Disco Halt gemacht und zwei Miezen aufgelesen. Und dann ab mit denen ins Grüne. Und auf der Rückfahrt ist es passiert. Ich fuhr, und die Kleine, die ich mir aufgegabelt hatte, kriegte einfach nicht genug. Ich hatt es ihr schon zweimal ordentlich besorgt, aber die war immer noch so spitz wie Nachbars Lumpi. Fummelte die ganze Zeit an mir rum, machte mir den Hosenstall auf. Und dann beugte sie sich tatsächlich runter, um zu sehen, ob's auf Französisch nochmal klappt. Ich dachte, ich krieg 'nen Koller. Und da bin ich dann gegen den Baum.

Der Porsche war Schrott. Mein Kumpel hatte auch tüchtig was abgekriegt. Dem hätten sie ja beinahe sein bestes Stück amputieren müssen. Weil die Schnalle, die hinten bei ihm saß, gesehen hatte, was vorne bei uns lief, und das auch mal probieren wollte. Und als es krachte, hat die zugebissen. War wohl nur 'n Reflex, aber mein Kumpel lag monatelang in der Klinik. Und ich hab's seitdem mit dem Rücken.

Das Arbeitsamt hat mich 'n paar Mal zum Amtsarzt geschickt, die haben das nicht geglaubt, dass ich schwerbeschädigt bin. Da hieß es immer, ich simuliere nur. Der Amtsarzt behauptete sogar mal, nach der Untersuchung müsse er den Raum gründlich durchlüften, weil er sonst den Gestank der Faulheit nicht mehr rausbekäme. Dem hätt ich beinahe was auf die Fresse gegeben.

Ich meine, was bildet so 'n Kerl sich ein? Nur weil er studiert hat und auf dem Röntgenbild nichts zu erkennen ist! Da sind garantiert ein paar Nerven eingeklemmt, was soll man davon großartig sehen? Das kann doch kein Mensch beurteilen, wann es 'nem anderen wehtut. Wenn ich mich bücken muss, das ist, als ob ich 'ne Eisenstange im Kreuz habe. Schwer heben kann ich auch nicht. Rosi musste immer die Bierkästen tragen.

Dass sie nicht hellauf begeistert war, einen Schwerbeschädigten zu heiraten, kann man verstehen. Sie hat sich ja damals auch noch eingebildet, so wie sie aussieht, findet sie noch einen anderen. Aber bei ihrer Vergangenheit, ich hab sie gefragt, ob sie meint, ein anständiger und fleißiger Mann, wie sie einen wollte, würde eine nehmen, die so rumgehurt hat wie sie, mit dem Chef ins Bett oder auf den Schreibtisch.

Und ich konnt ihr ja durchaus was bieten. Ein Mann, der wegen seinem Rücken nicht arbeiten kann, muss deshalb noch längst nicht auch im Bett ein Krüppel sein. Nee, also da hab ich immer meinen Mann gestanden, auch zweimal die Nacht. Außerdem hatte ich ein eigenes Haus. Geerbt, von meiner Mutter. War zwar schon älter, auch ein bisschen baufällig, und das Klo war auf dem Hof. Waschen mussten wir uns in einer Schüssel in der Küche, aber sauber wird man dabei auch.

Rosi wollte unbedingt ein Bad, jahrelang hat sie davon gefaselt, aber da hätten wir anbauen müssen, so groß war das Haus nicht. Aber es war komplett eingerichtet. Küche, Schlafzimmer, Wohnzimmer, nette alte Sachen. Keine Antiquitäten, so dicke hatte meine Mutter es nicht. Aber ein Herd ist ein Herd, oder? Ob man da nun Brikett reinlegt oder am Knöpfchen dreht, Hauptsache, man kann drauf kochen. Rosi hat das auch schnell gelernt. Und 'nen elektrischen hätten wir gar nicht anschließen können bei dem alten Stromnetz.

Einen neuen Fernseher hab ich angeschafft, einen schönen, großen, und ein Video, damit 's abends nicht so langweilig war. Rosi bestand ja sofort nach der Hochzeit darauf, sich 'ne neue Stellung zu suchen, damit wenigstens einer von uns ein regelmäßiges Einkommen hätte. Ihrem alten Chef hat sie nicht getraut.

Sie fand auch schnell was, die Arztpraxis. Da kriegte sie anfangs zehn Mark die Stunde, und totarbeiten musste sie sich nicht. War auch keiner da, der sie rumkommandierte.

In der ersten Zeit ging's uns echt gut. Mit dem, was Rosi verdiente, und mit den fünfzehnhundert jeden Monat. Aber irgendwann dachte ich, alles wird teurer, der Scheißkerl soll ruhig mal was drauflegen. Und das wurde ihm dann zu viel. Hat er erst mit seiner Alten gesprochen und gebeichtet, dass er Rosi flachgelegt hatte, hat das natürlich so dargestellt, als wär's ihre Schuld gewesen. Und dann hat er uns angezeigt wegen Erpressung.

Und wegen dem Porsche war ich noch auf Bewährung. Das gab dann zwölf Monate für mich. Für Rosi ging es glimpflich aus, neun Monate auf Bewährung. Sie besuchte mich regelmäßig im Knast, versorgte mich mit Zigaretten, auch mit Barem. Im Knast muss man flüssig sein, sonst ist man aufgeschmissen.

Zum Glück hatte Rosi sich sofort zusätzlich zu der Arztpraxis noch die Stelle in der Kneipe gesucht, um über die Runden zu kommen. Da wollte sie sogar abends kellnern gehen, aber das hab ich ihr ausgeredet. Ich hätte ja Prügel verdient, das zuzulassen. Rosi war ein Goldstück auf ihre Art. Sah nicht übel aus, niedliches Gesicht, knackige Figur und so. Ich sitz im Knast, andere sind ja auch nicht blind. Ich komm raus, und sie hat 'nen anderen, nee.

«Stell dir das mal nicht so einfach vor», hab ich gesagt. «Kellnern, da läufst du dir die Füße platt und musst dir von Besoffenen alles gefallen lassen. Was meinst du, wie die dich anmachen, wenn sich rumspricht, dass du vorbestraft bist? Rechnen können musst du auch. Such dir lieber noch 'ne Putzstelle. Dass du nachts arbeitest, kommt überhaupt nicht in Frage, das ist viel zu gefährlich für 'ne junge Frau.»

Da hat sie dann bei dem älteren Herrn angefangen. Feiner Mensch, wirklich, der steckte ihr oft was zu, neben dem regulären Lohn, versteht sich. Davon soll sie sich was Hübsches kaufen, sagte er immer. Aber Rosi lieferte das prompt ab. Sie wäre nie auf die Idee gekommen, sich dafür was für sich persönlich zu kaufen. Sie hätte ja auch gar nicht gewusst, was. Das musste ich ihr immer sagen. Und nachdem ich wieder draußen war, hab ich mich selbst drum gekümmert, dass sie alles hat, was sie braucht. Mal 'n schönes Stück Seife oder 'n Paar neue Strümpfe, auch mal ein Kleid oder einen neuen Kittel.

Lippenstifte, Parfüm und so 'n Quatsch brauchte sie nicht. Ich hab ihr immer gesagt: «Bei deinem Gesicht musst du dich nicht anmalen. Und ein Mensch, der sich regelmäßig wäscht, braucht kein Parfüm. Das ist sowieso alles nur Chemie, das schadet der Haut.» Und das wollte Rosi natürlich nicht.

Ja, und so ging das weiter mit uns. Im Bett klappte es zu der Zeit noch hervorragend. Finanziell war's allerdings manchmal so knapp, dass es für einen ganzen Bierkasten nicht reichte. So gut wird 'ne Putzfrau ja nicht bezahlt. Da musste Rosi die Flaschen einzeln kaufen. Tat sie aber brav. Jeden Tag brachte sie mir zwei Flaschen mit und eine Schachtel Zigaretten, wenn sie vom Putzen aus der Kneipe zurückkam.

Ich hätt's besser dabei belassen. Aber als ich die Anzeige von der Alten las, dachte ich eben, noch 'ne Stelle, zeitlich wäre das kein Problem, und wir könnten 's gut gebrauchen. Ich wollt nämlich zusehen, dass ich meinen Lappen zurückbekam, nach der Sache mit dem Porsche war der natürlich weg. Und dann wollt ich mir ein Auto kaufen, damit ich nicht immer nur zu Hause rumhänge.

Ich rief bei der Alten an, das konnte Rosi nicht selbst übernehmen, die bügelte zu der Zeit bei dem älteren Herrn. Und die Alte wollte erst mal wissen, warum meine Frau nicht selbst anruft. Hab ich ihr erklärt, hab auch gleich gesagt, dass Rosi zuverlässig und sauber ist und selbständig arbeiten kann, wenn man ihr einmal gesagt hat, was sie machen muss. Die Frau Doktor war trotzdem sehr kurz angebunden. Es hatten sich wohl auch schon ein paar andere auf die Anzeige gemeldet. Als Rosi heimkam, hab ich ihr gesagt: «Du gehst da mal gleich hin und stellst dich vor.»

Die Adresse hatte die Alte mir nämlich gesagt, und auch, dass sie meine Frau persönlich sehen und sprechen will. Rosi war zuerst ein bisschen muffelig. «Wie soll ich das denn schaffen? Dann hab ich ja überhaupt keine Zeit mehr für mich.»

«Zu was brauchst du denn Zeit für dich?», hab ich gefragt. «Zum Däumchendrehen? Wenn noch ein bisschen Zeit für mich übrig bleibt, ist doch alles in Ordnung.»

Daraufhin zog sie dann doch los. Kam nach gut einer Stunde zurück und – ja, und was soll ich sagen, sie hatte die Stelle. Aber begeistert war sie nicht. Schönes großes Haus, sehr gepflegt, erzählte sie, würde bestimmt Spaß machen, da zu arbeiten, wenn die Alte nicht wäre.

Rosi hatte den gleichen Eindruck von ihr bekommen wie ich am Telefon. Ein herrschsüchtiges, altes Biest, das gar nicht anders konnte, als anderen Leuten die Hölle heiß machen. Angeblich war sie behindert, ging am Stock. Aber die Tochter, die auch noch im Haus lebte, sei ein nettes Mädchen, sagte Rosi, und sehr gebildet. «Sie schreibt an ihrer Dissertation.»

Ja, wer für so was Zeit hat. Es bilden sich ja viele Leute ein, ihr Leben sei so interessant oder tragisch, dass andere es unbedingt lesen müssten.

Später erzählte Rosi mal was von Leidensgenossinnen. Auf gut Deutsch hieß das, dass die Tochter bei der Alten ebenso wenig zu lachen hätte wie sie bei mir. Aber da ist ja wohl ein großer Unterschied, ob eine von ihrer Mutter kommandiert wird, die ihr nicht die kleinste Freude gönnt. Oder ob eine verheiratet ist, und der Mann kümmert sich um alles, weil sie selbst zu dämlich ist. Aber der Witz an der Sache war, für dämlich hielt Rosi sich gar nicht, jedenfalls nicht mehr lange. Ich hab das nur nicht rechtzeitig mitgekriegt, weil sie anfangs nur jammerte.

Sie fing gleich in der nächsten Woche bei denen an. Zuerst mittwochs, am Vormittag. Und jedes Mal, wenn sie heimkam, heulte sie mir die Ohren voll. Die Alte war hinter ihr her wie ein Wachhund, kontrollierte jede Ritze, hob die Teppiche hoch, als ob Rosi auf die Idee gekommen wäre, den Dreck da drunterzukehren. Und dann war das alte Aas so biestig, dass sie Zigarettenasche fallen ließ und anschließend behauptete, Rosi hätte mal wieder was übersehen.

Mit ihrer Tochter ging die Alte auch so um, wahrscheinlich trieb sie es mit der noch toller. Immerhin war sie mit der den ganzen Tag zusammen, und Rosi war nur für ein paar Stunden da. Aber was sie in den paar Stunden alles mitkriegte, da konnte man nur den Kopf schütteln.

Von morgens bis abends musste das Mädchen strammstehen. Wenn mal Freunde zu Besuch kamen, ekelte die Alte sie schnell wieder raus. Wenn die Tochter schreiben wollte, machte die Alte laute Musik oder brüllte durchs Haus, dass sich kein Mensch konzentrieren konnte. Aber das Mädchen wäre trotzdem immer nett zu der Alten, sagte Rosi. Den ganzen Tag: «Ja, Mama», und: «Natürlich, Mama», und: «Wie du meinst, Mama.»

Mit 'nem Buch konnte das so nichts werden, obwohl Rosi irgendwann behauptete, die Dissertation wäre fertig. Stimmte aber nicht. Ich hab mich nämlich mal in einer Buchhandlung erkundigt, weil mich die Zustände bei der Alten schon interessiert hätten. Die konnten aber mit dem Namen der Tochter nichts anfangen. Und ich dachte mir, dass das Mädchen sich mit 'nem fertigen Buch bei Rosi nur wichtig machen wollte.

Nach drei Monaten bekam die Tochter einen Job an der Uni und war tagsüber nicht mehr da. In den ersten Wochen dachte ich, jetzt dreht Rosi durch. Die Alte konzentrierte sich doch jetzt voll auf sie. Wenn's auf den Mittwoch zuging, bekam Rosi das große Flattern. Aber das änderte sich dann schlagartig.

Sie hat sich mal mit der Tochter in der Stadt getroffen, und die hat vorgeschlagen, statt mittwochs sollte Rosi samstags kommen, am besten nachmittags, dann wäre sie auch da. Zuerst dachte ich, darauf lässt die Alte sich nie ein. Aber anscheinend war es der egal.

Mir war es auch recht, ich nutzte die Zeit, um mir einen scharfen Film anzusehen. Mein Kumpel lieh sich freitags immer ein paar Videos aus und brachte sie mir samstags. Und Rosi hielt nix von solchen Sachen. Und sie wollte einfach nicht verstehen, dass ein Mann nach fast zehn Jahren Ehe so was braucht. Sich ein bisschen Appetit holen. Wenn man 'ne Frau so gut kennt, wie ich Rosi kannte, jeden Leberfleck und so, dann will man auch mal was anderes sehen. Nicht unbedingt haben, fremdgegangen bin ich nie. Hatte ich auch nicht nötig bei Rosi. Sie hatte zwar nicht immer Lust, aber sie hätte sich nie getraut, nein zu sagen. Dazu hätte sie ja auch keinen Grund gehabt.

Ich meine, 'ne Frau kann immer, muss sich nur hinlegen oder vorbeugen und die Beine breit machen. Eine Frau ist nicht drauf angewiesen, dass sich erst was rührt. Und 'n Mann, der wegen eingeklemmter Nerven in seinem Rücken nicht arbeiten kann, kann eigentlich auch immer. Und samstags, also wenn Rosi am späten Nachmittag heimkam, war ich schon so richtig in Stimmung. Sie aber nicht mehr lange.

Schlägt die mir nach ein paar Wochen doch glatt auf die Finger, als ich ihr unter 'n Rock greife. Hab ich mir natürlich nicht bieten lassen. Und da tobte sie rum, das wäre mal wieder typisch für mich, immer nur draufhauen, was anderes könnte ich gar nicht. Aber die Frau Doktor hätte gesagt, dass sie sich das nicht länger bieten lassen dürfe, und so weiter. Ich dachte, ich hör nicht richtig.

«Die Frau Doktor», frag ich, «seit wann gibt der alte Besen dir denn gute Ratschläge?»

Da wurde sie verlegen, druckste rum. Ja, seit sie samstags käme, würden sie sich eigentlich ganz gut verstehen, sich auch immer nett unterhalten. Plötzlich hieß es, die Alte sei eine arme Frau, weil sie am Stock ging. Rosi behauptete, das Aas hätte 'ne kaputte Hüfte, immer Schmerzen, nur deshalb wäre sie so grantig. Aber wenn sie nach Mittag ein Stündchen gelegen hätte, ginge es ihr etwas besser, da würden sie sich schon mal zusammensetzen, ein Tässchen Kaffee trinken und so.

Und da hätte ich eigentlich schon drauf kommen müssen, was da abgeht. Aber, mein Gott, wer denkt denn gleich an so was? So 'ne vertrocknete, alte Pflaume und so 'n Wonneproppen wie meine Rosi, das kann sich ein vernünftiger Mensch doch gar nicht vorstellen, schon gar nicht, wenn der Mensch glaubt, die Tochter wäre immer dabei. Aber es war so. Und wenn Rosi es vor Gericht hundertmal geleugnet hat, bei mir hat sie es zugegeben. Natürlich nicht sofort, zuerst hat sie noch versucht, es zu vertuschen.

Einmal kam sie samstags heim und roch so komisch. Nicht schlecht, wirklich nicht, nur ungewohnt. Fiel mir gleich auf, als sie reinkam. Hab ich natürlich gefragt: «Womit hast du dich denn eingeschmiert?»

Und was gibt sie mir zur Antwort? Sie hätte den Keller sauber machen müssen, da wär sie so schmutzig geworden, dass die Frau Doktor gefragt hätte, ob sie nicht duschen möchte, bevor sie heimginge. Und sie dürfe sich auch was von dem Zeug nehmen, was im Bad rumstand. Das kam danach öfter vor, eigentlich jeden Samstag. Einmal hab ich sie gefragt: «Musst du jetzt jedes Mal den Keller putzen?»

Da lachte sie. Nee, das nicht. Sie hätte der Frau Doktor nur erzählt, dass wir kein Bad hätten, uns immer nur in der Schüssel wuschen. Da hätte die Frau Doktor gesagt, das wären ja Zustände wie im Mittelalter, das könnte man doch keiner Frau zumuten. Aber sie könnte ja regelmäßig bei ihr duschen oder baden.

«Nächsten Samstag nehme ich ein Bad», sagte Rosi. «Da komme ich dann etwas später heim. Baden kann ich ja nicht während der Arbeitszeit.»

Da war ich wohl im ersten Moment sauer. Wie wir uns wuschen, ging die Alte schließlich nichts an. Aber dann fand ich das gar nicht so tragisch, es hatte ja auch Vorteile. Ich meine, das ist ein großer Unterschied, ob man eine Frau vernascht, die verschwitzt von der Arbeit heimkommt, oder eine, die duftet.

Nur kam Rosi am nächsten Samstag nicht bloß duftend und fast vier Stunden später als sonst, sie kam auch noch beschwipst nach Hause. Die Frau Doktor hätte mit ein paar Freunden gefeiert und sie zu einem Gläschen Sekt eingeladen. Das wären so nette Leute gewesen. Natürlich war ich stocksauer und hab ihr das nicht geglaubt. Dass die Alte so was wie Freunde hätte, war nun wirklich schwer vorstellbar. Ich war ziemlich sicher, dass Rosi sich rumgetrieben hatte, und wollte wissen, ob sie sich von einem Kerl hatte abfüllen und betatschen lassen.

Da krümmte sie sich fast vor Lachen. Und dann hielt sie mir einen Vortrag, von wegen, Männer hätten nur das eine im Kopf und wären alle gleich. Und ihr könnten ab sofort alle Männer den Buckel runterrutschen. Mit mir nach nebenan wollte sie nicht. Ich konnte sagen, was ich wollte. Dass andere Frauen froh und dankbar wären, wenn sie einen Mann hätten, der nach zehn Ehejahren noch so scharf auf sie wäre.

Sie wär aber nicht andere Frauen, sagte sie, und ihr hinge das schon lange zum Hals raus, dass ich immer über sie herfiele wie ein Tier. Und das Tier wäre wörtlich gemeint, ungewaschen und mit einer Bierfahne. Baut die sich da vor mir auf, stemmt die Hände in die Seiten, richtig niedlich sah sie aus in dem Moment. Aber was sie mir da ins Gesicht warf, war gar nicht niedlich.

«Du stinkst wie ein Bock. Wenn du mich anrührst, bekommst du mein Knie an einer Stelle zu spüren, wo du es bestimmt nicht gerne hast.» Das klang so gar nicht nach meiner Rosi.

«Pass bloß auf», hab ich gebrüllt, «sonst fehlen dir gleich ein paar Zähne!»

Normalerweise war sie still, wenn ich ihr eine Tracht Prügel anbot, aber an dem Samstag nicht. Nicht mal bange war sie. Grinst mich an. «Versuch es doch! Aber glaub nicht, dass du mir damit noch imponieren kannst. Ein Schlag, und du siehst mich nie wieder.»

«Wo willst du denn hin?», hab ich gefragt.

«Ich wüsste nicht, was dich das angeht», sagte sie.

Ich hab erst mal so getan, als würde ich klein beigeben. Hab sie ihren Rausch ausschlafen lassen. Und am nächsten Morgen, als sie wieder klar aus ihren Augen gucken konnte, hab ich sie mir nochmal vorgeknöpft. Ich wollte doch wissen, was da los war. Aber es kam nur das Übliche. Die Frau Doktor hat dies gesagt, die Frau Doktor hat das gesagt. Die Frau Doktor meint, dass man sich von einem Mann nicht alles bieten lassen darf. Die Frau Doktor war zum Beispiel auch der Meinung, dass ein Mann, der den ganzen Tag auf seinem faulen Hintern sitzt oder mit seinem Kumpel in der Gegend herumzieht, keinen Anspruch auf zwei Flaschen Bier und eine Packung Zigaretten pro Tag hat, und bestimmt kein Recht, einmal die Woche die Hand aufzuhalten und das einzukassieren, was seine Frau mit Putzen verdient.

«Da gehst du nicht mehr hin», hab ich gesagt.

Zuerst lachte Rosi, tat ganz erstaunt. «Ach, das sind ja ganz neue Töne. Als ich nicht wollte, hast du mir die Hölle heiß gemacht. Und jetzt, wo ich gut mit der Frau Doktor auskomme, passt es dir nicht mehr. Aber weißt du was? Was dir passt oder nicht, geht mir am Arsch vorbei. In Zukunft gehe ich nämlich nur noch zu Frau Doktor. Bei dem älteren Herrn hab ich schon gekündigt. Seine ständige Nörgelei hing mir seit langem zum Hals raus. In der Kneipe werde ich auch kündigen, ich habe es satt, den Dreck wegzuwischen, den Kerle wie du hinterlassen. Und ob ich noch lange in die Arztpraxis gehe, weiß ich nicht.»

«Bist du übergeschnappt?», hab ich sie gefragt. «Wovon sollen wir denn leben, wenn du aufhörst zu arbeiten?»

Rosi lachte wieder. «Wovon du leben sollst, weiß ich nicht. Du könntest ja zur Abwechslung mal arbeiten, statt hier zu sitzen, dir schweinische Filme anzusehen und dann zu verlangen, dass ich dir für dein Vergnügen zur Verfügung stehe. Mein Vergnügen war es nämlich nie. Wenn du dir einbildest, mir hätte das jemals Spaß gemacht, irrst du dich aber gewaltig.»

Das muss man sich vorstellen. Meine Rosi, die bis dahin nichts weiter konnte als Ja und Amen sagen, hält plötzlich Reden wie ein Universitätsprofessor. Zur Verfügung stehe, das war doch nicht auf ihrem Mist gewachsen, das klang mir zu sehr nach der Frau Doktor. Von der war es auch. Und es war noch nicht alles.

«Frau Doktor hat mir angeboten», sagte Rosi, «dass ich ein Zimmer bei ihr haben kann. Jetzt, wo ihre Tochter weg ist, wären wir ganz für uns allein. Das wird bestimmt schön. Dann mache ich den Haushalt, das ist ja nicht viel, weil uns keiner was schmutzig machen wird. Und dann leiste ich ihr Gesellschaft. Bezahlen wird sie mich gut dafür. Um meinem Lebensunterhalt brauche ich mir also keine Sorgen zu machen.»

«Seit wann ist die Tochter denn weg?», fragte ich.

«Seit ein paar Wochen», sagte sie. «Sie hat jetzt eine eigene Wohnung und einen Freund.»

«Und warum hör ich das erst jetzt?», hab ich gefragt.

Da lächelte sie nur so komisch. Ich hatte so eine Wut auf die

Alte, ich hätte ihr auf der Stelle das Genick brechen können. Für Rosi eine saftige Tracht Prügel, dann wäre vielleicht alles wieder ins Lot gekommen. Aber ich Idiot hab gedacht, ich versuch's erst mal im Guten. Ich hatte doch keine Ahnung, was da im Gange war. Hab mir eingebildet, da wär noch was zu retten, wenn ich Rosi ein Weilchen in Ruhe lasse.

Ich hab mich mächtig zurückgehalten, keine Nummer mehr auf dem Fußboden im Wohnzimmer, weil Rosi schon immer behauptet hatte, das ginge ihr so ins Kreuz. Im Bett auch nur noch ganz selten. Es war halt ein altes Bett, das hatte gut und gerne seine dreißig Jahre auf dem Buckel oder, besser gesagt, auf der Matratze. Und Rosi beschwerte sich immer, dass sie bei dem Quietschen zu nichts käme. Ist mir bestimmt nicht leicht gefallen. Aber ich hab verzichtet, statt auf meinem Recht zu bestehen. Und was hat's mir gebracht? Einen Dreck.

Rosi fing trotzdem an, auch noch sonntags auf Achse zu gehen. Das hat mich schwer getroffen, der Sonntag war mir immer heilig gewesen. Steht ja so in der Bibel, am siebten Tage sollst du ruhen. Und so 'n Sonntagnachmittag im Bett ist nicht zu verachten, selbst wenn das Bett quietscht. Aber das tat es dann ja nicht mehr.

Rosi fühlte sich verpflichtet, der armen alten Dame am Sonntag bis weit in den Nacht Gesellschaft zu leisten. Weil die arme alte Dame doch sonst niemanden mehr hatte. Schlecht stand sie sich nicht dabei. Die Alte gab ihr immer was für die Sonntage. Kein Geld, wo ich auch was davon gehabt hätte, stattdessen mal 'ne Flasche Parfüm oder 'n Kleid von der Tochter. Einmal kam sie sogar mit 'nem Schmuckstück heim. War so 'n kleines Medaillon mit 'nem Bildchen drin. Das Bild war von der Tochter. Ein nettes Ding, aber mein Typ war sie nicht. Die sah auch aus, als hätte sie Haare auf den Zähnen.

Und einmal kam Rosi mit 'nem Armband, das war sogar graviert. «Dora». So hieß die Tochter. Fand ich unverschämt von der Alten, dass sie jetzt schon den Schmuck ihrer Tochter verschenkte, nur weil das Mädchen keine Lust mehr hatte, sich von ihr tyrannisieren zu lassen. Aber die Alte wusste, warum sie das tat, ganz genau wusste sie das.

Ja, und dann erzählte Rosi mir, dass sie in der nächsten oder übernächsten Woche auszieht. Zur Frau Doktor, zu wem auch sonst? Dass sie in der Frau Doktor einen Menschen gefunden hätte, bei dem sie all das fände, was sie bei mir immer vermisst hätte, Verständnis, Wärme und Zärtlichkeit.

«Zärtlichkeit», hab ich sie gefragt, «bei dem alten Besen? Du tickst doch nicht mehr sauber. Normal kannst du jedenfalls nicht sein, weil eine normale Frau ihren Mann nicht verlässt, um zu einem alten Weib zu ziehen.»

Und was gibt Rosi mir zur Antwort? «Wenn ich jemals normal war, dann vermutlich jetzt.»

Das war der Moment, wo's bei mir klick gemacht, wo ich sie gefragt hab: «Sag mal, hast du was mit der Alten?» Und sie hat genüsslich gegrinst. Da dachte ich mir, dass es allerhöchste Zeit wird, was zu unternehmen.

Zuerst habe ich mir einen Nachschlüssel besorgt. Das war kein Problem. Rosi hatte ja schon lange den Schlüssel zum Haus der Alten, weil die doch am Stock ging und nicht so schnell an der Tür war, wenn's klingelte. Da hab ich mir einfach einen nachmachen lassen, war 'ne Sache von knapp fünf Minuten.

Dann bin ich hin. Montags, ziemlich spät, so zwischen zwei und halb drei in der Nacht. Rosi schlief seit ihrer Ankündigung allein im Schlafzimmer, da schloss sie sogar die Tür hinter sich ab. Mich hatte sie mit meinem kaputten Rücken auf die alte Couch im Wohnzimmer verbannt. Zuerst hatte ich mich darüber schwarz geärgert, aber in der Nacht kam mir das sehr gelegen. Weil Rosi auf diese Weise nicht mitbekam, dass ich nochmal wegfuhr. Sicherheitshalber hab ich sogar den Fernseher angelassen und 'nen besonders scharfen Film in den Videorecorder gelegt, damit Rosi nicht auf die Idee kam, im Wohnzimmer nachzusehen, falls sie mal aufwachte.

Bis zum Haus von der Alten brauchte ich nur ein paar Minuten. Ich bin erst noch im Auto sitzen geblieben, um sicherzugehen, dass mich keiner sieht. War alles ganz ruhig auf der Straße. Dann bin ich rein, das ging ruck zuck. Zuerst hab ich mich umgesehen und zusammengepackt. Das Besteck, von dem Rosi mir erzählt hatte, ein paar Wandteppiche, die angeblich ein Vermögen wert sein sollten, und etliche von den Nippesfiguren. Ich dachte, dass ich mich damit eine Weile über Wasser halten könnte, wenn Rosi mich tatsächlich sitzen ließ.

Dann bin ich rauf ins Schlafzimmer der Alten. Wo das lag, hatte Rosi mir oft genug erzählt. Auf der Treppe gab's Schwierigkeiten. Zwei von den Stufen knarrten so fürchterlich, dass ich schon dachte, jetzt hätte ich die Nachbarschaft aufgeweckt, die Alte ganz bestimmt. Ich hab einen Moment gewartet, ehe ich die restlichen Stufen hinaufschlich. Kam problemlos bis vor die Zimmertür der Alten, rein ins Zimmer und weiter bis zum Bett. Neben dem Bett stand die Schmuckkassette auf dem Nachttisch, genau so, wie Rosi es immer beschrieben hatte. Nur hat mich die Kassette in dem Moment gar nicht interessiert.

Was ich für eine Wut hatte, als ich die Alte liegen sah, kann sich kein Mensch vorstellen. Oder vielleicht doch, wenn man sich mal überlegt, was für ein Gefühl das ist, wenn einem von so einem verschrumpelten Weib die glückliche Ehe kaputtgemacht wird. Sogar im Schlaf sah man ihr an, was für ein ekelhafter Besen sie war.

Ich hab sie mir ein paar Sekunden lang angeguckt und dann zugeschlagen. Den Knüppel hatte ich mitgebracht, hab ich ja schon gesagt. Und auch, dass ich beim besten Willen nicht weiß, wie oft ich zugeschlagen hab. Ist vielleicht verständlich, in der ersten Wut, da haut man drauf. Zwei- oder dreimal, dachte ich, höchstens viermal. Aber der Arzt, der sie später untersucht hat, behauptete vor Gericht, ich hätte ihr mit mindestens zehn Schlägen den Kopf völlig zertrümmert.

Als Beweis wurde der Stock von der Alten vorgelegt. Angeblich hatten sie da dran Haare, Blut, Knochensplitter und all so unappetitliches Zeug gefunden. Wird wohl stimmen. Ich meine, so 'n Arzt hat ja keinen Grund, das Gericht zu belügen, hat er ja nix davon.

Im Gegensatz zu Rosi, die hat gelogen, was das Zeug hielt. Alles hat sie abgestritten, einfach alles. Nie im Leben hätte sie eine gleichgeschlechtliche Beziehung mit der alten Frau gehabt, das hat sie sogar auf ihren Eid genommen. Und dass sie mir in den letzten Wochen immerzu beschrieben hat, welche Werte sich im Haus befinden, daran konnte sie sich überhaupt nicht erinnern. Sie wollte auch nichts mehr davon wissen, dass die Tochter ausgezogen wäre. Da hätte ich sie wohl missverstanden, hat sie dem Richter erklärt.

So 'n Blödsinn. Ich hab nix missverstanden. Wenn ich nicht ganz sicher gewesen wäre, dass die Alte allein im Haus ist, wär ich doch das Risiko nicht eingegangen. Ich hatte mir das so schön ausgedacht. Sollte nach 'nem Einbruch aussehen. Dass ich 'nen Schlüssel hatte, wusste kein Mensch. Und bevor ich da weg bin, hab ich noch ein Fenster eingeschlagen. Von außen natürlich, ich bin ja nicht blöd.

Und das hat die Tochter gehört, ist ans Fenster und hat mich wegfahren sehen. Und obwohl's so dunkel war, konnte sie der Polizei mein Auto ganz genau beschreiben, sogar das Kennzeichen hatte sie sich gemerkt. Da kamen die Bullen schon eine knappe Stunde später. Ich war gerade wieder zu Hause, hatte die Sachen vorher noch schnell bei meinem Kumpel abgeliefert, der wollte sich auch um einen Hehler kümmern.

«Ich war die ganze Nacht hier», hab ich gesagt, als die Polizisten mich nach meinem Alibi fragten. «Meine Frau kann das bestätigen.»

Aber Rosi hat mir was gehustet. Richtig reingeritten hat sie mich. Sie hat sogar behauptet, ich hätte sie ausgehorcht. Vom ersten Tag an hätte ich keine Ruhe gegeben, mir immer wieder alles genau beschreiben lassen. Was so im Haus rumsteht, wo die Frau Doktor schläft. Und sie wäre auch nur auf meinen ausdrücklichen Befehl weiter zu der alten Frau gegangen. Sie hätte schon vor Monaten gesagt, dass sie die Stelle aufgeben will, weil die Frau Doktor so ein schwieriger Mensch sei. Aber ich hätte ihr gedroht, dass ich ihr sämtliche Knochen breche, wenn sie die Arbeit hinschmeißt. Und ich wäre ja immer so gewalttätig gewesen. Da hätte sie die Stelle aus Angst behalten.

Zweimal hab ich zu ihr rübergebrüllt, dass ich ihr die Zähne einschlage, wenn sie ihre verlogene Schnauze nicht hält. Dann hat mein Anwalt sie ins Kreuzverhör genommen, weil der Richter sagte, wenn ich nochmal brülle, lässt er mich aus dem Saal entfernen. Mein Anwalt hat ja auch gemerkt, dass es so, wie Rosi es erzählte, nicht gewesen sein konnte. Er hat sie gefragt, warum sie denn auch noch sonntags zu der Frau Doktor gegangen wäre. Das hätte sie doch freiwillig getan.

Da wurde sie rot, stotterte zuerst ein bisschen. Sonntags wäre sie nie da gewesen. Das hätte sie mir nur erzählt, damit sie mal ein bisschen Zeit für sich hat. Sonntags hätte sie sich regelmäßig mit ihrer Freundin in der Stadt getroffen. Und die Tochter hat das bestätigt, mit der Freundin war nämlich sie gemeint. Na ja, sie haben sich ja auf Anhieb gut verstanden, die zwei Leidensgenossinnen.

Nach ihrer Aussage verließ Rosi den Zeugenstand und ging zu den Zuschauerbänken. Dort setzte sie sich neben die Tochter. Die legte ihr den Arm um die Schultern. Sah richtig rührend aus, wie sie sich gegenseitig trösteten. Das Ende der Verhandlung und den Urteilsspruch haben die beiden nicht abgewartet. Sie gingen schon eine halbe Stunde vorher.

Die Tochter hatte immer noch den Arm um Rosis Schultern gelegt, als sie den Gerichtssaal verließen. Bei der Tür drehte Rosi sich nochmal zu mir um, die Tochter übrigens auch. Und dann grinsten sie beide. War ein komisches Grinsen, wirklich, ganz komisch. Ich möcht zu gern wissen, was die beiden gedacht haben in dem Moment.

Gefährliche Begegnung

Im Hintergrund lief leise Musik, darauf folgten ein paar Werbespots. Anschießend verlas ein Nachrichtensprecher die neusten Meldungen aus aller Welt. Zuletzt kam noch eine Warnung im Namen der örtlichen Polizeibehörde durch. In der Region trieb ein Sittlichkeitsverbrecher sein Unwesen. Drei brutale Vergewaltigungen gingen bereits auf dessen Konto. Das letzte Opfer war fast zu Tode misshandelt worden und schwebte immer noch in Lebensgefahr.

Sie achtete nicht auf die neutrale Stimme aus dem Radio, las stattdessen noch einmal Zeile um Zeile die Anweisungen vom kleinen Bildschirm des Laptops ab, warf einen Blick auf die in englischer Sprache abgefassten Vorgaben, die links neben dem tragbaren Computer auf der Tischplatte lagen. Da ging es nicht um Leben und Tod, nur um höchst diffizile Geheimunterlagen. Vereinbarter Treffpunkt, Kennwort, wieder exakt die gleichen Modalitäten bei der Übergabe wie beim letzten Mal und beim vorletzten und beim Mal davor. Und sie schüttelte den Kopf. So konnte das doch nicht weitergehen. Das musste dringend geändert werden. Doch darüber hatte sie nicht zu entscheiden.

Sie überlegte eine Weile, dann griff sie zum Telefon. Die Nummer wählte sie aus dem Gedächtnis, nur erreichte sie nicht sofort ihren gewünschten Gesprächspartner. Das kannte sie bereits zur Genüge. Weber behauptete bei jeder Gelegenheit, stets und ständig für seine Leute da zu sein. Nur war er nie am Platz, wenn man ihn wirklich brauchte.

Ihr Anruf wurde schließlich von der Zentrale angenommen. Ein kleiner Untergebener war am Apparat, einer von denen, die keine Entscheidungen treffen konnten. Sie nannte ihm einen Namen, nicht den, der in ihrem Pass stand, unter dem ihre Nachbarn sie kannten, den hatte in der Zentrale noch niemand gehört.

«Ist Herr Weber im Haus?», fragte sie. «Ich muss ihn dringend sprechen.»

«In welcher Angelegenheit?», kam die Gegenfrage.

Und sie sagte ihren Standardspruch auf. «Ich arbeite für Miller. Und da gibt es ein Problem.»

Daraufhin hörte sie: «Ich versuche, Herrn Weber zu erreichen. Bleiben Sie am Apparat.»

Natürlich, das war auch immer dieselbe Prozedur. Es dauerte und dauerte. Während sie darauf wartete, endlich Webers Stimme zu hören, kaute sie nervös auf ihrer Unterlippe. Weber wäre kaum begeistert von ihren Vorschlägen, das war so sicher wie das Amen in der Kirche. Doch Miller unterliefen seit geraumer Zeit immer wieder gravierende Fehler, manchmal wohl aus reiner Schludrigkeit. Das hatte auch Weber bereits mehr als einmal festgestellt. Aber Miller hielt sich für ein Genie und ließ sich nicht gerne darauf hinweisen, dass seine Routine – wie er das nannte – ein gewisses Risiko in sich barg, bestimmt nicht von einer wie ihr. Wer war sie denn? Nur ein kleines Glied am Ende der Kette, jederzeit ersetzbar. Das hatte Weber ihr auch bereits zu verstehen gegeben.

Endlich meldete sich die Stimme, die zu Beginn eines Gesprächs immer so jovial klang, was sich dann meist schnell änderte. «Was gibt es denn diesmal?»

«Es geht um das Treffen mit Catwheazle», sagte sie.

«Und was ist daran auszusetzen?», fragte Weber.

«Das Arrangement wiederholt sich jetzt schon zum vierten Mal», erklärte sie und wunderte sich, dass er das noch nicht bemerkt hatte. «Das muss geändert werden, bevor es auffällt. Das ist ja auch eine Frage der Sicherheit. Darauf sollte man Miller vielleicht einmal hinweisen.»

Aus dem Hörer drang ein lang gezogener Seufzer. Sie sprach unbeirrt weiter. «Wenn Sie das nicht übernehmen wollen, ich kann auch selbst einmal mit ihm sprechen. Sie müssen mir nur sagen, wie ich ihn erreichen kann.»

Weber lachte leise, erheitert klang es nicht. «Was wollen Sie ihm denn erzählen? Dass er sich zur Ruhe setzen soll, weil er nur noch Mist baut? Ich habe mal dezent angedeutet, dass ihm ein Urlaub nicht schaden könnte, ein bisschen Entspannung, ein bisschen Abstand, neue Kraft schöpfen und so weiter. Das hat mich fast den Kopf gekostet. Und wenn wir ehrlich sind, wir sind auf ihn angewiesen.»

«Ich wollte ihm nur einen Vorschlag machen», sagte sie. «Ich habe da eine wirklich gute Idee, glaube ich. Ganz unauffällig, harmlos, einfach und bieder. Übergabe durch eine Hausfrau mit Einkaufsliste und einer Tasche voller Lebensmittel.»

Sie schilderte detailliert, was ihr vorschwebte. Einige Sekunden lang hörte Weber ihr auch aufmerksam zu. Doch dann lachte er wieder, und diesmal klang er amüsiert, sogar ein wenig abfällig. «Entschuldigen Sie, aber das ist keine gute, das ist eine lächerliche Idee. Wie wollen Sie denn den Dechiffrierschlüssel als Einkaufsliste tarnen?»

Mit Genugtuung registrierte sie, dass er keine Einwände gegen die Hausfrau mit Tasche und Lebensmittel erhob. «Ich habe dabei nicht an die Liste gedacht», erklärte sie. «Frauen notieren Lebensmittel manchmal auf den Rückseiten schon beschriebener Zettel. Das geht automatisch, man öffnet den Kühlschrank, stellt fest, dass keine Milch mehr da ist und nimmt den erstbesten Wisch, der herumliegt. Und nun stellen Sie sich vor, dass auf diesem Zettel zuvor ein Kind Notizen für die Schule gemacht hat. Haben Sie solche Notizen schon mal gesehen? Das sieht sehr kompliziert aus, lässt sich im Notfall jedoch simpel erklären. Niemand würde Verdacht schöpfen.»

Etliche Sekunden vergingen. Anscheinend überdachte Weber ihren Vorschlag. Schließlich meinte er: «Na schön, ändern Sie das Szenario. Miller muss davon nichts erfahren. Man kann im Moment nicht mit ihm reden. Ich glaube, er hat private Probleme, aber das tut ja hier nichts zur Sache. Ich sage Ihnen nur eins, wenn es schief geht, ich weiß von nichts.»

«Natürlich nicht», sagte sie und fügte mit leichtem Grinsen – Weber sah es ja nicht – hinzu: «Und dieses Gespräch hat nie stattgefunden.» Dann unterbrach sie die Verbindung.

Nur zwei Stunden später war sie unterwegs. Die braune Tasche war gut zur Hälfte gefüllt. Zwei Liter Vollmilch und ein paar Gemüsekonserven machten sie nicht eben leicht. Vielleicht hatte sie bei der Einkaufsliste übertrieben. Sie wechselte ihre Last häufig von einer Hand in die andere und ärgerte sich, weil es nieselte und sie keinen Schirm dabei hatte.

Als der dunkelblaue Wagen neben ihr am Straßenrand hielt, tat sie, als bemerke sie ihn nicht. Erst als der Fahrer hinter ihr herrief, blieb sie stehen und drehte sie zu ihm um.

Er war jung, etwa Mitte zwanzig, hatte ein unbedeutendes Kindergesicht, umrahmt von dunklen, etwas zu langen Haaren. Seine Augen glitten unruhig die Straße entlang, musterten sie abschätzend und vorsichtig. Dieser unsichere Blick passte nicht zu dem Eindruck, den er auf den ersten Anschein vermittelte, erst recht nicht zu dem dunkelblauen Wagen, einer schweren Limousine, wie Männer in Führungspositionen sie fuhren.

Er hatte einfach nur «Hallo» gerufen.

Und sie fragte: «Meinen Sie mich?»

Da sie knapp drei Meter von dem Wagen entfernt stand, erklärte er lauter als unbedingt notwendig: «Ja, ich ... eh ... suche einen ganz bestimmten Fotografen. Er heißt Wilbach und soll hier in der Nähe wohnen. Die genaue Adresse habe ich leider nicht. Angeblich ist er spezialisiert auf Industriekomplexe.»

Sie nickte, streckte ohne zu zögern den Arm aus und ging

dabei langsam auf den Wagen zu. «Fahren Sie geradeaus bis zur zweiten Ampel, dann rechts. Nach ungefähr dreihundert Metern müssen Sie links abbiegen in eine schmale Straße. Man übersieht sie leicht. Die fahren Sie bis zum Ende, biegen dann wieder rechts ab, und dann ...»

Mit einem komischen Seufzer unterbrach er sie. «Haben Sie den Stadtplan auswendig gelernt?»

Sie schmunzelte. «Nein. Wilbach ist mein Nachbar.»

Der junge Mann lachte sie erleichtert an. «Das nenne ich einen glücklichen Zufall. Darf ich Sie heimfahren? Es macht doch bestimmt keinen Spaß, bei diesem Wetter eine schwere Tasche spazieren zu tragen.»

«Nein», sagte sie. «Spaß macht das nicht.»

Dann stieg sie ein und nahm die schwere Einkaufstasche auf den Schoß.

Zügig, jedoch nicht schneller als in der Stadt erlaubt, fuhr er auf die bezeichnete Ampel zu. Dort allerdings fuhr er geradeaus weiter. Unangenehm berührt sagte sie: «Da hätten sie abbiegen müssen.»

Der Mann grinste, ohne sie dabei anzusehen. Leicht verärgert fragte sie daraufhin: «Was versprechen Sie sich davon, mich aus der Stadt zu bringen?»

«Lass dich überraschen», sagte er.

Nicht ein Hauch von Freundlichkeit war mehr in seiner Stimme. Der Ton klang vielmehr nach den ersten Ansätzen einer bis dahin unterdrückten Brutalität. Und erst in dem Augenblick schoss ihr die Stimme des Nachrichtensprechers durch den Sinn mit der Warnung vor einem gefährlichen Sittlichkeitsverbrecher, der bereits drei Frauen vergewaltigt und sein letztes Opfer so schwer misshandelt hatte, dass es immer noch mit dem Tod rang.

Es kostete sie Mühe, ruhig zu bleiben, die aufsteigende Panik niederzuhalten und stattdessen rational und sachlich ihre Möglichkeiten zu überdenken. Sie hatte keine Waffe dabei. Natürlich nicht! Welche Hausfrau mit Tasche und Einkaufsliste war denn bewaffnet unterwegs? Zwei Sekunden lang erwog sie, sich einfach seitwärts aus dem Wagen fallen zu lassen. Doch er fuhr jetzt schneller, erreichte die Stadtgrenze, passierte die letzten, weit auseinander liegenden Wohnhäuser. Endlich hatte sie sich so weit wieder in der Gewalt, dass sie mit nüchterner Stimme feststellen konnte: «Sie sind nicht Catwheazle.»

«Was?» Irritiert fuhr er zu ihr herum und starrte sie verständnislos an.

«Catwheazle», wiederholte sie. «Mein Kontaktmann. Catwheazle ist sein Deckname.»

Diese Auskunft schien ihn noch mehr zu verwirren, unwillkürlich verringerte er die Geschwindigkeit. «Was?» wiederholte er. Und es klang, als zweifle er an ihrem Verstand.

Statt ihm darauf noch einmal zu antworten, murmelte sie wie zu sich selbst: «Dass ausgerechnet mir so etwas passieren muss.»

Dann schwieg sie, um ihm Gelegenheit zur Antwort oder zum Nachdenken zu geben. Vielleicht hielt er an und ließ sie aussteigen, wenn er erst begriff, was sie da angedeutet hatte.

Doch es sah nicht so aus, als würde er begreifen. Vermutlich hatte er nicht den Schimmer einer Ahnung vom Agentenalltag und dem in diesem Metier gebräuchlichen Jargon. Er schaute sie nur immer wieder verwirrt von der Seite an. Sein Mund bewegte sich, als kaue er auf etwas Undefinierbarem herum. Die Augen hatte er vor Konzentration zusammengezogen, sodass seine kräftigen, dunklen Brauen unter der Anspannung einen fast durchgehenden Balken darüber bildeten. Das verlieh ihm ein düsteres Aussehen.

Unwillkürlich dachte sie, jetzt zeigt er sein wahres Gesicht. Sonderlich klug wirkte er damit jedoch nicht. Und das war es, was sie letztlich ein wenig beruhigte. Es half ja auch nichts, in Angst zu erstarren. Sie hatte sich von der dunkelblauen Limousine täuschen lassen. Das hätte ihr nicht passieren dürfen, aber es war passiert und nicht zu ändern.

Sittlichkeitsverbrecher! Noch stand nicht mit letzter Gewissheit fest, dass einer, noch dazu der von der Polizei gesuchte Mann, neben ihr saß, sie war trotzdem ziemlich sicher und grub in ihrem Gedächtnis, was sie über solche Täter wusste. Viel war es nicht. Sie hatte sich noch nie mit dem gemeinen Verbrechen beschäftigt. Immer nur mit der fast schon eleganten Variante – Spionage. Gut, da gab es auch grausame Auswüchse, Folter und Vergewaltigung, um Informationen aus denen herauszupressen, die sich hatten erwischen lassen. Aber so etwas passierte in Europa eigentlich nicht mehr. In der zivilisierten Welt gab es längst andere Methoden. Und auch in nicht zivilisierten Regionen war an solchen Aktionen niemals bloß ein Mann beteiligt.

Auf welche Weise der von der Polizei gesuchte Vergewaltiger seine bisherigen Opfer in seine Gewalt gebracht hatte, wusste sie auch nicht. Wenn das im Radio erwähnt worden war, hatte sie es überhört, weil sie mit ihren Gedanken bei Millers routinierter Schludrigkeit, dieser verfluchten Übergabe und den Wiederholungen der Modalitäten gewesen war.

Sie dachte an den Zettel in ihrer Geldbörse, auf dessen Rückseite sie ihre Einkäufe notiert hatte. Zwei Liter Vollmilch, ein Kilo Mehl, ein Pfund Kaffee, eine Dose Erbsen und Karotten und einiges mehr. Und auf der Vorderseite die Ziffern, Buchstaben, Zeichenkombinationen.

M. 37/567 je 3 A.D. Interpr. v. Hei. i. H.

B. $6 CO_2 + 6 H_2O = C_6H_{12}O_6 + 6 O_2$

Äußerlich gab sie sich gelassen und ergeben in das Unabänderliche. Aber hinter ihrer Stirn jagten die Gedanken nur so. Zum Falschen ins Auto gestiegen! Was Weber wohl dazu sagen würde, wenn er es erfuhr? An das vermeintliche Genie Miller dachte sie lieber nicht. Der würde sich nur ins Fäustchen lachen, wenn er hörte, was ihr widerfahren war – trotz ihrer guten Ideen.

Miller konnte sie nicht ausstehen, weil sie es schon mehrfach gewagt hatte, Verbesserungsvorschläge an seinen Geniestreichen zu machen. Weber hatte erst vor wenigen Wochen gesagt, gut möglich, dass sie mit ihren ständigen Nörgeleien an dem Ast säge, auf dem sie säße.

«Ich hätte jeden Eid geschworen, dass mein Telefon sauber ist», sagte sie nach einer Weile.

Der Finsterling am Steuer der Limousine war schließlich nur ein mieser, kleiner, vermutlich dämlicher Wicht, der es nötig hatte, Frauen zu vergewaltigen. Und wer darauf angewiesen war, konnte nicht über ein ausgeprägtes Selbstbewusstsein verfügen. Er hatte die ihm gewährte Zeit ohne ein Wort der Erwiderung oder sonst eine Reaktion verstreichen lassen. Nun war es an ihr, die Zeit zu nutzen. Wenn er den Wagen erst anhielt, war es vermutlich zu spät. Er hatte garantiert ein Messer dabei.

Sie betrachtete ihn von der Seite und stellte in nüchternem Ton fest: «Sie haben einen Fehler gemacht.»

«Glaube ich nicht.» Es klang mürrisch.

«Nun», erwiderte sie gedehnt. «Ich glaube es nicht nur. Ich weiß es. Es war ein großer Fehler, die Stadt zu verlassen. Sie hätten mit mir zu Wilbach fahren sollen, solange ich noch überzeugt war, dass Sie Catwheazle sind. So hätten Sie auf simple Weise die gesamten Unterlagen bekommen. Oder dachten Sie, ich hätte die Papiere bei mir? Das wäre aber sehr leichtsinnig gewesen, nicht wahr?»

Er schwieg, und sie fuhr fort: «Ich habe nie mehr dabei, als unbedingt notwendig. Sie können sich gerne davon überzeugen. Den Dechiffrierschlüssel kann ich Ihnen sofort aushändigen. Nehmen Sie ihn und verschwinden Sie. Mehr werden Sie nämlich nicht bekommen.»

Sie machte Anstalten, in ihre Tasche zu greifen. Und er fauchte sie an: «Halt die Knochen still, sonst passiert was.»

Sie zuckte mit den Achseln. «Wie Sie meinen. Aber weit kommen wir nicht mehr, ist Ihnen das nicht klar? Catwheazle wird inzwischen durchgegeben haben, dass ich nicht zur vereinbarten Zeit am Treffpunkt war. Das kennt man von mir nicht. Ich gelte als äußerst zuverlässig.»

«Bleib mir mit deinem verdammten Wiesel vom Leib», knurrte er. «Wer ist das überhaupt?»

«Habe ich doch gesagt», erklärte sie. «Mein Kontaktmann.»

«Und dem seh ich ähnlich?», wollte er wissen.

«Das kann ich nicht beurteilen», sagte sie. «Wenn ich wüsste, wie er aussieht, wäre ich kaum in Ihren Wagen gestiegen. Ich bekomme keine Fotos meiner Kontaktleute zugeschickt. Und es kommt sicherheitshalber bei jeder Übergabe ein anderer.»

«Und jetzt ist das Wiesel hinter uns her?»

«Er wahrscheinlich nicht», sagte sie. «Das ist keine Aufgabe für einen Mann. Ich glaube auch nicht, dass er die erforderliche Ausrüstung im Wagen hat. Er wird lediglich die Zentrale informiert und einen Peilwagen angefordert haben. Aber wozu erzähle ich Ihnen das? Sie dürften die Gepflogenheiten der Branche doch ebenso gut kennen wie ich.»

Er schüttelte sich leicht. Seine Hände umspannten das Lenkrad fester. Deutlich sah sie, dass seine Fingerknöchel hervortraten. Unwillkürlich beschleunigte er den Wagen. Sie bemerkte es mit einer gewissen Genugtuung, blieb jedoch weiterhin auf Vorsicht bedacht.

«Peilwagen?» Seine Stimme klang, als würge man ihn. «Hast du etwa 'nen Sender bei dir?»

Statt ihm sofort darauf zu antworten, überdachte sie rasch die sich nun bietenden Möglichkeiten. Ein Sender? Natürlich, ein Sender! Das allerneueste Modell, das perfekteste, was der Markt zurzeit bot. Was gab es denn da? Miller schwafelte ständig davon, nur hatte sie nie besonders auf technische Details geachtet.

Sie trug auch nicht viele Gegenstände bei sich, die sie als Sender präsentieren konnte. Auf Anhieb fiel ihr nur der Knopf ein. Der dicke, kugelförmige Metallknopf, den sie auf die Brusttasche ihrer Hemdbluse genäht hatte, weil kein passender Blusenknopf aufzutreiben gewesen war. Sachte schob sie ihren Mantel ein wenig zur Seite, sodass die fein ziselisierte Kugel sichtbar wurde.

Mit einem raschen Seitenblick streckte der junge Mann die Hand danach aus. Sie wehrte ihn ab. «Vorsicht, nicht abreißen. Er reagiert auf die Atmung, wenn die ausfällt ...»

Weiter musste sie gar nicht sprechen. Ihr Entführer starrte den Knopf an und verriss unwillkürlich das Lenkrad.

Scheinbar verwundert stellte sie fest: «Sie sind wohl noch nicht lange in der Branche.»

«Halt die Klappe», verlangte er. «Was faselst du dir da für einen Mist zusammen?»

«Etwas mehr Höflichkeit kann nicht schaden», wies sie ihn ungeachtet der Situation zurecht. «Auch wenn Sie sich augenblicklich in der besseren Position wähnen, Sie sollten sich eines bewusst machen; mit meiner Person haben Sie kein Druckmittel in der Hand. Ich bin jederzeit zu ersetzen. Mit Erpressung brauchen Sie es also nicht zu versuchen. Solange die Unterlagen bei Wilbach liegen, wird in der Zentrale niemand die Fassung verlieren. Natürlich wird man die Sache nicht auf sich beruhen lassen. Man wird Sie selbstverständlich zur Verantwortung ziehen, Ihnen vermutlich auch hart zusetzen. Allein schon, um zu erfahren, ob ich geredet habe. Aber ...»

«Moment», unterbrach er sie, schlug dabei mit beiden Handflächen auf das Lenkrad, wiegte den Oberkörper vor und zurück. Rechts und links vom Wagen glitten jetzt die ersten Häuser einer kleinen Ortschaft vorbei. Ein Bauernhof, ein verlassener Imbisswagen am Straßenrand. Menschen waren nicht zu sehen.

«Moment mal», keuchte er. «Erzähl mir das mal ganz langsam und der Reihe nach. Du warst mit einem Typ verabredet, den du nicht kennst. Und dann hast du gedacht, ich wäre ...»

«Ich habe gar nichts gedacht», korrigierte sie. «Ich habe mich lediglich an meine Anweisungen gehalten. Ich bin in eine dunkelblaue Limousine eingestiegen, nachdem der Fahrer sich mir gegenüber als Catwheazle zu erkennen gegeben hatte.»

«Blödsinn!», schnaubte er. «Erzähl doch keine Scheiße. Hab

ich etwa behauptet, ich wär das Wiesel? Nee! Ich hab dich nur gefragt, ob ich dich heimfahren soll.»

«Irrtum», berichtigte sie erneut. «Sie haben mich nach Wilbachs Adresse gefragt. Sie haben mich weiter gefragt, ob ich den Stadtplan auswendig gelernt hätte. So war es mit Catwheazle vereinbart.»

«Scheiße», fluchte er, wiederholte das Wort mehrfach und schlug dabei wieder mit den Handflächen auf das Lenkrad ein. Sie ließ ihn eine Weile gewähren, nutzte seine hilflose Verwirrung, um die Gegend zu betrachten.

Das kleine Dorf lag bereits wieder hinter ihnen. Rechts und links der Straße befand sich jetzt dichter Baumbestand, sie fuhren durch ein Waldstück. Hin und wieder tauchte die schmale Einfahrt eines Wirtschaftsweges auf. Es schien ihr an der Zeit, die Sache zu einem Ende zu bringen.

Sie glaubte zu wissen, was jetzt in ihm vorging und meinte durchaus freundlich: «Korrigieren Sie mich, wenn ich etwas Falsches sage. Sie hatten es gar nicht auf mich abgesehen. Sie sind weder an mir speziell noch an irgendwelchen Papieren interessiert. Für Sie war ich lediglich irgendeine Frau, die dumm genug war, in Ihren Wagen zu steigen. Kann es sein, dass heute im Radio noch vor Ihnen gewarnt wurde? Ich meine, ich hätte etwas von drei Vergewaltigungen gehört.»

Als er ihr daraufhin einen feindseligen Blick zuwarf, versicherte sie ihm eilig: «Keine Sorge, mich interessiert nicht, womit Sie sich die Freizeit vertreiben. Wie meine Auftraggeber das sehen, weiß ich zwar nicht. Aber ich könnte mir vorstellen, dass Sie sich wünschen, die Polizei hätte Sie rechtzeitig geschnappt, wenn Leute aus meinem Verein Ihnen die ersten Fragen stellen. Polizisten dürfen nämlich in Verhören keine Gewalt anwenden. Bei uns ist alles erlaubt. Da verschwinden die Befragten anschließend in der Regel spurlos. Es sieht also keiner, wie sie zugerichtet wurden.»

Einige hundert Meter vor ihnen tauchte wieder ein Einschnitt zwischen den Bäumen auf. Noch ein Wirtschaftsweg. Sie streckte den Arm aus, deutete auf die Stelle. «Fahren Sie besser mal von der Straße runter, biegen Sie da ein.»

Er gehorchte. Mit einem harten Ruck steuerte er den Wagen in die angegebene Richtung, bremste scharf und ließ ihn auf dem unebenen Weg nur noch rollen.

«Nicht stehen bleiben», befahl sie. «Langsam weiterfahren.»

Entgegen ihren Worten hielt er den Wagen an und schüttelte heftig den Kopf. Dann beugte er sich zu ihr hinüber und stieß die Tür an ihrer Seite auf. «Raus», verlangte er.

Es nieselte nicht mehr, nun regnete es. Und der Weg, auf dem der Wagen stand, war nicht befestigt. Sie warf einen Blick durch den Türspalt ins Freie. Keinen Schirm dabei und nur ein Paar Halbschuhe an den Füßen.

«Und wie stellen Sie sich das vor?», fragte sie ruhig. «Soll ich zurück in die Stadt laufen, die Zentrale anrufen und sagen: ‹Es tut mir Leid, ich bin aus Versehen ins falsche Auto gestiegen›? Meinen Sie, die glauben mir das? Ich glaube es nicht. Und ich bin nicht lebensmüde, junger Mann.»

«Raus, habe ich gesagt», wiederholte er energisch. Und jetzt war er es, der sich allmählich beruhigte. «Ich hab die Schnauze voll von dem Theater. Damit will ich nichts zu tun haben.»

Er grinste sie an in einer sehr wissenden Art. «Und ich kenne welche, die wären froh und dankbar gewesen, wenn ich sie vorher rausgeworfen hätte.»

«Kann ich mir vorstellen», sagte sie. «Aber das interessiert mich auch nicht. Sie scheinen nicht zu begreifen, in welche Lage Sie mich gebracht haben.»

Dann schwieg sie sekundenlang, als müsse sie erst nachdenken. Er trommelte derweil ungeduldig mit den Fingerspitzen auf dem Lenkrad herum.

«Muss ich nachhelfen?», fragte er plötzlich und griff mit der linken Hand in eine Tasche seiner Jacke. Als die Hand wieder zum Vorschein kam, hielt sie ein Messer.

«Nicht nötig», erwiderte sie resignierend, machte Anstalten, den Wagen zu verlassen. Einen Fuß hatte sie bereits im Freien, den Halbschuh mit der Spitze in den Matsch gesetzt. Wildlederschuhe, so gut wie neu, und billig waren sie nicht gewesen. Als sie aus ihrer Wohnung gegangen war, hatte es noch nicht genieselt. Sonst hätte sie andere Schuhe angezogen und einen Schirm mitgenommen. Blitzschnell griff sie an die Brusttasche ihrer Hemdbluse. Bevor er es verhindern konnte, hatte sie den Kugelknopf abgerissen und ließ ihn zwischen den Sitze fallen.

«Bist du übergeschnappt?», schrie er, bückte sich, bekam den Knopf zu fassen, hob ihn auf und hielt ihn ihr hin. «Mach das wieder dran, aber fix.»

Bedächtig schüttelte sie den Kopf. «Das ändert nichts mehr. Tut mir Leid für Sie, aber ich muss erst mal an meine Sicherheit denken. In der Zentrale rechnen sie jetzt mit dem Schlimmsten. Werfen Sie den Knopf in die Büsche, damit kann ich meine Erklärungen untermauern. Dann können wir zurückfahren. Aber wechseln Sie den Wagen so schnell wie möglich. Wegen des Reifenprofils, Sie wissen schon.»

Er hielt den Knopf noch in der Hand, starrte erst ihn an, dann sie. «Du hast mich reingelegt», keuchte er.

«Wenn Sie meinen», sagte sie lapidar und spähte über die Schulter in Richtung der Straße, von dort war deutlich das Motorgeräusch eines Wagens zu hören.

Er wurde ebenfalls aufmerksam, stieß die Tür an seiner Seite auf, sprang mit beiden Beinen gleichzeitig in den Matsch. Er warf noch einen flüchtigen Blick auf die Vorderräder, dann rannte er mit dem Rücken zur Straße davon. Den Kugelknopf warf er in weitem Bogen von sich, verließ nach wenigen Metern den schmalen Wirtschaftsweg und bog nach links in einen kaum erkennbaren Pfad ein.

Nachdem er völlig aus ihrem Blickfeld verschwunden war, zog sie den rechten Fuß zurück ins Auto und die Beifahrertür zu. Dann rutschte sie hinüber auf den Fahrersitz und legte den

Rückwärtsgang ein. Langsam steuerte sie auf die Straße zu. Mehrfach stieß ihr rechtes Knie unter das Armaturenbrett, weil sie das Zittern einfach nicht mehr unter Kontrolle brachte.

Welch ein Leichtsinn in den letzten Minuten – für ein paar Wildlederschuhe. Aber es war fast gewesen, als säße sie daheim vor dem Laptop und übertrüge einen Spionagethriller von Miller aus dem Englischen ins Deutsche. «Entscheidung in Nepal». In Kapitel vierunddreißig war ein Sender aufgetaucht, der auf die Atmung reagierte. Sie hatte sich gefragt, ob es so etwas wohl wirklich gab. Weber hatte es für ausgemachten Schwachsinn gehalten.

In aller Freundschaft

Das muss jetzt ziemlich genau ein halbes Jahr her sein, dass Josef Trimborn spätabends zu uns in die Bar kam. Vielleicht hätte ich mir da schon denken müssen, dass etwas ganz und gar nicht in Ordnung war. Ich kenne Josef seit gut zwanzig Jahren. Er ist ein Arbeitstier, ging in aller Herrgottsfrühe in seinen Bastelkeller und kam erst weit nach Mitternacht wieder raus.

Ständig tüftelte er an irgendetwas herum, keine Ahnung, was er im Laufe der Zeit alles erfunden hat. Und neben seiner Arbeit konnte Josef sich für rein gar nichts begeistern. Das wusste ich aus einer erstklassigen Quelle, von seiner Frau Elvira. Josef gehörte jedenfalls nicht zu den Typen, die spätabends noch in eine Bar gehen, um ein bisschen abzuschalten, selbst dann nicht, wenn dort ein guter Freund am Klavier sitzt.

Zuerst stellte Josef sich zu Mona an den Tresen, bestellte ein Bier und trank so bedächtig, das musste einfach auffallen. Mona sagte später zu mir: «Ob du mir glaubst oder nicht, Toni, ich habe sofort gemerkt, dass mit dem etwas nicht stimmte. Der trank sein Bier wie ein Mann, der Sorgen hat.»

So war es auch. Nachdem er sein Glas etwa zur Hälfte geleert hatte, kam er zu mir herüber, grüßte kurz und lehnte sich ans Klavier. Dabei seufzte er nachdrücklich, fragte gleich anschließend: «Hast du vielleicht mal eine Viertelstunde Zeit für mich? Ich muss unbedingt mit einem Menschen reden.» Und nach dem letzten Wort kam noch so ein Seufzer, der einem das Herz aus dem Leib riss.

Ich nickte kurz, sagte: «Selbstverständlich, Josef», oder etwas Ähnliches in der Art, spielte noch ein oder zwei kürzere Stücke und verzog mich dann mit ihm in einen stillen Winkel. Mona brachte uns beiden unaufgefordert zwei Bier. Und Josef betrachtete seine Hände, als hätte er sie noch nie zuvor gesehen. Minutenlang saßen wir uns schweigend gegenüber. Als ich endlich fragen wollte, wo ihn denn nun der Schuh drückt, da begann er: «Kennst du einen, der mir eine Pistole beschaffen kann, Toni?»

Im ersten Augenblick war ich ziemlich verblüfft. «Willst du eine Bank überfallen?», fragte ich.

Vorstellen konnte ich mir das nicht. Schließlich schuftete Josef nicht umsonst bis zu sechzehn Stunden täglich. Er musste in den letzten Jahren ein kleines Vermögen eingesammelt haben mit seinen Erfindungen und Patenten. Gut die Hälfte davon hatte er allerdings gleich wieder in neue Projekte gesteckt. Von der anderen Hälfte finanzierte er seine Ehe mit Elvira, besser gesagt, ein bisschen Abwechslung für Elvira.

Sie waren seit gut fünfzehn Jahren verheiratet. Und Josef behauptete immer noch, er trüge seine Frau auf Händen. Aber in seinen Händen trug er grundsätzlich Schraubendreher, Lötkolben und ähnliches Zeug. Doch ich muss fairerweise sagen, er gab sich zumindest Mühe, seiner Frau ein angenehmes Leben zu verschaffen.

Dass er Elvira liebte, daran konnte es keinen Zweifel geben. Und da er tagaus, tagein beschäftigt war und kaum einmal eine Minute für sie erübrigen konnte, zeigte Josef seine Zuneigung auf andere Weise. Er ließ sich die Sache etwas kosten. Kaum ein Wunsch, den er ihr nicht auf der Stelle erfüllte. Für ihn war Elvira das Zweitwichtigste in seinem Leben. So betrachtet hätte er durchaus einmal knapp bei Kasse sein können.

Josef seufzte erneut, dass es mir kalt den Rücken hinunterlief. «Nein», erklärte er dumpf. «Ich brauche einen Detektiv. Und je nachdem, was der herausfindet, brauche ich eine Pistole.»

Endlich schaute er auf. «Kannst du dir vorstellen, dass Elvira mich betrügt, Toni? Ich meine, ich tu doch nun wirklich alles für sie. Wenn sie einen anderen hat ...»

Josef presste die Lippen aufeinander und schüttelte den Kopf. Ich legte meine Hand auf seine und einen erstaunten Klang in die Stimme. «Wie kommst du denn auf so eine dumme Idee, Josef?»

Dabei war die Idee weder dumm noch sonst was. Dass Elvira ihn betrog, wusste ich besser als sonst einer. Vor ungefähr fünf Jahren hatte sie zum ersten Mal vor meiner Tür gestanden. Ein bisschen frustriert und ein bisschen gelangweilt. Wir hatten uns unterhalten, vielmehr hatte sie mir ihr Leid geklagt.

«Kannst du dir vorstellen, wie das ist, Toni? Ich bin doch keine Statue, die man in die Ecke stellt und alle Jubeljahre einmal vorholt. Ich bin eine Frau aus Fleisch und Blut.»

Weiß Gott, das war sie, und was für eine Frau. Und wir hatten immer gedacht, Josef sei zu beschäftigt, um etwas zu bemerken.

Seit jenem ersten Nachmittag vor fünf Jahren kam Elvira dreimal die Woche kurz nach Mittag zu mir. Das war die Zeit, in der ich für gewöhnlich aufstand, schließlich arbeitete ich ja bis kurz vor vier in der Nacht bei Mona in der Bar. Und wenn Elvira kam, stand ich erst gar nicht auf. Da konnte es gut und gerne Abend werden, ehe wir endlich aus den Federn krochen.

Mir war nie der Gedanke gekommen, dass ich einen guten Freund hinterging. Tat ich ja auch gar nicht. Wenn man es sich genau überlegte, hatte ich Josef fünf Jahre lang dreimal die Woche einen großen Gefallen erwiesen. Es war doch nicht damit abgetan, einer Frau wie Elvira ein schönes Haus in die Gegend zu stellen, sie mit Schmuck zu behängen und ihr jeweils das letzte Modell einer gewissen Sportwagenmarke zu kaufen. Eine Frau wie Elvira brauchte ganz andere Dinge. Und die brauchte sie regelmäßig – mindestens dreimal die Woche. Und dass sie die von mir bekam, war nur zu Josefs Vorteil. Ich wäre niemals auf die Idee gekommen, auf Scheidung zu drängen.

Ich war nicht mal eifersüchtig auf Josef. Was es ja auch geben soll, dass ein Liebhaber bei dem Gedanken an den Ehemann regelrecht den Verstand verliert. Die Gefahr bestand bei mir nicht. Zum einen mochte ich Josef wirklich sehr, zum anderen wusste ich von Elvira, dass er nachts einfach zu müde war, um noch irgendwelche Ansprüche an sie zu stellen.

Nur konnte ich natürlich auch nicht zulassen, dass Josef den Spieß umdrehte. Und genau das hatte er vor. Allein der Blick, mit dem er mich anfunkelte. Dann zischte er auch noch: «Ich muss das wissen. Ich werde verrückt bei dem Gedanken, dass sie einen anderen hat. Und eines sag ich dir, Toni: Wenn ich den Kerl erwische, mache ich ihn kalt.»

Solch eine Drohung aus dem Mund von Josef Trimborn hätte manch anderen wahrscheinlich laut auflachen lassen. Josef war nicht eben kräftig gebaut, sogar ich überragte ihn um einen halben Kopf und brachte etliche Kilo mehr auf die Waage. Und Josef hatte normalerweise ein Gemüt wie ein Dorfpfarrer. Er predigte auch so ähnlich, wenn er von seiner neuesten Erfindung erzählte. Aber jetzt lachte ich nicht, weil es ihm verdammt ernst zu sein schien.

Er beugte sich über den Tisch zu mir vor und flüsterte: «Du kennst doch eine Menge Leute, Toni. Da ist bestimmt einer dabei, den man fragen könnte.»

«Josef», sagte ich entrüstet. «Mach dich doch nicht unglücklich!» Dann zählte ich einiges auf, ihm das auszureden.

Erstens war Monas Bar ein anständiges Lokal. Da verkehrten keine Gangster. Zweitens würde der Verdacht automatisch auf ihn fallen, und drittens – ich traute Josef zwar nicht so recht zu, seine Drohung in die Tat umzusetzen, aber wie heißt es so schön: «Vorsicht ist die Mutter der Porzellankiste.»

«Josef», sagte ich also noch einmal, «ich weiß nicht, ob das mit dem Detektiv eine gute Idee ist. Solche Leute sind teuer. Willst du dein Geld zum Fenster hinauswerfen?»

Ich schüttelte den Kopf, fuhr in überzeugendem Ton fort:

«Das ist, als ob du mit Kanonen auf Spatzen schießen willst. Wie kommst du denn überhaupt auf den Gedanken, dass Elvira einen anderen haben könnte?»

Josef nippte an seinem Bierglas und schaute mich über den Rand hinweg an. Dann griff er in die Hosentasche, zog mein Sturmfeuerzeug heraus und legte es mitten auf den Tisch. «Sie ist viel unterwegs», erklärte er dabei. «Und das hier fand ich gestern in ihrer Handtasche.»

Mir fiel ein, dass Elvira zwei Tage vorher ein Weilchen mit meinem Feuerzeug herumgespielt hatte. Seitdem war es weg. Und ich hatte schon gedacht, ich hätte es in der Bar liegen lassen, wo es irgendjemand eingesteckt hätte.

«Dreimal in der Woche geht sie morgens zur Klavierstunde», erklärte Josef. «Zweimal geht sie abends zur Volkshochschule. Da hat sie einen Kursus belegt. Französisch für Anfänger. Ich habe nichts dagegen, wenn sie etwas für ihre Bildung tut. Aber sie ist auch dreimal in der Woche den ganzen Nachmittag unterwegs. Und immer kommt sie mir mit fadenscheinigen Ausreden.»

Er seufzte wieder, dass es einen erbarmen konnte. «Mal will sie beim Friseur gewesen sein. Aber ich bin schließlich nicht blind, Toni. Ich sehe doch, ob sie ihr Haar anders trägt. Dann hat sie angeblich Einkäufe gemacht, aber vorweisen kann sie nichts.»

Da war ich es, der nachdrücklich seufzte. Und nach einer Weile fiel mir dann die Lösung ein.

«Also, das mit dem Detektiv würde ich an deiner Stelle vergessen», sagte ich. «So einer zieht dir nur das Geld aus der Tasche. Ich kenne auch keinen, der eine Pistole besorgen könnte. Aber ich mache dir einen Vorschlag. Ich kümmere mich mal darum, was Elvira nachmittags treibt. Da habe ich ja Zeit. Das ist gar kein Problem für mich.»

Die Erleichterung stand Josef deutlich ins Gesicht geschrieben. Er drückte meine Hand, schaute mich mit einem langen und sehr dankbaren Blick an. «Das würdest du wirklich für mich tun, Toni? Das werde ich dir nie vergessen.»

So sind wir dann erst mal verblieben. Mein Versprechen zu halten, war eine Kleinigkeit, ich musste nicht mal nachmittags hinter Elvira herspionieren. Zwei Tage später erzählte sie mir, Josef hätte sich eine kleine, handliche Pistole gekauft. Eine von denen, die noch frei verkäuflich waren, für Leuchtraketen. Aber bei Josefs Fähigkeiten wollte das gar nichts heißen. Elvira meinte auch, er hätte das Ding so bearbeitet, dass es auch richtige Patronen abschießen könne. Und wenn nicht, es ist bestimmt auch nicht lustig, wenn man eine Leuchtrakete ins Auge bekommt. Da wurde mir doch ein bisschen mulmig.

«Wir müssen in Zukunft sehr vorsichtig sein», sagte ich. «Jedenfalls möchte ich nicht derjenige sein, an dem Josef seine Pistole ausprobiert.»

Elvira lachte zwar, aber ganz wohl war ihr auch nicht. Sie blieb nicht so lange wie sonst, fuhr auf dem Heimweg noch bei einer Boutique vorbei und kaufte sich etwas Nettes, damit sie zu Hause etwas vorweisen konnte. Und ein paar Tage später ging sie von mir aus zum Friseur und ließ sich das Haar einen Ton heller färben. Eine Dauerlösung war das nicht.

Aber dann kam mir diese geniale Idee mit den zusätzlichen Klavierstunden. Ich dachte, es sei für mich eine Kleinigkeit, ihr zum regulären Unterricht noch etwas Nachhilfe zu geben. Tags darauf erzählte sie Josef, dass ihr Klavierlehrer zu intensiverem Unterricht geraten hätte. Sie solle ab sofort auch nachmittags kommen, damit ihr Talent entsprechend gefördert werden könne.

An dem Abend kam Josef wieder in die Bar. Mona war einverstanden, dass ich eine kleine Pause einlegte. Wir setzten uns in einen stillen Winkel.

«Wie sieht es aus?», fragte Josef gespannt.

Ich atmete einmal tief durch und begann: «Um ehrlich zu sein, Josef, bisher ist mir nichts aufgefallen. Ich bin ihr ein paar

Mal nachgefahren. Letzte Woche war sie einmal beim Friseur, das hat ziemlich gedauert. Und einmal war sie in einer Boutique, da hat sie sich auch lange aufgehalten. Anfang dieser Woche hat sie einen ganzen Nachmittag in einem Café gesessen. Da hat sie mir richtig Leid getan. Sie saß so einsam und verloren an dem Tisch. Und gestern war sie im Kino, ganz alleine. Ich saß drei Reihen hinter ihr.»

Josef nickte, presste die Lippen aufeinander. «Wahrscheinlich tue ich ihr wirklich Unrecht», meinte er. «Sie hat es nicht leicht mit mir, das weiß ich selbst.»

Er schaute mich nachdenklich an. «Jetzt will sie auch nachmittags Klavierstunden nehmen.»

«Mensch, Josef», sagte ich, «das ist doch die Lösung. Da hat sie etwas Sinnvolles zu tun. Und du musst dir keine Sorgen mehr machen.»

Er nickte gedankenverloren. «Wenn du meinst», sagte er.

Ich dachte schon, damit wäre unser Problem gelöst. Elvira kam von da an jeden Nachmittag, wie üblich kurz nach Mittag. Sie hatte schon seit geraumer Zeit einen Schlüssel zu meiner Wohnung. Bodenloser Leichtsinn! Wenn ich darüber nachdenke, dass Josef statt des Feuerzeuges auch meinen Wohnungsschlüssel bei ihr hätte finden können, wird mir schlecht. Aber er hat ihn ja nicht gefunden. Und es hatte unbestreitbar gewisse Vorteile, dass Elvira herein konnte, ohne dass ich erst dafür aufstehen musste.

Sie ging immer zuerst in die Küche und brühte Kaffee für uns auf. Den brachte sie mir ans Bett, machte mir auch zwei Toast mit Honig. Und während ich frühstückte, beschäftigte sie sich auf ihre Weise. Sie war unersättlich, so was von Leidenschaft und Erfindungsreichtum ist wahrscheinlich selten.

Wir hatten wirklich eine herrliche Zeit. Und man soll gar nicht glauben, wie schnell ein Mensch sich an eine veränderte Situation gewöhnt, vor allem, wenn sich die Situation für ihn verbessert hat. Bald konnte ich mir gar nicht mehr vorstellen, einen Tag ohne Elvira zu sein. Ich war immer auf der Stelle hellwach, wenn der Schlüssel in die Tür gesteckt wurde. Und wenn sie dann ins Zimmer kam, blieb mir einfach der Atem weg. Doch auch in dieser Zeit habe ich nie daran gedacht, sie zur Trennung von Josef zu bewegen. Es war doch alles bestens. Von mir aus hätte es ewig so weitergehen können.

Aber dann sagte Elvira an einem Nachmittag vor ungefähr zwei Monaten: «Josef wird allmählich misstrauisch. Er meint, ich hätte noch keine nennenswerten Fortschritte gemacht.»

Und ich zeigte auf mein altes Klavier, das mir seit Jahr und Tag gute Dienste geleistet hatte. Ich sagte grinsend: «Dann lass mal hören, was du kannst.»

Elvira setzte sich auf die Bank. Ich blieb erst noch hinter ihr stehen. Sie schaute zu mir auf, fragte: «Hast du Noten? Ohne Noten kann ich gar nicht spielen.»

Ich hatte noch ein paar alte Notenhefte, einfache Stücke, ein bisschen Bach, etwas Mozart. Aber das Erste, was mir bei meiner Suche in die Hände fiel, war der Chopin. Hatte ich selbst seit Jahren nicht mehr gespielt. In einer Bar sind eher moderne Stücke gefragt. Elvira starrte auf das Blatt, murmelte: «Um Gottes willen, so was kann ich nicht.»

Ich fand dann noch ein Heft von Beethoven, etwas für blutige Anfänger. Und Elvira begann, klimperte ein bisschen auf den Tasten herum. Mit der rechten Hand war es noch erträglich, aber die linke fabrizierte ein einziges Chaos. Ständig griff sie daneben, kein einziger Begleitakkord kam, wie er kommen sollte. Und dabei starrte Elvira wie hypnotisiert auf das Notenblatt.

Ich will nicht behaupten, dass ich auf Anhieb misstrauisch wurde. Zuerst fragte ich nur in halbwegs scherzhaftem Ton: «Seit wann nimmst du eigentlich Klavierstunden?»

«Seit ungefähr zwei Jahren», antwortete sie.

Und wenn das stimmte, musste ihr Lehrer ein Stümper sein. Ich bin wahrhaftig kein Perfektionist, aber was sie mit meinem alten Klavier anstellte, trieb mir den Schweiß auf die Stirn. Nach einer halben Stunde wurde es mir unerträglich. Ich setzte mich neben sie und erklärte ihr erst einmal die Bedeutung von Bass- und Violinschlüssel.

Elvira lehnte sich an meine Schulter, hauchte einen Kuss auf meinen Hals, strich mit den Fingerspitzen über mein Bein hinauf und flüsterte in mein Ohr: «Lassen wir doch das dumme Klavier. Ich weiß etwas, womit wir uns die Zeit angenehmer vertreiben können.»

Aber zum einen hatten wir uns die Zeit schon recht intensiv auf angenehme Weise vertrieben, und ich war ein bisschen erschöpft davon. Zum anderen fühlte ich mich auch irgendwie bei meiner Berufsehre gepackt.

Ich ließ sie zweimal Beethovens «Lied an die Freude» spielen. Danach war ich mir ziemlich sicher, dass man Elvira nur das Geld aus der Tasche zog. Auch sie selbst meinte nach der Quälerei: «Vielleicht sollte ich mir einen besseren Lehrer suchen.»

Da war ich ganz und gar ihrer Meinung. Und gleichzeitig dachte ich mir, dass man mit solch einem Menschen vielleicht mal ein ernstes Wort reden sollte. Das konnte man schließlich nicht durchgehen lassen. Da kassierte so ein Stümper ein Wahnsinnshonorar für jede Stunde, und seine Schülerin kannte nach zwei Jahren nicht mal den Unterschied zwischen Viertel- und halber Note.

Abends rief ich Josef an, plauderte über alles und jedes und erkundigte mich so harmlos wie möglich nach Name und Anschrift von Elviras Klavierlehrer. Und gleich am nächsten Morgen fuhr ich hin.

Als ich ankam, stand ihr Wagen schon vor dem Haus. An der Eingangstür war ein Schild angebracht, demzufolge lag die Wohnung, die ich suchte, im dritten Stock. Die Haustür war nur angelehnt. Ich stieg die Treppen hinauf, und schon dabei wunderte ich mich ein bisschen. Ich meine, man hört das doch, wenn irgendwo im Haus Klavier gespielt wird. Und da war eben nichts zu hören.

Dann stand ich im dritten Stock vor der Wohnungstür und lauschte. Nichts, absolute Stille. Aber nach ein paar Minuten hörte ich – zwar gedämpft, aber immer noch deutlich genug – diesen kurzen, heiseren Aufschrei, den ich zur Genüge kannte. Und gleich darauf stammelte Elvira: «Fester. Ja, genau so. Oh, du bist wunderbar.» Und immer so weiter.

Mir wurde ganz flau im Magen, und meine Knie fühlten sich an, als hätte ich Pudding in den Gelenken. Im ersten Augenblick war mir danach, die Tür einzurennen. Ich fühlte mich ungefähr so, wie Josef sich gefühlt haben musste, als er zu mir in die Bar kam und seinen Verdacht äußerte. Hundeelend war mir, als ich die Treppen wieder hinunterstieg, ohne mich bemerkbar gemacht zu haben.

Nachmittags war ich kaum in der Lage, Elviras Zärtlichkeit zu genießen. Wie ein Brett lag ich auf dem Rücken, und im Geist sah ich sie in den Armen ihres Klavierlehrers liegen. Drei oder vier Tage lang spielte ich mit dem Gedanken, mir unter einem Vorwand Josefs Pistole zu leihen. Ich war wirklich so schockiert, dass ich erst am fünften Tag auf eine elegantere Lösung kam.

Das war ein Sonntag, da kam Elvira nie. So dämlich war selbst Josef nicht, dass er ihr für sonntags auch noch Klavierstunden, Französisch für Anfänger oder sonst etwas abgenommen hätte. Ich wachte schon sehr früh morgens auf, dann lief ich den ganzen Tag wie ein geprügelter Hund herum.

Durch den Klavierlehrer angeheizt, kam meine Phantasie so richtig auf Touren. Da stellte ich mir plötzlich sogar vor, dass Josef auf seine ehelichen Rechte pochte, und dachte, dass ich ja zwei Fliegen mit einer Klappe schlagen könnte.

Am nächsten Tag rief ich Josef um die Mittagszeit an und erzählte ihm, ich sei morgens zufällig in der Stadt gewesen und hätte da etwas Merkwürdiges beobachtet. Nämlich, dass Elvira aus einem bestimmten Haus in der Bredaerstraße kam. Dass sie von einem jungen, recht gut aussehenden Mann zu ihrem Wagen gebracht wurde. Und dass besagter Mann sich mit einem langen Kuss von ihr verabschiedete.

Josef war zuerst ganz still, bedankte sich dann knapp mit rauer Stimme, noch bevor ich hatte sagen können, dass er mit seinem Verdacht wohl doch nicht falsch gelegen, dass er sich lediglich in der Tageszeit geirrt hätte.

Ja, und zwei Tage später kam Josef abends in die Bar, kam gleich zu mir und legte unauffällig die Pistole auf die Klavierbank. «Ich habe den Kerl kalt gemacht», sagte er. «Die Polizei muss bald hier sein. Es hat mich nämlich einer gesehen, und der ist mir bis hierher nachgefahren.»

Dann beugte er sich zu mir herunter und flüsterte: «Und da muss noch einer sein, Toni. Da bin ich mir ganz sicher. Du bist doch mein Freund, nicht wahr?»

Ich nickte, und Josef flüsterte weiter: «Wenn du irgendwann herauskriegst, mit wem sie es sonst noch treibt, dann erledige das für mich. Dich wird keiner verdächtigen. Musst nur besser aufpassen als ich. Wirst du das tun?»

Ich nickte noch einmal. Und ich dachte bei mir, dass ich mich kaum selbst erschießen würde. Bestimmt nicht jetzt, wo die Situation sich für mich derart günstig entwickelt hatte.

Elvira kam erst am nächsten Tag mit verweinten Augen. Sie war völlig aufgelöst, fiel wie eine ausgehungerte Löwin über mich her und stammelte immerzu den gleichen Satz: «Wenn ich mir vorstelle, dass er von uns erfahren hätte ...»

Das hatte Josef zum Glück nicht, und da er nun in Untersuchungshaft war, bestand für uns keine Gefahr mehr. Dachte ich jedenfalls.

Und ich dachte auch, dass Elvira mich wirklich liebte. Sie beteuerte, die Sache mit dem Klavierlehrer hätte absolut nichts mit Liebe zu tun gehabt. Das habe sich mal so ergeben. Weil ich doch anfangs nur jeden zweiten Nachmittag Zeit für sie gehabt hätte.

Und dann hätte der Kerl sie damit erpresst. Sie hätte aus lauter Angst noch ein paar Mal mit ihm geschlafen und so getan, als mache ihr das Spaß.

Wir hatten nach Josefs Verhaftung ein paar herrlich unbeschwerte Wochen. Elvira kam wie gewohnt kurz nach Mittag, und manchmal begleitete sie mich abends in Monas Bar, stand neben dem Klavier und schaute mir auf die Finger. Anschließend gingen wir dann wieder zu mir, und sie blieb über Nacht. Es war ein umwerfendes Gefühl, morgens neben ihr aufzuwachen. Sie weckte mich immer mit zarten Küssen auf den Nacken, kraulte dabei gleichzeitig diese empfindliche Stelle an den Oberschenkeln und arbeitete sich langsam höher hinauf. Es war fast schon der Himmel auf Erden. Ich war in diesen Wochen restlos glücklich.

Aber zweimal in der Woche ging Elvira abends zu diesem Kursus in die Volkshochschule. Französisch für Anfänger. Und vorgestern kamen zwei Franzosen in Monas Bar. Nette Leute, Geschäftsreisende. Sie plauderten erst ein Weilchen mit Mona, aber dann füllte sich die Bar, und Mona hatte keine Zeit mehr. Und ich sagte zu Elvira: «Unterhalte du dich doch ein bisschen mit ihnen. Vielleicht kannst du noch etwas dazulernen.»

Sie wollte nicht so recht, wollte mir lieber beim Spielen zuschauen. Ich will nicht behaupten, mir sei gleich ein Verdacht gekommen, aber ... Ja, was soll ich noch sagen. Gestern rief ich Mona an und sagte, dass ich mich nicht wohl fühle und lieber im Bett bleiben wollte. Und als Elvira kurz nach sechs meine Wohnung verließ, um zur Volkshochschule zu fahren, fuhr ich ihr nach.

Sie steuerte ein Café an, und dort wurde sie schon erwartet. War noch recht jung, der Typ. Und sportlich sah er aus, wie er da über das zurückgeklappte Verdeck in Elviras Sportwagen hüpfte. Dann fuhren sie zusammen weg, aber nicht zur Volkshochschule. Ich blieb dicht hinter ihnen, bis sie schließlich auf einem einsamen Parkplatz Halt machten.

Ganz plötzlich war von Elvira nichts mehr zu sehen. Sie musste nach unten weggetaucht sein. Ich stieg aus, um mir die Sache aus der Nähe anzuschauen. Und dann sah ich mit eigenen Augen, wie Elvira eine Kostprobe ihrer Französischkenntnisse gab. Das dämliche Gesicht dieses Typen werde ich mein Lebtag nicht vergessen. Wie er auf dem Sitz hing, Augen geschlossen, ein Gesichtsausdruck wie der alte Boxerhund, den Mona manchmal mit in die Bar brachte.

Die Pistole hatte ich nach Josefs Verhaftung in meinem Wagen versteckt. Er hatte der Polizei erklärt, er hätte die Tatwaffe irgendwo in den Kanal geworfen, könne sich aber nicht mehr darauf besinnen, wo genau das gewesen sei. Ich wollte die Pistole in den nächsten Tagen irgendwo verschwinden lassen. Wirklich, das wollte ich. Man kann doch so ein gefährliches Ding nicht ständig mit sich herumschleppen.

Ich kann mich beim besten Willen nicht daran erinnern, dass ich sie unter dem Sitz hervorgeholt habe. Ich weiß ja nicht einmal mehr, dass ich zu meinem Wagen zurückging, um sie zu holen. Nur die Schüsse, die klingen mir noch im Ohr. Sechsmal insgesamt hätte ich abgedrückt, behauptet die Polizei. Elvira sei auf der Stelle tot gewesen, ihr Liebhaber während der Fahrt ins Krankenhaus verstorben.

Heute Morgen hat Josef es geschafft, mir eine kleine Nachricht zukommen zu lassen. War nur ein winziger Fetzen Papier. Darauf hatte er mit Bleistift geschrieben: «Wahre Freunde sind selten geworden. Ich habe einen.»

Der Mäzen

Sein Name war Friedbert Hausmann. Das sagte bereits alles. Als er sich Hilde mit vollem Namen vorstellte, starrte sie ihn sekundenlang sprachlos an, kniff die Augen zusammen und runzelte die Stirn, was ihrem niedlichen Gesicht einen sehr nachdenklichen Ausdruck verlieh. Dann prustete Hilde los, wollte sich förmlich ausschütten vor Lachen. Sie legte beide Hände vor ihren üppigen Busen, japste nach Luft und stieß endlich hervor: «Oh Gott, wer hat denn das verbrochen?»

Das war exakt fünf Jahre her. Und nachdem sie sich damals wieder beruhigt, ihm in zärtlicher Aufwallung eine Hand auf den Arm gelegt und sich für ihren Heiterkeitsausbruch entschuldigt hatte, fragte Hilde: «Darf ich Bert sagen?» Natürlich durfte sie, und schon nach kurzer Zeit machte Hilde daraus ein sanft säuselndes «Berti».

Ein paar böse Zungen prophezeiten damals, es könne nicht gut gehen. Sie beriefen sich auf eine Volksweisheit, welche besagt: «Gleich und gleich gesellt sich gerne.» Und gleich konnte man Hilde und Friedbert wahrhaftig nicht nennen.

Als sie sich zum ersten Mal trafen, fehlten Friedbert Hausmann noch knappe zwei Jahre bis zur vierzig. Hilde war gerade Anfang zwanzig. Doch es war nicht allein der Altersunterschied: Größere Disharmonien waren schon durch die beruflichen Perspektiven und die jeweiligen Ansichten über das Leben zu erwarten. Friedbert war Beamter im städtischen Kulturamt, Hilde war Künstlerin. Friedbert war ein sehr pflichtbewusster Mensch, dem seine persönliche Ordnung über alles ging. Wo Hilde sich aufhielt, breitete sich das Chaos aus.

Es gab jedoch auch einige Stimmen, die vehement die Meinung vertraten: «Gegensätze ziehen sich an.» Und es schien ganz so, als sollten diese Stimmen Recht behalten.

Friedbert und Hilde trafen erstmals im Rahmen einer Ausstellung zusammen, die er im Kreishaus arrangiert hatte, bei der – neben anderen Künstlern – auch Hilde einige ihrer Werke der Öffentlichkeit präsentieren durfte. Bis dahin hatte Friedbert sich kaum für die bildenden Künste interessiert. Dazu hatte ihm schlicht und einfach die Zeit gefehlt.

Lange Jahre hatte er sich neben dem Beruf aufopfernd um seine kranke Mutter kümmern müssen. Bis zu dem Tag, an dem er seine Mutter sanft hatte entschlafen lassen, das war drei Monate vor ebenjener Ausstellung gewesen, bei der er dann in Hilde die Frau seines Lebens traf, hatte Friedbert gezwungenermaßen auf beinahe jegliches Vergnügen verzichtet. Nur einmal im Monat hatte er sich den Besuch bei einer jungen Dame gegönnt, die in etlichen Zeitungen unter dem Begriff «Fotomodell» annoncierte. Fotografiert hatte Friedbert die Dame allerdings nie. Mit Bildern wusste er damals noch nicht viel anzufangen.

So stand er denn auch ein wenig verloren vor Hildes Werken, betrachtete ein Stück Leinwand, auf dem Hilde sich in allen nur denkbaren Rottönen ausgetobt hatte. Bezeichnenderweise trug das Werk den Titel «Orgie». Mit etwas gutem Willen und sehr viel Phantasie, von der Friedbert gedacht hätte, er besäße sie nicht, gelang es ihm, aus den bordeaux-, orange-, wein-, kirsch-, blutroten und anderen Farbnuancen die Umrisse zweier Körper auszumachen, die sich in inniger Umschlingung auf einem völlig zerknautschten und um der besseren Unterscheidungsmöglichkeit mit mattschwarzen Falten dargestellten Laken wälzten.

Und gerade als er dachte, in dem Gewirr von angedeuteten Armen, Beinen, Hälsen und Köpfen, den Linien von Brüsten,

Gesäßen und was da sonst noch alles sein mochte, einen dritten Körper zu erkennen, gerade als er sich fragte, ob die Künstlerin den Titel ihres Werkes mit Vorsatz gewählt hatte, fragte neben ihm eine hoffnungsvolle Stimme: «Gefällt es Ihnen?»

«Nun ja», erwiderte Friedbert gedehnt, dachte sich, dass man eine derartige Frage nicht so gut mit einem schlichten Ja oder Nein beantworten könne. «Es ist sehr apart.»

Und Hilde strahlte ihn an. «Finden Sie wirklich?»

«Nun ja», sagte er noch einmal, diesmal mit leichtem Zögern. Er neigte den Kopf zur Seite, was dem roten Gekleckse eine andere Perspektive verlieh. «Es ist außergewöhnlich. Ich finde, es zeugt von Leidenschaft, von einer Urgewalt.» Bei diesen Worten breitete er die Hände aus, als müsse er Hilde ihr eigenes Bild erst schmackhaft machen. Bedächtig fügte er noch an: «Es hat etwas Faszinierendes.»

Von so viel Lob war Hilde mehr als nur begeistert. Sie schleppte Friedbert umgehend zu einem dicklichen Menschen mit Halbglatze, der bereits eine ergreifende Rede zur Einleitung gehalten und die junge Künstlerin dabei über Gebühr gepriesen hatte. Als Hilde ihren scheinbar so kunstversierten neuen Bekannten vorstellen wollte, passierte die eingangs erwähnte kleine Panne mit dem Namen.

Aber dabei blieb es auch. Nachdem Hilde sich beruhigt und für den Heiterkeitsausbruch entschuldigt hatte, wich sie nicht mehr von Friedberts Seite. Sie ließ sich sogar von ihm zu einem kleinen Imbiss einladen, folgte ihm arglos und naiv in sein Haus. Dann stand sie bei ihm in der Küche, betrachtete mit respektvollem Blick den wohlgefüllten Kühlschrank und bewunderte gleichzeitig die Fingerfertigkeit, die er bei der Zubereitung einer kalten Platte an den Tag, beziehungsweise den Abend, legte.

Es gab Räucherlachs, Baguette, einen gemischten Salat und diverse Schinkensorten. Außerdem hatte Friedbert, gleich nachdem sie sein Haus betreten hatten, eine Flasche Champagner kalt gestellt. Alles zusammen veranlasste Hilde zu der Bemerkung: «Das sieht fast aus, als hätten Sie fest damit gerechnet, dass ich mitkomme.»

Dem war natürlich nicht so. Woher hätte Friedbert auch wissen sollen, dass er bei der Ausstellung eine reizende Bekanntschaft schloss? Baguette, Schinken und Salat hatte er ursprünglich für sein eigenes, einsames Abendmahl vorgesehen. Räucherlachs und Champagner waren für den nächsten Tag gedacht, da wollte er dem Fotomodell einen weiteren Besuch abstatten. Und in dieser Hinsicht stellte Friedbert gewisse Ansprüche.

Solch ein Abend begann mit Champagner, den er vorsichtig auf Schultern und Brüste der jungen Dame tröpfeln ließ. Er kippte ihr auch gerne kleinere Schlückchen in den Nabel. Den Räucherlachs richtete er sich dekorativ auf ihrem Leib an, ehe er ihn verzehrte. Im Anschluss daran badete er die Dame. Es lag einfach in seiner Natur, keine Unordnung und keine Fettflecken zu hinterlassen.

Vielleicht waren solche und andere Eigenheiten der wahre Grund für Friedberts Einsamkeit. Er hatte es ja versucht mit Frauen, die rein altersmäßig zu ihm passten. Aber war tatsächlich einmal eine bereit, als Servierbrett für den Lachs herzuhalten und mit Champagner zu duschen, weigerte sie sich anschließend meist, mit Friedberts Hilfe ein Vollbad zu nehmen. Andere wiederum, die das Vollbad genossen, wollten den Champagner unbedingt aus Gläsern trinken.

Böse Zungen behaupteten allerdings, es sei allein die Schuld seiner Mutter gewesen. Lange Jahre habe die alte Dame alles getan, um den einzigen Sohn an der Kandare zu halten. Offiziell war sie schwer herzleidend gewesen. Mindestens einmal im Monat hatte sie einen Anfall bekommen, der das Schlimmste befürchten ließ.

Es hatte einigen zu denken gegeben, dass sich die Beschwerden regelmäßig dann einstellten, wenn Friedbert zu einem Rendezvous ohne Fotoapparat aufbrechen wollte. Aber da die persönlich Betroffenen immer zuletzt erkennen, was um sie herum veranstaltet wird, hatte er erst kurz vor dem Tod seiner Mutter begriffen, welchem Sinn und Zweck ihre Herzattacken dienten. Gleich nach dieser Erkenntnis hatte er sorgfältig die Einnahmevorschriften ihres Herzmedikaments durchgelesen und die Konsequenzen gezogen. Ein Mann in seinem Alter musste bereit sein, im Notfall für sich und seine Bedürfnisse zu kämpfen.

Als nun Hilde auf der Couch in seinem Wohnzimmer saß, strich Friedbert den Termin und das Fotomodell aus seinem Gedächtnis. Vielleicht war es nur der untrügliche Jagdinstinkt, obwohl er den bislang nicht ausgelebt hatte. Jedenfalls dachte er, es sei möglicherweise ein Fehler gewesen, nach einer gleichaltrigen Partnerin zu suchen. So eine junge Frau sei in gewissen Lebensbereichen wahrscheinlich viel aufgeschlossener und experimentierfreudiger. Und ihre Bilder schienen ihm sehr dafür zu sprechen.

Mochten böse Zungen später behaupten, was sie wollten. In Wahrheit sah die Sache so aus, dass Hilde den wohlgefüllten Kühlschrank vor Augen und den Geschmack von Räucherlachs sowie Champagner auf der Zunge hatte, während Friedbert immer noch von dem wabernden Rot des Bildes mit dem Titel «Orgie» fasziniert war.

Es kam an diesem ersten gemeinsamen Abend nicht zu Intimitäten. Sie unterhielten sich nur angeregt über die Unterschiede im Leben von Beamten und Künstlern. Über die Sehnsucht nach gesicherten und geordneten Verhältnissen auf der einen und die Sehnsucht nach weiblicher Nähe und ein klein wenig Chaos hin und wieder auf der anderen Seite.

Nachdem die Champagnerflasche geleert war, erhob Friedbert sich, brachte Hilde zu seinem Wagen, einem neuen Modell der gehobenen Preisklasse, welches er sich gleich nach dem Tode seiner Mutter angeschafft hatte. Hilde ließ sich mit einem wohligen Seufzer in die Polster sinken, lächelte ihn kokett und gleichzeitig schüchtern von der Seite an und murmelte: «Es war ein wunderschöner Abend. Ich weiß gar nicht, wie ich Ihnen dafür danken soll, Bert.»

Nur vier Monate später waren sie verheiratet. Es war, wie später in einigen Magazinen und auch in der Tageszeitung bekannt gegeben wurde, vom ersten Tag bis zum entsetzlichen Ende eine überaus glückliche Ehe, in der Friedbert Hausmann alles in seiner Macht Stehende tat, um seiner jungen Frau das Leben angenehm zu gestalten und ihr gleichzeitig zu Anerkennung ihrer künstlerischen Fähigkeiten, zu Ruhm und Ehre verhalf.

Zuallererst richtete er für Hilde ein Atelier ein. Dafür ließ er eigens das gesamte Dachgeschoss des Hauses, welches nach dem Tod seiner Mutter in seinen alleinigen Besitz übergegangen war, entsprechend ausbauen. Da ihm aus der Lebensversicherung der teuren Verblichenen, trotz des Wagens, immer noch eine beträchtliche Summe zur Verfügung stand, war dieser Umbau finanziell überhaupt kein Problem.

Und es war ihm immer ein ganz besonderes Vergnügen, wenn er aus der Amtsstube heimkam, für ein wenig Ordnung in den Wohnräumen gesorgt und das Abendessen vorbereitet hatte, hinaufzugehen. Hilde stand meist noch vor der Staffelei, wenn er das Atelier betrat. Ihre Rotphase war noch nicht ganz abgeschlossen, ging jedoch allmählich in die grünblaue Periode über. Und wenn Hilde arbeitete, wirkte sie auf Friedbert wie ein überirdisches Wesen. Die Besessenheit im Gesicht, Farbkleckse auf Händen, Armen, oft sogar in den Haaren. Wegen dieser Kleckse trug sie bei der Arbeit nur ein Hemd.

Er blieb meist ein paar Minuten lang bei der Tür stehen und schaute zu, wie sie in leidenschaftlichem Schwung Bogen oder Spiralen um einen Farbtupfer zog. Wenn sie sich dann endlich zu ihm umdrehte, ihn anlächelte und sogleich fragte: «Wie findest du es?», nickte er anerkennend und murmelte etwas von beachtenswerten Formen, was Hilde natürlich auf das Stück Leinwand bezog.

Dann gingen sie hinunter, das Bad war bereits eingelassen. Hilde stieg mitsamt dem Hemd in die Wanne, streckte sich im warmen Wasser aus und schloss die Augen. Und so ähnlich war es auch, wenn sie später zu Bett gingen.

Mit der entsprechenden Portion Böswilligkeit hätte man behaupten können, dass Hilde ihren gesamten Elan und die jugendliche Leidenschaft auf Leinwände schmierte. Für Friedbert blieb nicht viel. Ebenso gut hätte er sich ein Brett vornehmen können. Andererseits ließ Hilde mit äußerster Sanftmut alles über sich ergehen, was ihm in den Sinn kam. Es störte sie in keiner Weise, dass er sein Abendbrot nur noch in Ausnahmefällen von einem Teller aß. Manchmal hatte es sogar den Anschein, dass sie von solch privaten Orgien in ihrer Kreativität inspiriert wurde.

Die Umrisse der verschlungenen Körper traten mit den Jahren deutlicher hervor. Nach mehrmaligen Ausstellungen im Kreishaus, die Friedbert für seine Frau arrangierte, waren einige Kritiker aufmerksam geworden. Zuletzt meldete sich sogar ein Galerist, der sich bereit erklärte, in seinen Räumen drei oder vier Werke ständig präsent zu halten.

Es mag den Anschein haben, dass die Ehe der Hausmanns nur deshalb so glücklich war, weil Friedbert seine geheimsten Wünsche und Hilde ihren Schaffensdrang in geordneten und gesicherten Verhältnissen voll und ganz ausleben konnten. Aber für Friedbert kam noch etwas hinzu.

Zeit seines Lebens war er davon ausgegangen, dass er nur einer von vielen sei, ein nützliches Rädchen im Getriebe, nicht mehr und nicht weniger. Ein Mann, dem sich keine Möglichkeit bot, aus der grauen Masse hervorzutreten. Er stand auch jetzt nicht unbedingt im Mittelpunkt. Aber er stand direkt daneben, und das war mehr, als er jemals hatte erwarten dürfen.

Und das begriff er anlässlich einer Vernissage im Kreishaus, der ersten übrigens, bei der ausschließlich Hildes Werke ausgestellt wurden. Er hatte einiges unternommen, um den Termin bekannt zu machen. Und so fanden sich schon im Laufe des Vormittages neben dem üblichen Publikum auch einige Kunstkritiker, Journalisten und andere Kenner auf diesem Gebiet ein. Hilde wurde umschwärmt wie die Bienenkönigin. Hilde war schillernd wie ein Paradiesvogel in dem bunten Schlabberkleid, das Friedbert ihr eigens für diese Veranstaltung gekauft hatte, weil es vom Stil her so ausnehmend gut zu ihr und ihren Werken passte – und darüber hinaus Hildes grazilen und nur an den notwendigen Stellen üppigen Körper auf äußerst raffinierte Weise betonte.

Friedbert hielt sich dezent im Hintergrund. Zuerst war er stolz, einfach nur stolz bei dem Gedanken, dass alles im Raum sich ausschließlich um «seine» Frau drehte. Dann kam ein zweites Gefühl hinzu, Erregung. Ja, es erregte ihn tatsächlich, sich vorzustellen, dass der eine oder andere von den Anwesenden vielleicht in diesem Augenblick die gleichen Gedanken hatte wie er selbst. Und er dachte daran, dass er gleich zusammen mit Hilde das Haus betreten, dass er sie ins Bad und anschließend ins Schlafzimmer führen, dass er sie dort auf das Bett legen würde. Was danach kam, konnte keiner der Anwesenden auch nur ahnen.

Das kalte Büfett auf Hildes straffem Leib angerichtet, den winzigen Schluck Champagner aus ihrem Nabel geschlürft. Friedbert ging ganz automatisch auf die Stelle zu, wo das Gewühl um Hilde am dichtesten war. Er legte ihr einen Arm um die schmalen Schultern und war zufrieden. Und beim Abendessen stellte er sich vor, dass sie jetzt alle um das Bett herumstanden. Die Kunstkritiker und Journalisten, all diese Kenner und Könner. Dass sie ihm zuschauten, ihn beneideten, sich vor Gier nach Hilde förmlich verzehrten. Und keiner von ihnen würde jemals mehr tun dürfen, als ihr eine Hand auf den Arm zu legen, ihr einen Kuss auf die Wange zu hauchen, sie zu loben, zu preisen und anzubeten.

Von seiner Vorstellung beflügelt, war Friedbert in dieser Nacht so leidenschaftlich und ausdauernd, dass sogar Hilde den

Unterschied wahrnahm und gegen Morgen atemlos die Bemerkung ausstieß: «Mein Gott, Berti, wie lange willst du denn noch machen? Mir tut schon jeder Knochen weh.»

Es hätte ewig so weitergehen können, wäre nicht Mitte Mai ein junger Lyriker auf der Bildfläche erschienen. Da er von seinem Talent nicht existieren, genau genommen nicht einmal eine nennenswerte Publikation vorweisen konnte, war dieser Mensch hauptberuflich in der Metall verarbeitenden Industrie beschäftigt. Allerdings befand er sich noch in der Ausbildung, aber das erwähnte er nur einmal am Rande. Und ebenso beiläufig sprach er bei dieser Gelegenheit von den gefährlichen Substanzen, mit denen er täglich umging. Arsen zum Beispiel.

Darüber hätte Friedbert gerne mehr erfahren. Dinge des täglichen Lebens interessierten ihn immer. Ansonsten jedoch war der Lyriker ihm von Anfang an ein Dorn im Auge. Er war etwa in Hildes Alter, ziemlich groß und fürchterlich schlank. Das Haar trug er in langen Strähnen bis auf die Schulter. Und es hatte den Anschein, dass er es nicht regelmäßig wusch. Den Kopf hielt Daniel, unter diesem Namen war er Friedbert vorgestellt worden, immer ein wenig eingezogen und vorgeneigt, was nicht gerade für sein Selbstbewusstsein sprach. Aber vielleicht hielt er den Kopf auch nur deshalb so, weil er auf diese Weise das Gesicht dem Boden zukehren konnte. Und das Gesicht trug noch an den Spuren einer jugendlichen Akne.

Insgesamt betrachtet machte der junge Mann einen äußerst ungepflegten Eindruck. Geradezu unästhetisch, wenn man bedenkt, dass Hilde im häuslichen und ehelichen Bereich großen Wert auf eine bestimmte Ordnung legte. Dazu gehörten saubere Hemdkragen, blank geputzte Herrenschuhe und exakte Bügelfalten ebenso wie das Duschgel und das Deodorant, welches Friedbert täglich benutzte. Friedbert wusste um die Vorlieben seiner Frau, kein Wunder, dass er sich und seine Ehe in absoluter Sicherheit wähnte.

Anfangs war es ja tatsächlich so, dass Hilde schnuppernd ihr Näschen kraus und den Rest ihres niedlichen Gesichts angewidert verzog, wenn der Lyriker sich in ihrer unmittelbaren Nähe aufhielt. Anfangs machte sie Friedbert sogar noch auf die augenscheinlich negativen Seiten ihres Verehrers aufmerksam.

Da sagte sie zum Beispiel: «Stell dir vor, Berti, Daniel zieht nur einmal in der Woche frische Wäsche an.» Und sie sagte es mit einem so deutlichen Ausdruck von Ekel, dass Friedbert darüber jede Vorsicht und jedes Misstrauen vergaß.

Es war gut sechs Wochen später, Ende Juni, als Friedbert das Dachatelier betrat und Hilde zum ersten Mal nicht alleine vor der Staffelei antraf. Da stand dieser Schnösel doch direkt neben ihr, zog sich allerdings bei Friedberts Erscheinen sofort um einen halben Meter zurück, was schon verdächtig war, und grüßte mit einem verlegenen «Tag, Herr Hausmann».

Hilde trug wie üblich nur eines von Friedberts abgelegten Hemden; Arme, Hände, Beine und Wangen wiesen deutliche Farbspuren auf. Ganz offensichtlich hatte sie einen kreativen Tag hinter sich. Aber sie hielt, als Friedbert eintrat, keinen Pinsel in der Hand, und das beunruhigte ihn irgendwie.

Es beunruhigte ihn noch mehr, als Hilde mit hörbarem Eifer fragte, ob Daniel zum Abendessen bleiben könne. Und als Friedbert ein kurzes, wenn auch unwilliges, Nicken andeutete und Hilde daraufhin erklärte: «Dann wasche ich mich mal schnell», versetzte es ihm einen mächtigen Stich.

Er fühlte sich um seinen Feierabend betrogen, langweilte sich bei der anschließenden Unterhaltung über Farbkompositionen und Versmaße. Der Teller mit dem Aufschnitt war restlos abgeräumt. Den Räucherlachs aus Norwegen hatte dieses Pickelgesicht in sich hineingeschlungen wie ein ausgehungerter Wolf nach einem harten Winter. Nicht einmal eine Scheibe Schinken war noch übrig, die man notfalls hätte als Ersatz nehmen können. Friedberts Unmut wuchs in gleichem Maße, wie die Champagnerflasche geleert wurde.

Während er das Geschirr abräumte und in die Küche trug, ließ Hilde sich in einem Sessel nieder, schlug in aufreizender Art die schlanken Beine übereinander und lauschte mit geneigtem Kopf und andächtiger Miene einem Vierzeiler, den der Lyriker anscheinend in den letzten Stunden eigens zu ihrem neuesten Werk verfasst hatte und nun mit merklichem Feuer in der Stimme vortrug. Und während Friedbert in aller Eile und mit wachsender Unruhe das Geschirr in die Spülmaschine räumte, entwickelte sich im Wohnzimmer eine lebhafte Diskussion über die Farbe Lila, womit keinesfalls der gleichnamige Film gemeint war.

Natürlich war es auch Friedbert nicht entgangen, dass Hilde nach der Rotphase nun auch die grünblaue Periode allmählich hinter sich ließ, dass ihre derzeitige Entwicklung deutlich in Richtung Lila tendierte. Nur hatte er dem keine besondere Bedeutung beigemessen. Die Jahre mit Hilde hatten rein farblich gesehen sehr viel Abwechslung geboten.

Und im Grunde war es Friedbert absolut gleichgültig, ob er rote oder braune, grüne oder gelbe, violette oder blaue Kleckse von ihrer zarten Haut wusch. Für ihn zählte lediglich der Augenblick, wenn Hilde den Pinsel aus der Hand legte, sich in der Wanne ausstreckte und die Augen schloss, wenn er selbst das Hemd auszog, die Uhr ablegte, sich neben die Wanne kniete und mit Seife, Schwamm und überaus sanften Händen den gemeinsamen Abend herbeimassierte. Darum hatte man ihn an diesem Tag bereits betrogen. Aber es sollte noch schlimmer kommen.

Über einige Wochen hinweg ertrug Friedbert es relativ klaglos, dass der junge Lyriker ihm die köstlichsten Leckerbissen wegfraß. Er ertrug es sogar, dass Daniel sich an langen Abenden auf der Couch herumlümmelte, mit feuriger Stimme neue Vierzeiler vortrug und sich anschließend mit selbstgefälligem Grinsen anhörte, dass seine Verse in Hilde ungeahnte Kräfte freisetzten. Es kam ja immer noch der Augenblick, da Friedbert endlich die Haustür hinter Daniel schloss und gemeinsam mit Hilde das Bad oder das Schlafzimmer betrat.

Dann stellte er sich manchmal vor, Daniel lümmele sich jetzt in dem Sessel, der beim Fenster stand. Daniel komme fast um vor Neid und Verlangen. Daniel verlöre den Verstand bei dem Gedanken, dass er nie mehr tun dürfe, als neue Vierzeiler zu verfassen und mit Hilde über die Farbe Lila zu diskutieren. Das entschädigte Friedbert ein wenig.

Aber es ließ sich nicht leugnen, dass Hilde durch diesen Lümmel negativ beeinflusst wurde und eine schon rücksichtslose Eigeninitiative entwickelte. So bestand sie plötzlich darauf, ihre Haut nach dem Bad mit einer Lotion einzucremen, deren seifiger Geschmack bei Friedbert anfangs Brechreiz, später Bauchkrämpfe auslöste. Und Hilde war nicht bereit, von diesem Unsinn wieder abzulassen. Angeblich hatte ein wohlmeinender Mensch sie darauf hingewiesen, dass ihre zarte Haut durch zu häufiges Baden an Feuchtigkeit und Spannkraft verlieren könne.

Den Namen des wohlmeinenden Menschen nannte sie nicht. Und gegen die beständigen Magenschmerzen nach den Liebesnächten empfahl sie Friedbert ein altes Hausmittel: Lakritze. Unmengen von Lakritze, sodass seine Zunge sich durchgehend schwarz verfärbte. Und Hilde erklärte lächelnd: «Das stört mich nicht, Berti, wenn es dir nur hilft.»

Dann kam ein Abend, es war bereits im August, der Friedbert endgültig die Augen öffnete. Daniel war natürlich wieder als Gast anwesend, schlang zwei Portionen Ragout fin, auf dessen Zubereitung Friedbert sehr viel Zeit und Mühe verwandt hatte, in sich hinein wie einen Erbseneintopf. Und gleich nach dem Essen knüllte auch Hilde die weiße Damastserviette lieblos zusammen, nachdem sie sich zuvor achtlos den Mund und die Reste von Lippenstift damit abgewischt hatte.

Dann erhob sie sich und fragte: «Du hast doch nichts dagegen, Berti, wenn ich für ein Stündchen weggehe? Daniel hat mich zu einer Dichterlesung eingeladen.»

Und dann verschwand sie, gefolgt von diesem breit grinsenden, fürchterlich schlanken Menschen, der zum Abschied nur lässig die Hand hob, sich noch einmal über die Lippen leckte und erklärte: «War wirklich gut, das Fleisch.»

Friedbert blieb zurück mit drei schmutzigen Tellern, zwei geknüllten und einer gefalteten Serviette und der Erkenntnis, dass er etwas unternehmen musste, wollte er auch in Zukunft noch anlässlich einer Vernissage, unter den Blitzlichtern der Fotografen und den Augen aller geladenen Gäste voller Stolz sagen können: «Meine Frau.»

Allein gelassen quälte er sich eine halbe Stunde lang mit Magenkrämpfen und der Vorstellung, dass solche Abende zur dauerhaften Einrichtung werden könnten, dass nun womöglich Daniel den Arm um Hildes zarte Schultern gelegt hatte, dass manch einer denken mochte, die beiden seien ein Paar. Durch derartige Visionen in eine düstere Stimmung versetzt, versuchte er, bei der Lektüre eines Buches über Gifte, ihre Wirkungsweise, die Symptome, die sie auslösten, und wie sie im Körper nachgewiesen werden konnten, zu entspannen.

Vielleicht spielte er zu diesem Zeitpunkt irgendwo im Hinterkopf mit dem Gedanken, bei nächster Gelegenheit Daniels Teller mit einer gehörigen Portion von irgendetwas einzureiben. Aber dann fiel es ihm plötzlich wie Schuppen von den Augen. Es passte alles zusammen. Die Übelkeit, die Krämpfe, der Brechreiz, die schwarz verfärbte Zunge. Hildes Körperlotion mit dem penetrant seifigen Geschmack, der nur einem Zweck dienen konnte, einen Inhaltsstoff, der nicht hineingehörte, zu verschleiern. Wie ein Paukenschlag hallte das Wort durch Friedberts Gehirnwindungen:

ARSEN! – Verursachte eine schwarze Zunge. Und das Pickelgesicht ging täglich damit um, konnte vermutlich unauffällig Prisen beiseite schaffen – und in Hildes Körperlotion mischen. Für Friedbert gab es keinen Zweifel mehr, er wurde langsam und systematisch vergiftet.

Zuerst war er wie gelähmt. Was da in Bruchteilen von Sekunden an Erkenntnissen und Schlussfolgerungen auf ihn einstürmte, war einfach zu viel, um auf Anhieb verarbeitet zu werden. Dann stiegen Erinnerungen an die letzten Stunden im Leben seiner Mutter in ihm auf. Nur sah er dabei nicht das Gesicht der teuren Verblichenen, sondern das eines Mannes vor sich, der noch mit einer Jugendakne kämpfte und nun mit dem Tode rang.

Aber es war eine Sache, eine offiziell schwer herzleidende alte Frau sanft entschlafen zu lassen. Da war ja nicht einmal der Hausarzt auf dumme Gedanken gekommen. Gewundert hatte der sich nur ein wenig. War er doch jahrelang überzeugt gewesen, das Herzleiden sei reine Schikane. Und es war eine ganz andere Sache, derartiges mit einem jungen und dem Anschein nach kerngesunden Mann zu versuchen, von dem alle Welt wusste, dass er häufig zu Gast bei den Hausmanns war.

Allein der Gedanke an die Folgen, die solch ein Vorgehen für ihn selbst haben konnte, verstärkte Friedberts Magenkrämpfe und den Brechreiz. Lebenslänglich! Keine Hilde, keine Ausstellungen, keine Blitzlichtgewitter, keine begeisterten Kritiker mehr. Nach langen Jahren hinter Gittern vielleicht wegen guter Führung vorzeitig entlassen und dann zurück in den grauen Haufen. Ein Leben unerkannt in der Masse, das war mehr, als Friedbert verkraften konnte.

Doch neben dem Entsetzen hockte die Gewissheit, dass etwas geschehen musste. Vordringlich galt es, die eigenen Essgewohnheiten umzustellen und zu hoffen, dass Hilde keinen Verdacht schöpfte. Als gegen zwei in der Nacht die Haustür geöffnet wurde und Hilde auf Zehenspitzen in den Flur schlich, Schuldbewusstsein vom Scheitel bis zu den Fußsohlen, saß Friedbert immer noch in seinem Sessel, innerlich zerrissen und gepeinigt von der Vorstellung zweier Körper, die sich auf einem völlig zerknautschten und sehr wahrscheinlich schmutzigen Laken wälzten.

Mit letzter Kraft gab er sich arglos, tat so, als sei er im Sessel eingenickt, erkundigte sich mit verschlafen klingender Stimme, ob es denn ein unterhaltsamer Abend gewesen sei. Hilde war sichtlich erleichtert über die harmlose Frage, und Friedbert fühlte die Gewissheit wie einen Hammerschlag im Rücken. Für den Rest der Nacht lag er neben ihr und verlor sich in der Vorstellung, wie man ihm achtlos einen Blumenstrauß auf sein Grab legen und ein junger Habenichts bei der nächsten Vernissage dem staunenden Publikum erklären würde: «Meine Frau!»

In den folgenden Wochen bestätigte sich Friedberts Verdacht in grauenhafter Weise. Obwohl er darauf verzichtete, den Räucherlachs in gewohnter Weise zu sich zu nehmen, verschlechterte sich sein Zustand dramatisch. Er nahm an, dass er bereits eine genügende Menge Gift aufgenommen hatte und dass es mit ihm zu Ende gehen würde, wenn er sich nicht so rasch wie möglich in ärztliche Behandlung begab. Doch dazu konnte er sich nicht aufraffen. Der in langen Jahren des Beamtentums gestählte Verstand sagte ihm, dass er Hilde auch in diesem Fall verlieren würde, dass dann eben sie hinter Gittern endete.

Hilde nutzte seine Schwäche in schamloser Weise aus, legte sich keinerlei Zwänge mehr auf. Mehrfach kam er wegen Übelkeit schon am frühen Nachmittag aus dem Amt heim und traf sie weder in ihrem Atelier noch sonst wo im Haus an. Zweimal stand er gerade in der Küche, würgte an einem Schluck kalter Milch, als sie in Daniels Begleitung das Haus betrat. Und deutlich hörte Friedbert, dass sie lachte, irgendetwas von einer Überraschung wisperte, die er erleben würde, und wie wichtig es sei, dass er ahnungslos blieb. In beiden Fällen erschrak Hilde zu Tode, als er ihr dann gegenübertrat.

Tagsüber saß Friedbert hinter seinem Schreibtisch in der Amtsstube, unfähig, irgendwelche Veranstaltungen zu planen, terrorisiert von Bildern, die Hilde wahrscheinlich eher auf den Fußboden ihres Ateliers oder Daniels Schlafzimmer als auf die Leinwand bannte. Kein Wunder, dass zu den Magenkrämpfen, der Übelkeit und dem Brechreiz auch noch Herzflattern und

Schweißausbrüche kamen und die rettende Idee auf sich warten ließ.

Erst Mitte September kam ihm ein erlösender Einfall, wozu Daniel nicht unerheblich beitrug. Am Abend lümmelte der Lyriker sich wieder einmal zuerst an Friedberts Tisch, anschließend auf der Couch, und schilderte dabei in freimütiger Weise den Zustand seiner Wohnung. Diese lag in einem heruntergekommenen Altbau. Das Türschloss sei defekt, erzählte Daniel, sodass sich ein Gauner ohne Schwierigkeiten Zutritt verschaffen könne. Glücklicherweise sei bei ihm nicht mehr zu holen als eine Sammlung von Vierzeilern. Aber der elektrische Durchlauferhitzer für die Zubereitung des Duschwassers habe ebenfalls seine Macken. Da schwebe er beim Duschen praktisch in Lebensgefahr, deshalb ließe er es die halbe Zeit lieber bleiben. Und der Hausbesitzer sei so geizig, dass an Reparaturen wohl vorerst nicht zu denken sei.

Warum Daniel sich so bereitwillig über seine häuslichen Verhältnisse ausließ, begriff Friedbert erst, als das Pickelgesicht anklingen ließ, wie gerne er mit ihm tauschen würde. Ein tolles Haus in Topzustand und eine tolle Frau, die es noch weit bringen würde. Offenbar konnte der Jüngling sich den dezenten Hinweis nicht verkneifen. Nur mit Mühe schaffte Friedbert es, verständnisvoll zu nicken und sich anschließend nach den technischen Einzelheiten des defekten Durchlauferhitzers zu erkundigen. Mit breitem Grinsen gab Daniel die gewünschten Auskünfte. Er schien sich seiner Sache sehr sicher zu sein. Anscheinend hielt er Friedbert nicht mehr für einen ernst zu nehmenden Gegner.

Doch gleich am folgenden Tag machte Friedbert sich ans Werk. Es war ein Freitag, was für ihn den Vorteil hatte, dass er die Amtsstube schon um die Mittagszeit verlassen konnte, während Daniel noch bis in den Nachmittag hinein zum sorgfältigen Umgang mit gefährlichen Substanzen gezwungen war. Der Schweiß stand ihm in dicken Tropfen auf der Stirn, der Magen schien mit glühenden Eisenspänen gefüllt. Aber Friedbert biss die Zähne zusammen. Das Türschloss widerstand seinen Bemühungen nur wenige Sekunden lang. Dann wollte er gleich ins Bad, um die Sache rasch hinter sich zu bringen. Doch es zog ihn wie mit Stahlseilen auf die Tür des Schlafzimmers zu.

Sie stand offen. Friedbert musste den Raum gar nicht betreten. Sein Blick fiel auf das zerknautschte Bettzeug. Das Laken starrte vor Schmutz, sodass er angewidert die Nase rümpfte und ganz automatisch zu würgen begann bei dem Gedanken, dass Hilde auf diesem Bett gelegen hatte. Aber das war noch nicht das Schlimmste. Nahe dem vor Schmutz fast blinden Fenster stand eine kleine Staffelei, darauf ein Stück beschmierter Leinwand.

Ganz fertig schien das Werk noch nicht, doch es ließ sich auch ohne Phantasie bereits deutlich eine ganz bestimmte Szene darauf erkennen. Hilde selbst! Malerisch ausgestreckt, mit nichts auf dem Leib als einem Scheibchen Räucherlachs, darüber schwebte die Champagnerflasche, von einer Hand gehalten, an der Friedberts Siegelring dominierte.

Das war mehr als Betrug! Dass Hilde diesem Schnösel die intimsten Augenblicke ihres Ehelebens offenbarte, war der allerletzte Beweis. Aber Friedbert war sicher, dass er Hilde wieder voll und ganz für sich hätte, wenn erst der Nebenbuhler aus der Welt war. Und für die Zukunft war er gewappnet: Sollte nur der Nächste es wagen, mit Hilde über Vierzeiler oder Farbtöne diskutieren zu wollen.

Mit wackeligen Schritten ging Friedbert ins Bad und führte am Durchlauferhitzer einige wenige Handgriffe zur Rettung seiner Ehe aus. Es war fast schon ein Kinderspiel – und dank Daniels Hinweis davon auszugehen, dass dieser Lümmel doch gelegentlich duschte. Als Friedbert heimfuhr, war ihm zwar immer noch entsetzlich übel, auch das Feuer im Magen glühte mit unverminderter Kraft, aber gleich darüber schlug sein Herz in der ruhigen Gewissheit, dass es bald überstanden sei.

Hilde war daheim, als er das Haus betrat, stand nur mit einem Hemd bekleidet in ihrem Atelier ganz wie in alten Zeiten. Friedbert blieb einen Augenblick bei der Tür stehen und nahm ihren Anblick in sich auf. Sie drehte sich zu ihm um, lächelte ihn an, und stellte fest: «Du siehst aber gar nicht gut aus, Berti. Du legst dich am besten hin und schläfst ein bisschen.»

Dann erklärte sie noch, dass Daniel sie gleich abholen würde, sie habe noch etwas Dringendes zu erledigen. Und kurz darauf hörte Friedbert die Haustür zuschlagen. Sie hatte es nicht einmal mehr für nötig befunden, nach ihm zu sehen, sich zu verabschieden und eventuell zu erkundigen, ob die Schmerzen im Liegen erträglicher seien.

Er hätte gerne ein wenig geschlafen, doch die glühenden Eisenspäne im Magen drehten sich in einem unaufhörlichen Wirbel, und seine Gedanken drehten sich mit. Es musste noch eine zweite Möglichkeit geben, wie sie ihm das Gift verabreichten. In der Milch vielleicht? Hilde empfahl ihm immerzu, kalte Milch zu trinken. Es war eine so grauenhafte Vorstellung, dass Friedbert glaubte, alleine daran zu sterben.

Als es dann an der Haustür klingelte, raffte er sich mit allerletzter Kraft auf, torkelte durch die Diele, hielt sich nur noch aufrecht, weil er sich mit beiden Händen abstützte. Er öffnete die Tür und starrte mit verschwommenem Blick in Daniels aufgewühltes Pickelgesicht. Was der junge Mann ihm entgegenschleuderte, verstand Friedbert nicht sofort. Und als er es begriff, brach er mit einem schwachen Klagelaut in sich zusammen.

Schon am nächsten Tag ging ein Schrei des Entsetzens durch die gesamte Kunstwelt. Und noch Wochen nach dem tragischen Unglück klagten etliche Hochglanzmagazine den Geiz eines alten Hauswirts an, durch den eine begnadete junge Künstlerin unter einer Dusche den Tod gefunden hatte. Mehrere Galeristen buhlten um die Gunst, Hildes letzte Werke ausstellen zu dürfen. Selbst frühe Arbeiten wurden zu horrenden Preisen gehandelt.

In den Boulevardblättern wurde kurz die Frage aufgeworfen, wie es zu diesem plötzlichen Tod hatte kommen können. Was hatte Hilde unter Daniels Dusche gesucht? Wilde Spekulationen tauchten auf und verschwanden wieder, als Daniel die Sachlage in Interviews klärte. Von Farbresten hatte sie sich säubern wollen, hatte über lange Wochen in seiner Wohnung an einem Bild gearbeitet, welches sie ihrem Mann zum Geburtstag schenken wollte.

Nachdem Daniel ihn erwähnt hatte, stürzte sich die gesamte Presse auf Friedbert Hausmann. Man bezeichnete ihn nicht nur als Hildes Ehemann und untröstlichen Hinterbliebenen, sondern nannte ihn allgemein ihren Entdecker. Immerhin war der Durchbruch der hoffnungsvollen Künstlerin auf sein Engagement und seine Initiative zurückzuführen. Ein paar von Neid zerfressene Zeitgenossen munkelten hinter vorgehaltener Hand, Friedbert Hausmann habe ausgesorgt. Er könne getrost in Pension gehen und den Rest seines Lebens als gemachter Mann genießen. Doch mit dem Genießen war es nicht mehr weit her.

Nach Friedberts Zusammenbruch in der offenen Haustür hatte Daniel ihn auf schnellstem Weg in eine nahe gelegene Klinik geschafft. Bei der Untersuchung fanden sich seltsamerweise keinerlei Anzeichen einer Arsen-Vergiftung, sondern ein kurz vor dem Durchbruch stehendes Magengeschwür. Und nach der Notoperation wurde Friedbert auf Monate hinaus eine strenge Diät verordnet. Kein Räucherlachs mehr, kein Schinken, auch auf den Champagner musste er verzichten.

Daniel saß oft an seinem Krankenlager und mühte sich nach Kräften, ihm ein wenig seelischen Beistand zu bieten. Gemeinsam planten sie, Hildes Dachatelier zu einem kleinen Privatmuseum herrichten zu lassen. Daniel schlug vor, zweimal wöchentlich eine Führung zu veranstalten. Bei dieser Gelegenheit wollte er dann gerne ein paar von seinen Vierzeilern vortragen, weil sich durch seine sensible Lyrik der wahre Charakter von Hildes Werken noch am ehesten erschloss.

Und vorteilhaft sei es vielleicht, meinte Daniel, wenn man die besten seiner Werke dann auch in gebundener Form vorlegen könne. Es fänden sich bei den Führungen durch das Privatmuseum garantiert Kaufinteressenten für sein literarisches Werk. Man könne sogar noch einen Schritt weiter gehen, erklärte Daniel, und den Lyrikband mit einigen von Hildes Werken illustrieren. Es sei nicht ganz billig, aber immer die Mühe wert, einem jungen Künstler zum Durchbruch zu verhelfen, wie sich ja an Hildes Beispiel gezeigt habe.

Auf Anhieb begeistert von diesem Vorschlag war Friedbert nicht, aber das mochte an seinem geschwächten Zustand und dem herben Verlust liegen. Denn mit der Zeit überzeugten Daniels Argumente. Und im Gedenken an Hilde und dieses kleine Stückchen Draht, welches Daniel gleich nach dem tragischen Unfall aus seiner Dusche entfernt hatte und von dem der Lyriker ganz sicher wusste, dass es am Vortag nicht da gewesen war, wollte Friedbert Hausmann nicht kleinlich sein.

Der Russe

Niemand bestreitet, dass Iwan ein aufbrausendes Naturell hat. Aber alles, was sie sonst noch über ihn erzählen, ist mindestens zur Hälfte frei erfunden. Das fängt schon beim Namen an. Weil er aus dem Osten kommt und kaum jemand seinen richtigen Namen aussprechen kann, ohne sich die Zunge zu brechen, nennen sie ihn eben Iwan, das hört er sogar gern. Dass es hinter seinem Rücken heißt: Iwan, der Schreckliche, weiß er nicht.

Gut, er hat zweimal gesessen. Beim ersten Mal bekam er zwei Jahre wegen Körperverletzung. Aber das hatte nichts mit Bösartigkeit zu tun, beim ersten Mal ganz bestimmt nicht. Das kann ich beschwören, habe es ja mit eigenen Augen gesehen. Da saß dieses Mädchen Stunde um Stunde neben ihm an der Theke, ließ sich einen Wodka-Martini nach dem anderen spendieren und bedankte sich mit verheißungsvollen Blicken. Iwan kam so richtig in Fahrt. Wenn es um Frauen ging, hielt er sich für unwiderstehlich.

Und es gab tatsächlich schon vor Jahren einige, die von seinen Qualitäten schwärmten, so einen verträumt sehnsüchtigen Blick bekamen, wenn die Sprache auf Iwans Fähigkeiten als Liebhaber kam. Da waren ein paar heiße Geschichten im Umlauf.

Aber man erzählte sich auch, dass Iwan es nie sehr lange mit einer aushielt. Tief in seinem Innern schien er ein Romantiker zu sein, vielleicht sogar ein bisschen schwermütig. Das ist in seiner Heimat so eine Art Volkskrankheit, jedenfalls behauptete er das. Vielleicht machten sie es ihm einfach zu leicht, die Frauen.

Und er war immer auf der Suche nach einer fürs ganze Leben. War. Ich denke, jetzt hat er die Frau fürs Leben gefunden. Aber ich sollte das wohl mal der Reihe nach erzählen.

Da saß also dieses Mädchen stundenlang neben ihm an der Theke, ließ sich einen Wodka-Martini nach dem anderen spendieren. Der Himmel allein weiß, was sie ihm dabei alles erzählt hat. Manchmal beugte sie sich ganz nah zu ihm hinüber und legte ihm eine Hand auf den Oberschenkel.

Mir wurde allein vom Zuschauen irgendwie komisch. Ich will gar nicht verhehlen, dass bei mir ein gelinder Neid aufkam. Sah niedlich aus, die Kleine. Ich dachte noch, dass Iwan einer von diesen Männern ist, die nur mit dem Finger zu schnipsen brauchen. Und dass die Kleine sich freuen könnte. Wenn das stimmte, was man sich über ihn erzählte, sah sie einer heißen Nacht entgegen, die sie wahrscheinlich ihr Lebtag nicht vergessen würde.

Iwan saß auf seinem Hocker, zog alle Register, träumte wohl auch schon von ein paar leidenschaftlichen Stunden, als plötzlich die Tür aufging und so ein kleines, mickriges Männchen hereinstürzte. Ohne ein Wort zu sagen, kam das Kerlchen zur Theke, versetzte dem Mädchen neben Iwan eine schallende Ohrfeige und versuchte, sie vom Hocker zu zerren.

Und das konnte Iwan nicht mit ansehen. Gewalt gegen Frauen war ihm ein Gräuel. Er holte aus und verpasste dem Giftzwerg einen linken Haken. Der torkelte rückwärts, stolperte über die eigenen Beine und fiel so unglücklich gegen eine Tischkante, dass er erst nach drei Wochen wieder zu sich kam. Es hieß, er hätte einen bleibenden Schaden davongetragen.

Dafür bekam Iwan zwei Jahre aufgebrummt. Die Kleine war minderjährig gewesen, der Zwerg ihr Vater. Und bei Iwan reichte es nur für einen Pflichtverteidiger. Er hat allerdings nicht die volle Zeit absitzen müssen, einen Teil haben sie ihm wegen guter Führung auf Bewährung erlassen.

Im Grunde war Iwan ja sanft wie ein Lamm. Aber kaum war er wieder draußen, da passierte ihm das zweite Missgeschick.

Verständlicherweise war er ausgehungert, stürzte sich, natürlich nur im bildlichen Sinne, auf die erstbeste Frau, die ihm über den Weg lief. War eine Professionelle, das konnte er aber nicht ahnen. Er wunderte sich nicht einmal, dass sie so ohne weiteres bereit war, mit auf sein Zimmer zu kommen.

Das war auch so eine Sache mit seinem Zimmer. Seine Wirtin hatte es für ihn freigehalten, die ganze Zeit, obwohl sie dringend auf die Miete angewiesen war. Seine Wirtin war übrigens weit in den Sechzigern. Iwan nannte sie bezeichnenderweise «Mama Bremer». Das sagt wohl alles.

Er brachte diese bewusste Dame also in sein Zimmer. Und die hielt dort erst einmal die Hand auf und wollte Bares sehen. Ich kann mir schon vorstellen, dass der arme Iwan plötzlich an sich und der Welt zweifelte, glaubte er doch, sein Charme hätte sie hingelockt. Er wusste gar nicht, wie ihm geschah, war ihm noch nie passiert, dass er für seine Künste zahlen sollte. Das sah er auch gar nicht ein, wo doch die Frauen immer alle so begeistert gewesen waren und so dankbar. Wie auch immer, er fühlte sich voll und ganz im Recht und brachte seine Begleiterin dazu, ihm ihre Dienste kostenlos zur Verfügung zu stellen.

Das brachte ihm nochmal zwei Jahre ein wegen Nötigung. Die Bewährung war natürlich auch verspielt; was ihm zuvor erlassen worden war, wurde nun wieder draufgeschlagen.

Vor vier Monaten kam er endlich raus, bezog erneut sein Zimmer bei Mama Bremer, aber er war nicht mehr der Alte. Misstrauisch war er geworden. Abends kam er immer noch regelmäßig in die Kneipe, aber er blieb nie lange. Und mit Frauen schien er nichts mehr im Sinn zu haben. Meist saß er eine Viertelstunde vor einem Bier und brütete dumpf vor sich hin. Bis es dann eben wieder geschah.

Ich erinnere mich noch gut an den Abend. Es war nicht viel Betrieb, die meiste Zeit langweilte ich mich. An einem Tisch saßen zwei Pärchen, an der Theke standen ein paar Stammgäste. Iwan tat mir Leid, wie er da saß, so melancholisch, ganz in seinem Unglück versunken. Ich hätte ihn gerne ein wenig aufgeheitert, überlegte schon, ob ich nicht ein paar von seinen alten Freunden anrufen sollte.

Aber vermutlich hatte Iwan zu dem Zeitpunkt schon gar keine Freunde mehr. Man fürchtete ihn, vor allem befürchtete man, dass Iwan Gefallen an der jeweils eigenen Frau oder Freundin finden könnte. Und wie ich noch so überlegte, zahlte er und ging zur Tür. Ich schaute ihm nach – und muss das einfach mal sagen: Iwan war ein Bild von einem Mann, einsneunzig groß, breite Schultern, so ein richtiger russischer Bär. Da versteht man schon, dass sich die Frauen die Hälse nach ihm verrenkten.

Die Blonde auch – sie kam genau in dem Augenblick zur Tür rein, als Iwan hinausging. Einen Moment lang standen sie sich gegenüber. Mich würde interessieren, was sie gedacht hat, die Blonde. Aber das sind Dinge, die wird man nie erfahren. Sie kam zur Theke und drehte sich noch einmal um, obwohl sich die Tür längst hinter Iwan geschlossen hatte.

Es war wirklich nicht viel los an dem Abend, deshalb erinnere ich mich so genau. Die Blonde trug ein dunkelblaues Kostüm, schlicht und elegant. Enger Rock, Knie bedeckt, hinten geschlitzt, Jacke tailliert, Revers und V-Ausschnitt. Und in dem Ausschnitt konnte man gerade eben drei Zentimeter weiße Spitze erkennen.

Ich weiß nicht, wie ich drauf gekommen bin, man hat ja manchmal solche Eingebungen. Und wenn man lange Zeit in einer Kneipe arbeitet, bekommt man einen Blick für Menschen. Ich dachte gleich, die sieht aus wie die Frau von einem Zahnarzt. Kein bestimmter Zahnarzt, keine bestimmte Frau, einfach so, wie man sich das eben vorstellt. Gehobener Mittelstand, elegant, aber dezent. Jeder Zoll eine Dame.

Nur gehen Damen nicht mutterseelenallein, noch dazu um elf Uhr nachts, in irgendwelche Kneipen. Damen drehen sich auch nicht nach irgendwelchen Männern um. Und sie hatte so was im Blick, Wachsamkeit, Vorsicht und – etwas Bösartiges, so eine mühsam zurückgehaltene Brutalität. Für mich gehörte sie von der ersten Sekunde an zu den Menschen, die Hotelpagen schikanieren und junge Katzen ersäufen, wenn es keiner sieht. Und auf meine Menschenkenntnis habe ich mir immer eine Menge eingebildet.

Sie kam also zur Theke, setzte sich auf einen Hocker, bestellte sich einen Kaffee. Dann holte sie ein Zigarettenetui und ein Feuerzeug aus ihrer Handtasche. Sie hatte sehr gepflegte Hände. Die Nägel nicht so lang, dass sie wie Krallen wirkten, auch nicht so auffällig lackiert, ein schönes, warmes Rot. Und ihre Hände zitterten so sehr, dass sie die Zigarette nicht anzünden konnte. Ich gab ihr Feuer, sie bedankte sich, und dabei sah sie plötzlich ganz anders aus. Ängstlich und hilflos. Na ja, es gibt ja so welche, die sämtliche Register ziehen können.

Sie fragte, ob sie telefonieren dürfe. Ein simpler Trick, wo doch inzwischen fast jedes Schulkind mit einem Handy herumlief. Ich holte den Apparat aus der Ecke und stellte ihn vor sie hin. Einen Augenblick lang schien sie unschlüssig. Und ich sagte: «Wenn Sie lieber ungestört ...»

Da winkte sie ab. «Danke, es geht schon.»

Natürlich habe ich nicht darauf geachtet, welche Nummer sie wählte. Hab mich beschäftigt, mit einem Lappen herumgewischt, Gläser beiseite geräumt und so, damit es nicht aussah, als wollte ich sie belauschen. Aber zugehört habe ich ihr doch. Sie nannte ihren Namen und verlangte einen Doktor Sowieso zu sprechen. Ziemlich eindringlich tat sie das, entschuldigte sich nicht mal für die späte Störung.

Während sie dann sprach, drehte sie unentwegt die Zigarette im Ascher, schaute sich die Glut an, als sei die lebenswichtig für sie. Aber ich wurde das Gefühl nicht los, dass sie in Wirklichkeit mich beobachtete, mich nicht eine Sekunde lang aus den Augen ließ, um festzustellen, ob ich auch tatsächlich jedes ihrer Worte verstand.

Das Erste, was sie sagte, war: «Sie müssen mir helfen.» Dann kam eine winzige Pause, und dann legte sie los. Dass sie hier in einer kleinen Kneipe sitzt, dass sie es nicht wagt heimzufahren, dass sie es erst recht nicht wagt, mit ihrem eigenen Auto weiterzufahren, weil damit etwas nicht in Ordnung sei. Sie hätte den Wagen mit knapper Not zum Stehen gebracht. Die Bremsen hätten nicht mehr richtig funktioniert.

Was ihr Doktor Sowieso darauf antwortete, weiß ich natürlich nicht. Aber ich frage mich heute noch, ob da überhaupt jemand an der Strippe war. Ich meine, nicht funktionierende Bremsen, das ist nun wirklich ein alter Hut, passt allenfalls noch in einen amerikanischen Krimi aus den fünfziger oder sechziger Jahren. Und wenn man die Zeitansage oder sonst was anruft, geht das auch auf den Gebührenzähler.

Dann legte sie auf. Kurz darauf zahlte sie ihren Kaffee und das Telefongespräch. Und dann ging sie, ob zu einem Taxistand oder ob sie abgeholt wurde, keine Ahnung.

Aber sie kam wieder. Das muss zwei oder drei Tage später gewesen sein, als die Tür aufging und zuerst Iwan und gleich hinter ihm die Blonde hereinkam. Dabei kamen sie nicht etwa zusammen, obwohl das auf den ersten Blick so wirkte. Nein, sie kamen nur unmittelbar nacheinander. Darüber habe ich mir nächtelang den Kopf zerbrochen. Ich denk mir, sie hat draußen gewartet, hat ihn abgepasst. Anders kann ich es mir nicht erklären. Sie hatte es eben auf ihn abgesehen.

Vielleicht hatte sie auch an den Tagen davor schon auf ihn gewartet, nur, da war er eben nicht gekommen. An dem bewussten Abend kam Iwan mit gesenktem Kopf rein. Er stellte sich an die Theke, schaute mich an, dass es mich in tiefster Seele dauerte. «Ein Bier», sagte er und ließ den Kopf sofort wieder hängen, als hätte er einen Schlag in den Nacken bekommen.

Ich stellte ihm das Bier hin, fragte gleichzeitig die Blonde, was sie trinken möchte. «Geben Sie mir auch eins», sagte sie und lächelte mich an, als wären wir alte Bekannte. Und aus den Augenwinkeln schielte sie zu Iwan hinüber.

Ich hab dann nicht mehr besonders auf die beiden geachtet, hatte auch viel zu tun an dem Abend. Irgendwann fiel mir auf, dass sie sich unterhielten. Iwan war sehr zurückhaltend, das fiel mir auch auf. Aber wer Iwan so gut kannte wie ich, der wusste schon, wie es weiterging. Es kann keiner aus seiner Haut heraus. Iwan brauchte keine volle Stunde, da war er wieder ganz der Alte, charmant und zuvorkommend.

Sie wechselten von der Theke an einen der Tische. Da saßen sie noch bis nach elf. Dann rief Iwan mich, um die Zeche zu begleichen. Natürlich wollte er auch das zahlen, was die Blonde getrunken hatte. Aber das ließ sie nicht zu, im Gegenteil. Das sehe ich heute noch vor mir, wie sie ihm die Hand auf den Unterarm legte und ihm mit einem sehr bestimmten Blick klar machte, dies hier sei ihre Rechnung.

Na ja, hoch war die Zeche nicht, sechs Bier insgesamt. Und dass Iwan finanziell nicht auf Rosen gebettet war, sah man auf Anhieb. Mit zwei Vorstrafen werden einem Ausländer bei uns die gut bezahlten Jobs wahrhaftig nicht nachgeworfen. Er hatte mit Mühe und Not einen Aushilfsjob in einem Lager bekommen, verdiente gerade genug, um sein Zimmer bei Mama Bremer und sein Bier nach Feierabend zu bezahlen.

Dann standen sie auf, zuerst Iwan, ganz Kavalier. Er bot ihr den Arm. Und ich habe ihnen nur kopfschüttelnd nachgeschaut und gedacht, Junge, worauf lässt du dich nun wieder ein?

Von da an waren sie regelmäßig drei-, viermal die Woche in der Kneipe, zusammen, meine ich. Iwan kam jeden Abend, und immer sah es so aus, als warte er auf sie. Jedes Mal, wenn die Tür aufging, flog sein Kopf förmlich herum, und kam sie dann endlich, strahlte er wie ein Sonnenaufgang bei unbewölktem Himmel. Kam sie nicht, sackte er Stückchen für Stückchen in sich zusammen, bis man ihn kaum noch sah. Da gab es keinen Zweifel mehr, es hatte ihn erwischt – und diesmal richtig.

Armer Kerl, dachte ich oft, wurde den ersten Eindruck von ihr nicht los, diesen Anschein von Bösartigkeit und Brutalität, ehe sie etwas von nicht funktionierenden Bremsen ins Telefon erzählt hatte. Aber Iwan wollte nicht sehen, wen er sich da angelacht hatte. Und ich war, weiß Gott, nicht alleine mit meiner Meinung.

Mama Bremer traute der Blonden auch nicht über den Weg, konnte sie nicht ausstehen, fand wie ich, die Blonde sähe aus wie eine Frau, die nur Unglück über einen Mann bringt. Man müsse sich ja auch mal fragen, was eine so elegante Dame von einem Habenichts wie Iwan wolle.

Er hatte wohl ziemlich bald versucht, die Dame mit auf sein Zimmer zu nehmen. Aber seit er dort mit einer Professionellen aneinander geraten und daraufhin wieder hinter Gitter gelandet war, passte Mama Bremer auf wie ein Schießhund. Sie muss regelrecht auf der Lauer gelegen haben, fing Iwan und seine Auserwählte schon beim ersten Versuch im Treppenhaus ab. Mama Bremer war eine sehr resolute Person: Was sie nicht wollte, konnte man vergessen. Iwan wusste das auch. Mama Bremer zeigte einfach auf die Haustür. Was blieb ihm da anders übrig? Er nahm seine neue Flamme beim Arm und führte sie zurück auf die Straße.

So verbrachten sie ein paar Stunden trauter Zweisamkeit in ihrem Auto. Sehr gemütlich kann das nicht gewesen sein; es war Mitte April, die Nächte waren noch lausig kalt. Und Iwan schwört heute noch Stein und Bein, sie hätten es nicht sofort miteinander getrieben. Ob man ihm das glauben darf, lasse ich mal dahingestellt. Vielleicht haben sie wirklich nicht. Geredet hätten sie, behauptet er, nur geredet, die halbe Nacht.

Er hat dann noch ein paar Mal probiert, die Dame an Mama Bremer vorbeizuschmuggeln, klappte jedoch nie. Ganz verzweifelt war er. Wollte schließlich ein Hotelzimmer nehmen für die erste gemeinsame Nacht. Nun war Iwan aber, das sagte ich schon mal, ein Romantiker. Und ein billiges Hotel passte nicht in sein Bild von einer unvergesslichen Liebesnacht. Aber eine Nobelherberge konnte er sich nicht leisten als Hilfsarbeiter. Und da kam er dann eines Tages zu mir. Ich habe ja die kleine Wohnung über der Kneipe.

Er kam sehr früh an dem Abend, und er kam allein. Wie üblich bestellte er sich ein Bier, trank einen Schluck. Das war auch so was, was ich an ihm schätzte, er konnte noch so durstig sein, er kippte nicht einfach etwas in sich rein, er hatte Stil. Na, er saß also da und fragte mich plötzlich, ob er rauf dürfe in meine Wohnung.

«Wozu denn?», fragte ich. «Was willst du denn da allein?»

Er stotterte ein bisschen. «Nicht allein.» Dann rückte er mit der Sprache raus. Dass er kein Plätzchen hätte, wo er mal in aller Ruhe mit seiner Liebsten und so weiter. Dass es ihm furchtbar peinlich wäre, mich zu fragen, dass er aber nicht wüsste, an wen er sich sonst wenden könnte. Er trank noch ein Schlückchen und erzählte mir von Mama Bremer. Dass sie auf ihre Art wirklich eine liebenswerte Person sei, aber manchmal eben auch recht komisch und so eigenwillig. Und dass sie neuerdings meine, ihm Vorschriften machen zu können, mit wem er Umgang haben dürfe und mit wem nicht.

«Hast du mal darüber nachgedacht, dass Mama Bremer es nur gut mit dir meint?», fragte ich. «Und dass sie in diesem speziellen Fall vielleicht gar nicht so Unrecht hat? Die Frau passt doch nicht zu dir.»

Das sah er natürlich anders, wurde richtig heftig und fing gleich an, mir ihr komplettes Leben zu erzählen. Sie sei schon eine ganze Weile in Behandlung bei einem Psychologen, erklärte er – offenbar Doktor Sowieso –, weil sie todunglücklich wäre. Sie war tatsächlich mit einem Zahnarzt verheiratet. Als ich das hörte, musste ich mich zusammenreißen, um mir nicht selbst auf die Schulter zu klopfen. Auf meine Menschenkenntnis konnte ich mir wirklich was einbilden.

«Ihr Mann betrügt sie», erklärte Iwan düster. «Tut er schon so lange. Und vielleicht will er sie jetzt umbringen.» Er führte die nicht funktionierenden Bremsen und noch einiges mehr an.

Irgendwelche Kapseln, die sie wegen ihrer Depression regelmäßig nehmen müsse, und einmal sei sie nach der Einnahme zusammengebrochen – wahrscheinlich vergiftet worden. Einmal habe sie sich auf der Treppe in ihrem Haus beinahe den Hals gebrochen, weil eine Stufe mit irgendeinem glitschigen Zeug eingeschmiert worden sei.

«Das ist doch Unsinn», widersprach ich. «Das erzählt die nur. Heutzutage hat kein Mensch es mehr nötig, einen anderen aus der Welt zu schaffen. Da lässt man sich einfach scheiden.»

«Nein», sagte er und schüttelte bedächtig den Kopf. «Das geht manchmal, aber nicht immer. Wenn viel Geld im Spiel ist, geht es nicht. Ihr Mann braucht viel Geld. Er hat Schulden und eine hohe Versicherung abgeschlossen auf ihr Leben, wenn du verstehst.»

Natürlich verstand ich, aber: «Wer glaubt, wird selig», sagte ich. «Wer nicht glaubt, kommt auch in den Himmel.»

Iwan seufzte: «Kannst du ruhig glauben. Darf ich nun in deine Wohnung?»

Also recht war mir das nicht, andererseits konnte ich es ihm auch nicht gut abschlagen. Ich gab ihm den Schlüssel, und er strahlte mich an, bedankte sich überschwänglich.

«Wie soll das denn weitergehen mit euch?», fragte ich.

Er zuckte mit den Achseln. «Muss man sehen, wird sich ergeben. Sie weiß noch nicht, was sie machen soll.»

Und da kam mir plötzlich dieser ungeheuerliche Verdacht, dass vielleicht er etwas machen sollte. Dass die Blonde nur einen Dummen suchte, der ihren Mann beseitigte. Womöglich hatte sie sich umgehört, ein paar Erkundigungen eingezogen, von Iwans Vorstrafen erfahren. Vielleicht dachte sie, sie müsse ihm nur lange genug Schauermärchen erzählen, dann würde er schon aktiv. «Lass dich nicht wieder zu einer Dummheit hinreißen», mahnte ich. «Wenn sie irgendwas von dir verlangt, was nicht rechtens ist, dann lass die Finger davon.»

Er schaute mich an, als hätte ich chinesisch gesprochen. «Verlangt sie nichts von mir, will nur ein bisschen Liebe.»

Nur ein bisschen Liebe! Und ich dachte, wer will das nicht? Die Blonde kam wenig später, trank anstandshalber noch einen Kaffee, bevor sie sich von Iwan hinauf in meine Wohnung führen ließ. Zwei Stunden blieben sie oben. Dann kam Iwan noch kurz in die Kneipe und gab mir den Schlüssel zurück. Er sah so zufrieden aus, rundum glücklich und zufrieden.

Als ich später nach oben ging, war ich auf einiges gefasst, aber es war alles in Ordnung. Das Bett war gemacht, kein Mensch wäre auf die Idee gekommen, dass Iwan sich vorher mit einer Frau darin getummelt hatte. Ich habe es trotzdem frisch bezogen. Die Laken und Kissen rochen mir zu sehr nach dem Parfüm der Blonden.

Und geschlafen hab ich nicht sehr gut in der Nacht. Geträumt habe ich, passiert mir sonst selten, dass ich träume und mich anschließend daran erinnere. Aber es war ein blödsinniger Traum. Ich stand am Fußende meines eigenen Bettes, während Iwan darin eine Kostprobe seines Könnens lieferte. Mittendrin bin ich aufgewacht, hatte Schweißperlen auf der Stirn und nahm mir vor: Einmal und nie wieder. Soll er doch sehen, wo er sich sein Liebchen vorknöpft, bei mir jedenfalls nicht mehr.

Aber zwei Tage später fragte er mich wieder nach dem Schlüssel. Und Iwan hatte so eine Art zu bitten, da konnte man nicht nein sagen. Wenn er einen anschaute mit seinem treuen Hundeblick, gab er einem das Gefühl, dass man ihm das Leben rettet, wenn man den Gefallen tut. Also gab ich ihm den Schlüssel und schaute ihnen nach, als sie die Treppe raufstiegen – nebeneinander. Er hatte einen Arm um ihre Hüften gelegt.

Blut und Wasser hab ich geschwitzt. Nach einer Weile bin ich ebenfalls mal kurz raufgegangen. Rein konnte ich nicht, hab nur an der Tür gelauscht. Viel zu hören war nicht, ein bisschen Gemurmel, ein bisschen Gestöhne. Da nahm ich mir erneut vor, das ist das letzte Mal. Aber wie das so ist, es ging immer weiter.

Zehnmal oder öfter habe ich die beiden in mein Bett gelassen, lag Stunden später selbst drin und bekam kein Auge zu. Ich hab erst gar nicht bemerkt, was mit mir los war, wirklich nicht, mir ist das viel zu spät aufgefallen. Zuerst hab ich geglaubt, ich wäre bloß neugierig, weil doch so viel erzählt wird. Und eine hat mir mal erklärt, dass sie bei Iwan die Engel im Himmel hat singen hören.

Da dachte ich eben, dass ich vielleicht auch gerne einmal die Engel im Himmel würde singen hören. Und außerdem dachte ich, Iwan sei ein guter Freund, ein lieber, naiver Kerl, den man davor bewahren müsse, mit offenen Augen in sein Unglück zu rennen. Dass ich ihn liebe, darauf bin ich anfangs nicht gekommen.

Wenn ich heute so darüber nachdenke, im Prinzip war es ganz simpel. Zuallererst habe ich mir einen zweiten Schlüssel machen lassen. Das ist weder verboten noch verdächtig, wenn man von der eigenen Wohnungstür zwei Schlüssel hat. Das ist sogar üblich, aber ich hatte immer nur einen. Den zweiten hatte ein Vorpächter mal verbummelt.

Dann habe ich ein paar Erkundigungen eingezogen, war auch nicht schwer. Tagsüber hatte ich Zeit, machte die Kneipe immer erst am frühen Abend auf. Wichtig war natürlich, herauszufinden, ob der Zahnarzt tatsächlich eine hohe Versicherung auf das Leben seiner Frau abgeschlossen hatte. Das hat sie mir selbst noch einmal erzählt, als ich sie «ganz zufällig» nachmittags in der Stadt traf. Ich trank einen Kaffee mit ihr und hab sie danach gefragt. So getan, als ob ich mich auch versichern wolle, mich erkundigt, wo es günstiger ist. Sie schöpfte keinen Verdacht, hatte keine Ahnung, warum ich sie so etwas frage. Wahrscheinlich dachte sie, ich wäre so eine Art Freundin.

Anschließend bin ich zu dem Vertreter, den sie mir genannt hatte, und habe behauptet, die Blonde hätte mir speziell diese Versicherung empfohlen, weil die eine ordentliche Rendite erziele. Auf die Weise ließ sich überprüfen, ob sie mir die Wahrheit gesagt hatte. Sie hatte.

Als Nächstes habe ich mich davon überzeugt, dass ihr Mann

tatsächlich eine Freundin hatte. Das war fast am einfachsten. Er betrog sie nämlich mit seiner Sprechstundenhilfe, und große Mühe, sein Verhältnis zu verbergen, gab er sich nicht. Führte seine Freundin zum Essen aus, in aller Öffentlichkeit. Ging Händchen haltend mit ihr einkaufen.

Ja, und dann habe ich abends ein Glas für Iwan präpariert, ein paar Tropfen reingetan. Nur ein paar, ich wollte ihn ja nicht völlig schachmatt setzen, nur schlafen sollte er, tief und fest schlafen.

Er fragte wieder nach dem Schlüssel, und zuerst habe ich mich geweigert. Ich durfte sie nicht zu früh rauflassen, weil ich doch selbst immer erst nach eins in meine Wohnung konnte. Er bettelte, ich blieb hart bis kurz vor zwölf. Dann gab ich ihm noch ein Bier in dem bewussten Glas und gleich darauf auch den Wohnungsschlüssel.

Es war alles genau geplant, meist blieben sie zwei Stunden. An dem Abend konnte ich sogar etwas früher Schluss machen. Der letzte Gast ging so gegen halb eins. Ich trank einen Schnaps zur Beruhigung, war doch ganz schön nervös. Dann ging ich rauf, schloss ganz leise die Tür auf und schlich auf Zehenspitzen ins Schlafzimmer. Vielleicht hätte ich mir den Anblick ersparen sollen. Das Bild verfolgt mich nämlich.

Iwan und seine Frau fürs Leben. Eng umschlungen lagen sie da. Iwan auf dem Rücken, den Kopf etwas zur Seite gedreht, das Gesicht teilweise in ihren Haaren. Sie mit dem Kopf auf seiner Brust, einen Arm quer über seinem Körper.

Sie hatten sich wohl ursprünglich mit einem Laken zugedeckt, aber das war inzwischen völlig verrutscht, jetzt lagen sie beide nackt da. Ich hab sie eine ganze Weile anstarren müssen, vor allem Iwan. Ein Mann wie aus dem Bilderbuch. Er schlief so fest, dass er überhaupt nichts bemerkte.

Ich rüttelte die Blonde leicht an der Schulter, sie erwachte auch gleich. Es schien ihr peinlich, denn zuerst griff sie nach dem Laken. Dann setzte sie sich aufrecht und versuchte, Iwan zu wecken. Zum Glück konnte ich das verhindern. «Lassen Sie ihn nur», sagte ich, «von mir aus kann er hier übernachten. Ich schlafe dann eben auf der Couch im Wohnzimmer.»

Völlig damit einverstanden war sie nicht, das konnte ich ihrem Gesicht ansehen. Ich hab gelacht und ihr erklärt, dass Iwan auf diese Weise vielleicht ein paar Schwierigkeiten mit seiner Vermieterin los würde. Wenn er die ganze Nacht nicht heimkäme, würde Mama Bremer sich so ihre Gedanken machen müssen und es sich in Zukunft vielleicht verkneifen, ihm in sein Leben hineinzureden. Es wäre doch lächerlich, dass sie einem erwachsenen Mann Vorschriften mache.

Das klang einleuchtend, und die Blonde akzeptierte es. Sie hielt mich in dem Augenblick wohl für eine wirklich gute Freundin, ging ins Bad und zog sich an. Dann wollte sie zur Tür raus.

«Warten Sie!», rief ich ihr nach. «Ich habe unten schon abgeschlossen. Ich komme mit und lasse Sie raus.»

Ich ging mit ihr ins Treppenhaus, ließ sie vorangehen. Den Knüppel hatte ich mir vorher schon zurechtgelegt. Und kurz bevor sie die Tür erreichte, schlug ich zu. Sie sackte schon beim ersten Schlag zusammen. Ich fing sie mit einem Arm auf und schleppte sie raus zu ihrem Wagen.

Den Schlüssel fand ich in ihrer Handtasche. Ich öffnete den Kofferraum und hievte sie rein. Ob sie schon tot war, weiß ich nicht. Wenn nicht, muss sie kurz drauf gestorben sein. Weil sie keinen Rauch mehr in die Lunge bekommen hat, das stellte der Gerichtsmediziner später fest.

Ich bin mit ihr rausgefahren, einfach aufs freie Feld. Dort habe ich sie aus dem Kofferraum gezerrt und auf den Beifahrersitz verfrachtet. Ein Glück nur, dass sie relativ zierlich war, bei ein paar Kilo mehr hätte ich das nicht alleine geschafft. Vorsichtshalber habe ich alles sorgfältig abgewischt, Lenkrad, Türgriffe, Kofferraumdeckel und so. Aber mir war klar, dass das nicht reichte. Was die Polizei heute an Spuren nachweisen kann, ist sagenhaft. Da muss man alles bedenken. Aber das hatte ich getan.

Einen Reservekanister gab es in ihrem Auto nicht. Braucht man ja auch nicht mehr, wo man heutzutage an jeder Ecke tanken kann. Ich hatte einen leeren Kanister mitgenommen und einen Schlauch, mit dem ich das Benzin aus dem Tank ansaugen konnte. Eine elende Schweinerei war das und nicht ungefährlich. Aber es hat funktioniert.

Anschließend musste ich den ganzen Weg zurücklaufen, kam erst gegen halb vier wieder in meiner Wohnung an und habe erst einmal geduscht. Iwan schlief immer noch tief und fest. Nach dem Duschen hab ich mich eine Viertelstunde lang zu ihm auf die Bettkante gesetzt. Es hat mich mächtig in den Fingern gejuckt, aber ich hielt die Hände bei mir. War wohl kaum der richtige Zeitpunkt. Den Rest der Nacht habe ich auf der Couch im Wohnzimmer verschlafen, das wundert mich eigentlich immer noch.

Aufgeweckt wurde ich gegen zehn am nächsten Morgen, da stand Iwan plötzlich neben mir, ein bisschen verlegen und sehr besorgt. Ich sagte ihm, dass seine Freundin so gegen eins, als ich raufkam, heimgefahren sei. Damit gab er sich zufrieden. Wir frühstückten, war richtig schön, mit ihm zu frühstücken. Anschließend saßen wir noch eine ganze Weile am Tisch. Iwan erzählte von seinen Plänen. Die Blonde hatte ihm versprochen, sich von ihrem Mann zu trennen. Mehr noch, sie hatte ihm geschworen, sofort mit ihrem Mann über die Scheidung zu sprechen. Dann eine Wohnung für sie beide zu suchen und so weiter.

«Wie stellst du dir das denn vor?», fragte ich. «Ich meine, was kannst du ihr bieten? Sie ist doch an einen gewissen Luxus gewöhnt. Darauf wird sie nicht verzichten wollen.»

«Muss sie auch nicht», meinte er. «Sie hat etwas Geld von ihrem Vater geerbt. Und ich kann arbeiten. Wir werden nicht reich sein, aber glücklich, wenn wir klare Verhältnisse geschaffen haben.»

Die sind bereits geschaffen, dachte ich. Wozu hätte ich ihm da noch widersprechen sollen? Ich hatte den kleinen Einwand nur erhoben, um den Schein zu wahren.

Er ging wenig später, bedankte sich nochmal bei mir und verabschiedete sich mit den Worten: «Bis heute Abend.»

Doch an dem Abend kam er nicht. Die ganze Woche sah ich nichts von ihm. Ich dachte schon, er sei zu verzweifelt, um ein Bier bei mir zu trinken. Aber in der nächsten Woche stand plötzlich Mama Bremer vor der Theke. Sie heulte, konnte kaum verständlich sprechen. Iwan war verhaftet worden. Das begriff ich nicht. Ich meine, ich war doch sehr sorgfältig vorgegangen, hatte alles vermieden, was den Verdacht auf ihn lenken konnte.

Es stellte sich dann rasch heraus, dass dieser arme Trottel einfach nicht mit der Sprache herausrücken wollte, wo er in der fraglichen Zeit gewesen war. Er wollte mich nicht kompromittieren. Rührend, nicht wahr?

Natürlich hatte er wieder nur einen Pflichtverteidiger, war aber ein ganz vernünftiger Mensch. Ich bin hin zu ihm und habe erzählt, was ich von der Sache wusste. Von wegen Ehemann mit Freundin, hohe Lebensversicherung und so weiter. Auch, dass Iwan mir gegenüber erwähnt hatte, seine Freundin wolle endlich reinen Tisch machen. Wenn das kein Motiv war. Die Tatsache, dass ich meine Wohnung zur Verfügung gestellt hatte, war schnell erklärt. Iwan war eben ein guter Freund, und guten Freunden half man, wenn nötig.

Selbstverständlich habe ich auch ausgesagt, dass Iwan die fragliche Nacht in meiner Wohnung verbracht hat, die ganze Nacht, dass er nicht zwischenzeitlich ohne mein Wissen hätte verschwinden können, auch nicht für kurze Zeit. Die Polizisten haben zwar ein bisschen dumm aus der Wäsche geguckt, auch mal abfällig gegrinst, aber wen stört das?

Im Zuge der weiteren Ermittlungen, hieß es ein paar Tage später in der Zeitung, erhärtete sich der Verdacht gegen den Ehemann. Iwan wurde aus der Untersuchungshaft entlassen. Er kam gleich zu mir, um sich zu bedanken. Es war noch ziemlich früh, die Kneipe noch geschlossen.

Wir gingen rauf in meine Wohnung. Also, wenn ich ehrlich sein soll, ein bisschen befangen war ich schon. So gesehen war Iwan doch jetzt ein freier Mann, im wahrsten Sinne des Wortes. Ich wusste gar nicht, was ich sagen oder tun sollte. Ganz flüchtig dachte ich daran, ihn einfach mal spontan in die Arme zu nehmen. Macht man doch unter Freunden. Aber vielleicht hätte er gemerkt, was mit mir los ist. Und bei Iwan musste man vorsichtig sein. In diesem bestimmten Punkt ist er noch ganz vom alten Schlag. Er will erobern, nicht erobert werden.

Wir standen einfach so da und wussten beide nicht weiter. Also bot ich ihm einen Platz an, er setzte sich in einen Sessel. Ich nahm den Sessel gegenüber. Und gerade wollte ich was sagen, da fing er plötzlich an zu weinen. Wie sehr er sie geliebt hat, wie sehr sie ihm fehlt und dass er gar nicht weiß, wie es jetzt weitergehen soll. Dass er am liebsten wieder in den Knast zurückgehen würde, weil er sich ohne sie nur wie ein halber Mensch fühlt.

Ich stand auf, setzte mich zu ihm auf die Sessellehne, legte ihm einen Arm um die Schultern und zog seinen Kopf zu mir rüber, bis er an meiner Brust lag. «Das darfst du nicht sagen», sagte ich. «Das darfst du nicht einmal denken.»

Er schluchzte verhalten, und dann brach der alte Iwan in ihm durch. «Bring ich ihn um, den Schweinehund.»

«Nein», sagte ich ruhig, «das wirst du nicht tun. Er wird für das, was er getan hat, bestraft.»

Ich musste noch eine ganze Weile in dieser Art auf ihn einreden, ehe er sich endlich wieder beruhigte. Aber gewonnen hatte ich noch lange nicht.

Inzwischen bin ich mir klar darüber, dass ein Mann wie Iwan eine Menge Zeit braucht. Er kann sie einfach nicht vergessen, spricht von nichts anderem, und wenn man ihm glaubt, dann war sie eine Heilige. Aber die Zeit arbeitet für mich. Es gibt einige, die der Meinung sind, da wäre der Falsche auf freiem Fuß. Der Zahnarzt hat einen sehr guten Anwalt, außerdem hat seine Freundin für ihn ausgesagt, er wäre die ganze Nacht bei ihr gewesen. Viel geholfen hat es den beiden bisher nicht, schließlich habe ich dasselbe für Iwan behauptet. Das war die Wahrheit, und ich hatte – im Gegensatz zu der Freundin – kein Motiv. Es sind trotzdem ein paar sehr hässliche Gerüchte im Umlauf.

Die Presse hat den Fall breitgetreten und Iwans Vergangenheit gehörig ausgewalzt. Wie oft hat der Ärmste jetzt schon vor der Theke gestanden, mich aus seinen dunklen, treuen Augen angeschaut und gefragt: «Aber du glaubst mir?»

Ich sage dann immer: «Ich muss dir nicht glauben, ich weiß, dass du es nicht warst. So etwas fühlt man als Frau.»

Das macht ihn so glücklich. Und wenn er dann nach eins mit mir hinaufgeht, sagt er meist noch auf der Treppe, wie dankbar er ist. Jedes Mal sage ich: «Von Dankbarkeit will ich nichts wissen. Wenn man einen Menschen wirklich liebt, dann glaubt man an ihn, ganz egal, was andere von diesem Menschen denken oder über ihn erzählen.»

Und ich denke dann immer, dass doch nicht alles frei erfunden ist, was man über ihn erzählt. Das mit dem Gesang der Engel im Himmel zum Beispiel, das entspricht den Tatsachen.

Es kann der Frömmste nicht in Frieden ...

Das Bild werde ich mein Lebtag nicht vergessen, das weiß ich. Ich muss nicht mal die Augen zumachen, es verfolgt mich tagsüber ebenso wie nachts. Wie die Kühning auf den Wagen zuläuft, sich zu ihrem Mann runterbeugt. Tat sie jeden Tag. Er ließ immer die Scheibe runter, wenn er sie kommen sah. Und dann knutschten sie erst mal mitten in der Einfahrt.

Ich sagte noch zu Sofie: «Pass auf, jetzt geht das wieder los. Dass die Kühning es abends nicht im Kreuz hat, wenn sie sich stundenlang so krumm in das Auto reinhängt. Können die das nicht tun, wenn sie drinnen sind?»

Und Sofie sagte: «Na, stundenlang ist ja wohl ziemlich übertrieben. Jetzt lass sie doch, wenn es ihr Spaß macht. Die Kühning kann aber auch nicht mal mit dem Kopf nicken, ohne dass du dich drüber aufregst.»

In dem Moment knallte es auch schon. Und die Kühning hing halb im Auto und halb draußen, und er saß einfach nur da, als ob er eingeschlafen wäre. Und quer in der Einfahrt wehten die Bettlaken. So ein Wahnsinn!

Aber ich hab immer zu Sofie gesagt: «Wie kann man nur so blöd sein und die Wäsche quer in die Einfahrt hängen. Eines Tages kriegen sie mal einen gewaltigen Krach deswegen.»

Dann sagte Sofie immer: «Quatsch. Die verstehen sich doch so gut. Das ist ihm egal, wenn er fünf Minuten warten muss, ehe er in die Garage fahren kann.»

Na, ich weiß nicht. Wenn man müde von der Arbeit kommt,

hat man eigentlich keine Lust, fünf Minuten zu warten, ehe man in die Garage fahren kann. Jeder vernünftige Mensch spannt sich die Wäscheleinen längst zur Einfahrt. Wer sie quer spannt, kann nicht normal sein. Aber ich hab, als die Kühnings nebenan einzogen, schon nach zwei Tagen zu Sofie gesagt, dass sie einen Sprung in der Schüssel hat.

Künstlerin sei sie, hat sie mir erzählt. Sie malte – vor allem ihr Gesicht an. Eine geschlagene halbe Stunde stand die jeden Morgen vor dem Spiegel, ehe sie das alles auf die Reihe gebracht hatte. Danach ging sie dann in ihr Atelier. Wie's da aussah, weiß ich nicht, hab ich nie einen Blick reinwerfen können. Aber was sie da den ganzen Tag trieb, da hat sie uns schon mal was gezeigt.

Also ich persönlich würde das nicht als Malerei bezeichnen. Aber die modernen, jungen Leute heutzutage, die haben ja ganz andere Vorstellungen von Schönheit und Kunst. Und nicht nur davon. Die haben von allem ganz andere Vorstellungen.

«Das geht uns nichts an», hab ich immer zu Sofie gesagt. «Wenn die Kühning meint, sie kann mit ihrer Schmiererei Geld verdienen, ist das ihre Sache. Und wenn die meint, sie kann damit so viel verdienen, dass sie sich so einen Palast leisten können, das müssen sie selber wissen.»

Ich wäre das Risiko nicht eingegangen. Ich hab immer zu Sofie gesagt: «Klein, aber mein.» Und mir haben die von der Bank damals auch vorgerechnet, dass die Finanzierung nur klappen kann, wenn man nicht zu hohe Ansprüche stellt. Von wegen: Bidet im Bad und 'ne runde Badewanne, wo bequem zwei nebeneinander liegen können. Sofie hat damit auch geliebäugelt. Da hab ich zu ihr gesagt: «Was willst du mit 'ner Badewanne, wo zwei nebeneinander liegen können? Da möchte ich dich aber sehen, wenn du drin liegst und ich mich dazulegen will.»

Sofie war nie für solche Faxen. Alles immer schön so, wie es sich gehört. Dass man seinen Nachbarn noch hocherhobenen Hauptes in die Augen sehen kann und sich nicht schämen muss, was die in der vergangenen Nacht wieder für Orgien anhören mussten. Und was so eine Hypothek angeht, ich meine, man will doch nachts ruhig schlafen können. Aber an ruhigem Schlaf lag den Kühnings anscheinend nicht so viel. Trotzdem! Ich kann auch die von der Bank nicht verstehen, dass die sich auf so eine windige Finanzierung eingelassen haben. Die hatten doch schon mit dem Vorbesitzer Schiffbruch erlitten. Und dann geben sie den Kühnings eine Hypothek, wo jeder vernünftige Mensch Albträume bekommt, wenn er an die Zinsen denkt. Wo sie doch als Künstlerin gar kein regelmäßiges Einkommen hatte.

Er soll ja angeblich ganz nett verdient haben. Wie viel genau, hat die Kühning nie gesagt, ging mich ja auch nichts an. Aber bei dem Wagen, den er fuhr, und bei den Anzügen. Der hätte 'ne ganze Kompanie einkleiden können mit seinen Anzügen. Man sah ihn nie zweimal im Monat mit dem gleichen. Und zu jedem natürlich das passende Hemd, mit Krawatte, versteht sich. Und Schuhe, das müssen so um die zwölf bis fünfzehn Paar gewesen sein in seinem Schrank. Und sie ging ja auch nicht in Sack und Asche oder barfuß. Da kann man sich doch an den Fingern einer Hand ausrechnen, wo die das Geld gelassen haben. Und dann so eine Hypothek.

Ich hab immer zu Sofie gesagt: «Die können das Brot nicht auf dem Tisch haben.»

Und Sofie sagte: «In der allergrößten Not schmeckt die Wurst auch ohne Brot.»

Sie bekam ja mit, was die Kühning so für die Woche einkaufte. Alles nur vom Feinsten, Lachsschinken und Trüffelleberwurst. Und bezahlt hätte sie immer, sagte Sofie, sie hätte auch nie das Kleingeld dafür zusammenkratzen müssen. Manchmal hätte es sogar Probleme gegeben mit dem Wechselgeld.

Da hab ich mich oft gefragt, wie die das machen. Manchmal hat die Kühning wohl was verkauft von ihren Schmierereien. Aber selten, äußerst selten. Was die für Preise verlangt hat! Für ein Stückchen Leinwand von vielleicht dreißig mal vierzig Zentimeter mit einem halben Pfund Farbe drauf wollte die satte fünftausend haben. Die größeren Werke lägen natürlich etwas höher im Preis, hat sie mir erzählt. Ist doch idiotisch! Selbst wer sich das leisten kann, kann sich dabei nur an den Kopf fassen. Wer hängt sich denn so einen Schrott ins Wohnzimmer?

Ich hab immer zu Sofie gesagt: «Was die malt, kann ich auch. Wenn das Kunst ist, will ich ab sofort nicht mehr Hubert heißen.»

Fünftausend für so ein Geschmiere. Ich hab sie mal gefragt, ob sie davon schon was losgeworden ist. Hat sie mir was von einer Galerie erzählt, so blöd gegrinst dabei. Und dann sagte sie zu mir: «Wenn ich nur ein Bild pro Monat verkaufe, bin ich zufrieden, Herr Neerheim.» Wäre ich auch gewesen.

Er hatte ja auch kein regelmäßiges Einkommen. Selbständig gemacht hatte er sich. Mit einem Computerladen. Davon hat er mir erzählt, als sie uns eingeladen hatten. Das war kurz nach ihrem Einzug, da wollten sie sich mit der Nachbarschaft bekannt machen. War aber gar nicht viel Nachbarschaft da, nur wir und die Rattkes von schräg gegenüber. Die anderen haben sich wohl gleich gedacht, dass Leute wie wir in solchen Kreisen nichts zu suchen haben.

Es war aber trotzdem eine Menge Volk gekommen. Ehemalige Kollegen von ihm und ein paar Hippies, die sie noch von der Kunstakademie her kannte. Sie hatte ja Kunst studiert, hat sie uns erzählt. Sofie und ich, wir sind nicht lange geblieben. Und am nächsten Morgen – ich steh morgens ja immer früh auf. Wenn das sechs wird, kann ich nicht mehr liegen. Da gehe ich also runter in die Küche. Unser Küchenfenster geht ja auf die Einfahrt von den Kühnings raus. Und da sehe ich sie. Da hab ich Sofie gerufen.

«Jetzt sieh dir mal an, was das verrückte Huhn da macht», hab ich zu Sofie gesagt. War doch gerade erst Viertel nach sechs. Und da steht die Kühning in ihrer Einfahrt und spannt Wäscheleinen. Aber nicht schön an der Seite entlang, wie es normal gewesen wäre, nein, quer drüber. Und das in einem Hemdchen, wo unten der halbe Hintern und oben die halbe Brust raushing.

«Jede Wette», hab ich zu Sofie gesagt, «damit hat die gerade noch im Bett gelegen. Was ist das überhaupt für ein Stoff? Der ist ja fast durchsichtig. Guck mal, die hat keinen Schlüpfer an.» «Doch», sagte Sofie. «Das ist ein Tanga. Und das Hemd ist aus Seide.»

Hab ich die Kühning mal drauf angesprochen, ein paar Tage später. Nicht auf das Hemd, nur auf die Wäscheleinen. «Meinen Sie nicht, dass Sie Ärger mit Ihrem Mann kriegen?», hab ich gefragt. «Der kommt doch gar nicht in die Garage, wenn Sie hier alles voll hängen.»

Unter den Unterhöschen hätte er ja bequem durchfahren können. Das waren so winzige Dinger, die fand man auf der Leine nicht wieder. Ich hab noch zu Sofie gesagt: «Jetzt sieh dir das an. Die hat ein ganzes Bataillon von diesen Tangas. Da kann sie auch gleich mit nacktem Hintern rumlaufen.»

Das waren ja nur ein paar Fäden mit vorne einem Fetzelchen Stoff dran. Sofie meinte: «Das tragen jetzt viele junge Frauen. Diese Dinger findest du in allen Katalogen. Und die sind viel teurer als normale Unterhosen.»

Was soll man da noch sagen? Muss ja jeder selber wissen, was er sich für Hosen an den Hintern zieht. «Brauchst dich nicht wundern», hab ich zu Sofie gesagt, «wenn die es an die Nieren kriegt.» Im Sommer mag das ja angehen, wenn man untenrum nackt läuft, aber im Winter.

Und die Kühning zog sich auch im Winter nichts Vernünftiges an. Alle vierzehn Tage hängte sie die Leinen mit den Dingern voll. Sie hatte ja eine Zugehfrau für das Gröbste. Aber um die Wäsche kümmerte sie sich immer selbst.

Sofie hat sich mal mit der Zugehfrau unterhalten. Sie hat nämlich eine Zeit lang mit dem Gedanken gespielt, ihren Job als Aushilfe im Supermarkt an den Nagel zu hängen, weil das so eine Knochenarbeit ist. Da wollte sie lieber irgendwo im Haushalt was machen. Und bei den Kühnings, das wäre ideal gewesen. Die zahlten auch gut. Und viel zu tun war nicht, bisschen wischen, Staub saugen und so. Da machte ja keiner was dreckig. Kinder hatten sie nicht. Ums Atelier brauchte die Zugehfrau sich nicht kümmern, um die Wäsche, wie gesagt, auch nicht.

Die Kühning sagte zu Sofie, für sie wäre das entspannend, wenn sie die Wäsche raushängt, alles so schön auf die Leine sortiert. Und mit ihrer Zugehfrau sei sie sehr zufrieden, sagte sie. Die Frau sei zuverlässig, sehr ordentlich, sehr diskret, absolut nicht neugierig.

Für Sofie war das fast wie ein Schlag ins Gesicht. Den ganzen Abend hat sie mir vorgeheult. Dass die Kühning mich wohl mal nachts am Fenster gesehen haben muss, sonst hätte sie ihr das mit der Neugier doch nicht so direkt ins Gesicht gesagt.

«Quatsch», hab ich gesagt, «die hat nachts was anderes zu tun, als aus dem Fenster zu gucken.»

Das ging ja bei denen quer durchs ganze Zimmer. Was da los war, das war nicht mehr normal. Und dann hängen sie nicht mal Gardinen auf. Aber die Bettwäsche quer in die Einfahrt. Jede Woche einmal hatte sie da alles mit Laken und Bezügen zugehängt. Ihre Unterhöschen, wie gesagt, nur alle vierzehn Tage, aber die Bettwäsche jede Woche. Wird sie wohl auch gewusst haben, warum sie so oft die Betten frisch beziehen muss.

Als ich sie drauf ansprach, nicht darauf, dass sie so oft die Bettwäsche wechselt, ging mich ja nichts an. Nur auf die Laken, die da quer hingen, weil ich mir dachte, dass es deswegen irgendwann Ärger gibt, lachte die Kühning nur. «Ehe mein Mann heimkommt», sagte sie, «ist das alles längst wieder im Schrank.»

Er kam ja wirklich immer sehr spät. Der kannte keinen Feierabend, der Mann. Keinen Feierabend, kein Wochenende, keinen Urlaub. Der kannte nichts, nur seine Computer und seine Frau. Ist aber trotzdem oft vorgekommen, dass er nicht in die Garage konnte, weil sie über ihre Kleckserei im Atelier vergessen hatte, dass die Laken die Einfahrt blockierten. Da hörte ich ihn dann immer hupen, zweimal, ganz kurz.

Und dann kam sie raus. Hatte sich nur einen Morgenrock übergeworfen. Wenn sie malt, hat sie mal zu Sofie gesagt, muss sie nackt sein. Das inspiriert sie, Stoff auf dem Leib stört dabei nur. Sie lief immer zuerst zur Straße. Er ließ die Scheibe vom Wagen runter, sie beugte sich zu ihm rein. Und dann ging's aber zur Sache. Minutenlang haben sie rumgeknutscht, und er natürlich immer gleich mit der Hand vorne in den Morgenrock, minutenlang!

Ich hab immer zu Sofie gesagt: «Das ist ja widerlich, wenn man sich das ansehen muss. Das ist Erregung öffentlichen Ärgernisses. Man könnte die anzeigen dafür.»

So ein Getue. Der wurde gar nicht fertig unter dem Morgenrock. Sie hatte aber auch einen Vorbau, das war schon nicht mehr schön. Ich hab immer zu Sofie gesagt: «Das ist nicht echt. Das glaube ich nicht eine Minute lang, dass das echt ist. Dafür hat die sich unters Messer gelegt, da halte ich jede Wette. Mindestens die Hälfte davon ist Silikon.»

Na, wer sich's leisten kann. Und wenn man mit so einem Busenfetischisten verheiratet ist, da denkt man doch nicht an das Risiko von so einer Operation. Und selbst wenn sie daran gedacht hätte, ist der Kühning wohl nichts anderes übrig geblieben. Der konnte die Dinger stundenlang durchkneten, hab ich oft genug gesehen, wenn die nachts zugange waren, stundenlang. «Jetzt sieh dir das an», hab ich zu Sofie gesagt. Und Sofie sagte: «Dem hätte ich längst auf die Finger gehauen.»

Sofie hat ja nie viel davon gehalten. Fummeleien konnte sie nicht vertragen. War früher schon so. In der Woche lief bei ihr gar nichts. «Tut mir Leid, Hubert», hat sie immer gesagt, «aber ich muss morgen früh raus.»

«Ich doch auch», hab ich gesagt.

Dann sagte sie: «Dich zwingt aber keiner. Du kannst liegen bleiben.»

Dabei wusste sie genau, dass ich nicht konnte. Früher ja, da hätte ich das gekonnt, bis zehn, elf im Bett bleiben. Aber da musste ich auch früh raus und zur Arbeit. Und dann hatte ich den Unfall, und dann war's vorbei mit der Arbeit und mit dem Liegenbleiben. Das war einfach so 'ne Gewohnheit, um sechs aufstehen. Und als Sofie dann die Stelle als Aushilfe im Supermarkt bekam, weil's mit meiner kleinen Rente vorne und hinten nicht langte, da bin ich immer mit ihr aufgestanden. Hab ihr das Frühstück gemacht, während sie ins Bad ging und sich wusch.

Viel Zirkus haben wir im Bad ja nie gemacht. Wasser, Seife, fertig. Die Kühning konnte stundenlang in der Wanne rumtoben, vor allem im Sommer, bei offenem Fenster. Die Fenster von ihrem Bad und ihrem Schlafzimmer liegen ja zu unserer Seite. Auf der anderen Seite hat sie ihr Atelier.

Manchmal hab ich gedacht, die macht das mit Absicht. Die weiß, dass ich bei ihr reinsehen kann. Lag ja auch auf der Hand, weil unser Haus ein Ideechen höher liegt. Da konnte ich direkt in die Wanne sehen, wenn sie das Fenster aufmachte. Morgens lag sie mindestens eine Stunde drin. Und abends dann nochmal, um die Farbe einzuweichen. Sonst hätte sie das Zeug vermutlich nicht mehr runtergekriegt.

Dabei musste er oft helfen. Und dann ging's da aber zur Sache. Ich hab das mal gesehen, vor knapp vierzehn Tagen. Also ehrlich, ich wusste gar nicht, dass es so was gibt. Da hab ich mich nur noch gefragt, wie der Mann das durchsteht nach 'nem ganzen Tag Arbeit in seinem Laden. Zuerst hockte sie auf ihm. Da hielt er sich die ganze Zeit an ihrem Balkon fest. Dann ging's andersrum, sie auf den Knien, er hinter ihr. Dann kamen sie endlich aus der Wanne raus und gingen tropfnass ins Schlafzimmer hinüber.

Aber nicht, dass sie einfach so gegangen wären. Eine Viertelstunde haben sie gebraucht für die paar Meter, mindestens eine Viertelstunde. Als sie dann endlich am Bett ankamen, setzte sie sich auf die Kante, er blieb vor ihr stehen. Er stand ein bisschen seitlich, sonst hätte ich das ja nicht so genau erkennen können. Ich hatte ja nun schon viel mit ihnen erlebt, aber so was noch nicht. Ich hab zu Sofie gesagt: «Komm mal her, das musst du dir ansehen. Du kommst nicht drauf, was die da mit ihm treibt.»

Sofie lag schon im Bett und war ein bisschen sauer, weil ich so lange im Bad gewesen war. «Hört das denn nie auf», brummte sie. Aber dann kam sie doch ans Fenster, allerdings nur für ein paar Sekunden. Sie fing gleich an zu würgen.

«Hat die das Ding tatsächlich im Mund?»

«Natürlich hat sie es drin», sagte ich. «Das siehst du doch. Und ihm scheint das gut zu gefallen. Schau dir mal sein Gesicht an. Ist wahrscheinlich auch ein tolles Gefühl. Und wenn man sauber gewaschen ist.»

Sofie lief ins Bad. Im Hinauslaufen hörte ich sie murmeln: «So eine Sauerei.» Dann hörte ich sie nur noch würgen. Als sie zurückkam, hat sie sich gleich wieder ins Bett gelegt. Und dann fing sie an zu meckern. «Jetzt komm endlich da weg. Was guckst du dir so eine Schweinerei an. Das hat doch nichts mehr mit Liebe zu tun.»

Also Sofie war wirklich schockiert. Damit sie endlich Ruhe gab, bin ich dann auch ins Bett gegangen. «Jetzt mach doch nicht so ein Theater», hab ich zu ihr gesagt. «So schlimm war es nun wirklich nicht.»

Aber als ich ihr die Hand auf die Schulter legte, hat sie sich gleich auf die andere Seite gedreht und sich die Decke bis zum Hals gezogen. «Lass mich bloß in Ruhe», hat sie gesagt. «Wenn du dir einbildest, dass du jetzt an mir rumfummeln kannst, bist du schief gewickelt. Mir hängt das zum Hals raus, wie du da immer am Fenster stehst. Jeden Abend, den Gott werden lässt, und die halbe Nacht noch dazu. Ich finde das widerlich. Du hast doch gar nichts anderes mehr im Kopf als die Kühning. Wenn das nicht bald aufhört ...»

Na, jetzt hat's aufgehört. Hätte ich nicht gedacht, dass das mal so ein schlimmes Ende nimmt. Sah doch eigentlich immer so aus, als wären die Kühnings ganz glücklich miteinander. Das hab ich auch der Polizei gesagt, dass ich mir das überhaupt nicht erklären kann, warum er sie erschossen hat.

Ich meine, dass er ein bisschen eifersüchtig war, hab ich ja mitbekommen. Schon an dem Abend, als sie uns eingeladen hatten, um sich mit der Nachbarschaft bekannt zu machen. Da ging sie mal kurz aus dem Zimmer. Mit 'nem jungen Typen. Sie wollte nur was aus der Küche holen, und der Junge sollte ihr dabei helfen. Da war der Kühning augenblicklich hinterher. «Das mache ich schon.» Und sein Gesicht dabei. Ich dachte, er würde den Jungen aus dem Haus prügeln.

Und dann kam noch einer, später als die anderen. Uns hat sie ihn als ihren Galeristen vorgestellt. Und als der reinkam, küsste der sie auf die Wange. Das ist in Künstlerkreisen wohl so üblich, sieht man ja auch oft im Fernsehen. Und eigentlich ist es ja 'ne harmlose Sache, wenn man sich auf die Wange küsst. Mehr hat der Galerist nicht getan. Aber der Kühning, der schoss aus seiner Ecke hoch, als hätte ihn eine Wespe gestochen. Und dann ist er für den Rest des Abends nicht mehr von ihrer Seite gewichen.

Da hab ich schon zu Sofie gesagt: «Die soll mal aufpassen, wenn sie hier Herrenbesuch empfängt. Wo er den ganzen Tag nicht da ist, kann er das schnell in die falsche Kehle kriegen.»

Hin und wieder hatte sie ja Herrenbesuch. Der Galerist kam ab und zu mal vorbei. Manchmal kamen auch Leute, die sich ein neues Bild ansehen wollten. Am Nachmittag war wohl einer da gewesen. Sofie hatte ihn gesehen, ich nicht. Ich war nachmittags im Garten, da musste ja auch mal was getan werden.

Sofie sagte, das sei ein ziemlich junger Mann gewesen. Der hätte eigentlich nicht so ausgesehen, als ob er sich ein Bild von der Kühning leisten könnte. Er hätte auch nur ein altes Auto gefahren. Aber die Kühning hätte ihn sehr liebevoll an der Haustür begrüßt. Küsschen links und Küsschen rechts. Sofie sagte, sie hätte das auch nur zufällig gesehen, weil sie gerade von der Arbeit kam.

Die Polizisten wollten wissen, ob sie dann anschließend den Kühning in seinem Geschäft angerufen hätte. Der hätte nämlich einen Anruf bekommen. Da wäre eine Frau am Telefon gewesen, und die hätte zu Kühning gesagt: «Ihre Frau hat vor ein paar Minuten Besuch bekommen. Und jetzt dürfen Sie dreimal raten, was dieses scharfe Luder gerade im Mund hat.»
Sofie riss die Augen auf, als der Polizist das sagte. «Ich? Nein, um Gottes willen! Wie kommen Sie denn darauf? Warum hätte ich ihn denn anrufen sollen? Sie können unser Telefon überprüfen.»

Das haben sie wohl auch gemacht und festgestellt, dass von unserem Apparat nicht in Kühnings Laden angerufen worden ist. Jetzt frage ich mich, ob sie auch die Telefonzelle überprüft haben. An der Ecke steht nämlich noch eine, eine ganz alte, für die man Kleingeld braucht. Und als Sofie von der Arbeit kam, ich war ja draußen im Garten, und sie kam zu mir raus. Ich dachte, sie hat den Kaffee aufgesetzt, nachmittags trinken wir immer ganz gemütlich ein Tässchen zusammen. Morgens ist ja nicht viel mit Gemütlichkeit, wenn Sofie in den Supermarkt muss. Aber Sofie sagte nicht, ich soll reinkommen, weil der Kaffee fertig sei. Sie fragte nur, ob ich Kleingeld hätte.

«Da musst du mal in mein Portemonnaie gucken», hab ich gesagt und mich nicht weiter drum gekümmert.

O mein Papa

An die Staatsanwaltschaft.
Sehr geehrte Damen und Herren,
da mein Anwalt bisher verhindert hat, dass ich Ihre Fragen zum Tod des einzigen Menschen, der mich wirklich geliebt hat, beantworte, möchte ich das auf diesem Wege tun.
Wie Ihnen bekannt sein dürfte, bin ich ohne Mutter aufgewachsen. Von Papa hörte ich, dass sie uns wenige Wochen nach meiner Geburt verlassen hat. Was aus ihr geworden ist, entzieht sich meiner Kenntnis. Papa sagte einmal: «Deine Mutter war eine sehr anspruchsvolle Frau, Lucy. Nicht genug damit, dass ich das Geld herbeischaffte, mit dem sie ihr Leben angenehm gestalten und sich mit einem gewissen Luxus umgeben konnte. Nein, ich hätte auch noch Tag und Nacht für sie da sein müssen. Aber ich hatte schließlich auch eine Firma.»
Papa hat oft bedauert, dass ihm auch die Zeit fehlte, sich mir so zu widmen, wie er es gerne getan hätte. Aber seine Firma nahm ihn stark in Anspruch. In den ersten Jahren meines Lebens verpflichtete er zwar einige Kindermädchen, die sich um mich kümmern sollten, dies jedoch nicht taten. Sie stellten lieber ihm nach, sodass er sie eine nach der anderen wieder entlassen musste, weil er sich nach der Enttäuschung mit meiner Mutter nicht mehr binden, mir auch keine Stiefmutter zumuten wollte, die mich vielleicht nur als notwendiges Übel betrachtet hätte. Nicht einmal mehr in Versuchung geführt werden wollte er. So erklärte er es mir, als ich alt genug war zu verstehen.

Papa lebte bestimmt nicht wie ein Asket, es gibt ja genügend Etablissements, in denen ein Mann für einige Stunden Entspannung finden kann. Daheim zog er es vor, nur noch Männer um sich zu haben, Koch, Gärtner, Sekretär, Chauffeur, was man eben braucht, um ein großes Anwesen zu pflegen und die Geschäfte in Gang zu halten. Nur für die Reinigungsarbeiten kamen zwei ältere Frauen, aber mit denen hatte er nichts zu tun, ich auch nicht. Für mich stellte er einen Privatlehrer ein, bis ich zehn wurde. Dann suchte er eine gute Schule in der Schweiz, in der ich optimal betreut wurde. Die Ferien verbrachten wir natürlich zusammen, manchmal in der Schweiz, manchmal daheim. Es war für mich jedes Mal eine herrliche Zeit. Papa richtete es so ein, dass er keine geschäftliche Verpflichtungen hatte. Stattdessen stand er mit mir in der Küche. Meist gab er fast dem gesamten Personal Urlaub. Wir mussten für uns alleine sorgen, wenn wir essen wollten. Nur zwei Männer blieben immer in unserer Nähe, später kam dann noch ein dritter hinzu.

Mag sein, dass ich zu der Zeit noch sehr naiv war. Ich verstand nicht, was es mit diesen Männern auf sich hatte. Sie waren groß und kräftig, und ich sah nie, dass sie einer sinnvollen Arbeit nachgegangen wären. Ich hielt sie für Faulpelze. Sie schlenderten mit undurchdringlichen Mienen in ihren grauen Anzügen durchs Haus, saßen auf der Terrasse, spazierten durch den Park oder lungerten in der Einfahrt herum.

Wenn wir etwas unternahmen, waren sie immer dabei. Ich weiß noch, einmal waren wir auf einem Rummel. Da war ich dreizehn und wollte mit der Geisterbahn fahren. Einer von den «grauen Männern», wie ich sie als Kind nannte, war dagegen, also durfte ich nicht und wollte nicht einsehen, warum Papa sich dem Willen eines Angestellten fügte. Da erklärte er mir, dass die grauen Männer sehr wohl ihre Pflicht taten. Es waren Leibwächter.

Natürlich wunderte es mich, dass wir drei Leibwächter brauchten. Papa sagte, er habe mit der Zeit ein beträchtliches

Vermögen erarbeitet. Und es sei leider so, dass viel Geld die zwielichtigen Gestalten anzöge wie ein Magnet.

Als ich vierzehn wurde und im Internat auch alleine Ausgang bekommen hätte, lebte Papa in der ständigen Furcht, ich könne entführt werden. Er warnte mich immer wieder eindringlich davor, irgendwelchen Zufallsbekanntschaften zu vertrauen. Ich wollte nicht, dass er sich Sorgen um mich machte. Also blieb ich in meinem Zimmer, wenn die anderen Mädchen ausgingen.

Und während sie ihre ersten Erfahrungen mit jungen Männern sammelten, schrieb ich lange Briefe an Papa. Dass es mir gut ginge. Dass ich fleißig lernte, eine gute Note in Mathematik oder Geographie bekommen hätte. Dass ich mich auf die nächsten Ferien freue. Und dass ich Sehnsucht nach ihm hätte.

Ich glaube, die Sehnsucht war mein größtes Problem. Und als ich nach dem Abitur heimkam, sehnte ich mich schon sehr intensiv nach etwas anderem als einer väterlichen Umarmung. Papa warnte mich nun auch vor jungen Männern, die nur vortäuschten, an mir interessiert zu sein, für die ich jedoch nur ein Mittel zum Zweck sei. Nur nahm ich das nicht ernst, hielt es für eine Form von Eifersucht und verschwieg ihm meine Bekanntschaften, bis sie sich nicht länger verschweigen ließen.

Papa hatte mir zum Schulabschluss ein Cabrio geschenkt, weil ich nicht ständig den Chauffeur bitten mochte, wenn ich in die Stadt fahren wollte. Ich wollte unabhängig sein und hatte es auch durchgesetzt, dass ich alleine fahren durfte, ohne Leibwächter. Ich versprach Papa bei allem, was mir lieb und teuer war, ganz vorsichtig zu sein. Das war ich eigentlich auch, dabei schien es überflüssig.

In den ersten Monaten konnte ich mich in der Stadt ebenso frei bewegen wie jede andere junge Frau. Niemand wusste, wer ich war. Niemand schenkte mir Beachtung. Für die Männer in meinem Alter schien ich nicht zu existieren. Vielleicht, weil ich leicht übergewichtig war oder mich an den falschen Orten aufhielt.

Papa wollte nicht, dass ich Diskotheken besuchte. Er fürchtete, ich käme dort mit Drogen in Berührung. Abgesehen davon öffnen Diskotheken erst abends ihre Türen, und dass ich nachts unterwegs war, duldete Papa nicht. Also fuhr ich nur tagsüber in die Stadt, meist nach dem Mittagessen.

Mein bevorzugtes Ziel war ein Café. So betrachtet war es sehr leicht, mich auszuspionieren und meine Gewohnheiten auszukundschaften, um mir dann «zufällig» zu begegnen. Und ich bin sicher, genau das hat mein erster Liebhaber getan. Er stellte sich mir vor unter dem Namen Thorsten Hasberger.

Eines Tages stand er vor dem Tisch, an dem ich saß, und fragte, ob er Platz nehmen dürfe. Das Café war gut besucht an dem Nachmittag, es gab keinen völlig freien Tisch mehr. Und er war ein gut aussehender, höflicher Mann. Dass er bereits Anfang dreißig war, habe ich erst nach meiner Festnahme durch meinen Anwalt erfahren.

Ich habe ihn für jünger gehalten, höchstens Ende zwanzig. Irgendwann bestätigte er meine Schätzung auch, nannte mir ein falsches Geburtsdatum. Und dass er verheiratet war, verschwieg er. Einen Trauring trug er natürlich nicht.

Wir kamen rasch ins Gespräch. Thorsten Hasberger begann mit harmlosen, unverfänglichen Fragen, gab sich verwundert. Ein Mädchen in meinem Alter nachmittags ganz allein in einem Café anzutreffen, in dem überwiegend ältere Damen und einige, wenige Paare saßen, sei sehr ungewöhnlich, meinte er und erkundigte sich, ob ich auf eine Freundin warte oder auf einen Freund.

Vielleicht hätte ich daraufhin feststellen sollen, dass ein Mann in seinem Alter zu der Tageszeit in einem Café auch kein alltäglicher Anblick sei. Doch der Gedanke kam mir nicht. Nachdem ihm ein Kaffee und ein Stück Torte serviert worden waren, fragte er nach meinem Namen und tat so, als hätte er diesen Namen noch nie gehört. Ein simpler Trick, heute weiß ich das, aber ich fiel prompt darauf herein wie eine dumme Gans.

Ich war eine dumme Gans. Weltfremd, jahrelang abgeschottet gewesen wie in einem Glashaus, in dem nur Blumen wachsen und kein Unkraut. Papa hatte zwar oft von den hässlichen Seiten des Lebens gesprochen, aber verhindert, dass ich mit ihnen in Berührung kam und mich darauf vorbereiten konnte.

Wir saßen fast zwei Stunden an dem kleinen Tisch. Entgegen meiner Gewohnheit aß ich zwei Stücke Torte und bestellte mir dreimal eine heiße Schokolade. Ich bemerkte gar nicht, wie Thorsten Hasberger mich aushorchte, wie er mich mit kleinen Komplimenten und geschickten Fragen zum Weiterreden animierte, bis er so ziemlich alles wusste, was er für seinen Zweck wissen musste.

Dass ich bis vor einem halben Jahr in einem Schweizer Internat gelebt und daheim nichts zu tun hatte, weil Papa meinte, ich solle mein Leben und meine Jugend noch ein Weilchen genießen und mir in Ruhe überlegen, wie ich meine Zukunft gestalten möchte. Vielleicht ein Studium beginnen, Kunst oder Musik oder sonst etwas Schöngeistiges.

Es war nie die Rede davon, dass ich eines Tages die Firma übernehmen sollte. Papa hatte erst im Frühjahr seinen fünfzigsten Geburtstag gefeiert, fühlte sich körperlich und geistig in Bestform, wie er oft sagte. Seine Geschäfte in junge Hände abzugeben, daran dachte er noch nicht. Vielleicht brauche er in zwanzig Jahren einen Nachfolger, sagte er einmal. Bis dahin wäre ich wohl längst verheiratet, hätte wahrscheinlich Kinder, vielleicht einen Sohn, auf jeden Fall einen Mann, der sich um die Firma kümmern könnte. Für eine Frau sei das Geschäftsleben viel zu hart, manchmal sogar brutal, ein ständiger Kampf, dem eine Frau sich nicht aussetzen sollte.

Thorsten Hasberger hörte mir aufmerksam zu und erkundigte sich auch noch, ob ich bereits einen Nachfolger für Papas Firma im Auge hätte, vielleicht den Sohn irgendeines Geschäftspartners. Als ich verneinte, lächelte er zufrieden. Und als ich mich verabschieden wollte, gab er sich enttäuscht. «Wollen Sie wirklich schon gehen?»

Von wollen konnte nicht die Rede sein. Ich hatte das Gefühl, mich noch nie so gut unterhalten zu haben, und wäre gerne noch geblieben. Aber zum einen schloss das Café um sieben, und zum anderen erwartete Papa mich pünktlich zum Abendessen. Wir hatten Gäste an dem Tag, zwei Vorstandsmitglieder einer karitativen Vereinigung, die Papa eine größere Spende abschwatzen wollten. Er war für seine Großzügigkeit bekannt.

Thorsten Hasberger stellte fest, dann müsse ich heute wohl die Hausfrau spielen. Im selben Atemzug erkundigte er sich, ob er mich für den nächsten Abend zum Essen einladen dürfe. «Ich kenne ein nettes, verschwiegenes Restaurant, etwas außerhalb.»

Dieses Restaurant lernte ich nie kennen, weil Papa in den nächsten Wochen nicht verreisen musste. Und weil ich nicht wusste, unter welchem Vorwand ich mich am Abend aus dem Haus stehlen könnte. Doch so schnell gab Thorsten Hasberger nicht auf. «Es muss nicht unbedingt abends sein», meinte er. «Restaurants haben auch mittags geöffnet. Wie wäre es denn morgen Mittag?»

Er hatte es sehr eilig, mich wieder zu sehen. Aber ein Mittagessen mit ihm hätte daheim ebenfalls Erklärungen erfordert, weil ich noch nie über Mittag weggewesen war. Wir verabredeten uns für den nächsten Nachmittag, wieder in dem Café.

Thorsten Hasberger war pünktlich, nahm sich jedoch nicht einmal die Zeit, auf dem Stuhl Platz zu nehmen. Er wollte eben nach Möglichkeit nicht mit mir in der Öffentlichkeit gesehen werden. Eine Spazierfahrt in seinem Wagen schlug er vor. Ganz geheuer war mir sein Ansinnen nicht. Papas besorgte Stimme tickte mir im Hinterkopf mit all den Befürchtungen. Wenn man tausendmal vor einem Entführer gewarnt wurde, entsteht so ein diffuses Unbehagen. Aber ich wollte mich nicht lächerlich machen mit möglicherweise völlig unbegründeten Ängsten.

Als ich einstieg, war ich sehr nervös. Zum ersten Mal allein mit einem Mann, von dem ich bisher nur den Namen kannte. Aber ich wusste ja nicht einmal, ob das sein richtiger Name war. Ich will nicht behaupten, ich hätte so etwas wie eine böse Vorahnung gehabt. Ich hatte nur starkes Herzklopfen und fragte mich, was ich tun sollte, wenn er mich zu einem einsamen Platz fuhr und dort sein «wahres Gesicht», nämlich das eines Verbrechers, zeigte.

Er fuhr aus der Stadt hinaus, allerdings nicht sehr weit. Nach ein paar Kilometern stellte er seinen Wagen auf einem Parkplatz bei einem Erholungsgebiet ab. Dann half er mir galant beim Aussteigen und hielt meinen Arm, während wir in einen schmalen Waldweg einbogen. Bedrohlich war daran gar nichts.

Obwohl außer uns weit und breit keine Menschenseele zu sehen war, war es bloß noch romantisch. Vogelgezwitscher in den dichten Baumkronen, ein sanfter, kaum spürbarer Windhauch auf dem Gesicht. Irgendwann blieb Thorsten Hasberger stehen und schaute mir tief in die Augen – wie man es oft in kitschigen, alten Filmen sieht. Er murmelte noch etwas dazu Passendes, wie süß ich sei, dass ich keine Angst haben müsse, er wolle nichts überstürzen. Dann küsste er mich – nicht besonders leidenschaftlich, eher so, als absolviere er eine Zwangsübung.

In den ersten vier Wochen machte er keine Anstalten, mehr zu tun, als mich hin und wieder zu küssen. Keine Cafébesuche mehr, auch keine Restaurants. Wir machten nur lange Spaziergänge im Wald, den ich nach dem ersten Ausflug in seinem Wagen immer alleine ansteuern musste.

Und dann fragte Thorsten Hasberger mich aus. Alles wollte er wissen. Ob Papa daheim auch Geschäftspartner empfing und wie sie hießen. Wann Papa erneut auf Geschäftsreise ging und wohin. Wie lange er wegblieb, und wie viel Personal im Haus sei. Ob ich dem Koch, dem Gärtner, dem Chauffeur und den Leibwächtern frei geben – mit anderen Worten, ob ich alle Männer wegschicken könne, damit die Bahn für ihn frei wäre.

Das klang noch, als wolle er sich nur vergewissern, ob er mich ungestört in meinem Zimmer besuchen könne. Aber einmal fragte er auch, ob ich die Kombination des Tresors kannte, der in Papas Arbeitszimmer stand, in dem auch der Schmuck aufbewahrt wurde, den meine Mutter früher getragen hatte. Sie hatte die Kombination nicht gekannt. Es waren ein paar sehr teure Stücke dabei. Nun durfte ich sie tragen. Die Kombination kannte ich jedoch auch nicht, musste fragen, wenn ich das eine oder andere Teil umlegen wollte.

Natürlich hätte mich die Frage nach dem Tresor misstrauisch machen müssen. Aber sie floss wie all die anderen so beiläufig in eine Plauderei ein. «Einen hübschen Ring trägst du heute, Lucy, ein Geschenk von Papa?» Etwa in der Art.

Thorsten Hasberger ging wirklich sehr geschickt vor, verstand sich darauf, seine wahren Absichten zu verschleiern und mich glauben zu machen, es ginge ihm nur um eine ungestörte Nacht mit mir in meinem Zimmer. Darauf konnte ich ihm keine Hoffnungen machen. Unser Personal nahm nur Anweisungen von Papa entgegen. Dass ich einmal völlig alleine daheim wäre, um einen Fremden zu empfangen und herumzuführen, daran war nicht zu denken.

Nach vier Wochen bestellte Thorsten Hasberger mich zum ersten Mal in ein Hotel. Auch das hätte mich stutzig machen können bei einem Mann, der behauptete, in der Stadt zu leben – und zu arbeiten. Angeblich war er freiberuflich als Makler tätig, konnte sich die Zeit einteilen und mich deshalb immer am Nachmittag treffen. Und seine «Junggesellenbude» wollte er mir nicht zumuten. Wie hätte mir da der Gedanke kommen sollen, er sei verheiratet und könne mich nur aus diesem Grund nicht in seiner Wohnung empfangen?

Ich war viel zu aufgeregt für irgendwelche Schlussfolgerungen, erwartete ein Naturereignis und wurde bitter enttäuscht. Er war ziemlich ungeschickt als Liebhaber. Aber ich hatte ja noch keine Vergleichsmöglichkeiten. Er streichelte mich, küsste mich, wurde immer wilder dabei. Zum Schluss stürzte er sich förmlich auf mich, und nach zwei Minuten war es vorbei. Es war fast wie ein Wespenstich gewesen, schmerzhaft und sehr frustrierend.

Als ich an dem Abend heimkam, bemerkte Papa, dass etwas nicht in Ordnung war. Doch er drängte mich nicht, ließ mir Zeit, bis ich von selbst zu sprechen begann. Natürlich erzählte ich ihm nicht, wo und mit welcher Beschäftigung ich mir den Nachmittag vertrieben hatte. Das musste ich auch nicht erwähnen, ich glaube, Papa sah es mir an der Nasenspitze an. Aber er machte mir keine Vorwürfe, hielt mir keinen moralischen Vortrag. Er war sehr verständnisvoll und sehr besorgt, weil er rasch herausfand, dass es in der Stadt keinen Makler namens Thorsten Hasberger gab.

«Das gefällt mir nicht, Lucy», sagte Papa schon am nächsten Abend. «Es sieht doch ganz danach aus, dass dieser Mann dich belogen hat. Arbeitet er überhaupt? Das kann ich mir nicht vorstellen, wenn er jeden Nachmittag Zeit für dich hat. Pass gut auf dich auf, Liebling.»

Ich hätte besser auf meinen Schmuck aufgepasst. Nur zwei Tage später hatte Thorsten Hasberger angeblich Geburtstag, den er mit mir in einem Restaurant feiern wollte. Da ich mit Papa gesprochen hatte, konnte ich das auch am Abend einrichten. Ich legte ein Schmuckset an, Collier, Armband und Ohrstecker aus Weißgold, mit Saphiren besetzt. Es gehörte noch ein Ring dazu, doch der war mir zu eng. Insgesamt dürften die Stücke um die zweihunderttausend wert gewesen sein, meinte Papa später.

Wir trafen uns wieder in einem Hotelzimmer, schon am Nachmittag, so war noch reichlich Zeit. Thorsten Hasberger drängte mich zu einem Spielchen in der Badewanne. Da musste ich zwangsläufig den Schmuck abnehmen. Und kaum lag ich in der Wanne, erhielt Thorsten Hasberger einen Anruf. Eine ganz dringende Sache, behauptete er. Er müsse einen wichtigen Kunden treffen und mich ganz schnell verabschieden. In der Eile blieben Collier, Armband und Ohrstecker im Bad liegen.

Als ich am nächsten Tag danach fragte, waren sie ebenso verschwunden wie Thorsten Hasberger. Er hatte nicht mal das Hotelzimmer bezahlt. Ich war maßlos enttäuscht und sehr wütend, einem Schwindler und Dieb aufgesessen zu sein. Papa gab sich Mühe, mich zu trösten.

«Der Schmuck ist nicht wichtig, Lucy», sagte er. «Für mich waren damit ohnehin nur hässliche Erinnerungen verbunden. Und ich hoffe inständig, dass du nicht noch mehr solch bittere Erfahrungen machen musst. Schau dir einen Mann in Zukunft genauer an, ehe du dich auf eine Beziehung einlässt. Oder stelle ihn mir vor, damit ich ihn mir anschaue. Ich will dich nicht kontrollieren, Liebes. Ich will nur verhindern, dass du noch einmal verletzt wirst. Und ich schätze, ich habe mehr Menschenkenntnis.»

Aber meinen nächsten Liebhaber konnte ich Papa nicht vorstellen. Um mir etwas Abstand von meiner Enttäuschung zu verschaffen, schenkte Papa mir vier Wochen Urlaub. Im Reiseprospekt sah es traumhaft aus. Eine Postkartenlandschaft. Blauer Himmel, blaues Meer, Palmen und ein menschenleerer, weißer Sandstrand. Ich langweilte mich entsetzlich, weil der Strand tatsächlich immer menschenleer war.

Papa hatte ein einsames Fleckchen für mich ausgesucht. Ein Hotel mit allem Komfort, in dem außer mir nur ältere Damen wohnten, die sich von ihren Schönheitsoperationen erholten. Sie hielten sich nicht im Freien auf, nahmen sogar das Frühstück in ihren Zimmern ein, damit man ihre verquollenen Gesichter oder die Bandagen um Bauch und Oberschenkel nicht sah.

In der ersten Woche telefonierte ich dreimal täglich mit Papa und sagte jedes Mal: «Es ist so öde hier. Ich sterbe vor Langeweile und werde mich morgen erkundigen, wann der nächste Flug nach Hause geht.»

Und jedes Mal sagte Papa: «Ich will dich hier erst wieder sehen, wenn du rundherum braun bist, Liebling. Leg dich in die Sonne und genieße die Ruhe. Oder lass dich verwöhnen, es gibt doch genug Möglichkeiten in diesem Hotel. Sei froh, dass dich niemand belästigt. Ich würde gerne mit dir tauschen.»

Mit Beginn der zweiten Woche traf ich dann Peter Lukowitsch am Strand – wo er sich eigentlich gar nicht aufhalten durfte. Der Strand gehörte zum Hotel, und Peter Lukowitsch war Journalist. Er hoffte darauf, eine bekannte Schauspielerin vor die Kameralinse zu bekommen, die sich schon zum zweiten Mal hier aufhalten sollte und nach dem ersten Mal energisch bestritten hatte, ein Skalpell an ihr Gesicht oder ein Gerät zum Fettabsaugen an ihren Bauch gelassen zu haben. Da kam ich ihm gerade recht für ein paar Fragen. Und diesmal drehten sie sich nicht um Papa, unser Haus, unser Personal oder die Kombination für den Tresor.

Was die Schauspielerin anging, konnte ich ihm keine Auskunft geben. Und was mich betraf, war Peter Lukowitsch nur an einem interessiert, wie viel Silikon ich mir in den Busen hätte implantieren lassen. Er fände es schrecklich, sagte er, dass schon junge Mädchen an sich herumschnippeln ließen, weil sie diesem Schönheitswahn verfallen seien. Der Rest ergab sich so, als ich sagte: «Kein einziges Gramm, das ist alles echt. Meine Nase und die Lippen auch.»

Peter Lukowitsch lachte und fragte, ob er sich davon persönlich überzeugen dürfe.

Mit Papa habe ich nicht über meine «Urlaubsliebe» gesprochen. Natürlich bemerkte er schon nach wenigen Tagen, dass ich nicht mehr so unzufrieden und gelangweilt war. Ich rief ihn auch nicht mehr dreimal täglich an. Aber er fragte mich nicht nach den Gründen, nahm wohl an, dass ich die im Hotel gebotenen Ablenkungen nutzte.

Vielleicht hatte ich Angst, von Papa zu hören, ich sei für Peter Lukowitsch auch nur ein Mittel zum Zweck. Das wusste ich selbst. Peter verband das Nützliche mit dem Angenehmen. Vormittags und abends hatte er mich als Spionin im Hotel, in das er selbst nicht hinein durfte. Und nachmittags konnte er am Strand entspannen mit einem Mädchen, das nur halb so alt war wie er. Es wäre mir auch unendlich peinlich gewesen, Papa zu gestehen, dass ich so rasch eine neue Bekanntschaft geschlossen hatte. Er hätte mich doch für oberflächlich gehalten. Binnen kürzester Zeit von einem Arm in den anderen. Obwohl da eben ein großer Unterschied sein kann zwischen dem einen Arm und dem anderen.

Peter Lukowitsch war kein Vergleich mit Thorsten Hasberger. Er war so erfahren, unendlich zärtlich. Und plötzlich war dieses einsame Fleckchen Erde mein Himmelreich. Für mich hätte es ewig so weitergehen können. Doch als ich das einmal sagte, legte Peter mir einen Finger über die Lippen und meinte: «Nichts ist für immer, Lucy.»

Er machte keinen Hehl daraus, dass sein Beruf ihm über alles ging und er nicht an eine feste Beziehung dachte. «Sobald ich meine Story und ein paar brauchbare Aufnahmen habe, muss ich zurück», sagte er. «Und ich weiß nicht, in welchen Winkel der Welt die Redaktion mich anschließend schickt.»

Für seine Story und brauchbare Aufnahmen von der Schauspielerin war er auf mich angewiesen. Er beschaffte mir eine winzige Kamera, damit blieb ich vormittags im Hotel, suchte die Räumlichkeiten auf, die auch von den anderen Frauen genutzt wurden, sobald ihnen die Verbände abgenommen waren. Ich ließ mich massieren, in Schlammpackungen wickeln, schwitzte in der Sauna, strampelte mich auf Fitnessgeräten ab, plauderte mit den Zimmermädchen und fotografierte unauffällig alles, was mir vor die Linse geriet, bis ich endlich hatte, was Peter wollte. Aber das gesammelte Material übergab ich ihm erst, als ich selbst abreisen musste.

Es waren drei schöne Wochen gewesen, nun war es vorbei, das wusste ich. Deshalb sah ich auch keinen Grund, nach meiner Heimkehr mit Papa über Peter Lukowitsch zu reden. Papa freute sich, wie gut ich mich erholt hatte – und fünf Kilo verloren. Doch die holte ich rasch auf, weil ich daheim schnell wieder in den gewohnten Trott verfiel. Was hätte ich denn auch sonst tun sollen, als durch Boutiquen und Parfümerien schlendern und danach mein Stammcafé aufsuchen? Bei Sahnetorte und heißer Schokolade von Peter träumen. Bis er völlig unerwartet in dem Café auftauchte.

Etwa sechs Wochen nach meiner Rückkehr war das. Und es war ein ganz anderer Mann als der, den ich an einem einsamen Strand geliebt, für den ich im Hotel eine bekannte Schauspielerin ausspioniert hatte. Der Bericht über ihre geheime Schönheitsoperation war schon erschienen. Peter hätte wenigstens daran anknüpfen können. Nicht einmal die Zeit nahm er sich für mich.

Ich wollte die Veränderung nicht sofort wahrhaben, suchte nach der Unbekümmertheit, der Zärtlichkeit, und fand nur ein Stück Stein auf der Suche nach einer neuen Story. Meine Gefühle interessierten ihn einen Dreck. Es ging ihm um Thorsten Hasberger.

Wie er von meiner kurzen Beziehung mit diesem Betrüger erfahren hatte, erklärte Peter mir nicht, zeigte mir ein Foto und wollte wissen, was ich mit diesem Mann erlebt hätte – in allen Einzelheiten, auch die intimen Details, die vor allem.

Ich hatte auch einige Fragen, aber ich bekam keine Antworten. Als mich erkundigte, ob Thorsten Hasberger noch andere Frauen bestohlen hätte, ob er ein Heiratsschwindler sei, lachte Peter nur und sagte: «Wer er war, kannst du nächste Woche in der Zeitung lesen.»

Es war schlimmer als die Enttäuschung über einen Dieb, viel schlimmer. Es tat so entsetzlich weh, begreifen zu müssen, dass ich für Peter Lukowitsch nur ein niedlicher Strandkäfer gewesen war, der sich bereitwillig für ein wenig Dreckarbeit einspannen ließ. Jetzt war er nur noch ein Mann, der seinen Job machte. Keine Zeit für Romantik, als ich eine zaghafte Andeutung in diese Richtung machte, mich erkundigte, in welchem Hotel er abgestiegen sei und ob er für den Abend schon etwas vorhabe, erklärte er barsch: «Ja, leben. Und das habe ich auch nächste Woche noch vor.» Dann ging er.

Draußen war es bereits dunkel, und es regnete in Strömen. Einer von diesen Wolkenbrüchen, die eine Straße binnen weniger Sekunden in einen Bach verwandelt. Als ich das Café verließ, weinte ich mit den Wolken um die Wette. Ein Wunder, dass ich im Stadtverkehr keinen Unfall verursachte. Aber da floss das Wasser ja in die Gullys.

Die Straße, die hinaus zu unserem Anwesen führte, war überflutet. Ich war viel zu schnell. In einer Kurve, etwa dreihundert Meter von unserer Einfahrt entfernt, geriet mein Wagen auf den Wassermassen außer Kontrolle. Ich schaffte es zwar noch, ihn zum Stehen zu bringen. Dann saß ich da und wusste nicht weiter.

Und dann kam David.

Ich kenne nur seinen Vornamen. Und es fällt mir schwer, ganz offen zu schildern, was sich zwischen uns abgespielt hat. Aber es muss sein. Ich weiß das.

Irgendwann klopfte er gegen die Scheibe. Ich hatte kein anderes Fahrzeug gehört, keine Scheinwerfer gesehen. Im ersten Moment dachte ich, es sei einer von unseren Angestellten. Es hatte auf dieser Straße niemand etwas zu suchen, der nicht zu uns wollte. Aber dann – es waren Davids Augen, glaube ich, vielmehr etwas in seinen Augen, das mich ganz weich machte.

«Will er nicht mehr?», fragte David.

Und ich sagte: «Nein, aber ich will.» Dann öffnete ich ihm die Beifahrertür, forderte ihn auf, einzusteigen, legte ohne ein weiteres Wort beide Hände um sein Gesicht und zog seinen Kopf zu mir herüber. Er war pitschnass, der Regen lief ihm aus dem Haar über Stirn, Wangen und Nase. Er schloss die Augen. Ob er verblüfft war, weiß ich nicht.

Ich küsste ihn, und zuerst verhielt er sich passiv. Doch dann küsste er mich. Und da war ein so großer Unterschied, kein Vergleich mit Thorsten Hasberger, nicht einmal Peter Lukowitsch konnte ihm das Wasser reichen.

Papa meinte später, als ich mit ihm darüber sprach, David sei der geborene Verführer gewesen, das Feuer im Blick von der Wiege an. Und den Schmelz in der Stimme. Aber so war es nicht. David hat nicht eine Situation schamlos ausgenutzt. Ich hatte ja kein Schild an der Heckscheibe befestigt: «Ich habe soeben die zweite, maßlose Enttäuschung erlebt und brauche dringend einen Mann, um mich davon abzulenken.»

Dass David die Szene zwischen Peter Lukowitsch und mir im Café beobachtet hat, will ich nicht völlig ausschließen. Mir ist er nicht aufgefallen, aber das bedeutet nichts. Vielleicht hat er mich auch erst gesehen, als ich ins Freie trat. Und als er sah, dass ich weinte, folgte er mir eben. Jedenfalls war er da, als ich ihn brauchte. Und er wollte mich nicht ausnutzen wie die beiden anderen, da bin ich absolut sicher.

Zuerst sprach er nicht, schaute mich nur an. Während er mich auszog, ließ er die Augen nicht von meinem Gesicht. Es war eng im Wagen, er nahm mich auf den Schoß. Es war verrückt, und es war wahnsinnig schön. Ich weiß nicht, wie lange es dauerte, zehn Minuten oder eine Viertelstunde. David blieb ganz ruhig sitzen, ließ mich den Rhythmus bestimmen. Und ich ließ mich treiben. Ich hatte so etwas bis dahin noch nicht erlebt, nicht einmal mit Peter Lukowitsch. Dass ein Mann sich auslieferte, sich einfach nehmen ließ und es genoss. Ich bekam nicht genug davon.

Aber irgendwann war es vorbei. Ich blieb auf seinem Schoß sitzen, ließ mich streicheln und küssen. «Heißes Mädchen», murmelte er und schaute mich mit einem so merkwürdigen Blick an. «Machst du das immer so?»

Ich schüttelte den Kopf, war völlig verwirrt, vielleicht sogar ein wenig entsetzt über mich selbst. Ich konnte nicht glauben, was ich getan hatte. Mit einem völlig Fremden. Ich dachte, ich müsse ihm mein Verhalten erklären, und begann zu reden. Er musste mich nicht ausfragen an dem Abend. Ich erzählte ihm aus eigenem Antrieb alles, was es über mich zu sagen gab.

Das große Haus voller Männer, die sich nicht trauten zu lächeln, wenn ich ihre Wege kreuzte. Geld genug und immer die Einsamkeit. Keine Mutter, und Papa hatte bei all seiner Liebe und Sorge nur selten Zeit. Die Jahre im Internat und wilde Träume. Die Wespenstiche eines Thorsten Hasberger und der Preis dafür. Die sanften Hände von Peter Lukowitsch, das Lachen mit ihm. Die unbeschwerten Urlaubswochen und sein anderes Gesicht. Und dass ich Angst hatte, weil Peter Lukowitsch nun wahrscheinlich einen Artikel über mich schreiben, mich zumindest erwähnen würde, wenn er über Thorsten Hasberger schrieb. Und dass Papa bestimmt nicht erfreut wäre, wenn unser Name in den Schmutz gezogen wurde.

David stellte keine Fragen, er sagte nur: «Wenn du mir verrätst, wie der Schmierfink heißt und für welches Blatt er schreibt, kann ich verhindern, dass du mit Dreck beworfen wirst.»

«Wie willst du das denn verhindern?», fragte ich.

Er lächelte und sagte: «Ich glaube, das willst du gar nicht so genau wissen.»

Dann erzählte er mir, er sei vorbestraft wegen Körperverletzung mit Todesfolge. Er sagte auch, er sei nicht der richtige Mann für mich. Und dass wir beide die letzte halbe Stunde besser sofort wieder vergessen sollten, weil mein Vater bestimmt nicht erfreut wäre, wenn er erführe, dass ich mich nach Thorsten Hasberger zuerst mit einem Klatschreporter und dann mit einem eben erst aus dem Gefängnis entlassenen Totschläger eingelassen hätte, der in einem schäbigen Pensionszimmer hauste und nichts weiter besaß als ein bisschen Kleidung, ein altes Auto und etwas Überbrückungsgeld.

Aber ich wollte nicht vergessen, was ich gerade erlebt hatte. Und David wollte es auch nicht, nicht wirklich. Wir wollten beide darauf aufbauen, er ebenso wie ich. Als ich ihn am nächsten Tag in der Pension besuchte, war er anders, zuerst wild und ungestüm, anschließend sehr nachdenklich. Wir lagen nebeneinander auf dem schmalen Bett, er stützte sich mit einem Ellbogen ab, schaute auf mich hinunter. Die Sache mit Peter Lukowitsch sei bereinigt, sagte er. Darum hätte er sich noch in der Nacht gekümmert.

«Wie?», fragte ich.

Er lächelte nur, schüttelte den Kopf und meinte: «Wenn es mit uns beiden funktionieren soll, musst du ein paar Regeln beherzigen, Lucy. Ich stelle die Fragen. Du gibst die Antworten. Und du sprichst mit keinem Menschen über mich. Wenn du zu mir kommst, hältst du die Augen offen. Und wenn du nicht absolut sicher bist, dass dir niemand folgt, gehst du ins Kino oder sonst wohin.»

Dann wollte er wissen, mit wem und worüber ich am vergangenen Abend noch gesprochen hatte, jedes Wort, von dem Moment an, als wir uns auf der Landstraße getrennt hatten. Vor allem Papa interessierte ihn. Ob ich völlig sicher sei, dass Papa mir nie einen Spion hinterherschicke, wenn ich in die Stadt führe, fragte er. Nach dem teuren Vergnügen mit Hasberger müsse Papa doch einen regelrechten Horror vor dem nächsten Mann haben, mit dem ich mich einließe.

«Dir ist hoffentlich klar», sagte er, «dass dein Vater mich nicht akzeptieren kann. Er wird dafür sorgen, dass ich aus deinem Leben verschwinde, sobald er von uns erfährt.»

Natürlich war mir das klar. Aber ich war mir sicher, dass Papa mich nicht unter Beobachtung gestellt hatte. Mir wurde auch rasch bewusst, dass David rasend vor Eifersucht war. Manchmal sprach er von einer einsamen Insel oder einem selbst gezimmerten Blockhaus irgendwo in den Wäldern Kanadas, in das er mich bringen wolle. Um uns herum nur Wölfe und Bären, sodass ich allein keinen Fuß vor die Tür setzen dürfe.

«Am liebsten würde ich dich einsperren», sagte er einmal.

«Ich werde verrückt beim Gedanken an die Typen, die immerzu um dich herum sind.»

Und ich dachte, ich hätte ihm nicht von Thorsten Hasberger und Peter Lukowitsch erzählen dürfen. Ich hätte ihm auch nicht verraten dürfen, dass es – abgesehen von zwei älteren Putzfrauen – nur männliches Personal im Haus gab. Ständig fragte er nach den Männern. Ob sie wirklich nicht lächelten, wenn sie mich sahen. Ob sie nie versuchten, mit mir ins Gespräch oder mir sonst irgendwie zu nahe zu kommen. «Die Kerle müssen doch Augen im Kopf haben. Oder sind sie alle schwul?»

Manchmal war mir sehr unbehaglich bei seinen Reden. Vor allem, als ich begriff, dass ihm nicht nur unser Koch, der Gärtner, der Chauffeur und die Leibwächter Dornen in den Augen waren. David hatte auch einiges gegen Papa – Angst, mich zu verlieren natürlich. Das verstand ich. Ich mochte mir auch nicht vorstellen, wie Papa sich verhielt, wenn ihm zu Ohren käme, dass ich meine Nachmittage mit einem vorbestraften Mann in einem schäbigen Pensionszimmer verbrachte. Vielleicht nahm er mir mein Auto weg. Oder er schickte mich wieder in ein Hotel ans Ende der Welt, wohin David mir nicht folgen könnte.

Es war ein furchtbarer Zwiespalt für mich. Manchmal überlegte ich mir, wie ich es Papa beibringen könnte, an sein Verständnis appellieren, darauf hoffen, dass er meine Liebe akzeptierte. Ihn vielleicht bitten, irgendwo ein kleines Haus zu kaufen, in dem ich mit David allein gewesen wäre. Ich brauchte kein Personal und auch keine Unsummen für den Lebensunterhalt.

Aber wenn ich von David zu sprechen begann, würde Papa mir Fragen stellen. Und wie hätte ich ihm erklären sollen, dass ich einen Wildfremden in mein Auto gelassen hatte und sofort über ihn hergefallen war? Dass ich den Verstand verlor, wenn dieser Fremde mir zu nahe kam. Dass ich es nicht erwarten konnte, ihn zu fühlen. Dass ich mich in ein wimmerndes und zuckendes Bündel verwandelte, wenn er sich einmal ein wenig Zeit ließ.

Manchmal fühlte ich mich wie hilfloser Schmetterling, der im Netz des Fängers zappelt und nur noch darauf warten kann, aufgespießt zu werden. Es war wirklich so, dass ich schon während der Fahrt zu der kleinen Pension zu zittern begann. Dass David mich nur anschauen musste. Und wenn er die Hand nach mir ausstreckte, zerfloss ich.

Und dann kam dieser schreckliche Nachmittag. Mein Wagen sprang nicht an. Der Chauffeur schaute nach, fand den Fehler auch, konnte ihn jedoch nicht beheben und bot an, mich in die Stadt zu fahren und anschließend meinen Wagen in eine Werkstatt zu bringen. Mir kam nicht der Gedanke, mich drei Straßen von der Pension entfernt oder bei einem Kino absetzen zu lassen, weil ich Davids Warnung mehr auf die Polizei als auf unser Personal bezogen hatte.

Er muss vom Fenster aus beobachtet haben, wie der Chauffeur mir den Wagenschlag öffnete und abwartend stehen blieb, bis ich die Pension betreten hatte. Als ich ins Zimmer kam, telefonierte er. Er war so außer sich, schrie in sein Handy, er sei aufgeflogen und müsse sofort weg, sonst sei er ein toter Mann. Mich brüllte er an, ob ich von allen guten Geistern verlassen sei, ihm einen dieser Kerle vor die Tür zu schleppen.

Dann riss er einen Koffer aus dem Schrank, warf seine Sachen hinein, schrie dabei weiter. «Du kommst mit! Für deinen Vater bist du zu einem unkalkulierbaren Risiko geworden. Er wird sich schon etwas einfallen lassen, um dich auf elegante Weise loszuwerden.»

«Du bist ja verrückt», sagte ich.

David nickte heftig. «Weiß ich. Ich hätte mich nicht mit dir einlassen dürfen, das war auch nicht geplant. Aber gegen Gefühle ist kein Kraut gewachsen.»

Dann rannte er ins Bad, holte sein Waschzeug, warf auch das noch in den Koffer und sprach – vielmehr schrie – dabei weiter. So gemeine Sachen. Papa würde bestimmt nicht darauf warten, dass ich mir den Nächsten aufgabele. Es sei inzwischen hinlänglich bekannt, dass man mir nur zwischen die Beine greifen müsse, um meinen Verstand auszuschalten. Wobei es noch fraglich sei, ob ich überhaupt jemals so etwas wie Verstand besessen hätte. Papa hätte schließlich ein Vermögen darin investiert, mich in einer darauf spezialisierten Schule völlig verblöden zu lassen.

Mit etwas Grips im Schädel hätte ich mich doch längst einmal fragen müssen, wozu ein integrer Geschäftsmann drei Leibwächter brauche und einen Koch, einen Gärtner, einen Chauffeur, die bestimmt auch gut mit einer Knarre umgehen könnten. Und wieso ein liebender Vater sich die größte Mühe gab, das einzige Kind aus seinem Leben und von seinen Geschäften fernzuhalten.

«Ich bin doch nicht ferngehalten worden», widersprach ich. «Ich war in einem Internat. Und Leibwächter haben andere auch. Jeder Politiker hat welche.»

«Klar», höhnte David. «Und deine Mutter ist mit einem anderen durchgebrannt. Hasberger hat deinen Schmuck geklaut. Papa hatte damit überhaupt nichts zu tun, er ist ein verständnisvoller und großzügiger Mann. Großzügig ist die Mafia immer, geradezu verschwenderisch mit anderer Leute Leben.»

Dann nahm er mit einer Hand den Koffer vom Bett, mit der anderen packte er meinen Arm, wollte mich aus dem Zimmer zerren.

«Lass mich los», verlangte ich. «Was soll das heißen, Mafia? Willst du damit andeuten, Papa sei ein Verbrecher?»

«Ahnungsloser Engel», sagte er und zerrte mich weiter auf die Tür zu.

Und da stand diese Wasserflasche auf dem Tisch. Ich hatte sie plötzlich in der Hand und schlug zu. Ich traf ihn seitlich am Kopf. Er blutete gleich sehr stark und schaute mich verwundert an. Aber er stand noch aufrecht, als ich aus dem schäbigen Zimmer rannte.

Ich hetzte die Treppe hinunter. Auch auf der Straße lief ich noch ein ganzes Stück, bis ein Wagen neben mir hielt. Unser

Chauffeur. Er sagte, er hätte gewartet, damit ich für die Rückfahrt kein Taxi nehmen müsse. Aber ich hatte unseren Wagen nicht gesehen vor der Pension.

Unser Chauffeur brachte mich heim. Und ich versuchte, Papa zu erklären, was ich angerichtet hatte. Was David von sich gegeben hatte, konnte ich ihm nicht sagen. Papa war zwar schockiert, aber nicht besorgt. «Ein Schlag mit einer Flasche bringt einen Mann nicht um, Liebes», meinte er. «Du sagst doch selbst, dass er noch stand, als du ihn verlassen hast. Jetzt beruhige dich.»

Dann schickte er den Gärtner und den Chauffeur los. Sie sollten zusehen, ob David Hilfe brauchte, ihn notfalls in ein Krankenhaus schaffen und dafür sorgen, dass die Polizei aus dem Spiel blieb. Ihm Geld bieten, damit er auf eine Anzeige verzichtete. Die beiden Männer kamen jedoch schon nach einer halben Stunde zurück und erklärten, sie hätten leider nichts mehr für David tun können. Er sei tot.

Daraufhin rief Papa unseren Anwalt und verlangte, ich solle noch einmal nachdenken, wie oft ich wirklich zugeschlagen hätte. Einmal, da war und bin ich immer noch völlig sicher.

Und ich verfluche mich dafür, dass ich weggelaufen bin. Dass ich nicht bei David war, als er starb. Ich wäre lieber mit ihm gestorben, als mir von den Polizisten anhören zu müssen, sein Schädel sei völlig zertrümmert und er sei einer der ihren gewesen, kein vorbestrafter Totschläger, wie er es mir erzählt hatte, sondern ein Polizist wie Thorsten Hasberger, der verschwunden sei. Die Polizisten wollten natürlich von mir wissen, was ich mit Thorsten Hasberger gemacht hätte.

Ich hätte auch ohne Anwalt nicht gewusst, was ich darauf antworten sollte. Was aus Thorsten Hasberger geworden ist, weiß ich wirklich nicht. Ich habe Papa gefragt, als er mich gestern besuchen durfte. Er behauptete, es ebenfalls nicht zu wissen. Und als ich ihm sagte, dass ich ohne David nicht weiterleben möchte, lächelte er schmerzlich.

«Es bricht mir das Herz, Lucy», sagte er. «Doch das ist deine Entscheidung. Die muss ich akzeptieren.»

Heute ließ Papa mir durch meinen Anwalt eine Pille zukommen. Die werde ich jetzt einnehmen und danach wohl bald wieder mit David vereint sein. Ich weiß nun, dass er Recht hatte, und hoffe, Ihnen mit diesen Angaben bei der Aufklärung seines Todes zu helfen.

Hochachtungsvoll
Lucy Pastaro